I0547317

Potop
(Tom trzeci)
Henryk Sienkiewicz

Potop (Tom trzeci)
Copyright © JiaHu Books 2016
Published in Great Britain in 2016 by JiaHu Books – part of Richardson-Prachai Solutions Ltd, 434 Whaddon Way, Bletchley, MK3 7LB
ISBN: 978-1-78435-185-4
Conditions of sale
All rights reserved. You must not circulate this book in any other binding or cover and you must impose the same condition on any acquirer.
A CIP catalogue record for this book is available from the British Library
Visit us at: jiahubooks.co.uk

ROZDZIAŁ 1

W czasie gdy w Rzeczypospolitej wszystko, co żyło, siadało na koń, Karol Gustaw bawił ciągle w Prusach, zajęty dobywaniem tamtejszych miast i układami z elektorem.

Po łatwym i nadspodziewanym podboju bystry wojownik wprędce się opatrzył, iż szwedzki lew pożarł więcej, niż trzewia jego znieść zdołają. Po powrocie Jana Kazimierza stracił nadzieję utrzymania Rzeczypospolitej, lecz wyrzekając się w duszy całości, chciał przynajmniej jak największą część zdobyczy zatrzymać, a przede wszystkim Prusy Królewskie, prowincję do jego Pomorza przyległą, żyzną, wielkimi miastami usianą, bogatą. Lecz ta prowincja, jak pierwsza zaczęła się bronić, tak dotychczas stała wytrwale przy dawnym panu i Rzeczypospolitej. Powrót Jana Kazimierza i rozpoczęta przez konfederację tyszowiecką wojna mogły pruskiego ducha ożywić, w wierności go utwierdzić, do wytrwania zachęcić, postanowił więc Karol Gustaw skruszyć powstanie, zetrzeć Kazimierzowe siły, by Prusakom nadzieję pomocy odjąć.

Musiał to uczynić i ze względu na elektora, któren z mocniejszym zawsze trzymać był gotów. Król szwedzki poznał go już do gruntu, bo ani chwili nie wątpił, że jeśli Kazimierzowa fortuna przeważy, elektor po jego stronie znowu stanie.

Gdy więc oblężenie Malborga szło tępo, bo im go potężniej dobywano, tym go potężniej pan Wejher bronił, ruszył Karol Gustaw do Rzeczypospolitej, aby Jana Kazimierza na nowo, choćby w ostatnim jej krańcu, dosięgnąć. A że czyn po postanowieniu następował u niego tak prędko, jak właśnie grzmot po błyskawicy, podniósł więc wojska leżące przy miastach i nim się kto w Rzeczypospolitej opatrzył, nim wieść się o jego pochodzie rozeszła, on już minął Warszawę i w największe płomienie pożaru się rzucił. Szedł więc do burzy podobny, gniewem, zemstą i zawziętością trawiony. Dziesięć tysięcy koni tratowało za nim pola jeszcze śniegiem pokryte, a piechoty z prezydiów podnosił i szedł razem z wichrem, aż hen! ku południowi Rzeczypospolitej.

Po drodze palił i ścinał. Nie był to już ów dawny Carolus Gustavus, pan dobry, ludzki i wesoły, klaszczący w dłonie jeździe polskiej, mrugający oczyma przy ucztach i schlebiający żołnierzom. Teraz, gdzie się ukazał, płynęła potokiem krew szlachecka i chłopska. Po drodze ścierał partie, jeńców wieszał, nikogo nie żywił.

Ale jak gdy wśród gąszczy borów potężny niedźwiedź niesie swe ciężkie cielsko, krusząc po drodze krze i gałęzie, wilcy zaś idą w trop za nim i nie śmiąc mu drogi zastąpić, coraz bliżej następują nań z tyłu, tak i owe partie ciągnęły za armią Karola, w coraz ciaśniejsze łącząc się gromady, i szły za Szwedem, jako cień idzie za człowiekiem, i wytrwalej jak cień, bo we dnie i w nocy, w pogodę i w niepogodę; przed nim zaś psuto mosty, niszczono zapasy, że musiał iść jak w pustynię, nie mając głowy gdzie schronić lub się w głodzie czym pokrzepić. Sam Karol Gustaw wprędce pomiarkował, jak straszne jest jego przedsięwzięcie. Wojna rozlewała się naokół niego tak szeroko, jak morze rozlewa się naokół zabłąkanego wśród roztoczy okrętu. Gorzały Prusy, gorzała Wielkopolska, która pierwsza poddaństwo przyjąwszy, pierwsza chciała szwedzkie jarzmo zrzucić, gorzała Małopolska i Ruś, i Litwa, i Żmudź. W zamkach i w wielkich miastach, niby na wyspach, trzymali się jeszcze Szwedzi, zresztą wsie, bory, pola, rzeki były już w polskim ręku. Nie tylko człowiek, nie tylko mniejszy podjazd, ale i pułk cały nie mógł się od głównej szwedzkiej siły ani na dwie godzin odłączyć, bo zaraz przepadał bez wieści, a jeńcy, którzy wpadli w chłopskie ręce, umierali w mękach straszliwych.

Próżno Karol Gustaw po wsiach i miastach ogłaszać kazał, iż który chłop zbrojnego szlachcica żywcem lub umarłego dostawi, wolność na wieczne czasy i ziemię w nagrodę otrzyma, chłopi bowiem po równi ze szlachtą i mieszczany wyciągnęli do lasów. Lud z gór, lud z puszcz głębokich, lud z ługów i pól tkwił w lasach, czynił zasieki Szwedom po drodze, napadał na mniejsze prezydia, wycinał w pień podjazdy. Cepy, widły i kosy nie gorzej od szlacheckich szabel opłynęły krwią szwedzką.

Tym bardziej zaś gniew wzbierał w sercu Karola, że przed kilkunastu miesiącami tak łatwo ten kraj ogarnął, więc prawie nie mógł pojąć, co się stało, skąd te siły, skąd ten opór, skąd ta wojna straszna na śmierć i życie, której końca przed sobą nie widział i odgadnąć go nie umiał.

Częste też bywały narady w obozie szwedzkim. Szli z królem: brat jego Adolf, książę biponcki, komendę nad wojskiem mający, Robert Duglas, Henryk Horn, krewny tego, który pod Częstochową był kosą chłopską usieczon, Waldemar, graf duński - i ów Miller, który u stóp Jasnej Góry sławę swą bojową zostawił, i Aszemberg w prowadzeniu jazdy między Szwedami najbiegłejszy, i Hammerszyld, który armatami zawiadował, i stary zbój, marszałek Arfuid Wittenberg, ze ździerstw swych sławny, a ostatkiem zdrowia goniący, bo przez galicką chorobę toczon - i Forgell, i wielu innych - a wszystko wodzowie biegli w zdobywaniu miast i w polu królowi tylko samemu jeniuszem ustępujący.

Ci tedy lękali się w sercach, aby całe wojsko z królem nie przepadło, przez trudy, brak żywności i zaciekłość polską zmorzone. Stary Wittenberg wprost odradzał królowi pochód. "Jakże to, królu - mówił - będziesz zapuszczał się aż w ruskie kraje za nieprzyjacielem, który niszczy wszystko po drodze, sam niewidzialnym pozostając? Co uczynisz, jeśli koniom nie tylko siana i owsa, ale nawet strzech z chałup zbraknie, a ludzie z niewywczasów popadają? Gdzie są owe wojska, które w pomoc nam przyjdą, gdzie zamki, w których moglibyśmy odżywić się i strudzonym członkom dać folgę? Nie równam się z twoją, panie, sławą, ale gdybym był Karolem Gustawem, właśnie bym tej sławy, tak wielkimi zwycięstwami nabytej, na zmienne koleje wojny nie wystawiał."

Na to odpowiadał Karol Gustaw:

- I ja, gdybym był Wittenbergiem.

Po czym Aleksandra Macedońskiego wspominał, z którym lubił być porównywany, i szedł naprzód, goniąc pana Czarnieckiego; ten zaś, nie mając sił tak wielkich ani ćwiczonych, umykał się przed nim, ale umykał jak wilk, gotów zawsze się zwrócić. Czasem też szedł przed Szwedami, czasem po bokach, a czasem, zapadłszy w głuchych lasach, puszczał ich naprzód, tak iż oni myśleli, że jego gonią, a on właśnie szedł za nimi, wycinał opieszałych, tu i owdzie uszczknął cały podjazd, znosił idące wolniej pułki piesze, napadał na wozy z żywnością. I nigdy Szwedzi nie wiedzieli, gdzie jest, z której strony uderzy. Nieraz w zmrokach nocnych rozpoczynali ogień z armat i muszkietów do zarośli, sądząc, że nieprzyjaciela mają przed sobą. Nużyli się śmiertelnie, szli w chłodzie, głodzie i zmartwieniu, a ów - vir molestissimus - wisiał ciągle nad nimi, jako chmura gradowa wisi nad łanem zboża. Na koniec dopadli go pod Gołębiem, niedaleko ujścia Wieprza do Wisły. Niektóre chorągwie polskie, stojące w gotowości rzuciwszy się z impetem na nieprzyjaciela, rozniosły postrach i zamieszanie. Więc naprzód skoczył pan Wołodyjowski ze swoją laudańską chorągwią i wsparł królewicza duńskiego Waldemara; zaś pan Kawecki Samuel i młodszy Jan stoczyli z pagórka pancerną chorągiew na najemnych Angielczyków Wikilsona - i w mgnieniu oka pożarli ich, jako szczupak pochłania klenia, zaś pan Malawski zwarł się z księciem biponckim tak szczelnie, iż ludzie i konie pomieszali się ze sobą jako kurzawa, którą dwa wichry z przeciwnych stron przyniosą i jeden wir z niej uczynią. W mgnieniu oka zepchnięto Szwedów ku Wiśle, co widząc Duglas pospieszył swoim z wyborową rajtarią na ratunek. Lecz rozpędu i te nowe posiłki wstrzymać nie mogły; poczęli więc Szwedzi skakać z wysokiego brzegu na lód, padając trupem tak gęsto, że czernili się na śnieżnym polu jako litery na białej karcie. Legł królewicz Waldemar; legł Wikilson, a książę biponcki, obalon z koniem, nogę złamał - legli wszelako i obaj panowie Kaweccy, i pan Malawski, i Rudawski, i Rogowski, i pan Tymiński, i Choiński, i Porwaniecki, jeden tylko pan Wołodyjowski, chociaż się w szwedzkie szeregi jako nurek w wodę z głową zanurzał, najmniejszej rany nie poniósł.

Tymczasem przyciągnął sam Karol Gustaw z główna siłą i armatami i naówczas zmieniła się postać boju. Inne Czarnieckiego pułki, niekarne i nie wyćwiczone, nie umiały stanąć na czas w ordynku; niektóre koni nie miały pod ręką, inne, po dalszych wsiach leżące, wbrew rozkazom, aby ciągle były w pogotowiu, zażywały wczasu po chatach. Na owe gdy nieprzyjaciel natarł niespodzianie, wnet poszły w rozsypkę i ku Wieprzowi umykać poczęły. Więc pan Czarniecki kazał trąbić na odwrót, aby tamtych pułków, które pierwsze uderzyły, nie wygubić. Jedni poszli tedy za Wieprz, inni do Końskowoli, zostawując pole i sławę zwycięstwa Karolowi, gdyż tych zwłaszcza, którzy za Wieprz uchodzili, długo ścigały chorągwie Zbrożka i Kalińskiego, przy Szwedach jeszcze zostające.

Radość była w obozie szwedzkim niezmierna. Niewielkie wprawdzie dostały się Szwedom owego zwycięstwa trofea: sakiewki z owsem i trochę pustych wozów, lecz Karolowi nie o łup tym razem chodziło. Cieszył się, że zwycięstwo szło jak i dawniej, w jego ślady, że ledwo się pokazał, już pogromił - i to samego pana Czarnieckiego, na którym największe nadzieje Jana Kazimierza i Rzeczypospolitej spoczywały. Mógł się spodziewać, że wieść rozbiegnie się po całym kraju, że każde usta będą powtarzały: "Czarniecki zniesion", iż bojaźliwi rozmiary klęski przesadzą, a przez to zwątlą serca i odbiorą ducha wszystkim, którzy na głos konfederacji tyszowieckiej za broń chwycili.

Więc gdy mu przyniesiono i rzucono pod nogi owe sakiewki owsa, a z nimi razem ciała Wikilsona i Waldemara, on zwrócił się do swych frasobliwych jenerałów i rzekł:

- Rozmarszczcie ichmościowie czoła, bo to jest największe zwycięstwo, jakiem od roku odniósł, i całą wojnę skończyć ono może.

- Wasza królewska mość - odrzekł Wittenberg, który słabszym jak zwykle będąc czarniej rzeczy widział - dziękujmy Bogu i za to, że pochód dalszy będziem mieć spokojny; chociaż takie wojska jak Czarnieckiego prędko się rozpraszają, ale i prędko zbierają na powrót.

Na to król:

- Panie marszałku! nie mam cię za gorszego wodza od Czarnieckiego, ale gdybym cię tak rozbił, tuszę, że i przez dwa miesiące nie zdołałbyś wojsk zebrać.

Wittenberg skłonił się tylko w milczeniu, a Karol mówił dalej:

- Tak jest, pochód będziem mieli spokojny, bo tylko jeden Czarniecki mógł go naprawdę tamować. Nie masz wojsk Czarnieckiego, nie masz przeszkód!

Jenerałowie uradowali się tymi słowy. Upojone zwycięstwem wojska przechodziły przed oczyma króla z krzykiem i śpiewami. Czarniecki przestał wisieć na kształt chmury nad nimi. Czarniecki, rozproszony, przestał istnieć! Wobec tej myśli zapomnieli o przebytej mordędze - wobec tej myśli miłe były im przyszłe trudy. Słowa królewskie, które wielu oficerów słyszało, rozniosły się po obozie i wszyscy byli tego mniemania, że zwycięstwo istotnie miało nadzwyczajne znaczenie, że smok wojny na nowo zabity, a jeno czasy pomsty i panowania nastaną.

Król dał wojsku kilkanaście godzin spoczynku; tymczasem od Kozienic przyszły wozy z żywnością. Wojska roztasowały się w Gołębiu, w Krowienikach i w Życzynie. Rajtarowie pozapalali opuszczone domostwa, powieszono kilkunastu chłopów wziętych z bronią w ręku i kilku pacholików wojskowych, których za chłopów poczytano; następnie odbyła się uczta, po niej zaś żołnierstwo zasnęło snem twardym, bo od dawna po raz pierwszy spokojnym.

Nazajutrz dzień zbudzili się rześko i pierwsze słowa, jakie napłynęły wszystkim do ust, były:

- Nie masz Czarnieckiego!

Powtarzał to jeden drugiemu, jakby się wzajem chcieli o dobrej nowinie upewnić. Pochód rozpoczął się wesoło. Dzień był suchy, zimny, pogodny. Sierść końska i nozdrza pokrywały się szronem. Zimny wiatr pozmrażał kałuże na trakcie lubelskim i drogę uczynił dobrą. Wojska wyciągnęły się niemal milowym wężem, czego przedtem nie czyniły nigdy. Dwa pułki dragońskie pod wodzą Francuza Dubois poszły na Końskowolę, Markuszew i Garbów w mili od głównej siły. Gdyby tak szły przed trzema jeszcze dniami, szłyby na pewną śmierć, lecz teraz poprzedzał je postrach i sława zwycięstwa.

- Nie masz Czarnieckiego! - powtarzali sobie oficerowie i żołnierze.

Jakoż pochód odbywał się spokojnie. Z głębin leśnych nie dochodziły okrzyki, z zarośli nie wypadały groty puszczane niewidzialnymi rękami.

Pod wieczór Karol Gustaw przybył do Garbowa, wesół i w dobrym humorze. Już właśnie zabierał się do spoczynku, gdy Aszemberg dał znać przez służbowego oficera, że chce się pilno widzieć z królem.

Po chwili wszedł do kwatery, i nie sam, ale z kapitanem dragońskim. Król który miał oko bystre i pamięć tak niezmierna, że wszystkich niemal żołnierzy imiona pamiętał, poznał zaraz kapitana.

- A co nowego, Freed? - spytał. - Dubois wrócił?
- Dubois zabity - odpowiedział Freed.

Król zmieszał się; teraz dopiero zauważył, że kapitan wyglądał, jak gdyby go z grobu wyjęto, i odzież miał poszarpaną.

- A dragoni? - spytał - one dwa pułki?
- Wszystkie w pień wycięte. Mnie jednego żywcem puszczono!

Smagłe oblicze króla stało się jeszcze ciemniejszym; rękoma założył sobie pukle włosów za uszy.

- Kto to uczynił?
- Czarniecki!

Karol Gustaw umilkł i począł patrzeć ze zdumieniem na Aszemberga, a ten głową tylko kiwał, jakby chciał powtarzać:

- Czarniecki! Czarniecki! Czarniecki!

- Wszystko to niepodobne do wiary - rzekł po chwili król. - Widziałeś go na własne oczy?

- Jako twój majestat, panie, widzę. Przykazał mi pokłonić się waszej królewskiej mości i oświadczyć, że teraz za Wisłę się znów przeprawia, ale wnet tropem naszym pójdzie. Nie wiem, czyli prawdę powiadał...

- Dobrze! - rzekł król. - Siła przy nim ludzi?

- Nie mogłem dokładnie zmiarkować, ale ze cztery tysiące ludzi sam widziałem, a za lasem stała także jakowaś jazda. Otoczono nas wedle

Krasiczyna, do którego pułkownik Dubois umyślnie z traktu zboczył, bo mu doniesiono, że się tam ludzie jakowiś znajdują. Teraz mniemam, że Czarniecki umyślnie podesłał języka, aby nas w zasadzkę wprowadzić. Jakoż nikt prócz mnie żywy nie wyszedł. Chłopstwo dobijało rannych, jam cudem ocalał!

- Z diabłem chyba ten człowiek wszedł w przymierze - rzekł przykładając dłoń do czoła król. - Bo żeby po takiej klęsce znów wojsko zebrać i nad karkiem nam stanąć, nie ludzka moc!

- Stało się wedle tego, co marszałek Wittenberg przewidywał - wtrącił Aszemberg.

Na to król wybuchnął:

- Wy wszyscy umiecie przewidywać, jeno radzić nie umiecie!

Aszemberg pobladł i umilkł. Karol Gustaw, gdy był wesół, zdawał się być z samej dobroci ulepiony, ale gdy raz brew zmarszczył, wzbudzał strach nieopisany w najbliższych - i nie tak ptaki kryją się przed orłem, jako kryli się przed nim najstarsi i najzasłużeńsi jenerałowie.

Lecz teraz wprędce się pomiarkował i pytał znowu kapitana Freeda:

- Zacneż to wojska przy Czarnieckim?

- Widziałem kilka chorągwi nieporównanych, jako to u nich bywa jazda.

- To te same pod Gołębiem z taką furią nacierały. Stare muszą być pułki. A on sam, Czarniecki, wesół, dufny?

- Tak dufny, jakoby to on pod Gołębiem rozgromił. Teraz tym bardziej musiały się serca w nich podnieść, bo o gołębskiej już zapomnieli, a krasiczyńską wiktorią się chwalą. Wasza królewska mość! co mi kazał Czarniecki powtórzyć, tom powtórzył, ale gdym już wyjeżdżał, zbliżył się do mnie ktoś ze starszyzny, człek potężny, stary, i rzekł mi, iż jest ten, który wiekopomnego Gustawa Adolfa w ręcznym boju rozciągnął. Siła i przeciwko waszej królewskiej mości bluźnił, inni zaś mu wtórowali. Tak oni się chełpią! Odjechałem wśród urągań i wymyślań...

- Mniejsza z tym! - odparł Karol Gustaw. - Czarniecki nie rozbity i wojska już zebrał, to grunt. Tym spieszniej musimy iść naprzód, aby polskiego Dariusza jak najprędzej dosięgnąć. Waszmościom wolno już odejść. Wojsku rozgłosić, że owe pułki od kup chłopskich na oparzeliskach zginęły. Idziemy naprzód!

Oficerowie wyszli, Karol Gustaw został sam. Przez czas jakiś dumał posępnie. Miałożby zwycięstwo pod Gołębiem żadnych owoców nie przynieść, położenia nie zmienić, owszem, większą tylko zaciekłość w całym tym kraju rozbudzić?

Karol Gustaw wobec wojska i jenerałów okazywał zawsze pewność siebie i wiarę, ale gdy został sam i poczynał rozmyślać o tej wojnie, jaka się od początku łatwo zaczęła, a coraz trudniejszą stawała - nieraz ogarniało go zwątpienie. Wszystkie wypadki przedstawiały mu się jakoś dziwnie. Często wyjścia nie widział, końca nie mógł odgadnąć. Czasem zdawało mu się, że jest jako człowiek, który wszedłszy z brzegu morskiego w wodę, czuje, że za każdym krokiem głębiej schodzi i wkrótce straci grunt pod nogami. Lecz wierzył w gwiazdy. I teraz więc podszedł do okna, aby na swoją wybraną popatrzyć, na tę właściwie, która w Wielkim Wozie, czyli w Niedźwiedzicy, najwyższe miejsce zajmuje i świeci najmocniej. Niebo było pogodne, więc i w tej chwili płonęła jaskrawo, migotała się na błękitno i czerwono - z dala tylko, poniżej, na ciemnym granacie nieba, czerniła się jako wąż samotna chmura, od której szły jakby ramiona, jakby gałęzie, jakby macki morskiego potworu i zdawały się coraz zbliżać ku królewskiej gwieździe.

ROZDZIAŁ 2

Nazajutrz dzień ruszył król w dalszy pochód i przyciągnął do Lublina. Tam otrzymawszy wiadomość, iż pan Sapieha po odparciu Bogusławowego najazdu ze znacznym wojskiem ciągnie, takowego zaniechał. Lublin tylko załogą umocnił i szedł dalej.

Najbliższym celem wyprawy był teraz dla niego Zamość, gdyby bowiem ową potężną twierdzę zdołał zająć, zyskałby niewzruszoną podstawę do dalszej wojny i tak znamienitą przewagę, iż szczęśliwego końca mógłby z całą otuchą wyglądać. O Zamościu różne krążyły mniemania. Polacy, dotychczas jeszcze przy Karolu stojący, utrzymywali, iż to jest twierdza w Rzeczypospolitej najpotężniejsza, i przytaczali na dowód, iż wszystkie siły Chmielnickiego wstrzymała.

Lecz ponieważ Karol spostrzegł, iż Polacy zgoła nie byli w fortyfikowaniu twierdz biegli, i takie za silne uważali, które po innych krajach zaledwie do trzeciorzędnych liczono, że wiedział i o tym, iż w żadnej z twierdz nie było dostatecznego opatrunku, to jest ani murów jak należy utrzymanych, ani budowli ziemnych, ani broni należytej, przeto i co do Zamościa dobrej był myśli. Liczył też na urok swego imienia, na sławę niezwyciężonego wodza, a wreszcie i na układy. Układami, które każden magnat mocen był w tej Rzeczypospolitej zawierać albo przynajmniej pozwalał sobie zawierać, więcej dotychczas Karol wskórał niż bronią. Jako więc człek przebiegły i lubiący wiedzieć, z kim ma do czynienia, starannie wszystkie wiadomości o władcy Zamościa zbierał. Wypytywał o jego obyczaje, skłonności, dowcip i fantazję.

Jan Sapieha, który naonczas zdradą jeszcze, ku wielkiemu umartwieniu wojewody witebskiego, nazwisko kalał, najwięcej królowi dawał objaśnień co do pana starosty kałuskiego. Trawili też na naradach całe godziny. Sapieha zresztą nie sądził, aby łatwo przyszło królowi pana na Zamościu skaptować.

- Pieniędzmi go nie skusić - mówił pan Jan - bo człek okrutnie możny. O godności nie dba i nigdy o nie nie zabiegał, nie chciał ich wonczas nawet, gdy same go szukały... Co do tytułów, sam słyszałem, jak na dworze zgromił pana des Noyersa, sekretarza królowej, za to, że mówiąc do niego powiedział: mon prince! - "Jam nie prince (rzecze mu), alem archiduków więźniami w moim Zamościu miewał." Co prawda zresztą, to nie on miewał, jeno jego dziad, którego Wielkim w narodzie naszym nazywają.

- Byle mi bramy Zamościa otworzył, zaofiaruję mu coś takiego, czego żaden król polski zaofiarować by nie mógł.

Sapieże nie wypadało pytać, co by takiego było, spojrzał tylko z ciekawością na Karola Gustawa, ten zaś zrozumiał spojrzenie i odrzekł odgarniając, wedle zwyczaju, włosy za uszy:

- Zaofiaruję mu województwo lubelskie jako niezawisłe księstwo - korona skusi go. Żaden by z was się takiej pokusie nie oparł, nawet dzisiejszy wojewoda wileński.

- Nieograniczona jest hojność waszej królewskiej mości - odparł, nie bez pewnej ironii w głosie, Sapieha.

A Karol odpowiedział z właściwym sobie cynizmem:

- Daję, bo nie moje.

Sapieha pokręcił głową.

- Nieżonaty człowiek jest i synów nie ma. Temu korona miła, kto potomstwu przekazać ją może.

- Jakichże tedy sposobów radzisz mi wasza mość się chwycić?

- Mniemałbym, że pochlebstwem najwięcej da się wskórać. Pan to jest niezbyt bystrego dowcipu i snadnie go można objechać. Trzeba mu przedstawić, jako od niego tylko zależy uspokojenie Rzeczypospolitej, trzeba mu wmówić, iż on jeden może ją osłonić od wojny, nieszczęścia, klęsk wszelkich i przyszłych nieszczęść, a to właśnie przez otwarcie bram. Jeśli ryba ten haczyk połknie, to będziemy w Zamościu, inaczej - nie!

- Zostaną działa jako ostatnia racja!

- Hm! Na tę rację znajdzie się z czego w Zamościu odpowiedzieć. Armat ciężkich tam nie brak, a my musielibyśmy je dopiero sprowadzać, co gdy roztopy nastąpią, stanie się niepodobnym.

- Słyszałem, że piechoty w twierdzy są grzeczne, ale jazdy im brak.

- Jazda tylko w gołym polu potrzebna, a zresztą, skoro Czarniecki, jako się pokazało, nie rozbit, to mógł jedną i drugą chorągiew do posług wrzucić.

- Wasza mość same tylko trudności widzisz.

- Ale wciąż ufam w szczęśliwą gwiazdę waszej królewskiej mości odparł Sapieha.

Miał jednak słuszność pan Jan przewidując, że Czarniecki opatrzył Zamość w jazdę, konieczną do podjazdów i chwytania języków. Wprawdzie pan Zamoyski miał. swojej dosyć i wcale pomocy nie potrzebował, lecz kasztelan kijowski dwie chorągwie, które najbardziej ucierpiały pod Gołębiem, to jest Szemberkową i laudańską, umyślnie do fortecy posłał, żeby mogły odpocząć, odżywić się i konie srodze zmarnowane zmienić. W Zamościu przyjął je pan Sobiepan gościnnie, a gdy się dowiedział, jacy sławni żołnierze w nich się znajdują, tedy pod niebo ich wynosił, darami obsypał i co dzień u stołu swego sadzał.

Lecz któż opisze radość i rozrzewnienie księżnej Gryzeldy na widok pana Skrzetuskiego i pana Wołodyjowskiego, dawnych najdzielniejszych wielkiego męża pułkowników. Padli jej do nóg obaj, rzewne łzy na widok ukochanej pani wylewając, a i ona nie mogła płaczu pohamować. Ileż bo wspomnień łączyło się z nimi z owych dawnych czasów łubniańskich, gdy mąż jej, sława i ukochanie narodu, pełen sił życia, władał potężnie dziką krainą, jak Jowisz jednym zmarszczeniem brwi wzniecając postrach wśród barbarzyństwa. Takie to niedawne czasy, a gdzie one? Dziś władyka w grobie, krainę barbarzyńcy posiedli, a ona, wdowa, siedzi oto na popiołach szczęścia, wielkości, smutkiem jeno żyjąc i modlitwą.

Wszelako w owych wspomnieniach tak słodycz z goryczą się pomieszała, że myśli tych trojga rade leciały w przeszłość. Więc rozmawiali o dawnym życiu, o miejscach, których nie miały już ujrzeć ich oczy, o dawnych wojnach, wreszcie o dzisiejszych czasach klęski i gniewu bożego.

- Gdyby nasz książę żył! - mówił Skrzetuski - inne by były Rzeczypospolitej koleje. Kozactwo byłoby starte, Zadnieprze przy Rzeczypospolitej, a Szwed teraz znalazłby swego pogromiciela. Bóg zarządził, jak chciał, aby za grzechy nas ukarać.

- Oby Bóg w panu Czarnieckim obrońcę wskrzesił! - rzekła księżna Gryzelda.

- Tak i będzie! - zawołał pan Wołodyjowski. - Jako nasz książę innych panów głową przenosił, tak i on wcale do innych wodzów niepodobny. Znam ja przecie obu panów hetmanów koronnych i pana Sapiehę litewskiego. Wielcy to żołnierze, ale przecie jest coś w panu Czarnieckim ekstraordynaryjnego, rzekłbyś: orzeł, nie człowiek. Niby łaskaw, a wszyscy go się boją, ba! nawet pan Zagłoba często o krotochwilach swych przy nim zapomina. A jak wojsko prowadzi! jak szykuje! - imaginację przechodzi! Nie może inaczej być, tylko wielki wojennik powstaje w Rzeczypospolitej.

- Mąż mój, który go pułkownikiem znał, jeszcze wówczas wielkość mu przepowiadał - rzekła księżna.

- Mówiono nawet, że żony na naszym dworze miał szukać - wtrącił pan Wołodyjowski.

- Nie pamiętam, aby o tym była mowa - odparła księżna.

Jakoż nie mogła pamiętać, bo nigdy nic podobnego nie było, ale pan Wołodyjowski chytrze na razie to wymyślił chcąc zwrócić rozmowę na fraucymer księżnej i o pannie Anusi Borzobohatej czegoś się dowiedzieć, albowiem wprost pytać osądził za rzecz nieprzyzwoitą i zbyt względem majestatu księżnej poufałą. Lecz wybieg się nie udał. Księżna wróciła znów myślą do męża i wojen kozackich, za czym i mały rycerz pomyślał: "Nie ma Anusi, może od Bóg wie wielu lat!" I więcej o nią nie pytał.

Mógł pytać oficerów, ale i jego umysł, i wszystkie zajęte były czym innym. Co dzień podjazdy dawały znać, że Szwedzi coraz to bliżej, gotowano się więc do obrony. Skrzetuski i Wołodyjowski dostali funkcje na murach, jako oficerowie i Szwedów, i wojny z nimi świadomi. Pan Zagłoba ducha dodawał i opowiadał o nieprzyjacielu tym, którzy go dotychczas nie znali, a było takich między zamojskimi żołnierzami dosyć, gdyż Szwedzi nie zapuszczali się dotychczas pod Zamość.

Zagłoba w lot pana starostę kałuskiego przeznał, a ten niezmiernie go polubił i we wszystkim się do niego zwracał, zwłaszcza że i od księżnej Gryzeldy słyszał, jako w swoim czasie sam książę Jeremi pana Zagłobę wenerował i vir incomparabilis nazywał. Co dzień tedy przy stole wszyscy słuchali, a pan Zagłoba prawił o dawniejszych i nowszych czasach, o wojnach z Kozaki, o zdradzie Radziwiłła, o tym, jako pana Sapiehę na ludzi wyprowadził.

- Radziłem mu - mówił - iżby siemię konopne w kieszeni nosił i po trochu spożywał. To tak ci się do tego przyzwyczaił, że teraz coraz to ziarno wyjmie, wrzuci do gęby, rozgryzie, miazgę zje, a łuskwinę wyplunie. W nocy, jak się obudzi, także to czyni. Od tej pory tak mu się dowcip zaostrzył, że i najbliżsi go nie poznają.

- Jakże to? - pytał starosta kałuski.

- Bo w konopiach oleum się znajduje, przez co i w głowie jedzącemu go przybywa.

- Bodajże waszą mość! - rzekł jeden z pułkowników. - Toż w brzuchu oleju przybywa, nie w głowie.

- Est modus in rebus! - rzecze na to Zagłoba - trzeba co najwięcej wina pić: oleum, jako lżejsze, zawsze będzie na wierzchu, wino zaś, które i bez tego idzie do głowy, poniesie ze sobą każdą cnotliwą substancję. Ten sekret mam od Lupuła, hospodara, po którym jak waściom wiadomo, chcieli mnie Wołosi na hospodarstwo posadzić, ale sułtan, który woli, by hospodarowie nie mieli potomstwa, postawił mi kondycję, na którą zgodzić się nie mogłem.

- Musiałeś waść siła konopnego siemienia i sam zażywać? - rzekł na to pan Sobiepan.

- Ja nie potrzebowałem, ale waszej dostojności z całego serca radzę! - odparł Zagłoba.

Słysząc te śmiałe słowa, zlękli się niektórzy, żeby ich pan starosta kałuski do serca nie wziął, lecz on, czy nie zmiarkował, czy nie chciał zmiarkować, dość, że uśmiechnął się tylko i spytał:

- A słonecznikowe ziarna nie mogą konopnych zastąpić?

- Mogą - odrzekł Zagłoba - jeno ponieważ olej ze słoneczników jest cięższy, przeto trzeba wino mocniejsze pić od tego, które teraz oto pijemy.

Pan starosta zrozumiał, o co chodzi, rozochocił się i zaraz kazał co najlepszych win przynieść. Za czym uradowali się w sercach wszyscy i ochota stała się powszechną. Pito i wiwatowano na zdrowie królewskie, gospodarskie i pana Czarnieckiego. Pan Zagłoba wpadł w humor przedni, nikogo do głosu nie dopuścił. Opowiadał więc o gołębskiej potrzebie bardzo szeroko, w której istotnie dobrze stawał, bo zresztą służąc w chorągwi laudańskiej nie mógł inaczej uczynić. Ale że od jeńców szwedzkich, wziętych z pułków Dubois, wiedziano o śmierci grafa Waldemara, więc oczywiście wziął pan Zagłoba na się za tę śmierć odpowiedzialność.

- Całkiem inaczej by ta bitwa poszła - mówił - żeby nie to, żem właśnie poprzedzającego dnia do Baranowa, do tamtejszego kanonika, odjechał i Czarniecki nie wiedząc, gdzie jestem, poradzić się mnie nie mógł. Może też i Szwedzi o owym kanoniku zasłyszeli, bo u niego miody przednie, i niebawem pod Gołąb podeszli. Gdym wrócił, było już za późno, król nastąpił i zaraz trzeba było uderzać. Poszliśmy jako w dym, ale cóż, kiedy pospolitacy wolą w ten sposób kontempt nieprzyjacielowi okazywać, że się tyłem do niego odwracają. Nie wiem, jako sobie teraz Czarniecki da rady beze mnie!

- Da sobie rady! nie obawiaj się waćpan! - rzekł pan Wołodyjowski.

I wiem dlaczego. Bo król szwedzki woli za mną pod Zamość walić niż jego po Powiślu szukać. Nie neguję ja Czarnieckiemu, że dobry żołnierz, ale kiedy pocznie brodę kręcić, a swym żbiczym wzrokiem patrzyć, tedy towarzyszowi spod najgórniejszej chorągwi wydaje się, że jest dragonem... Nic on na godność nie uważa, czego i samiście byli świadkami, gdy pana Żyrskiego, człeka znacznego, kazał po majdanie końmi włóczyć za to tylko, że z podjazdem nie dotarł tam, gdzie miał rozkaz. Ze szlachtą, mości panowie, trzeba po ojcowsku, nie po dragońsku... Powiesz mu: "Panie bracie, a bądź łaskaw, a idź", rozczulisz go, na ojczyznę i sławę wspomniawszy, to ci dalej pójdzie niż dragon, który dla lafy służy.

- Szlachcic szlachcicem, a wojna wojną - ozwał się starosta.

- Bardzo to misternie wasza dostojność wywiodła - odparł Zagłoba.

- A taki pan Czarniecki koncept Carolusowi w końcu powariuje! - zauważył Wołodyjowski. - Byłem też na niejednej wojnie i mówić o tym mogę.

- Pierwej my mu powariujemy pod Zamościem - odparł pan starosta kałuski wydymając usta, sapiąc z okrutną fantazją, wytrzeszczając oczy i biorąc się w boki. - Ba! fiu! Co mnie tam ! Hę? Kogo w gości proszę, temu drzwi otwieram! Co? ha!

Tu pan starosta zaczął jeszcze mocniej sapać, kolanami o stół uderzać, przechylać się, kręcić głową, a srożyć się, a oczami błyskać i mówić, jako miał zwyczaj, z pewną rubaszną niedbałością:

- Co mi tam! On pan w Szwecji, a Zamoyski Sobiepan w Zamościu. Eques polonus sum, nic więcej, co? Alem u siebie. Ja Zamoyski, a on król szwedzki... a Maksymilian był austriacki, co? Idzie, a niech idzie... Obaczym! Jemu Szwecji mało, mnie Zamościa dość, ale go nie dam, co?

- Miło, mości panowie, słuchać nie tylko takiej elokwencji, ale tak zacnych sentymentów! - zakrzyknął pan Zagłoba.

- Zamoyski Zamoyskim! - odparł uradowany z pochwały starosta kałuski. - Nie kłanialiśmy się i nie będziem... ma foi! Zamościa nie dam, i basta.

- Zdrowie gospodarskie! - huknęli oficerowie.

- Vivat! vivat!

- Panie Zagłoba! - zawołał starosta - króla szwedzkiego nie puszczę do Zamościa, a waszmości z Zamościa!

- Panie starosto, dziękuję za łaskę, ale tego wasza dostojność nie uczynisz, bo ile byś Carolusa pierwszym postanowieniem zmartwił, tyle byś go drugim ucieszył.

- Dajże parol, że do mnie po wojnie przyjedziesz, co?

- Daję...

Długo jeszcze ucztowano, po czym sen począł morzyć rycerzy, więc poszli na spoczynek, zwłaszcza że wkrótce miały się dla nich zacząć bezsenne noce, bo Szwedzi byli już blisko i przednich straży spodziewano się lada godzina.

- Taki on Zamościa naprawdę nie da - mówił Zagłoba wracając do swej kwatery ze Skrzetuskimi i Wołodyjowskim. - Zauważyliście waszmościowie, jakeśmy się pokochali... Dobrze nam się będzie w Zamościu działo, i mnie, i wam. Przystaliśmy do siebie z panem starostą tak, że żaden stolarz futrowania lepiej nie połączy. Dobre panisko... Hm!... Gdyby był moim kozikiem i gdybym go u pasa nosił, często bym go o osełkę wecował, bo trochę tępy... Ale dobry człek, i ten nie zdradzi, jako oni skurczybykowie birżańscy... Uważaliście, jako magnatowie lgną do starego Zagłoby... Nic, tylko się opędzać... Ledwiem się od Sapiehy wykaraskał, już jest drugi... Ale tego nastroję jako basetlę i taką na nim arię Szwedom zagram, że się na śmierć pod Zamościem zatańcują... Nakręcę go jako gdański zegar do kuranta...

Dalszą rozmowę przerwał gwar dolatujący z miasta. Po chwili znajomy oficer przesunął się szybko koło rozmawiających.

- Stój! - zawołał Wołodyjowski. - Co tam?

- Łunę z wałów widać. Szczebrzeszyn się pali! Szwedzi tuż!

- Chodźmy na wały, mości panowie! - rzekł Skrzetuski.

- Idźcie, a ja zdrzemnę, bo mi na jutro sił potrzeba - odpowiedział Zagłoba.

ROZDZIAŁ 3

Tejże jeszcze nocy pan Wołodyjowski poszedł na podjazd i nad ranem sprowadził kilkunastu języków. Ci potwierdzili, że król szwedzki osobą własną w Szczebrzeszynie się znajduje i niebawem stanie pod Zamościem. Uradował się pan starosta kałuski tą wieścią, bo się wielce rozruszał i niekłamaną miał chęć wypróbowania swych dział i murów na Szwedach. Mniemał przy tym, i bardzo słusznie, że choćby ulec w końcu przyszło, zawsze zatrzyma na sobie potęgę szwedzką przez całe miesiące, a przez ten czas Jan Kazimierz zbierze wojska, sprowadzi całą ordę w pomoc i w całym kraju potężny a zwycięski opór przygotuje.

- Raz mi się zdarza sposobność - mówił z wielką fantazją na radzie wojennej - ojczyźnie i królowi znamienitą przysługę oddać, zapowiadam też waszmościom, że pierwej w powietrze się wysadzę, nim tu szwedzka noga postoi. Chcą Zamoyskiego siłą brać, dobrze! Niech biorą! Obaczym, kto lepszy! Waćpanowie, tuszę, z serca pomagać mi będziecie!

- Gotowiśmy poginąć przy waszej dostojności! - ozwali się chórem oficerowie.

- Byle nas tylko oblegali - rzekł Zagłoba - bo gotowi zaniechać... Mości panowie! jakem Zagłoba, pierwszy wycieczkę poprowadzę!

- Ja z wujem! - rzekł Roch Kowalski. - Na króla samego skoczę!

- Teraz na mury! - zakomenderował starosta kałuski.

Ruszyli wszyscy. Mury były jako kwieciem żołnierzami ubrane. Pułki piechoty tak świetnej, jakiej nie było w całej Rzeczypospolitej, stały w gotowości jeden obok drugiego, z muszkietami w ręku i oczyma zwróconymi ku polom. Mało służyło w nich cudzoziemców, ledwie trochę Prusaków i Francuzów, głównie zaś chłopi ordynaccy. Lud rosły, dorodny, któren gdy go w barwiste kolety przybrano i na modłę cudzoziemską wyćwiczono, bił się tak dobrze jak najlepsi kromwelowscy Anglicy. Szczególnie tędzy byli, gdy po strzałach przyszło rzucić się wręcz na nieprzyjaciela. I teraz wyglądali Szwedów niecierpliwie, pomni dawniejszych swych nad Chmielnickim tryumfów. Przy działach, których długie szyje wyciągały się jakoby z ciekawością przez blanki ku polom, służyli przeważnie Flamandowie, do ognistej służby najprzedniejsi. Za fortecą już, z tamtej strony fosy, kręciły się chorągwie lekkiej jazdy, same bezpieczne, bo pod osłoną dział i schroniska pewne, a mogące w każdej chwili skoczyć, gdzie trzeba.

Starosta kałuski objeżdżał mury w szmelcowanej zbroi, z pozłocistym buzdyganem w ręku, i co chwila pytał:

- A co, nie widać jeszcze?

I klął pod nosem, gdy mu zewsząd odpowiadano, że nie widać. Po chwili jechał w inną stronę i znowu pytał:

- A co? Nie widać?

Tymczasem trudno było coś widzieć, bo trochę mgły wisiało w powietrzu. Dopiero koło dziesiątej rano zaczęła opadać. Niebo błękitne zaświeciło nad głowami, widnokrąg wyjaśnił się, i zaraz też na zachodniej stronie murów poczęto wołać :

- Jadą! jadą! jadą!

Pan starosta, a z nim pan Zagłoba i trzej przyboczni oficerowie starosty wstąpili żywo na anguł murów, z którego widok był daleki, i poczęli patrzyć przez perspektywy. Nieco mgły leżało jeszcze przy ziemi, ale wojska szwedzkie, idące od Wielączy, zdawały się brodzić do kolan w owym tumanie, jak gdyby wynurzały się z wód rozległych. Bliższe pułki bardzo już były wyraźne, tak że gołym okiem można było rozróżnić piechotę, idącą głębokimi szeregami, i zastępy rajtarskie; dalsze natomiast przedstawiały się jakoby kłęby kurzawy ciemnej, toczącej się ku miastu. Z wolna przybywało coraz więcej pułków, armat, jazdy.

Widok był piękny. Ze środka każdego czworoboku piechurów sterczał w górę niezmiernie regularny czworobok włóczni; między nimi wiewały chorągwie różnych barw, a najwięcej błękitnych z białymi krzyżami i błękitnych ze złotymi lwami. Zbliżyli się jeszcze bardziej. Na murach było cicho, więc powiew wiatru niósł od nich skrzyp kół, chrzęst zbroi, tętent koni i przytłumiony gwar głosów ludzkich. Doszedłszy na dwa strzały ze śmigownicy, poczęli się rozciągać przed fortecą. Niektóre czworoboki piechoty rozsypały się w bezładne roje. Widocznie zabierali się do roztasowywania namiotów i do sypania szańczyków.

- Ot i są! - rzekł pan starosta.
- Są psubraty! - odrzekł Zagłoba.
- Można by ich, człeka po człeku, palcem rachować.
- Tacy starzy praktycy jak ja nie potrzebują rachować, jeno okiem rzucą. Jest ich dziesięć tysięcy jazdy i ośm piechoty z artylerią. Jeślim się o jednego gemajna albo o jednego konia omylił, gotówem całą fortunę za omyłkę zapłacić.
- Zali tak można wymiarkować?
- Dziesięć tysięcy jazdy i ośm piechoty, żebym tak zdrów był! W Bogu nadzieja, że w znacznie szczuplejszej liczbie odejdą, niech tylko jedną wycieczkę poprowadzę.
- Słyszysz waszmość, arię grają!

Rzeczywiście, trębacze z doboszami wystąpili przed pułki i zagrzmiała bojowa muzyka. Przy jej odgłosie nadchodziły bliżej dalsze pułki i otaczały z dala miasto. Na koniec od zbitych tłumów oderwało się kilkunastu jeźdźców. Wpół drogi pozasadzali białe chusty na miecze i poczęli nimi powiewać.

- Poselstwo - rzekł Zagłoba. - Widziałem, jak do Birżów, złodzieje, przyjechali z taką samą fantazją, i wiadomo, co z tego wypadło.
- Zamość nie Birże, a ja nie wojewoda wileński! - odparł pan starosta.

Tymczasem tamci zbliżyli się do bramy. Po krótkiej chwili przyskoczył do pana starosty oficer służbowy z oznajmieniem, iż pan Jan Sapieha pragnie w imieniu króla szwedzkiego widzieć się z nim i rozmówić.

A pan starosta począł się zaraz w boki brać, z nogi na nogę przestępywać, a sapać, a wargi odymać, wreszcie odrzekł z okrutną fantazją:

- Powiedz panu Sapieże, że Zamoyski ze zdrajcami nie gada. Chce król szwedzki ze mną gadać, niech mi Szweda rodowitego przyśle, nie Polaka, bo Polacy, którzy Szwedowi służą, niech do psów moich poselstwa odprawują, gdyż po równi nimi gardzę!
- Jak mi Bóg miły, to respons! - zawołał z niekłamanym zapałem Zagłoba.
- A niech ich tam diabli wezmą! - zawołał podniesiony własnymi słowy i pochwałą starosta - co? będę z nimi robił ceremonie czy co?
- Pozwól, wasza dostojność, niech mu sam ten respons odniosę! - rzekł Zagłoba.

I nie czekając dłużej, skoczył z oficerem służbowym, wyszedł naprzeciw pana Jana i widocznie, że nie tylko słowa starościńskie powtórzył, ale musiał od siebie coś wielce szpetnego dodać, bo pan Sapieha zawrócił tak z miejsca, jakby mu przed koniem piorun trzasł, i nacisnąwszy czapkę na uszy odjechał.

Z murów zaś i z chorągwi tej jazdy, która przed bramą stała, poczęto huczeć za odjeżdżającymi:

- A do budy, zdrajcy, przedawczykowie! żydowscy słudzy! Huź! huź!...

Sapieha stanął przed królem blady z zaciśniętymi wargami. A i król też był zmieszany, bo Zamość omylił jego nadzieję... Co najwięcej, mimo tego, co mu poprzednio mówiono, spodziewał się znaleźć gród takiej odpornej siły, jak Kraków, Poznań i inne miasta, których tyle już zdobył. Tymczasem znalazł twierdzę potężną, przypominającą duńskie i niderlandzkie, o której bez dział ciężkiego kalibru nie mógł nawet pomyśleć.

- Co tam? - spytał ujrzawszy Sapiehę.

- Nic! Pan starosta nie chce gadać z Polakami, którzy waszej królewskiej mości służą. Wysłał do mnie swego trefnisia, który mnie i waszą królewską mość zelżył tak sromotnie, że i powtórzyć się nie godzi.

- Wszystko mi jedno, z kim chce gadać, byle gadał. W braku innych mam żelazne argumenta, a tymczasem Forgella mu poślę.

Jakoż w pół godziny później Forgell z czysto szwedzką asystencją oznajmił się przy bramie. Most łańcuchowy opuścił się z wolna na fosę i jenerał wjechał do twierdzy wśród spokoju i powagi. Oczu nie wiązano ani jemu, ani nikomu ze świty; widocznie chciał, owszem, pan starosta, iżby wszystko widział i o wszystkim królowi mógł donieść. Przyjął go zaś z takim przepychem jak książę udzielny i istotnie w podziw wprawił, panowie bowiem szwedzcy i dwudziestej części tych bogactw nie mieli co Polacy, a pan starosta między polskimi był niemal najpotężniejszym. Przebiegły Szwed począł też od razu tak go traktować, jak gdyby go król Karol do równego sobie monarchy w poselstwie wysłał, z góry nazwał go princeps i ciągle tak nazywał, chociaż pan Sobiepan za pierwszym zaraz razem mu przerwał:

- Nie princeps, eques polonus sum, ale właśnie dlatego książętom równy!

- Wasza książęca mość! - mówił nie dając się zbić z tropu Forgell. Najjaśniejszy król szwedzki i pan (tu długo wyliczał tytuły) zgoła nie jako nieprzyjaciel tu przybył, ale wprost mówiąc, w gościnę tu przyjechał i przeze mnie się zapowiada, mając niepłonną, jak tuszę, nadzieję, że wasza książęca mość dla osoby jego i jego wojsk bramy swe otworzyć zechcesz.

- Nie masz u nas tego zwyczaju - odpowiedział pan Zamoyski - aby komu gościnności odmawiać, choćby też i nieproszony przyjechał. Znajdzie się zawsze u mnie miejsce przy stole, a nawet, dla tak dostojnej osoby, pierwsze. Powiedz tedy, wasza dostojność, najjaśniejszemu królowi, że bardzo proszę, i tym szczerzej, że jako najjaśniejszy Carolus Gustavus jest panem w Szwecji, tak ja w Zamościu. Ale że jako wasza dostojność widziałeś, służby mi nie brak, przeto nie potrzebuje jego szwedzka jasność swojej ze sobą brać. Inaczej pomyślałbym, że mnie ma za chudopachołka i kontempt chce mi okazać.

- Dobrze! - szepnął stojący tuż za plecami pana starosty Zagłoba.

A pan starosta, wypowiedziawszy swoją orację, począł usta wydymać, sapać i powtarzać jeszcze:

- A! ot, co jest! a!

Forgell przygryzł wąsów, pomilczał trochę i wreszcie tak mówić począł:

- Największy to byłby dowód nieufności dla króla, gdybyś wasza książęca mość załogi jego do fortecy wpuścić nie raczył. Powiernikiem królewskim jestem, wiem jego najtajniejsze myśli, a oprócz tego mam rozkaz oświadczyć waszej dostojności i słowem w imieniu króla zaręczyć, że on ni państwa zamojskiego, ni tej twierdzy zajmować na stałe nie myśli. Ale gdy wojna w całym tym nieszczęsnym kraju rozgorzała na nowo, gdy bunt głowę podniósł, a Jan Kazimierz, niepomny na klęski, które na Rzeczpospolitą spaść mogą, swojej tylko dochodząc fortuny znowu w granice powrócił i łącznie z pogany przeciw chrześcijańskim wojskom naszym występuje, postanowił niezwyciężony król i pan mój choćby do dzikich stepów tatarskich i tureckich go ścigać, w tym jedynie celu, aby spokój krajowi, panowanie sprawiedliwości i szczęście a wolność obywatelom tej prześwietnej Rzeczypospolitej przywrócić.

Starosta kałuski uderzył się ręką po kolanie, ale nie odrzekł ni słowa, jeno Zagłoba szepnął:

- Diabeł się w ornat ubrał i ogonem na mszę dzwoni.

- Liczne już spłynęły na ten kraj z protekcji królewskiej dobrodziejstwa - mówił dalej Forgell - lecz najjaśniejszy król mniemając w ojcowskim swym sercu, że nie dość jeszcze uczynił, znowu prowincji swej pruskiej odbieżał, aby mu jeszcze raz iść na ratunek, któren na pokonaniu Jana Kazimierza polega. Aby jednak nowa ta wojna prędki a szczęśliwy koniec wziąść mogła, potrzebne jest jego królewskiej mości nieodbicie czasowe zajęcie tej twierdzy, ona bowiem ma stać się dla wojsk jego królewskiej mości ostoją, z której pościg za buntownikami będzie czyniony. Lecz słysząc, że ten, który Zamościa jest panem, nie tylko bogactwy, nie tylko starożytnością rodu, dowcipem, wspaniałym umysłem, ale i miłością do ojczyzny wszystkich przewyższa, zaraz król i pan mój rzekł: "Ten mnie zrozumie, ten intencje moje dla tej krainy ocenić potrafi, ufności mojej nie zawiedzie nadzieje przewyższy, do szczęścia i spokoju tego kraju pierwszy rękę przyłoży." Jakoż tak jest! Jakoż od ciebie, panie, zależą przyszłe losy tej ojczyzny. Ty ją ratować i ojcem jej stać się możesz... Przeto nie wątpię, iż to uczynisz. Kto sławę taką po przodkach dziedziczy, ten nie powinien omijać sposobności, aby ją powiększyć i nieśmiertelną uczynić. Zaiste, więcej dobrego sprawisz otworzeniem bram tej twierdzy, niż gdybyś całą prowincję do Rzeczypospolitej przyłączył. Król ufa, panie, że niepowszednia mądrość twa na równi z sercem do tego się skłonią, dlatego rozkazywać nie chce - prosić woli; groźby odrzuca, przyjaźń ofiaruje; nie jako władca z podległym, lecz jako potężny z potężnym traktować pragnie.

Tu jenerał Forgell skłonił się panu staroście z takim uszanowaniem jakby udzielnemu monarsze i umilkł. W sali uczyniła się też cisza. Wszystkie oczy utkwione były w starostę.

On zaś kręcić się począł, wedle zwyczaju, na swoim pozłocistym krześle, usta nadymać i srogą fantazję okazywać, wreszcie łokcie rozszerzył, dłonie wsparł na kolanach i rzucając głową jak narowisty koń, tak począł:
- Ot, co jest! Wielcem ja wdzięczny jego szwedzkiej jasności za górne mniemanie, jakie ma o moim dowcipie i o afektach dla ojczyzny. Nic mi też milszego jak przyjaźń takowego potentata. Ale myślę, że tak samo moglibyśmy się miłować, gdyby jego szwedzka jasność sobie w Sztokholmie zostawała, a ja w Zamościu - co? Bo Sztokholm jego szwedzkiej jasności, a Zamość mój! Co się afektów dla Rzeczypospolitej tyczy - i owszem! - jeno, wedle mego konceptu, nie wtedy będzie Rzeczypospolitej lepiej, kiedy Szwedzi będą do niej szli, ale wtedy, kiedy sobie z niej pójdą. Ot, racja! Bardzo w to wierzę, iż Zamość mógłby jego szwedzkiej jasności do wiktorii nad Janem Kazimierzem dopomóc, wszelako trzeba, żebyś i wasza dostojność wiedział, że ja nie jego szwedzkiej mości, jeno właśnie Janowi Kazimierzowi przysięgałem, dlatego jemu wiktorii życzę, a Zamościa nie dam! Ot co!
- To mi polityka! - huknął Zagłoba.

W sali uczynił się szmer radosny, lecz pan starosta trzepnął się rękoma po kolanach i owe gwary uciszył.

Forgell zmieszał się i milczał przez chwilę, po czym znowu argumentować począł: więc nalegał, trochę groził, prosił, pochlebiał. Jako patoka płynęła z ust jego łacina, aż krople potu uperliły mu czoło, lecz wszystko na próżno, bo po swych najlepszych argumentach, tak silnych, że mury poruszyć by mogły, słyszał zawsze jedną odpowiedź:
- A ja tak i Zamościa nie dam, ot co!

Audiencja przeciągnęła się nad miarę, na koniec stała się dla Forgella kłopotliwą i trudną, bo wesołość poczynała ogarniać obecnych. Coraz to częściej padało jakieś słowo jakieś szyderstwo to z ust Zagłoby, to z innych, po którym przytłumione śmiechy odzywały się w sali. Spostrzegł wreszcie Forgell, że trzeba ostatecznych chwycić się sposobów, więc r rozwinął pergamin z pieczęciami, który trzymał w ręku, a na który nikt dotąd nie zwracał uwagi, i powstawszy rzekł uroczystym, dobitnym głosem:
- Za otwarcie bram twierdzy jego królewska mość (tu znów długo wymieniał tytuły) ofiaruje waszej książęcej mości województwo lubelskie w dziedziczne władanie!

Zdumieli się słysząc to wszyscy, zdumiał się na chwilę i pan starosta. Już Forgell począł toczyć tryumfującym wzrokiem dokoła, gdy nagle wśród ciszy głuchej ozwał się po polsku do starosty stojący tuż za nim pan Zagłoba:
- Ofiaruj, wasza dostojność, królowi szwedzkiemu w zamian Niderlandy.

Pan starosta nie namyślał się długo, uderzył się rękoma w boki i palnął na całą salę po łacinie:

- A ja ofiaruję jego szwedzkiej jasności Niderlandy!

W tej samej chwili sala zabrzmiała jednym ogromnym śmiechem. Trząść się poczęły brzuchy i pasy na brzuchach; jedni klaskali w ręce, drudzy zataczali się jak pijani, inni opierali się o sąsiadów, i śmiech brzmiał ciągle. Forgell blady był; brwi zmarszczył groźnie, lecz czekał z ogniem w źrenicach i głową dumnie wzniesioną. Na koniec, gdy paroksyzm śmiechu przeszedł, spytał krótkim; urywanym głosem:

- Czy to ostatnia waszej dostojności odpowiedź?

Na to pan starosta pokręcił wąsa.

- Nie! - odrzekł podnosząc jeszcze dumniej głowę - bo mam armaty na murach!

Poselstwo było skończone.

W godzin dwie później zagrzmiały działa z szańców szwedzkich, a zamojskie odpowiedziały im z równą siłą. Cały Zamość okrył się dymem, jakby chmurą niezmierną, tylko raz po razu łyskało w owej chmurze i grzmot huczał nieustanny. Lecz wnet ogień z ciężkich fortecznych śmigownic przemógł. Szwedzkie kule padały w fosę lub odbijały się bez skutku o potężne anguły; pod wieczór nieprzyjaciel musiał się cofać z bliższych szańców, twierdza bowiem zasypywała je takim gradem pocisków, że żywy duch wytrzymać nie mógł. Uniesiony gniewem król szwedzki kazał zapalić wszystkie okoliczne wsie i miasteczka, tak że okolica wyglądała w nocy jak jedno morze ognia, lecz pan starosta ani o to dbał.

- Dobrze - mówił - niechże palą! My mamy dach nad głową, ale im rychło za kołnierz naleci. I tak był kontent ze siebie samego, a wesół, że tego jeszcze dnia wspaniałą ucztę wyprawiwszy, do późna kielichami się bawił. Huczna kapela grała do uczty tak gromko, że mimo huku dział słychać ją było aż w najdalszych szańcach szwedzkich.

Lecz i Szwedzi strzelali wytrwale, a nawet tak wytrwale, że ogień trwał przez całą noc. Drugiego dnia przyszło królowi kilkanaście dział, które ledwie że wciągnięto na szańce, wnet poczęły przeciw twierdzy pracować. Nie spodziewał się król wprawdzie zgruchotać murów, chciał tylko wpoić w starostę przekonanie, że postanowił szturmować zaciekle i nieubłaganie. Pragnął przerazić; ale były to strachy na Lachy. Pan starosta ani przez chwilę w nie nie uwierzył i często pokazując się na murach, mówił w czasie największej strzelaniny:

- Po co oni prochy psują?!

Pan Wołodyjowski i inni oficerowie prosili się na wycieczkę, lecz pan starosta nie pozwolił; nie chciał po prostu darmo krwi marnować. Wiedział zresztą, że trzeba by było chyba stoczyć bój otwarty, bo tak przezorny wojownik, jak król szwedzki, i taka wyćwiczona armia nie dadzą się zejść niespodzianie. Zagłoba widząc stałe postanowienie starościńskie w tym względzie, tym bardziej nalegał i zaręczał, że sam wycieczkę poprowadzi.

- Zbyt waszmość jesteś krwi chciwy! - odpowiedział pan Sobiepan. - Nam dobrze, Szwedom źle, przecz mamy do nich chodzić? Waszmość polec możesz, a tyś mi jako konsyliarz potrzebny, bo waścinym to dowcipem takem Forgella skonfundował, o Niderlandach wspomniawszy.

Pan Zagłoba odpowiedział, że nie może wytrzymać w murach, tak mu do Szwedów pilno, lecz słuchać musiał.

Więc w braku innego zajęcia czas spędzał na murach między żołnierstwem, przestróg i rad z powagą udzielając, których wszyscy z niemałym szacunkiem słuchali mając go za wojownika wielce doświadczonego i jednego w Rzeczypospolitej z najprzedniejszych. A on radował się w duszy, patrząc na obronę i na fantazję rycerską.

- Panie Michale! - mówił do Wołodyjowskiego - inny już duch w Rzeczypospolitej i w szlachcie, inne czasy. Nikt już o zdradzie i o poddaniu się nie myśli, a każden z życzliwości dla Rzeczypospolitej i majestatu gotów wprzód gardło dać, nim krokiem nieprzyjacielowi ustąpi. Pamiętasz, jako to rok temu ze wszystkich stron się słyszało: ten zdradził! ów zdradził, ów protekcję przyjął, a ninie Szwedzi już więcej od nas protekcji potrzebują, których jeśli diabeł nie poproteguje, to ich wkrótce weźmie. Bo my tu mamy brzuchy tak pełne, że dobosze mogliby na nich bębnić, im zaś głód kiszki szlamuje i na bicze skręca.

Pan Zagłoba miał słuszność. Armia szwedzka nie miała ze sobą zapasów żywności i dla ośmnastu tysięcy ludzi, nie licząc koni, nie było skąd ich dostać, pan starosta bowiem, jeszcze przed przyjściem nieprzyjaciela, pościągał na kilkanaście mil wkoło ludzką i końską spyżę ze wszystkich swych majętności. W dalszych zaś okolicach kraju roiły się oddziały konfederackie, kupy zbrojnego chłopstwa, tak że podjazdy z obozu po żywność wychodzić nie mogły, bo tuż za obozem pewna śmierć czekała.

Do tego pan Czarniecki nie poszedł na Zawiśle, ale znów krążył koło szwedzkiej armii jak dziki zwierz koło owczarni. Rozpoczęły się znów nocne alarmy, przepadanie bez wieści mniejszych oddziałów. Wedle Kraśnika pojawiły się jakieś wojska polskie, które komunikację z Wisłą przecięły. Na koniec przyszła wieść, że pan Paweł Sapieha z potężną armią litewską idzie z północy, że po drodze mimochodem starł załogę w Lublinie, Lublin wziął i komunikiem dąży ku Zamościowi.

Widział całą okropność położenia najdoświadczeńszy z wodzów szwedzkich, stary Wittenberg, i otwarcie przedstawił ją królowi.

- Wiem - mówił - że geniusz waszej królewskiej mości cuda potrafi, ale po ludzku rzeczy biorąc, głód nas weźmie, a gdy nieprzyjaciel na wycieńczonych nastąpi, żywa noga z nas nie ujdzie.

- Gdybym tę twierdzę posiadł - odparł król - we dwa miesiące wojnę skończę.

- Na taką twierdzę rok oblężenia mało.

Król w duszy przyznawał słuszność staremu wojownikowi, nie przyznał się tylko przed nim do tego, że i sam środków nie widzi, że jego geniusz wyczerpany.

Lecz liczył jeszcze na jakiś niespodziany wypadek - więc kazał strzelać dzień i noc.

- Ducha w nich pognębię, do układów będą łatwiejsi - mówił.

Po kilku dniach strzelaniny tak zaciekłej, że świata spoza dymu nie było widać, posłał znów Forgella do twierdzy.

- Król i pan mój - rzekł stanąwszy przed starostą jenerał - liczy na to, że szkody, jakie Zamość ponieść od naszych dział musiał, zmiękczą wyniosły waszej książęcej mości umysł i do układów go skłonią.

A na to pan Zamoyski:

- Owszem! tak!... szkody są... Czemu nie ma być! Zabiliście świnie w rynku, którą złam granatu w żywot ugodził. Strzelajcie jeszcze tydzień, a może zabijecie drugą...

Forgell poniósł tę odpowiedź królowi. Wieczorem odbyła się znów narada w kwaterze królewskiej i nazajutrz poczęli Szwedzi pakować namioty na wozy i ściągać działa z szańców... a w nocy ruszyło całe wojsko.

Zamość grzmiał za nimi ze wszystkich dział, a gdy już znikli z oczu, wyszły przez południową bramę dwie chorągwie, Szemberkowa z laudańską - i poszły w trop.

Szwedzi ciągnęli ku południowi. Wittenberg radził wprawdzie, by wracać ku Warszawie, i ze wszystkich sił przekonywał, że to jedyna droga zbawienia, lecz szwedzki Aleksander postanowił koniecznie ścigać do ostatnich krańców państwa polskiego Dariusza.

ROZDZIAŁ 4

Wiosna roku tego dziwnymi chodziła drogami, bo gdy na północy Rzeczypospolitej potajały już śniegi i puściły zdrętwiałe rzeki, a cała kraina spłynęła marcową wodą, na południu od gór szło jeszcze na pola, na wody i bory lodowate tchnienie zimy. W lasach leżały zaspy, zmarznięte drogi tętniły pod kopytami koni, dnie były suche, zachody słońca czerwone, a noce gwiaździste i mroźne. Lud siedzący na żyznych glinach, na czarnoziemiu i na borowinie Małopolski, cieszył się z owej stateczności chłodów, twierdząc, że wyginą od nich myszy polne i Szwedzi. Lecz wiosna, o ile nie przychodziła długo, o tyle potem nastąpiła tak nagle, jak pancerna chorągiew idąca do ataku na nieprzyjaciela. Słońce sypnęło z nieba żywym ogniem i wraz pękła zimowa skorupa; od węgierskich stepów przyleciał wiatr duży a ciepły i jął chuchać na łąki, pola i puszcze. Wnet też wśród kałuż świecących zaczerniała orna ziemia, ruń zielona strzeliła na niskich porzeczach, a lasy poczęły płakać łzami z roztopionej okiści.

Na pogodnym wciąż niebie codziennie widać było sznury żurawi, dzikich kaczek, cyranek i gęsi. Przyleciały bociany na zeszłoroczne koła, a podstrzesza zaroiły się jaskółkami, rozległ się świergot ptactwa przy wsiach, wrzaski po lasach i stawach, a wieczorami cała kraina brzmiała rzechotem i kumkaniem żab pławiących się z rozkoszą w wodzie.

Za czym przyszły dżdże wielkie, a jakoby ugrzane, i padały dniem, padały nocą bez przerwy.

Pola zmieniły się w jeziora, rzeki wezbrały, brody stały się nieprzebyte, nastąpiła "klejowatość i niesposobność dróg błotnistych".

Wśród tych wód, błot i topieli wlokły się wciąż ku południowi zastępy szwedzkie.

Lecz jakże mało ów tłum, idący jakby na zatracenie, podobny był do owej świetnej armii, która swego czasu wkroczyła pod Wittenbergiem do Wielkopolski. Głód powyciskał sine pieczęcie na twarzach starych wojowników; więc szli, do mar niż do ludzi podobniejsi, w zmartwieniu, trudzie, bezsenności, wiedząc, że na końcu drogi nie jadło ich czeka, ale głód, nie sen, lecz bitwa, a jeśli odpoczynek, to chyba odpoczynek śmierci.

Przybrane w żelazo kościotrupy jeźdźców siedziały na kościotrupach koni. Piechurowie zaledwie nogi wlekli, zaledwie drżącymi rękoma mogli utrzymać dzidy i muszkiety. Dzień uchodził za dniem, oni ciągle szli naprzód. Wozy łamały się, armaty grzęzły w topieli; szli tak wolno, że czasem ledwie przez cały dzień milę ujść zdołali. Choroby rzuciły się na żołnierzy jak kruki na trupa; jedni szczękali zębami z febry, drudzy kładli się po prostu z osłabienia na ziemi, woląc umierać niż iść dalej.

Lecz szwedzki Aleksander ścigał wciąż polskiego Dariusza.

Jednocześnie zaś sam był ścigany. Jak za chorym bawołem idą nocą szakale, czekając, rychło z nóg się zwali, a on wie, że padnie, i. słyszy już wycia głodnego stada, tak za Szwedami szły "partie" szlacheckie i chłopskie, coraz bliżej następując, coraz zuchwalej napadając i szarpiąc.

Wreszcie nadciągnął najstraszniejszy ze wszystkich Czarniecki i szedł tuż. Tylne straże szwedzkie, ile razy obejrzały się za siebie, widziały zawsze jeźdźców, czasem daleko na krańcu widnokręgu, czasem o staje, czasem o dwa strzały z muszkietu, czasem, gdy atakował, nad samym karkiem.

Nieprzyjaciel chciał bitwy. Z rozpaczą modlili się o nią Szwedzi do Pana Zastępów, lecz Czarniecki bitwy nie przyjmował: czekał pory, tymczasem wolał szarpać lub puszczać z ręki pojedyncze partie, jakby sokoły na ptastwo wodne.

I tak szli jedni za drugimi. Bywały wszelako chwile, w których pan kasztelan kijowski mijał Szwedów, wysuwał się naprzód i przecinał im drogę, symulując, że staje do walnej rozprawy. Wówczas trąby grały radośnie z jednego końca szwedzkiego obozu w drugi i, o cudzie! - nowe siły, nowy duch zdawał się nagle ożywiać strudzone szeregi Skandynawów. Chorzy, zmoknięci, bezsilni, do Łazarzów podobni, stawali nagle do bitwy z płonącym licem, z ogniem w źrenicach. Dzidy i muszkiety poruszały się z taką dokładnością, jakby żelazne władały nimi ręce, krzyki wojenne rozlegały się tak gromko, jakby z najzdrowszych wychodziły piersi - i szli naprzód, by piersią o pierś uderzyć.

Więc pan Czarniecki uderzał raz i drugi, lecz gdy zagrzmiały armaty, cofał wojska na boki, zostawując Szwedom w zysku tylko trud próżny, tylko większy zawód i zniechęcenie.

Natomiast, gdzie armaty nadążyć nie mogły, a dzida i szabla miały w otwartym polu rozstrzygać, tam uderzał jak piorun, wiedząc, że w ręcznej walce jazda szwedzka nawet wolentarzom nie wytrzyma.

I znów Wittenberg począł wnosić instancję do króla, by się cofał, aby siebie i wojska nie gubił, lecz on w odpowiedzi zacinał usta, ogniem sypał z oczu i ukazywał ręką na południe, gdzie w ruskich krainach spodziewał się znaleźć Jana Kazimierza, otwarte do zwycięstw pole, spoczynek, żywność, paszę dla koni i łup bogaty.

Tymczasem, na dobitkę nieszczęścia, te polskie pułki, które służyły mu dotąd, a teraz jedynie mogły jako tako stawiać czoło krokom Czarnieckiego, poczęły opuszczać Szwedów. Więc podziękował pierwszy za służbę pan Zbróżek, którego nie chęć zysku, ale ślepe przywiązanie do chorągwi i wierność żołnierska trzymały dotąd przy Karolu. Podziękował w ten sposób, że poszarpał pułk dragonów Millera, połowę ludzi w pień wyciął i poszedł. Po nim podziękował pan Kaliński, po piechocie szwedzkiej przejechawszy. Sapieha stawał się co dzień posępniejszy, coś w duszy przeżuwał, coś knował. Sam dotąd nie odszedł, ale ludzie co dzień mu uciekali spod chorągwi.

Szedł więc Karol Gustaw na Narol, Cieszanów i Oleszyce, aby się do Sanu dostać. Podtrzymywała go nadzieja, że Jan Kazimierz zabieży mu drogę i bitwę stoczy. Jeszcze zwycięstwo mogło losy szwedzkie poprawić i odmianę fortuny sprowadzić. Jakoż rozeszły się pogłoski, że Jan Kazimierz ruszył ze Lwowa z kwarcianym wojskiem i Tatarami. Lecz rachuby Karolowe zawiodły, Jan Kazimierz wolał bowiem czekać na skupienie się wojsk i nadejście Litwy pod Sapiehą. Zwłoka była mu najlepszym sprzymierzeńcem, bo on rósł z każdym dniem w siły, Karol zaś z każdym dniem stawał się słabszy.

- Nie wojsko to idzie ani armia, ale kondukt pogrzebowy! - mówili starzy wojownicy w Kazimierzowym otoczeniu.

Zdanie to dzieliło wielu oficerów szwedzkich.

Sam król powtarzał jeszcze, że do Lwowa idzie, lecz oszukiwał siebie i swoich. Nie do Lwowa mu było iść, lecz o własnym ratunku myśleć. Zresztą i to było niepewnym, czy Jan Kazimierz we Lwowie się znajduje, a w każdym razie mógł się cofnąć aż hen, na Podole, i wyprowadzić za sobą nieprzyjaciela w dalekie stepy, na których przyszłoby Szwedom zginąć bez ratunku.

Poszedł Duglas pod Przemyśl spróbować, czyliby ta przynajmniej twierdza nie dała się zająć, i wrócił nie tylko z niczym, ale i poszarpany. Katastrofa zbliżała się z wolna, ale nieubłaganie. Wszystkie wieści, jakie przychodziły do szwedzkiego obozu, były tylko jej zapowiedzią. Co dzień zaś nadchodziły nowe, coraz groźniejsze.

- Sapieha idzie, już jest w Tomaszowie! - powtarzano jednego dnia.

- Pan Lubomirski wali z Podgórza z wojskiem i góralami! - mówiono nazajutrz.

I znów potem:

- Król wiedzie kwartę i sto tysięcy ordy! Z Sapiehą się połączył!

Były między tymi "awizami klęski i śmierci" nieprawdziwe i przesadzone, ale wszystkie szerzyły przerażenie. Duch w armii upadł. Dawniej, ilekroć Karol własną osobą pojawiał się przed pułkami, tylekroć witały go okrzyki, w których brzmiała nadzieja zwycięstwa, teraz pułki stały przed nim głuche i nieme. Za to u ognisk zgłodniały i strudzony na śmierć żołnierz więcej szeptał o Czarnieckim niż o własnym królu. Widziano go wszędzie. I rzecz szczególna! Gdy przez parę dni nie zginął żaden podjazd, gdy kilka nocy upłynęło bez alarmów, bez okrzyków: "Ałła!" i "Bij, zabij!" - niepokój powstawał jeszcze większy.

- Czarniecki ucichł. Bóg wie, co gotuje! - powtarzali żołnierze.

Karol zatrzymał się przez kilka dni w Jarosławiu, namyślając się, co ma począć. Przez ten czas ładowano na szkuty chorych żołnierzy, których w obozie było mnóstwo, i wysyłano rzeką do Sandomierza, jako do najbliższego warownego grodu zostającego jeszcze w szwedzkim ręku. Po ukończeniu nowej roboty, gdy właśnie nadbiegły wieści o ruszeniu się Jana Kazimierza ze Lwowa, postanowił król szwedzki sprawdzić, gdzie istotnie Jan Kazimierz się znajduje.

W tym celu pułkownik Kanneberg z tysiącem jazdy przeszedł San i ruszył ku wschodowi.

- Być może, iż losy wojny i nas wszystkich masz w ręku - rzekł mu na odjezdnym król.

A i naprawdę siła od tego podjazdu zależało, albowiem w najgorszym razie powinien był Kanneberg zaopatrzyć obóz w prowiant: w razie zaś gdyby się na pewno wywiedział, gdzie Jan Kazimierz się znajduje, miał król szwedzki natychmiast ruszyć z całą siłą przeciw Dariuszowi polskiemu, rozbić jego wojska, a zdarzy się, to i samego w ręce dostać.

Dano więc Kannebergowi najprzedniejszych żołnierzy i najlepsze konie. Czyniono wybór tym staranniej, że pułkownik nie mógł ze sobą brać ni piechoty, ni armat, musiał więc mieć takich ludzi, którzy by mogli w otwartym polu z szablą w ręku stawić czoło polskiej jeździe.

Dnia 20 marca podjazd wyszedł. Gdy przechodzili przez most, mnóstwo oficerów i żołnierzy żegnało ich przy naczółku: "Bóg prowadź! Bóg daj wiktorię! Bóg daj szczęśliwy powrót!" Oni zaś szli długim sznurem, bo przecie było ich tysiąc, a szli dwójkami, po świeżo wykończonym moście, którego jedno przęsło, jeszcze nie ukończone, było jako tako dla nich pokryte deskami, ażeby tylko przejść mogli.

Dobra nadzieja świeciła im w twarzach, bo byli wyjątkowo syci. Innym odjęto, a ich nakarmiono, i gorzałki nalano im do manierek. Więc też jadąc pokrzykiwali wesoło i mówili do zgromadzonych przy naczółku żołnierzy:

- Czarnieckiego samego na powrozie wam sprowadzim!

Głupi! nie wiedzieli, że szli, jak idą woły na rzeź do bydłobójni! Wszystko składało się na ich zgubę. Zaledwie przeszli, zaraz saperowie szwedzcy rozebrali po nich czasowy pomost, by silniejsze dawać belkowanie, po którym by i armaty mogły przechodzić. Oni zaś skręcili, śpiewając sobie z cicha, ku Wielkim Oczom, hełmy ich zabłysły jeszcze w słońcu na skrętach raz i drugi, następnie poczęli się zanurzać w bór gęsty. Ujechali pół mili - nic! Cisza wkoło, głębiny leśne zdawały się być zupełnie puste. Więc stanęli, by dać oddech koniom, po czym ruszyli z wolna dalej. Na koniec dotarli do Wielkich Oczu, w których nie znaleźli żywego ducha. Pustka ta zdziwiła Kanneberga.

- Widocznie spodziewano nas się tu - rzekł do majora Swena - ale Czarniecki musi być gdzie indziej, skoro nie urządził nam zasadzki.

- Czy wasza dostojność nakaże odwrót? - zapytał Sweno.

- Pójdziem naprzód, choćby pod sam Lwów, do którego niezbyt daleko. Musim języka dostać i królowi o Janie Kazimierzu pewną wiadomość przywieźć.

- A jeśli na siły przeważne trafim?

- Choćbyśmy też spotkali i kilka tysięcy tej hałastry, którą oni pospolitym ruszeniem zowią, przecie z takimi żołnierzami nie damy się rozerwać.

- Ale możem trafić i na regularne wojska. Nie mamy armat, a armaty przeciw nim grunt.

- Tedy w porę się cofniem i królowi o nieprzyjacielu doniesiem. Tych zaś, którzy by nam chcieli odwrót przeciąć, rozbijem.

- Nocy się boję! - odpowiedział Sweno.

- Zachowamy wszelkie ostrożności. Spyży dla ludzi i koni mamy na dwa dni, nie potrzebujem się spieszyć.

Jakoż gdy znowu zagłębili się w bór za Wielkimi Oczami, jechali nierównie ostrożniej. Pięćdziesiąt koni poszło naprzód. Ci jechali z gotowymi muszkietami w ręku, mając wsparte kolby na udach, i oglądali się bacznie na wszystkie strony. Badali zarośla, chaszcze, częstokroć przystawali słuchając, czasem zjeżdżali z drogi w bok, by zbadać przybrzeżne głębie borowe, ni na drodze jednak, ni po bokach nie było nikogo.

Dopiero w godzinę później minąwszy skręt dość nagły, dwóch rajtarów jadących w przodku ujrzało na czterysta kroków przed sobą jeźdźca na koniu.

Dzień był pogodny i słońce świeciło jasno, więc owego jeźdźca widać było jak na dłoni. Sam był żołnierzyk niewielki, przybrany bardzo przystojnie i z cudzoziemska. Wydawał się dlatego zwłaszcza tak mały, że siedział na rosłym bułanym bachmacie, widocznie wielkiej krwi.

Jeździec jechał sobie z wolna, jakby nie widząc, że wojsko za nim wali. Powodzie wiosenne powyrywały w drodze głębokie rowy, w których szumiała mętna woda. Owóż jeździec zdzierał przed rowami rumaka, a ten przesadzał je ze sprężystością jelenia i znów szedł truchtem, rzucając łbem i parskając od czasu do czasu rzeźwo.

Dwaj rajtarzy wstrzymali konie i poczęli się oglądać za wachmistrzem. Ten przyczłapał w tej chwili, popatrzył i rzekł:
- To jakiś ogar z polskiej psiarni.
- Krzyknę na niego! - rzekł rajtar.
- Nie krzykniesz. Może ich tu być więcej. Ruszaj do pułkownika!

Tymczasem nadjechała reszta przedniej straży i stanęli wszyscy, mały rycerz także zatrzymał konia i zwrócił go frontem do Szwedów, jakby im chciał drogę zagrodzić.

Przez jakiś czas oni patrzyli na niego, on na nich.
- Jest i drugi! Drugi! trzeci! czwarty, cała kupa! - poczęto nagle wołać w szwedzkich szeregach.

Jakoż z obu stron drogi poczęli się sypać jeźdźcy, zrazu pojedynczo, potem po dwóch, po trzech. Wszyscy stawali obok owego, który pojawił się najpierwszy.

Lecz i druga straż szwedzka ze Swenonem, a potem cały oddział z Kannebergiem nadciągnęły do forpoczty. Kanneberg i Sweno wyjechali zaraz na czoło.

- Poznaję tych ludzi - zawołał ledwie spojrzawszy Sweno - ta chorągiew pierwsza uderzyła na grafa Waldemara pod Gołębiem, to Czarnieckiego ludzie. On sam musi tu być!

Słowa te wywarły wrażenie, w szeregach nastała cisza głęboka, jeno konie dzwoniły munsztukami.

- Wietrzę tu jakąś zasadzkę - mówił dalej Sweno. - Za mało ich, by nam stawiali czoło, ale po lasach muszą być ukryci drudzy.

Tu zwrócił się do Kanneberga:
- Wasza dostojność, wracajmy!
- Dobrze waść radzisz - odparł marszcząc brwi pułkownik. - Warto było wyjeżdżać, jeżeli na widok kilkudziesięciu obszarpańców wracać mamy! - A czemuśmy na widok jednego nie wrócili?... Naprzód!

Szwedzki szereg poruszył się w tej chwili z największą dokładnością, za nim drugi, trzeci, czwarty. Przestrzeń między dwoma oddziałami zaczęła się zmniejszać.

- Tuj! - skomenderował Kanneberg.

Muszkiety szwedzkie poruszyły się jak jeden, żelazne szyje wyciągnęły się ku polskim jeźdźcom.

Lecz pierwej, nim zagrzmiały muszkiety, jeźdźcy polscy zawrócili konie i poczęli umykać bezładną kupą.

- Naprzód! - krzyknął Kanneberg.

Oddział ruszył z miejsca skokiem, aż ziemia zadrżała pod ciężkimi kopytami rajtarskich koni.

Las napełnił się krzykiem goniących i uciekających. Po kwadransie gonitwy, bądź że konie szwedzkie były lepsze, bądź że polskie jakowąś drogą pomęczone, dość, że przestrzeń dzieląca dwa wojska zaczęła się zmniejszać. Lecz zarazem stało się coś dziwnego. Oto bezładna z początku kupa polska, w miarę trwania ucieczki, nie tylko nie rozpraszała się coraz bardziej, ale przeciwnie, uciekała w coraz lepszym ordynku, coraz równiejszymi szeregami, jak gdyby sama szybkość koni równała jeźdźców w szeregi.

Spostrzegł to Sweno, rozpuścił konia, dopadł do Kanneberga i począł wołać:

- Wasza dostojność! to nie zwykła partia, to regularny żołnierz, którén umyślnie umyka i do zasadzki nas prowadzi.

- Zali diabli będą w tej zasadzce czy ludzie? - odrzekł Kanneberg.

Droga szła nieco w górę i stawała się coraz szersza, las rzedniał i na jego krańcu widać już było niezarosłe pole, a raczej ogromną polanę otoczoną ze wszystkich stron gęstym i szarym borem.

Chorągiew polska przyspieszyła z kolei biegu i okazało się, że poprzednio umyślnie szła tępo, teraz bowiem w krótkiej chwili odsadziła się tak daleko, że wódz szwedzki poznał, iż nigdy jej nie doścignie.

Dopadłszy zatem do połowy polany i spostrzegłszy, że nieprzyjaciel już niemal do drugiego jej końca dociera, począł hamować swoich ludzi i zwalniać biegu.

Lecz, o dziwo, polski oddział, zamiast utonąć w przeciwległym lesie, zatoczył na samym krańcu ogromne półkole i zwrócił się cwałem ku Szwedom, stanąwszy od razu w tak wspaniałym bojowym ordynku, że wzbudził podziw w samym nieprzyjacielu.

- Tak jest! - zawołał Kanneberg - to regularny żołnierz! Zawrócili jakoby na mustrze. Czego oni chcą?... do kroćset!

- Idą na nas! - krzyknął Sweno.

Jakoż chorągiew ruszyła naprzód rysią. Mały rycerz na bułanym bachmacie krzyczał coś na swoich, wysuwał się naprzód i znów wstrzymywał konia, szablą znaki dawał, widocznie on był dowódcą.

- Atakują naprawdę! - rzekł ze zdumieniem Kanneberg.

A pod tamtym i już konie wzięły pęd największy i potuliwszy uszy, wyciągnęły się tak, iż ledwie brzuchami nie dotykały ziemi. Jeźdźcy pochylili się na karki i skryli się za grzywą. Szwedzi, stojący w pierwszym szeregu, dostrzegli tylko setki rozwartych chrapów końskich i gorejących oczu. I wicher tak nie idzie, jako rwała ta chorągiew.

- Bóg z nami! Szwecja! Ognia! - skomenderował Kanneberg podnosząc w górę szpadę.

Gruchnęły wszystkie muszkiety, lecz w tej samej chwili chorągiew polska wpadła w dym z taką siłą, że odrzuciła na prawo i lewo pierwsze szwedzkie szeregi i wbiła się w gęstwę ludzi i koni, jak klin wbija się w rozszczepione drzewo. Uczynił się wir straszliwy, pancerz uderzał o pancerz, szabla o szablę, a ów szczęk, kwik koński, lament konających mężów rozbudził wszystkie echa, tak że cały bór począł odzywać się bitwie, jako strome skały górskie odzywają się grzmotom.

Szwedzi zmieszali się przez chwilę, zwłaszcza że znaczna ich ilość padła od pierwszego uderzenia, lecz wnet ochłonąwszy wsiedli potężnie na nieprzyjaciół. Skrzydła ich zbiegły się ze sobą, a że chorągiew polska i bez tego parła naprzód, chciała bowiem przejść "sztychem", wnet otoczona została. Środek Szwedów ustępował przed nią, natomiast boki nacierały ją coraz silniej, nie mogąc jej wprawdzie rozerwać, bo broniła się zaciekle i z całą ową niezrównaną biegłością, która czyniła jazdę polską tak straszną w ręcznej bitwie. Pracowały więc szable przeciw rapierom, trup padał gęsto, lecz zwycięstwo już, już chyliło się na szwedzką stronę, gdy nagle spod ciemnej- ściany boru wytoczyła się druga chorągiew i od razu ruszyła z krzykiem.

Całe prawe skrzydło szwedzkie zwróciło się natychmiast, pod wodzą Swena, czołem ku nowemu nieprzyjacielowi, w którym wprawni żołnierze szwedzcy poznali husarię.

Wiódł ją mąż siedzący na dzielnym tarantowym koniu, przybrany w burkę i rysi kołpak z czaplim piórem. Widać go było doskonale, bo jechał z boku, o kilkanaście kroków od żołnierzy.

- Czarniecki! Czarniecki! - rozległy się wołania w szwedzkich szeregach. Sweno spojrzał z rozpaczą w niebo, następnie ścisnął kolanami konia i ruszył ławą.

Pan Czarniecki zaś podprowadził husarzy na kilkanaście kroków i gdy szli już w największym pędzie, sam zawrócił.

Wtem od boru ruszyła trzecia chorągiew, on zaraz doskoczył do niej i podprowadził; ruszyła czwarta, podprowadził; buławą każdej pokazał, gdzie ma uderzyć, rzekłbyś: gospodarz prowadzący żniwiarzy i rozdzielający między nich robotę.

Na koniec, gdy wysunęła się piąta, sam stanął na czele i ruszył wraz nią do bitwy.

Lecz już husaria odrzuciła w tył prawe skrzydło i po chwili rozerwała je zupełnie, trzy zaś następne chorągwie obskoczyły tatarską modą Szwedów i czyniąc krzyk, poczęły siec zmieszanych żelazem, bóść włóczniami, rozbijać, tratować, a wreszcie gnać wśród wrzasków i rzezi.

Kanneberg poznał, że wpadł w zasadzkę i jakoby pod nóż wyprowadził swój oddział; nie chodziło mu już o zwycięstwo, ale chciał przynajmniej jak największą liczbę ludzi ocalić, więc kazał trąbić na odwrót. Ruszyli zatem Szwedzi całym pędem ku tej samej drodze, którą od Wielkich Oczu przyjechali, czarnieccczykowie zaś jechali na nich tak, że dech polskich koni ogrzewał szwedzkie plecy.

W tych warunkach i wobec przerażenia, jakie ogarnęło rajtarów, odwrótów nie mógł odbywać się w porządku, lepsze konie wysforowały się naprzód i wkrótce świetny Kannebergowski oddział zmienił się w kupę uciekającą bezładnie i wycinaną niemal bez oporu.

Im pogoń dłużej trwała, tym stawała się bezładniejszą, bo i Polacy nie gonili w ordynku, ale każdy wypuszczał konia, ile pary w nozdrzach, dopadał, kogo chciał, bił, kogo chciał.

31

Pomieszali się więc jedni z drugimi. Niektórzy polscy żołnierze prześcignęli ostatnie szwedzkie szeregi i zdarzało się, że gdy towarzysz stawał na strzemionach, by tym potężniej ciąć uciekającego przed sobą rajtara, sam ginął pchnięty rapierem z tyłu. Usłała się gęstym szwedzkim trupem droga do Wielkich Oczu, lecz nie tu był termin gonitwy. I jedni, i drudzy wpadli tym samym impetem do następnego lasu, tam jednak zdrożone poprzednio konie szwedzkie poczęły ustawać i rzeź stała się jeszcze krwawsza.

Niektórzy rajtarowie poczęli zeskakiwać z koni i zmykać w las, lecz kilkunastu zaledwie to uczyniło, wiedzieli bowiem z doświadczenia Szwedzi, że w lasach czyhają chłopi, woleli więc ginąć od szabel niż w straszliwych mękach, których rozwścieczony lud im nie szczędził.

Inni prosili pardonu, po większej części na próżno, bo każdy wolał ściąć nieprzyjaciela i gnać dalej, niż wziąwszy go jeńcem, pilnować i dalszej gonitwy zaniechać.

Więc cięto bez miłosierdzia, aby nikt z wieścią o klęsce nie wrócił. Pan Wołodyjowski gonił w przodku z laudańską chorągwią. On to był owym jeźdźcem, który pierwszy ukazał się Szwedom na wabia, on pierwszy uderzył, a teraz siedząc na koniu jako wicher ścigłym używał z całej duszy, pragnąc się krwią nasycić i gołąbską klęskę pomścić. Coraz to doganiał rajtara, a dognawszy gasił go tak prędko jako świecę; czasem zaś jechał na karku dwóch, trzech lub czterech, lecz krótko, bo po chwili już tylko konie bez jeźdźców biegły przed nim. Próżno niejeden Szwedzisko chwycił własny rapier za ostrze i zwracając go na znak pardonu rękojeścią ku rycerzowi, głosem i oczyma żebrał litości; pan Wołodyjowski nawet nie zatrzymywał się nad nim, jeno wsunąwszy mu sztych szabli tam, gdzie szyja piersi dotyka, zadawał cios lekki, nieznaczny, a ów ręce rozkładał, zbladłymi usty jedno i drugie słowo rzucił, po czym pogrążał się w mroku śmierci. Pan Wołodyjowski zaś, nie oglądając się więcej, biegł dalej i nowe ofiary na ziemię strącał.

Zauważył strasznego żniwiarza dzielny Sweno i skrzyknąwszy kilkunastu co najdzielniejszych rajtarów, postanowił ofiarą własnego życia wstrzymać choć na chwilę pogoń, aby innych ocalić. Zwrócili tedy konie i nastawiwszy rapiery, czekali z ostrzami na goniących. Pan Wołodyjowski, widząc to, ani chwili się nie zawahał, wspiął konia i wpadł między nich w środek.

I nimby ktoś okiem zdołał mrugnąć, już dwa hełmy zapadły w dół konia. Przeszło dziesięć rapierów zmierzyło się teraz w jedną pierś Wołodyjowskiego, lecz w tej chwili wpadli za nim Skrzetuscy, Józwa Butrym Beznogi, pan Zagłoba i Roch Kowalski, o którym Zagłoba powiadał, że nawet idąc do ataku jeszcze oczy ma zamknięte i drzemie, a budzi się dopiero, gdy piersią o pierś nieprzyjaciela uderzy.

Pan Wołodyjowski zwinął się pod kulbakę tak szybko, że rapiery puste powietrze przeszyły. Miał on ten sposób od białogrodzkich Tatarów, lecz małym, a zarazem nad ludzką wiarę zręcznym będąc, do takiej doskonałości go doprowadził, że niknął, kiedy chciał, z oczu, bądź za karkiem, bądź pod brzuchem końskim. Tak zniknął i teraz, a nim zdumieni rajtarzy zdołali zrozumieć, co się z nim stało, znów niespodzianie na kulbakę wychynął, straszny jak żbik, gdy między trwożne ogary z wysokich gałęzi skoczy.

Tymczasem i towarzysze mu pomogli roznosząc śmierć i zamieszanie. Jeden z rajtarów przyłożył panu Zagłobie do samych piersi pistolet, lecz Roch Kowalski, mając go po lewej stronie, zatem nie mogąc ciąć szablą, złożył pięść i w głowę go mimochodem dojechał, a ten nurknął w tej chwili pod konia, tak właśnie, jakby weń piorun uderzył. Pan Zagłoba zaś wydawszy okrzyk radosny ciął w skroń samego Swena, którem ręce opuścił i czołem wsparł się na karku końskim. Na ten widok pierzchnęli inni rajtarzy. Wołodyjowski, Józwa Beznogi i dwaj Skrzetuscy puścili się za nimi i wycięli, zanim ubiegli sto kroków.

I pogoń dalej trwała. Szwedzkie konie coraz mniej miały tchu w piersiach i rozpierały się coraz częściej. Na koniec z tysiąca najświetniejszych rajtarów, którzy pod Kannebergiem wyszli, zostało zaledwie stu kilkudziesięciu jeźdźców, reszta leżała długim pasem na leśnej drodze. Lecz i ta ostatnia kupa zmniejszała się z każdą chwilą, gdyż ręce polskie nie przestały nad nią pracować.

Na koniec wypadli z lasu. Wieże Jarosławia zarysowały się wyraźnie na błękicie. Już, już nadzieja wstąpiła w serca uciekających, wiedzieli bowiem, że w Jarosławiu stoi sam król i cała potęga i że w każdej chwili może im przyjść w pomoc.

Zapomnieli o tym, iż zaraz po ich przejściu uprzątnięto pomost na ostatnim przęśle mostu, aby silniejsze podłożyć dla armat belkowanie.

Pan Czarniecki zaś, czy wiedział o tym przez swoich szpiegów, czy też umyślnie chciał się królowi szwedzkiemu pokazać i na jego oczach dociąć reszty tych nieszczęśliwych, dość, iż nie tylko nie wstrzymał pogoni, ale sam z Szemberkową chorągwią naprzód skoczył, sam siekł, sam własną ręką ścinał - pędząc za kupą tak, jak gdyby tym samym pędem chciał na Jarosław uderzyć.

Na koniec dobiegli o staję do mostu. Krzyki z pola doleciały do obozu szwedzkiego. Mnóstwo żołnierzy i oficerów wybiegło z miasta patrzeć, co się za rzeką dzieje. Ledwie spojrzeli - dostrzegli i poznali rajtarów, którzy rano wyszli z obozu.

- Oddział Kanneberga! oddział Kanneberga! - poczęło krzyczeć tysiące głosów.

- W pień niemal wycięci! Ledwie sto ludzi bieży!

W tej chwili przygalopował sam król, a z nim Wittenberg, Forgell, Miller i inni jenerałowie.

Król pobladł.

- Kanneberg! - rzekł.

- Na Chrystusa i jego rany! Most nie wykończony! - zawołał Wittenberg -

wytną ich do nogi!

Król spojrzał na rzekę wezbraną wiosennymi wody; szumiała żółtą falą, o przeprawieniu pomocy wpław nie było co i myśleć.

Tamci zbliżali się coraz więcej.

Wtem znów poczęto krzyczeć:

- Wozy królewskie i gwardia nadciąga! Zginą i ci!

Jakoż zdarzyło się, że część królewskiego kredensu, ze stoma ludźmi pieszej gwardii, wynurzyła się w tej chwili inną drogą z przyległych lasów. Spostrzegłszy, co się dzieje, ludzie z eskorty w przekonaniu, że most gotowy, poczęli zdążać co sił ku miastu.

Lecz dostrzeżono ich z pola - za czym natychmiast ze trzysta koni ruszyło ku nim całym pędem, a na czele wszystkich leciał z szablą wzniesioną nad głową i ogniem w źrenicach pan dzierżawca z Wąsoszy, Rzędzian. Niewielkie dał on dotąd męstwa dowody, lecz na widok wozów, w których mógł znajdować się łup obfity, odwaga tak wezbrała w jego sercu, że wysforował się na kilkadziesiąt kroków przed innymi. Piechurowie przy wozach widząc, że nie ujdą, zwarli się w czworobok i sto muszkietów naraz skierowało się w piersi Rzędziana. Huk wstrząsnął powietrzem, wstęga dymu przeleciała wzdłuż ściany czworoboku, lecz nim dym się rozproszył, już pan dzierżawca przed ścianą wspiął konia tak, że kopyta przednie zawisły przez chwilę nad głowami rajtarów -i wpadł na kształt gromu w środek.

Lawina jeźdźców runęła za nim.

I jako gdy wilcy zmogą konia, on żyje jeszcze i leżąc na grzbiecie, broni się rozpaczliwie kopytami, a one pokryją go całkiem i drą zeń żywe kawały mięsa - tak owe wozy i piechurowie pokryci zostali zupełnie kłębiącą się masą koni i jeźdźców. Jeno krzyki straszne podnosiły się z tego wiru i dolatywały uszu Szwedów stojących na drugim brzegu.

A tymczasem jeszcze bliżej brzegu docinano reszty Kannebergowych rajtarów. Cała armia szwedzka wyległa jak jeden mąż na wysoki brzeg Sanu. Piechota, jazda, artyleria pomieszały się ze sobą - i patrzyli wszyscy, jakoby w dawnym cyrku rzymskim na widowisko, jeno patrzyli ze ściśniętymi ustami, z rozpaczą w piersi, w przerażeniu, w poczuciu bezsilności. Chwilami z piersi tych mimowolnych widzów wyrywał się krzyk straszny. Chwilami rozlegał się płacz powszechny; to znów zapadała cisza i słychać było tylko sapanie rozwścieczonych żołnierzy. Bo przecie ten tysiąc ludzi, który wyprowadził Kanneberg, stanowił czoło i dumę całej armii szwedzkiej; sami to byli weterani okryci sławą w Bóg wie ilu ziemiach i w Bóg wie ilu bitwach! A teraz oto biegali jak błędne stado owiec po obszernym przeciwległym błoniu, ginąc jak owce pod nożem rzeźniczym. Więc nie była to już bitwa, ale łowy. Straszni jeźdźcy polscy kręcili się jak zawierucha po bojowisku, krzycząc różnymi głosami i przebiegając rajtarom. Czasem za jednym pędziło kilku lub kilkunastu, czasem pojedynczy za pojedynczym. Niekiedy dognany Szwed pochylał się jeno na kulbace, by cios nieprzyjacielowi ułatwić, niekiedy przyjmował bitwę, lecz ginął najczęściej, bo na białą broń szwedzcy żołnierze nie mogli się mierzyć z wyćwiczoną we wszelakich fechtach szlachtą polską.

Lecz najokropniej srożył się między Polakami mały rycerzyk, siedzący na bułanym a ścigłym i zwrotnym jak sokół koniu. Zauważyło go wreszcie całe wojsko, bo kogo on pogonił, kto się z nim spotkał, ginął nie wiadomo jak i kiedy, tak małymi, tak nieznacznymi ruchami miecza strącał najtęższych rajtarów na ziemię. Na koniec dostrzegł samego Kanneberga, którego kilkunastu towarzystwa goniło, więc krzyknął na nich, rozkazem pogoń powstrzymał i sam na niego uderzył.

Szwedzi z drugiego brzegu wstrzymali dech w piersiach. Sam król się tuż do brzegu przysunął i patrzył z bijącym sercem, miotany jednocześnie trwogą i nadzieją, bo Kanneberg, jako pan wielki i królewski krewny, od dzieciństwa ćwiczony we wszelkiego rodzaju fechtach przez mistrzów włoskich, w walce na biały oręż nie miał równego sobie w armii szwedzkiej. Wszystkie więc oczy były teraz w niego utkwione, zaledwie śmiały oddychać otwarte usta, on zaś widząc, że pogoń gromadna ustała, i chcąc po straceniu wojska sławę swą w oczach królewskich ratować, rzekł do swej duszy ponurej:

"Biada mi, jeśli wojsko wprzód wytraciwszy, krwią własną teraz hańby nie przypieczętuję lub jeśli życia nie okupię, tego strasznego męża obaliwszy. Inaczej, choćby mnie dłoń Boga na tamtą stronę przeniosła, żadnemu Szwedowi w oczy spojrzeć bym nie śmiał!"

To rzekłszy zwrócił konia i skoczył ku żółtemu rycerzowi.

Że zaś ci jeźdźcy, którzy mu przebiegali od rzeki, usunęli się teraz, miał więc Kanneberg i tę nadzieję, że gdy pokona przeciwnika, dopadnie brzegu i w wodę skoczy, a potem - co będzie, to będzie; jeśli nie zdoła wzburzonych fal przepłynąć, to przynajmniej prąd go wraz z koniem daleko uniesie, a tam już jakiś ratunek bracia dla niego obmyślą.

Skoczył więc jak piorun ku małemu rycerzowi, a mały rycerz ku niemu. Chciał Szwed w przelocie wbić swój rapier aż po gardę pod pachę przeciwnika, lecz zaraz poznał, że sam mistrzem będąc na mistrza również trafić musiał, bo szpada tylko ześliznęła się wzdłuż ostrza polskiej szabli, tylko zachwiała mu się jakoś dziwnie w ręku, jak gdyby mu nagle ramię zdrętwiało; ledwie się zdołał zastawić od ciosu, który mu rycerz następnie zadał; na szczęście, w tej chwili rozniosły ich konie we dwie przeciwne strony.

Zatoczyli tedy obaj kołem i zwrócili się jednocześnie, lecz wolniej jechali już na siebie, pragnąc więcej na spotkanie mieć czasu i choć kilkakroć żelazo skrzyżować. Kanneberg zebrał się teraz w sobie, tak iż uczynił się podobny do ptaka, któremu dziób tylko potężny z nastroszonych piór wystaje. Znał on jedno niezawodne pchnięcie, w którym pewien Florentczyk go wyćwiczył, straszne, bo zwodnicze i niemal nieodbite, polegające na tym, że ostrze, skierowane niby w piersi, mijając bokiem zastawę przeszywało gardło i wychodziło aż tyłem karku. Tego pchnięcia postanowił teraz użyć.

I pewien swego, zbliżał się hamując coraz bardziej konia, a pan Wołodyjowski (on to był bowiem) nadjeżdżał ku niemu w drobnych skokach. Przez chwilę myślał, żeby białogrodzkim sposobem zniknąć nagle pod koniem, lecz że z jednym tylko mężem, i to na oczach obu wojsk miał się spotkać, więc choć zrozumiał, iż czeka go jakiś cios niespodziewany, wstyd mu było po tatarsku, nie po rycersku się bronić.

"Chcesz mnie, jako czapla sokoła, sztychem nadziać - pomyślał sobie- ale ja cię owym wiatraczkiem zażyję, który w Łubniach jeszcze wykoncypowałem."

I ta myśl wydała mu się na razie najlepszą, więc wyprostował się w kulbace, podniósł szabelkę i puścił ją w ruch podobny do ruchu śmig wiatraka, lecz tak szybki, iż powietrze poczęło świstać przeraźliwie.

A że zachodzące słońce grało mu na szabli, więc otoczyła go jakoby tarcza świetlana, migotliwa, on zaś uderzył ostrogami bachmata i runął na Kanneberga.

Kanneberg skurczył się jeszcze bardziej i prawie przywarł do konia, w mgnieniu oka związał rapier z szablą, nagle wysunął głowę jak wąż i pchnął okropnie.

Lecz w tej chwili zaszumiał straszliwy młyniec, rapier targnął się Szwedowi w ręku, ostrze uderzyło w pustą przestrzeń, natomiast wygięty koniec szabli małego rycerza spadł z piorunową szybkością na twarz Kanneberga, przeciął mu część nosa, usta, brodę, spadł na obojczyk, strzaskał go i zatrzymał się dopiero na idącym przez ramię pendencie.

Rapier wysunął się z rąk nieszczęsnego i noc objęła mu głowę, lecz nim spadł z konia, pan Wołodyjowski puścił szablę na sznurek i chwycił go za ramiona.

Zawrzaśli jednym wrzaskiem z drugiego brzegu Szwedzi, pan Zagłoba zaś przyskoczył do małego rycerza i rzekł:

- Panie Michale, wiedziałem, że tak będzie, alem był gotów cię pomścić!

Mistrz to był - odpowiedział Wołodyjowski. - Bierz waść konia za uzdę, bo zacny!

- Ha! żeby nie rzeka, skoczyłoby się z tamtymi pohałasować! Pierwszy bym...

Dalsze słowa przerwał panu Zagłobie świst kul, więc nie dokończył myśli, natomiast krzyknął:

- Uchodźmy, panie Michale, ci zdrajcy postrzelić gotowi!

- Nie mają już te kule impetu - odrzekł Wołodyjowski - bo za daleko.

Tymczasem otoczyli ich inni jeźdźcy polscy winszując Wołodyjowskiemu i patrząc nań z podziwem, a on tylko wąsikami raz po raz ruszał, bo także rad był z siebie.

Zaś na drugim brzegu, między Szwedami, wrzało jakby w ulu. Artylerzyści zataczali na gwałt armaty, więc i w pobliskich szeregach polskich ozwały się trąbki do odwrotu. Na głos ich skoczył każdy do swojej chorągwi, i w mig stanęły wszystkie w sprawie. Cofnęły się pod las i zatrzymały znowu, jakby miejsce nieprzyjacielowi zostawując i zapraszając go za rzekę. Wreszcie przed ławę ludzi i koni wyjechał na tarantowatym dzianecie mąż przybrany w burkę i czapkę z czaplim piórem z pozłocistym buzdyganem w ręku.

Widać go było doskonale, bo padały nań czerwone promienie zachodzącego słońca, i zresztą jeździł przed pułkami, jakby przegląd sprawując. Poznali go od razu wszyscy Szwedzi i poczęli krzyczeć:

- Czarniecki! Czarniecki!

On zaś gadał coś z pułkownikami. Widziano, jak dłużej zatrzymał się przy rycerzu, który Kanneberga usiekł, i rękę położył na jego ramieniu, po czym podniósł buzdygan i chorągwie zaczęły z wolna, jedna za drugą, zawracać ku borom.

Właśnie i słońce zaszło. W Jarosławiu dzwony ozwały się po kościołach, więc wszystkie pułki zaśpiewały jednym głosem, odjeżdżając: "Anioł Pański zwiastował Najświętszej Pannie Marii", i z tą pieśnią znikły Szwedom z oczu.

ROZDZIAŁ 5

Dnia tego położyli się Szwedzi spać nic w usta nie biorąc i bez nadziei, aby mieli czym nazajutrz się posilić. Toteż od męki głodowej spać nie mogli. Nim drugi kur zapiał, znękane żołnierstwo poczęło wymykać się z obozu pojedynczo i kupami na grasunek po wsiach przyległych do Jarosławia. Szli więc, do nocnych rabusiów podobni, ku Radymnu, Kańczudze, Tyczynowi - gdzie mogli i gdzie spodziewali się zastać coś do jedzenia. Otuchy dodawało im to, że Czarniecki był na drugiej stronie rzeki, ale choćby i przeprawić się już zdążył, woleli śmierć niż głód. Widocznie wielkie już było rozprzężenie w obozie, bo około półtora tysiąca ludzi wysunęło się w ten sposób, wbrew najsurowszym rozkazom królewskim.

Poczęli więc grasować po okolicy, paląc, rabując, ścinając, lecz prawie nikt z nich nie miał powrócić do obozu. Czarniecki był wprawdzie z drugiej strony Sanu, lecz i z tej kręciły się różne partie szlacheckie i chłopskie; najpotężniejsza zaś pana Strzałkowskiego, złożona z bitnej szlachty górskiej, tej właśnie nocy przymknęła, jak na nieszczęście do Próchnika. Ujrzawszy tedy łunę i usłyszawszy strzały poszedł pan Strzałkowski, jakoby kto sierpem rzucił, prosto na gwar i napadł na zajętych rabunkiem. Bronili się silnie w opłotkach, lecz pan Strzałkowski rozerwał ich, wysiekł, nikogo nie żywił. W innych wioskach inne partie uczyniły toż samo, po czym w gonitwie za uciekającymi podsunęły się pod sam obóz szwedzki, roznosząc trwogę i zamieszanie, krzycząc po tatarsku, po włosku, po węgiersku i po polsku, tak iż Szwedzi sądzili, że jakieś potężne wojska posiłkowe na nich następują, może chan z całą ordą.

Wszczęło się zamieszanie i - rzecz niebywała dotąd - popłoch, który z największym trudem udało się oficerom potłumić. Lecz król, który do rana przesiedział na koniu, widział, co się dzieje, zrozumiał, co z tego może wyniknąć, i zaraz rankiem zwołał radę wojenną. Posępna owa narada niedługo trwała, bo nie było dwóch dróg do wyboru. Duch w wojsku upadł, żołnierz nie miał co jeść, nieprzyjaciel rósł w potęgę.

Szwedzki Aleksander, który obiecywał światu całemu gonić, choćby do tatarskich stepów, polskiego Dariusza, nie o gonitwie dalszej, ale o własnym ocaleniu musiał teraz myśleć.

- Sanem możem się wracać do Sandomierza, stamtąd Wisłą do Warszawy i do Prus - mówił Wittenberg. - W ten sposób zguby unikniem.

Duglas za głowę się chwycił:

- Tyle zwycięstw, tyle trudów, tak olbrzymi kraj podbity i wracać nam przychodzi!

A Wittenberg na to:

- Maszli, wasza dostojność, jaką radę?

- Nie mam! - odrzekł Duglas.

Król, który dotąd nic nie mówił, wstał na znak, że posiedzenie skończone, i rzekł:

- Nakazuję odwrót!

Więcej tego dnia nie słyszano z jego ust ani słowa.

Bębny poczęły warczeć i trąby grać w szwedzkim obozie. Wieść, że odwrót nakazany, rozbiegła się w jednej chwili z końca w koniec. Przyjęto ją okrzykami radości. Przecie zamki i fortece były jeszcze w ręku Szwedów, w nich czekał wypoczynek, jadło, bezpieczeństwo.

Jenerałowie i żołnierze wzięli się tak gorliwie do przygotowań odwrotu, że aż gorliwość owa, jak zauważył Duglas, z hańbą graniczyła.

Samego Duglasa wysłał król w przedniej straży, aby trudne przeprawy naprawiał, lasy trzebił. Wkrótce za nim ruszyło całe wojsko szykiem jak do boju; front armaty zasłaniały, tył wozy utaborowane, po bokach szła piechota. Potrzeby wojenne i namioty płynęły rzeką na statkach.

Wszystkie te ostrożności nie były zbyteczne, ledwie bowiem tabor ruszył, już tylne straże szwedzkie dojrzały idących śladem jeźdźców polskich i odtąd niemal nigdy nie traciły ich z oczu. Czarniecki pościągał własne chorągwie, wszystkie partie okoliczne, posłał po nowe posiłki do króla i szedł w trop. Pierwszy nocleg w Przeworsku był zarazem pierwszym alarmem. Oddziały polskie natarły tak blisko, iż kilka tysięcy piechoty wraz z działami musiano przeciw nim zwrócić. Przez chwilę sam król myślał, że Czarniecki naprawdę następuje, lecz on, swoim zwyczajem, wysyłał tylko oddziały za oddziałami. Te podpadając czyniły okrzyk i cofały się natychmiast. Noc do rana zeszła na podobnych harcach, noc swarliwa, dla Szwedów bezsenna.

I cały pochód, wszystkie następne noce i dnie miały być do niej podobne. Tymczasem znowuż Czarnieckiemu przysłał król dwie chorągwie jazdy;

bardzo moderowanej, za tym i list, że wkrótce hetmani z komputowym wojskiem ruszą, on zaś sam z resztą piechot i ordą rychło za nim i pospieszy. Jakoż zatrzymywały go już tylko rokowania z chanem, z Rakoczym i z cesarzem. Czarniecki uradował się niepomiernie tą wieścią, i gdy nazajutrz rano Szwedzi ruszyli dalej, w klin między Wisłę i San, rzekł pan kasztelan do pułkownika Polanowskiego:

- Sieć nastawiona, ryby w matnię idą.

- A my uczynim jak ów rybak - rzekł Zagłoba - który im na fletni grał, żeby tańcowały, czego gdy nie chcą czynić, wyciągnął je na brzeg; tedy dopiero skakały, a on wziął je kijem razić mówiąc: "O, takie córki! Trzeba było tańcować, pókim prosił."

Na to pan Czarniecki:

- Będą oni tańcowali, niech jeno pan marszałek Lubomirski nadciągnie ze swoim wojskiem, które na pięć tysięcy liczą.

- Lada chwila go nie widać - rzekł pan Wołodyjowski.

- Przyjechało dziś kilku szlachty podgórskiej - ozwał się Zagłoba - ci zapewniają, że wielkimi i pilnymi drogami idzie, ale czy się zechce z nami połączyć, miast na swoją rękę wojować, to inna rzecz!

- Czemu to? - spytał pan Czarniecki, bystro patrząc na Zagłobę.

Bo to człek nadzwyczajnej ambicji i o sławę zazdrosny. Znam go siła lat i byłem mu konfidentem. Poznałem go, gdy był młodym jeszcze panięciem, na dworze pana krakowskiego, Stanisława. Fechtów się wonczas od Francuzów i Włochów uczył i okrutnie się na mnie rozgniewał, gdym mu powiedział, że to kpy, z których żaden mi nie zdzierży. Uczyniliśmy parol i samem ich siedmiu jednego po drugim rozciągnął. On zaś ode mnie się dalej uczył nie tylko fechtów, ale i sztuki wojennej. Dowcip miał z przyrodzenia trochę tępy, ale co umie, to ode mnie.

Takiż to z waści mistrz? - spytał Polanowski.

- Exemplum: pan Wołodyjowski drugi mój uczeń. Z tego mam prawdziwą pociechę.

- Prawda, żeś to waszmość Swena usiekł?

- Swena? Gdyby się to któremu z waszmościów zdarzyło, miałby przez całe życie co opowiadać, jeszcze by sąsiadów spraszał, by im przy winie jedno w kółko powtarzać, ale ja o to nie dbam, bo gdybym chciał wyliczać, mógłbym takimi Swenami drogę do samego Sandomierza wymościć. Może bym nie mógł? Powiedzcie, którzy mnie znacie.

- Mógłby wuj! - ozwał się Roch Kowalski.

Pan Czarniecki nie słyszał dalszego ciągu rozmowy, bo się głęboko nad słowami Zagłoby zamyślił. Znał i on ambicję pana Lubomirskiego i nie wątpił, że albo zechce mu swoją wolę narzucać, albo na własną rękę będzie działał, chociażby to szkodę Rzeczypospolitej przynieść miało.

Więc surowe jego oblicze sposępniało i począł brodę kręcić.

- Oho! - szepnął do Skrzetuskiego Jana Zagłoba - już tam Czarniecki coś gorzkiego żuje, bo mu się twarz do orłowej podobna uczyniła, rychło tu kogo podziobie.

Wtem pan Czarniecki ozwał się:

- Trzeba, by który z waszmościów z listem ode mnie do pana Lubomirskiego pojechał.

- Jam mu znajomy i podejmuję się - rzekł pan Jan Skrzetuski.

- Dobrze - odparł wódz - im kto znamienitszy, tym lepiej...

Zagłoba zwrócił się do Wołodyjowskiego i znów szepnął:

- Już i przez nos mówi, znak to wielkiej alteracji.

Rzeczywiście zaś pan Czarniecki miał srebrne podniebienie, bo mu je kula przed laty pod Buszą wyrwała. Owóż ilekroć był wzruszony, gniewny i niespokojny, zaczynał zawsze mówić ostrym i brzękliwym głosem.

Nagle zwrócił się teraz do Zagłoby:

- A może byś i waćpan z panem Skrzetuskim pojechał?

- Chętnie - odpowiedział Zagłoba - jeśli ja czego nie wskóram, nikt nie wskóra. Wreszcie do człeka tak wielkiego rodu we dwóch będzie przystojniej.

Czarniecki zacisnął wargi, szarpnął brodę i rzekł jakby sam do siebie:

- Wielkie rody... wielkie rody...

- Tego nikt panu Lubomirskiemu nie ujmie - zauważył Zagłoba.

A Czarniecki brwi zmarszczył:

- Rzeczpospolita sama jest wielka, a rodów w proporcji do niej nie masz wielkich, jeno małe, i bodaj ziemia pożarła takie, które o tym zapominają!

Umilkli wszyscy, bo bardzo potężnie przemówił, i dopiero po niejakiej chwili Zagłoba rzekł:

- W proporcji do całej Rzeczypospolitej słusznie!

- Jam też nie z soli wyrósł ani z roli, jeno z tego, co mnie boli - ozwał się Czarniecki - a boleli mnie Kozacy, którzy mi tę oto gębę przestrzelili, a teraz boli mnie Szwed, i albo tę bolączkę przetnę, albo sam od niej sczeznę, tak mi dopomóż Bóg!

- I my dopomożem krwią naszą! - rzekł Polanowski.

Czarniecki zaś przeżuwał jeszcze czas jakiś gorycz, która wezbrała mu w sercu na myśl, że ambicja pana marszałka może mu w ratowaniu ojczyzny przeszkodzić, wreszcie uspokoił się i rzekł:

- Za czym i list trzeba pisać. Proszę waszmościów ze sobą.

Jan Skrzetuski i Zagłoba poszli za nim, a w pół godziny później siedli na koń i pojechali odwrotną drogą ku Radymnu, były bowiem wieści, że tam właśnie zatrzymał się pan marszałek z wojskiem.

- Janie - rzekł Zagłoba macając się po kalecie, w której wiózł list pana Czarnieckiego - uczyń mi łaskę i pozwól mnie samemu gadać do marszałka.

- A ojciec naprawdę go znałeś i fechtów go uczyłeś?

- I!... tak się jeno sobie mówiło dlatego, żeby się para w gębie nie zagrzała i żeby język nie rozmiękł, co się od przydłuższego milczenia snadnie przytrafić może. Ni go znałem, ni go uczyłem. Albo to nie miałem czego lepszego do roboty niż być niedźwiednikiem i uczyć pana marszałka, jako się na zadnich nogach chodzi? Ale to wszystko jedno. Przeznałem go na wylot z tego, co ludzie o nim powiadają, i potrafię go zagnieść jako kucharka kluski. Jeno o to jedno cię jeszcze proszę: nie powiadaj, że mam list od pana Czarnieckiego, i nie wspominaj nawet o nim, póki go sam nie oddam.

- Jakże to? Miałżebym funkcji, z którą mnie posłano, nie spełnić?! W życiu mi się to nie przygodziło i nie przygodzi. Nie może być! Chociażby i pan Czarniecki przebaczył, nie uczynię tego za skarb gotowy!

- To wyciągnę szablę i pęcinę twemu koniowi podetnę, żebyś za mną nie nadążył. Zali widziałeś kiedy, żeby chybiło to, com własną głową zamyślił? Gadaj! Źleś to wyszedł ty sam na Zagłobowych fortelach? Źle wyszedł pan Michał albo i twoja Halszka? albo i wy wszyscy, kiedym to was z rąk Radziwiłła wyłusknął? Powiadam ci, że z tego listu może być więcej złego niż dobrego, bo pan kasztelan pisał go w takiej alteracji, że ze trzy pióra złamał. Wreszcie, będziesz o nim gadał, gdy moje zamysły chybią; parol, że go sam wówczas oddam, ale nie prędzej.

- Byłem go mógł oddać, wszystko jedno kiedy.

- Więcej też nie potrzebuję! Hajda teraz, bo droga przed nami okrutna!

Popędzili tedy konie i puścili się w skok. Ale nie potrzebowali jechać długo, bo przednie straże marszałkowskie minęły już nie tylko Radymno, ale i Jarosław, on sam zaś znajdował się w Jarosławiu i stał w dawnej kwaterze króla szwedzkiego.

Znaleźli go przy obiedzie ze znaczniejszymi oficerami. Lecz gdy się opowiedzieli, Lubomirski kazał ich przyjąć natychmiast, bo ich nazwiska znał, gdyż głośne były owego czasu w całej Rzeczypospolitej.

Wszystkich oczy zwróciły się na nich, gdy weszli; patrzono zwłaszcza z podziwem i ciekawością na Skrzetuskiego, marszałek zaś, powitawszy ich wdzięcznie, spytał zaraz:

- Czy to sławnego rycerza mam przed sobą, który listy z oblężonego Zbaraża królowi przeniósł?

- Ja to się przekradłem - odrzekł pan Jan.

- Dajże mi Boże takich oficerów jak najwięcej! Niczego tak panu Czarnieckiemu nie zazdroszczę, bo zresztą wiem, że i moje małe zasługi w pamięci ludzkiej nie przepadną.

- A jam jest Zagłoba! - rzekł stary rycerz wysuwając się naprzód.

Tu powiódł okiem po zgromadzeniu; marszałek zaś, jako to każdego chciał sobie ująć, zaraz zakrzyknął:

- Kto by nie wiedział o mężu, który Burłaja, wodza barbarorum, usiekł, który Radziwiłłowi wojsko pobuntował...

- I panu Sapieże wojsko przywiodłem, które, prawdę rzekłszy, mnie, nie jego, wodzem sobie obrało - dodał Zagłoba.

- A żeś to wasza mość chciał, mogąc tak górną mieć szarżę, wyrzec się jej i u pana Czarnieckiego służbę przyjąć?

Na to Zagłoba łysnął okiem ku Skrzetuskiemu i odrzekł:

- Jaśnie wielmożny panie marszałku, od waszej to dostojności tak ja, jak i cały kraj przykład bierze, jak dla dobra publicznego wyrzekać się ambicji i prywaty.

Lubomirski pokraśniał z zadowolenia, a Zagłoba wziął się w boki i mówił dalej:

- Pan Czarniecki umyślnie nas przysłał, abyśmy się waszej dostojności w jego i całego wojska imieniu pokłonili, a zarazem donieśli o znacznej wiktorii, jaką nam Bóg nad Kannebergiem odnieść pozwolił.

- Słyszeliśmy już tu o tym - odrzekł dość sucho marszałek, w którym już poruszyła się zazdrość - ale chętnie z ust naocznego świadka jeszcze raz posłyszymy.

Usłyszawszy to pan Zagłoba rozpoczął zaraz opowiadać, jeno z niektórymi zmianami, bo siły Kanneberga spotężniały w jego ustach do dwóch tysięcy ludzi. Nie zapomniał też wspomnieć o Swenonie, o sobie, o tym, jak na oczach królewskich resztę rajtarów tuż nad rzeką wycięto, jak wozy i trzystu ludzi gwardii wpadło w ręce szczęśliwych zwycięzców, słowem, wiktoria urosła w opowiadaniu do rozmiarów niepowetowanej dla Szwedów klęski.

Słuchali wszyscy pilnie, słuchał i pan marszałek, ale posępniał coraz bardziej i oblicze ścinało mu się jakoby lodem, wreszcie rzekł:

- Nie neguję, że pan Czarniecki znamienity wojennik, ale przecie sam wszystkich Szwedów nie zje i dla innych choć na łyk zostanie.

A na to Zagłoba:

- Jaśnie wielmożny panie, to nie pan Czarniecki tę wiktorię odniósł.

- Jeno kto?

- Jeno Lubomirski!

Nastała chwila powszechnego zdumienia. Pan marszałek usta otworzył, powiekami począł mrugać i patrzył na Zagłobę tak zdziwionym wzrokiem, jak gdyby chciał go spytać:

- Zali waćpanu piątej klepki nie staje?

Lecz pan Zagłoba nie dał się zbić z tropu, owszem, wargi z wielką fantazją wydął (któren gest przejął od pana Zamoyskiego) i rzekł:

- Słyszałem, jak sam Czarniecki przed całym wojskiem mówił: "Nie nasze to szable biją, ale (powiada(imię Lubomirskiego bije, bo gdy się (powiada) zwiedzieli, że tuż, tuż nadciąga, duch w nich tak zdechł, że w każdym żołnierzu wojsko marszałkowskie widzą i jako owce pod nóż łby oddają."

Gdyby wszystkie promienie słoneczne upadły od razu na twarz pana marszałka, twarz ta nie rozjaśniłaby się więcej.

- Jakże? - zakrzyknął - sam Czarniecki to powiadał?

- Tak jest, i wiele innych rzeczy, ale nie wiem, czy mi się godzi powtarzać, bo do konfidentów jeno mówił.

- Mów waść! Każde słowo pana Czarnieckiego warte. żeby je sto razy powtórzyć. Niepowszedni to człek i z dawna to mówiłem!

Zagłoba spojrzał na marszałka, przymrużając jedno oko, i mruczał pod wąsami:

- Połknąłeś hak, zaraz cię tu wyciągnę.

- Co waszmość mówisz? - pytał marszałek.

- Mówię, że wojsko tak na cześć waszej dostojności wiwatowało, jakby i królowi jegomości lepiej nie wiwatowało, a w Przeworsku, gdyśmy to całą noc szarpali Szweda, co która chorągiew skoczyła, to krzyczeli: "Lubomirski! Lubomirski!", i lepszy to skutek miało niż wszystkie "ałła!" i "bij, zabij!" Jest tu świadek, pan Skrzetuski, żołnierz też nie lada, któren nigdy w życiu nie zełgał.

Marszałek spojrzał mimo woli na Skrzetuskiego, a ten zaczerwienił się po uszy i począł coś mamrotać pod nosem.

Tymczasem oficerowie marszałkowscy poczęli wychwalać w głos posłów.

- Ot, politycznie postąpił sobie pan Czarniecki, tak grzecznych kawalerów wysyłając! Obaj najsławniejsi rycerze, a jednemu miód po prostu z gęby płynie!

- Zawszem to rozumiał o panu Czarnieckim, że mi życzliwy, ale teraz nie masz takiej rzeczy, której bym dla niego nie uczynił! - zakrzyknął marszałek, którego oczy mgłą się pokrywały z rozkoszy.

Na to Zagłoba wpadł w zapał:

- Jaśnie wielmożny panie! Kto by cię nie uwielbiał, kto by cię nie czcił, wzorze wszystkich cnót obywatelskich, który Arystydesa sprawiedliwością, męstwem Scypionów przypominasz! Siłam ksiąg w życiu przeczytał, siłam widział, siłam rozważał, i rozdarła mi się dusza od boleści, bo cóżem w tej Rzeczypospolitej ujrzał! Oto Opalińskich, Radziejowskich, Radziwiłłów, którzy własną pychę, własną ambicję nad wszystko ceniąc, ojczyzny dla prywaty gotowi byli każdego momentu odstąpić. Więcem pomyślał: zginęła ta Rzeczpospolita niecnotą własnych synów! Lecz któż mnie pocieszył, kto mi otuchy w strapieniu dodał? - pan Czarniecki! "Zaiste - mówił - nie zginęła, skoro powstał w niej Lubomirski. Tamci o sobie (powiada) myślą, ten tylko patrzy, tylko szuka, gdzie by ofiarę z prywaty na ołtarzu powszechnym mógł złożyć; tamci się wysuwają, ten się usuwa, bo przykładem chce świecić. Ot i teraz (powiada) nadciąga z wojskiem potężnym i zwycięskim, a już (powiada) słyszę, że chce mnie komendę nad nim zdawać, aby nauczyć innych, jako ambicję, choćby słuszną, mają dla ojczyzny poświęcać. Jedźcie tedy (powiada) do niego, oznajmijcie mu, że ja tej ofiary nie chcę, nie przyjmę, gdyż on lepszym ode mnie wodzem, gdyż zresztą, jego nie tylko wodzem, ale - daj Bóg naszemu Kazimierzowi długie życie - królem gotowiśmy obrać!... i...obierzemy!"

Tu pan Zagłoba sam się nieco przeląkł, czyli miary nie przebrał, i istotnie, po okrzyku: "obierzemy!", nastała cisza; lecz przed magnatem tylko się niebo otworzyło, zrazu przybladł nieco, następnie pokraśniał, następnie znów przybladł i robiąc silnie piersiami, odrzekł po chwili milczenia:

- Rzeczpospolita jest i zostanie zawsze panią swej woli, bo na tym starodawne fundamenta naszych wolności spoczywają... Lecz jam jeno sługa jej sług i Bóg mi świadkiem, że nie podnoszę oczu na one wysokości, na które obywatel spoglądać nie powinien... Co do komendy nad wojskiem... pan Czarniecki przyjąć ją musi. Oto właśnie pragnę dać przykład tym, którzy wielkość swego rodu ustawnie na myśli mając, nie chcą żadnej zwierzchności uznawać, jak pro publico bono należy o wielkości swego rodu zapomnieć. Więc choć i tak złym wodzem może nie jestem, jednakoż ja, Lubomirski, idę dobrowolnie pod komendę Czarnieckiego, o to tylko Boga prosząc, aby nam wiktorię nad nieprzyjacielem spuścić raczył!

- Rzymianinie! ojcze ojczyzny! - krzyknął Zagłoba chwytając rękę marszałka i przyciskając do niej wargi.

Lecz tu jednocześnie stary wyga nastawił na Skrzetuskiego oko i począł nim mrugać raz po razu.

Rozległy się grzmiące okrzyki oficerów i towarzystwa. Tłum w kwaterze powiększał się z każdą chwilą.

- Wina! - zawołał pan marszałek.

A gdy wniesiono kielichy, zaraz wzniósł zdrowie królewskie, potem pana Czarnieckiego, którego "naszym wodzem" nazwał, i wreszcie posłów. Zagłoba nie pozostał w tyle z toastami i tak wszystkich za serce chwycił, że sam marszałek za próg ich przeprowadził, zaś rycerstwo aż do rogatek Jarosławia.

Na koniec zostali sami; wówczas Zagłoba zajechał drogę Skrzetuskiemu, wstrzymał konia i chwyciwszy się w boki, rzekł:

- A co, Janie?

- Dalibóg! - odpowiedział Skrzetuski - żebym na własne oczy nie widział i na własne uszy nie słyszał, wierzyć bym nie chciał, choćby mi też i anioł powiadał.

Zaś pan Zagłoba:

- Ha? co? Przysięgnę, że sam Czarniecki co najwięcej to wzywał i prosił Lubomirskiego, by szedł z nim w parze. I wiesz, co byłby wskórał? Oto, że Lubomirski poszedłby osobno, bo jeśli w liście były zaklęcia na miłość do ojczyzny i jakoweś o prywacie wzmianki (a jestem pewien, że były), to zaraz by pan marszałek nadął się a rzekł: "Zali on chce moim praeceptorem zostać i uczyć, jak się ojczyźnie służy?..." Znam ja ich!!... Na szczęście, stary Zagłoba wziął sprawę w ręce, pojechał i ledwie gębę otworzył, już Lubomirski nie tylko chce iść razem, ale pod mendę się poddaje. Morzy się tam frasunkiem pan Czarniecki, ale ja go pocieszę... A co, Janie, umie sobie Zagłoba z magnatami rady dawać?

- Tedy powiadam, że z podziwienia pary z gęby puścić nie mogłem.

- Znam ja ich! Pokaż któremu koronę i róg gronostajowego płaszcza, to możesz go pod włos głaskać jak charcie szczenię, jeszcze ci się ugnie i sam krzyża nadstawi... Żaden kot nie będzie się tak oblizywał, choćbyś mu prospectus z samych sperek pokazał. Najpoczciwszemu oczy z pożądliwości na wierzch wylizą, a trafi się szelma, jako był książę wojewoda wileński, to i ojczyznę zdradzić gotów. Co to ta ludzka próżność! Panie Jezu! żebyś mi dał tyle tysięcy, iluś kandydatów do tej korony stworzył, to bym i sam kandydował... Bo jeśli który z nich myśli, że mam się za gorszego od niego, to niech mu od własnej pychy żywot pęknie... Taki dobry Zagłoba jak i Lubomirski, tylko w fortunie różnica... Tak, tak, Janie... Czy myślisz, żem go naprawdę w rękę pocałował? Siebiem w wielki palec pocałował, a jego jenom nosem szturgnął... Pewno go tak, odkąd żywie, nikt w pole nie wywiódł. Rozsmarowałem go jako masło na grzance dla pana Czarnieckiego... Daj Boże naszemu królowi jak najdłuższe życie, ale na wypadek elekcji sobie wolałbym dać kreskę jak jemu... Roch Kowalski dałby mi drugą, a pan Michał oponentów by wysiekł... Boga mi, zaraz bym cię hetmanem wielkim koronnym uczynił, pana Michała po Sapieże litewskim... a Rzędziana podskarbim... Ten by dopiero Żydowinów podatkami cisnął!... Mniejsza wreszcie z tym; grunt, żem Lubomirskiego na hak ułowił, a sznurek wsadzę Czarnieckiemu w rękę. Na kim się skrupi, na Szwedach się zmiele, a zasługa czyja? co? O kim innym kroniki by pisały, ale ja nie mam szczęścia... Dobrze jeszcze, jeśli Czarniecki na starego nie parsknie, że listu nie oddał... Taka to wdzięczność ludzka... Ha! nie pierwszyzna mi, nie pierwszyzna... Inni na starostwach siedzą i słoniną jako parsiuki obrośli, a ty, stary, po dawnemu trzęś brzuszysko na szkapie...

Tu machnął ręką pan Zagłoba.

- Jechał ludzką wdzięczność sęk! I tak, i tak trzeba umierać, a przecie ojczyźnie miło posłużyć. Najlepsza nagroda dobra kompania. Jak człek raz na koń siędzie, to z takimi kompanami, jak ty i Michał, na kraj świata jechać gotów... Taka już nasza polska natura. Byle raz na koń siąść. Niemiec, Francuz, Angielczyk albo smagły Hiszpan od razu do oczu skoczy, a Polak pacjencję wrodzoną mając siła zniesie, długo się choćby takiemu Szwedzinie szarpać pozwoli, ale gdy się miara przebierze, jak huknie w pysk, to ci się taki Szwedzina trzy razy nogami nakryje... Bo fantazja jeszcze jest, a póki fantazja nie zginie, póty i Rzeczpospolita trwać będzie. Zakonotuj to sobie, Janie...

I tak długo jeszcze rozprawiał pan Zagłoba, bo bardzo był rad z siebie, a ilekroć się to zdarzyło, tylekroć bywał i mowny nad zwykłą miarę, i mądrych sentencyj pełen.

ROZDZIAŁ 6

Czarniecki istotnie nie śmiał nawet myśleć o tym, by pan marszałek koronny poddał się pod jego komendę. Chciał tylko, by działali razem, a obawiał się, że i to z powodu wielkiej ambicji marszałka nie przyjdzie do skutku, dumny pan bowiem odzywał się już nieraz poprzednio do swych oficerów, że woli na własną rękę Szwedów podchodzić, bo i tak coś wskórać może, a gdyby razem z Czarnieckim odnieśli zwycięstwo, tedyby cała sława spłynęła na Czarnieckiego.

Jakożby tak i było. Czarniecki rozumiał marszałkowe powody i martwił się. Wysławszy z Przeworska list, odczytywał teraz po raz dziesiąty jego kopię chcąc się przekonać, czyli nie napisał czegoś takiego, co by tak drażliwego człeka ubość mogło.

I żałował niektórych wyrażeń, wreszcie począł w ogóle żałować, że list wysłał. Siedział zatem posępny w swej kwaterze, a coraz to do okna podchodził i spoglądał na drogę, czyli posłowie nie wracają. Widzieli go przez okna oficerowie i odgadywali, co się z nim dzieje, bo troska widoczna była na jego czole.

- Patrz no waść - rzekł Polanowski do Wołodyjowskiego. - Nic dobrego nie będzie, bo u kasztelana oblicze stało się pstre, a to zły znak.

Jakoż twarz Czarnieckiego nosiła liczne ślady ospy i w chwilach wielkiego wzruszenia albo niepokoju pokrywała się białawymi i ciemnymi cętkami. Że zaś rysy miał ostre, bardzo wysokie czoło, na nim chmurne jowiszowe brwi, nos zagięty i wzrok po prostu przeszywający, więc gdy jeszcze przyszły. nań owe piętna, stawał się straszny. Kozacy przezwali go swego czasu rabym psem, ale wedle słuszności więcej był do rabego orła podobny, a gdy bywało, prowadził lud do ataku z rozwianą na kształt olbrzymich skrzydeł burką, wtedy to podobieństwo uderzało swoich i nieprzyjaciół.

Wzbudzał też strach w jednych i drugich. Za czasów kozackich wojen dowódcy potężnych watah tracili głowy, gdy przyszło im przeciw Czarnieckiemu działać. Sam Chmielnicki bał się go, a zwłaszcza jego rad, których królowi udzielał. One to sprowadziły na kozactwo straszliwą klęskę pod Beresteczkiem. Lecz sława jego wyrosła głównie po beresteckiej, gdy na współkę z Tatary przebiegał na kształt płomienia stepy, wygniatał do cna zbuntowane roje, brał szturmem miasta, okopy, rzucając się z szybkością wichru z jednego końca Ukrainy w drugi.

Z tą samą zaciekłą wytrwałością szarpał teraz Szwedów. "Czarniecki nie wybije, ale wykradnie mi wojsko" - mówił Karol Gustaw. Lecz właśnie Czarnieckiemu uprzykrzyło się już wykradać; mniemał, że przyszedł czas bić, zaś brakło mu zupełnie armat, piechoty, bez których stanowczo nie można było nic ważniejszego wskórać; dlatego tak pragnął połączyć się z Lubomirskim, który wprawdzie także małą miał ilość armat, ale wiódł ze sobą piechoty, złożone z górali. Te, jakkolwiek niezbyt jeszcze wyćwiczone, były już przecie nieraz w ogniu i mogły od biedy być użyte przeciw niezrównanym pieszym zastępom Karola Gustawa.

Więc pan Czarniecki był jakby w gorączce. Nie mogąc wreszcie wytrzymać w kwaterze wyszedł przed sień i spostrzegłszy Wołodyjowskiego z Polanowskim, spytał:

- A nie widać posłów?

- Znać, że im radzi - odrzekł Wołodyjowski.

- Im radzi, ale mnie nieradzi, bo inaczej byłby pan marszałek swoich z odpowiedzią przysłał.

- Panie kasztelanie - rzekł Polanowski, który cieszył się wielkim zaufaniem wodza - po co się troskać; przyjdzie pan marszałek, dobrze! nie, to będziem po staremu podchodzić. Ciecze i tak krew ze szwedzkiego garnka, a to wiadomo, że gdy raz garnek zacznie ciec to i wszystko z niego ucieknie.

Na to Czarniecki:

- I z Rzeczypospolitej ciecze. Jeśli teraz ujdą, wzmocnią się, przyjdą im posiłki z Prus - sposobność minie!

To rzekłszy uderzył się ręką po pole na znak niecierpliwości; wtem dały się słyszeć stąpania końskie i basowy głos Zagłoby śpiewający:

Poszła Kaśka do piekarni,
A Stach do niej: Puść, przygarnij,
Kochana!

Bo śnieg pada i wiatr wieje,
Gdzież ja się, biedny, podzieję
Do rana!...

- Dobry znak! Wesoło wracają! - zawołał Polanowski.

Tymczasem tamci ujrzawszy kasztelana zeskoczyli z kulbak, oddali konie pacholikowi i szli żywo do ganku; nagle Zagłoba rzucił czapkę w górę i udając głos marszałka tak wybornie, że kto by go nie widział, mógłby się omylić, zakrzyknął:

- Vivat pan Czarniecki, nasz wódz!

Kasztelan zmarszczył się i rzekł prędko:

- Jest pismo dla mnie?

- Nie ma - odrzekł Zagłoba - jest coś lepszego. Marszałek z całym wojskiem przechodzi dobrowolnie pod komendę waszej dostojności!

Czarniecki przewiercił go wzrokiem, za czym zwrócił się do Skrzetuskiego, jakby mu chciał rzec: "Gadaj ty, bo tamten podpił!"

Pan Zagłoba rzeczywiście był nieco podpiły; lecz Skrzetuski potwierdził jego słowa, więc zdumienie odbiło się na obliczu kasztelana.

- Bywajcie za mną! - rzekł do przybyłych. - Mości Polanowski, mości Wołodyjowski, proszę także!

I wszyscy weszli do izby. Nie siedli jeszcze, gdy Czarniecki spytał:

- Co rzekł na mój list?

- Nic nie rzekł - odpowiedział Zagłoba - a dlaczego, to się w końcu mojej relacji okaże, teraz zaś incipiam...

Tu zaczął wszystko opowiadać, jak się odbyło, jako marszałka do decyzji tak pomyślnej doprowadził. Czarniecki patrzył na niego z coraz większym zdziwieniem. Polanowski za głowę się chwytał, pan Michał wąsikami ruszał.

- Tożem ja waści nie znał dotąd, jak mnie Bóg miły! - zawołał wreszcie kasztelan. - Uszom własnym nie wierzę!

- Ulissesem z dawna mnie nazywano! - odrzekł skromnie Zagłoba.

- Gdzie mój list?

- Ot, jest!

- Już ci muszę darować, żeś go nie oddał. To ćwik kuty na cztery nogi! Podkanclerzemu uczyć się u niego, jak układy prowadzić! Na Boga, gdybym był królem, do Carogrodu bym waści wysłał...

- Już by tu sto tysięcy Turka stało! - zakrzyknął pan Michał.

A Zagłoba na to:

- Dwieście, nie sto, żebym tak zdrów był!

- W niczymże się pan marszałek nie spostrzegł? - pytał znów Czarniecki.

- On? Łykał tak wszystko, com mu do gęby wkładał, jak karmny gąsior gałki, jeno mu grzdyka grała i oczy mgłą zachodziły. Myślałem, że pęknie od radości, jako szwedzki granat. Tego człowieka do piekła pochlebstwem można by zaprowadzić.

- Byle się to na Szwedach skrupiło, byle się skrupiło, a mam nadzieję, że tak będzie! - odrzekł uradowany Czarniecki. - Waść jesteś człek zręczny jako liszka, ale sobie zbytnio z pana marszałka nie dworuj, bo inny i tego by nie uczynił. Siła od niego zależy... Aż do samego Sandomierza pójdziemy majętnościami Lubomirskich i marszałek jednym słowem może całą okolicę podnieść, chłopstwu kazać przeprawy zatrudniać, mosty palić, wiwendę po lasach kryć... Waść będziesz miał zasługę, której ci do śmierci nie zapomnę, ale i panu marszałkowi muszę dziękować, bo tak mniemam, że nie z samej próżności to uczynił.

Tu w ręce zaklaskał i krzyknął do pacholika:

- Konia mi natychmiast!... Kujmy żelazo, póki gorące.

Po czym zwrócił się do pułkowników:

- Waściowie wszyscy ze mną, żeby asysta była jako najokazalsza.

- Czy i ja mam jechać? - pytał Zagłoba.

- Waszmość zbudowałeś ten most między mną a panem marszałkiem, słuszna, abyś pierwszy po nim przejechał. Zresztą tak myślę, że cię tam bardzo nawidzą... Jedź, jedź, panie bracie, bo inaczej powiem, że chcesz wpół poczęte dzieło porzucić.

- Trudna rada! - Muszę jeno pasa mocniej zacisnąć, bo się na nic utrzęsę... Już mi i sił nie bardzo staje, chybabym się czym pokrzepił.

- A czym by?

- Siła mi powiadano o kasztelańskim miodzie, któregom dotąd nie kosztował, a chciałbym wreszcie wiedzieć, czyli od marszałkowego lepszy?

- To się strzemiennego po kusztyczku napijmy, za to z powrotem nie będziem sobie z góry odmierzali. Parę gąsiorków znajdziesz też waść u siebie w kwaterze...

To rzekłszy kazał pan kasztelan podać kielichy i wypili w miarę, na fantazję i dobry humor, po czym na konie siedli i pojechali.

Marszałek przyjął pana Czarnieckiego z otwartymi rękoma, gościł, poił, do rana nie puścił, za to rano połączyły się oba wojska i szły dalej w komendzie pana Czarnieckiego. Koło Sieniawy napadli znów na Szwedów tak skutecznie, iż tylną straż w pień wycięli i wprowadzili zamieszanie w szeregi głównej armii. Dopiero o świtaniu spędziły ich armaty. Pod Leżajskiem jeszcze silniej nastąpił pan Czarniecki. Znaczne oddziały szwedzkie pogrzęzły w błotach, powstałych z deszczów i powodzi, i te wpadły w ręce polskie. Droga stawała się dla Szwedów coraz opłakańszą. Wycieńczone, zgłodniałe i zmorzone snem pułki ledwie maszerowały. Coraz więcej żołnierzy zostawało na drodze. Znajdowano niektórych tak straszliwie zbiedzonych, że nie chcieli już jeść i pić, prosili tylko o śmierć. Inni kładli się i umierali po kępach, inni tracili przytomność i spoglądali z największą obojętnością na zbliżających się jeźdźców polskich. Cudzoziemcy, których sporo liczyło się w szwedzkich szeregach, poczęli wymykać się z obozu i przechodzić do pana Czarnieckiego. Tylko niezłomny duch Karola Gustawa utrzymywał resztę gasnących sił w całej armii.

 Bo nie tylko za armią szedł nieprzyjaciel; rozmaite partie pod nieznanymi wodzami i kupy chłopskie zabiegały jej ustawicznie drogę. Oddziały te, niesforne i niezbyt liczne, nie mogły wprawdzie uderzyć na nią wstępnym bojem, ale nużyły śmiertelnie. Że zaś chcąc wpoić w Szwedów przekonanie, iż Tatarzy przybyli już z pomocą, wszystkie polskie wojska wydawały tatarski okrzyk, więc "ałła! ałła!" rozlegało się dniem i nocą, bez chwili przerwy. Nie mógł żołnierz szwedzki odetchnąć, broni na moment w kozły złożyć. Nieraz kilkunastu ludzi alarmowało całą armię. Konie padały dziesiątkami i zjadano je natychmiast, bo sprowadzanie prowiantów stało się niepodobieństwem. Od czasu do czasu polscy jeźdźcy znajdowali straszliwie poszarpane trupy szwedzkie, po których poznawali natychmiast chłopską rękę. Większa część wsi w klinie między Sanem i Wisłą należała do pana marszałka i do jego krewnych. Owóż wszyscy chłopi jak jeden mąż w nich powstali, pan marszałek bowiem nie żałując własnej fortuny ogłosił, iż ten, który za oręż chwyci, z poddaństwa zostanie uwolniony. Ledwo wieść o tym rozbiegła się po ziemiach, wszystkie kosy osadzono sztorcem i poczęto co dzień znosić głowy szwedzkie do obozu, aż pan marszałek musiał tego zwyczaju, jako niechrześcijańskiego zakazać.

 Wówczas poczęto znosić rękawice i rajtarskie ostrogi. Szwedzi, przywiedzeni do desperacji, łupili ze skóry tych, którzy im w rękę wpadli, i wojna stawała się co dzień straszliwszą. Nieco wojska polskiego jeszcze trzymało się Szwedów, ale trzymano ich tylko postrachem. W drodze do Leżajska zbiegło ich wielu, pozostali wszczynali co dzień takie tumulty w obozie, iż Karol Gustaw rozkazał w samym Leżajsku rozstrzelać kilku towarzystwa. Było to hasłem ogólnej ucieczki, której dokonano z szablą w ręku. Nikt prawie nie pozostał, jeno Czarniecki, wzmocniony, począł następować coraz potężniej.

 Pan marszałek pomagał mu bardzo szczerze. Być może, iż szlachetniejsze strony jego natury wzięły na ów czas, zresztą krótki; górę nad pychą i miłością własną, więc nie szczędził ni trudów, ni nawet życia, i własną osobą prowadził nieraz chorągwie, nie dał odetchnąć nieprzyjacielowi, a że był żołnierz dobry, więc znaczne położył zasługi. Te, przyłożone do późniejszych, chwalebną by mu zapewniły pamięć w narodzie, gdyby nie ów bunt bezecny, który pod koniec swego zawodu podniósł, aby naprawie Rzeczypospolitej przeszkodzić.

Lecz czasu tego wszystko czynił, by chwałę zyskać, i okrył się nią jak płaszczem. Chodził z nim o lepszą pan Witkowski, kasztelan sandomierski, stary i doświadczony żołnierz; ten Czarnieckiemu samemu chciał dorównać, lecz nie zdołał, bo mu Bóg wielkości odmówił.

Wszyscy trzej gnębili coraz potężniej Szwedów. Aż przyszło do tego, że te pułki piechotne i rajtarskie, którym wypadło iść tylną strażą w odwodzie, w takim szły przerażeniu, iż popłoch wszczynał się między nimi z lada powodu. Wówczas sam Karol Gustaw postanowił zawsze iść z tylną strażą, by ducha obecnością swą dodawać.

Lecz zaraz w początkach o mało życiem tego nie przypłacił. Zdarzyło się, że mając przy sobie pułk lejbgwardii, najtęższy ze wszystkich pułków, bo żołnierzy do niego z całego narodu skandynawskiego wybierano, zatrzymał się król dla odpoczynku we wsi Rudniku. Tam zjadłszy u plebana obiad, postanowił zażyć nieco spoczynku, albowiem poprzedniej nocy oka nie zmrużył. Lejbgwardziści otoczyli dom, by nad bezpieczeństwem królewskim czuwać. Tymczasem księży pacholik od koni wymknął się chyłkiem ze wsi i dopadłszy stadniny chodzącej po gródzi, skoczył na źrebaka i popędził do pana Czarnieckiego.

Lecz pan Czarniecki znajdował się tym razem o dwie mile drogi, zaś przednia straż, złożona z pułku księcia Dymitra Wiśniowieckiego, szła pod panem porucznikiem Szandarowskim nie dalej jak pół mili za Szwedami. Pan Szandarowski rozmawiał właśnie z Rochem Kowalskim, który z rozkazami od kasztelana przyjechał, gdy nagle obaj ujrzeli nadlatującego co koń wyskoczy pacholika.

- Co to za diabeł tak pędzi? - rzekł Szandarowski - i jeszcze na źrebaku?

- Chłopak wiejski - odrzekł Kowalski.

Tymczasem pacholę przyleciało przed sam szereg i zatrzymało się dopiero wówczas, gdy źrebak, przestraszony widokiem koni i ludzi, stanął dęba i zarył kopytami w ziemię. Pacholik zeskoczył i trzymając go za grzywę skłonił się panom rycerzom.

- A co powiesz? - spytał zbliżywszy się Szandarowski.

- Szwedy u nas w plebanii! gadają, że sam król między nimi! - rzekł pachołek z iskrzącym wzrokiem.

- A siła ich?

- Nie będzie nad dwieście koni.

Szandarowskiemu z kolei zaświeciły się oczy; lecz bat się zasadzki, więc spojrzał groźnie na chłopaka i rzekł:

- Kto cię przysłał?
- Co mnie kto miał przysyłać! Samem na źrebaka na gródzi skoczył, ledwom się nie zatknął i czapkę zgubił. Dobrze, że mnie, ścierwa, nie obaczyli!

Prawda biła z opalonej twarzy pacholika i ochotę miał widocznie wielką na Szwedów, bo mu policzki pałały i stał przed oficerami, trzymając jedną ręką za grzywę źrebca, z rozwianym włosem, rozchełstaną koszulą na piersiach, oddychając szybko.

- A gdzie reszta szwedzkiego wojska? - spytał chorąży.
- Jeszcze o świtaniu przewaliło się ich tyla, żeśmy zrachować nie mogli, ale tamci poszli dalej, a ostała jeno jazda, a jeden śpi u dobrodzieja, powiadają, że król.

Na to Szandarowski:
- Chłopie, jeśli łżesz, szyja ci spadnie, ale jeśli prawdę mówisz, proś, o co chcesz.

A pacholik skłonił mu się do strzemienia.
- Żebym tak zdrów był! Nie chcę nijakiej nagrody, jeno żeby mi wielmożny pan oficer "siablę" dać kazał.
- A dać mu tam jaką szerpentynę! - krzyknął na swoją czeladź zupełnie już przekonany Szandarowski.

Inni oficerowie poczęli wypytywać jeszcze pachołka, gdzie dwór, gdzie wieś, co robią Szwedzi, ten zaś odrzekł:
- Pilnują, psiajuchy! Kiedy byście prosto poszli, to was obaczą, ale ja waju za olszyną poprowadzę.

Wydano wnet rozkazy i chorągiew ruszyła zrazu rysią, potem w skok. Pachołek jechał oklep na swoim źrebaku bez uzdy, przed pierwszym szeregiem. Źrebaka piętami gołymi poganiał, a coraz to spoglądał promienistymi oczyma na obnażoną szerpentynę.

Gdy już wieś było widać, wykręcił w łozy i wiódł drogą, trochę grząską, ku olszynom, w których było jeszcze błotniściej; za czym zwolnili koniom.
- Cichajcie! - rzekł chłopak - jako się olszyna skończy, oni będą na prawo o ćwierć stajania.

Więc poczęli się posuwać bardzo z wolna, bo i droga była trudna, a ciężkie konie jazdy zapadały nieraz do kolan. Wreszcie olszyna poczęła rzednąć i wyjechali na brzeg.

Wówczas, nie dalej jak o trzysta kroków, ujrzeli idący nieco w górę obszerny majdan, za nim dom księży, otoczony lipami, między którymi widać było słomiane wiechetki ulów, na majdanie zaś dwustu jeźdźców w czółenkowych hełmach i pancerzach.

Olbrzymi jeźdźcy siedzieli na olbrzymich, lubo wychudzonych, koniach i stali w gotowości, jedni z rapierami przy ramionach, drudzy z muszkietami opartymi o uda, ale patrzyli wszyscy w inną stronę, ku głównej drodze, skąd jedynie mogli się spodziewać nieprzyjaciela. Wspaniały błękitny sztandar ze złotym lwem powiewał nad ich głowami.

Dalej, naokół domu, stały straże, po dwóch ludzi; jedna z nich zwrócona była ku olszynie, ale że słońce okrutnie grało i raziło oczy, a w olszynie, która już się pokryła bujnym liściem, było prawie ciemno, więc jeźdźców polskich nie mogła owa straż dostrzec.

W Szandarowskim, kawalerze ognistym, krew poczęła kipieć jak ukrop, lecz się pohamował i czekał, póki szereg się nie uładzi; tymczasem Roch Kowalski położył swą ciężką rękę na ramieniu pachołka.

- Słuchaj, bąku ! - rzekł. - A widziałeś króla?

- Widziałem, wielmożny panie - szepnęło chłopię.

- Jakże wygląda? Po czym go poznać?

- Czarny okrutnie na gębie i czerwone wstęgi przy boku nosi.

- Konia zaś jego poznałbyś?

- Koń też kary, z łysiną.

Na to Roch:

- Stajenny! pilnuj się mnie i pokaż mi go!

- Dobrze, panie! A prędko skoczym?...

- Zamknij gębę!

Tu umilkli i pan Roch modlić się począł do Najświętszej Panny, aby mu z Karolem spotkać się dozwoliła i prowadziła rękę w spotkaniu.

Chwilę jeszcze trwała cisza, wtem koń pod samym Szandarowskim parsknął okrutnie. Na to rajtar ze straży spojrzał, drgnął, jakby go coś podrzuciło w kulbace, i wypalił z pistoletu.

- Ałła! ałła!... Bij, morduj!... zabij!... Uha-u-bij! - rozległo się w olszynie.

I chorągiew, wypadłszy jak grom z cienia, runęła ku Szwedom.

Uderzyła w dym, nim zdołali się wszyscy do niej czołem zwrócić, i wnet poczęła się straszna rąbanina na szable tylko i rapiery, bo strzelać nikt nie miał czasu. W mgnieniu oka zepchnięto rajtarów na płot, który zwalił się z trzaskiem pod parciem zadów końskich, i poczęto ich siec tak zapamiętale, iż stłoczyli się i zmieszali. Dwakroć próbowali się zewrzeć i dwakroć rozerwani utworzyli dwie osobne kupy, które w mgnieniu oka rozdzieliły się znowu na mniejsze, wreszcie rozsypały się jak ziarnka grochu, które chłop szuflą rzuci w powietrze.

Nagle rozległy się rozpaczliwe głosy:

- Król! król! Ratujcie króla!

Karol Gustaw zaś zaraz w pierwszej chwili spotkania wypadł z pistoletami w ręku i szpadą w zębach przeze drzwi. Rajtar, który trzymał konia tuż przy drzwiach, podał mu go natychmiast, król wskoczył nań i skręciwszy koło samego węgła rzucił się między lipy i ule, by tyłem wymknąć się z koła bitwy.

Dobiegłszy do płotu wspiął konia, przesadził płot i wpadł w kupę rajtarów, broniącą się prawemu skrzydłu polskiemu, które przed chwilą właśnie okrążywszy dom, zderzyło się za ogrodem ze Szwedami.

- W konie! - krzyknął Karol Gustaw.

I obaliwszy pchnięciem szpady jeźdźca polskiego, który już wznosił nań szablę, jednym susem wydostał się z wiru bitwy; za nim rajtarowie rozerwali szereg polski i ruszyli całym pędem, jak stado jeleni, gnane przez psy, pędzi tam, gdzie je prowadzi rogacz przewodnik. Jeźdźcy polscy zwrócili za nimi konie i rozpoczęła się gonitwa. Jedni i drudzy wypadli na główną drogę prowadzącą z Rudnika do Bojanówka. Spostrzeżono ich z przedniego dziedzińca, na którym wrzała główna bitwa, i wówczas to właśnie rozległy się głosy:

- Król! król! Ratujcie króla!

Lecz rajtarowie na przednim dziedzińcu byli już tak przyciśnięci przez samego Szandarowskiego, że i o własnym nawet ratunku myśleć nie mogli, pognał więc król w kupie nie większej nad dwunastu rajtarów, za nimi zaś pognało blisko trzydziestu towarzystwa, na czele zaś wszystkich Roch Kowalski.

Pachołek, który miał mu króla pokazać, zamieszał się gdzieś w głównej bitwie, lecz Roch i sam poznał Karola Gustawa po bukiecie z czerwonych wstąg. Za czym pomyślał, że jego chwila nadeszła, pochylił się w kulbace, ścisnął konia ostrogami i popędził jak wicher naprzód.

Uciekający, dobywając ostatnich sił z koni, rozciągnęli się po szerokiej drodze. Szybsze i lżejsze rumaki polskie poczęły ich jednak wkrótce dochodzić. Pierwszego rajtara dojechał Roch bardzo prędko, więc wstał w strzemionach dla lepszego rozmachu i ciął strasznie; rękę wraz z łopatką jednym okropnym zamachem odwalił i biegł wichrem, oczy na nowo w króla utkwiwszy.

Następnie drugi rajtar zaczernił mu przed oczyma, zwalił drugiego, trzeciemu przełupał hełm i głowę na dwie połowy i rwał dalej, króla jedynie na oku mając. Wtem konie poczęły rajtarom rozpierać się i padać; chmura jeźdźców polskich dognała ich i wysiekła w mgnieniu oka.

Pan Roch pomijał już ludzi i konie, by czasu nie tracić, przestrzeń między nim a Karolem Gustawem poczęła się zmniejszać. Dwóch już tylko jeźdźców przedzielało ich na przestrzeni kilkudziesięciu kroków.

Wtem strzała, puszczona z łuku przez któregoś z towarzyszów, zaśpiewała koło ucha panu Rochowi i utkwiła w krzyżach pędzącego przed nim rajtara, a ów zakołysał się w prawo, w lewo, wreszcie wygiął się w tył, zaryczał nieludzkim głosem i spadł z kulbaki.

Między Rochem a królem został już tylko jeden.

Lecz ten jeden, pragnąc widocznie ratować króla, zamiast uciekać zawrócił konia. Pan Roch dobiegł i nie tak kula armatnia znosi człowieka z kulbaki, jako on zwalił go na ziemię, po czym, wydawszy krzyk okropny, rzucił się na kształt rozjuszonego odyńca przed siebie.

Król byłby mu może stawił także czoło i zginąłby niechybnie, ale za Rochem nadlatywali inni i strzały poczęły świstać, lada chwila która z nich mogła zranić konia, więc król ścisnął go jeszcze mocniej piętami, twarz pochylił na grzywę i rwał przed sobą przestrzeń, na kształt jaskółki ściganej przez jastrzębia.

Zaś pan Roch począł swego nie tylko ostrogami bość, ale płazem szabli okładać, i tak pędzili jeden za drugim. Drzewa, kamienie, łozy migały im w oczach, wiatr świstał w uszach. Kapelusz królowi spadł z głowy, rzucił wreszcie i kieskę sądząc, że nieubłagany jeździec ułakomi się na nią i pogoni zaniecha; lecz Kowalski ani na nią nie spojrzał i walił coraz silniej konia, który począł wreszcie stękać z wysilenia.

Pan Roch zaś widocznie zapamiętał się ze wszystkim, bo biegnąc jął krzyczeć głosem, w którym obok groźby drgała i prośba:

- Stój! na miłosierdzie boskie!

Wtem koń królewski potknął się tak silnie, że gdyby król całą siłą nie podtrzymał go cuglami, byłby upadł. Roch ryknął jak żubr, przestrzeń dzieląca go od króla zmniejszyła się znacznie.

Po chwili rumak zaplątał się drugi raz i znów, nim król ustawił go na nogach, Roch zbliżył się o kilkanaście sążni. Wówczas wyprostował się już w kulbace jak do cięcia. Straszny był... Oczy wyszły mu na wierzch, a zęby błysnęły spod rudawych wąsów... Jeszcze jedno potknięcie konia, jeszcze chwila, a losy całej Rzeczypospolitej, losy Szwecji i całej wojny byłyby rozstrzygnięte. Lecz rumak królewski znów biec począł, król zaś odwróciwszy się błysnął lufami dwóch pistoletów i po dwakroć dał ognia.

Jedna z kul strzaskała kolano Rochowego bachmata. Ten wspiął się, a następnie padł na przednie nogi i zarył nozdrzami w ziemię.

Król mógłby był w tej chwili rzucić się na swego prześladowcę i przeszyć go szpadą na wylot, lecz w odległości dwustu kroków nadlatywali inni jeźdźcy polscy, więc pochylił się na nowo w kulbace i pomknął jak strzała z tatarskiego łuku puszczona.

Roch wydobył się spod konia. Chwilę popatrzył bezprzytomnie za uciekającym, następnie zatoczył się jak pijany, siadł na drodze i począł ryczeć jak niedźwiedź.

Król zaś coraz był dalej, dalej, dalej!... Wreszcie począł zmniejszać się, topnieć i zniknął w czarnej opasce chojarów.

Wtem z krzykiem i hukaniem nadbiegli towarzysze Rocha. Było ich z piętnastu, którym dopisały konie. Jeden z nich niósł kieskę królewską, drugi kapelusz, na którym czarne strusie pióra były diamentami upięte. Ci obaj poczęli wołać:

- Twoje to, twoje, towarzyszu! Słusznie ci się to należy!

A inni:

- Wiesz, kogoś gonił? Wiesz, kogoś dojeżdżał? To był sam Carolus!
- Na Boga! Póki żyw, tak nie uciekał przed nikim, jak przed tobą. Chwałą niezmierną się okryłeś, kawalerze!...
- A co rajtarów przedtem nałuszczył, nim się za samym królem wysforował!
- Małoś tą szablą Rzeczypospolitej w mig nie zbawił!
- Bierz kiesę!
- Bierz kapelusz!

- Zacny był koń, ale dziesięć takich za te skarby kupisz!
Roch spoglądał na nich osłupiałymi oczyma, na koniec zerwał się i zakrzyknął:
- Jam Kowalski, a to pani Kowalska... Idźcie do wszystkich diabłów!!
- Rozum mu się pomieszał! - poczęto wołać.
- Konia mi dawajcie! Jeszcze doścignę! - wołał Roch.
Lecz oni wzięli go pod ręce i choć się rzucał, poprowadzili nazad ku Rudnikowi, uspokajając i pocieszając po drodze.
- Dałeś mu pietra! - wołali. - Na co mu to przyszło temu wiktorowi, temu pogromicielowi tylu państw, miast, wojsk!...
- Cha! cha! Poznał polskich kawalerów!
- Sprzykrzy mu się w Rzeczypospolitej. Ciasne nań termina przyszły!
- Vivat Roch Kowalski!
- Vivat! Vivat najmężniejszy kawaler! chluba całego wojska!
I poczęto pić z manierek. Dano i Rochowi, a on do dna jeden bukłaczek wychylił i pocieszył się zaraz znacznie.
W czasie owego pościgu za królem na bojanowskiej drodze rajtarzy przed plebania bronili się jednak z godna tego sławnego pułku odwagą. Lubo napadnięci niespodzianie i zrazu bardzo prędko rozproszeni, równie prędko zebrali się przez to samo, że ich otoczono gęstą kupą, koło błękitnego sztandaru. Ani jeden nie poprosił o pardon, ale stanąwszy koń przy koniu, ramię przy ramieniu, bodli rapierami tak zaciekle, iż przez chwilę zwycięstwo zdawało się chylić na ich stronę. Trzeba ich było albo na nowo rozrywać, co stało się niepodobnym, gdyż naokół otaczała ich wstęga polskich jeźdźców, albo wyciąć do nogi. Uznał tę drugą myśl za lepszą Szandarowski, więc opasawszy kupę jeszcze ciaśniejszym pierścieniem, sam rzucał się na nieprzyjaciół, jak ranny krzeczot na stado długodziobych żurawi. Uczyniła się rzeź sroga i tłok. Szable brzęczały o rapiery, rapiery łamały się o furdymenta szabel. Czasem koń wspinał się jak delfin nad morską falę i po chwili wpadał w wir mężów i koni. Krzyki ustały, rozlegał się tylko kwik koński, przeraźliwy brzęk żelaza i sapanie zdyszanych piersi rycerskich; niezwykła zaciekłość opanowała serca Polaków i Szwedów. Walczono złamkami szabel i rapierów; jedni sczepiali się z drugimi na kształt jastrzębi; chwytano się za włosy, wąsy, gryziono zębami; ci, którzy spadli z koni, a jeszcze na nogach utrzymać się mogli, żgali nożami w brzuchy końskie, w łydy jeźdźców. W dymie, w wyziewach koni, w straszliwym uniesieniu bojowym ludzie zmieniali się w olbrzymów i zadawali ciosy olbrzymie; ramiona zmieniały się w maczugi, szable w błyskawice. Jednym zamachem rozbijano hełmy stalowe jak garnki, rażono się przez łby, odwalano ręce z mieczami, cięto się bez wytchnienia, cięto bez pardonu, bez miłosierdzia. Spod wiru ludzi i koni krew strumieniami poczęła spływać po majdanie.
Olbrzymi błękitny sztandar pływał jeszcze nad kołem szwedzkim, lecz kolisko zmniejszało się z każdą chwilą.

Jak gdy żniwiarze staną z dwóch stron łanu i poczną migotać sierpami, łan niknie, a oni widzą się coraz bliżej, tak pierścień polski zaciskał się coraz bardziej, tak iż walczący z jednej strony mogli już dojrzeć krzywe szable walczących po przeciwnej.

Pan Szandarowski szalał jak huragan i wżerał się w Szwedów, jako zgłodniały wilk wżera się paszczą w mięso świeżo zduszonego konia, lecz jeden jeździec go furią przewyższył, a było nim owo pacholę, które pierwsze znać dało o Szwedach w Rudniku, a teraz skoczyło wraz z całą chorągwią na nieprzyjaciela. Księży źrebiec, trzylatek, który dotąd chadzał spokojnie po gródzi, naciskany przez konie, nie mogąc się wyrwać ze skrzętu, rzekłbyś: wściekł się jak i pan jego; więc ze tulonymi uszyma, z oczami wyszłymi na wierzch głowy, z najeżoną grzywą parł naprzód, kąsał, wierzgał, chłopak zaś szablą, jak cepem, machał na oślep, w prawo, w lewo, od ucha; płowa czupryna spłynęła mu krwią, ostrza rapierów podziurawiły mu ramiona i uda; twarz miał pociętą, lecz owe rany podniecały go tylko. Bił się w zapamiętaniu, jak człowiek, który o własnym życiu zdesperował i pragnie tylko pomścić śmierć swoją.

Tymczasem jednak zastęp szwedzki zmniejszał się jak kupa śniegu, którą polewają ze wszystkich stron ukropem. Wreszcie koło królewskiego sztandaru zostało się tylko kilkunastu. Mrowie polskie pokryło ich zupełnie, a oni umierali ponuro, z zaciśniętymi zębami; żaden rąk nie wyciągnął, żaden nie zawołał o litość.

Wtem w zamęcie rozległy się głosy:

- Chorągiew brać! chorągiew!

Usłyszawszy to pachoł żgnął sztychem źrebca i rzucił się jak płomień naprzód, gdy zaś każdy z rajtarów stojących przy sztandarze miał na sobie dwóch lub trzech jeźdźców polskich, chłopak chlasnął chorążego szablą przez gębę, a ten ręce rozkrzyżował i pochylił się twarzą na grzywę końską.

Błękitny sztandar upadł z nim razem.

Najbliższy rajtar, krzyknąwszy okropnie, chwycił natychmiast za drzewce, zaś chłopak ujął za płachtę, szarpnął, oddarł w mgnieniu oka, zwinął ją w kłąb i przyciskając obu rękoma do piersi, począł wrzeszczeć wniebogłosy:

- Mam, nie dam! Mam, nie dam!

Ostatni pozostali rajtarowie rzucili się na niego z wściekłością, jeden pchnął go jeszcze przez chorągiew i przeszył mu ramię, lecz w tej chwili rozniesiono wszystkich na szablach w puch.

Za czym kilkanaście krwawych rąk wyciągnęło się ku chłopakowi.

- Chorągiew, dawaj chorągiew! - poczęto wołać.

Szandarowski poskoczył mu z pomocą.

- Zaniechać go! On wziął w moich oczach, niech ją samemu kasztelanowi odda.

- Jedzie kasztelan! jedzie! - ozwały się liczne głosy.

Jakoż z dala ozwały się wojenne krzywuły i na drodze od strony gródzi ukazała się cała chorągiew pędząca w skok ku plebanii. Była to chorągiew laudańska; na jej czele jechał sam pan Czarniecki. Dobiegłszy, widząc, iż wszystko już skończone, wstrzymali konie; żołnierze Szandarowskiego poczęli się sypać ku nim.

Poskoczył i Szandarowski z relacją do kasztelana, tak zaś był spracowany, że z początku tchu złapać nie mógł, bo i dygotał jak w febrze, i głos urywał mu się co chwila w gardzieli.

- Sam król był... nie wiem... jeżeli uszedł...
- Uszedł! uszedł! - ozwali się ci, którzy patrzyli na gonitwę.
- Chorągiew wzięta!... Trupa moc!

Czarniecki nie rzekłszy ni słowa posunął się z koniem ku pobojowisku, które okrutny i żałosny przedstawiało widok. Przeszło dwieście trupów szwedzkich i polskich leżało mostem, jeden tuż koło drugiego; często jeden na drugim... Niektórzy trzymali się za włosy, niektórzy poumierali gryząc się wzajemnie zębami lub szarpiąc się pazurami. A znów inni dzierżyli się jakoby w braterskim objęciu lub leżeli wsparci głowami na piersiach nieprzyjaciół. Wiele twarzy było tak stratowanych, że nie pozostało w nich nic człowieczego; te zaś, których nie zdruzgotały kopyta, oczy miały otwarte, pełne przerażenia, grozy bojowej, wściekłości... Krew chlupotała w rozmiękłej ziemi pod nogami kasztelańskiego konia, które wnet poczerwieniały wyżej pęcin; zapach krwi i potu końskiego drażnił nozdrza i tamował dech w piersiach.

Kasztelan patrzył takim okiem na owe ciała ludzkie, jakim dziedzic patrzy na powiązane snopy pszeniczne mające bróg napełnić. Zadowolenie odbiło się na jego twarzy. W milczeniu objechał dokoła plebanii, popatrzył na trupy leżące z drugiej strony za sadem, za czym powrócił z wolna na główne pobojowisko.

- Rzetelną tu widzę robotę - rzekł - i kontent jestem z waszmościów!

Oni zaś wyrzucili krwawymi rękoma czapki w górę:

- Vivat Czarniecki!
- Daj Bóg drugie prędkie spotkanie!... Vivat!... vivat!...

A kasztelan na to:

- Pójdziecie do tylnej straży dla wypoczynku. Mości Szandarowski, a kto wziął chorągiew?
- Dawajcie pachołka! - zakrzyknął Szandarowski - gdzie on?

Żołnierze skoczyli szukać i znaleźli pacholika siedzącego pod ścianą stajenną przy źrebcu, który padł z ran i ostatnie właśnie tchnienie wydawał. Na pierwszy rzut oka zdawało się, że i chłopakowi niewiele się należy, trzymał jednak chorągiew obu rękoma przy piersiach.

Porwano go natychmiast i przyprowadzono przed kasztelana. Stanął tedy bosy, rozczochrany, z nagą piersią, z koszulą i sukmaniną w strzępach, zamazany krwią szwedzką i własną jak nieboskie stworzenie, chwiejący się na nogach, ale z ogniem niezgasłym jeszcze w źrenicach. Zdumiał się pan Czarniecki na jego widok.

- Jakże to? - spytał - ten zdobył królewską chorągiew?

- Własną ręką i własną krwią - odparł Szandarowski. - On także pierwszy dał znać o Szwedach, a potem w największym ukropie tyle dokazywał, że mnie samego i wszystkich superavit!

- Prawda jest! Rzetelna prawda, jakoby kto spisał - zakrzyknęli towarzysze.

- Jak ci na imię? - spytał chłopaka pan Czarniecki.

- Michałko!

- Czyj jesteś?

- Księży.

- Byłeś księży, ale będziesz swój własny! - odrzekł kasztelan.

Lecz Michałko nie słyszał już ostatnich słów, bo z ran, z upływu krwi zachwiał się i padł głową na kasztelańskie strzemię.

- Wziąć go, dać mu wszelki starunek. Ja w tym, że na pierwszym sejmie równy on wszystkim waszmościom będzie stanem, jako duszą już dziś równy !

- Godzien tego! godzien! - zakrzyknęła szlachta.

Po czym wzięto Michałka na nosze i wniesiono do plebanii.

Zaś pan Czarniecki słuchał dalszej relacji, którą nie Szandarowski już składał, ale ci, którzy pościg pana Rocha za Karolem Gustawem widzieli. Okrutnie uradował się tym opowiadaniem pan Czarniecki, aż się za głowę chwytał, to znów dłońmi po kolanach uderzał, bo rozumiał, że po takim terminie znacznie musi upaść duch w Karolu.

Pan Zagłoba nie mniej się radował i biorąc się w boki, z dumą powtarzał do rycerstwa:

- Ha, zbój! co? Gdyby był Carolusa doścignął, sam diabeł nie potrafiłby mu go odjąć! Moja krew, jak mi Bóg miły, moja krew!

Pan Zagłoba z biegiem czasu i sam uwierzył w to święcie, że jest wujem Rocha Kowalskiego.

Tymczasem pan Czarniecki kazał szukać młodego rycerza, ale nie mogli go znaleźć, bo pan Roch ze wstydu i zmartwienia wlazł do stodoły, zakopał się w słomę i usnął tak mocno, że dopiero nazajutrz dzień dogonił chorągiew. Ale jeszcze był bardzo strapiony i nie śmiał pokazać się wujowi na oczy. Ten wszelako sam go poszukał i pocieszać zaczął:

- Nie frasuj się, Rochu! - mówił. - Wielką i tak chwałą się okryłeś; sam słyszałem, jak cię pan kasztelan wysławiał: "Kiep (powiada) na oko, że i trzech, zda się, nie zliczy, a to widzę, ognisty kawaler, który reputację całego wojska podniósł! "

- Pan Jezus mi nie pobłogosławił - rzekł Roch - bom się poprzedniego dnia upił i pacierzam wieczorem zaniechał!

- Jeno nie próbuj wyroków boskich dochodzić, żebyś zaś jeszcze nie pobluźnił. Co możesz na plecy brać, to bierz, ale na rozum nie bierz, gdyż zaraz będziesz szwankował.

- Bom już był tak blisko, że mnie pot od jego konia zalatywał. Byłbym go do kulbaki przeciął! Wuj to myśli, że ja zgoła nie mam rozumu!

Na to Zagłoba:

- Każde bydlę ma swój rozum. Setny chłop z ciebie, Rochu, pociechy mi jeszcze nieraz przysporzysz. Daj Boże, żeby twoi synowie mieli ten sam w pięści rozum!

- A nie potrzebuję! - rzekł Roch. - Ja jestem Kowalski, a to pani Kowalska...

ROZDZIAŁ 7

Po rudnickich terminach poszedł król dalej w klin, między San a Wisłę, i nie przestał po staremu z tylną strażą iść, bo był nie tylko znamienitym wodzem, ale i rycerzem odwagi niezrównanej. Szli za nim pan Czarniecki, pan Witowski, pan Lubomirski i napędzali go jako zwierza do sieci. Luźne partie hałasowały dniem i nocą nad Szwedami. Żywności było coraz mniej wojsko coraz bardziej znużone i na duchu upadłe, zguby pewnej oczekujące. Zaszyli się na koniec Szwedzi w sam kąt, gdzie się dwie rzeki schodzą, i odetchnęli. Tu już z jednej strony broniła ich Wisła, z drugiej San, szeroko, jako zwykle wiosną rozlany, zaś trzeci bok trójkąta umocnił król potężnymi szańcami, na które pozaciągano działa.

Nie do zdobycia to była pozycja, jeno można w niej było z głodu umrzeć. Ale i pod tym względem lepszej nabrali Szwedzi otuchy, gdyż spodziewali się, że im z Krakowa i innych fortec nadbrzeżnych wodą komendanci spyżę przyślą. Ot, zaraz pod bokiem był Sandomierz, w którym pułkownik Szynkler znaczne nagromadził zapasy. Toż i wnet je nadesłał, więc jedli, pili, spali, a zbudziwszy się, śpiewali luterskie psalmy na chwałę Bogu, że ich z tak ciężkiej toni wyratował.

Lecz pan Czarniecki nowe gotował im ciosy.

Sandomierz w szwedzkim ręku mógł ciągle przychodzić w pomoc głównej armii, umyślił więc pan Czarniecki jednym zamachem odebrać miasto, zamek, a Szwedów wyciąć.

- Okrutne im sprawimy widowisko - mówił na radzie wojennej - będą patrzeć z tamtego brzegu, jako na miasto uderzym, a z pomocą przez Wisłę przyjść nie potrafią; my zaś, mając Sandomierz, żywności z Krakowa od Wirtza nie puścimy.

Pan Lubomirski, pan Witowski i inni starzy wojownicy odradzali panu Czarnieckiemu ten postępek.

- Dobrze by było - mówili - opanować tak znaczne miasto i siła moglibyśmy Szwedom tym zaszkodzić, ale jak go wziąć? Piechoty nie mamy, armat, wielkich nie mamy; trudno, by jazda na mury się darła.

Na to pan Czarniecki:

- Albo to nasi chłopi źle się na piechotę biją? Bylem takich Michałków parę tysięcy znalazł, wezmę nie tylko Sandomierz, ale i Warszawę!

I nie słuchając dłużej niczyich rad, przeprawił się przez Wisłę. Ledwie po okolicy głos poszedł, sypnęło się do niego parę tysięcy luda, kto z kosą, kto z rusznicą, kto z muszkietem, i ruszyli pod Sandomierz.

Wpadli do miasta dość niespodzianie i po ulicach wszczęła się rzeźba okrutna. Szwedzi bronili się zaciekle z okien, z dachów, lecz wytrzymać nawałności nie mogli. Wygnieciono ich jak robactwo po domach i wyparto całkiem z miasta. Szynkler schronił się z resztą do zamku, lecz Polacy tymże impetem ruszyli za nimi. Rozpoczął się szturm do bram i murów. Poznał Szynkler, że i w zamku się nie utrzyma.

Więc zgarnął, co mógł, ludzi, rzeczy, zapasów żywności i wsadziwszy na szkuty, przeprawiał się do króla, który patrzył z drugiego brzegu na klęskę swoich, nie mogąc im iść w pomoc.

Zamek wpadł w ręce polskie.

Lecz chytry Szwed, uchodząc, podsadził pod mury, po piwnicach, beczki z prochem i z zapalonymi lontami.

Zaraz, stanąwszy przed obliczem króla, powiedział mu tę wiadomość, aby mu serce rozweselić.

- Zamek w powietrze wyleci ze wszystkimi ludźmi - rzekł. - Może i sam Czarniecki zginie.

- Jeśli tak, to i ja chcę widzieć, jako pobożni Polacy do nieba lecieć będą - odrzekł król.

I pozostał ze wszystkimi jenerałami na miejscu.

Tymczasem, mimo zakazów Czarnieckiego, który zdradę przewidywał, wolentarze i chłopi rozbiegli się po całym zamku dla szukania ukrytych Szwedów i dla rabunku. Trąby grały larum, by kto żyw, chronił się do miasta, lecz oni nie słyszeli tych głosów lub nie chcieli na nie zważać. Nagle zatrzęsła się im ziemia pod nogami, grzmot straszny i huk targnęły powietrzem, olbrzymi słup ognia strzelił do góry, wyrzucając w powietrze ziemię, mury, dachy, cały zamek i przeszło pięćset ciał tych, którzy się cofnąć nie zdołali.

Karol Gustaw w boki się wziął z radości, a usłużni dworacy wnet zaczęli powtarzać jego słowa.

- Do nieba idą Polacy! do nieba! do nieba!

Lecz przedwczesna to była radość, bo niemniej Sandomierz został w ręku polskim i nie mógł już zaopatrywać w żywność głównej armii, zamkniętej w kącie rzecznym.

Pan Czarniecki rozbił obóz naprzeciw Szwedów, po drugiej stronie Wisły, i pilnował przeprawy.

Zaś pan Sapieha, hetman wielki litewski i wojewoda wileński, nadciągnął z Litwinami z drugiej strony i położył się za Sanem.

Obsaczono tedy Szwedów zupełnie; chwycono ich jakoby w kleszcze.

- Potrzask zapadł! - mówili między sobą żołnierze w polskich obozach.

Każdy bowiem, najmniej nawet ze sztuką wojenną obznajmiony, rozumiał, że zguba wisi nad najezdnikami nieuchronna, chybaby nadeszły na czas posiłki i wyrwały ich z toni.

Rozumieli to i Szwedzi; co rano oficerowie i żołnierze przychodząc nad brzeg Wisły spoglądali z rozpaczą w oczach i w sercu na czerniejące po drugiej stronie zastępy groźnej jazdy Czarnieckiego.

Następnie szli nad San, tam znów wojska pana Sapieżyńskie czuwały dzień i noc, gotowe przyjąć ich szablą i muszkietem.

O przeprawie bądź przez San, bądź przez Wisłę, póki oba wojska stały w pobliżu, nie było co i myśleć. Mogliby chyba Szwedzi wracać do Jarosławia tąż samą drogą, którą przyszli, ale to wiedzieli, że w takim razie ani jeden z nich nie zobaczyłby już Szwecji.

Poczęły więc im płynąć ciężkie dni, cięższe jeszcze, bo swarliwe i pełne hałasów, noce... Żywność znowu się kończyła.

Tymczasem pan Czarniecki, zostawiwszy komendę nad wojskiem panu Lubomirskiemu i wziąwszy laudańską chorągiew dla asysty, przeprawił się przez Wisłę powyżej ujścia Sanu, aby się z panem Sapiehą zobaczyć i o dalszej wojnie z nim naradzić.

Tym razem nie potrzeba było pośrednictwa Zagłoby, aby dwóch wodzów do siebie dopasować, obaj bowiem miłowali ojczyznę więcej niż każden siebie samego, obaj byli gotowi dla niej poświęcić prywatę, miłość własną i ambicję.

Hetman litewski nie zazdrościł Czarnieckiemu, Czarniecki również hetmanowi, owszem, obaj się wielbili wzajemnie, toteż spotkanie między nimi było takie, że aż najstarszym żołnierzom łzy stanęły w oczach.

- Rości Rzeczpospolita, raduje się miła ojczyzna, gdy tacy jej synowie w ramiona się biorą - mówił do Wołodyjowskiego i do Skrzetuskich Zagłoba. - Czarniecki straszny wojennik i szczera dusza, ale i Sapia do rany przyłóż, to się zgoi. Bodaj się tacy na kamieniu rodzili. Oto skóra by na Szwedach spierzchła, żeby owe afekta największych ludzi widzieć mogli. Czymże to oni nas bowiem zawojowali, jeżeli nie niezgodą a zawiścią panów. Zali siłą nas zmogli, co? Ot, takich rozumiem! Dusza w człeku skacze na widok takiego spotkania. Ręczę też wam i za to, że nie będzie suche, bo Sapio okrutnie uczty lubi, a już z takim konfidentem chętnie sobie cuglów popuści.

- Bóg łaskaw! zło mija! Bóg łaskaw! - mówił Jan Skrzetuski.

- Obacz, abyś nie bluźnił! - odrzekł mu na to Zagłoba - każde zło musi minąć, bo gdyby wiecznie trwało, to byłby dowód, że diabeł rządzi światem, nie zaś Pan Jezus, któren miłosierdzie ma nieprzebrane.

Dalszą rozmowę przerwał im widok Babinicza, którego wyniosłą postać ujrzeli z dala ponad falą głów innych. Pan Wołodyjowski i Zagłoba poczęli zaraz kiwać na niego, lecz on tak zapatrzony był w pana Czarnieckiego, że ich zrazu nie zauważył.

- Patrzcie - rzekł Zagłoba - jako się chłop zmizerował!

- Nie musiał wiele wskórać przeciw księciu Bogusławowi - odpowiedział Wołodyjowski - inaczej byłby weselszy.

- I pewno, że nie wskórał. Wiadomo, że Bogusław pod Malborgiem, razem ze Szteinbokiem, przeciw fortecy czyni.

- W Bogu nadzieja, że nic nie sprawią!

Na to pan Zagłoba:

- Choćby też i Malborg wzięli, my tymczasem Carolum Gustavum capti-vabimus; obaczym, czy fortecy za króla nie oddadzą.

- Patrzcie! Babinicz idzie już do nas! - przerwał Skrzetuski.

On zaś istotnie, dostrzegłszy ich, począł odsuwać tłum na obie strony i dążyć ku nim kiwając im czapką i uśmiechając się z daleka. Przywitali się jak dobrzy znajomi i przyjaciele.

- Co słychać? Cóżeś, panie kawalerze, uczynił z księciem? - pytał Zagłoba.

- Źle słychać, źle! Ale nie pora o tym powiadać. Teraz do stołów zasiądziemy. Waszmościowie zostaniecie tu na noc; chodźcież do mnie po uczcie na nocleg, między moich Tatarów. Szałas mam wygodny, to sobie przy kielichach pogawędzim do rana.

- Jak tylko ktoś mądrze mówi, nie ja się przeciwię! - odparł Zagłoba.- Powiedz nam jeno, od czegoś tak wymizerniał?

- Bo mnie w bitwie razem z koniem obalił i rozbił ten piekielnik, jako gliniany garnek, że jeno od tej pory żywą krwią pluwam i przyjść do siebie nie mogę. W miłosierdziu Pana naszego Chrystusa nadzieja, że jeszcze krew z niego wytoczę. Ale teraz chodźmy, bo już pan Sapieha z panem Czarnieckim poczynają sobie świadczyć i o pierwszy krok się ceremoniować. Znak to, że stoły gotowe. Z wielkim sercem tu na was czekamy, boście też juchy szwedzkiej dość rozlali.

- Niech inni mówią, jakem dokazywał! - rzekł Zagłoba - mnie nie wypada!

Wtem całe tłumy ruszyły się i poszli wszyscy na majdan między namioty, na którym zastawione były stoły. Pan Sapieha wystąpił na cześć pana Czarnieckiego jak król. Stół, przy którym posadzono kasztelana, był szwedzkimi chorągwiami nakryty. Miody i wina lały się ze stągiew, aż obaj wodzowie podchmielili sobie nieco pod koniec. Nie brakło wesołości, żartów, wiwatów, gwaru, aż, lubo pogoda była cudna i słońce nad podziw dogrzewało, chłód wieczorny spędził wreszcie ucztujących.

Wówczas Kmicic zabrał swoich gości między Tatarów. Siedli tedy w jego namiocie na łubach, obficie wszelkiego rodzaju zdobyczą wypchanych, i gwarzyć poczęli o Kmicicowej wyprawie.

- Bogusław teraz jest pod Malborgiem - mówił pan Andrzej - a inni powiadają, że u elektora, z którym razem na odsiecz królowi ma ciągnąć.

- To lepiej! to się spotkamy! Wy, młodzi, nie umiecie sobie z nim poradzić, obaczym, jak sobie stary da rady! Z różnymi się spotykał, ale z Zagłobą jeszcze nie. Powiadam, że się spotkamy, chyba mu książę Janusz w testamencie zalecił, żeby Zagłobę z dala omijał. Może to być!

- Elektor chytry człek - rzekł Jan Skrzetuski - i niech tylko ujrzy, że z Carolusem źle, wnet będzie wszystkie obietnice i przysięgi relaksował.

- A ja wam mówię, że nie - rzekł Zagłoba. - Nikt nie jest na nas bardziej zawzięty jako Prusak. Gdy twój sługa. który cię pod nogi musiał podejmować i szaty twoje czyścić, panem twoim przy odmianie fortuny

zostanie, to właśnie tym będzie sroższy, im byłeś mu panem łaskawszym.
- To zaś czemu? - pytał Wołodyjowski.
- Bo mu jego służebna kondycja w pamięci zostanie, i mścił się będzie za nią na tobie, choćbyś mu same dobrodziejstwa świadczył.
- Mniejsza z tym! - rzekł Wołodyjowski. - Nieraz też się zdarza, że i pies pana w rękę ukąsi. Niech nam Babinicz lepiej o swojej wyprawie powiada.
- Słuchamy! - rzekł Skrzetuski.

Kmicic pomilczawszy chwilę nabrał tchu i począł rozpowiadać o ostatniej wojnie Sapieżyńskiej z Bogusławem, o klęsce tego ostatniego pod Janowem, na koniec o tym, jak książę Bogusław rozbiwszy w puch Tatarów jego samego wraz z koniem na ziemię obalił i z życiem uszedł.
- A powiadałeś waszmość - przerwał Wołodyjowski -że go będziesz ze swymi Tatary choćby do Bałtyku ścigał...

Na to Kmicic:
- A waszmość mnie powiadałeś także w swoi m czasie, jako tu obecny pan Skrzetuski, gdy mu Bohun umiłowaną dziewkę porwał, przecie i jej, i zemsty zaniechał dlatego, że ojczyzna była w potrzebie; z kim kto przestaje, takim się staje, jam zaś z waszmościami się zadał i śladem ich iść pragnę.
- Bogdaj ci tak Matka Boska nagrodziła jak Skrzetuskiemu! - odrzekł Zagłoba. - Wszelako wolałbym, żeby twoja dziewka była teraz w puszczy niż w Bogusławowym ręku.
- Nic to! - zakrzyknął Wołodyjowski - odzyszczesz ją!
- Mam ja do odzyskania nie tylko jej personę, ale jej estymę i afekt.
- Jedno przyjdzie za drugim - rzekł pan Michał - choćbyś osobę miał i gwałtem brać, jako to wówczas... pamiętasz?
- Tego nie uczynię więcej!

Tu począł pan Andrzej wzdychać ciężko, a po chwili rzekł:
- Nie tylkom tamtej nie odzyskał, ale jeszcze i drugą Bogusław m i porwał.
- Czysty Turek! jak mi Bóg miły! - zakrzyknął Zagłoba.

A pan Michał począł wypytywać:
- Jaką drugą?
- At, siła powiadać - odrzekł Kmicic. - Była jedna dziewka, okrutnie gładka w Zamościu, która się panu staroście kałuskiemu haniebnie podobała. Ów, że siostry, księżnej Wiśniowieckiej, się boi, nie śmiał przy niej zbyt nacierać, umyślił tedy dziewkę wysłać ze mną, niby do pana Sapiehy, po spadek na Litwę, w rzeczy zaś dlatego, by mi ją o pół mili za Zamościem odjąć i w jakiej pustce osadzić, w której by nikt zapałom jego nie mógł przeszkadzać. Alem ja zwietrzył tę intencję. "Chcesz ty ze mnie (pomyślałem) rajfura swego uczynić? - czekaj!" I ludzi mu wybatożyłem, a pannę w całej panieńskiej cnocie do pana Sapiehy odwiozłem. Mówię waćpaństwu, dziewka krasna jako szczygieł, ale zacna... Ja też już inny człek, a moi kompanionowie! Panie, świeć nad ich duszą! dawno już popróchnieli w ziemi!

- Cóż to była za dziewka? - spytał Zagłoba.

- Z zacnego domu, respektowa księżnej pani Wiśniowieckiej. Niegdyś była zmówiona z Litwinem Podbipiętą, któregoście waćpanowie znali...

- Anusia Borzobohata!!! - wrzasnął zrywając się z miejsca Wołodyjowski. Zagłoba zerwał się także z kupy wojłoków.

- Panie Michale, pohamuj się!

Lecz pan Wołodyjowski skoczył jak kot ku Kmicicowi.

- Tyżeś, zdrajco, dał ją porwać Bogusławowi?!

- Nie krzywdź mnie! - rzekł Kmicic. - Odwiozłem ją szczęśliwie do hetmana, staranie o niej takowe jak o siostrze mając, a Bogusław porwał ją nie mnie, ale innemu oficerowi, z którym pan Sapieha do swojej rodziny ją odesłał, a który zwał się Głowbicz czy jak, dobrze nie pamiętam.

- Gdzie on jest?

- Nie masz go tu, bo poległ. Tak przynajmniej oficerowie Sapieżyńscy powiadali. Ja osobno z Tatary Bogusława podchodziłem, więc dobrze nic nie wiem. Ale miarkując z twojej alteracji, widzę, że jednaki nas termin spotkał, jeden człek nas pokrzywdził, a skoro tak jest, to się przeciw niemu połączmy, by wspólnie krzywdy i zemsty dochodzić. Wielki on pan i wielki rycerz, a przecie myślę, że ciasno mu będzie w całej Rzeczypospolitej, gdy takich dwóch będzie miał wrogów.

- Masz moją rękę! - odrzekł Wołodyjowski. - Już my odtąd druhy na śmierć i życie! Któren go pierwszy znajdzie, ten mu za dwóch zapłaci. Dałby Bóg mnie pierwszemu, bo że jego krew wytoczę, to jako amen w pacierzu!

Tu pan Michał począł tak okrutnie wąsikami ruszać i po szabli się macać, że pana Zagłobę aż strach wziął, wiedział bowiem, że z panem Michałem nie ma żartów.

- Nie chciałbym ja być teraz księciem Bogusławem - rzekł po chwili - choćby mi kto całe Inflanty do tytułu dodał. Dość jednego takiego żbika, jak Kmicic, mieć na sobie, a cóż dopiero pana Michała! Ba! mało tego, bo i ja z wami foedus zawieram. Moja głowa, wasze szable! Nie wiem, czyli jest potentat w chrześcijaństwie, który by przed taką potęgą nie zadrżał. Do tego i Pan Bóg prędzej, później umknie mu fortuny, bo nie może być, aby na zdrajcę i heretyka kary nie było... Kmicic już mu i tak nieźle sadła za skórę zalał.

- Nie neguję, że spotkała go ode mnie niejedna konfuzja - odrzekł pan Andrzej.

I kazawszy nalać kielichy opowiedział, jako Sorokę z więzów uwolnił. Zamilczał tylko o tym, że pierwej się do nóg Radziwiłłowi rzucił, bo na samo wspomnienie tej chwili krew go zalewała.

Pan Michał rozweselił się słuchając opowiadania, a w końcu rzekł:

- Niech ci Bóg sekunduje, Jędrek! Z takim rezolutem można by i do piekła iść! To tylko bieda, że nie zawsze będziem mogli razem chodzić, bo służba służbą. Mnie mogą wysłać w jedną stronę Rzeczypospolitej, ciebie w drugą. Nie wiadomo, który na niego pierwszy trafi.

Kmicic pomilczał chwilę.

- Po sprawiedliwości, ja powinien bym go dostać. Jeśli znów tylko z konfuzją nie wyjdę, bo... wstyd przyznać się, ale ja na rękę temu piekielnikowi zdzierżyć nie mogę...

- To ja cię wszystkich moich arkanów wyuczę! - zawołał Wołodyjowski. - Albo ja! - rzekł Zagłoba.

- Nie! Wybaczaj waszmość, wolę u Michała się uczyć! - odparł Kmicic.

- Choć on taki rycerz, a przecież się go z panią Kowalską nie boję, bylem był wyspan! - wtrącił Roch.

- Cicho, Rochu! - odpowiedział Zagłoba - żeby cię Bóg przez jego ręce za chełpliwość nie pokarał.

- O wa! Nie będzie mi nic!

Biedny pan Roch nie był szczęśliwym prorokiem, lecz mu się okrutnie w tej chwili z czupryny kurzyło i gotów był cały świat wyzwać na rękę. Inni też pili mocno, sobie na zdrowie, Bogusławowi i Szwedom na pohybel.

- Słyszałem - rzekł Kmicic - iż gdy tylko tych Szwedów tu zetrzem i króla dostaniem, zaraz pod Warszawę pociągniemy. Potem pewnie będzie i wojnie koniec. Potem za się przyjdzie na elektora kolej.

- O to! to! to! - rzekł Zagłoba.

- Słyszałem, jak sam pan Sapieha to kiedyś powiadał, a on, jako człek wielki, lepiej kalkuluje. Powiada tedy do nas: "Ze Szwedem będzie fryszt! z Septentrionami już jest, ale z elektorem nie powinniśmy się w żadne układy bawić. Pan Czarniecki (powiada) z Lubomirskim pójdą do Brandenburgii, a ja z panem podskarbim litewskim do Prus elektorskich, a jeżeli potem (mówi) nie przyłączymy Prus na wieki do Rzeczypospolitej, to chyba w kancelarii nie ma ani jednej takiej głowy, jak pan Zagłoba, który na własną rękę listami elektorowi groził."

- Także Sapio powiadał? - spytał Zagłoba czerwieniejąc z zadowolenia.

- Wszyscy to słyszeli. A jam był okrutnie rad, bo ta sama rózga Bogusława wysiecze, i jeśli nie prędzej, to wówczas na pewno go dosięgniem.

- Byle z tymi Szwedami prędzej skończyć, byle skończyć! - rzekł Zagłoba. - Jechał ich sęk! Niech ustąpią Inflanty i miliony pozwolą, darujem ich zdrowiem.

- Złapał Kozak Tatarzyna, a Tatarzyn za łeb trzyma! - odparł śmiejąc się Jan Skrzetuski. - Jeszcze Carolus w Polsce, jeszcze Kraków, Warszawa, Poznań i wszystkie znamienitsze miasta w jego ręku, a ojciec już chcesz, żeby się okupował. Ej, siła się jeszcze przyjdzie napracować, nim o elektorze pomyślimy!

A jest armia Szteinboka, a prezydia, a Wirtz! - wtrącił Stanisław.

- To czemu tu siedzim z założonymi rękami? - spytał nagle Roch wytrzeszczając oczy - nie możem to Szwedów bić?

- Głupiś, Rochu! - rzekł Zagłoba.

- Wuj zawsze jedno, a ja, jakom żyw, widziałem czółna nad brzegiem. Można by pojechać i choć straż porwać. Ciemno, choć w pysk bij; nim się opatrzą, to i wrócim, a fantazję kawalerską obu wodzom pokażem. Jak waszmościowie nie chcecie, to sam pójdę!

- Ruszyło martwe cielę ogonem, dziw nad dziwy! - rzekł z gniewem Zagłoba.

Lecz Kmicicowi poczęły zaraz nozdrza latać.

- Niezła myśl! niezła myśl! - rzekł.

- Niezła dla czeladzi, ale nie dla tego, kto powagę kocha. Ludzie, miejcie respekt dla siebie samych! Toż pułkownikami jesteście, a chcecie w drapichrustów się bawić.

- Pewnie, że nie bardzo wypada! - rzekł Wołodyjowski. - Lepiej spać pójdźmy, bo późno.

Wszyscy zgodzili się na tę myśl, więc zaraz klękli do pacierzy i poczęli je w głos odmawiać; po czym pokładli się na wojłokach i wnet usnęli snem sprawiedliwych.

Lecz w godzinę później zerwali się wszyscy na równe nogi, gdyż huk wystrzałów rozległ się za rzeką, za czym gwar, krzyki powstały w całym Sapieżyńskim obozie.

- Jezus Maria! - krzyknął Zagłoba. - Szwedzi następują!

- Co waść gadasz?! - odpowiedział chwytając szablę Wołodyjowski.

- Rochu, bywaj! - wołał Zagłoba, któren w nagłych razach lubił mieć siostrzana przy sobie.

Lecz Rocha nie było w namiocie.

Wybiegli więc na majdan. Tłumy już były przed namiotami i wszyscy dążyli nad rzekę; po drugiej bowiem stronie widać było błyskawice ognia i huk rozlegał się coraz większy.

- Co się stało? co się dzieje? - pytano straży porozstawianych licznie nad brzegiem.

Lecz straże nic nie widziały. Jeden z żołnierzy opowiadał, iż słyszał coś, jakby plusk fali, lecz że mgła wisiała nad wodą, więc nie mógł nic dostrzec, nie chciał zaś za byle odgłosem alarmować obozu.

Zagłoba, wysłuchawszy relacji, chwycił się za głowę z desperacji.

- Roch pojechał do Szwedów! Mówił, że straż chce porwać!

- Dla Boga! Może to być! - zawołał Kmicic.

- Ustrzelą mi chłopa, jak Bóg na niebie! - desperował dalej Zagłoba. - Mości panowie, czy nie ma żadnego ratunku Panie Jezu! chłop jak złoto najszczersze! Nie masz takiego drugiego w obu wojskach. Co mu do głupiego łba strzeliło?!... Matko Boża, ratujże go w tej toni!...

- Może przypłynie, mgła sroga! Nie obaczą go!

- Będę tu czekał choćby do rana. Matko Boża! Matko Boża!

Tymczasem strzały po przeciwnym brzegu poczęły się uspokajać, światła gasły stopniowo i po godzinie zapanowało głuche milczenie. Zagłoba chodził nad brzegiem rzeki jako kura, która kaczęta wodzi, i wyrywał sobie resztki włosów z czupryny, lecz próżno czekał, próżno desperował. Ranek ubielił rzekę, wreszcie słońce zeszło, a Roch nie wracał.

ROZDZIAŁ 8

Nazajutrz dzień pan Zagłoba ciągle w desperacji trwając udał się do pana Czarnieckiego z prośbą, aby posłał do Szwedów obaczyć, co się z Rochem przygodziło; żywli czy w niewoli jęczy, czy też gardłem za swą śmiałość zapłacił?

Czarniecki zgodził się na to bez żadnej trudności, gdyż pana Zagłobę miłował. Pocieszając go tedy w utrapieniu, tak mówił:

- Myślę, że siostrzan waści żyw być musi, bo inaczej woda by go wyniosła.
- Dałby Bóg! - odrzekł z żalem Zagłoba - wszelako takiego niełacno woda wyniesie, bo nie tylko rękę miał ciężką, ale dowcip jakoby z ołowiu, co się i z jego uczynku pokazuje.

Na to Czarniecki:

- Słusznie waść mówisz! Jeśli żyw, powinien bym go kazać koniem po majdanie włóczyć za pominięcie dyscypliny. Wolno alarmować szwedzkie wojska, ale on oba zaalarmował, a i Szwedów bez komendy i mojego rozkazania nie wolno. Cóż to! pospolite ruszenie czy ki diabeł, żeby każden na własną rękę miał się rządzić!
- Zawinił, assentior. Sam go ukarzę, niechby go jeno Pan Bóg powrócił!
- Ja zaś mu przebaczę przez pamięć na rudnickie terminy. Siła mamy jeńców do wymiany i znaczniejszych oficyjerów od Kowalskiego. Jedźże waść do Szwedów i pogadaj o wymianie. Dam dwóch i trzech w razie potrzeby, bo nie chcę waści serca krwawić. Przyjdź do mnie po pismo do króla jegomości i jedź żywo!

Zagłoba skoczył uradowany do. namiotu Kmicica i opowiedział towarzyszom, co zaszło. Pan Andrzej i Wołodyjowski zakrzyknęli zaraz, że chcą z nim jechać, bo obaj ciekawi byli Szwedów, Kmicic zaś mógł być prócz tego wielce pożyteczny dlatego, iż po niemiecku tak prawie płynnie jak po polsku mógł mówić.

Przygotowania nie zabrały im wiele czasu. Pan Czarniecki nie czekając na powrót Zagłoby przysłał sam przez pacholika pismo, za czym wzięli trębacza, siedli w łódź z białą płachtą osadzoną na drągu i ruszyli.

Z początku jechali w milczeniu, słychać było tylko chrobotanie wioseł o boki łodzi, wreszcie Zagłoba począł się nieco niepokoić i rzekł:

- Niech jeno trębacz prędko nas oznajmuje, bo szelmy mimo białej płachty, gotowi strzelać!
- Co waćpan prawisz! - odpowiedział Wołodyjowski - nawet barbarzyńcy posłów szanują, a to polityczny naród!
- Niech trębacz trąbi, mówię! Pierwszy lepszy żołdak da ognia, przedziurawi łódź, i pójdziem w wodę, a woda zimna! Nie chcę przez ich politykę namoknąć!
- Ot, widać straże! - rzekł Kmicic.

Trębacz począł oznajmiać. Łódź pomknęła szybko, na drugim brzegu uczynił się zaraz ruch większy i wkrótce nadjechał konno oficer przybrany w żółty skórzany kapelusz. Ten, zbliżywszy się do samej wody, przysłonił oczy ręką i począł patrzeć pod blask.

O kilkanaście kroków od brzegu Kmicic zdjął czapkę na powitanie, oficer skłonił im się z równą grzecznością.

- Pismo od pana Czarnieckiego do najjaśniejszego króla szwedzkiego! -zawołał pan Andrzej ukazując list.

Tymczasem łódź przybiła.

Warta stojąca na brzegu sprezentowała broń. Pan Zagłoba uspokoił się zupełnie, wnet przybrał oblicze w powagę odpowiednią godności posła i rzekł po łacinie:

- Zeszłej nocy kawaler pewien został pochwycon na tym brzegu, przyjechałem upomnieć się o niego.

- Nie umiem po łacinie - odrzekł oficer.

- Grubian! - mruknął Zagłoba.

Oficer zwrócił się do pana Andrzeja.

- Król jest w drugim końcu obozu - rzekł. - Zechciejcie ichmość panowie zatrzymać się tu, a ja pojadę oznajmić.

I zawrócił konia.

Oni zaś poczęli się rozglądać. Obóz był bardzo obszerny, obejmował bowiem cały trójkąt utworzony przez San i Wisłę. U wierzchołka trójkąta leżał Pniew; u podstawy Tarnobrzeg z jednej strony, Rozwadów z drugiej. Oczywiście, całej rozległości niepodobna było wzrokiem ogarnąć; jednak, jak okiem sięgnął, widać było szańce, okopy, roboty ziemne i faszynowe, na nich działa i ludzi. W samym środku okolicy, w Gorzycach, była kwatera królewska, tam też stały główne siły armii.

- Jeśli głód ich stąd nie wypędzi, nie damy im rady - rzekł Kmicic. - Cała ta okolica ufortyfikowana. Jest gdzie i konie popaść.

- Ale ryb dla tylu gęb nie starczy - odrzekł Zagłoba - zresztą lutrzy nie lubią postnego jadła. Niedawno mieli całą Polskę, teraz mają ten klin; niechże siedzą zdrowi albo znów do Jarosławia wracają.

- Okrutnie biegli ludzie sypali te szańczyki - rzekł Wołodyjowski spoglądając okiem znawcy na roboty. - Rębaczów u nas jest więcej, ale uczonych oficyjerów mniej, i w sztuce wojennej zostaliśmy w tyle za innymi.

- A to czemu? - spytał Zagłoba.

- Czemu? Jako żołnierzowi, który w jeździe całe życie służył, mówić mi tego nie wypada, ale owóż temu, że wszędy piechota a armaty grunt, dopieroż one pochody a obroty wojenne, a marsze, a kontrmarsze. Siła książek w cudzoziemskim wojsku człek musi zjeść, siła rzymskich autorów przewertować, nim oficerem znaczniejszym zostanie, u nas zaś nic to. Po staremu jazda w dym kupą chodzi i szablami goli, a jak zrazu nie wygoli, to ją wygolą...

- Gadaj zdrów, panie Michale! a któraż nacja tyle znamienitych wiktoryj odniosła?

- Bo i inni dawniej tak samo wojowali, nie mając zaś tego impetu, musieli przegrywać; ale teraz zmądrzeli i patrz waćpan, co się dzieje.
Poczekamy końca. Postaw mi tymczasem najmądrzejszego inżyniera Szweda czy Niemca, a ja przeciw niemu Rocha postawię, który ksiąg nie wertował, i obaczym.
- Byleś go waćpan mógł postawić... - wtrącił pan Kmicic.
- Prawda, prawda! Okrutnie mi chłopa żal. Panie Andrzeju, a poszwargocz no onym psim językiem do tych pludraków i rozpytaj, co się z nim stało?
- To waść nie znasz regularnych żołnierzy. Tu ci nikt bez rozkazu gęby nie otworzy. Szkoda gadać!
- Wiem, że szelmy nieużyte. Jak tak do naszej szlachty, a zwłaszcza do pospolitaków, poseł przyjedzie, to zaraz gadu, gadu, o zdrowie jejmości i dziatek się spytają i gorzałki się z nim napiją - i w konsyderacje polityczne poczną się wdawać, a ci oto stoją jak słupy i tylko ślepia na nas wybałuszają.
Żeby ich sparło w ostatku!
Jakoż coraz więcej pieszych żołnierzy gromadziło się wokół posłanników, przypatrując im się ciekawie. Oni też, ile że przybrani starannie w przystojne, a nawet bogate szaty, wspaniałą czynili postać. Najwięcej zwracał oczu pan Zagłoba, gdyż prawie senatorską nosił w sobie powagę, najmniej pan Michał, z przyczyny swego wzrostu.
Tymczasem oficer, który pierwszy przyjmował ich na brzegu, wrócił wraz z drugim, znaczniejszym, i z żołnierzami prowadzącymi luźne konie. Ów znaczniejszy skłonił się wysłannikom i rzekł po polsku:
- Jego królewska mość prosi waszmość panów do swej kwatery, a że to niezbyt blisko, więc przywiedliśmy konie.
- Waszmość Polak? - pytał Zagłoba.
- Nie, panie. Jestem Sadowski. Czech w służbie szwedzkiej.
Kmicic zbliżył się szybko ku niemu.
- Nie poznajesz mnie waszmość pan?
Sadowski popatrzył bystro w jego oblicze.
- Jakże! pod Częstochową! Waść to największą armatę burzącą wysadził i Miller oddał waszmości Kuklinowskiemu. Witam, witam serdecznie tak znamienitego rycerza!
- A co się z Kuklinowskim dzieje? - pytał dalej Kmicic.
- To waść nie wiesz?
- Wiem, żem mu odpłacił tym samym, czym on mnie chciał gościć, alem go zostawił żywego.
- Zmarzł.
- Tak i myślałem, że zmarznie - rzekł machnąwszy ręką pan Andrzej.
- Mości pułkowniku! - wtrącił Zagłoba - a niejakiego Rocha Kowalskiego nie masz tu w obozie?
Sadowski rozśmiał się:
- Jakże? Jest!

- Chwała Bogu i Najświętszej Pannie! Żyw chłop, to go i wydostanę. Chwała Bogu!

- Nie wiem, czyli król zechce go oddać - odrzekł Sadowski.

- O! a czemu to?

- Bo go sobie wielce upodobał. Poznał go zaraz, że to ten sam jest, któren na niego w rudnickiej sprawie tak nastawał. Za boki braliśmy się słuchając odpowiedzi jeńca. Pyta król: "Coś sobie do mnie upatrzył?", a ów rzecze: "Ślubowałem!" Więc król znów: "To i dalej będziesz następował?" "A jakże!" - powiada szlachcic. Król począł się śmiać: "Wyrzecz się ślubu, daruję cię zdrowiem i wolnością." "Nie może być!" "Czemu?" "Boby mnie wuj za kpa ogłosił!" "A także się to ufny, żebyś na pojedynkę dał mi rady?" "Ja bym i pięciu takim dał rady!" Więc król jeszcze: "I śmiesz na majestat rękę podnosić?" Ów zaś: "Bo wiara paskudna!" Tłumaczyliśmy królowi każde słowo, a on coraz był weselszy i coraz to powtarzał: "Udał mi się ten towarzysz!" Dopieroż chcąc wiedzieć, czy go naprawdę taki osiłek gonił, kazał wybrać dwunastu co najtęższych chłopów między gwardią i kolejno im się z jeńcem pasować. Ale to żyłowaty jakiś kawaler! W chwili gdym odjeżdżał, dziesięciu już rozciągnął jednego po drugim, a żaden nie mógł wstać o swej mocy. Przyjedziemy właśnie na koniec tej uciechy.

- Poznaję Rocha! Moja krew! - zawołał Zagłoba. - Damy za niego choćby trzech znacznych oficerów.

- Pod dobry humor królowi traficie - odrzekł Sadowski - co teraz rzadko się zdarza.

- A wierę - odpowiedział mały rycerz.

Tymczasem Sadowski zwrócił się do Kmicica i począł wypytywać go, jakim sposobem nie tylko się z rąk Kuklinowskiego uwolnił, ale jego samego pogrążył. Ów zaczął opowiadać obszernie, bo chełpić się lubił. Sadowski zaś, słuchając, za głowę się chwytał ze zdumienia, wreszcie uścisnął jeszcze raz Kmicicową rękę i rzekł:

- Wierzaj mi waszmość pan, że z duszy rad jestem, bo choć Szwedom służę, ale każde szczere żołnierskie serce raduje się, gdy prawy kawaler szelmę pogrąży. Trzeba wam przyznać, że jak się między wami rezolut trafi, to ze świecą takiego in universo szukać.

- Polityczny z waszmości pana oficer! - rzekł pan Zagłoba.

- I znamienity żołnierz, wiemy to! - dorzucił Wołodyjowski.

- Bom się i polityki, i żołnierki od was uczył! - odpowiedział Sadowski przykładając rękę do kapelusza.

Tak oni ze sobą rozmawiali przesadzając się wzajemnie w grzecznościach, aż dojechali do Gorzyc, gdzie była kwatera królewska. Wieś cała zajęta była przez żołnierstwo różnej broni. Towarzysze nasi z ciekawością przyglądali się kupom żołnierzy, rozrzuconym między opłotkami. Jedni, chcąc nieco głód zaspać, spali po przyzbach, bo dzień był bardzo pogodny i ciepły; drudzy grali w kości na bębnach, popijając piwo, niektórzy rozwieszali odzież na płotach; inni, siedząc przed chałupami i pośpiewując skandynawskie pieśni, szorowali ceglanym proszkiem hełmy i pancerze, od których blask szedł okrutny. Gdzie indziej czyszczono lub przeprowadzano konie, słowem, życie obozowe wrzało i roiło się wszędy pod jasnym niebem. Na niektórych twarzach znać było wprawdzie trudy straszliwe i głód, ale słońce powlokło złotem nędzę, zresztą zaczęły się dla tych niezrównanych żołnierzy dni wypoczynku, więc nabrali zaraz ducha i wojennej postawy. Pan Wołodyjowski podziwiał ich w duchu, zwłaszcza piesze pułki, słynne na cały świat z wytrwałości i męstwa. Sadowski zaś, w miarę jak przejeżdżali, objaśniał:

- To smalandzki pułk gwardii królewskiej. To piechota dalekarlijska, najprzedniejsza.

- Na Boga! a to co za małe monstra? - zakrzyknął nagle Zagłoba ukazując kupę małych człowieczków z oliwkową cerą i czarnymi, wiszącymi po obu stronach głowy włosami.

- To Lapończykowie, którzy do najdalej siedzących Hiperborejów się liczą.

- Dobrzyż do bitwy? Bo m i się widzi, że mógłbym po trzech w każdą garść wziąść i póty łbami stukać, póki bym się nie zmachał!

- Z pewnością mógłbyś waszmość to uczynić! Do bitwy oni na nic. Szwedowie ich ze sobą do posług obozowych wodzą, a w części dla osobliwości. Za to czarownicy z nich exquisitissimi, każden najmniej jednego diabła, a niektórzy po pięciu do usług mają.

Skądże im taka ze złymi duchami komitywa? - pytał, żegnając się znakiem krzyża, Kmicic.

- Bo w ustawicznej nocy brodzą, która po pół roku i więcej u nich trwa, wiadomo zaś waszmościom, że w nocy najłatwiej z diabłem o styczność.

- A dusze mają?

- Nie wiadomo, ale tak myślę, że animalibus są podobniejsi.

Kmicic posunął konia, chwycił jednego Lapończyka za kark, podniósł go jak kota do góry i obejrzał ciekawie, następnie postawił go na nogi i rzekł:

- Żeby mi król takiego jednego podarował, kazałbym go uwędzić i w Orszy w kościele powiesić, gdzie z innych osobliwości strusie jaje się znajduje.

- A w Łubniach była u fary szczęka wielorybia alboli też wielkoluda - dodał Wołodyjowski.

- Jedźmy, bo jeszcze co paskudnego od nich się do nas przyczepi! - rzekł Zagłoba.

- Jedźmy - powtórzył Sadowski. - Prawdę mówiąc; powinien bym był kazać waściom worki na głowę założyć, jako jest zwyczaj, ale nie mamy tu co ukrywać, a żeście na szańce spoglądali, to dla nas lepiej.

Za czym ruszyli końmi i po chwili byli przed dworem gorzyckim. Przed bramą zeskoczyli z kulbak i zdjąwszy czapki, szli dalej piechotą, bo sam król był przed domem.

Ujrzeli tedy moc jenerałów i oficerów bardzo świetnych. Był tam stary Wittenberg, Duglas, Loewenhaupt, Miller, Eriksen i wielu innych. Wszyscy siedzieli na ganku, nieco za królem, którego krzesło wysunięte było naprzód, i patrzyli na krotofilę, którą Karol Gustaw sobie z jeńcem wyprawiał. Roch rozciągnął właśnie dopiero co dwunastego rajtara i stał w porozrywanym przez zapaśników kubraku, zdyszany i spocon wielce. Ujrzawszy wuja w towarzystwie Kmicica i Wołodyjowskiego, rozumiał zrazu, że ich również w niewolę wzięto, więc wytrzeszczył oczy i otworzył usta, za czym postąpił parę kroków, lecz Zagłoba dał mu znak ręką, by stał spokojnie, sam zaś postąpił z towarzyszami przed oblicze królewskie.

Sadowski począł prezentować wysłanników, oni zaś kłaniali się nisko, jak obyczaj i etykieta nakazywała, następnie Zagłoba oddał pismo Czarnieckiego.

Król wziął list i począł czytać, tymczasem towarzysze przypatrywali mu się z ciekawością, bo nigdy go przedtem nie widzieli. Był to pan w kwiecie wieku, na twarzy tak smagły, jakoby się Włochem albo Hiszpanem urodził. Długie pukle czarnych jak krucze skrzydła włosów spadały mu wedle uszu aż na ramiona. Z blasku i barwy oczu przypominał Jeremiego Wiśniowieckiego, jeno brwi miał bardzo do góry podniesione, jak gdyby się dziwił ustawicznie. Natomiast w miejscu, gdzie się brwi schodzą, czoło podnosiło mu się w duże wypukłości, które czyniły go do lwa podobnym; głęboka zmarszczka nad nosem, nie schodząca nawet wówczas, gdy się śmiał, nadawała jego twarzy wyraz groźny i gniewny. Wargę dolną miał tak wysuniętą naprzód, jak Jan Kazimierz, jeno twarz tłustszą i większy podbródek; wąsy nosił na kształt sznureczków, nieco na końcach rozszerzonych W ogóle oblicze jego zwiastowało nadzwyczajnego człowieka, jednego z takich, którzy chodząc po ziemi, krew z niej wyciskają. Była w nim wspaniałość i duma monarsza, i siła lwia, i lotność geniuszu, jeno, choć uśmiech łaskawy nie schodził mu nigdy z ust, nie było owej dobroci serca, która takim łagodnym światłem oświeca od wewnątrz lica, jak lampka wstawiona w środek alabastrowej urny.

Siedział tedy w, fotelu ze złożonymi na krzyż nogami, których potężne łydki rysowały się wyraźnie spod czarnych pończoch, i mrugając, wedle zwyczaju, oczyma, czytał z uśmiechem list Czarnieckiego. Nagle, podniósłszy powieki, spojrzał na pana Michała i rzekł:

- Poznaję natychmiast waćpana: tyś to usiekł Kanneberga.

Wszystkie oczy zwróciły się natychmiast na Wołodyjowskiego, któren ruszył wąsikami, skłonił się i odrzekł:

- Do usług waszej królewskiej mości.

- Jaka szarża? - pytał król.

- Pułkownik chorągwi laudańskiej.

- Gdzieś dawniej służył?

- U wojewody wileńskiego.

- I opuściłeś go wraz z innymi? Zdradziłeś jego i mnie.

- Swemu królowi byłem powinien, nie waszej królewskiej mości.

Król nie odrzekł nic; wszystkie czoła zmarszczyły się, oczy poczęły świdrować w panu Michale, lecz on stał spokojnie, tylko wąsikami ruszał raz po razu.

Nagle król rzekł:

- Miło mi poznać tak znamienitego kawalera. Kanneberg uchodził między nami za niezwyciężonego w spotkaniu. Waść musisz być pierwszą szablą w tym państwie?...

- In universo! - rzekł Zagłoba.

- Nie ostatnią - odpowiedział Wołodyjowski.

- Witam waściów uprzejmie. Dla pana Czarnieckiego mam prawdziwą estymę jako dla wielkiego żołnierza, chociaż mi parol złamał, bo powinien dotąd spokojnie w Siewierzu siedzieć.

Na to Kmicic:

- Wasza królewska mość! Nie pan Czarniecki, ale jenerał Miller pierwszy parol złamał, Wolfowy regiment królewskiej piechoty zagarniając.

Miller postąpił krok, spojrzał w twarz Kmicicowi i począł coś szeptać do króla, który, mrugając ciągle oczyma, słuchał dość pilnie, spoglądając na pana Andrzeja, wreszcie rzekł:

- To, widzę, wybranych kawalerów pan Czarniecki mi przysłał. Ale z dawna to wiem, że rezolutów między wami nie brak, jeno wiary w dotrzymaniu obietnic i przysiąg brakuje.

- Święte słowa waszej królewskiej mości! - rzekł Zagłoba.

- Jak to waść rozumiesz?

- Bo gdyby nie ta narodu naszego przywara, to byś, miłościwy panie, tu nie był!

Król znów pomilczał chwilę, jenerałowie znów zmarszczyli się na śmiałość wysłannika.

- Jan Kazimierz sam was od przysięgi uwolnił - rzekł Karol - bo was opuścił i za granicę się schronił.

- Od przysięgi jeno namiestnik Chrystusów uwolnić zdolen, któren w Rzymie mieszka i któren nas nie uwolnił.

- Mniejsza z tym! - rzekł król. - Ot, tym zdobyłem to królestwo (tu uderzył się po szpadzie) i tym utrzymam. Nie potrzeba mi waszych sufragiów ni waszych przysiąg. Chcecie wojny, będziecie ją mieli! Tak myślę, że pan Czarniecki jeszcze o Gołębiu pamięta?

- Zapomniał po drodze z Jarosławia - odrzekł Zagłoba.

Król, zamiast się rozgniewać, rozśmiał się.

- To mu przypomnę!

- Bóg światem rządzi!

- Powiedzcie mu, niech mnie odwiedzi. Mile go przyjmę, jeno niech się śpieszy, bo jak konie odpasę, pójdę dalej.

Wtedy my waszą królewską mość przyjmiemy! - odrzekł, kłaniając się i kładąc nieznacznie rękę na szabli, Zagłoba.

Król na to:

- Widzę, że pan Czarniecki nie tylko najlepsze szable, ale i najlepszą gębę w poselstwie przysłał. W mig waść każde pchnięcie parujesz. Szczęście, że nie na tym wojna polega, bo godnego siebie znalazłbym przeciwnika. Ale przystępuję do materii: Pisze mi pan Czarniecki, żebym owego jeńca wypuścił, dwóch mi za to w zamian znacznych oficerów ofiarując. Nie lekceważę tak moich żołnierzy, jako myślicie, i zbyt tanio ich okupywać nie chcę, byłoby to przeciw mojej i ich ambicji. Natomiast, ponieważ niczego panu Czarnieckiemu odmówić nie zdołam, przeto mu podarunek z tego kawalera zrobię.

- Miłościwy panie! - odrzekł na to Zagłoba - nie kontempt oficerom szwedzkim, ale kompasję dla mnie chciał pan Czarniecki okazać, bo to jest mój siostrzan, ja zaś jestem, do usług waszej królewskiej mości, pana Czarnieckiego konsyliarzem.

- Po prawdzie - rzekł śmiejąc się król - nie powinien bym tego jeńca puszczać, bo przeciw mnie ślubował, chyba że się za ono beneficjum ślubu swego wyrzecze.

Tu zwrócił się do stojącego przed gankiem Rocha i kiwnął ręką.

- A pójdź no tu bliżej, osiłku!

Roch przybliżył się o parę kroków i stanął wyprostowany.

- Sadowski - rzekł król - spytaj się go, czy mnie zaniecha, jeśli go puszczę? Sadowski powtórzył królewskie pytanie.

- Nie może być! - zawołał Roch.

Król zrozumiał bez tłumacza i począł w ręce klaskać i oczyma mrugać.

- A co! a co! Jakże takiego wypuszczać? Dwunastu rajtarom karku nadkręcił, a mnie trzynastemu obiecuje! Dobrze! dobrze! Udał mi się kawaler! Czy i on jest pana Czarnieckiego konsyliarzem? W takim razie jeszcze prędzej go wypuszczę.

- Stul gębę, chłopie! - mruknął Zagłoba.

- Dość krotochwil - rzekł nagle Karol Gustaw. - Bierzcie go i miejcie jeden więcej dowód mojej klemencji. Przebaczyć mogę jako pan tego królestwa, gdy taka moja wola i łaska, ale w układy wchodzić z buntownikami nie chcę.

Tu brwi królewskie zmarszczyły się i uśmiech nagle zniknął mu z oblicza.

- Kto bowiem przeciw mnie rękę podnosi, ten jest buntownikiem, gdyż jam tu prawym panem. Z miłosierdzia jeno nad wami nie karałem dotąd, jak należy, czekałem upamiętania, przyjdzie wszelako czas, że miłosierdzie się wyczerpie i pora kary nastanie. Przez waszą to swawolę i niestałość kraj ogniem płonie, przez wasze to wiarołomstwo krew się leje. Lecz mówię wam: upływają dnie ostatnie... nie chcecie słuchać napomnień, nie chcecie słuchać praw, to posłuchacie miecza a szubienicy!

I błyskawice poczęły migotać w Karolowych oczach; Zagłoba popatrzył nań przez chwilę ze zdumieniem, nie mogąc zrozumieć, skąd się wzięła ta nagła burza po pogodzie, wreszcie i w nim poczęło się serce podnosić, więc skłonił się i rzekł tylko:

- Dziękuję waszej królewskiej mości.

Po czym odszedł, a za nim Kmicic, Wołodyjowski i Roch Kowalski.

- Łaskawy, łaskawy! - mówił Zagłoba - a ani się spostrzeżesz, kiedy ci ryknie w ucho jak niedźwiedź. Dobry koniec poselstwa! Inni kielichem na wsiadanego częstują, a on szubienicą! Niechże psów wieszają, nie szlachtę! Boże! Boże! jak my ciężko grzeszyli przeciw naszemu panu, który ojcem był, ojcem jest i ojcem będzie, bo jagiellońskie w nim serce! I takiego to pana zdrajcy opuścili, a poszli z zamorskimi straszydły się kumać. Dobrze nam tak, bo niceśmy lepszego niewarci. Szubienicy! szubienicy!... Samemu już ciasno, przycisnęliśmy go jako twaróg w worku, że już serwatką popuszcza, a on jeszcze mieczem i szubienicą grozi. Poczekaj! Złapał Kozak Tatarzyna, a Tatarzyn za łeb trzyma! Będzie wam jeszcze ciaśniej. Rochu! chciałem ci po gębie dać albo pięćdziesiąt na kobiercu, ale ci już przebaczę za to, żeś się po kawalersku stawił i dalej go ścigać obiecałeś. Dajże gęby, bom z ciebie rad!

- Przecie wuj rad! - odrzekł Roch.

- Szubienica a miecz! I mnie to w oczy powiedział! - mówił znów po chwili Zagłoba. - Macie protekcję! Wilk tak samo barana do własnych kiszek proteguje!... I kiedy to mówi? Teraz, gdy mu się już gęsia skóra na krzyżach robi. Niech sobie Lapończyków na konsyliarzy dobierze i z nimi razem diabelskiej protekcji szuka! A nas będzie Najświętsza Panna sekundowała, jako pana Bobolę w Sandomierzu, którego prochy na drugą stronę Wisły razem z koniem przerzuciły, a dlatego mu nic. Obejrzał się, gdzie jest, i zaraz na obiad do księdza trafił. Przy takiej pomocy jeszcze my ich wszystkich, jako raki z więcierza, za szyje powyciągamy...

ROZDZIAŁ 9

Upłynęło dni kilkanaście. Król siedział ciągle w widłach rzecznych i gońców na wszystkie strony rozsyłał do fortec, do komend, w kierunku Krakowa i Warszawy, z rozkazami, by mu wszyscy z pomocą spieszyli. Sprowadzano mu też Wisłą prowianty, ile można było, ale niedostatecznie. Po upływie dni dziesięciu poczęto konie jeść, i rozpacz ogarniała króla i jenerałów na myśl, co będzie, gdy rajtaria od koni odpadnie i gdy armat nie będzie w co zaprząc. Zewsząd też przychodziły wieści niepocieszne. Kraj cały tak gorzał wojną, jakby go kto smołą polał i zapalił. Mniejsze komendy, mniejsze prezydia nie mogły spieszyć na pomoc, bo nie mogły wychylać się z miast i z miasteczek Litwa trzymana dotąd żelazną ręką Pontusa de la Gardie, powstała jak jeden człowiek. Wielkopolska, która poddała się najpierwsza, najpierwsza też zrzuciła jarzmo i świeciła całej Rzeczypospolitej przykładem wytrwania, zawziętości, zapału. Partie szlacheckie i chłopskie rzucały się tam nie tylko na stojące po wsiach załogi, ale nawet na miasta. Próżno Szwedzi mścili się straszliwie nad krajem, próżno ucinali ręce schwytanym w niewolę jeńcom, puszczali z dymem wsie, wycinali w pień osady, wznosili szubienice, sprowadzali tortury z Niemiec dla męczenia buntowników. Kto miał cierpieć, cierpiał, kto miał ginąć, ginął, lecz jeśli był szlachcicem, ginął z szablą, jeśli chłopem, ginął z kosą w ręku. I lała się krew szwedzka po całe Wielkopolsce, lud żył w lasach, niewiasty nawet porywały za broń; kary wywoływały tylko zemstę i tym większą zaciekłość. Kulesza, Krzysztof Żegocki i wojewoda podlaski uwijali się na kształt płomieni po kraju, a prócz nich wszystkie bory pełne były partyj; pola leżały nieuprawne, głód srogi rozwielmożnił się w kraju, lecz najbardziej skręcał wnętrzności Szwedów, bo ci w miastach za bramami zamkniętymi siedzieli i nie mogli wychylać się w pole.

Aż wreszcie poczęło im braknąć tchu w piersiach.

W Mazowszu było to samo. Tam lud kurpieski, w mrokach leśnych żyjący, wychylił się z puszcz, poprzecinał drogi, przejmował żywność i gońców. Na Podlasiu rojna drobna szlachta tysiącami ciągnęła do Sapiehy lub na Litwę. Lubelskie było w rękach konfederacji. Z Rusi dalekich szli Tatarzy, a z nimi i zmuszeni do posłuszeństwa Kozacy.

Więc wszyscy byli już pewni, że jeśli nie za tydzień, to za miesiąc, jeśli nie za miesiąc, to za dwa owe widły rzeczne, w których stał król Karol Gustaw z główną armią szwedzką, zmienią się w jedną wielką mogiłę - na sławę dla narodu, na straszną naukę dla tych, którzy by Rzeczpospolitą napadać chcieli. Przewidywano już koniec wojny, byli tacy, którzy mówili, że Karolowi jeden tylko ratunek pozostał: wykupić się i oddać Rzeczypospolitej Inflanty szwedzkie.

Lecz nagle polepszyły się losy Karola Gustawa i Szwedów.

Dnia 20 marca poddał się Malborg, aż dotąd na próżno przez Szteinboka oblegany. Silna i dzielna armia jego nie miała teraz nic do roboty i mogła pospieszyć na ratunek królowi.

Z drugiej strony margraf badeński, skończywszy zaciągi, z gotową siłą i nie utrudzonym jeszcze żołnierzem ruszył również ku widłom rzecznym.

Obaj posuwali się naprzód, gromiąc pomniejsze kupy powstańcze, niszcząc, paląc, mordując. Po drodze zabierali prezydia szwedzkie, ściągali pomniejsze komendy i rośli w siłę, jak rzeka rośnie tym bardziej, im więcej strumieni w siebie przyjmuje.

Wieści o upadku Malborga, o Szteinbokowej armii i o pochodzie margrabiego badeńskiego doszły bardzo prędko do wideł rzecznych i strapiły serca polskie. Szteinbok był jeszcze daleko, ale margrabia badeński idąc spiesznymi pochodami mógł wkrótce nadejść i zmienić całą postać rzeczy pod Sandomierzem.

Złożyli tedy wodzowie polscy radę, w której wzięli udział pan Czarniecki, pan hetman litewski, Michał Radziwiłł, krajczy koronny, pan Witowski, stary doświadczony żołnierz, i pan Lubomirski, który od pewnego czasu przykrzył sobie na Zawiślu. Na radzie owej postanowiono, iż pan Sapieha z litewskim wojskiem pozostanie pilnować Karola, aby się z wideł nie wymknął, zaś pan Czarniecki ruszy przeciw margrabiemu badeńskiemu i spotka go, jako będzie mógł najprędzej, za czym, jeżeli mu Bóg wiktorię spuści, powróci po staremu króla oblegać.

Rozkazy odpowiednie zostały natychmiast wydane. Nazajutrz zagrały trąbki wsiadanego przez munsztuk tak cicho, że je ledwie usłyszano, chciał bowiem Czarniecki odejść w tajemnicy przed Szwedami. Na dawnym obozowisku położyło się zaraz kilka luźnych partyj szlacheckich i chłopskich. Ci porozpalali ogniska i huczeć poczęli, aby nieprzyjaciel myślał, iż nikt z majdanu nie wyszedł, zaś kasztelańskie chorągwie wymykały się jedna za drugą. Poszła więc naprzód laudańska, która po prawie powinna była przy panu Sapieże pozostać, ale że Czarniecki bardzo się w niej rozkochał, więc mu hetman nie chciał jej odbierać. Za laudańską poszła Wąsowiczowa, lud wyborny, przez starego żołnierza prowadzony, któremu pół wieku we krwi rozlewie zeszło; za czym poszła księcia Dymitra Wiśniowieckiego pod Szandarowskim, ta sama, która pod Rudnikiem niezmierną chwałą się okryła; za czym pana Witowskiego dragonii dwa regimenta, za czym dwie pana starosty jaworowskiego; słynny Stapkowski w jednej poruczníkował; za czym kasztelańska własna, królewska pod Polanowskim i cała siła pana Lubomirskiego. Piechoty nie brano dla pośpiechu ni wozów, bo komunikiem iść mieli.

Wszystkie razem stanęły pod Zawadą w sile znacznej i ochocie wielkiej. Wówczas wyjechał na przodek pan Czarniecki i uszykowawszy je do pochodu, sam zatrzymał nieco konia i puszczał je mimo siebie tak, aby całą siłę dobrze obejrzeć. Koń pod nim prychał i łbem rzucał, a kiwał jakby chcąc witać przechodzące pułki, a samemu kasztelanowi serce rosło. Piękny też widok miał przed oczyma. Jak okiem sięgnął, fala koni, fala srogich lic żołnierskich, ruchem końskim kołysana, nad nimi trzecia jeszcze fala szabel i grotów, migotliwa i błyszcząca w porannym słońcu. Siła okrutna szła od nich, a tę siłę czuł w sobie pan kasztelan, bo już nie była to lada jaka zbieranina wolentarska, ale lud na kowadle wojennym wykuty, sprawny, ćwiczony i w bitwie tak "jadowity", że żadna w świecie jazda zdzierżyć mu w równej sile nie mogła. Więc pan Czarniecki uczuł w tej chwili, że na pewno, że bez żadnej wątpliwości z tymi ludźmi rozniesie na szablach i kopytach wojsko margrabiego badeńskiego i owo przeczuwane zwycięstwo rozpromieniło mu tak oblicze, że blask bił od niego na pułki.

- Z Bogiem! Po wiktorię! - zakrzyknął wreszcie.
- Z Bogiem! Pobijemy! - odpowiedziały mu potężne głosy.

I okrzyk ów przeleciał przez wszystkie chorągwie, jak głuchy grzmot przez
chmury. Czarniecki wspiął konia, by dognać idącą w przodku laudańską.
I poszli.

Szli zaś nie jak ludzie, ale jak stado ptaków drapieżnych, które, zwietrzywszy bój w oddali, lecą z wichrem na prześcigi. Nigdy, nawet między Tatarami w stepie, nikt nie słyszał o takim pochodzie. Żołnierz spał w kulbace, jadł, i pił nie zsiadając; konie karmiono z ręki. Rzeki, bory, wsie, miasta zostawały za nimi. Ledwie po wsiach wypadli chłopi z chałup patrzeć na wojsko, już wojsko nikło w oddali za tumanami kurzawy. Szli dzień i noc, tyle tylko wypoczywając, aby koni nie wygubić.

Wreszcie pod Kozienicami wpadli na ośm chorągwi szwedzkich, pod wodzą Torneskilda. Laudańska, idąca w przodku, pierwsza dojrzała nieprzyjaciela i nie odetchnąwszy nawet, natychmiast skoczyła ku niemu w dym. Drugi poszedł Szandarowski, trzeci Wąsowicz, czwarty Stapkowski. Szwedzi mniemając, że z jakimiś partiami mają do czynienia, stawili w otwartym polu czoło i w dwie godziny później nie pozostała jedna żywa dusza, która by mogła do margrabiego dobiec i krzyknąć, że to Czarniecki idzie. Po prostu rozniesiono na szablach owe ośm chorągwi, świadka klęski nie zostawując. Po czym ruszyli, jakby kto sierpem rzucił, do Magnuszewa, szpiegowie bowiem dali znać, iż margrabia badeński z całym wojskiem w Warce się znajduje.

Pan Wołodyjowski został wysłany na noc z podjazdem, aby dał znać, tak wojsko rozłożone i jaka jego siła.

Bardzo na ową ekspedycję narzekał pan Zagłoba, albowiem nawet przesławny Wiśniowiecki nigdy takich pochodów nie odbywał; żalił się też stary towarzysz, lecz wolał iść z Wołodyjowskim niż przy wojsku zostawać.

- Złoty był pod Sandomierzem czas - mówił przeciągając się w kulbace - człek jadł, spał i na oblężonych Szwedów z dala spoglądał, a teraz nie ma kiedy i manierki do gęby przyłożyć. Znam ja sztukę wojenną antiquorum: wielkiego Pompejusza i Cezara, ale pan Czarniecki nową modę wymyśla.

Przeciw wszelkiej jest to regule trząść brzuch przez tyle dni i nocy. Z głodu już imaginacja rebelizować we mnie poczyna i ciągle mi się zdaje, że gwiazdy to kasza, a księżyc sperka. Na psa taka wojna! Jak mi Bóg miły, tak z głodu chce się własnemu koniowi uszy obgryźć!

- Jutro, da Bóg, wypoczniemy po Szwedach!

- Wolę już Szwedów niż taką mitręgę! Panie! Panie! kiedy Ty dasz spokój tej Rzeczypospolitej, a staremu Zagłobie ciepły przypiecek i piwo grzane... niechby i bez śmietany... Kołataj się, stary, na szkapie, kołataj, póki się do śmierci nie dokołatasz... Nie ma tam który tabaki? Może ową senność nozdrzami wyparsknę... Księżyc mi w samą gębę tak świeci, że aż do brzucha zagląda, a nie wiem, czego tam szuka, bo nic nie znajdzie. Na psa taka wojna, powtarzam!

- Skoro wuj myślisz, że księżyc sperka, to go wuj zjedz! - rzekł Roch.

- Gdybym ciebie zjadł, mógłbym powiedzieć, że wołowinę jadłem, ale boję się, bym po takiej pieczeni reszty dowcipu nie utracił.

- Jeśli ja wół, a wuj mój wuj, to wuj co?

- A ty, kpie, myślisz, że Altea dlatego porodziła głownię, że przy piecu siadała?

- A mnie co do tego?

- To do tego, że jeśliś wołem, to się naprzód o ojca swego dopytuj, nie o wuja, bo Europę byk porwał, ale brat jej, który wypadł wujem jej potomstwu, był dlatego człowiekiem. Rozumiesz?

- Co prawda, nie rozumiem, ale zjeść, to bym też co zjadł.
- Zjedz licha i daj mnie spać! Co tam, panie Michale? Czemuśmy to stanęli?
- Warkę widać - rzekł Wołodyjowski. - Ot, wieża kościelna błyszczy w miesiącu.
- A Magnuszew jużeśmy minęli?
- Magnuszew został na prawo. Dziwno mi, że po tej stronie rzeki żadnego podjazdu szwedzkiego nie masz. Pojedziem do tych chaszczów i postoim, może nam Bóg spuści jakowego języka.

To rzekłszy pan Michał wprowadził oddział do zarośli i ustawił o sto kroków po obu stronach drogi przykazawszy, by cicho stali i cugle trzymali krótko, aby który koń nie zarżał.

- Czekać! - rzekł. - Posłuchamy, co się za rzeką dzieje, a może i co obaczym.

Stanęli więc, lecz długi czas nie było nic słychać prócz słowików, które w pobliskim gaju olszynowym zaśpiewywały się na śmierć. Strudzeni żołnierze poczęli się kiwać w kulbakach, pan Zagłoba położył się na szyi końskiej i zasnął głęboko; nawet i konie drzemały. Upłynęła godzina. Nareszcie wprawne ucho Wołodyjowskiego dosłyszało coś podobnego do stąpania koni po twardej drodze.

- Czuj duch! - rzekł do żołnierzy.

Sam zaś wysunął się na brzeg chaszczów i spojrzał na drogę. Droga błyszczała w księżycu jak srebrna wstęga, ale nic nie było na niej widać, odgłos kroków końskich zbliżał się jednak.

- Idą na pewno! - rzekł Wołodyjowski.

I wszyscy ściągnęli jeszcze krócej konie, każdy zatamował oddech; nie było słychać nic prócz kląskania słowików w olszynie.

Wtem na drodze ukazał się oddział szwedzki, złożony z trzydziestu jeźdźców. Szli z wolna i dość niedbale, nie w szeregu, ale rozwleczonym pasmem. Żołnierze jedni gawędzili ze sobą, drudzy pośpiewywali z cicha, bo ciepła noc majowa działała nawet na twarde dusze żołnierskie. Przeszli, nic nie podejrzewając, tak blisko od stojącego nie opodal brzegu pana Michała, że mógł zawietrzyć zapach koni i dym lulek, które rajtarowie palili.

Na koniec znikli na zakręcie drogi. Wołodyjowski czekał jeszcze dość długo, aż tętent zginął w oddaleniu, wówczas dopiero zjechał do oddziału i rzekł do panów Skrzetuskich:

- Pognamy ich teraz jako gęsi do obozu pana kasztelana. Żaden nie powinien ujść, by nie dał znać!
- Jeśli potem pan Czarniecki nie pozwoli nam się najeść i wyspać-rzekł Zagłoba - to mu podziękuję za służbę i wracam do Sapia. U Sapia, kiedy bitwa, to bitwa, ale kiedy fryszt, to i uczta. Żebyś miał cztery gęby, wszystkim dałbyś funkcję przystojną. To mi wódz! I prawdę rzekłszy, powiedzcie mi, po kiego diabła nie służymy u Sapia, gdy ta chorągiew z prawa mu przynależy?

- Ojciec, nie bluźnij przeciw największemu wojennikowi w Rzeczypospolitej - rzekł Jan Skrzetuski.

- Nie ja bluźnię; jeno moje kiszki, na których głód gra jak na skrzypkach.

- Potańcują przy nich Szwedzi - przerwał Wołodyjowski. - Teraz, mości panowie, jedźmy żywo! Przy onej karczmie w lesie, którąś my w tę stronę jadąc minęli, chciałbym właśnie na nich nastąpić.

I poprowadził oddział szybciej, ale niezbyt szybko. Wjechali w las gęsty, w którym ogarnęła ich ciemność. Karczma była o kilkanaście stajań. Zbliżywszy się do niej szli znów noga za nogą, by zbyt wcześnie alarmu nie dawać. Gdy byli nie więcej już jak na strzał armatni, doszedł ich gwar ludzki.

- Są i hałasują! - rzekł Wołodyjowski.

Szwedzi istotnie zatrzymali się przy karczmie szukając jakiejś żywej duszy, od której mogliby zasięgnąć języka. Lecz karczma była pusta. Jedni tedy przetrząsali główną budowę, inni szukali w oborze, w chlewach, inni podnosili snopki w dachach. Połowa stała na majdanie trzymając konie tym, którzy szukali.

Oddział Wołodyjowskiego zbliżył się na kroków sto i począł tatarskim półksiężycem otaczać karczmę.

Stojący na majdanie słyszeli doskonale, a w końcu widzieli ludzi i konie, lecz że w lesie było ciemno, nie mogli poznać, co to za wojsko, nie alarmowali się zaś bynajmniej ani przypuszczając, by z tamtej strony mógł jakikolwiek inny niż szwedzki oddział zajeżdżać. Dopiero ów ruch półksiężycowy zdziwił i zaniepokoił ich. Ozwały się zaraz wołania na tych, którzy byli w budynkach. Nagle naokół karczmy rozległ się krzyk: Ałła!, i huk kilku wystrzałów. W jednej chwili ciemne tłumy żołnierzy pojawiły się, jakby spod ziemi wyrosły. Uczynił się zamęt i szczękanie szablami, klątwy, stłumione krzyki, lecz wszystko nie trwało dłużej nad dwa pacierze.

Po czym na majdanie przed karczmą zostało kilka ciał ludzkich i końskich, oddział zaś Wołodyjowskiego ruszył dalej, prowadząc ze sobą dwudziestu pięciu jeńców.

Szli teraz w skok, poganiając płazami szabel rajtarskie konie, i skoro świt doszli do Magnuszewa. W obozie Czarnieckiego nikt nie spał; wszyscy byli w pogotowiu. Sam kasztelan wyszedł przeciw podjazdowi wspierając się na obuszku, wychudzony i blady z bezsenności.

- Co tam? - spytał Wołodyjowskiego. - Siła masz języka?

- Jest dwudziestu pięciu jeńców.

- A ilu uszło?

- Nec nuntius cladis. Wszyscy ogarnięci!

- Ciebie jeno wysyłać, choćby do piekła, żołnierzyku! Dobrze! Wziąć ich zaraz na pytki. Sam będę indagował!

To rzekłszy kasztelan zwrócił z miejsca, a odchodząc rzekł:

- A być w gotowości, bo może nie mieszkając ruszymy na nieprzyjaciela.

- Jak to? - rzekł Zagłoba.

- Cicho waść - odpowiedział Wołodyjowski.

Szwedzcy jeńcy bez przypiekania w mig zeznali, co było im wiadomo o siłach margrabiego badeńskiego, o ilości armat, piechoty i jazdy. Zadumał się tedy nieco pan kasztelan, bo się dowiedział, że wprawdzie jest to nowo zaciężna armia, ale złożona z samych starych żołnierzy, którzy w Bóg wie ilu wojnach brali udział. Było też siła między nimi Niemców i znaczny oddział dragonii francuskiej; cała siła przewyższała o kilkaset głów wojsko polskie. Lecz natomiast pokazało się z zeznań, że margrabia ani przypuszczał nawet, iżby Czarniecki był tak blisko, i wierzył, iż Polacy całą siłą oblegają króla pod Sandomierzem.

Ledwie to usłyszał kasztelan, gdy zerwał się z miejsca i zakrzyknął na swego dworzanina:

- Witowski, każ trąbić przez munsztuk, by na koń siadano!

W pół godziny później wojsko ruszyło i ruszyło świeżym rankiem majowym przez lasy i pola rosą okryte. W końcu Warka; a raczej jej zgliszcza, bo miasto przed sześciu laty spłonęło było niemal ze szczętem, ukazały się na widnokręgu.

Wojska Czarnieckiego szły po otwartej płaszczyźnie, więc długo się przed okiem szwedzkim ukrywać nie mogły. Jakoż dostrzeżono je, ale margrabia mniemał, iż to są rozmaite partie, które połączone w znaczną kupę chcą alarmować obóz.

Dopiero gdy coraz nowe chorągwie, idące rysią, ukazywały się zza lasu, powstał ruch gorączkowy w szwedzkim obozie. Z pola widziano pomniejsze oddziały rajtarii i pojedynczych oficerów przebiegających między pułkami. Barwna szwedzka piechota poczęła wysypywać się na środek równiny; pułki formowały się jeden za drugim w oczach polskich żołnierzy i stawały rojnie, na kształt kraśnych stad ptactwa. Nad głowami ich podnosiły się ku słońcu czworoboki potężnych dzid, którymi piechurowie zasłaniali się przed impetem jazdy. Na koniec ujrzano tłumy jazdy szwedzkiej pancernej, biegnące kłusem na skrzydłach; zataczano i odprzodkowywano na gwałt armaty. Wszystkie przygotowania, cały ten ruch widać było jako na dłoni, bo wstało słońce jasne, przepyszne, i rozświeciło całą krainę.

Pilica dzieliła dwa wojska.

Na szwedzkim brzegu ozwały się trąby, kotły, bębny i krzyki żołnierstwa stawającego co duchu do sprawy, a pan Czarniecki kazał również dąć w krzywuły i następował ze wszystkimi chorągwiami ku rzece.

Wtem poskoczył co tchu w dzianecie do Wąsowiczowej chorągwi, która była najbliżej rzeki.

- Stary żołnierzu! - krzyknął - ruszaj mi ku mostowi, tam z koni i do muszkietów! Niech się na ciebie cała potęga obróci! Prowadź!

Wąsowicz jeno poczerwieniał nieco z ochoty i machnął buzdyganem. Ludzie krzyk uczyniwszy pomknęli za nim jak tuman kurzawy gnanej wiatrem.

Dopadłszy na trzysta kroków do mostu zwolnili biegu; tuż dwie trzecie zeskoczyło z kulbak i biegiem ruszyło ku mostowi.

Szwedzi zaś ruszyli z drugiej strony i wkrótce zagrały muszkiety, zrazu wolniej, potem coraz prędzej, jakby tysiąc cepów biło nieregularnie w klepisko. Dymy rozciągnęły się na rzekę. Krzyki zachęty brzmiały przy jednym i drugim naczółku. Uwaga obu wojsk skupiła się na most, który był drewniany, wąski, zatem trudny do zdobycia, a łatwy do obrony. Jednakże tylko przezeń można się było dostać do Szwedów.

Toteż w kwadrans później pchnął pan Czarniecki dragonię Lubomirskiego w pomoc Wąsowiczowi.

Lecz Szwedzi poczęli już i z armat ostrzeliwać przeciwległy naczółek. Zataczano coraz nowe sztuki i faskule poczęły z wyciem przelatywać ponad głowami Wąsowiczowych i dragonii, padać na łąkę i ryć w zagony ziemię, obrzucając walczących darnią i błotem.

Margrabia badeński stojąc pod lasem, na tyłach armii, patrzył przez perspektywę na bitwę. Od czasu do czasu zaś odejmował ją od oczu i spoglądając ze zdziwieniem na swój sztab, wzruszał ramionami.

- Poszaleli - mówił - koniecznie chcą ów most sforsować. Kilka dział i dwa lub trzy pułki może go przed całą armią bronić.

Jednakże Wąsowicz coraz potężniej następował ze swymi ludźmi, więc i obrona stawała się coraz zaciętszą. Most stawał się punktem środkowym bitwy, ku któremu z wolna poczęła ciężyć i ściągała się cała linia szwedzka. W godzinę później zmienił się jej cały szyk i zwrócił się bokiem do poprzedniej pozycji. Most zasypywano po prostu deszczem ognia i żelaza; ludzie Wąsowicza poczęli padać gęstym trupem, tymczasem przylatywały ordynanse coraz gwałtowniejsze, by koniecznie szli naprzód.

- Zgubi Czarniecki tych ludzi! - krzyknął nagle pan marszałek koronny.

Zaś pan Witowski, jako doświadczony żołnierz, poznał, że źle się dzieje, i aż dygotał cały z niecierpliwości, na koniec nie mógł wytrzymać dłużej, za czym wspiął konia, aż rumak stęknął żałośnie, i skoczył ku Czarnieckiemu, który przez cały czas ten ciągle, nie wiadomo dlaczego, posuwał ludzi ku rzece.

Wasza miłość! - krzyknął Witowski - krew się próżno leje; nie zdobędziemy tego mostu!

- Ja też go nie chcę zdobywać! - odrzekł Czarniecki.

- Więc czego wasza dostojność chcesz? Co mamy robić?

- Ku rzece chorągwiami! ku rzece! Do szeregu waść!

Tu Czarniecki począł sypać oczyma takie błyskawice, iż Witowski cofnął się słowa nie rzekłszy.

Tymczasem chorągwie doszły na dwadzieścia kroków do brzegu i stanęły długą linią wzdłuż koryta. Nikt z oficerów ni żołnierzy nie wiedział w pień, dlaczego to czynią.

Nagle Czarniecki pojawił się jak piorun przed frontem chorągwi. Ogień miał w licach, piorun w oczach. Wiatr silny podnosił mu burkę na ramionach na kształt potężnych skrzydeł, koń pod nim skakał i wspinał się wyrzucając płomień z nozdrzy, on zaś szablę puścił na temblak, czapkę zerwał z głowy i ze zjeżoną czupryną, z potem na czole, krzyknął do swojej dywizji:

- Mości panowie! Rzeką się nieprzyjaciel zastawił i drwi z nas! Morze przepłynął na pognębienie nam ojczyzny, a myśli, że my w jej obronie tej rzeki nie przepłyniem!

Tu czapkę cisnął na ziemię, a chwyciwszy szablę, wskazał nią na wezbrane wody. Uniesienie go porwało, bo aż wstał w kulbace i jeszcze potężniej zakrzyknął:

- Komu Bóg! komu wiara! komu ojczyzna miła! za mną!

I ścisnąwszy konia ostrogami tak, iż rumak jakoby w powietrze wyskoczył rzucił się w nurty. Brynęła naokół fala, mąż i koń skryli się na chwilę pod wodą, lecz wypłynęli w mgnieniu oka.

- Za moim panem! - krzyknął Michałko, ten sam, który pod Rudnikiem chwałą się okrył.

I skoczył w wodę.

- Za mną! - wrzasnął przeraźliwym a cienkim głosem Wołodyjowski.

I nurknął, nim krzyczeć przestał.

- Jezusie, Mario! - ryknął, wspinając do skoku konia, Zagłoba.

Wtem ława mężów i koni runęła w falę, aż woda wyskoczyła z szalonym rozpędem na brzegi. Za laudańską poszła wiśniowiecka, za wiśniowiecką pana Witowskiego, za nią Stapkowskiego, za nią wszystkie inne. Szał taki ogarnął tych ludzi, że pchały się chorągwie na wyścigi; krzyk komendy pomieszał się z krzykiem żołnierstwa, rzeka wystąpiła z brzegów i spieniła się na mleko w mgnieniu oka. Fala poczęła znosić nieco pułki, lecz konie, bodzone ostrogami, płynęły jakby nieprzejrzane stada delfinów, chrapiąc nozdrzami i stękając. Zapełnili tak rzekę, że tłum łbów końskich i ludzkich utworzył jakoby most, po którym mógłbyś przejść suchą nogą na drugi brzeg.

Czarniecki przepłynął pierwszy, lecz nim woda zeń ociekła, wypłynęła za nim laudańska, więc machnął pan kasztelan buzdyganem i krzyknął na Wołodyjowskiego:

- W skok! bij!

A do wiśniowieckiej pod Szandarowskim:

- W nich!

I tak puszczał jedną za drugą, póki wszystkich nie odprawił. Przy ostatniej sam stanął na czele i zakrzyknąwszy: "W imię Boże! szczęśliwie!" - ruszył z innymi.

A wszakże dwa pułki rajtarii, stojąc w odwodzie, widziały, co się dzieje, lecz pułkowników ogarnęło osłupienie tak wielkie, że nim ruszyli się z miejsca, już laudańska, rozpuściwszy konie, szła na nich niepowstrzymanym pędem. Uderzywszy rozmiotła pierwszy pułk jak wicher liście, zepchnęła go na drugi, zmieszała drugi, wtem doskoczył za nią Szandarowski i rozpoczęła się rzeźba straszna, lecz krótko trwająca; po chwili rozerwały się szeregi szwedzkie i tłum bezładny począł umykać ku głównej armii.

Chorągwie Czarnieckiego biegły za nimi z krzykiem straszliwym, siekąc, bodąc, pole trupami zaściełając.

Stało się wreszcie jasnym, dlaczego pan Czarniecki kazał Wąsowiczowi zdobywać most, chociaż nie miał zamiaru po nim przechodzić. Oto główna uwaga całej armii skupiła się na ów punkt, i dlatego nikt nie bronił, i nie miał czasu bronić przeprawy wpław. Przy tym wszystkie niemal paszcze armatnie i cały front wojsk nieprzyjacielskich zwrócony był za rzekę ku mostowi, a teraz gdy trzy tysiące jazdy szło jej w bok całym pędem, teraz dopiero trzeba było zmieniać szyk, formować nowy front, by się choć jako tako od uderzenia zasłonić. Jakoż stał się straszliwy skrzęt i zamieszanie: pułki piechoty, jazdy odwracały się co duchu ku nieprzyjacielowi, łamiąc się w pośpiechu, zawadzając jedne o drugie, stawając byle gdzie, nie rozumiejąc wśród wrzasku i tumultu komendy, działając na własną rękę. Próżno oficerowie czynili nadludzkie usiłowania, próżno margrabia ruszył natychmiast stojące pod lasem w rezerwie pułki jazdy; nim do jakiejkolwiek sprawy przyszli, nim piechota zdołała dzidy tylnymi końcami w ziemię zasadzić, by je nadstawić nieprzyjacielowi, wpadła chorągiew laudańska jak duch śmierci, w sam środek szyków; za nią druga, trzecia, czwarta, piąta, szósta. Dopieroż rozpoczął się dzień sądu! Dymy strzałów muszkietowych przykryły, jakoby chmurą, całą bitwę, a w tej chmurze huk, wrzenie, nadludzkie głosy rozpaczy, krzyki tryumfu, przeraźliwe dźwiękanie żelaza, jakby w kuźni piekielnej, grzechotanie muszkietów; czasem błysnął proporzec i zapadł w dymy, czasem złota szpica chorągwi pułkowej, i znów nic nie widziałeś, jeno łoskot rozlegał się coraz straszliwszy, jakoby ziemia zarwała się nagle pod rzeką i jakoby wody jej spadały w przepaść niezgłębioną. Wtem z boku nowe zabrzmiały wrzaski: to Wąsowicz przeszedł most i szedł w bok nieprzyjaciela. Wówczas niedługo już trwała bitwa. Z owej chmury poczęły się wysuwać i biec ku lasowi potężne kupy ludzkie, bezładne, obłąkane, bez czapek, hełmów, bez broni. Za nimi lunął wkrótce cały potok ludzki w najokropniejszym zwichrzeniu. Artyleria, piechota, jazda, pomieszane ze sobą, uciekały ku lasowi, oślepłe z trwogi i przerażenia. Niektórzy żołnierze krzyczeli wniebogłosy, niektórzy uciekali w milczeniu, osłaniając głowy rękoma, inni w biegu zrzucali odzież, inni zatrzymywali biegnących naprzód, padali sami, tratowali się wzajemnie, a tuż za nimi, nad ich karkami i głowami, pędziła ława jeźdźców polskich. Co chwila widziałeś całe ich szeregi, wspinające konie i rzucające się w największą gęstwę ludzką. Nie bronił się już nikt, wszyscy szli pod miecz. Trup padał na trupie. Cięto bez wytchnienia, bez miłosierdzia, na całej równinie; po brzegach rzeki, ku lasowi, jak okiem sięgnął, widziałeś tylko uciekających i goniących: gdzieniegdzie tylko pojedyncze oddziały piechoty dawały bezładny a rozpaczliwy opór, armaty umilkły. Bitwa przestała być bitwą, zmieniła się na rzeź.

Cała część armii, która biegła ku lasowi, została w pień wyciętą. Dotarły doń tylko nieliczne szwadrony rajtarii, za którymi wpadły w gęstwinę lekkie chorągwie.

Lecz w lesie czekali już na owych niedobitków chłopi, którzy na odgłos bitwy zlecieli się ze wszystkich wsi okolicznych.

Najstraszliwsza pogoń trwała jednak na drodze warszawskiej, którą uciekały główne siły szwedzkie. Młodszy margrabia Adolf po dwakroć usiłował tam osłonić ucieczkę, lecz po dwakroć rozbity, sam wreszcie wpadł w niewolę.

Oddział przybocznej jego piechoty francuskiej, złożony z czterystu ludzi, rzucił broń, trzy tysiące wyborowego żołnierza, muszkieterów i jazdy, uciekało aż do Mniszewa. Muszkietników wycięto w Mniszewie, jazdę goniono ku Czerskowi, póki nie rozproszyła się zupełnie po lasach, trzcinach, zaroślach. Tam nazajutrz dopiero wyszukiwali pojedynczych jeźdźców chłopi.

Nim słońce zaszło, armia Fryderyka margrabiego badeńskiego przestała istnieć.

Na pierwszym pobojowisku pozostali sami tylko chorążowie z gołymi chorągwiami, bo wszyscy ludzie zagnali się za nieprzyjacielem. I słońce miało się już dobrze ku schyłkowi, gdy pierwsze oddziały jazdy poczęły ukazywać się od strony lasu i Mniszewa. Wracały ze śpiewaniem i szumem, wyrzucając w górę czapki, paląc z bandoletów. Prawie wszystkie wiodły za sobą tłumy powiązanych w łyka jeńców. Ci szli przy koniach bez kapeluszy, bez hełmów, z głowami pospuszczanymi na piersi, obdarci, okrwawieni, co chwila potykający się o ciała poległych współbraci. Pobojowisko straszny przedstawiało widok. W niektórych miejscach, gdzie zderzono się najpotężniej, leżały po prostu stosy trupów, na pół włóczni wysoko. Niektórzy z piechurów trzymali jeszcze zakrzepłymi dłońmi długie włócznie. Włóczniami tymi pokryty był cały majdan. Miejscami tkwiły one dotychczas w ziemi; gdzieniegdzie leżały mostem, gdzieniegdzie złamki ich potworzyły jakoby zagrodzenia i płoty. Lecz przeważnie wszędy przedstawiała się oku okrutna a żałosna mieszanina ciał ludzkich pomiażdżonych kopytami, drzewców, połamanych muszkietów, bębnów, trąb, kapeluszy, pasów, blaszanych ładunków, które nosiła piechota, rąk i nóg sterczących tak bezładnie ze stosów ciał, że trudno było odgadnąć, do kogo należą. Szczególnie w tych miejscach, gdzie broniła się piechota, leżały całe szańce trupów.

W dali nieco, przy rzece, stały ostygłe już armaty, jedne poprzewracane przez napór ludzki, drugie jakoby gotowe jeszcze do strzału. Obok nich spali, ujęci snem wiecznym, kanonierowie, których również wycięto do nogi. Widziano wiele trupów przewieszonych przez działa i obejmujących je rękoma, jakby ci żołnierze chcieli je jeszcze po śmierci osłaniać. Spiż, poplamiony krwią i mózgiem, połyskiwał złowrogo w promieniach zachodzącego słońca. Złote blaski odbijały się w zakrzepłej krwi, która tu i owdzie utworzyła małe jeziorka. Ckliwy jej zapach mieszał się na całym pobojowisku z wonią prochu, z wyziewami ciał i końskim potem.

Pan Czarniecki powrócił jeszcze przed zachodem słońca z królewskim pułkiem i stanął na środku majdanu. Wojska powitały go grzmiącym okrzykiem. Co który oddział nadciągnął, to wiwatował bez końca, on zaś stał w blaskach słonecznych, utrudzon niezmiernie, lecz cały promienny, z gołą głową, z szablą zwieszoną na temblaku i coraz to odpowiadał wiwatującym:

- Nie mnie, mości panowie, nie mnie, lecz imieniowi boskiemu!

Zaś obok niego stał Witowski i Lubomirski, ten ostatni jasny jak samo słońce, bo w pozłociste blachy przybrany, z twarzą obryzganą krwią, bo okrutnie pracował i sam własną ręką siekł, ścinał jak prosty żołnierz, lecz już markotny i posępny, gdyż nawet jego własne pułki krzyczały:

- Vivat Czarniecki, dux et victor!

Zazdrość więc poczęła już nurtować duszę marszałkową.

Tymczasem coraz nowe oddziały waliły ze wszystkich stron na pobojowisko, za każdym zaś razem nadjeżdżał towarzysz i ciskał panu Czarnieckiemu pod nogi zdobytą chorągiew nieprzyjacielską. Na ów widok powstawały nowe krzyki, nowe wiwatowania, ciskanie czapek w górę i palba z bandoletów.

Słońce zachodziło coraz niżej.

Wtem w jedynym kościele, jaki po pożarze w Warce pozostał, zadzwoniono na nieszpór; natychmiast poodkrywały się wszystkie głowy; ksiądz Piekarski, setny ksiądz, zaintonował: "Anioł Pański zwiastował Najświętszej Pannie Marii!..." a tysiąc żelaznych piersi odpowiedziało mu natychmiast potężnymi głosami: "...i poczęła z Ducha Świętego!..."

Wszystkie oczy podniosły się ku niebu, które zarumieniło się całe zorzą wieczorną, i z owego krwawego pobojowiska poczęła lecieć ku grającym w górze blaskom przedwieczornym pieśń pobożna.

Właśnie gdy skończono śpiewać, nadjechała rysią laudańska chorągiew, która się była najdalej zagnała za nieprzyjacielem. Żołnierze znów poczęli ciskać chorągwie pod nogi panu Czarnieckiemu, więc on uradował się w sercu, i widząc Wołodyjowskiego, posunął ku niemu konia.

- A siła wam ich uszło? - spytał.

Pan Wołodyjowski począł tylko głową kręcić na znak, że nie siła uszło, lecz tak był zziajany, że słowa jednego przemówić nie mógł, jeno w otwartą gębę łapał powietrze raz po razu, aż mu w piersiach grało. Pokazał wreszcie ręką na usta, że mówić nie może, a pan Czarniecki zrozumiał i za głowę go tylko ścisnął.

- Ten się spracował! - rzekł - bodaj się tacy na kamieniu rodzili!

Pan Zagłoba zaś prędzej odzyskał oddech i szczękając zębami, tak począł przerywanym głosem mówić: Dla Boga! Na pot zimny wiatr wieje!...

Parala mnie trzaśnie... Zewleczcie szaty z jakiego grubego Szweda i dajcie mi, bo wszystko na mnie mokre... Mokro i tu mokro... Nie wiem już, co woda, a co mój własny pot, a co krew szwedzka... Jeślim ja się spodziewał... że... kiedy w życiu tylu tych szelmów narżnę, tom niewart być podogoniem przy kulbace... Największa wiktoria w tej wojnie... Ale do wody nie będę drugi raz skakał... Nie jedz, nie pij, nie śpij, a potem kąpiel... Dość mi na stare lata... Ręka mi zemdlała... Już mnie parala ima... Gorzałki, na miły Bóg!...

Słysząc to pan Czarniecki i widząc wiekowego męża istotnie całkiem pokrytego krwią nieprzyjacielską, ulitował się nad wiekiem i podał mu własną manierkę.

Zagłoba przechylił ją do ust i po chwili oddał próżną, po czym rzekł:

- Tylem się wody w Pilicy ożłopał, że rychło patrzeć, jak mi się ryby w brzuchu wylęgną, ale to lepsze od wody.

- A przebierz się waść w inne szaty, choćby i szwedzkie - rzekł pan kasztelan.

- Ja wujowi grubego Szweda poszukam! - ozwał się Roch.

- Po co z trupa mam pokrwawione kłaść - odrzekł Zagłoba. - Ściągnij no wszystko do koszuli z tego jenerała, któregom w jasyr wziął.

- Toś waść wziął jenerała? - spytał żywo pan Czarniecki.

- Kogom nie wziął, czegom nie dokonał! - odpowiedział Zagłoba.

Wtem pan Wołodyjowski odzyskał mowę:

- Wzięt przez nas młodszy margrabia Adolf, hrabia Falkenstein, jenerał Węgier, jenerał Poter, Benzy, nie licząc pomniejszych oficerów.

- A margrabia Fryderyk? - spytał Czarniecki.

- Jeśli tu nie leży. to uszedł w lasy, ale jeśli uszedł, to go chłopi zabiją!

Pan Wołodyjowski omylił się w swych przewidywaniach. Margrabia Fryderyk wraz z grafem Szlipenbachem i Ehrensheinem błądząc lasami dotarli nocą do Czerska; tam przesiedziawszy w ruinach zamku trzy dni o chłodzie i głodzie, powędrowali nocą do Warszawy. Nie uchroniło ich to później przed niewolą, na ten raz jednak ocaleli.

Noc już była, gdy pan Czarniecki zjechał ku Warce z pobojowiska. Była to może najweselsza noc w jego życiu, tak wielkiej bowiem klęski nie ponieśli dotąd Szwedzi od początku wojny. Wszystkie działa, wszystkie chorągwie, wszystka starszyzna, prócz naczelnego wodza, była wzięta. Armia zniesiona do szczętu; rozegnane na cztery wiatry małe jej resztki musiały paść ofiarą kup chłopskich. Lecz pokazało się jeszcze przy tym, że owi Szwedzi, którzy sami za niezwyciężonych w otwartym polu się mieli, nie mogą właśnie w otwartym polu mierzyć się z regularnymi polskimi chorągwiami. Rozumiał wreszcie pan Czarniecki, jak potężny skutek to zwycięstwo w całej Rzeczypospolitej wywrze, jak podniesie ducha, jaki rozbudzi zapał; widział już całą Rzeczpospolitą w niedalekiej przyszłości od ucisku uwolnioną, tryumfującą... Może i złocistą wielkohetmańską buławę widział oczyma duszy na niebie.

Wolno mu było o niej marzyć, bo szedł ku niej jak prawy żołnierz, jak obrońca ojczyzny, i był z takich, którzy nie powstają ani z soli, ani z roli, jeno z tego, co ich boli.

Tymczasem ledwie całą duszą mógł objąć tę radość, która na niego spłynęła, więc zwrócił się do jadącego obok marszałka i rzekł:

- Teraz pod Sandomierz! pod Sandomierz, jako najprędzej! Umie już wojsko rzeki przepływać; nie zastraszy nas San ni Wisła!

Marszałek nie odrzekł ani słowa, natomiast jadący nieco opodal, w szwedzkim przebraniu, pan Zagłoba, pozwolił sobie w głos przemówić:

- Jedźcie, gdzie chcecie, ale beze mnie, bom ja nie kurek na kościele, który się kręci dniem i nocą, jeść i spać nie potrzebując.

Pan Czarniecki tak był wesół, że nie tylko się nie rozgniewał, ale odrzekł żartując:

- Waść do dzwonnicy niż do kurka podobniejszy, zwłaszcza że jako widzę, wróble masz w kopule. Wszelako quod attinet jadła i spoczynku, to się wszystkim przynależy.

Na to Zagłoba, ale już półgłosem:

- Kto ma dzioby na gębie, ten ma wróble na myśli!

ROZDZIAŁ 10

Po owym zwycięstwie pozwolił na koniec Czarniecki odetchnąć wojsku i konie strudzone odpaść, po czym znów wielkimi pochodami miał wracać pod Sandomierz, aby do upadłego króla szwedzkiego gnębić.

Tymczasem pewnego wieczora przybył do obozu pan Charłamp z wieściami od Sapiehy. Czarniecki wyjechał był pod ową porę do Czerska na lustrację pospolitego ruszenia rawskiego, które się pod owym miastem właśnie zbierało, więc Charłamp, nie zastawszy wodza, udał się wprost do Wołodyjowskiego, aby u niego po długiej drodze wypocząć.

Przyjaciele witali go wielce radośnie, lecz on zaraz na wstępie posępną im twarz ukazał i rzekł:

- O waszej wiktorii już słyszałem. Tu nam się uśmiechnęła fortuna, a pod Sandomierzem nas przycisnęła. Nie masz już Carolusa w saku, bo się wydobył, a do tego z wielką wojska litewskiego konfuzją.

- Być li to może? - zakrzyknął chwytając się za głowę pan Wołodyjowski. Obaj Skrzetuscy i Zagłoba stanęli jak wryci.

- Jakże to było? Powiadaj waćpan, na żywy Bóg, bo we własnej skórze nie usiedzim!

- Już mi i tchu nie staje - odpowiedział pan Charłamp - jechałem dzień i noc, strudziłem się okrutnie. Nadjedzie pan Czarniecki, to wszystko ab ovo opowiem. Dajcie mi teraz trochę odsapnąć.

- Więc ot i Carolus wyszedł z saku. Przewidywałem, że na to przyjdzie. Jakże to? zapomnieliście, iżem to prorokował? Niech Kowalski przyświadczy.

- Wuj prorokował! - rzekł Roch.
- I gdzie Carolus poszedł? - spytał Charłampa Wołodyjowski.
- Piechota popłynęła szmagami, a on z jazdą poszedł po Przywiślu ku Warszawie.
- Bitwa była?
- I była, i nie była. Krótko mówiąc, dajcie mi spokój, bo nie mogę gadać!
- Jedno jeno jeszcze powiedz. Zali całkiem pan Sapieha rozbit?
- Gdzie tam rozbit! Goni nawet króla, ale już tam pan Sapieha nikogo nie dogoni!
- Taki on do gonienia jak Niemiec do postu - rzekł Zagłoba.
- Chwała Bogu i za to, że wojska w całości! - wtrącił Wołodyjowski.
- Podrwili boćwinkowie! - zawołał Zagłoba. - Ha! trudno! Musim znów dziurę w Rzeczypospolitej na współkę łatać!
- Waćpan na litewskie wojsko nie gadaj - odparł Charłamp. - Carolus jest wojennik wielki i nie sztuka z nim przegrać. A wyście to, koroniarze, nie podrwili pod Ujściem, a pod Wolborzem, a pod Sulejowem, a w dziesięciu innych miejscach? Sam pan Czarniecki przegrał pod Gołębiem! Dlaczego nie miał przegrać i pan Sapieha, zwłaszcza gdyście go, jako sierotę, samego zostawili?
- A cóż my to na tańce pod Warkę poszli? - rzekł z oburzeniem Zagłoba.
- Wiem, że nie na tańce, jeno na bitwę, i Bóg dał wam wiktorię. Ale kto wie, czy nie lepiej było nie chodzić, bo u nas powiadają, że wojsko obojga narodów, każde z osobna, może być pobite, ale w kupie i sam piekielny komput mu nie poradzi.
- Może to być - rzekł Wołodyjowski - ale co wodzowie uradzili, w to nam nie wchodzić. Nie bez tego też, żeby waszej winy nie było!
- Musiał tam Sapio pokawić, już ja go znam! - rzekł Zagłoba.
- Temu nie mogę negować! - mruknął pod nosem Charłamp.
Tu umilkli na chwilę, jeno od czasu do czasu spoglądali na się ponuro, bo im się wydało, że szczęście Rzeczypospolitej psuć się na nowo poczyna, a przecie tak niedawno pełni byli wszyscy ufności i nadziei. Wtem Wołodyjowski rzekł:
- Pan kasztelan powraca!
I wyszedł z izby.
Kasztelan powracał rzeczywiście; Wołodyjowski wybiegł przeciw niemu i z dala począł wołać:
- Mości kasztelanie! Król szwedzki zgwałcił litewskie wojsko i z saku umknął. Jest tu towarzysz z listami od pana wojewody wileńskiego.
- Dawaj go sam! - krzyknął Czarniecki. - Gdzie on jest?
- U mnie. Zaraz go przystawię.
Lecz pan Czarniecki tak przyjął do serca wiadomość, że nie chciał czekać, jeno natychmiast zeskoczył z kulbaki i wszedł do kwatery Wołodyjowskiego. Porwali się z ław wszyscy, widząc go wchodzącego, on zaś ledwie im głową skłonił, już rzekł:

- Proszę o listy!

Charłamp podał mu zapieczętowane pismo. Kasztelan poszedł z nim przed okno, bo w chałupie było ciemno, i począł je czytać ze zmarszczoną brwią i troską w twarzy. Od czasu do czasu gniew błyskał mu w obliczu.

- Zalterował się pan kasztelan - szeptał do Skrzetuskiego Zagłoba - obacz, jak mu dzioby poczerniały; zaraz i szeplenić zacznie, co zawsze czyni, gdy go cholera chwyci.

Wtem pan Czarniecki skończył czytać, przez chwilę całą pięścią kręcił brodę i myślał, na koniec ozwał się dźwiękliwym, niewyraźnym głosem:

- A pójdź no tu bliżej, towarzyszu!

- Do usług waszej dostojności!

- Gadaj prawdę - rzekł z przyciskiem kasztelan - bo ta relacja tak misternie haftowana, iż rzeczy dojść nie mogę... Jeno... gadaj prawdę... nie koloryzuj: wojska rozproszone?

- Nijak nie rozproszone, mości kasztelanie.

- A ile dni wam potrzeba, byście się znów zebrali?

Tu Zagłoba szepnął do Skrzetuskiego:

- Chce go, jako to mówią, z mańki zażyć.

Lecz Charłamp odpowiedział bez wahania:

- Skoro wojsko nie rozproszone, to mu się zbierać nie trzeba. Prawda jest, że pospolitaków z dwieście koni nie mogliśmy się dorachować, gdym odjeżdżał, których i między poległymi nie było, ale to zwykła rzecz i komput na tym nie cierpi, a nawet pan hetman ruszył za królem w dobrym porządku.

- Armat nie straciliście, mówisz, nic?

- Owszem. Straciliśmy cztery, które Szwedzi, nie mogąc ich zabrać, zagwoździli.

- Widzę, że prawdę mówisz; powiadaj tedy, jako się wszystko odbyło?

- ...Incipiam! - rzekł Charłamp. - Kiedyśmy to ostali sami, postrzegł się nieprzyjaciel, iż zawiślańskich wojsk nie masz, jeno partie i kupy niesforne na ich miejscu. Myśleliśmy, a właściwie mówiąc, pan Sapieha myślał, że na tamtych uderzą, i jakie takie posiłki im ekspediował, ale nieznaczne, by siebie nie osłabić. Tymczasem u Szwedów krętanina i szum jakoby w ulu. Pod wieczór poczęli zbliżać się tłumami do Sanu. Byliśmy w kwaterze wojewodzińskiej. Przyjeżdża ten pan Kmicic, który się Babiniczem teraz zowie, żołnierz przedni, i daje znać. A pan Sapieha właśnie do uczty zasiadał, na którą się siła szlachcianek aż spod Kraśnika i Janowa najeżdżało... że to pan wojewoda lubi płeć białogłowską.

- I uczty lubi! - przerwał Czarniecki.

- Nie masz mnie przy nim, nie ma go kto do temperancji nakłaniać! - przerwał Zagłoba.

Na to pan Czarniecki:

- Może prędzej będziesz waść przy nim, niż myślisz, zaczniecie się we dwóch temperować!

Tu zwrócił się do Charłampa:

- Mów dalej.

- Babinicz tedy daje znać, a wojewoda na to: "Symulują tylko, że chcą następować! Nie przedsięwezmą nic! Prędzej (powiada) przez Wisłę zechcą się przebierać, ale mam ja na nich oko i wtedy sam nastąpię. Tymczasem (powiada) nie psujmy sobie uciechy, żeby nam było dobrze!" Poczynamy tedy jeść i pić. A i kapela poczyna rżnąć, sam wojewoda prosi do tańca.

- Dam ja mu tańce! - przerwał Zagłoba.

- Cicho waść! - rzekł Czarniecki.

- Wtem znów przylatują od brzegu, że szum okrutny. Nic to! Wojewoda pazia w ucho: "Będziesz mi tu lazł!" Tańcowaliśmy do świtania, spaliśmy do południa. O południu patrzym, aż już szańce srogie stoją, a na nich ciężkie działa, kartauny. Dają też czasem ognia, a co kula padnie, to jak ceber! Jedna taka na nic okop zaprószy!

- Nie powiadaj konceptów - przerwał Czarniecki - boś nie u hetmana!

Charłamp zmieszał się mocno i tak dalej mówił:

- O południu wyjechał sam wojewoda. Szwedzi zaś pod osłoną owych szańców zaczęli stawiać most. Pracowali do wieczora, z wielkim naszym podziwem, bośmy byli tego mniemania, że zbudować go zbudują, ale przejść po nim nie zdołają. Na drugi dzień jeszcze budują. Począł wojewoda sprawiać wojska, bo i sam już myślał, że będzie batalia.

- Tymczasem most był pozór, a przeszli poniżej przez inny i z boku was zaszli? - przerwał Czarniecki.

Charłamp wytrzeszczył oczy, otworzył usta, przez chwilę milczał zdumiony, na koniec rzekł:

- To wasza dostojność miała już relację?

- Nie ma co! - szepnął Zagłoba - co wojny tyczy, nasz dziad w lot zgadnie, jakoby właśnie patrzył na sprawę!

- Mów dalej! - rzekł Czarniecki.

- Przyszedł wieczór. Wojska stały w gotowości, ale z pierwszą gwiazdą znowu była uczta. Tymczasem rano Szwedzi już przeszli przez ów drugi most, który poniżej zbudowali, i zaraz nastąpili. Stała od krańca chorągiew pana Koszyca, żołnierza dobrego. Ten w nich! Skoczą mu w pomoc pospolitacy, którzy byli najbliżej, ale kiedy to plują do nich z armat - w nogi! A pan Koszyc poległ i ludzi jego okrutnie naszarpano. Dopieroż pospolitacy, wpadłszy hurmem na obóz, wszystkich pomieszali. Co było gotowych chorągwi, to poszły, ale nie sprawiły nic, jeszcześmy armaty stracili. Gdyby więcej dział i piechoty było przy królu, sroga byłaby klęska, ale szczęściem większa część pieszych regimentów, wraz z armatami, odpłynęła nocą szmagami, o czym także nikt u nas nie wiedział.

- Sapio pokawił! Z góry wiedziałem! - zawołał Zagłoba.

- Przejęliśmy korespondencję królewską - rzekł Charłamp - którą Szwedzi zronili. Czytali w niej żołnierze, że król do Prus ma iść, by z elektorskimi nazad wrócić, gdyż pisze, że samymi szwedzkimi siłami nie da sobie rady.

- Wiem o tym - odrzekł Czarniecki - pan Sapieha przysłał mi ten list.

Po czym mruknął cicho, jakoby sam do siebie mówiąc:

- Trzeba i nam za nim do Prus.

- Dawno to mówię! - rzekł Zagłoba.

Pan Czarniecki popatrzył nań przez chwilę w zamyśleniu.

- Nieszczęście! - rzekł głośno - bo gdybym ja nadążył pod Sandomierz, tedy byśmy we dwóch z hetmanem żywej nogi nie puścili... Ha! stało się i nie wróci!... Wojna się przedłuży, ale tak i temu najazdowi, i najezdnikom śmierć pisana.

- Nie może inaczej być!... - zawołali chórem rycerze.

I wielka otucha wstąpiła im do serc, choć przed chwilą wątpili.

Wtem szepnął coś Zagłoba do ucha panu dzierżawcy z Wąsoszy, a ów znikł we drzwiach i po chwili wrócił z gąsiorem. Widząc to Wołodyjowski pochylił się do kolan kasztelanowi.

- Łaska by to była dla prostaka żołnierza niepowszednia... - zaczął.

- Napiję się z wami chętnie - rzekł Czarniecki - a wiecie dlaczego? Owo dlatego, że nam się pożegnać przyjdzie.

- Jakże to? - zawołał zdumiony Wołodyjowski.

- Pisze pan Sapieha, że chorągiew laudańska do litewskiego wojska należy i że ją jeno dla asysty królowi przysłał, a teraz sam jej będzie potrzebował, zwłaszcza oficerów, bo mu ich brak okrutny. Mój Wołodyjowski, wiesz, ile cię miłuję, i ciężko mi się z tobą rozstawać, ale tu jest dla ciebie rozkaz. Wprawdzie pan Sapieha, jako człek polityczny, na moje ręce i do mojej dyskrecji rozkaz przysyła. Mógłbym ci go nie pokazać... Ba, ba, tak mi to miłe, jakoby mi pan hetman szablę najlepszą złamał... Ale właśnie, że do mojej dyskrecji przysłano, więc ci rozkaz daję - masz!... a już czyń, coś powinien. Za zdrowie twoje, żołnierzyku!...

Pan Wołodyjowski znów pochylił się do kasztelańskich kolan, wypił, ale tak był strapiony, że słowa przemówić nie mógł, a gdy kasztelan wziął go w objęcia, łzy ciurkiem puściły mu się na żółte wąsiki.

- Wolejbym poległ! - zawołał żałośnie. - Gonić pod tobą, wodzu wielbiony, przywykłem, a tam nie wiadomo, jako będzie...

- Panie Michale, nie zważaj na rozkaz - rzekł wzruszony Zagłoba. - Sam Sapiowi odpiszę i uszu mu przystojnie natrę.

Lecz pan Michał przede wszystkim był żołnierzem, więc jeszcze się obruszył:

- A w waćpanu wiecznie stary wolentarz siedzi!... Milczałbyś lepiej, kiedy rzeczy nie rozumiesz. Służba!!

- Ot, co! - rzekł Czarniecki.

ROZDZIAŁ 11

Pan Zagłoba stanąwszy przed hetmanem nie odpowiedział na radosne

jego powitanie, owszem ręce w tył założył, wargę wysunął naprzód i
począł nań spoglądać jak sędzia sprawiedliwy, ale surowy. Ten zaś jeszcze
się bardziej ucieszył widząc ową minę, bo już się jakowejś krotofili
spodziewał, i zaraz jął mówić:
- Jak się masz, stary francie? Cóż to tak nosem kręcisz, jakbyś jakowy
niecnotliwy zapach wietrzył?
- W całym Sapieżyńskim wojsku bigos czuć!
- Czemu to bigos? - powiadaj!...
- Bo Szwedzi kapuścianych głów naszatkowali!
- Masz go! Już nam przymówił! Szkoda, że i waści nie usiekli!
- Bom pod takim wodzem służył, pod którym myśmy siekli, nie nas
sieczono.
- Daj cię katu! Żeby ci choć język obcięli!
- Nie miałbym czym Sapieżyńskiej wiktorii głosić!
Na to posmutniał hetman i odrzekł:
- Panie bracie, zaniechaj mnie! Jest więcej takich, którzy już na moje
służby ojczyźnie niepamiętni, zgoła mnie spostponowali, i wiem to, że
jeszcze wiele się przeciw mej osobie uczyni hałasu, a przecie, żeby nie owa
chasa pospolitacka, inaczej by rzeczy pójść mogły. Powiadają, żem dla
podkurków nieprzyjaciela zaniedbał, ale przecie temu nieprzyjacielowi
cała Rzeczpospolita oprzeć się nie mogła!
Wzruszył się nieco pan Zagłoba słowy hetmana i odrzekł:
- Taki to już u nas obyczaj, aby winę zawsze na wodza składać. Nie ja będę
brał podkurki za złe, bo im dzień dłuższy, tym podkurek potrzebniejszy.
Pan Czarniecki wielki wojennik, tę wszelako, wedle mojej głowy, ma
przywarę, że wojsku na śniadanie, na obiad i na wieczerzę samą tylko
szwedzinę daje. Lepszy on wódz niż kuchta, ale źle czyni, bo od takiej
strawy wprędce wojna najlepszym kawalerom może zbrzydnąć.
- Bardzo że pan Czarniecki przeciw mnie choleryzował?
- I!... nie bardzo! Z początku wielką pokazał alterację, ale gdy się
dowiedział, że wojska nie rozbite, zaraz powiada: "Wola boska, nie ludzka
moc! Nic to! (powiada) każdemu zdarzy się przegrać; gdybyśmy samych
(powiada) Sapiehów w ojczyźnie mieli, byłby to kraj Arystydesów."
- Dla pana Czarnieckiego krwi bym nie skąpił! - odpowiedział hetman.
- Każdy inny poniżałby mnie, aby siebie i własną sławę wywyższyć,
zwłaszcza po świeżej wiktorii, ale on nie z takich.
- Nic i ja przeciw niemu nie powiem, jeno to, żem za stary na taką służbę,
jakiej on od żołnierza wygląda, a zwłaszcza na owe kąpiele, jakie wojsku
wyprawuje.
- Toś waść rad, żeś do mnie wrócił?
- I rad, i nierad, bo o podkurku słucham od godziny, ale go jakoś nie widzę.
- Zaraz siądziemy do stołu. A co pan Czarniecki teraz przedsiębierze?
- Idzie do Wielkopolski, aby tamtym niebożętom dopomóc, stamtąd zaś
przeciw Szteinbokowi ciągnie i do Prus, spodziewając się dostać od

Gdańska armat i piechoty.
- Zacni obywatele gdańszczanie. Całej Rzeczypospolitej przykładem
świecą. To się z panem Czarnieckim pod Warszawą spotkamy, bo ja tam
pociągnę, jeno się przedtem koło Lublina nieco zabawię.
- To Lublin znów Szwedzi obsadzili?
- Nieszczęsne miasto! Nie wiem już, ile razy było w nieprzyjacielskim ręku.
Jest tu deputacja od szlachty lubelskiej i zaraz przyjdzie z prośbą, bym ich
ratował. Ale że mam listy do króla i hetmanów ekspediować, przeto muszą
jeszcze poczekać.
- Do Lublina i ja chętnie pójdę, bo tam białogłowy nad miarę gładkiej
rzęsiste. Kiedy to która chleb krając bochenek o się oprze, to nawet na
nieczułym bochenku skóra od kontentacji czerwienieje.
- O Turku!
- Wasza dostojność, jako człek wiekowy, nie możesz tego wyrozumieć, ale
ja co maja krew jeszcze muszę puszczać.
- Toć żeś starszy ode mnie!
- Jeno eksperiencją, nie wiekiem, że zaś umiałem conservare iuventutem
meam, tego mi już niejeden zazdrościł. Pozwól mnie, wasza dostojność,
przyjąć deputację lubelską, a ja jej przyrzeknę, że zaraz idziemy w pomoc,
niech się nieborakowie pocieszą, nim nieboraczki pocieszymy.
- Dobrze - rzekł hetman - a ja pójdę listy ekspediować.
I wyszedł.
Zaraz potem wpuszczono deputację lubelską; którą pan Zagłoba przyjął z
nadzwyczajną powagą i godnością, a pomoc przyrzekł pod warunkiem, że
wojsko prowiantami, zwłaszcza zaś wszelakim napitkiem obeślą. Po czym
zaprosił ich imieniem wojewodzińskim na wieczerzę. Oni radzi byli, bo
wojska tejże jeszcze nocy ruszyły ku Lublinowi. Sam pan hetman pilił
niezmiernie, bo mu chodziło o to, ażeby jakowąś przewagą wojenną
pamięć sandomierskiej konfuzji zatrzeć.
Rozpoczęło się więc oblężenie, ale szło dość marudnie. Przez cały ten czas
Kmicic uczył się u pana Wołodyjowskiego szablą robić i postępy czynił
nadzwyczajne. Pan Michał też wiedząc, że to na Bogusławową szyję nauka,
żadnych sekretów swej sztuki mu nie ukrywał. Często też miewali i lepszą
praktykę; chodzili bowiem pod zamek wyzywać Szwedów na rękę, których
wielu usiekli. Wkrótce Kmicic do tego doszedł, że z Janem Skrzetuskim
mógł się na równi potykać, nikt zaś w całym wojsku Sapieżyńskim nie
zdołał mu dotrzymać. Wówczas taka chęć zmierzenia się z Bogusławem
opanowała mu duszę, iż ledwie mógł wysiedzieć pod Lublinem, zwłaszcza
że wiosna wróciła mu siły i zdrowie.
Rany pogoiły mu się wszystkie, przestał pluć krwią, krew grała w nim po
dawnemu i ogień tryskał z oczu. Spoglądali na niego z początku spode łba
laudańscy ludzie, lecz nie śmieli nastawać, bo Wołodyjowski trzymał ich
żelazną ręką, później też, patrząc na jego postępki i uczynki, pogodzili się z
nim zupełnie, i sam najzaciekłejszy jego wróg, Józwa Butrym, mawiał:

- Umarł Kmicic, żywie Babinicz, a ten niech żywie!
Załoga lubelska poddała się wreszcie ku wielkiej uciesze wojska, za czym
ruszył pan Sapieha chorągwie ku Warszawie. Po drodze odebrał
wiadomość, że sam Jan Kazimierz wraz z hetmanami i nowym wojskiem
przyjdzie mu w pomoc. Nadeszły też wieści i od Czarnieckiego, któren
także z Wielkopolski ku stolicy zdążał. Wojna, rozproszona po całym kraju,
skupiła się tak pod Warszawą, jako chmury rozproszone po niebieskim
sklepie skupiają się i łączą, aby zrodzić burzę, grzmoty i błyskawice.
  Szedł pan Sapieha na Żelechów, Garwolin i Mińsk do siedleckiego traktu,
aby się w Mińsku z pospolitym ruszeniem podlaskim połączyć. Jan
Skrzetuski objął nad ową chasą komendę, bo chociaż w województwie
lubelskim mieszkał, ale że blisko granicy Podlasia, więc znany był
wszystkiej szlachcie i wielce przez nią ceniony, jako jeden z
najznamienitszych w Rzeczypospolitej rycerzy. Jakoż wprędce potrafił on
zmienić bitną z natury tamtejszą szlachtę na chorągwie, w niczym
komputowemu wojsku nie ustępujące. Tymczasem zaś szli z Mińska ku
Warszawie bardzo spiesznie, aby jednym dniem pod Pragą stanąć. Pogoda
sprzyjała pochodowi. Od czasu do czasu przelatywały majowe deszczyki
chłodząc ziemię i tłumiąc kurzawę, ale w ogóle czas był cudny, ni zbyt
gorący, ni zbyt zimny. Wzrok biegł daleko w przeźroczystym powietrzu. Z
Mińska szły wojska komunikiem, wozy bowiem i działa miały dopiero
drugiego dnia za nimi wyruszyć; ochota panowała po pułkach niezmierna;
gęste lasy, zalegające cały trakt, brzmiały echem pieśni żołnierskich, konie
prychały na dobrą wróżbę. Chorągwie w sprawie i w porządku płynęły
jedna za drugą, jak rzeka migotliwa a potężna, bo przecie dwanaście
tysięcy luda, bez pospolitaków, wiódł pan Sapieha. Rotmistrze, oganiając
pułki, świecili polerowanymi blachami. Kraśne znaki chwiały się nad
głowami rycerstwa na kształt olbrzymich kwiatów.
  Słońce miało się ku zachodowi, gdy pierwsza idąca w przodku chorągiew
laudańska ujrzała wieże stolicy. Na ów widok radosny okrzyk wyrwał się z
piersi żołnierstwa:
- Warszawa! Warszawa!
  Okrzyk ów przeleciał jak grzmot przez wszystkie chorągwie i przez jakiś
czas słychać było na pół mili drogi powtarzane ustawicznie słowo:
"Warszawa! Warszawa!"
  Wielu Sapieżyńskich rycerzy nigdy nie było w stolicy, wielu nigdy jej nie
widziało, więc jej widok wywarł na nich wrażenie nadzwyczajne. Mimo
woli wstrzymali wszyscy konie; niektórzy pozdejmowali czapki, inni
poczęli się żegnać, niektórym łzy ciurkiem popłynęły z oczu i stali
wzruszeni, milczący. Nagle pan Sapieha pojawił się na białym koniu od
ostatnich zastępów i począł lecieć wzdłuż chorągwi.
- Mości panowie! - wołał donośnym głosem - my tu pierwsi, nam
szczęście! nam honor!... Wyżeniem Szweda ze stolicy!!...
- Wyżeniem! - zawrzasło dwanaście tysięcy litewskich piersi. - Wyżeniem!

wyżeniem! wyżeniem!

I stał się szum a huk. Jedni krzyczeli ciągle: "Wyżeniem!" - drudzy już wołali: "Bij, kto cnotliwy!" - inni: "W nich, psubratów!" Trzaskanie szablami mieszało się z krzykiem rycerzy. Oczy poczęły ciskać błyskawice, spod srogich wąsów błyskały zęby. Sam Sapieha spłonął jak pochodnia. Nagle buławę podniósł w górę i krzyknął:

- Za mną!

W pobliżu Pragi wstrzymał pan wojewoda chorągwie i nakazał wolny pochód. Stolica wynurzała się coraz wyraziściej z sinawej oddali. Wieże rysowały się długą linią na błękicie. Spiętrzone dachy Starego Miasta, kryte czerwoną dachówką, płonęły w blaskach wieczornych. Nic wspanialszego nie widzieli nigdy w życiu Litwini nad owe mury białe i wyniosłe, poprzecinane mnóstwem wąskich okien, zwieszające się na kształt stromych wiszarów nad wodą; domy zdawały się wyrastać jedne z drugich, wysoko i jeszcze wyżej; nad ową zaś zbitą i zacieśnioną masą tynów, ścian, okien, dachów bodły niebo wieże strzeliste. Ci z żołnierzy, którzy już byli w stolicy bądź na elekcji, bądź prywatnie, objaśniali innym, co który gmach znaczył i jakie nosił miano. Szczególniej Zagłoba, jako bywalec, uczył swoich laudańskich, oni zaś słuchali go pilnie, dziwiąc się jego słowom i samemu miastu.

- Patrzcie na ową wieżę w samym pośrodku Warszawy - mówił. - Oto arx regia! Żebym tyle lat żył, ile obiadów tam u królewskiego stołu zjadłem, Matuzala bym w kozi róg zapędził. Nie miał też król bliższego ode mnie konfidenta; mogłem wybierać między starostwami jako między orzechami, a rozdawać je tak łatwo jak ufnale. Siła ludzi promowałem, a gdym wchodził, to senatores w pas mi się kłaniali, po kozacku. Pojedynki też na oczach królewskich odbywałem, bo mnie lubił widzieć przy robocie, marszałek zaś musiał zamykać oczy.

- Srogi gmach! - rzekł Roch Kowalski. - I pomyśleć, że wszystko to ci psiajuchowie mają w ręku!

- I łupią okrutnie! - dodał Zagłoba. - Słyszę: kolumny nawet z murów wydzierają i do Szwecji wywożą, które są z marmurów i innych kosztownych kamieni. Nie poznam miłych kątów, a przecie słusznie rozmaici scriptores zamek ów za ósmy cud świata uważają, bo oprócz tego ma król francuski zacny dworzec, ale kiep w porównaniu do tego!

- A owo, co to za druga wieża w pobliżu na prawo?

- To Święty Jan. Jest z zamku do niego krużganek. W tym to kościele objawienie miałem, bo gdym raz po nieszporze przyzostał, słyszę głos od sklepienia: "Zagłoba, będzie wojna z takim synem, królem szwedzkim, i calamitates wielkie nastąpią!" Ruszyłem co tchu do króla i powiadam, com słyszał, a tu ksiądz prymas pastorałem mnie w kark: "Nie powiadaj głupstw, pijany byłeś!" Mają teraz... Ten drugi kościół, zaraz tam obok, to jest collegium Jesuitarum; trzecia wieża opodal to curia, owa czwarta w prawo, marszałkowska, a ów zielony dach to Dominikanie; wszystkiego nie wymienię, choćbym językiem tak umiał obracać jak szablą.

- Chyba nie masz takiego drugiego miasta na świecie! - zawołał jeden z żołnierzy.

- Dlatego też wszystkie nacje nam go zazdroszczą.

- A ów cudny gmach na lewo od zamku?

- Za Bernardynami?

- Tak jest.

- To pallatium Radziejowskianum, dawniej Kazanowskich. Uważają go za dziewiąty cud świata, ale zaraza na niego, bo w tych to murach zaczęło się nieszczęście Rzeczypospolitej.

- Jakże to? - spytało kilka głosów.

- Bo jak się wziął pan podkanclerzy Radziejowski z żoną wadzić i wojować, tak król się za nią ujął. Wiecie, waćpanowie, co o tym ludzie mówili, a to pewno, że i sam podkanclerzy myślał, że mu się żona w królu kocha, a król w niej; za czym przez invidię do Szwedów uciekł i wojna się rozpoczęła. Co prawda, siedziałem wtedy na wsi i końca onej sprawy nie widziałem, jeno z relacji, ale to wiem, że ona nie do króla, tylko do kogo innego przedtem słodkie oczy, jako marcepan, robiła.

- Do kogo?

Zagłoba pokręcił wąsa.

- Do tego, do którego i wszystkie jako mrówki do miodu lazły, jeno mi się nazwiska nie godzi mówić, gdyż zawsze brzydziłem się chełpliwością... Przy tym zestarzał się człek, zestarzał, zdarł się jako miotła, zamiatając nieprzyjaciół ojczyzny, ale niegdyś nie było większego nade mnie gładysza i dworaka, niech Roch Kowalski przyświad...

Tu spostrzegł się pan Zagłoba; że Roch żadną miarą owych czasów pamiętać nie może, więc tylko ręką machnął i rzekł:

- Wreszcie, co on tam wie!

Po czym pokazał jeszcze towarzyszom pałac Ossolińskich i Koniecpolskich, który ogromem prawie Radziejowskiemu był równy, wreszcie wspaniałą villa regia, a wtem słońce zaszło i mrok nocny począł nasycać przestworze. Huk działa rozległ się na murach warszawskich i trąby ozwały się długo i przeciągle na znak, iż nieprzyjaciel się zbliża.

Pan Sapieha oznajmił też swoje przybycie palbą z samopałów, aby ducha mieszkańcom stolicy dodać, po czym tejże jeszcze nocy począł przeprawiać wojsko za Wisłę. Przeprawiła się więc pierwsza laudańska, za nią pana Kotwicza, za nią Tatarzy Kmicicowi, za nią Wańkowiczowa, razem ośm tysięcy ludzi. W ten sposób byli zarazem Szwedzi wraz z nagromadzonym łupem otoczeni i pozbawieni dowozu, panu Sapieże zaś nie pozostawało nic więcej, jak czekać, póki z jednej strony pan Czarniecki, z drugiej król wraz z koronnymi hetmany nie przyciągnie, tymczasem zaś pilnować, aby się jakowe posiłki do miasta nie przekradły.

Pierwsze wieści przyszły od pana Czarnieckiego, ale niezbyt pomyślne, donosił bowiem, że wojsko i konie tak ma strudzone, iż w tej chwili nie może żadnego w oblężeniu wziąść udziału. Od czasu bitwy pod Warką dzień w dzień był w ogniu, a od pierwszych miesięcy roku stoczył dwadzieścia jeden większych bitew ze Szwedami, nie licząc podjazdowych utarczek i napadów na mniejsze oddziały. Piechoty na Pomorzu nie dostał, do Gdańska dotrzeć nie mógł; obiecywał, co najwięcej, trzymać resztą sił w szachu tę armię szwedzką, która pod Radziwiłłem, pod bratem królewskim i Duglasem stojąc u Narwi, przemyśliwała, jakoby oblężonym przyjść w pomoc.

Zaś Szwedzi gotowali się do obrony z właściwym sobie męstwem i biegłością. Jeszcze przed przyjściem pana Sapiehy spalono Pragę, obecnie poczęli ciskać granaty na wszystkie przedmieścia, jako na Krakowskie, Nowy Świat, a z drugiej strony na kościół Św. Jerzego i Pannę Marię. Płonęły tedy domostwa, gmachy i kościoły. W dzień dymy wiły się nad miastem na kształt chmur gęstych i czarnych. W noc owe chmury stawały się czerwone i snopy iskier wybuchały z nich ku niebu. Za murami błąkały się tłumy mieszkańców bez dachu nad głową, bez chleba, niewiasty otaczały Sapieżyński obóz z płaczem o miłosierdzie; widziano ludzi uschniętych z głodu na szczypki, widziano dzieci umierające z braku pokarmu, w objęciach wychudłych matek; okolica zmieniła się w padół łez i nędzy,

Pan Sapieha, nie mając piechoty ni dział, czekał i czekał na nadejście króla, tymczasem przychodził, ile mógł, w pomoc ubogim, rozsyłając ich partiami w mniej zniszczone okolice, w których jako tako mogli się wyżywić.

Troskał się też niemało w przewidywaniu trudności oblężenia, gdyż uczeni inżynierowie szwedzcy zmienili Warszawę w potężną twierdzę. Za murami siedziało trzy tysiące wyćwiczonego żołnierza, dowodzonego przez biegłych i doświadczonych jenerałów, w ogóle zaś Szwedzi uchodzili za mistrzów w oblężeniu i obronie wszelkich fortec. Na ową więc troskę wyprawiał sobie pan Sapieha co dzień uczty, w czasie których krążyły gęsto kielichy, miał bowiem ów zacny obywatel i niepospolity wojownik tę przywarę, iż wesołą kompanię i brząkanie szkłem nad wszystko nawidził, często nawet służby dla uciechy zaniedbując.

Dzienną natomiast przezornością wieczorną folgę wynagradzał. Do zachodu słońca pracował szczerze, wysyłał podjazdy, ekspediował listy, sam objeżdżał straże, sam przesłuchiwał schwytanych języków, natomiast z pierwszą gwiazdą często i skrzypki odzywały się w jego kwaterze. A gdy raz się rozochocił, to już na wszystko pozwalał, sam nawet posyłał po oficerów, choćby straży pilnujących albo na podjazd wyznaczonych, i krzyw był, jeżeli który się nie stawił, gdyż nie było dlań uczty bez ciasnoty. Przymawiał mu za to rankami mocno pan Zagłoba, ale wieczorami często samego czeladź bez duszy do kwatery Wołodyjowskiego odnosiła:

- Świętego by Sapio do upadku przywiódł - tłumaczył się na drugi dzień przyjaciołom - a cóż dopiero mnie, którym zawsze igraszki miłował. Jeszcze ma szczególniejszą jakąś pasję kielichy we mnie wmuszać, ja zaś, nie chcąc się grubianinem okazać, ustępuję przed przynuką, bo zawsze to obserwowałem, żeby gospodarzowi nie uchybiać. Alem już ślubował, że na przyszły adwent każą sobie grzbiet dyscypliną dobrze smarować, bo sam to rozumiem, że swawola bez pokuty zostać nie może; tymczasem muszę mu już dotrzymywać, a to z obawy, aby w gorsze jakie nie wpadł kompanie i do reszty sobie nie folgował.

Byli tacy oficerowie, którzy i bez dozoru hetmańskiego służbę pełnili, ale niektórzy zaniedbywali się wieczorami srodze, jako zwyczajnie żołnierze, ręki żelaznej nad sobą nie czujący.

Nie omieszkał korzystać z tego nieprzyjaciel.

Pewnego razu, na parę dni przed nadciągnięciem króla i hetmanów, Sapieha wyprawił wspanialszą niż kiedykolwiek ochotę, już był bowiem rad, że się wszystkie wojska w kupę zbierają i oblężenie rozpocznie się na dobre. Wszyscy znakomici oficerowie byli proszeni, bo pan hetman szukający zawsze okazji rozgłosił, iż to na cześć królewską owa uczta się odbędzie. Do panów Skrzetuskich, Kmicica, Zagłoby, Wołodyjowskiego i Charłampa przyszedł nawet umyślny ordynans, aby koniecznie byli, gdyż hetman za wielkie usługi chce ich szczególnie uczcić. Pan Andrzej siadał już na koń, aby z podjazdem wyruszyć, tak iż ordynansowy oficer zastał już jego Tatarów za bramą.

- Nie możesz, wasza miłość, panu hetmanowi tej ujmy okazać i niewdzięcznością za serce zapłacić - rzekł oficer.

Kmicic zsiadł z konia i poszedł naradzić się z towarzyszami.

- Okrutnie mi to nie na rękę! - rzekł. - Słyszałem, że jakiś znaczny oddział jazdy wedle Babic się ukazał. Samże hetman kazał mi jechać i koniecznie dowiedzieć się, co to za żołnierze, a teraz na ucztę prosi? O mam czynić?

- Pan hetman przysyła rozkaz, aby z podjazdem Akbah-Ułan poszedł- odparł ordynansowy.

- Rozkaz to rozkaz! - rzekł Zagłoba - a kto żołnierz, ten słuchać musi. Waćpan strzeż się, aby złego przykładu nie dawać, a przy tym niedobrze by było dla waćpana ściągać na się nieżyczliwość hetmańską.

- Powiedz waść, że się stawię! - rzekł do ordynansowego Kmicic.

Oficer wyszedł. Za nim odjechali pod Akbah-Ułanem Tatarzy, a pan Andrzej począł się nieco stroić, w czasie zaś ubierania tak mówił do towarzyszów:

- Dziś jest uczta na cześć króla jegomości; jutro będzie na cześć ichmościów panów hetmanów koronnych i tak aż do końca oblężenia.

- Niech jeno król nadciągnie, skończy się to - odpowiedział Wołodyjowski - bo chociaż i nasz pan miłościwy lubi się także wewszelakim frasunku pocieszyć, ale przecie służba musi pójść pilniej, ile że każdy, a między innymi i pan Sapieha, będzie się starał gorliwość swoją okazać.

- Za dużo tego, za dużo! nie ma i gadania! - rzekł Jan Skrzetuski. - Czy wam to niedziwno, że tak przezorny i pracowity wódz, tak cnotliwy człowiek, tak godny obywatel ma tę słabość?

- Niech jeno wieczór się uczyni, inny to zaraz człowiek i z wielkiego hetmana w hulakę się przemienia.

- A wiecie, czemu mi tak uczty nie w smak? - ozwał się Kmicic. - Bo i Janusz Radziwiłł miał ten zwyczaj, że je co wieczora wyprawiał. Imainujcie sobie, że się tak jakoś dziwnie składało, że co uczta, to się albo nieszczęście jakoweś trafiało, albo zła nowina spadła, albo się nowa hetmańska zdrada wykrywała. Nie wiem, czyli ślepy traf, czyli zrządzenie boskie, dość, że zło nigdy nie przychodziło kiedy indziej, jeno w czasie uczty. To mówię wam, że w końcu do tego doszło, że jak tylko do stołów nakrywali, to aż skóra na nas cierpła.

- Prawda, jak mi Bóg miły! - rzekł Charłamp. - Ale było to i z tego, że książę hetman zawsze tę porę do promulgowania swych praktyk z nieprzyjacielem ojczyzny wybierał.

- No! - ozwał się Zagłoba. - Przynajmniej ze strony poczciwego Sapia nie mamy się czego obawiać. Jeśli on kiedy zdradzi, to ja tyle wart, co wichtarze u moich butów.

- O tym i nie ma mowy! Zacny to pan jako chleb bez zakalca! - zawołał Wołodyjowski.

- A co wieczorem zaniedba, to w dzień naprawi - dodał Charłamp.

- To już wreszcie chodźmy - rzekł Zagłoba - bo prawdę rzekłszy, vacuum w brzuchu czuję.

Wyszli, siedli na konie i pojechali, gdyż pan Sapieha stał w innej stronie za miastem i było dość daleko. Przybywszy przed hetmańską kwaterę znaleźli już mnóstwo koni na podwórcu i ścisk trzymających je pachołków, dla których też stała kufa piwa na majdanie, a którzy jako zwykle, pijąc bez miary, zaczęli się już wadzić przy niej; uciszyli się jednak na widok nadjeżdżających rycerzy, zwłaszcza że pan Zagłoba począł okładać płazem tych, którzy mu na drodze stali, wołając stentorowym głosem:

- Do koni, hultaje! do koni! Nie was tu na ucztę proszono!

Pan Sapieha przyjął towarzyszów, jak zwykle, z otwartymi rękoma, a że był sobie już nieco podchmielił przepijając do gości, począł się zaraz z Zagłobą przekomarzać.

- Czołem, panie regimentarzu! - rzekł mu.

- Czołem, panie kiper - odparł Zagłoba.

- Kiedy mnie kiprem zowiesz, to ci dam takiego wina, które jeszcze robi!

- Byle nie takiego, które z hetmana robi bibosza!

Niektórzy z gości słysząc to zlękli się, lecz pan Zagłoba, gdy widział hetmana w dobrym humorze, na wszystko sobie pozwalał, Sapieha zaś taką miał do niego słabość, iż nie tylko się nie gniewał, ale za boki się brał powołując przy tym na świadków obecnych, co to go od tego szlachcica spotyka.

Rozpoczęła się tedy uczta gwarna, wesoła. Sam pan Sapieha przepijał raz po raz do gości, to wznosił toasty na cześć króla, hetmanów, wojsk obojga narodów, pana Czarnieckiego i całej Rzeczypospolitej. Ochota rosła, a z nią gwar i szum. Od toastów przyszło do pieśni. Izba zapełniła się oparem ze łbów i wyziewami miodów i win. Zza okien nie mniejszy dochodził hałas, a nawet szczękanie żelaza. To czeladź poczęła się bić szablami. Wypadło na dwór kilku szlachty, by ład przywrócić, lecz większe tylko uczyniło się zamieszanie.

Nagle krzyk powstał tak wielki, że aż ucztujący w izbie umilkli.

- Co to jest? - spytał któryś z pułkowników. - Pachołkowie nie mogą takiego wrzasku czynić!

- Cicho no, mości panowie! - rzekł nasłuchując zaniepokojony hetman.

- To nie zwykłe okrzyki!

Nagle wszystkie okna zadrżały od huku dział i muszkietowej palby.

- Wycieczka! - krzyknął Wołodyjowski - nieprzyjaciel następuje!

- Do koni! do szabel!

Wszyscy zerwali się na równe nogi. Ciżba stała się przy drzwiach, następnie tłum oficerów wypadł na majdan nawołując na pachołków, by im podawali konie.

Lecz w zamęcie niełatwo było każdemu do swego trafić, tymczasem zza majdanu głosy trwożne poczęły wołać w ciemności:

- Nieprzyjaciel nastąpił! Pan Kotwicz w ogniu!

Ruszyli tedy wszyscy, co tchu w koniach, do swych chorągwi skacząc przez płoty i łamiąc karki w ciemności. A tam już larum poczęło się w całym obozie. Nie wszystkie chorągwie miały konie pod ręką i te najpierwsze wszczęły zamieszanie. Tłumy żołnierstwa pieszego i konnego tłoczyły się na siebie wzajem, nie mogąc przyjść do sprawy, nie wiedząc, kto swój, kto nieprzyjaciel, krzycząc i hałasując wśród nocy ciemnej. Niektórzy poczęli już wołać, że to król szwedzki z całą armią następuje.

Tymczasem wycieczka szwedzka uderzyła istotnie z gwałtownym zapędem na Kotwiczowych ludzi. Na szczęście, sam, chorym nieco będąc, nie był na uczcie i dlatego mógł dać jaki taki odpór na razie, jednak niedługotrwały, bo napadnięto go przeważną liczbą i zasypywano ogniem muszkietowym, więc cofać się musiał.

Pierwszy Oskierko przybył mu w pomoc ze spieszoną dragonią. Na strzały poczęto odpowiadać strzałami. Lecz i dragonia Oskierkowa długo również nie mogła wytrzymać naporu i w mig, usławszy pole trupami, poczęła ściągać się z pola w tył coraz pospieszniej. Dwa razy próbował Oskierko stanąć w sprawie i po dwakroć rozbito go tak, iż żołnierze jego kupkam i jeno mogli się odstrzeliwać. Wreszcie rozsypali się zupełnie, a Szwedzi parli jak niepowstrzymany potok ku hetmańskiej kwaterze. Coraz nowe pułki wychodziły z miasta w pole; z piechurami szła jazda, wytaczano nawet działa polowe. Zanosiło się na walną bitwę i zdawało się, że nieprzyjaciel jej pragnie.

Tymczasem Wołodyjowski wypadłszy z kwatery hetmańskiej spotkał już wpół drogi swą chorągiew idącą na odgłos alarmu i wystrzałów, bo była zawsze w gotowości. Wiódł ją teraz Roch Kowalski, który również, jak pan

Kotwicz, na uczcie nie był, ale z tego powodu, że go na nią nie zaproszono. Wołodyjowski kazał co duchu zapalić parę szop, by pole oświetlić, i pomknął ku bitwie. Po drodze przyłączył się doń Kmicic ze swymi strasznymi wolentarzami i tą połową Tatarów, która na podjazd nie poszła. Obaj przybyli w samą porę, aby Kotwicza i Oskierkę od zupełnej klęski uratować. Tymczasem szopy rozpaliły się już tak dobrze, że widno było jak w dzień. Przy tym blasku uderzyli laudańscy z pomocą Kmicica na pułk piechurów i wytrzymawszy ogień, wzięli ich na szable. Skoczyła swoim w pomoc rajtaria szwedzka i zwarła się z laudańskimi potężnie. Przez jakiś czas przepierali się, zupełnie jak zapaśnicy, którzy, chwyciwszy się za bary, dobywają ostatnich sił i coraz to ten tego, to tamten owego przechyli; lecz tak gęsty trup jął lecieć u Szwedów, że wreszcie poczęli się mieszać. Kmicic rzucał się okropnie w gęstwie ze swymi zabijakami, pan Wołodyjowski pustkę, jako zwykle, przed sobą szerzył; obok niego pracowali krwawo dwaj olbrzymi Skrzetuscy i Charłamp, i Roch Kowalski; laudańscy siekli na wyścigi z Kmicicowymi zabijakami, jedni pokrzykując przeraźliwie, inni, jako na przykład Butrymowie, waląc kupą a w milczeniu.

Przełamanym Szwedom znów skoczyły na ratunek nowe pułki, a Wołodyjowskiego i Kmicica wsparł Wańkowicz, który blisko nich kwaterami stojąc, wkrótce po nich był gotów. Wreszcie przyprowadził pan hetman wszystko wojsko do sprawy i począł porządnie następować. Sroga bitwa zawrzała na całej linii od Mokotowa aż ku Wiśle.

Wtem Akbah-Ułan, który jeździł z podjazdem, pojawił się na spienionym koniu przed hetmanem.

- Effendi! - krzyknął - czambuł jazdy idzie od Babic ku miastu i wozy wiodą, chcą się za mury dostać!

Sapieha zrozumiał w jednej chwili, co znaczyła owa wycieczka w stronę Mokotowa. Oto nieprzyjaciel chciał odciągnąć wojska stojące na trakcie błońskim, aby owa posiłkowa jazda i wozy z żywnością mogły się dostać w obręb murów.

- Ruszaj do Wołodyjowskiego! - krzyknął na Akbah-Ułana - niech laudańska, Kmicic i Wańkowicz przebiegną im drogę, zaraz im pomoc wyślę!

Akbah-Ułan wspiął konia, za nim poleciał drugi i trzeci ordynans. Wszyscy dopadli Wołodyjowskiego i powtórzyli mu rozkaz hetmański.

Wołodyjowski zwrócił natychmiast chorągwie, Kmicic Tatarami dognał go idąc na przełaj i pomknęli razem, a Wańkowicz za nimi.

Lecz przybyli za późno. Blisko dwieście wozów wjeżdżało już w bramę, idący zaś za nimi świetny oddział ciężkiej jazdy był już prawie cały w promieniu fortecznym. Tylko tylna straż złożona z około stu ludzi nie nadążyła jeszcze pod osłonę dział. Ale i ci szli całym pędem. Oficer jadący z tyłu przynaglał ich jeszcze krzykiem.

Kmicic, ujrzawszy ich przy blasku płonących szop, wydał krzyk przeraźliwy i straszny, że aż konie spłoszyły się obok; poznał Bogusławową rajtarię, tę samą, która przejechała po nim i po jego Tatarach pod Janowem. I niepomny na nic, rzucił się jak szalony ku nim, wyprzedził swoich własnych ludzi i wpadł pierwszy na oślep między szeregi. Szczęściem, dwaj młodzi Kiemlicze, Kosma i Damian, siedzący na przednich koniach, wpadli tuż za nim. W tej chwili Wołodyjowski przesunął się ukosem jak błyskawica i tym jednym ruchem odciął tylną straż od głównego oddziału.

Działa z murów poczęły grzmieć, lecz główny oddział, poświęciwszy swych towarzyszów, wpadł co prędzej za wozami do twierdzy. Wówczas laudańscy i Kmicicowi opasali pierścieniem ową tylną straż i rozpoczęła się rzeźba bez miłosierdzia.

Lecz krótko trwała. Bogusławowi ludzie widząc, że nie masz znikąd ratunku, w mgnieniu oka pozeskakiwali z koni i rzucili broń pod nogi, krzycząc wniebogłosy, aby ich usłyszano w ciżbie i gwarze, że się poddają.

Nie zważali na to wolentarze ni Tatarzy i siekli dalej, lecz w tejże chwili rozległ się groźny a przeraźliwy głos Wołodyjowskiego, któremu chodziło o języka:

- Żywych brać! Gas! gas! żywych brać!

- Żywych brać! - zakrzyknął Kmicic.

Zgrzyt żelaza ustał. Rozkazano teraz troczyć jeńców Tatarom, którzy z właściwą sobie wprawą uczynili to w mgnieniu oka, po czym chorągwie cofnęły się spiesznie spod działowego ognia.

Pułkownicy skierowali się ku szopom. Laudańska szła naprzód, Wańkowiczowi z tyłu, a Kmicic z jeńcami w pośrodku, wszyscy w zupełnej gotowości, aby napad, jeżeliby się zdarzył, odeprzeć. Jeńców prowadzili Tatarzy na smyczach, inni powodowali zdobyczne konie. Kmicic, zbliżywszy się do szop, bacznie spoglądał w twarze jeńców, czy Bogusławowej między nimi nie zobaczy, bo choć mu już jeden z rajtarów pod sztychem zaprzysiągł, że księcia samego nie było w oddziale, jednak jeszcze myślał, że nuż umyślnie taja.

Wtem jakiś głos spod strzemienia tatarskiego zawołał nań:

-- Panie Kmicic! Panie pułkowniku! Ratuj znajomego! Każ mnie puścić ze sznura na parol.

- Hassling! - zakrzyknął Kmicic.

Hassling był to Szkot, niegdyś oficer rajtarii księcia wojewody wileńskiego, którego Kmicic znał w Kiejdanach i swego czasu bardzo lubił.

- Puść jeńca - zakrzyknął na Tatara - i sam precz z konia!

Tatar skoczył z kulbaki, jakby go wiatr zmiótł, bo wiedział, jak niebezpiecznie marudzić, gdy "bagadyr" rozkazuje.

Hassling postępując wdrapał się na wysokie siedzenie ordyńca.

Wtem Kmicic chwycił go powyżej dłoni i gniotąc mu rękę tak, jakby chciał ją zgruchotać, począł pytać natarczywie:

- Skąd jedziecie? Wraz powiadaj, skąd jedziecie? Na Boga, spiesz się!

- Z Taurogów! - odparł oficer.

Kmicic pocisnął go jeszcze silniej.

- A... Billewiczówna... tam jest?
- Jest!

Pan Andrzej mówił coraz trudniej, bo coraz mocniej zaciskał zęby.

- I... co książę z nią uczynił?
- Nic nie wskórał.

Nastało milczenie, po chwili Kmicic zdjął rysi kołpaczek, pociągnął ręką po czole i ozwał się:

- Zacięto mnie w spotkaniu, krew mi idzie i zesłabłem...

ROZDZIAŁ 12

Wycieczka szwedzka w części tylko dopięła celu, gdyż oddział Bogusławowy wszedł do miasta; natomiast sama nie dokazała wielkich rzeczy. Wprawdzie chorągiew pana Kotwicza i Oskierczyna dragonia silnie ucierpiały, lecz i Szwedzi gęstym trupem zasłali pole, a nawet jeden pułk piechoty, na który wpadł Wołodyjowski z Wańkowiczem, całkiem niemal został zniesiony. Chlubili się nawet Litwini, że większe straty zadali nieprzyjacielowi, niż sami ponieśli, jeden tylko pan Sapieha trapił się wewnętrznie, że nowa spotkała go "konfuzja", od której sława jego wielce może ucierpieć. Przywiązani do niego pułkownicy pocieszali go, jak mogli, i prawdę rzekłszy, istotnie wyszła mu na pożytek ta nauka, albowiem odtąd nie bywało już uczt tak zapamiętałych, a jeśli zdarzyła się jakowaś ochota, to właśnie w czasie niej rozwijano największą czujność. Złapali się Szwedzi zaraz nazajutrz, przypuszczając bowiem, że hetman nie będzie się spodziewał, aby w tak krótkim terminie powtórzyła się wycieczka, wyszli znów za mury, lecz z miejsca odbici, zostawiwszy kilku poległych, wrócili nazad. Tymczasem badano w kwaterze hetmańskiej Hasslinga, co niecierpliwiło tak pana Andrzeja, iż mało ze skóry nie wyskoczył, chciał bowiem jak najprędzej mieć go u siebie i rozgadać się z nim o Taurogach. Cały dzień więc krążył koło kwatery, co chwila wchodził do środka, słuchał zeznań i aż podnosił się na ławie, gdy w badaniach wspominano imię Bogusława.

Zaś wieczorem odebrał rozkaz, aby na podjazd ruszył. Nie rzekł na to nic, żeby tylko zacisnął, bo się już był bardzo zmienił i nauczył się prywatę dla służby publicznej odkładać. Tatarów tylko srodze w czasie podjazdu gnębił i o lada co gniewem wybuchając, buzdyganem tak walił, że aż kości trzeszczały. A ci mówili między sobą, że "bagadyr" się wściekł, i szli cicho jak trusie, w oczy tylko groźnemu przywódcy patrząc i myśli w lot zgadując. Wróciwszy zastał już Hasslinga u siebie, ale tak chorego, że mówić nie mógł, bo przecie biorąc go w niewolę, poturbowano go srodze, tak iż teraz, po całym dniu badań w dodatku, miał gorączkę i pytań nawet nie rozumiał. Musiał się więc Kmicic kontentować tym, co mu pan Zagłoba o Hasslingowych zeznaniach powiadał; ale to tyczyło spraw publicznych, nie prywatnych. O Bogusławie zeznał młody oficer tylko tyle, że po powrocie z wyprawy na Podlasie i po klęsce janowskiej chorzał srodze. Z cholery i melancholii w malignę wpadał, a przyszedłszy nieco do zdrowia, zaraz z wojskiem na Pomorze wyruszył, dokąd go Szteinbok i elektor jak najpilniej wzywali.

- A teraz gdzie on jest? - pytał Kmicic.

- Wedle tego, co Hassling powiada, a nie miał potrzeby łgać, teraz z bratem królewskim i Duglasem stoją w warownym obozie u Narwi i Buga, gdzie Bogusław całą jazdą dowodzi - odrzekł Zagłoba.

- Ha! I myślą tu na odsiecz przyjść. To się spotkamy, jako Bóg na niebie, choćbym miał w przebraniu do niego pójść!

- Nie choleryzuj waść na próżno! Do Warszawy oni by na odsiecz radzi, ale nie mogą, bo im się pan Czarniecki położył na drodze, i ot, co się dzieje: on, nie mając piechot ni dział, nie może na obóz uderzyć, oni zaś boją się do niego wyjść, bo przekonali się, że w gołym polu ich żołnierz czarniecczykom nie wytrzyma. Wiedzą też, że i rzeką nie pomoże się zastawiać. Ba, żeby tam sam król był, to by dał pole, bo pod jego komendą i żołnierz lepiej się bije dufając, że to wojownik wielki, ale Duglas ani brat królewski, ani książę Bogusław, chociaż to wszyscy trzej rezoluci, przecie się nie odważą!

- A gdzie król?

- Poszedł do Prus. Król nie wierzy, żebyśmy się już na Warszawę i Wittenberga porwać mieli. Zresztą, wierzy czy nie wierzy, musiał tam iść z dwóch powodów: raz, żeby elektora ostatecznie spraktykować, choćby za cenę całej Wielkopolski, a po wtóre: że to wojsko, które z saku wyprowadził, póki nie wypocznie, to na nic. Trudy i niewywczasy a ciągłe alarmy tak ich zjadły, iż już żołnierze muszkietów w ręku utrzymać nie mogą, a przecie najwybrańsze to pułki z całej armii, które po wszystkich niemieckich i duńskich krainach znamienite wiktorie odnosiły.

Dalszą rozmowę przerwało wejście Wołodyjowskiego.

- Jak się ma Hassling? - spytał zaraz w progu.

- Chory, i trzy po trzy imaginuje! - odparł Kmicic.

- A ty czego, Michałku, od Hasslinga chcesz? - ozwał się Zagłoba.

- Niby to waćpan nie wiesz?

- Jaż bym nie miał wiedzieć, że ci o ową wiśnię chodzi, którą książę Bogusław w swoim ogródku zasadził. Gorliwy to ogrodnik, nie bój się! Nie potrzeba mu i roku, żeby się owoców doczekał.

- Bodaj waści zabito za taką pociechę! - krzyknął mały rycerz.

- Patrzcie go: powiedzieć mu najniewinniejszy iocus, to zaraz wąsikami rusza jak wściekły chrabąszcz! Com ci winien? Na Bogusławie szukaj pomsty, nie na mnie!

- Da Bóg, poszukam i znajdę!

- Dopiero co to samo Babinicz powiadał! Niedługo, widzę, całe wojsko się na niego sprzysięże; ale strzeże on się dobrze i bez moich fortelów nie dacie sobie rady!

Tu obaj młodzi zerwali się na równe nogi.

- Masz że waść jaki fortel?

- A wy myślicie, że fortel tak łatwo z głowy wyjąć jak szablę z pochwy? Gdyby Bogusław był tuż, pewno bym znalazł niejeden, ale na tę odległość nie tylko fortel, ale i armata nie doniesie. Panie Andrzeju, każ mi dać kubek miodu, bo dziś gorąco.

- Dam i kufę, byłeś waćpan co wymyślił!

- Naprzód, czego wy nad tym Hasslingiem jak kat nad dobrą duszą stoicie. Nie jego jednego wzięto w niewolę, możecie się innych wypytać.

- Jużem ci ja tamtych brał na pytki, ale to gemajny; nie wiedzą nic, a on, jako oficer, był przy dworze - odrzekł Kmicic.

- To i racja! - odpowiedział Zagłoba. - Ja też muszę się z nim rozgadać; od tego, co mi powie o osobie i obyczajach księcia, mogą i fortele zależeć. Teraz grunt, żeby się to oblężenie prędko skończyło, bo potem pewno przeciw tamtej armii ruszymy. Ale coś naszego pana miłościwego i hetmanów długo nie widać!

- Jakże? - odrzekł mały rycerz. - W tej chwili wracam od hetmana, który dopiero co odebrał wiadomość, że król jegomość jeszcze dziś wieczorem z przybocznymi chorągwiami tu stanie, a hetmani z komputem jutro nadciągną. Od samego Sokala szli, mało co wypoczywając, wielkie pochody czyniąc. Przecie zresztą już od paru dni wiadomo, że tylko co ich nie widać.

- A wojska siła ze sobą prowadzą?

- Blisko pięć razy tyle co przy panu Sapieże, piechoty ruskie i węgierskie, bardzo przednie; idzie i sześć tysięcy ordy pod Subaghazim, ale podobnoć nie można ich na dzień spod ręki puścić, bo bardzo swawolą i krzywdy naokoło czynią.

- Pana Andrzeja by im na przywódcę dać! - rzekł Zagłoba.

- Ba! - odparł Kmicic. - Zaraz bym ich spod Warszawy wyprowadził, bo oni w oblężeniu na nic, i powiódłbym ich do Buga i Narwi.

- Na nic, nie na nic - odrzekł Wołodyjowski - gdyż nikt lepiej nie upilnuje, aby żywność do fortecy nie przychodziła.

- No, będzie Wittenbergowi ciepło! Postój, stary złodzieju! - zawołał Zagłoba. - Wojowałeś dobrze, tego ci nie neguję, ale kradłeś i łupiłeś jeszcze lepiej; dwie gęby miałeś: jedną do fałszywych przysiąg, drugą do łamania obietnic, ale teraz dwoma się nie wyprosisz. Swędzi cię od galickiej choroby skóra i medykowie ci ją drapią, czekaj, my cię lepiej podrapiemy, Zagłoby w tym głowa!

- Ba! Zda się na kondycję królowi i co mu kto uczyni? - odrzekł pan Michał.

- Jeszcze mu honory wojskowe będziemy musieli oddawać!

- Zda się na kondycję? tak! - zakrzyknął Zagłoba. - Dobrze!

Tu zaczął pięścią w stół walić tak silnie, że aż Roch Kowalski, który w tej chwili wszedł do izby, zląkł się i stanął, jako wryty, w progu.

- Niech Żydom za parobka służę! - krzyczał dalej stary - jeżeli ja tego bluźniciela przeciw wierze, tego zdziercę kościołów, tego ciemięzcę panenek, tego kata męża i niewiasty, tego podpalacza, tego szelmę, tego felczera od puszczania krwi i pieniędzy, tego mieszkogryza, tego skórołupa wolno z Warszawy wypuszczę! Dobrze! Król go na kondycje wypuści, hetmani na kondycje wypuszczą, ale ja, jakom katolik, jakom Zagłoba, jako szczęścia za życia, a Boga przy śmierci pragnę, taki tumult przeciw niemu uczynię, o jakim nikt jeszcze w tej Rzeczypospolitej nie słyszał! Nie machaj ręką, panie Michale! Tumult uczynię! powtarzam! tumult uczynię!

- Wuj tumult uczyni! - zagrzmiał Roch Kowalski.

Wtem Akbah-Ułan wsadził swą zwierzęcą twarz przeze drzwi.

- Effendi! - rzekł do Kmicica - wojska królewskie za Wisłą widać!

Porwali się na to wszyscy na równe nogi i wypadli przed sień.

Król istotnie przybył. Najpierwej przyciągnęły tatarskie chorągwie pod Subaghazim, ale nie w tej liczbie, w jakiej ich się spodziewano. Za nimi nadeszło wojsko koronne, mnogie i dobrze uzbrojone, a przede wszystkim pełne zapału. Do wieczora cała armia przeszła po świeżo zbudowanym przez pana Oskierkę moście. Sapieha czekał na króla z uszykowanymi jak do bitwy chorągwiami stojącymi wzdłuż, jedna podle drugiej, na kształt niezmiernego muru, którego końca okiem trudno było dosięgnąć. Rotmistrze stali przed pułkami, przy nich chorążowie, każden z rozpuszczonym znakiem; trąby, kotły, krzywuły, bębny i litaury czyniły zgiełk nieopisany. Koronne chorągwie, w miarę jak która przeszła, stawały również naprzeciw litewskich w ordynku; między jednym a drugim wojskiem zostało na sto kroków pustego miejsca.

Sapieha trzymając buławę w ręku wyszedł piechotą na ów pusty majdan, za nim szło kilkunastu przedniejszych wojskowych i cywilnych dygnitarzy. Z drugiej strony, od wojsk koronnych, podjechał król konno na wspaniałym fryzie podarowanym mu jeszcze w Lubowli przez pana marszałka Lubomirskiego, przybrany jak do bitwy w błękitny lekki pancerz ze złotymi rzutami, spod którego widać było czarny aksamitny kaftan, z wyłożoną aż na pancerz koronkową kryzą; tylko zamiast hełmu miał na głowie zwykły szwedzki kapelusz z czarnymi piórami, natomiast rękawice bojowe i na nogach długie, chrabąszczowego koloru buty, aż wysoko za kolana zachodzące.

Za nim jechał nuncjusz, ksiądz arcybiskup lwowski, ksiądz biskup kamieniecki, ksiądz nominat łucki, ksiądz Cieciszowski, pan wojewoda krakowski, pan wojewoda ruski, baron Lisola, hrabia Pöttingen, pan kasztelan kamieniecki, poseł moskiewski, pan Grodzicki, jenerał artylerii, Tyzenhauz i wielu innych. Posunął się Sapieha, jak ongi marszałek koronny, do strzemienia pańskiego, lecz król nie czekając zeskoczył lekko z kulbaki, podbiegł ku Sapieże i nie rzekłszy ani słowa, chwycił go w objęcia.

I chwyciwszy, trzymał długo, na oczach obu wojsk; milczał ciągle, jeno łzy płynęły mu ciurkiem po twarzy, bo oto przyciskał do piersi najwierniejszego sługę swego i ojczyzny, który choć geniuszem nie dorównał innym, który choć czasem pobłądził, przecie poczciwością wystrzelił nad wszystkie panięta tej Rzeczypospolitej, w wierności nigdy się nie zawahał, poświęcił bez chwili namysłu całą fortunę i od początku wojny piersi za swego monarchę i swój kraj nadstawiał.

Litwini, którzy sobie poprzednio szeptali, że za wypuszczenie Karola spod Sandomierza i za ostatnią warszawską nieostrożność może i spotkają pana Sapiehę wymówki, a co najmniej zimne przyjęcie, widząc ową dobroć królewską, uczynili na cześć dobrego pana huk tak srogi, że echo niebiosów dosięgło. Odpowiedziały im zaraz jednym grzmotem wojska królewskie i przez czas jakiś nad wrzawą kapeli, nad warczeniem bębnów, nad łoskotem strzałów słychać było tylko okrzyki:

- Vivat Joannes Casimirus!

- Vivant koroniarze!

- Vivant Litwini!

Tak to oni witali się pod Warszawą. Drżały mury, a za murami Szwedzi.

- Ryknę! jak mi Bóg miły, ryknę! - wołał rozczulony Zagłoba - nie wytrzymam! Oto pan nasz! ojciec! (mości panowie! już szlocham!) ojciec!... nasz król, niedawno tułacz od wszystkich opuszczon, a teraz... a teraz... toć że tu sto tysięcy szabel na zawołanie!... O Boże miłosierny!... Nie mogę od łez... Wczoraj był tułaczem, dziś... cesarz niemiecki nie ma wojsk tak zacnych!

Tu otwarły się śluzy w oczach pana Zagłoby i począł chlipać raz po razu, nagle zwrócił się do Rocha:

- Cicho bądź! czego buczysz!

- A wuj to nie buczy? - odparł Roch.

- Prawda, jak mi Bóg miły, prawda!... Wstydziłem się, mości panowie, za tę Rzeczpospolitą... Ale teraz już bym się z żadną inną nacją nie pomieniał!... Sto tysięcy szabel, jak gołębiowi z gardła!... Niech to inni pokażą!... Bóg dał opamiętanie, Bóg dał! Bóg dał!...

Pan Zagłoba nie pomylił się o wiele, bo istotnie stanęło pod Warszawą blisko siedemdziesiąt tysięcy ludzi, nie licząc dywizji pana Czarnieckiego, która jeszcze nie nadeszła, i nie licząc orężnej czeladzi obozowej, która w potrzebie stawała do sprawy, a której ćmy nieprzejrzane wlokły się za każdym obozem.

Po przywitaniu się i pobieżnej lustracji wojska król podziękował Sapieżyńskim, wśród ogólnego zapału, za wierne służby i odjechał do Ujazdowa, wojska zaś stawały na pozycjach, które im wyznaczono. Niektóre chorągwie pozostały na Pradze, inne rozrzuciły się naokół miasta. Olbrzymi tabor wozów przeprawiał się jeszcze do drugiego południa przez Wisłę.

Nazajutrz okolice miasta zabieliły się tak namiotami, jakoby je śniegi pokryły. Nieprzeliczone stada koni rżały na przyległych błoniach. Za wojskiem ciągnęli kupcy ormiańscy, żydowscy i tatarscy; drugie miasto, większe i gwarniejsze od obleganego, wyrosło na równinie.

Szwedzi, przerażeni pierwszych dni potęgą króla polskiego, nie czynili żadnych wycieczek, tak że pan Grodzicki, jenerał artylerii, mógł spokojnie objeżdżać miasto i plan oblężenia układać.

Na drugi zaraz dzień czeladź poczęła tu i owdzie wznosić, wedle jego konceptu, szańce; zaciągano na nie tymczasem mniejsze działa, większe bowiem miały dopiero za parę tygodni nadciągnąć.

Król Jan Kazimierz posłał do starego Wittenberga wzywając go do poddania miasta, do złożenia broni, i dając warunki łaskawe, które gdy o nich dowiedziano się, wzbudziły nieukontentowanie w wojsku. Szerzył owo nieukontentowanie głównie pan Zagłoba, który miał szczególną do pomienionego jenerała nienawiść.

Wittenberg, jak łatwo było przewidzieć, odrzucił warunki i postanowił bronić się do ostatniej kropli krwi, i raczej zagrzebać się w gruzach miasta niż wydać je w ręce królewskie. Wielość oblegających wojsk nie przestraszała go wcale, wiedział bowiem, że zbytnia liczba jest raczej zawadą niżeli pomocą w oblężeniu. Wcześnie też doniesiono mu, że w obozie królewskim nie masz ani jednego oblężniczego działa, podczas gdy Szwedzi mieli ich aż nadto dosyć, nie licząc niewyczerpanych zasobów amunicji.

Jakoż było do przewidzenia, że będą bronili się zapamiętale. Warszawa bowiem służyła im dotychczas za skład zdobyczy. Wszystkie niezmierne skarby, złupione po zamkach, kościołach, klasztorach i miastach w całej Rzeczypospolitej, przychodziły do stolicy, skąd wyprawiano je partiami wodą do Prus i dalej do Szwecji. W chwili zaś obecnej, gdy kraj cały podniósł się i zamki bronione przez mniejsze szwedzkie załogi nie zapewniały bezpieczeństwa, tym bardziej nazwożono zdobyczy do Warszawy. Szwedzki zaś żołnierz chętniej poświęcał życie niż zdobycz. Ubogi lud, dobrawszy się do skarbów bogatej krainy, rozłakomił się tak dalece, że świat nie widział łapczywszych drapieżników. Sam król rozsławił się chciwością, jenerałowie szli za jego przykładem, a wszystkich przewyższał Wittenberg. Gdy o zysk chodziło, nie powstrzymywał oficerów ani honor kawalerski, ani wzgląd na powagę stopnia. Brali, wyciskali, łupili wszystko, co się wziąć dało W samej Warszawie pułkownicy wysokiej szarży i szlachetnego urodzenia nie wstydzili się sprzedawać gorzałkę i tabakę własnym żołnierzom, byle tylko napchać kieszenie ich żołdem.

Do zaciekłości w obronie mogło podniecać Szwedów i to, że najcelniejsi ich ludzie byli naówczas w Warszawie zamknięci. Więc naprzód sam Wittenberg, drugi główny po Karolu dowódca, a pierwszy, który wstąpił w granice Rzeczypospolitej i do upadku ją pod Ujściem przywiódł. Miał on za to przygotowany w Szwecji tryumf, jako zdobywca. Prócz niego, był w mieście kanclerz Oxenstierna, statysta na cały świat sławny, dla uczciwości swej nawet przez nieprzyjaciół szanowany. Nazywano go Minerwą królewską, gdyż jego to radom zawdzięczał Karol wszystkie swe przy układach zwycięstwa. Byli także jenerałowie: Wrangel młodszy, Horn,

Erskin, drugi Loewenhaupt, i mnóstwo dam szwedzkich wielkiego urodzenia, które za mężami swymi do tego kraju jako do nowej posiadłości szwedzkiej przyjechały.

Mieli więc Szwedzi czego bronić. Rozumiał też król Jan Kazimierz, że oblężenie, zwłaszcza przy braku ciężkich dział, będzie długie i krwawe; rozumieli i hetmani, ale nie chciało myśleć o tym wojsko. Ledwie pan Grodzicki szańce jakie takie wysypał, ledwie do murów nieco się przysunął, już poszły deputacje do króla od wszystkich chorągwi, by ochotnikom do szturmu iść pozwolono. Długo musiał tłumaczyć król, że szablami nie zdobywa się fortec, nim zapał pohamował.

Tymczasem posuwano, o ile możności, roboty. Wojsko, nie mogąc iść do szturmu, wzięło w nich obok ciurów udział gorliwy. Towarzysze spod najprzedniejszych znaków, ba! nawet oficerowie sami, wozili taczkami ziemię, znosili faszynę, pracowali przy podkopach ziemnych. .Nieraz Szwedzi próbowali przeszkadzać robotom i dzień jeden nie upływał bez wycieczek, lecz ledwie muszkieterowie szwedzcy zdołali przejść bramę, pracujący przy szańcach Polacy porzucali taczki, pęki chrustu, łopaty, oskardy i biegli z szablami w dym tak zaciekle, iż wycieczka z największym pośpiechem musiała się chronić do twierdzy. Trup padał przy owych starciach gęsto, fosy i majdany aż do szańców zjeżyły się mogiłami, w które chowano podczas krótkich zawieszeń broni poległych. Wreszcie i czasu nie stało na grzebanie, leżały więc ciała na wierzchu, owiewając straszliwym zaduchem miasto i oblegających.

Mimo największych trudności co dzień przekradali się do obozu królewskiego mieszczanie donosząc, co się w mieście dzieje, i na kolanach żebrząc o przyśpieszenie szturmu. Szwedzi bowiem mieli jeszcze dosyć żywności, ale lud umierał z głodu po ulicach, żył w nędzy, w ucisku, pod straszliwą ręką załogi. Codziennie echa donosiły aż do obozu królewskiego odgłosy strzałów muszkietowych w mieście i dopiero zbiegowie donosili, że to rozstrzeliwano mieszczan podejrzanych o życzliwość swemu królowi. Włosy powstawały od opowiadań zbiegów. Mówili, że cała ludność, chore niewiasty, nowo narodzone dzieci, starcy, wszyscy nocują na ulicach, bo Szwedzi powyganiali ich z domów, w których poprzebijano od muru do muru przejścia, by załoga, w razie wkroczenia wojsk królewskich do miasta, chronić się i cofać mogła. Na koczowniczą ludność padały deszcze, w nie pogodne paliło ją słońce, nocami szczypały chłody. Ognia nie wolno było mieszkańcom palić, nie mieli przy czym łyżki ciepłej strawy uwarzyć. Różne choroby szerzyły się coraz bardziej i zabierały setki ofiar.

Królowi, gdy słuchał tych opowiadań, pękało serce, więc słał gońców za gońcami, by przyjście ciężkich dział przyspieszyć. Zaś czas płynął, upływały dnie, tygodnie i prócz odbijania wycieczek nie można było nic ważniejszego przedsięwziąć. Krzepiła tylko oblegających myśl, że i załodze musi w końcu zabraknąć żywności, gdyż drogi były tak poprzecinane, że i mysz nie zdołałaby się dostać do fortecy. Tracili też oblężeni z każdym dniem nadzieję odsieczy; owa armia pod Duglasem, stojąca najbliżej, nie tylko nie mogła pospieszyć z ratunkiem, ale o własnej musiała myśleć skórze, król bowiem Kazimierz, mając aż nadto sił, zdołał i tamtych przycisnąć.

Poczęto wreszcie, jeszcze przed przyjściem ciężkich kartaunów, ostrzeliwać fortecę z mniejszych. Pan Grodzicki od strony Wisły, sypiąc przed sobą jak kret ziemne zasłony, przysunął się o sześć kroków do fosy i zionął nieustannym ogniem na nieszczęsne miasto. Przepyszny pałac Kazanowskich został zrujnowany i nie żałowano go, bo do zdrajcy Radziejowskiego należał. Ledwie trzymały się jeszcze poroszczepiane mury, świecące pustymi oknami; na wspaniałe tarasy i sady padały dzień i noc kule, burząc cudne fontanny, mostki, altany, marmurowe posągi i płosząc pawie, które żałosnym wrzaskiem dawały znać o swym nieszczęsnym położeniu.

Pan Grodzicki sypał ogień i na dzwonnicę bernardyńską i na Bramę Krakowską, z tej strony bowiem postanowił do szturmu przystąpić.

Tymczasem ciurowie obozowi poczęli się prosić, aby im wolno było uderzyć na miasto, bardzo bowiem pragnęli pierwsi do skarbów szwedzkich się dostać. Król raz odmówił, lecz wreszcie pozwolił. Kilku znacznych oficerów podjęło się stanąć na czele, a między innymi i Kmicic, któremu nie tylko sprzykrzyła się bezczynność, ale w ogóle rady sobie dać nie mógł z tej przyczyny, że Hassling, zapadłszy w ciężką chorobę, od kilku tygodni leżał bez duszy i o niczym mówić nic nie mógł.

Skrzyknięto się zatem na szturm. Pan Grodzicki sprzeciwiał mu się do ostatniej chwili, twierdząc, że póki wyłom nie zrobiony, miasto nie może być wzięte, choćby nie tylko ciurowie, ale sama regularna piechota poszła do ataku. Lecz ponieważ król dał już poprzednio pozwolenie, musiał ustąpić.

Dnia 15 czerwca zebrało się około sześciu tysięcy obozowej czeladzi, przygotowano drabiny, pęki chrustu, wory z piaskiem, bosaki, i pod wieczór tłum, zbrojny po większej części tylko w szable, począł ściągać się w miejsce, gdzie podkopy i ziemne osłony przymykały najbliżej do fosy. Gdy się już ściemniło zupełnie, na dany znak ruszyli pacholikowie z wrzaskiem okropnym ku fosie i poczęli ją zasypywać. Czujni Szwedzi przyjęli ich morderczym ogniem z muszkietów, dział i bitwa zaciekła zawrzała na całej wschodniej stronie miasta. Ciurowie pod zasłoną ciemności zarzucili w mgnieniu oka fosę i kupą bezładną dotarli aż do murów. Pan Kmicic uderzył we dwa tysiące na ziemny fort, który Polacy zwali "kretowiskiem", stojący w pobliżu Bramy Krakowskiej, i mimo rozpaczliwej obrony zdobył go jednym zamachem. Załogę rozniesiono na szablach, nikogo nie żywiąc. Działa rozkazał zwrócić pan Andrzej ku Bramie, częścią zaś ku dalszym murom, aby przyjść z pomocą i osłonić nieco te kupy, które usiłowały się na nie wdrapać.

Tym zaś nie poszczęściło się w równym stopniu. Pachołkowie przystawiali drabiny i darli się na nie tak zapamiętale, że najbardziej ćwiczona piechota nie potrafiłaby lepiej, lecz Szwedzi, sami zabezpieczeni blankami, sypali im ogień w same twarze, spychali przygotowane kamienie i kłody, pod których ciężarem łamały się w drobne drzazgi drabiny, wreszcie piechota spychała szturmujących z pomocą długich dzid, przeciw którym szable nie mogły nic wskórać.

Przeszło pięciuset co najdzielniejszej czeladzi legło pod murem; reszta, pod nieustającym ogniem, schroniła się na powrót przez fosę do polskich przykopów.

Szturm był odparty, ale ów forcik pozostał w ręku polskim. Próżno Szwedzi walili doń przez całą noc z najcięższych kartaunów; Kmicic odpowiadał im również przez całą noc z tych dział, które zdobył. Dopiero nad ranem, gdy uczyniło się widno, rozbito mu je co do jednego. Wittenberg, któremu o ów szaniec jak o głowę chodziło, wysłał wówczas piechotę z rozkazem, by nie ważyła się wracać nie odzyskawszy straty, lecz pan Grodzicki w tejże chwili, posłał Kmicicowi posiłki, z pomocą których ten nie tylko odparł piechotę, lecz wypadł za nią i gnał aż do Krakowskiej Bramy.

Pan Grodzicki tak był uradowany, że osobiście pobiegł do króla z relacją.

- Miłościwy panie! - rzekł. - Byłem przeciwny wczorajszej robocie, ale teraz widzę, że nie stracona! Póki ten szaniec był w ich ręku, póty nie mogłem nic wskórać przeciw Bramie, a teraz niech jeno działa ciężkie nadejdą, w jedną noc wyłom uczynię.

Król, który był frasobliwy, że tylu dobrych pachołków pobito, uradował się słowami pana Grodzickiego i zaraz spytał:

- A kto tam w owym szańcu ma komendę?

- Pan Babinicz! - odpowiedziało kilka głosów.

Król w ręce klasnął.

- Ten wszędy musi być pierwszy! Mości jenerale, znam ja go! Okrutnie to zacięty kawaler, i nie da się wykurzyć! - Wina by to była nie do odpuszczenia, miłościwy panie - odrzekł Grodzicki - gdybyśmy na to pozwolili. Jużem mu tam piechoty posłał i działek, bo że go będą wykurzać, to będą! O Warszawę chodzi! Tyle ten kawaler złota wart, ile sam waży!

- Więcej wart! bo to nie pierwszy i nie dziesiąty jego postępek! - odrzekł król.

Po czym kazał sobie podać co duchu konia, lunetę i pojechał patrzeć na szaniec. Lecz zza dymów wcale nie było go widać, bo kilkanaście kartaunów ziało nań ogniem nieustannym, rzucano weń faskule, granaty, blachy napełnione kartaczami. A przecie szaniec ów leżał tak niedaleko Bramy, że nieledwie i strzały muszkietowe donosiły; toteż granaty widać było doskonale, jak wylatywały na kształt obłoczków w górę i opisując łuk bardzo zgięty wpadały w ową chmurę dymu, roztrzaskując się w niej z hukiem okropnym.

Wiele padało aż za szaniec i te tamowały przystęp posiłkom.

112

- W imię Ojca i Syna, i Ducha Świętego! - rzekł król. - Tyzenhauz! patrz! - Nic nie widać, miłościwy królu!
- Kupa ziemi porytej jeno zostanie! Nie może inaczej być! Tyzenhauz, wiesz kto tam siedzi?
- Wiem, miłościwy królu, Babinicz! Jeśli żyw wyjdzie, będzie mógł powiedzieć, że za życia był w piekle.
- Trzeba mu tam jeszcze świeżych ludzi podesłać! Mości jenerale!...
- Już rozkazy wydane, ale trudno im dojść, bo granaty przenoszą i okrutnie gęsto z tej strony fortu padają.
- Ze wszystkich dział do murów mi bić, żeby dywersję uczynić!
Grodzicki ścisnął konia ostrogami i skoczył ku szańcom. Po chwili ozwały się działa na całej linii, a nieco później widać było, jak świeży oddział piechoty mazurskiej wyszedł z przykopów i kopnął się biegiem ku kretowisku.
Król wciąż stał i patrzył. Na koniec zakrzyknął:
- Godzi się Babinicza zluzować w komendzie. A kto, mości panowie, zechce go na ochotnika zastąpić?
Skrzetuskich ni Wołodyjowskiego nie było w tej chwili przy osobie pana, więc nastała chwila milczenia.
- Ja! - ozwał się nagle pan Topór Grylewski, towarzysz lekkiego znaku imienia prymasa.
- Ja! - powtórzył Tyzenhauz.
- Ja! ja! ja! - ozwało się zaraz kilkanaście głosów.
- Kto pierwszy się ofiarował, niech ten idzie! - rzekł król.
Pan Topór Grylewski przeżegnał się, następnie przechylił do ust manierkę i skoczył.
Król stał i patrzył ciągle w chmurę dymów, którymi przykryte było kretowisko, a które ciągnęły się wyżej nad nim, na kształt mostu, aż do samych murów. Ponieważ fort leżał bliżej Wisły, więc mury miejskie górowały nad nim, i dlatego ogień był tak straszliwy.
Tymczasem huk dział zmniejszył się nieco, choć granaty nie ustawały opisywać łuków, natomiast grzechot strzałów muszkietowych rozlegał się tak, jakby tysiące chłopów biło cepami w klepisko.
- Widać, znów idą do ataku - rzekł Tyzenhauz. - Gdyby mniej było dymów, widzielibyśmy piechotę.
- Podjedźmy nieco - rzekł król ruszając koniem.
Za nim ruszyli inni i jadąc brzegiem Wisły od Ujazdowa, podjechali prawie do samego Solca, a ponieważ sady pałaców i klasztorów, schodzących ku Wiśle, były jeszcze w zimie przez Szwedów na opał wycięte i drzewa nie zasłaniały widoku, mogli więc przekonać się i bez lunet, że Szwedzi istotnie znów ruszyli do szturmu.
- Wolałbym tę pozycję stracić - ozwał się nagle król - niż żeby Babinicz miał zginąć!
- Bóg go obroni! - rzekł ksiądz Cieciszowski.

- I pan Grodzicki nie omieszka posiłków posłać! - dodał Tyzenhauz.

Dalszą rozmowę przerwał jakiś jeździec, który zbliżał się całym pędem od strony miasta. Tyzenhauz mając wzrok tak bystry, że gołym okiem lepiej widział niż inni przez perspektywy, porwał się na jego widok za głowę i krzyknął:

- Grylewski wraca! Babinicz musiał polec i fort zdobyto!

Król przysłonił oczy rękoma, tymczasem Grylewski przyskoczył, osadził konia na miejscu i łapiąc powietrze ustami, zawołał:

- Miłościwy panie!

- Co tam? zabit? - spytał król.

- Pan Babinicz powiada, że mu tam dobrze i nie chce zastępcy, prosi tylko, by mu jeść przysłać, bo od rana nic w gębie nie mieli !

- Żyje zatem? - krzyknął król.

- Powiada, że mu dobrze! - powtórzył pan Grylewski.

Inni zaś, ochłonąwszy ze zdumienia, poczęli wołać:

- To fantazja kawalerska!

- To żołnierz!

Później zaś do pana Grylewskiego:

- A już potrzeba było zostać i koniecznie go zluzować. Nie wstyd to wracać? Tchórz waści obleciał czy co? Lepiej się było nie podejmować!

Na to pan Grylewski:

- Miłościwy panie! Kto mi tchórza zadaje, temu się sprawię na każdym polu, ale przed majestatem muszę się usprawiedliwić. Byłem w samym kretowisku, czego by może niejeden z ichmościów nie dokazał, ale ów Babinicz jeszcze mi do oczu za moją intencję skoczył. "Idź waść (powiada) do kaduka! Ja tu pracuję, ledwo (powiada) ze skóry nie wylezę, i na gawędy nie mam czasu, a ni sławą, ni komendą dzielić się z nikim nie chcę. Dobrze mi tu (powiada) i ostanę, a waści za okop każę wyprowadzić! Bodaj cię zabito! (powiada). Żreć nam się chce, a tu mi komendanta, nie strawę przysyłają!" Com miał robić, miłościwy panie! Nawet się i humorowi jego nie dziwuję, bo tam im ręce od roboty opadają!

- A jakże? - spytał król - utrzyma on się tam?

- Taki straceniec! Gdzie on się nie utrzyma! Tegom jeszcze zapomniał powiedzieć, co mi na odchodnym krzyknął: "Będę tu i tydzień siedział i nie dam się, bylem miał co jeść!"

- Możnaże tam wysiedzieć?

- Tam, miłościwy królu, istny dzień sądu! Granat pada za granatem, czerepy jako diabły koło uszu świszczą, ziemia w doły powybijana, od dymu mówić nie można ! Piaskiem i darnią tak kule rzucają, że co chwila trzeba się otrząsać, żeby nie przysypało. Siła ich poległo, ale ci, co żywi, w bruzdach na okopie leżą i płotki sobie przed głowami z kołów porobili, ziemią je umocniwszy. Bardzo starownie Szwedzi ten nasyp uczynili a teraz przeciw nim służy. Przy mnie jeszcze przyszły piechoty pana Grodzickiego i teraz biją się tam na nowo.

- Skoro na mury nie można, póki wyłomu nie ma - rzekł król - to na pałace na Krakowskim dziś jeszcze uderzymy; to będzie najlepsza dywersja.
- Okrutnie i pałace umocnione, prawie w fortece pozmieniane - zauważył Tyzenhauz.
- Ale im z pomocą z miasta nie pospieszą, bo całą zawziętość na Babinicza obracają - odrzekł król. - Tak będzie, jakom tu żyw, tak będzie! I zaraz szturm nakażę, jeno jeszcze Babinicza przeżegnam.

To rzekłszy, król wziął z ręki księdza Cieciszowskiego złocisty krucyfiks, w którym drzazgi krzyża świętego były osadzone, i podniósłszy go do góry, począł żegnać daleki nasyp, okryty ogniem i dymami, mówiąc:
- Boże Abrahamów, Boże Izaaków i Jakubów, zmiłuj się nad ludem Twoim i daj ratunek tym ginącym! Amen! amen! Amen!

ROZDZIAŁ 13

Nastąpił krwawy szturm od strony Nowego Światu ku Krakowskiemu Przedmieściu, niezbyt szczęśliwy, ale o tyle skuteczny, że odwrócił uwagę Szwedów od szańca bronionego przez Kmicica i pozwolił zawartej w nim załodze nieco odetchnąć. Posunęli się jednak Polacy aż do pałacu Kazimierowskiego, lubo nie mogli utrzymać owego punktu.

Z drugiej strony szturmowano do pałacu Daniłłowiczowskiego i do Gdańskiego Domu, również bezskutecznie. Legło znów ludzi kilkaset. Tę jedną miał król pociechę, iż widział, że nawet pospolite ruszenie z największym męstwem i poświęceniem rwie się na mury i że po owych próbach, mniej więcej niepomyślnych, duch nie tylko nie upadł, ale przeciwnie, umocniła się w wojsku pewność zwycięstwa.

Lecz najpomyślniejszym dni tych wydarzeniem było przybycie pana Jana Zamoyskiego i pana Czarnieckiego. Pierwszy z nich sprowadził piechotę bardzo doskonałą i tak ciężkie kartauny z Zamościa, iż Szwedzi nie mieli w Warszawie podobnych. Drugi obsadziwszy Duglasa w porozumieniu z panem Sapiehą częścią wojsk litewskich i pospolitego ruszenia podlaskiego, nad którym Skrzetuskiemu Janowi powierzono dowództwo, przybył do Warszawy, aby wziąć udział w szturmie jeneralnym. Spodziewano się, a i Czarniecki dzielił tę wiarę, że ten szturm będzie ostatnim.

Na szańcu, zdobytym przez Kmicica, ustawiono owe działa potężne, które natychmiast poczęły pracować przeciw murom i Bramie i na początek zmusiły do milczenia granatniki szwedzkie. Wówczas sam jenerał Grodzicki zajął tę pozycję. Kmicic zaś powrócił do swych Tatarów.

Ale nie dojechał jeszcze do swej kwatery, gdy już wezwano go do Ujazdowa. Król wobec całego sztabu wysławiał młodego rycerza, nie szczędził mu pochwał sam Czarniecki ni Sapieha, ni Lubomirski, ni hetmani koronni, on zaś stał przed nimi w podartym i zasypanym ziemią ubraniu, na twarzy całkiem dymami prochowymi okopcony, niewyspany, utrudzon, lecz radosny, że szaniec utrzymał, na tyle pochwał zasłużył i sławę niezmierną u obu wojsk pozyskał.

Winszowali mu też, między innymi kawalerami, pan Wołodyjowski i pan Zagłoba.

- Nie wiesz nawet, panie Andrzeju - rzekł mu mały rycerz - jak wielkie i u króla masz zachowanie. Wczoraj byłem na radzie wojennej, bo mnie pan Czarniecki wziął ze sobą. Mówiono o szturmie, a potem o wiadomościach, które właśnie z Litwy nadeszły, o tamtejszej wojnie i o okrucieństwach, jakich się Pontus i Szwedzi dopuszczają. Radzą tedy, jak by tam wojnę podsycić. Powiada Sapieha, że najlepiej parę chorągwi posłać i człeka, któren by umiał być tam tym, czym pan Czarniecki był na początku wojny w Koronie. Na to król: "Taki jest tylko jeden: Babinicz." Inni zaraz przyświadczyli.

- Ja na Litwę, a zwłaszcza na Żmudź, najchętniej pojadę - odrzekł Kmicic - i sam króla jegomości o to prosić miałem, czekam jeno, póki Warszawy nie weźmiem.

- Szturm jeneralny na jutro - rzekł zbliżając się Zagłoba.

- Wiem, a jak się ma Ketling?

- Kto taki? Chyba Hassling?

- Wszystko jedno, bo on ma dwa nazwiska, jako to u Angielczyków, Szkotów i wielu innych nacyj obyczaj.

- Prawda - odrzekł Zagłoba - a Hiszpan to ci na każdy dzień tygodnia ma inne. Powiadał mi waszmościów pacholik, że Hassling, czyli też ów Ketling, zdrowy; już przemówił, chodzi i gorączka go opuściła, jeno jeść co godzina woła.

- A waść to nie byłeś u niego? - pytał Kmicic małego rycerza.

- Nie byłem, bom czasu nie miał. Kto tam przed szturmem ma głowę do czegokolwiek?

- To pójdźmy teraz.

- Waćpan idź naprzód spać - rzekł Zagłoba.

- Prawda! prawda! Ledwie na nogach stoję!

Jakoż wróciwszy do siebie, poszedł pan Andrzej za tą radą, tym bardziej że i Hasslinga zastał śpiącego. Natomiast wieczorem przyszli go odwiedzić Zagłoba z Wołodyjowskim i zasiedli w przestronnym letniku, który Tatarowie dla swego "bagadyra" wznieśli. Kiemlicze miód im leli stary, stuletni, który król Kmicicowi przysłał, a oni popijali go ochotnie, gdyż gorąco było na dworze. Hassling, blady jeszcze i wyniszczony, zdawał się życie i siły czerpać w cennym napitku. Zagłoba językiem mlaskał i pot z czoła obcierał.

- Hej! jak tam te kartauny grzmią - ozwał się nasłuchując młody Szkot.

- Jutro pójdziecie do szturmu... dobrze zdrowym!... Boże was błogosław! Obcej krwi jestem i służyłem, komum był powinien, ale wam lepiej życzę! Ach, co to za miód! Życie, życie we mnie wstępuje...

Tak mówiąc odrzucał swe złote włosy w tył i oczy błękitne wznosił ku niebu: a twarz miał cudną i pół jeszcze dziecinną. Zagłoba spoglądał na niego z pewnym rozrzewnieniem.

- Waćpan tak dobrze po polsku mówisz, panie kawalerze, jak każdy z nas. Zostań Polakiem, pokochaj tę naszą ojczyznę, a zacną rzecz uczynisz i miodu ci nie zabraknie! O indygenat też żołnierzowi nie tak u nas trudno. Na to Hassling:

- Tym bardziej że szlachcicem jestem. Całe moje nazwisko jest: Hassling-Ketling of Elgin. Rodzina moja z Anglii pochodzi, choć w Szkocji osiadła.

- Dalekie to są i zamorskie kraje, a tu jakoś przystojniej człowiekowi żyć - odparł Zagłoba.

- Mnie też tu dobrze!

- Ale nam źle - rzekł Kmicic, który kręcił się od początku niecierpliwie na ławie - bo nam pilno słyszeć, co w Taurogach się działo, waćpanowie zaś o rodowodach rozprawiacie.

- Pytajcie mnie, będę odpowiadał.

- Często widywałeś pannę Billewiczówne,

Po bladej twarzy Hasslinga przeleciały rumieńce.

- Co dzień! - rzekł.

A pan Kmicic zaraz począł na niego bystro patrzeć.

- Cóżeś to był taki konfident? Czego płoniesz? Co dzień? Jak to co dzień?

- Bo wiedziała, żem był jej życzliwy i usług jej kilka oddałem. To się z dalszego opowiadania pokaże, a teraz trzeba od początku zacząć. Waćpanowie może nie wiecie, że nie byłem w Kiejdanach wówczas, gdy książę koniuszy przyjechał i pannę ową do Taurogów wywiózł? Owóż, dlaczego się to stało, nie będę powtarzał, bo różni różnie mówili, to tylko powiem, iż ledwie przyjechali, wszyscy zaraz spostrzegli, że książę okrutnie zakochany.

- Bodaj go Bóg skarał! - zakrzyknął Kmicic.

- Nastały zabawy, jakich przedtem nie bywało, a gonitwy do pierścienia i turnieje. Myślałby kto, że najspokojniejsze czasy, a tu co dzień listy biegały, przyjeżdżali posłowie od elektora, od księcia Janusza. Wiedzieliśmy, że książę Janusz, przez pana Sapiehę i konfederatów przyciśnięty, o ratunek na miłosierdzie boskie błaga, bo mu zguba grozi. My nic! Na granicy elektorskiej gotowe wojska stoją, kapitanowie z zaciągami nadchodzą, ale w pomoc nie idziem, bo księciu od panny niesporo.

- To dlatego Bogusław bratu z pomocą nie przychodził? - ozwał się Zagłoba.

- Tak jest. Toż samo mówił Paterson i wszyscy osoby jego najbliżsi. Niektórzy sarkali na to, inni radzi byli, że Radziwiłłowie zginą. Sakowicz za księcia sprawy publiczne odrabiał i na listy odpowiadał, i z posłami się naradzał, książę zaś jedynie na to koncept wysilał, żeby ułożyć jakowąś zabawę albo konną kawalkadę, albo polowanie. Pieniędzmi - on, skąpiec - na wszystkie strony sypał, lasy kazał na mile całe wycinać, by panna z okien miała prospekt lepszy, słowem, że naprawdę kwiaty jej pod nogi sypał i tak ją przyjmował, że gdyby była królewną szwedzką, nic by lepszego nie wymyślił. Żałowało ją z tego powodu wielu, bo mówiono: "Wszystko to na jej zgubę, ożenić się książę nie ożeni, a niech ją jeno za serce chwyci, to ją, dokąd chce, doprowadzi." Aleć się pokazało, że to nie taka panna, którą by można doprowadzić tam, gdzie cnota nie chodzi. Oho!

- A co? - zawołał zrywając się Kmicic. - Wiem ci ja to lepiej od innych!

- Jakże panna Billewiczówna owe królewskie hołdy przyjmowała?- spytał Wołodyjowski.

- Z początku z uprzejmą twarzą, lubo było widać po niej, że jakowyś żal w sercu nosi. Bywała na łowach, na maszkarach i kawalkadach, i turniejach, myśląc ponoć, że to zwykły dworski u księcia obyczaj. Aleć wprędce się spostrzegła, że to wszystko dla niej. Raz się trafiło, że książę, wysiliwszy już koncept na rozmaite widowiska, zapragnął pannie konterfekt wojny pokazać: zapalono tedy osadę blisko Taurogów, piechota broniła, książę szturmował. Oczywiście wiktorię wielką odniósł, po której, syt chwały, upadł, jak powiadają, pannie do nóg i o wzajemność w afektach prosił. Nie wiadomo, co jej tam proposuit, ale od tej pory skończyła się ich amicycja. Ona poczęła się stryja swego, pana miecznika rosieńskiego, dzień i noc za rękaw trzymać, książę zaś...

- Począł jej grozić? - zakrzyknął Kmicic.

- Gdzie tam! Za greckiego pasterza się przebierał, za Philemona; umyślni kurierowie latali do Królewca po modeliusze pasterskich strojów, po wstęgi i peruki. On desperację udawał, pod jej oknami chodził i na lutni grywał. A tu powiem waćpanom, co rzetelnie myślę: kat to był na cnotę panien zawzięty i śmiało można o nim rzec, co w naszej ojczyźnie o podobnych ludziach mówią: że jego westchnienia niejeden panieński żagiel wydęły, ale tym razem naprawdę się zakochał, co i nie dziwota, bo panna więcej boginie niźli mieszkanki ziemskiego padołu przypomina.

Tu Hassling zarumienił się znowu, lecz pan Andrzej tego nie spostrzegł, bo chwyciwszy się z zadowolenia i dumy w boki, spoglądał właśnie tryumfującym wzrokiem na Zagłobę i Wołodyjowskiego.

- Znamy ją, wykapana Diana, jeno jej miesiąca we włosach brak! - rzekł mały rycerz.

- Co to Diana?! Własne psy by na Dianę wyły, gdyby ją ujrzały! - zakrzyknął Kmicic.

- Dlategom rzekł: "nie dziwota" - odpowiedział Hassling.

- Dobrze! Jeno za tę niedziwotę małym ogniem bym go przypalał; za tę niedziwotę hufnalami bym go podkuć kazał...

- Daj waćpan spokój! - przerwał Zagłoba - pierw go dostań, potem będziesz wydziwiał, teraz zasię daj temu kawalerowi mówić.

- Nieraz trzymałem wartę przed komnatą, w której sypiał - mówił dalej Hassling - i wiem, jako się na łożu przewracał, a wzdychał, a gadał do siebie, a syczał jako z bólu, tak go widocznie żądze piekły. Zmienił się okrutnie, wysechł; może też go ta choroba już nurtowała, w którą później zapadł. Tymczasem rozleciały się po całym dworze wieści, iż książę tak dalece się zapamiętał, że się chce żenić. Doszło to i do księżnej Januszowej, która z księżniczką w Taurogach mieszkała. Zaczęły się gniewy a kwasy, bo jak waćpaństwu wiadomo, miał Bogusław wedle układu poślubić księżniczkę Januszównę, byle do lat doszła. Lecz on o wszystkim już zapomniał, tak miał przeszyte serce. Księżna Januszowa, wpadłszy w pasję, pojechała z córką do Kurlandii, on zaś oświadczył się o pannę Billewiczównę tego samego wieczora.

- Oświadczył się?! - zawołali ze zdumieniem Zagłoba, Kmicic i Wołodyjowski.

- Tak! Naprzód panu miecznikowi rosieńskiemu, który nie mniej od waszmościów był zdumion i uszom własnym wierzyć nie chciał, ale uwierzywszy wreszcie, z radości ledwie się posiadał, boć to dla całego domu Billewiczów splendor niemały z Radziwiłłami się połączyć; wprawdzie powiadał Paterson, że i tak koligacja jakaś jest, ale dawna i zapomniana.

- Powiadaj dalej! - ozwał się drżąc z niecierpliwości Kmicic.

- Obaj tedy ruszyli do panny z całą ostentacją, jaka w takich razach we zwyczaju. Cały dwór aż się trząsł. Przyszły złe wieści od księcia Janusza, Sakowicz jeden je przeczytał, zresztą nikt na nie nie zważał ani też na Sakowicza, bo był tego czasu wypadł z łaski za to, że małżeństwo perswadował. A u nas jedni mówili, że to nie pierwszyzna się Radziwiłłom ze szlachciankami żenić, że w tej Rzeczypospolitej wszystka szlachta równa, a billewiczowski dom rzymskich czasów sięga. I to mówili Ci, którzy już sobie chcieli łaski przyszłej pani zarobić. Inni twierdzili, że to tylko fortel księcia, aby do większej przyjść z panną konfidencji (jako to między narzeczonymi niejedno uchodzi) i przy sposobności kwiat dziewictwa uszczknąć.

- Pewnie to było! Nic innego! - ozwał się pan Zagłoba.

- I ja tak mniemam - rzekł Hassling - ale słuchajcie dalej. Gdy tak między sobą na dworze deliberujem, nagle jak grom rozchodzi się, że panna przecięła wątpliwości jak szablą, bo odmówiła wprost.

- Boże jej błogosław! - krzyknął Kmicic.

- Odmówiła tedy wprost! - mówił dalej Hassling. - Dość było spojrzeć na księcia, by to poznać. On, któremu księżniczki ulegały, nie znosił oporu i mało nie oszalał. Niebezpiecznie mu się było pokazywać. Wiedzieliśmy wszyscy, że tak długo nie pozostanie i że książę prędzej, później siły użyje. Jakoż porwano na drugi dzień pana miecznika i osadzono w Tylży, już za granicą elektorską. Tegoż dnia panna ubłagała oficera trzymającego straż przed jej drzwiami, że jej krócicę nabitą dał. Oficer jej tego nie odmówił, bo szlachcicem i honorowym człekiem będąc, czuł litość dla nieszczęść damy, a uwielbienie dla jej urody i stałości.

- Kto ów oficer? - zawołał Kmicic.

- Ja! - odrzekł sucho Hassling.

Pan Andrzej porwał go tak w ramiona, że młody Szkot słabym jeszcze będąc krzyknął z bólu.

- Nic to! - zawołał Kmicic. - Nie jesteś jeńcem, jesteś moim bratem, przyjacielem! Mów, czego chcesz? Na Boga, powiadaj, czego chcesz?

- Spocząć chwilę! - odrzekł dysząc Hassling.

I umilkł, ściskał tylko ręce, które mu podawali Wołodyjowski i Zagłoba, na koniec sam widząc, że wszyscy płoną z ciekawości, mówił dalej:

- Ostrzegłem ją też, o czym wszyscy wiedzieli, że medyk książęcy przygotowywał jakieś bezoary i dekokta odurzające. Tymczasem obawy okazały się płonne, bo wmieszał się do sprawy Pan Bóg. Ten, tknąwszy księcia palcem, obalił go na łoże boleści i miesiąc trzymał. Dziw, mości panowie, ale padł tak, jakby go kosą z nóg ścięto, tego samego dnia, gdy miał na cnotę tej panienki nastąpić. Ręka Boża, mówię, nic więcej! Sam on to pomyślał i zląkł się, może też w chorobie wypaliły się w nim żądze, a może czekał na odzyskanie sił, dość, że przyszedłszy do siebie, dał jej spokój, a nawet miecznika z Tylży dozwolił sprowadzić. Co prawda, to opuściła go choroba obłożna, ale nie febra, która do tej pory ponoć go gnębi. Co prawda także, to wkrótce po opuszczeniu łoża na wyprawę ową musiał iść pod Tykocin, w której klęska go spotkała. Wrócił z febrą jeszcze większą, za czym elektor przywołał go do siebie, a tymczasem w Taurogach zaszła taka zmiana o której i dziwnie, i śmieszno powiadać, dość, że książę nie może tam już na wierność żadnego oficera ani dworzanina liczyć, chyba na bardzo starych, którzy nie dowidzą i nie dosłyszą, zatem i nie dopilnują.

- Cóż się takiego stało? - spytał Zagłoba.

- W czasie tykocińskiej wyprawy porwano, jeszcze przed janowską klęską, niejaką pannę Annę Borzobohata-Krasieńską i przysłano do Taurogów.

- Masz babo placek! - zawołał Zagłoba.

A pan Wołodyjowski począł oczyma mrugać i srodze wąsikami ruszać, wreszcie rzekł:

- Panie kawalerze, nie powiadaj o niej jeno nic złego, bo po wyzdrowieniu ze mną miałbyś do czynienia.

- Choćbym chciał, nie mogę nic złego o niej powiedzieć, ale jeśli to waszej mości narzeczona, to powiem, że jej źle pilnujesz, a jeśli krewna, to zbyt ją dobrze znasz, abyś temu, co powiem, miał negować; dość, że w tydzień rozkochała ta panna w sobie wszystkich w czambuł, starszych i młodszych, niczym innym, jeno oczu strzyżeniem z dodatkiem jakichś sztuk czarodziejskich, z których już relacji zdać nie mogę.

- Ona! W piekle bym ją po tym poznał! - mruknął Wołodyjowski.

- Dziwna rzecz! - mówił Hassling. - Przecież panna Billewiczówna dorównywa tamtej urodą, ale taka w niej powaga i nieprzystępność, jakby w jakowej ksieni, że człek admirując i wielbiąc nie śmie nawet i oczu podnieść, a cóż dopiero jakowąś nadzieję powziąć. Sami przyznacie, że bywają różne panny: jedne jako starożytne westalki, drugie - co to ledwie spojrzysz, już chciałbyś...

- Mości panie! - rzekł groźnie pan Michał.

Nie bzdycz się, panie Michale, bo prawdę powiada! - rzekł Zagłoba. - Sam przy niej nogami przebierasz jako młody kurek i oczy ci bielmem zachodzą, a że bałamutna, wszyscy wiemy i ty mało sto razy to mówiłeś.

- Porzućmy tę materię - rzekł Hassling. - Chciałem tylko waćpanom, wytłumaczyć, dlaczego w pannie Billewiczównie zakochali się niektórzy tylko, prawdziwie niezrównaną jej doskonałość ocenić zdolni (tu zarumienił się znów Hassling), a w pannie Borzobohatej niemal wszyscy. Jak mi Bóg miły, śmiech brał, bo zupełnie tak było, jakby jakowaś zaraza padła na serca. A zwad, a pojedynków namnożyło się w mgnieniu oka. I o co? Po co? Bo i to trzeba wiedzieć, że nie masz takiego, który by się wzajemnym afektem tej panienki mógł pochlubić, w to tylko każdy ślepo wierzy, że prędzej później on jeden coś wskóra.

- Ona, jakoby ją malował! - mruknął znów Wołodyjowski.

- Za to obie panienki pokochały się okrutnie - mówił dalej Hassling - jedna bez drugiej krokiem nie ruszy, że zaś panna Borzobohata rządzi, jak sama chce, w Taurogach...

- Jak to? - przerwał mały rycerz.

- Bo rządzi wszystkimi. Sakowicz na wyprawę teraz nie pojechał, taki rozkochany, a Sakowicz pan absolutny we wszystkich książęcych posiadłościach. Przez niego rządzi panna Anna.

- Takiż on rozkochany? - spytał znów Wołodyjowski.

- I najbardziej sobie dufa, bo to człek sam przez się bardzo możny.

- A zowie się Sakowicz?

- Wasza mość chcesz go, widzę, dobrze zapamiętać?

- I... zapewne! - odrzekł niby niedbale Wołodyjowski, ale tak przy tym złowrogo wąsikami ruszył, że Zagłobę ciarki przeszły.

- Owóż to tylko chciałem dodać - rzekł Hassling - że gdyby panna Borzobohata kazała Sakowiczowi, by księcia zdradził, a jej i towarzyszce ucieczkę ułatwił, myślę, że uczyniłby to bez wahania; ale o ile wiem, woli to ona za plecami Sakowicza czynić, może na złość mu... kto wie... dość, że zwierzył mi się jeden oficer, rodak mój (tylko niekatolik), że tam już cały wyjazd pana miecznika z pannami ułożony, oficerowie do spisku wciągnięci... że to ma wkrótce nastąpić...

Tu Hassling począł oddychać ciężko, bo się zmęczył i resztkami sił gonił.

- I to jest najważniejsza rzecz, jaką miałem waćpanom powiedzieć! - dodał pospiesznie.

Wołodyjowski i Kmicic aż za głowy się porwali.

- Dokąd mają uciekać?

- Do puszcz i puszczami się do Białowieży przebierać... Tchu mi brak!...

Dalszą rozmowę przerwało wejście ordynansa sapieżyńskiego, który wręczył Wołodyjowskiemu i Kmicicowi po ćwiartce papieru złożonej we czworo. Ledwo rozwinął swoją Wołodyjowski, wnet ozwał się:

- Rozkaz, by już stanowiska do jutrzejszej roboty zajmować.
- Słyszycie, jak kartauny ryczą? - zawołał Zagłoba.
- No, jutro! jutro!
- Uf! gorąco! - rzekł pan Zagłoba. - Zły dzień do szturmu... Niech licho porwie takie upały. Matko Boska... Niejeden przecie jutro mimo upału ostygnie, ale nie ci, nie ci, którzy się Tobie polecają, Patronko nasza... Ależ grzmią działa!... Za starym już do szturmów... otwarte pole co innego.
Wtem nowy oficer ukazał się we drzwiach.
- Jest li tu jegomość pan Zagłoba? - spytał.
- Jestem!
- Z rozkazu króla miłościwego masz waćpan jutro zostawać przy jego osobie.
- Ha! chcą mnie od szturmu zachować, bo wiedzą, że stary pierwszy ruszy, niech jeno trąby zagrzmią. Dobry pan, pamiętny, nie chciałbym go zmartwić, ale czy wytrzymam, nie wiem, bo jak mnie ochota zeprze, tedy o niczym nie pamiętam i prosto w dym walę... Taka już natura!... Dobry pan!... Słyszycie, już i trąbki przez munsztuk grają, by każdy na stanowisko ruszał. No! jutro! jutro... Będzie miał i święty Piotr robotę; już książki przygotowywać musi... W piekle także dla Szwedów kotły ze świeżą smołą na kąpiel nastawili... Uf! uf! jutro!...

ROZDZIAŁ 14

Dnia 1 lipca, między Powązkami a osadą nazwaną później Marymontem, odbyła się wielka msza polowa, której dziesięć tysięcy ludzi wojsk kwarcianych słuchało w skupieniu ducha. Król ślub uczynił, że w razie zwycięstwa kościół Najświętszej Pannie wystawi. Ślubowali za jego przykładem, każdy wedle możności, dygnitarze, hetmani, rycerstwo, nawet prości żołnierze, gdyż ów dzień miał być dniem ostatecznego szturmu. Po skończeniu mszy ruszył każdy z wodzów do swojej komendy. Więc pan Sapieha stanął naprzeciw kościoła Świętego Ducha, który wówczas za murami leżał, ale że był do nich kluczem, został zatem potężnie przez Szwedów umocnion i wojskiem należycie obsadzony. Pan Czarniecki miał Gdańskiego Domu dobywać, tylna bowiem ściana tej budowli stanowiła część obwodowego muru, i przebiwszy go, można się było dostać do miasta. Piotr Opaliński, wojewoda podlaski, z Wielkopolany i Mazurami od Krakowskiego i Wisły zmierzał. Kwarciane pułki tkwiły naprzeciw Bramy Nowomiejskiej. Luda było tyle, że niemal więcej niźli przystępu do murów; cała płaszczyzna, wszystkie okoliczne podmiejskie wioski i błonia zalane zostały morzem ludzkim, za którym bielały namioty, za namiotami wozy, aż hen ! wzrok gubił się w sinym oddaleniu, nim krańca tego mrowiska sięgnąć zdołał.

Zastępy owe stały w zupełnej gotowości, z bronią podaną już naprzód i wysuniętą do biegu nogą, gotowe w każdej chwili rzucić się ku wyłomom uczynionym przez działa wielkiego kalibru, a zwłaszcza przez ciężkie kartauny zamojskie. Działa nie ustawały grać ani na moment, szturm zaś zwłóczył się tylko dlatego, że czekano ostatecznej odpowiedzi Wittenberga na list, który kanclerz wielki Koryciński mu posłał. Lecz gdy koło południa przyjechał oficer z odpowiedzią odmowną, zagrzmiały naokół miasta złowieszcze trąby i szturm się rozpoczął.

Wojska koronne pod hetmanami, czarniecczykowie, pułki królewskie, piesze regimenta pana Zamoyskiego, Litwini spod Sapiehy i zastępy pospolitego ruszenia rzuciły się jak wezbrana fala ku murom. A z murów wykwitły ku nim smugi białego dymu i rzuty płomienia: wielkie działa, hakownice, organki, muszkiety zagrzmiały naraz! ziemia wstrząsła się w posadach. Kule miesiły tę ciżbę ludzką, orały w niej bruzdy długie, lecz ona biegła naprzód i darła się ku twierdzy nie zważając na ogień i śmierć. Obłoki dymów prochowych słońce zakryły.

Uderzył tedy każdy zapamiętale tam, gdzie mu było najbliżej, więc hetmani od Nowomiejskiej Bramy, Czarniecki na Gdański Dom, pan Sapieha z Litwą na kościół Świętego Ducha, a Mazury i Wielkopolanie od Krakowskiego Przedmieścia i Wisły.

Tym zaś ostatnim wypadła najcięższa robota, wszystkie bowiem pałace i domy wzdłuż Krakowskiego Przedmieścia zmienione były na twierdze. Lecz dnia tego ogarnęła Mazurów taka zaciekłość bojowa, że zapędowi ich nic się oprzeć nie mogło. Brali więc szturmem dom po domu, pałac po pałacu, bili się w oknach, we drzwiach, na schodach; wycinali w pień załogi. Po zdobyciu jednego domostwa, nim krew przyschła im na rękach i twarzach, już rzucali się na drugie i znów rozpalała się ręczna bitwa, i znów biegli dalej. Towarzystwo szło na wyścigi z pospolitym ruszeniem, pospolite ruszenie z piechotą. Kazano im, by idąc do szturmu nieśli przed sobą snopy niedojrzałego jeszcze zboża, które miały ich od kul zasłaniać, lecz oni w zapale i uniesieniu bojowym porzucali wszystkie zasłony, biegnąc z gołą piersią. Wśród krwawej bitwy wzięto kaplicę carów Szujskich i wspaniały pałac Koniecpolskich. Wygnieciono Szwedów co do jednego w pomniejszych budowlach, w magnackich stajniach, w ogrodach schodzących ku Wiśle. Bliżej pałacu Kazanowskich piechota próbowała postawić czoło w ulicy i posiłkowana z murów pałacu, z kościoła i dzwonnicy bernardyńskiej, zmienionych na potężną twierdzę, przyjęła rzęsistym ogniem napastników.

Lecz grad kul nie wstrzymał ich ani na chwilę i szlachta z okrzykiem : "Górą Mazury!", rzuciła się z szablami w środek czworoboku; za nimi wpadła piechota łanowa, czeladź zbrojna w drągi, oskardy, siekiery. Czworobok rozbito w mgnieniu oka i poczęto ciąć. Swoi i nieprzyjaciele zmieszali się tak, że utworzyli jeden kłąb olbrzymi, który między pałacem Kazanowskich, domem Radziejowskiego a Bramą Krakowską wił się, targał i przewalał we krwi własnej.

Lecz coraz nowe zastępy krwią dyszących wojowników napływały, niby spieniona rzeka, od strony Krakowskiego. Wycięto wreszcie w pień piechotę i rozpoczął się ów sławny szturm do pałacu Kazanowskich i jednocześnie do Bernardynów, który w znacznej części o losach bitwy rozstrzygnął. Pan Zagłoba wziął w nim udział, mylił się bowiem dnia wczorajszego sądząc, że król wzywa go do swej osoby jedynie dla asystencji. Przeciwnie bowiem: powierzono mu, jako wsławionemu i doświadczonemu wojownikowi, komendę nad czeladzią, która na ochotnika razem z kwartą i pospolitakami z tej strony miała do szturmu ruszyć. Chciał był wprawdzie pan Zagłoba iść z nią w odwodzie i kontentować się zajmowaniem zdobytych już poprzednio pałaców, lecz gdy zaraz na początku wszyscy, idąc na prześcigi, pomieszali się ze sobą zupełnie, porwał i jego prąd ludzki. On zaś poszedł, bo jakkolwiek wielka wziął od natury w udziale przezorność i wolał, gdzie było można, żywota na szwank nie wystawiać, tak się już mimo woli od tylu lat wezwyczaił do bitew, w tylu okropnych był rzeziach, że gdy konieczność wypadła, stawał z innymi, a nawet lepiej od innych, bo z desperacją i wściekłością w mężnym sercu.

Tak i obecnie znalazł się pod bramą pałacu Kazanowskich, a raczej w piekle, które pod ową bramą wrzało straszliwie, zatem wśród wiru, gorąca, tłoku, gradu kul, ognia, dymu, jęków ludzkich i krzyków. Tysiące siekier, oskardów, ratyszcz waliło w bramę; tysiące ramion męskich parło i targało ją wściekle; jedni padali jakoby piorunami rażeni, drudzy pchali się na ich miejsce, deptali po ich trupach i dobijali się do wnętrza, jakby umyślnie szukając śmierci. Nikt nigdy nie widział i nie pamiętał uporczywszej obrony, ale i uporczywszego szturmowania. Z wyższych pięter nad bramą sypały się kule, lała się smoła, lecz ci, którzy byli pod ogniem, gdyby nawet byli chcieli, nie mogli ustąpić, tak popychano ich z zewnątrz. Widziałeś pojedynczych ludzi mokrych od potu, czarnych od prochu, ze ściśniętymi zębami i zdziczałymi oczyma, walących w bramę belkami tak wielkimi, że w zwyczajnym czasie zaledwie trzech tęgich chłopów władnąć by nimi zdołało. Tak uniesienie troiło siły. Szturmowano jednocześnie do wszystkich okien, przystawiano drabiny do górnych pięter, wyrąbywano kraty w murach. A przecież z owych krat, z okien, z otworów wyciętych w ścianach sterczały rury muszkietów, które ani chwili nie przestawały dymić. Lecz takie wreszcie wzbiły się dymy, taka wstała kurzawa, że przy jasnym dniu słonecznym szturmujący zaledwie mogli się rozpoznać. Mimo to walki nie zaniechali, owszem, tym bardziej darli się na drabiny, tym zacieklej łupali bramę, że wrzaski od kościoła Bernardynów zwiastowały, iż tam inne watahy szturmują z równą energią.

Wtem Zagłoba krzyknął głosem tak donośnym, że usłyszano go wśród zgiełku i wystrzałów:

- Puszkę z prochem pod bramę!

Podano mu ją w mgnieniu oka, on zaś kazał zaraz rąbać wąską dziurę u samego spodu wrzeciądzów, tak wąską, aby tylko puszka w nią się zmieściła. Gdy weszła, pan Zagłoba sam nić siarkową zapalił, po czym zakomenderował:

- Na boki! Pod ściany!

Stojący bliżej umknęli się na obie strony ku tym, którzy drabiny przystawiali do dalszych okien, i nastała chwila oczekiwania.

Po czym łoskot ogromny wstrząsnął powietrzem i nowe kłęby dymu podniosły się ku górze. Skoczył pan Zagłoba na powrót ze swoimi ludźmi; spojrzą: wybuch nie rozniósł wprawdzie bramy w drobne szczątki, ale wyrwał zawiasę z prawej strony, odłupał parę potężnych bierwion już podrąbanych, skręcił antabę i całą jedną połowę odepchnął w dolnej części w głąb sieni, tak iż utworzyło się wejście, przez które tęgi nawet człowiek łatwo mógł się przecisnąć.

Wnet zaostrzone koły, topory i siekiery poczęły bić gwałtownie w nadwątloną wierzeję, setki ramion podparły ją z wysileniem, dał się słyszeć trzask przeraźliwy i cała jedna połać runęła odkrywając głąb ciemnej sieni.

W ciemności owej wnet błysły wystrzały muszkietów, lecz rzeka ludzka runęła wyłomem z niepohamowanym pędem - pałac był zdobyty.

Jednocześnie wdarto się i przez okna i rozpoczęła się straszliwa bitwa na białą broń wewnątrz pałacu. Zdobywano komnatę po komnacie, korytarz po korytarzu, piętro po piętrze. Mury były już poprzednio tak poroszczepiane i nadwątlone, że pułapy w kilku pokojach zapadły się z łoskotem, pokrywając gruzami Polaków i Szwedów. Lecz Mazury szli jak pożar, wnikali wszędzie, waląc ośnikami, siekąc, bodąc. Nikt ze Szwedów nie prosił pardonu, ale go też i nie dawano. W niektórych korytarzach i przejściach trupy ludzkie tak zawaliły drogę, że Szwedzi porobili z nich sobie barykady, napastnicy zaś wywłóczyli je za nogi, za włosy i wyrzucali przez okna. Krew płynęła strugami po schodach. Gromady Szwedów broniły się jeszcze tu i owdzie, odbijając mdlejącymi rękoma wściekłe razy szturmujących. Krew zalewała im twarze, oczy zachodziły ciemnością, niejeden osunął się już na kolana, a jeszcze walczył; parci ze wszystkich stron, duszeni przez tłum przeciwników, umierali w milczeniu Skandynawowie, zgodnie ze swą sławą, jak na żołnierzy przystało. Kamienne figury bóstw i dawnych bohaterów, zbryzgane krwią, patrzyły martwą źrenicą na tę śmierć.

Roch Kowalski szalał głównie na górze, pan Zagłoba zaś rzucił się ze swoim oddziałem na tarasy i wysiekłszy broniących się tam piechurów wpadł z tarasów do owych cudnych sadów, w całej Europie sławnych. Drzewa były już w nich wycięte, kosztowne krzewy poniszczone przez polskie kule, fontanny pogruchotane, ziemia poorana przez granaty, słowem, wszędy pustka i zniszczenie, choć Szwedzi nie przykładali do niego swej drapieżnej ręki, przez wzgląd na osobę Radziejowskiego. Obecnie bój i tam zawrzał srogi, lecz trwał tylko chwilę, bo już słaby dawali opór Szwedzi. Tóż wycięto ich pod osobistym pana Zagłoby dowództwem, za czym żołnierze rozbiegli się po sadach i całym pałacu za zdobyczą.

A pan Zagłoba udał się aż na koniec sadu, w miejsce, gdzie mury tworzyły potężny "anguł" i gdzie nie dochodziło słońce, chciał bowiem groźny rycerz odetchnąć nieco i z potu uznojone czoło obetrzeć. Nagle spojrzał i spostrzegł dziwaczne jakieś monstra, które na niego zza kraty żelaznej klatki złowrogo patrzyły.

Klatka była wszczepiona w kąt murów, tak że kule padające od zewnątrz nie mogły jej dosięgnąć. Drzwi do niej szeroko były otwarte, lecz owe wychudłe i szkaradne istoty nie myślały z tego korzystać; owszem, przerażone widocznie zgiełkiem, świstem kul i srogą rzezią, na którą przed chwilą patrzyły, zacisnęły się w kąt klatki i poukrywane w słomę, jeno mruczeniem oznajmiały swój przestrach.

- Simiae czy diabły? - rzekł do siebie pan Zagłoba.

Nagle gniew go uchwycił, męstwo wezbrało mu w piersi i podniósłszy szablę wpadł do klatki.

Popłoch okropny odpowiedział pierwszemu ciosowi jego miecza. Małpy, z którymi żołnierze szwedzcy dobrze się obchodzili i które ze swych szczupłych racyj karmili, bo ich bawiły, wpadły w tak okropne przerażenie, że je szał ogarnął po prostu, a ponieważ pan Zagłoba zastąpił im ode drzwi, poczęły w susach nadprzyrodzonych rzucać się po klatce, czepiać się ścian, pułapu, wrzeszczeć, zgrzytać, na koniec jedna skoczyła w obłędzie panu Zagłobie na kark i chwyciwszy go za głowę przywarła doń z całej siły. Druga przyczepiła mu się do prawego ramienia, trzecia od przodu chwyciła za szyję, czwarta uwiesiła się u zawiązanych z tyłu wylotów, on zaś przyduszon, spocony, próżno się miotał, próżno w tył zadawał ślepe razy, samemu wkrótce zabrakło oddechu. oczy mu na wierzch wyszły i rozpaczliwym głosem krzyczeć począł:

- Mości panowie! ratujcie!

Wrzaski zwabiły kilkunastu towarzystwa, którzy nie mogąc rozeznać, co się dzieje, biegli w pomoc z dymiącymi od krwi szablami, lecz nagle stanęli w zdumieniu, spojrzeli po sobie i jakby pod wpływem czarów ryknęli jednym ogromnym śmiechem. Nadbiegło więcej żołnierzy, tłum cały, lecz śmiech, jak zaraza, udzielił się wszystkim. Więc taczali się jak pijani, brali się w boki, zamazane posoką ludzką twarze krzywiły im się spazmatycznie i im bardziej rzucał się pan Zagłoba, tym oni śmieli się więcej. Dopiero Roch Kowalski nadbiegł z góry i roztrąciwszy tłumy uwolnił wuja z małpich uścisków.

- Szelmy! - krzyknął zdyszany pan Zagłoba - bodaj was zabito! To śmiejecie się widząc katolika w opresji od monstrów afrykańskich? Bodaj was zabito! Żeby nie ja, to byście dotychczas trykali łbami o bramę, boście czego lepszego niewarci! Bodaj was zabito, żeście i onych małp niegodni!

- Bogdaj ciebie zabito, małpi królu! - zakrzyknął najbliżej stojący towarzysz.

- Simiarum destructor! - zawołał drugi.

- Victor! - dodał trzeci.
- Gdzie tam victor, chyba victus!

Tu Roch przyszedł znowu z pomocą wujowi i najbliższego pięścią w pierś uderzył, a ten zaraz padł, krew ustami oddawszy. Inni cofnęli się przed gniewem męża, niektórzy do szabel się brali, lecz dalszej kłótni zapobiegły wrzaski i strzały dochodzące ze strony bernardyńskiego klasztoru. Widocznie szturm trwał tam jeszcze w całej sile i sądząc z gorączkowej palby muszkietowej, Szwedzi nie myśleli się poddawać.

- W sukurs! pod kościół! pod kościół! - krzyknął Zagłoba.

Sam zaś skoczył do pałacu na górę, tam bowiem z prawego skrzydła widać było kościół, który zdawał się gorzeć w ogniu. Tłumy szturmujących wiły się pod nim konwulsyjnie, nie mogąc dostać się do środka i ginąc bezużytecznie w krzyżowym ogniu; bo i od Bramy Krakowskiej sypały się na nich kule jak piasek.

- Działa do okien! - krzyknął Zagłoba.

Działek większych i mniejszych było w pałacu Kazanowskich dosyć, wnet też przywleczono je do okien; ze złamów kosztownych sprzętów, z podstaw posągów pourządzano lawety i po upływie pół godziny kilkanaście paszcz wyjrzało przez puste otwory okien ku kościołowi.

- Rochu! - mówił w nadzwyczajnym rozdrażnieniu pan Zagłoba, muszę czegoś znacznego dokazać, bo inaczej przepadła moja sława! Przez te małpy - żeby je zaraza wydusiła! - całe wojsko na języki mnie weźmie a choć i mnie słów w gębie nie brak, przecie wszystkim nie poradzę. Muszę tę konfuzję zatrzeć, inaczej, jak Rzeczpospolita szeroka, za małpiego króla mnie ogłoszą!

- Wuj musi tę konfuzję zatrzeć! - powtórzył grzmiącym głosem Roch.

- A pierwszy sposób będzie, iż jakom pałac Kazanowskich zdobył... bo niech kto powie, że to nie ja!..

- Niech kto powie, że to nie wuj!... - powtórzył Roch.

- ...Tak i ów kościół zdobędę, tak mi Panie Boże dopomóż, amen!- dokończył Zagłoba.

Po czym odwrócił się do swej czeladzi, która już stała przy armatach.

- Ognia!

Szwedów, broniących się z rozpaczą w kościele, strach zdjął, gdy nagle cała boczna ściana trząść się zaczęła. Na tych, którzy siedzieli w oknach, przy strzelnicach powycinanych w murze, na załamach wewnętrznych gzymsów, przy gołębich otworach, przez które strzelali do oblegających, jęły się sypać cegły, gruz, wapno. Straszliwa kurzawa wstała w domu bożym i pomieszana z dymem, jęła dławić spracowanych ludzi. Człek człeka nie mógł dojrzeć w ciemności, okrzyki: "Dusim się, dusim się!", powiększyły jeszcze przerażenie. A tu kościół chwieje się, trzask muru, spadanie cegieł, łoskot kul wpadających przez okna, dźwięk ołowianych krat lecących na podłogę, żar, wyziewy ludzkie zmieniają przybytek boży w piekło ziemskie. Przerażeni żołnierze odbiegają bramy, okien, strzelnic.

Popłoch zmienia się w szał. Znów przeraźliwe głosy wołają: "Dusim się! powietrza! wody!"

Nagle setki gardzieli poczynają ryczeć:

- Białą chorągiew! białą chorągiew!

Komenderujący, Erskin, chwyta za nią własną ręką, aby ją wywiesić na zewnątrz, wtem brama pęka, lawa szturmujących wpada na kształt ławicy szatanów - i nastaje rzeź. Cisza nagle czyni się w kościele, słychać tylko zwierzęce sapanie walczących, zgrzyt żelaza o kości, o kamienną posadzkę, jęki, chlupotanie krwi -czasem głos jakiś, w którym nie masz nic ludzkiego, krzyknie: "Pardon! pardon!" Po godzinie walki dzwon na dzwonnicy poczyna huczeć, i huczy, huczy - Mazurom na zwycięstwo, Szwedom na pogrobne.

Pałac Kazanowskich; klasztor i dzwonnica zdobyte. Sam Piotr Opaliński, wojewoda podlaski, ukazuje się wśród krwawych tłumów przed pałacem na koniu.

- Kto nam przyszedł w sukurs z pałacu? - krzyczy chcąc przekrzyczeć gwar i wycie ludzkie.

- Ten, który pałac zdobył! - mówi potężny mąż ukazując się nagle przed wojewodą - ja!!!

- Jak waści zowią?

- Zagłoba.

- Vivat Zagłoba! - ryczą tysiące gardzieli.

Lecz straszliwy Zagłoba ukazuje krzywcem zabrukanej szabli na bramę.

- Nie dosyć na tym! - woła - tam! do bramy! Działa ku murom i na bramę a my naprzód! za mną!

Rozszalałe tłumy rzucają się w kierunku bramy, wtem - o cudo! - ogień szwedzki, zamiast się wzmagać, słabnie.

Jednocześnie głos jakiś donośny rozlega się niespodzianie z wierzchołka dzwonnicy:

- Pan Czarniecki już w mieście! Widzę nasze chorągwie!!!

Ogień szwedzki słabnie coraz bardziej.

- Stój! stój! - komenderuje wojewoda.

Lecz tłumy go nie słyszą i biegną na oślep. Wtem biała chorągiew ukazuje się na Bramie Krakowskiej.

Istotnie, Czarniecki przebiwszy Dom Gdański wpadł na kształt huraganu do obrębu fortecy, a gdy pałac Daniłłowiczowski już był także zdobyty, gdy w chwilę później i litewskie znaki zabłysły od strony Świętego Ducha na murach, uznał Wittenberg, że dalszy opór daremny. Mogli wprawdzie Szwedzi bronić się jeszcze w wyniosłych domach Starego i Nowego Miasta, lecz i mieszczanie chwycili już za broń: obrona musiałaby się skończyć na straszliwej rzezi Szwedów, bez nadziei zwycięstwa.

Trębacze poczęli tedy trąbić na murach i wiewać białymi chorągwiami. Widząc to komendanci polscy wstrzymali szturm, po czym jenerał Loewenhaupt, w otoczeniu kilku pułkowników, wyjechał Bramą

Nowomiejską i popędził, co tchu, do króla.

Jan Kazimierz miał już miasto w ręku, lecz dobry pan pragną wstrzymać rozlew krwi chrześcijańskiej, więc przystał na podawane poprzednio Wittenbergowi warunki. Miasto miało być oddane ze wszystkimi nagromadzonymi w nim łupami. Każdemu Szwedowi pozwolono było zabrać to tylko, co ze Szwecji ze sobą przywiózł. Załoga ze wszystkimi jenerałami i z bronią w ręku miała prawo wyjść z miasta zabrawszy chorych i rannych oraz damy szwedzkie, których kilkadziesiąt było w Warszawie. Polakom, którzy przy Szwedach jeszcze służyli, udzielono amnestii, ze względu, że zapewne nie było już wysługujących się dobrowolnie. Wyłączon został jeden Bogusław Radziwiłł, na co Wittenberg zgodził się tym łatwiej, iż książę stał w tej chwili z Duglasem u Buga.

Warunki podpisano natychmiast. Wszystkie dzwony w kościołach poczęły głosić miastu i światu, że stolica przechodzi znów do rąk prawego monarchy. W godzinę później wysypało się mnóstwo co najbiedniejszego ludu zza wałów szukać miłosierdzia i chleba w polskich obozach, wszystkim już bowiem, prócz Szwedów, brakło w mieście żywności. Król kazał dawać, co było można, sam zaś odjechał patrzeć na wyjście załogi szwedzkiej.

Stanął więc otoczony dostojnikami duchownymi i świeckimi, w asystencji tak wspaniałej, iż oczy ludzkie ćmiła. Wszystkie niemal wojska, więc koronne pod hetmanami, dywizja Czarnieckiego, litewskie pod Sapiehą i niezmierne tłumy pospolitego ruszenia wraz z czeladzią, zebrały się obok majestatu, bo wszyscy ciekawi byli widzieć tych Szwedów, z którymi przed kilku godzinami tak straszliwie i krwawo walczyli. Przy wszystkich bramach, od chwili podpisania ugody, stali komisarze polscy; powierzono im zbadanie, czy Szwedzi jakowych łupów nie wywożą. Osobna komisja zajęta była przejmowaniem łupów w samym mieście.

Ukazała się więc naprzód jazda, której było niewiele, zwłaszcza że wyłączono od prawa wyjścia Bogusławową; za nią szła artyleria polowa z lekkimi działami, ciężkie bowiem miały być wydane Polakom. Szli tedy żołnierze obok dział z zapalonymi lontami. Nad nimi chwiały się rozwinięte chorągwie które przed królem polskim, niedawno tułaczem, na znak czci zniżano. Artylerzyści postępowali hardo, patrząc wprost w oczy polskiemu rycerstwu, jak gdyby chcieli mówić: "Spotkamy się jeszcze!", a Polacy podziwiali ich butną postawę i nieugięty nieszczęściem animusz. Za czym ukazały się wozy z oficerami i rannymi. W naczelnym leżał Benedykt Oxenstierna, kanclerz, przed którym król kazał broń prezentować piechocie, chcąc okazać, że nawet w nieprzyjacielu cnotę uszanować umie.

Potem, przy odgłosie bębnów i także z rozpuszczonymi chorągwiami, szły czworoboki nieporównanej piechoty szwedzkiej, podobne, wedle wyrażenia Subaghaziego, do chodzących zamków. Za nimi ukazał się świetny orszak rajtarii, przybranej w blachy od stóp do głowy, z błękitną chorągwią, na której złoty lew był wyszyty. Rajtarowie ci otaczali sztab główny. Na ich widok poszedł szmer przez tłumy:

- Wittenberg jedzie! Wittenberg!

Jakoż jechał sam feldmarszałek, a przy nim Wrangel młodszy, Horn, Erskin, Loewenhaupt, Forgell. Oczy polskich rycerzy zwróciły się z chciwością w ich stronę, a zwłaszcza na twarz Wittenberga. Lecz oblicze jego nie zwiastowało tak straszliwego wojownika, jakim był w samej istocie. Była to twarz stara, blada, wyniszczona przez chorobę. Rysy miał ostre, nad ustami nosił rzadki i mały wąs, zadarty w końcach ku górze. Zaciśnięte usta i spiczasty, długi nos nadawały mu pozór starego i drapieżnego skąpca. Przybrany w czarny aksamit i w czarny kapelusz na głowie, wyglądał raczej na uczonego astrologa lub na medyka, i tylko złoty łańcuch na szyi oraz brylantowa gwiazda na piersiach i buława feldmarszałkowska w ręku zdradzały jego wysoką hetmańską szarżę.

Jadąc rzucał niespokojnie oczyma na króla, na sztab królewski, na stojące w szyku chorągwie, po czym wzrok jego ogarniał niezmierzone tłumy pospolitego ruszenia i ironiczny uśmiech ukazywał mu się na bladych wargach.

A w tych tłumach szmer rosnął coraz bardziej i słowo: "Wittenberg! Wittenberg!" było na wszystkich ustach.

Po chwili szmer zmienił się w pomruk głuchy, ale groźny, jak pomruk morza przed burzą. Od chwili do chwili cichł; a wówczas hen! w dali, w ostatnich szeregach, słychać było jakiś głos perorujący. Temu głosowi odpowiadały inne, odpowiadało ich coraz więcej, rozlegały się coraz silniej, rozbiegały się coraz szerzej jakby jakieś echa złowrogie. Przysiągłbyś, że burza idzie z oddali, że wybuchnie z całą siłą.

Dostojnicy stropili się i poczęli niespokojnie spoglądać na króla.

- Co to jest? co to znaczy? - pytał Jan Kazimierz.

Wtem pomruk przeszedł w huk tak straszny, jakby grzmoty poczęły w niebie walczyć ze sobą. Niezmierne tłumy pospolitego ruszenia poruszyły się gwałtownie, zupełnie jak łan zboża, gdy huragan zawadzi o niego swym olbrzymim skrzydłem. Nagle kilkadziesiąt tysięcy szabel zabłysło w słońcu.

- Co to jest? co to znaczy? - spytał powtórnie król.

Nikt nie umiał mu odpowiedzieć.

Wtem Wołodyjowski stojący w pobliżu przy panu Sapieże zakrzyknął:

- To pan Zagłoba!

Wołodyjowski odgadł. Jak tylko bowiem warunki kapitulacji zostały ogłoszone i doszły do uszu pana Zagłoby, stary szlachcic wpadł w gniew tak straszny, że mowa była mu przez jakiś czas odjętą. Przyszedłszy do siebie, zaczął od tego, iż wskoczył między szeregi pospolitego ruszenia i począł burzyć umysły. Słuchano go chętnie, bo wszystkim się zdało, że za tyle męstwa, za tyle trudów, za tyle krwi wylanej pod murami Warszawy lepszą powinni mieć nad nieprzyjacielem zemstę. Otaczały więc Zagłobę potężne koła niesfornej i burzliwej szlachty, a on całymi garściami rzucał rozżarzone węgle na prochy i wymową rozdmuchiwał coraz większy pożar,

który tym łatwiej ogarniał głowy, że już i tak dymiły od zwykłych po zwycięstwie
libacji.
- Mości panowie! - mówił Zagłoba. - Oto te stare ręce pięćdziesiąt lat już pracują dla ojczyzny, pięćdziesiąt lat przelewały krew nieprzyjacielską przy wszystkich ścianach Rzeczypospolitej, teraz zasię - mam świadków! - one to pałac Kazanowskich i kościół bernardyński zdobyły! A kiedy, mości panowie, Szwedzi stracili otuchę, kiedy na kapitulację się zgodzili? - oto wówczas, gdyśmy armaty od Bernardynów na Stare Miasto wyrychtowali. Nie żałowano tu naszej krwi, bracia, hojnie nią szafowano, a pożałowano tylko samego nieprzyjaciela. To my, bracia, substancję zostawiamy bez gospodarza, czeladź bez pana, żonę bez męża, dziatki bez ojca... (o moje dziatki, co się z wami teraz dzieje!) i przychodzimy tu z gołą piersią na armaty, a jakaż nam za to nagroda? Oto taka: Wittenberg wolny odchodzi i jeszcze go honorują na drogę. Odchodzi kat naszej ojczyzny, odchodzi bluźniciel przeciw wierze, Najświętszej Panny wróg zaciekły, podpalacz naszych domów, zdzierca naszych szat ostatnich, morderca żon i dziatek naszych! (o moje dziatki, gdzie wy teraz!) hańbiciel duchowieństwa i panienek Bogu poświęconych... Biada tobie, ojczyzno! hańba tobie, szlachto! paroksyzm tobie nowy, wiaro nasza święta! biada wam, kościoły utrapione, płacz tobie i narzekanie, Częstochowo! - bo Wittenberg odchodzi wolno i wróci wkrótce łzy i krew wyciskać, dobijać, których nie dobił, palić, czego jeszcze nie spalił, hańbić, czego jeszcze nie zhańbił. Płacz, Korono i Litwo, płaczcie, wszystkie stany, jako ja płaczę, stary żołnierz, który, do grobu zstępując, na paroksyzm wasz patrzeć musi... Biada tobie, Illium, miasto starego Priama! Biada! biada! biada!
  Tak to prawił pan Zagłoba, a tysiące słuchały go i gniew podnosił szlachcie włosy na czuprynach, on zaś jechał dalej i znów biadał, i szaty darł na sobie, i piersi odkrywał. Wnikał też i w wojsko, które także chętnie skargom jego ucho podawało, istotnie bowiem straszliwa była przeciw Wittenbergowi we wszystkich sercach zawziętość. Tumult byłby wybuchł od razu, ale powstrzymał go sam Zagłoba z obawy, że gdy za wcześnie wybuchnie, wówczas Wittenberg może się jeszcze jakoś wyratować, a jeśli wybuchnie wówczas, gdy będzie wyjeżdżał z miasta i na oczy się pospolitemu ruszeniu pokaże, to go na szablach rozniosą, zanim się kto opatrzy, co się dzieje.
  I wyrachowania jego sprawdziły się zupełnie. Na widok okrutnika szał ogarnął mózgi niesfornej a podpiłej szlachty i w mgnieniu oka burza wybuchła straszliwa. Czterdzieści tysięcy szabel zabłysło w słońcu, czterdzieści tysięcy gardzieli poczęło ryczeć: "Śmierć Wittenbergowi!" - "Dawajcie go sam!" - "Bigosować! bigosować!" Do tłumów szlacheckich przyłączyły się tłumy niesforniejszej jeszcze, a rozbestwionej niedawnym przelewem krwi czeladzi, nawet karniejsze regularne chorągwie jęły szemrać groźnie przeciw ciemięzcy i burza poczęła lecieć z wściekłością na

sztab szwedzki.

W pierwszej chwili stracili wszyscy głowę, choć wszyscy od razu zrozumieli, co idzie. "Co czynić!" - ozwały się głosy przy królu. "Jezu miłosierny!" "Ratować! osłaniać!" - "Hańba nie dotrzymać umowy!"

Wtem tłumy rozżarte wpadają między chorągwie, cisną je, chorągwie mieszają się, nie mogąc ustać na miejscu. Naokół widać szable, szable i szable, pod nimi rozpalone twarze, wytrzeszczone oczy, wyjące usta; zgiełk, szum i dzikie okrzyki rosną z przerażającą szybkością, na czele leci czeladź, ciury i wszelka wojskowa hołota, podobniejsza do zwierząt lub diabłów niż do ludzi.

Zrozumiał i Wittenberg, co się dzieje. Twarz mu pobladła jak płótno, pot obfity a zimny zrosił mu w jednej chwili czoło i - o dziwo! - ów feldmarszałek, który przedtem światu całemu gotów był przegrażać, ów pogromca tylu armii, zdobywca tylu miast, ów stary żołnierz, zląkł się teraz tak okropnie wyjącej tłuszczy, iż przytomność opuściła go zupełnie. I począł dygotać całym ciałem, i ręce opuścił, i jęczał, i ślina poczęła mu ciec z ust na złoty łańcuch, a buława marszałkowska z ręki wypadła. Tymczasem straszliwa ciżba była coraz bliżej i bliżej; już, już okropne postacie otaczały nieszczęsnych jenerałów naokół, chwila jeszcze, a rozniosą tak wszystkich na szablach, że jednego szczątka nie zostanie.

Inni jenerałowie powydobywali szpady chcąc umrzeć z bronią w ręku, jak na rycerzy przystało, lecz stary ciemięzca zesłabł zupełnie i przymrużył oczy.

Wtem pan Wołodyjowski skoczył sztabowi na ratunek. Chorągiew, idąc w skok klinem, roztrąciła tak tłuszczę, jak okręt płynący wszystkimi żaglami roztrąca spiętrzone fale morza. Krzyk tratowanej hołoty pomieszał się z krzykiem laudańskich, lecz jeźdźcy pierwej dopadli sztabu i otoczyli go w mgnieniu oka murem koni, murem piersi własnych i szabel.

- Do króla! - krzyknął mały rycerz.

I ruszyli. Tłum otoczył ich ze wszystkich stron, biegł z boków, z tyłu, wywijał szablami i drągami, wył coraz straszniej, lecz oni parli naprzód, tnąc szablami od czasu do czasu na boki, jak tnie potężny odyniec otoczony przez stado wilków.

Wtem Wojniłłowicz skoczył w pomoc Wołodyjowskiemu, za nim Wilczkowski z królewskim pułkiem, za nim kniaź Połubiński i wszyscy razem, oganiając się ustawicznie, przyprowadzili sztab przed oblicze Jana Kazimierza.

Tumult, zamiast zmniejszać się, rósł coraz bardziej. Zdawało się przez chwilę, że rozhukana tłuszcza, bez względu na majestat, będzie chciała dostać w ręce jenerałów. Wittenberg oprzytomniał, ale strach nie opuścił go bynajmniej, więc zeskoczył z konia, jak zając napierany przez psy lub wilki chroni się aż pod wozy zaprzężone, tak on kopnął się, mimo podagry, aż pod nogi królewskie.

Tam rzucił się na kolana i chwyciwszy za strzemię, począł krzyczeć:

- Ratuj, miłościwy panie! ratuj! Mam twoje słowo królewskie, ugoda podpisana, ratuj, ratuj! Zmiłuj się nad nami! Nie pozwalaj mnie zamordować!

Król na widok takiego upokorzenia i takiej hańby odwrócił ze wstrętem oczy i rzekł:

- Panie feldmarszałku, uspokój się pan!

Lecz sam miał twarz strapioną, bo nie wiedział, co czynić. Naokół zbierały się coraz większe tłumy i zbliżały się coraz natarczywiej. Wprawdzie stanęły chorągwie jakby do boju, a piechota zamojska utworzyła naokół groźny czworobok, lecz jaki miał być wszystkiego koniec?

Król spojrzał na Czarnieckiego, lecz ten tylko brodę kręcił z wściekłością, takim gniewem wzburzyła mu się dusza przeciw niekarności pospolitego ruszenia.

Tymczasem kanclerz Koryciński rzekł:

- Miłościwy panie, trzeba ugody dotrzymać.

- Tak jest! - rzekł król.

Wittenberg, który pilno patrzył im w oczy, odetchnął swobodniej.

- Najjaśniejszy panie! - zawołał - wierzyłem w twoje słowo jak w Boga!

A na to stary hetman koronny, pan Potocki:

- A czemuś to waść tyle przysiąg, tyle ugód i kapitulacyj łamał? Kto czym wojuje, od tego ginie... Wszakżeś to Wolfa, pułk królewski wbrew kapitulacji zagarnął?

- To nie ja, to Miller, to Miller - odrzekł Wittenberg.

Hetman spojrzał z pogardą, za czym odwrócił się do króla:

- Miłościwy panie! Nie mówię tego, abym waszą królewską mość miał do złamania także ugody pobudzać, bo niechże wiarołomstwo po ich jeno stronie będzie.

- Więc co czynić? - spytał król.

- Jeśli go teraz do Prus odeślem, to z pięćdziesiąt tysięcy szlachty ruszy za nim i nim do Pułtuska dojedzie, już go rozsiekają... Chybaby mu cały komput wojska za stróżę dodać, a tego czynić nie możem... Słyszysz, wasza królewska mość, jako tam wyją. Revera... słuszna jest przeciw niemu zawziętość... Trzeba naprzód jego osobę ubezpieczyć, a odesłać wszystkich wówczas, gdy ten ogień ugaśnie.

- Nie może inaczej być! - rzekł kanclerz Koryciński.

- Ale gdzie go ubezpieczyć? Tu go trzymać nie możem, bo tu, u licha, wojna domowa wybuchnąć gotowa - ozwał się pan wojewoda ruski.

Na to wystąpił pan starosta kałuski, Sobiepan, i wydymając mocno wargi rzekł ze zwykłą sobie fantazją:

- A cóż! miłościwy panie! Dajcie mi ich do Zamościa, niech posiedzą, póki się spokój nie uczyni. Już ja go tam przed szlachtą obronię... Ba! niech mi spróbują go wydrzeć! Ba!

- Ale w drodze, jak go wasza dostojność obronisz? - spytał kanclerz.

- Ha! jeszcze mnie na pachołków stać. Albo to nie mam piechoty i dział, co?

Niech go Zamoyskiemu wydrą! Obaczym!

Tu zaczął się w boki brać, po udach klepać i na kulbace na obie strony się przechylać.

- Nie ma innej rady! - rzekł kanclerz.

- I ja nie widzę! - dodał pan Lanckoroński.

- To ich i weźcie, panie starosto! - rzekł do Zamoyskiego król.

Lecz Wittenberg widząc, że już życiu jego nic nie grozi, uznał za stosowne protestować.

- Nie tegośmy się spodziewali! - rzekł.

Na to pan Potocki ukazując w dal ręką:

- A to proszę, nie zatrzymujem, wolna droga!

Wittenberg umilkł.

Tymczasem kanclerz rozesłał kilkudziesięciu oficerów, aby głosili wzburzonej szlachcie, że Wittenberg nie odejdzie wolno, ale zostanie odesłany do Zamościa. Tumult nie zaraz wprawdzie się uciszył, jednakże wieść podziałała uspokajająco. Nim wieczór zapadł, umysły zwróciły się w inną stronę. Wojska poczęły. wchodzić do miasta i widok odzyskanej stolicy napełnił wszystkie dusze radością tryumfu.

Radował się i król, jednakże myśl, że nie mógł w zupełności dotrzymać warunków ugody, trapiła go niepomału, zarówno jak wieczna niekarność pospolitego ruszenia.

Czarniecki żuł w sobie gniew.

- Z takim wojskiem nigdy nie można być jutra pewnym - mówił do króla.

- Czasem bije się źle, czasem po bohatersku, wszystko od fantazji, a lada podmuch, to i bunt gotowy.

- Daj Boże, by się nie zaczęli rozjeżdżać - rzekł król - bo jeszcze potrzebni, a już myślą, że wszystkiego dokonali.

- Sprawca tego rozruchu powinien być końmi rozerwan, bez względu na usługi, jakie oddał! - mówił dalej Czarniecki.

Kazano też najsurowiej szukać pana Zagłoby, bo nikomu nie było tajno, że on to podniósł burzę, lecz pan Zagłoba jak w wodę wpadł. Szukano go w mieście, w namiotach, między taborem, nawet między Tatarami, wszystko na próżno. Powiadał przy tym Tyzenhauz, że król, jak zawsze dobry i miłościw, życzył sobie z całej duszy, żeby go nie znaleziono, i że nawet nowennę na to odprawiał.

Zaś w tydzień później, po jakowymś obiedzie, gdy monarsze serce wezbrało radością, usłyszano z ust Jana Kazimierza słowa następujące:

- A rozgłoście tam, żeby się pan Zagłoba dłużej nie chował, bo już nam po nim i jego krotochwilach tęskno!

Gdy kasztelan kijowski żachnął się na to, król dodał:

- Kto by w tej Rzeczypospolitej jeno sprawiedliwość; nie miłosierdzie miał w sercu, ten by, zamiast serca, topór w piersiach nosić musiał. O winę tu łatwiej niż gdzie indziej; ale też i poprawa nigdzie tak rychło nie następuje!

A mówiąc to; miał pan więcej jeszcze Babinicza na myśli ni Zagłobę, zaś o

Babiniczu myślał dlatego, że młody junak właśnie poprzedniego dnia pokłonił się do nóg królewskich z prośbą, by mu na Litwę nie było wzbroniono jechać. Mówił, że chce tam wojnę ożywić i Szwedów podchodzić, jak niegdyś Chowańskiego podchodził. A ponieważ król i tak miał zamiar posłać tam doświadczonego w podjazdowej wojnie żołnierza, więc pozwolił, opatrzył, pobłogosławił i jeszcze mu czegoś tam po cichu do ucha życzył, po którym życzeniu padł mu młody rycerz do nóg jak długi. Po czym nie zwłócząc ruszył raźno na wschód. Subaghazi, znacznym podarkiem ujęty, pozwolił mu nowych pięciuset dobrudzkich ordyńców z sobą zabrać, szło więc za nim półtora tysiąca ludzi dobrych, siła, z którą można było przecie coś począć. I paliła się głowa junacka chęcią bojów i wojennych czynów, śmiała mu się nadzieja sławy; słyszał już, jak cała Litwa wymawia z chlubą i podziwem jego imię... Słyszał zwłaszcza, jak powtarzają je jedne kochane usta, i dusza dostawała mu skrzydeł.

A jeszcze i dlatego tak mu się jechało raźno, że gdzie przyjechał, tam pierwszy szczęsną wieść zwiastował, iż Szwed pobit i Warszawa wzięta. Warszawa wzięta! Gdzie zatętniły kopyta jego konia, tam całe okolice rozbrzmiewały tymi słowami, tam lud witał go z płaczem na drogach, tam bito we dzwony po kościołach i śpiewano Te Deum laudamus! Gdy jechał lasem, to sosny ciemne, gdy polami, to łany zbóż złocistych wiatrem kołysane, zdawały się powtarzać, szumiąc radośnie:

- Szwed pobit! Warszawa wzięta! Warszawa wzięta!

ROZDZIAŁ 15

Jakkolwiek Ketling bliskim był osoby księcia Bogusława, jednakże nie wszystko wiedział i nie wszystko umiał opowiedzieć Kmicicowi, co się działo w Taurogach, albowiem zaślepiało go to, że sam się w Billewiczównie kochał.

Bogusław innego także miał powiernika, a mianowicie pana Sakowicza, starostę oszmiańskiego, i ten jeden tylko wiedział, jak głęboko zabrnął książę w afekt dla swej wdzięcznej branki oraz jakich sposobów używał, aby jej serce i osobę posiąść.

Miłość ta była po prostu żądzą piekącą, bo do innych uczuć serce Bogusławowe nie było zdolne, ale tak gwałtowną, iż ów doświadczony w amorach kawaler głowę tracił. I nieraz wieczorami, gdy zostali ze starostą oszmiańskim sam na sam, chwytał się Bogusław za włosy, wołając:

- Gorzeję, Sakowicz, gorzeję!

Sakowicz wnet sposób znajdował.

- Kto chce miód wybrać - mówił - musi pszczoły odurzyć, a małoż to durzących dryjakwi ma medyk waszej książęcej mości? Dziś mu słowo rzec, jutro będzie po harapie.

Lecz książę nie chciał chwytać się tego sposobu, a to z rozmaitych przyczyn. Naprzód, któregoś dnia pojawił mu się we śnie stary pułkownik

Billewicz, dziadek Oleńki, i stanąwszy wedle wezgłowia, wpatrywał się w niego, aż do pierwszego piania kogutów, groźnymi oczyma. Bogusław ten sen zapamiętał, tak zaś był ów rycerz bez trwogi przesądny, tak się bał czarów, sennych ostrzeżeń i nadprzyrodzonych zjawisk, iż dreszcz go przejmował na myśl, w jakiej grozie i w jakiej postawie pojawiłoby się po raz wtóry owo widziadło, gdyby za radą Sakowicza poszedł. Sam starosta oszmiański, który w Boga nie bardzo wierzył, ale snów i czarów bał się także, zachwiał się nieco w radach.

Drugą przyczyną powściągliwości Bogusławowej było to, że "Wołoszka" bawiła z pasierbicą w Taurogach. Nazywano "Wołoszką" księżnę Januszową Radziwiłłową. Pani ta pochodząc z kraju, w którym niewiasty dość wolne miewają obyczaje, nie była wprawdzie zbyt surową, owszem, może aż nadto na uciechy dworzan i fraucymeru wyrozumiała, jednakże nie mogłaby ścierpieć, aby pod jej bokiem człowiek, mający być mężem jej pasierbicy, spełnił występek wołający o pomstę do nieba.

Lecz i później, gdy wskutek namów Sakowicza i z wolą księcia wojewody wileńskiego "Wołoszka" wyjechała z księżniczką Januszówną do Kurlandii, Bogusław nie ośmielił się na występek. Bał się straszliwego krzyku, który by na Litwie całej powstać musiał. Billewiczowie, ludzie możni, nie omieszkaliby go gnębić procesem, prawo zaś karało podobne uczynki utratą mienia, czci i gardła.

Radziwiłłowie byli wprawdzie dość potężni i mogli deptać po prawie, lecz gdyby zwycięstwo przechyliło się w wojnie na stronę Jana Kazimierza, wówczas i tak mógł młody książę popaść w srogie terminy, w których zbrakłoby mu potęgi, przyjaciół i poplecznikków. A właśnie trudno już było przewidzieć, jak się wojna skończy, gdy Kazimierzowi co dzień sił przybywało, Karolowa zaś potęga malała konieczną ludzi utratą i wyczerpywaniem się pieniędzy.

Książę Bogusław, człowiek popędliwy, ale i polityk, liczył się z położeniem. Żądze trawiły go ogniem, rozum doradzał powściągliwość, strach zabobonny kiełznał porywy krwi, jednocześnie przyszły nań choroby, jednocześnie zwaliły się sprawy wielkie a pilne, od których częstokroć los całej wojny zależał, i te wszystkie przyczyny targały duszę książęcą, aż ją znużyły śmiertelnie.

Wszelako nie wiadomo, jak by się skończyła walka, gdyby i nie miłość własna Bogusławowa. Był to pan niezmiernego o sobie rozumienia. Poczytywał się za niezrównanego statystę, wielkiego wodza, wielkiego rycerza i niezwyciężonego zdobywcę serc niewieścich Miałżeby uciekać się do siły lub odurzających napojów on, który skrzynię kowaną listów miłosnych od różnych znamienitych zagranicznych dam ze sobą woził? Miałyżby jego dostatki, jego tytuły, jego potęga, królewskiej niemal równa, jego wielkie imię, uroda i dworność nie wystarczyć do pokonania jednej trusi szlacheckiej?

A przy tym, o ileż triumf większy, o ileż więcej rozkoszy, gdy opór dziewczyny sfolżeje i gdy sama dobrowolnie, z bijącym jak u schwytanego ptaka sercem, z palącą twarzą i oczyma zaszłymi mgłą, obsunie się w te ramiona, które się ku niej wyciągają.

Bogusława przechodził dreszcz na myśl o tej chwili i pragnął jej tak prawie mocno jak samej Oleńki. Spodziewał się ciągle, że taka chwila nastąpi, zżymał się, niecierpliwił, łudził samego siebie, czasem zdawało mu się, że jest od niej bliżej, czasem, że dalej, i wówczas wołał, że gorzeje, lecz pracować nie przestawał.

Otoczył naprzód dziewczynę drobiazgową troskliwością, tak aby musiała mu być wdzięczną i myśleć, że jest dobry, rozumiał bowiem, że uczucie wdzięczności i przyjaźni jest to łagodny i ciepły płomyk, który później należy tylko rozdmuchać, a wraz w wielki żar się zamieni. Częste przestawanie ich ze sobą miało służyć do tego, aby to przyszło tym pewniej, dlatego też nie okazywał Bogusław żadnej natarczywości, nie chcąc zmrozić zaufania ani przestraszyć.

Tymczasem każde spojrzenie, każde-dotknięcie ręki, każde słowo, nic nie szło na darmo, jeno musiało być kroplą drążącą kamień. Wszystko, co czynił dla Oleńki, mogło się tłumaczyć gościnnością gospodarza, owym niewinnym pociągiem przyjaznym, jaki jedna istota dla drugiej uczuwa, ale jednak było to czynione tak, jakby czyniła miłość. Granica była umyślnie zatarta i niewyraźna, aby przekroczenie jej stało się z czasem łatwiejszym i aby dziewczyna snadniej zabłądziła w tych manowcach, gdzie każdy kształt mógł coś, ale mógł i nic nie znaczyć. Gra ta nie godziła się wprawdzie z wrodzoną popędliwością Bogusława, wszelako hamował się, bo sądził, że ona jedynie może doprowadzić do celu, a zarazem znajdował w niej upodobanie takie, jakie znajduje pająk napinający sieć, zdradliwy ptasznik zastawiający sidła lub strzelec tropiący cierpliwie a wytrwale zwierza. Bawiła księcia własna przenikliwość, subtelność i bystrość, których nauczył go pobyt na dworze francuskim.

Jednocześnie podejmował pannę Aleksandrę jakby księżnę udzielną, ale tak, że znowu niełatwo było jej odgadnąć, czyli to dzieje się wyłącznie dla niej, czy też wypływa z jego przyrodzonej i nabytej dworności dla płci białej w ogóle.

Wprawdzie czynił ją główną osobą wszystkich zabaw, igrzysk, kawalkad i wypraw myśliwskich, lecz wypływało to nieco z natury rzeczy; po wyjeździe księżnej Januszowej do Kurlandii ona była istotnie najdostojniejszą wśród niewiast zgromadzonych w Taurogach. Schroniło się wprawdzie do Taurogów, jako do miejsca leżącego tuż przy granicy, mnóstwo szlachcianek z całej Żmudzi, aby się pod opieką książęcą od Szwedów uchronić, te jednak same Billewiczówne, jako córce najzacniejszego rodu, prym we wszystkim przyznawały. A tymczasem, gdy cała Rzeczpospolita zalewała się krwią, uroczystościom nie było końca. Rzekłbyś: dwór królewski ze wszystkimi dworzany i pannami zjechał na wieś dla wczasu i zabaw.

Bogusław rządził jak samowładny monarcha w Taurogach i w całych przyległych Prusach elektorskich, w których częstym bywał gościem, więc wszystko było na jego rozkazy. Miasta dostarczały na skrypty pieniędzy, wojsk, szlachta pruska z ochotą zjeżdżała koleśno i konno na uczty, karuzele i łowy. Bogusław wskrzesił nawet na cześć swej damy zaniechane już wówczas gonitwy rycerskie w szrankach.

Pewnego razu sam wziął w nich czynny udział i przybrany w srebrną zbroję, a przepasany błękitną wstęgą, którą panna Aleksandra musiała go przewiązać, zwalił z konia czterech najprzedniejszych rycerzy pruskich, piątego Ketlinga, a szóstego z kolei Sakowicza, choć ten siłę miał tak olbrzymią, że karety, uchwyciwszy za koło, w biegu zatrzymywał. I co za zapał powstał w tłumie widzów, gdy następnie srebrny rycerz klęknąwszy przed swą damą brał z jej rąk wieniec zwycięstwa. Okrzyki brzmiały na podobieństwo grzmotu dział, wiewały chustki, kłaniały chorągwie, on zaś uniósł przyłbicy i patrzył w jej zapłonioną twarz swymi ślicznymi oczyma, przyciskając jednocześnie do ust jej ręce.

Innym razem, gdy wśród parkanów rozwścieczony niedźwiedź zażerał się z psami i wszystkie z kolei rozciągał, książę, przybrany tylko w lekką szatę hiszpańską, skoczył do środka z oszczepem i skuł nie tylko srogą bestię, ale i trabanta; który widząc chwilę niebezpieczeństwa poskoczył mu na ratunek.

Panna Aleksandra, wnuczka starego żołnierza, wychowana w tradycjach krwi, wojny i czci dla przewag rycerskich, nie mogła się oprzeć na widok tych czynów podziwowi, a nawet uwielbieniu, nauczono ją bowiem z małego uważać męstwo za pierwszy niemal przymiot męża.

Tymczasem książę co dzień składał dowody nadludzkiej prawie odwagi, i co dzień na cześć Oleńki. Goście zebrani, w pochwałach i uniesieniach dla księcia tak wielkich, że bóstwo samo poprzestać by na nich mogło, musieli mimo woli łączyć w rozmowach jej imię z imieniem Bogusława. On milczał, lecz oczyma wypowiadał jej to, czego nie śmiały wypowiedzieć usta... Czar otaczał ją dokoła.

Wszystko układało się w ten sposób, żeby ich zbliżać, łączyć, a zarazem wyłączać z tłumu innych ludzi. Trudno było wspomnieć komuś o nim, by jednocześnie o niej nie wspomniał. Myślom samej Oleńki Bogusław narzucał się z siłą nieprzepartą. Każda chwila dnia była obrachowana na to, by czar potężniał.

Wieczorem, po igrzyskach, pokoje płonęły od lamp różnokolorowych, rzucających blaski tajemnicze a słodkie, jakoby z krainy snów rozkosznych. na jawę przeniesione; upajające wschodnie wonie przesycały powietrze, ciche dźwięki niewidzialnych harf, lutni i innych instrumentów pieściły uszy, a wśród tych aromatów, świateł, dźwięków chodził on w glorii powszechnych uwielbień, niby zaczarowany królewicz z bajki, młody, piękny, rycerski, świecący jak słońce od klejnotów, a jako pasterz rozkochany..

Jakaż dziewczyna mogła się oprzeć tym urokom, jakaż cnota mogła nie zemdleć wśród tych czarów?... A unikać młodego księcia nie było możności żyjąc z nim pod jednym dachem. i korzystając z jego gościnności, którą aczkolwiek przemocą narzucił, jednakże szczerze i prawdziwie po pańsku wypełniał. Przy tym Oleńka udała się bez niechęci do Taurogów, bo je wolała od ohydnych Kiejdan, również jak wolała rycerskiego Bogusława, który udawał przed nią miłość do opuszczonego króla i ojczyzny, od jawnego zdrajcy Janusza. Owszem, w początkach swego pobytu w Taurogach, pełna była przyjaznych uczuć dla młodego księcia, a spostrzegłszy wkrótce, jak dalece i on stara się o jej przyjaźń, używała nieraz swego wpływu, aby ludziom dobrze czynić.

W trzecim miesiącu jej bytności pewien oficer artylerii, przyjaciel Ketlinga. skazany został na rozstrzelanie przez księcia; Billewiczówna, dowiedziawszy się o tym od młodego Szkota, wniosła za nim instancję.

- Bóstwo może rozkazywać. nie prosić - odrzekł jej Bogusław i przedarłszy wyrok śmierci, rzucił jej do nóg. - Rządź, rozkazuj! Taurogi spalę, jeżeli choć uśmiech za tę cenę zdołam na twej twarzy wywołać. Nie chcę innej nagrody, jeno mi bądź wesołą i zapomnij o tym, coć dawniej bolało!

Ona wesołą nie mogła być, mając w sercu ból, żal i niewypowiedzianą pogardę dla człowieka, którego pierwszą miłością pokochała, a który teraz był w oczach jej większym zbrodniarzem od ojcobójcy. Ów Kmicic, obiecujący za czerwone złote wydać króla jak Judasz Chrystusa, zohydzał się i szpetniał coraz bardziej w jej oczach, aż z biegiem czasu zmienił się w potwór ludzki, w zgryzotę, w wyrzut dla niej samej. Nie mogła sobie darować, iż go kochała, a zarazem nie mogła go zapomnieć nienawidząc.

Wobec tych uczuć trudno jej było nawet udawać wesołość, ale natomiast musiała być księciu wdzięczną i za to, że do zbrodni Kmicicowej nie chciał przyłożyć ręki, i za wszystko, co dla niej czynił. Dziwno jej to było, że młody książę, taki rycerz i tak pełen szlachetnych uczuć, nie śpieszył na ratunek ojczyźnie, choć się na praktyki Januszowe nie zgadzał, sądziła wszelako, że taki statysta wie, co robi, i że tego wymaga polityka, której ona swym prostym panieńskim rozumem pojąć nie może. Bogusław napomykał jej też, tłumacząc swoje częste do bliskiej pruskiej Tylży wyjazdy, że sił mu już nie staje od zbytniej pracy, że prowadzi układy między Janem Kazimierzem, Karolem Gustawem, elektorem i że spodziewa się ojczyznę z toni wydźwignąć.

- Nie dla nagród, nie dla urzędów to czynię - mówił do niej - brata Janusza nawet poświęcam, który był mi ojcem, bo nie wiem, czy życie dla niego u zawziętości królowej Ludwiki wyproszę, ale czynię to, co mi Bóg, sumienie i afekt dla miłej matki ojczyzny nakazuje...

Gdy tak mówił ze smutkiem w delikatnej twarzy i oczyma ku pułapowi zwróconymi, wydawał jej się wzniosłym jako ci bohaterowie starożytni, o których stary pułkownik Billewicz jej opowiadał, co sam w Korneliuszu wyczytał. I wzbierało w niej serce podziwem, uwielbieniem. Powoli doszło do tego, że gdy myśli o nienawistnym Andrzeju Kmicicu zbyt ją zmęczyły, myślała o Bogusławie, aby się ukoić i pokrzepić. Tamten uosabiał dla niej straszliwą i ponurą ciemność, ten światło, w którym rada się kąpie każda dusza stroskana. Pan miecznik rosieński i panna Kulwiecówna, którą także sprowadzono z Wodoktów, popychali jeszcze Oleńkę po owej pochyłości, śpiewając od rana do wieczora hymny pochwalne na cześć Bogusława. Ciążyli mu wprawdzie oboje w Taurogach tak, iż o tym tylko myślał, jakby ich grzecznie precz wyprawić, ale ich sobie zjednał, a zwłaszcza pana miecznika, który z początku niechętny, nawet zagniewan, nie mógł się jednak przyjaźni i faworom Radziwiłła oprzeć.

Gdyby Bogusław był tylko znamienitego rodu szlachcicem, nie zaś Radziwiłłem, nie księciem, nie magnatem w monarchiczny niemal majestat przyodzianym, byłaby może Billewiczówna zakochała się w nim na śmierć i życie, wbrew testamentowi starego pułkownika, który jej wybór tylko między klasztorem a Kmicicem zostawiał. Lecz była to panna surowa dla siebie samej i dusza bardzo prawa, więc nawet nie dopuściła do głowy ani marzenia o niczym innym, jak o wdzięczności i podziwieniu dla księcia.

Ród jej był zbyt mały, by mogła zostać żoną, a zbyt wielki, by mogła zostać kochanicą Radziwiłła, patrzyła więc na niego, jakby patrzyła na króla będąc przy dworze. Próżno sam starał się nasuwać inne myśli; próżno sam, zapamiętawszy się istotnie w miłości, częścią z rachuby, częścią z uniesienia, powtarzał nieraz, co swego czasu mówił pierwszego wieczoru w Kiejdanach, że Radziwiłłowie nieraz się z szlachciankami żenili; owe myśli nie czepiały się jej, jak woda nie czepia się piersi łabędziej, i pozostała, jaką była, wdzięczną, przyjazną, wielbiącą, szukającą ulgi w myśli o bohaterze, lecz w sercu spokojną.

On zaś nie umiał się w jej uczuciach połapać i często wydawało mu się, że jest bliskim celu. Lecz sam ze wstydem i złością wewnętrzną spostrzegał, że nie jest tak śmiałym względem niej, jak bywał względem najpierwszych dam w Paryżu, w Brukseli i w Amsterdamie. Może to było dlatego, że się naprawdę zakochał; a może dlatego, że w tej pannie, w jej twarzy, ciemnych brwiach i surowych oczach było coś takiego, co nakazywało szacunek. Jeden jedyny Kmicic nie podlegał swego czasu temu wpływowi i ani dbając śmiało garnął się do całowania tych surowych oczu i dumnych ust, ale Kmicic był jej narzeczonym.

Wszyscy inni kawalerowie, począwszy od pana Wołodyjowskiego, skończywszy na bardzo rubasznej szlachcie pruskiej w Taurogach i samym księciu, mniej byli z nią poufali niż z innymi pannami takiej samej kondycji. Księcia unosiła wprawdzie popędliwość, ale gdy raz w karecie nacisnął jej nogę szepcząc jednocześnie: "Nie bój się..." - a ona odrzekła, iż właśnie boi się, by nie pożałowała położonej w nim ufności, Bogusław zmieszał się i powrócił do dawnej drogi stopniowego podbijania jej serca.

Lecz wyczerpywała się i jego cierpliwość. Powoli zaczął też zapominać o strasznym widziadle, które mu się we śnie pojawiło, coraz częściej rozmyślał nad tym, co Sakowicz radził, i nad tym, że Billewiczowie w wojnie wszyscy wyginą; żądze piekły go coraz potężniej, gdy nagle zaszła okoliczność, która bieg rzeczy w Taurogach zupełnie zmieniła.

Pewnego dnia przyszła wieść jak piorun, że Tykocin przez pana Sapiehę wzięty, a książę hetman wielki stracił życie w zwaliskach zamku.

Zawrzało wszystko w Taurogach, sam Bogusław zerwał się i wyjechał tegoż samego dnia do Królewca, w którym miał widzieć się z ministrami króla szwedzkiego i elektora.

Pobyt jego przedłużał się nad pierwotny zamiar. Tymczasem do Taurogów poczęły ściągać oddziały wojsk pruskich, a nawet i szwedzkich. Poczęto mówić o wyprawie przeciw panu Sapieże. Naga prawda, iż Bogusław był stronnikiem Szwedów, tak jak jego stryj Janusz, wychodziła na wierzch coraz wyraźniej.

Zdarzyło się, że jednocześnie pan miecznik rosieński odebrał wiadomość o spaleniu rodzinnych Billewicz przez oddziały Loewenhaupta, które, pobiwszy powstańców żmudzkich pod Szawlami, niszczyły ogniem i mieczem cały kraj.

Wówczas szlachcic zerwał się i pojechał chcąc szkody własnymi oczyma zobaczyć, a książę Bogusław wcale go nie wstrzymywał - owszem, chętnie wyprawił, rzekłszy tylko na drogę:

- Teraz waszmość rozumiesz, dlaczegom was do Taurogów sprowadził, bo po prostu mówiąc, życie mi zawdzięczacie.

Oleńka została sama z panną Kulwiecówną i natychmiast zamknęła się w swych komnatach, nikogo prócz niektórych niewiast nie widując. Te gdy jej przyniosły wieść, iż książę gotuje wyprawę przeciw wojskom polskim, nie chciała im zrazu wierzyć, lecz pragnąc się upewnić, kazała prosić do siebie Ketlinga, wiedziała bowiem, iż młody Szkot niczego przed nią nie utai.

Jakoż stawił się natychmiast, szczęśliwy, że go przywołano, że przez chwilę będzie mógł rozmawiać z tą, która opanowała mu duszę.

Billewiczówna poczęła go wypytywać:

- Panie kawalerze - rzekła -tyle wieści krąży po Taurogach. że błądzimy w nich jako wśród lasu. Jedni mówią, że książę wojewoda swoją śmiercią zmarł; drudzy; że na szablach rozniesion. Jaka jest przyczyna jego śmierci?

Ketling zawahał się przez chwilę; widocznym było, że walczy z wrodzoną nieśmiałością, na koniec zarumienił się mocno i odrzekł:

- Przyczyną upadku i śmierci księcia wojewody pani jesteś.

- Ja?... - zapytała ze zdumieniem panna Billewiczówna.

- Tak jest, bo książę nasz wolał zostać w Taurogach niż bratu iść na ratunek. O wszystkim tu zapomniał... przy tobie, pani.

Teraz ona z kolei zapłonęła jak róża purpurowa.

Nastała chwila milczenia.

Szkot stał z kapeluszem w ręku, ze spuszczonymi oczyma i głową schyloną na piersi, w postawie pełnej czci i uszanowania, na koniec podniósł głowę, strząsnął jasne pukle włosów i rzekł:

- Pani, jeżeli cię obraziły moje słowa, pozwól mi klęknąć przed sobą i na kolanach prosić cię o przebaczenie.

- Nie czyń tego, panie kawalerze - odrzekła żywo panna widząc, że młody rycerz zgina już kolano. - Wiem, iż coś rzekł, toś rzekł w szczerości serca, bom to z dawna spostrzegła, żeś mi życzliwy. Zali nie tak? Zali mi waćpan nie życzysz?...

Oficer podniósł swe anielskie oczy do góry i położywszy rękę na sercu, głosem tak cichym jak szmer wiatru, a smutnym jak westchnienie rzekł tylko :

- Ach, pani! pani!..

I w tej chwili przestraszył się, że za wiele powiedział; więc znów głowę schylił na piersi i przybrał postawę dworzanina słuchającego rozkazów ukochanej królewny.

- Wśród obcych tu jestem i bez opieki - rzekła Oleńka - a choć sama potrafię czuwać nad sobą i Bóg mnie od przygody uchroni; przecież i ludzkiej mi pomocy potrzeba. Chceszli waćpan być moim bratem? Chcesz mnie ostrzec w potrzebie, abym wiedziała, co czynić, i wszelakich sideł uniknąć mogła?

To rzekłszy Wyciągnęła doń rękę, on zaś teraz: przyklęknął; mimo iż mu broniła, i ucałował końce jej palców:

- Mów waćpan, co tu się dzieje koło mnie?

- Książę kocha panią - odrzekł Ketling. - Czyś pani tego nie spostrzegła?

Ona zaś zakryła twarz rękoma. - Widziałam i nie widziałam. Czasem wydawało mi się, że on jeno dobry bardzo...

- Dobry!... - powtórzył jak echo oficer:

- Tak jest. A czasem, gdy mi przyszło do głowy, żem, nieszczęsna żądze wzbudzić w nim mogła, tom i tak uspokajała się tym, iż żadna mi od niego nie grozi napastliwość. Byłam mu wdzięczna za to, co dla mnie czynił, choć, Bóg widzi, nie wyglądałam jego nowych łask, bojąc się i tak tych, które już wyświadczył.

Ketling odetchnął.

- Mogęż śmiele mówić? - zapytał po chwili milczenia.

- Mów waćpan.

- Książę dwóch ma tylko powierników: pana Sakowicza i Patersona, a Paterson mnie wielce życzliwy, bo z jednych krajów pochodzim i na ręku mnie nosił. Więc co wiem, to wiem od niego. Książę kocha panią: żądze płoną w nim jako smoła w pochodni. Wszystko, co tu się dzieje, wszystkie owe uczty, łowy, karuzele i ten turniej, po którym dotąd, dzięki książęcej ręce, krew mi się rzuca ustami, dzieje się dla waćpanny. Książę miłuje cię, pani, bez pamięci, ale nieczystym ogniem, bo cię chce pohańbić, nie zaślubić; bo chociaż nie mógłby znaleźć godniejszej, królem nawet wszystkiego świata, nie tylko księciem będąc, przecie myśli o innej... Przeznaczona mu jest księżniczka Anna i jej fortuna. Wiem to od Patersona, i Boga wielkiego, jego ewangelię biorę za świadka, że szczerą prawdę mówię. Nie wierz, pani, księciu, nie ufaj jego dobrodziejstwom, nie ubezpieczaj się jego moderacją, czuwaj, strzeż się, bo ci tu zdradę na każdym kroku gotują. Dech zamiera w piersiach od tego, co mi Paterson mówił. Równego Sakowiczowi zbrodniarza w świecie nie ma... nie mogę o tym mówić, po prostu nie mogę mówić! Gdyby nie przysięga, którom księciu składał, że życia i osoby jego strzec będę, ta ręka, pani, i ta szpada uwolniłyby cię od groźby ustawicznej... Ale pierwszego zabiłbym Sakowicza... Tak jest! jego pierwszego przed wszystkimi ludźmi! przed tymi nawet, którzy w mojej ojczyźnie krew z ojca mego wytoczyli, fortunę zagarnęli i tułacza, jurgieltnika ze mnie uczynili...

Tu Ketling trząść się począł z uniesienia, przez chwilę gniótł tylko ręką gardę szpady, słowa wyrzec nie mogąc, następnie ochłonął i jednym tchem wypowiedział, jakie sposoby podsuwał księciu Sakowicz.

Panna Aleksandra, ku wielkiemu jego zdziwieniu, zachowała się dość spokojnie, ujrzawszy grożącą sobie przepaść, tylko twarz jej pobladła i stała się jeszcze poważniejszą. Nieugięta wola odbiła się w jej surowym spojrzeniu.

- Potrafię się uchronić! - rzekła - tak mi dopomóż Bóg i święty krzyż!

- Książę dotychczas nie chciał iść za radą Sakowicza - dodał Ketling - lecz gdy ujrzy, że droga, którą obrał, do niczego nie prowadzi...

I począł opowiadać o przyczynach, które Bogusława zatrzymywały.

Panna słuchała ze zmarszczoną brwią, ale niezbyt uważnie, bo już poczęła myśleć o tym, jak by się wyrwać spod tej straszliwej opieki. Lecz że w całym kraju nie było miejsca nie oblanego krwią i plany ucieczki nie przedstawiały się jasno, zatem wolała o nich nie mówić.

- Panie kawalerze - rzekła wreszcie - odpowiedz mi na jedno jeszcze pytanie. Stoili książę Bogusław po stronie króla szwedzkiego czy polskiego?

- Nikomu z nas nietajno - odrzekł młody oficer - że książę nasz pragnie należeć do rozbioru tej Rzeczypospolitej, ażeby Litwę w udzielne księstwo dla siebie zmienić!

Tu umilkł i rzekłbyś, że jego myśl pobiegła mimo woli śladami myśli Oleńki, bo po chwili dodał:

- Elektor i Szwedzi na usługi księcia, a że całą zajmują Rzeczpospolitę, więc nie ma się przed nimi gdzie schronić.

Oleńka nie odrzekła nic.

Ketling czekał jeszcze przez chwilę, czy go o co zapytać nie zechce, lecz gdy milczała, ciągle własnymi myślami zajęta, poczuł, że nie należy jej przeszkadzać, więc zgiął się we dwoje w pożegnalnym ukłonie, zamiatając ziemię piórami od kapelusza.

- Dziękuję, panie kawalerze - rzekła wyciągnąwszy doń rękę.

Oficer nie odwracając się zaczął cofać się ku drzwiom.

Nagle na twarzy jej pojawiły się lekkie rumieńce, zawahała się przez chwilę, nareszcie rzekła:

- Słowo jeszcze, panie kawalerze.
- I każde jest dla mnie łaską...
- Waćpan znałeś pana... Andrzeja Kmicica...
- Tak jest, pani... z Kiejdan. Ostatni raz widziałem go w Pilwiszkach, gdyśmy z Podlasia w te strony ciągnęli.
- Czy prawda?... czy prawdę książę powiedział, iż mu się pan Kmicic ofiarował na osobę króla polskiego targnąć?...
- Nie wiem, pani... Wiadomo mi jeno, iż się w Pilwiszkach ze sobą naradzali, za czym książę odjechał z nim w lasy i tak długo nie wracał, że Paterson począł się bać i wysłał wojsko na spotkanie. Ja właśnie prowadziłem ten oddział. Spotkaliśmy księcia, gdy już wracał. Uważałem, że był zalterowan bardzo, jakby wielkie wzruszenie duszy przebył. Rozmawiał też sam ze sobą, co mu się nigdy nie zdarza. Słyszałem też, jako rzekł: "Diabeł by się na to porwał..." Zresztą nic więcej nie wiem... Jeno później, gdy książę wspominał o tym, z czym mu się pan Kmicic ofiarował, pomyślałem sobie: jeśli to było, to wtedy być musiało.

Billewiczówna zacisnęła wargi.
- Dziękuję - rzekła.

I po chwili została sama:

Myśl ucieczki opanowała ją zupełnie. Za wszelką cenę postanowiła wyrwać się z tych ohydnych miejsc i spod władzy tego zdradzieckiego księcia. Ale dokąd się udać? Wsie i miasta były w ręku szwedzkim, klasztory poburzone, zamki zrównane z ziemią, kraj cały roił się od żołdaków i od straszniejszych od nich zbiegów wojskowych, zbójców, wszelkiego rodzaju łotrzyków. Jakiż los mógł czekać dziewczynę rzuconą na pastwę tej burzy? Kto z nią pójdzie? Ciotka Kulwiecówna, pan miecznik rosieński i kilkunastu jego czeladzi. A czyż siły te ochronią ją?... Poszedłby może i Ketling, może by nawet znalazł garść wiernych żołnierzy i przyjaciół, którzy by chcieli mu towarzyszyć, lecz Ketling kochał się w niej zbyt widocznie, więc jakże jej było zaciągać u niego dług wdzięczności, który by zbyt wielką ceną spłacać następnie przyszło? Wreszcie, jakież miała prawo zamykać los temu młodzieńcowi, ledwie wyrosłemu z pacholęcia, i narażać go na pościg, na zgubę, jeżeli nie mogła nic mu w zamian prócz przyjaźni ofiarować. Więc pytała sama siebie: co czynić, dokąd uciekać, gdyż tu i tam groziła zguba, tu i tam hańba.

W takiej rozterce dusznej poczęła modlić się gorąco, a szczególniej powtarzała gorliwie jedną modlitwę, do której swego czasu stary pułkownik zawsze się w złych terminach uciekał, zaczynającą się od słów:

Bóg cię z dzieciątkiem salwował
Od Herodowej złości,
W Egipcie drogi prostował
Dla Twojej przezpieczności...

Tymczasem powstał wicher mocny i drzewa poczęły w sadzie za oknami szumieć okrutnie. Nagle przypomniały się zamodlonej panience puszcze, na których skraju wychowała się od małego, i myśl, że w puszczach znajdzie się jedyne bezpieczne schronisko, przeleciała jej jako błyskawica przez głowę.

Więc odetchnęła głęboko Oleńka, bo znalazła wreszcie, czego szukała. Tak jest! Do Zielonki, do Rogowskiej! Tam nieprzyjaciel nie pójdzie, łotrzyk nie będzie łupu szukał. Tam swój nawet, jeśli się zapamięta, to może zabłądzić i błądzić aż do śmierci, coż zaś dopiero obcy, dróg nie znający. Tam obronią ją Domaszewicze, myśliwi i Stakjanowie Dymni, a jeśli nie masz ich, jeśli ruszyli wszyscy za panem Wołodyjowskim, toż tymi lasami można aż hen! do innych województw ciągnąć i w innych puszczach spokoju szukać.

Wspomnienie pana Wołodyjowskiego rozweseliło Oleńkę. Takiego by jej opiekuna! to prawy żołnierz, to szabla, pod którą i przed Kmicicem, i przed Radziwiłłami samymi można się schronić. Tu przypomniało się jej, że on to właśnie radził wówczas, gdy Kmicica w Billewiczach schwytał, ażeby w Puszczy Białowieskiej spokoju szukać.

I słusznie mówił! Rogowska i Zielonka za blisko Radziwiłłów, a koło Białowieży stoi właśnie ten Sapieha, który dopiero co starł z oblicza ziemi najstraszniejszego Radziwiłła.

Zatem do Białowieży, do Białowieży, choćby dziś, jutro!... Niech tylko miecznik rosieński przyjedzie, nie będzie zwlekała!

Ochronią ją ciemne głębie Białowieży, a później, gdy burza przejdzie, klasztor. Tam jeno spokój prawdziwy być może i zapomnienie wszystkich ludzi, wszystkiego bólu, żalu, pogardy...

ROZDZIAŁ 16

Pan miecznik rosieński wrócił w kilka dni później. Mimo iż jechał z glejtem Bogusławowym, dotarł tylko do Rosień; do samych zaś Billewicz nie było po co jeździć, gdyż nie było ich już na świecie. Dwór, zabudowania, wieś, wszystko zostało do cna spalone w ostatniej bitwie, którą ksiądz Straszewicz, jezuita, stoczył na czele swego oddziału z kapitanem szwedzkim Rossą. Lud był w lasach lub w partiach zbrojnych. Zostały na miejscu wsi zamożnej jeno ziemia i woda.

Drogi przytym pełne były "grasantów", to jest zbiegów z wojsk rozmaitych którzy znacznymi kupami chodząc, rozbojem się trudnili, tak że nawet pomniejsze komendy wojskowe nie były od nich bezpieczne. Nie zdołał się zatem pan miecznik nawet i o tym przekonać, czy zakopane w sadzie solówki ze srebrem i pieniędzmi ocalały, i powrócił do Taurogów wielce zły, zgryziony, z okrutną przeciw niszczycielom w sercu zawziętością.

Ledwie nogą zstąpił z kałamaszki, wciągnęła go Oleńka do swej komnaty i opowiedziała mu wszystko, co jej Hassling-Ketling powiadał.

Zatrząsł się na to stary szlachcic, który nie mając własnego potomstwa, dziewczynę jak córkę kochał. Przez jakiś czas łapał się tylko za głownię szabli, powtarzając: "Bij, kto cnotliwy!" - wreszcie za głowę się porwał i tak mówić począł:

- Mea culpa, mea maxima culpa! bo mi i samemu czasem do łba przychodziło, i ten i ów szeptał, że ów piekielnik w amorach dla ciebie utonął, a ja nie mówiłem nic, jeszczem się w boki brał myśląc: "Nuż się ożeni!" Gosiewskim krewniśmy, Tyzenhauzom także... Czemu nie mamy być krewni Radziwiłłom? Za pychę to, za pychę Bóg mię karze... Zacne zdrajca pokrewieństwo obmyślił. Takim nam być chciał krewnym... bodaj go zabito!... jako dworski byk wiejskim jałoszkom! Bodaj go zabito! Ale poczekasz! Pierwej ta ręka i ta szabla spróchnieją!..

- Tu n ratunku myśleć trzeba - odrzekła Oleńka.

I nuż przedstawiać swe plany ucieczki.

Pan miecznik wysapawszy się słuchał uważnie, na koniec rzekł:

- Wolej mi poddaństwo zebrać i partię utworzyć! Będę Szwedów podchodził, jako inni podchodzą, jak niegdyś Kmicic Chowańskiego. Bezpieczniej ci będzie w lesie i w polu niż na tym dworze zdrajcy i heretyka!

- Dobrze - odpowiedziała panna.

- Nie tylko się nie sprzeciwiam - mówił w zapale miecznik - ale tak powiadam: że im prędzej, tym lepiej... A toć poddaństwa ani kos mi nie brak. Spalili mi rezydencję, mniejsza z tym ! to z innych wiosek chłopstwo ściągnę... Wszyscy Billewicze, którzy już są w polu, staną przy nas. Pokażemy ci, panku, pokrewieństwo... pokażemy, co to na honor Billewiczówny nastawać... Tyś Radziwiłł! Nic to! nie masz hetmanów w billewiczowskim rodzie, ale nie masz i zdrajców!... Obaczym, za kim cała Żmudź pójdzie!... Tu zwrócił się do panny:

- Ciebie osadzim w Białowieży, a sami wrócim! Nie może inaczej być! Musi on za ten afront odpokutować, bo to całego stanu szlacheckiego krzywda. Infamis, kto się za nami nie opowie! Bóg pomoże, bracia pomogą, obywatele pomogą, a woncza ogień a miecz! Dotrzymają Billewicze Radziwiłłom! Infamis, kto nie z nami! infamis, kto zdrajcy szablą przed oczyma nie błyśnie! Król, sejmy, cała Rzeczpospolita z nami!

Tu miecznik, czerwony jak krew i ze zjeżoną czupryną, począł pięścią w stół walić.

- Pilniejsza ta wojna niż szwedzka, bo w nas jest cały stan rycerski, wszystkie prawa, wszystka Rzeczpospolita pokrzywdzona i w najgłębszych fundamentach zachwiana. Infamis, kto nie rozumie! Zginie ta ojczyzna, jeżeli pomsty i kary na zdrajcę nie wymierzym!

I tak grała stara krew coraz gwałtowniej, że aż Oleńce przyszło miecznika uspokajać. Siedział on dotychczas spokojnie, choć się zdawało, że nie tylko ojczyzna, lecz i świat cały ginie, ale dopiero gdy Billewiczów dotknięto, w tym ujrzał najstraszniejszą przepaść dla ojczyzny i jak lew ryczeć począł. Lecz panna, która miała na niego wpływ wielki, zdołała go w końcu uspokoić tłumacząc mu, że dla zbawienia ich i dla tego, iżby się ucieczka udała, potrzeba właśnie najgłębszą tajemnicę zachować i nie pokazać księciu, że się czegokolwiek domyślają.

Przyrzekł święcie, iż wedle jej wskazówek postąpi, po czym już radzili o samej ucieczce. Rzecz nie była zbyt trudna, bo zdawało się, że ich nie strzegą wcale. Postanowił tedy pan miecznik wyprawić naprzód pachołka z listami do ekonomów, aby natychmiast chłopstwo ze wszystkich wiosek, do niego i do innych Billewiczów należących, zbierali i zbroili.

Następnie sześciu zaufanych czeladzi miało niby ruszyć do Billewicz po solówki z pieniędzmi i srebrem, a w rzeczy zatrzymać się w lasach girlakolskich i tam na państwo z końmi, tobołami i żywnością czekać. Oni sami ułożyli, że z Taurogów wyjadą z dwoma czeladnikami w saniach, niby tylko do pobliskiej Gawny, po czym na konie wierzchowe przesiądą i z kopyta ruszą. Do Gawny jeździli często do państwa Kuczuków-Olbrotowskich, gdzie czasem zostawali i na noc, spodziewali się zatem, że wyjazd ich nie zwróci niczyjej uwagi i że pogoń za nimi nie pójdzie, chyba we dwa lub trzy dni potem, gdy będą już wśród kup zbrojnych i w głębi niezbrodzonych lasów. Nieobecność księcia Bogusława utwierdzała ich w tej nadziei.

Tymczasem pan Tomasz zajął się bardzo czynnie przygotowaniami. Pacholik z listami wyjechał na drugi dzień. Trzeciego rozmawiał pan miecznik obszernie z Patersonem o swoich zakopanych pieniądzach, których, jak mówił, było nad sto tysięcy, i o potrzebie przewiezienia ich do bezpiecznych Taurogów. Paterson uwierzył z łatwością, albowiem szlachcic i uchodził za bardzo bogatego, i był nim w istocie.

- Niech je przywożą jak najprędzej - rzekł Szkot - jeśli potrzeba, to i żołnierzy jeszcze dodam.

- Im mniej ludzi będzie wiedziało, co wiozę, tym lepiej. Czeladź moja wierna, a solówki każę im pieńką przykryć, którą często z naszych stron do Prus wożą, albo też klepkami, na które nikt się nie ułakomi.

- Lepiej klepką - rzekł Paterson - bo przez konopie szablą albo dzidą można namacać, że coś innego na dnie wozu leży. A pieniądze najlepiej wasza mość księciu panu na skrypt oddaj. Wiem też, że potrzebuje pieniędzy, bo intraty źle dochodzą.

- Chciałbym się księciu tak przysłużyć, aby niczego nie potrzebował - odparł szlachcic.

Na tym skończyła się rozmowa i wszystko zdawało się składać jak najpomyślniej, gdyż zaraz potem ruszyła czeladź, a miecznik z Oleńką mieli wyjechać nazajutrz.

Tymczasem wieczorem wrócił najniespodzianiej Bogusław na czele dwóch regimentów rajtarii pruskiej Sprawy jego nie musiały iść zbyt pomyślnie, bo wrócił zły i zgryziony.

Tego jeszcze dnia zwołał radę wojenną, którą składali pełnomocnik elektorski hr. Sejdewitz, Paterson, Sakowicz i pułkownik rajtarski Kyritz.

Obradowali do godziny trzeciej w nocy, a celem obrad była wyprawa na Podlasie przeciw panu Sapieże.

- Elektor i król szwedzki zasilili mnie w miarę wojskiem - mówił książę.

- Jedno z dwojga: albo Sapiehę zastaniem jeszcze na Podlasiu i w takim razie musimy go zetrzeć; albo nie: wówczas Podlasie zajmiem bez oporu. Do wszystkiego jednak trzeba pieniędzy, a tych ni elektor, ni jego szwedzki majestat mi nie dali, bo sami nie mają.

- U kogoż pieniędzy szukać, jeżeli nie u waszej książęcej mości - odrzekł hr. Sejdewitz. - W całym świecie mówią o nieprzebranych radziwiłłowskich skarbach.

Na to Bogusław:

- Panie Sejdewitz, gdyby mnie dochodziło wszystko, co mi z dziedzicznych dóbr należy, pewnie bym miał więcej grosza niż pięciu waszych niemieckich książąt w kupę wziętych. Ale w kraju wojna, intraty nie dochodzą lub też przez rebelizantów bywają przejmowane. Można by gotowizny dostać na skrypty od miast pruskich, wszelako waść najlepiej wiesz, co się w nich dzieje, i że chyba dla jednego Jana Kazimierza rozwiązałyby worki.

- A Królewiec?

- Co można było wziąć, tom wziął, ale tego mało.

- Za szczęście sobie poczytuję, że się będę mógł waszej książęcej wysokości dobrą radą przysłużyć - rzekł Paterson.

- Wolałbym, żebyś się przysłużył gotówką.

- Warta jej ta rada. Nie dawniej jak wczoraj mówił mi pan Billewicz, że ma zacne kwoty zakopane w sadzie w Billewiczach i że właśnie chce je tu w bezpieczne miejsce przenieść, aby je waszej książęcej wysokości na skrypt oddać.

- A toś mi z nieba spadł i ów szlachcic także! - zawołał Bogusław. - A siłaż tam tego będzie?

- Nad sto tysięcy prócz sreber i kosztowności, których bodaj że drugie tyle.

- Sreber i kosztowności szlachcic nie zechce na gotowiznę zmieniać, ale można je będzie zastawić. Wdzięcznem ci, Paterson, bo w porę mi to przychodzi. Muszę z Billewiczem zaraz jutro pomówić.

- To go uprzedzę, bo właśnie jutro wybiera się z panną do Gawny, do państwa Kuczuków-Olbrotowskich.

- Uprzedź go, by nie wyjeżdżał, nim się ze mną nie obaczy.

- Czeladź już posłana, boję się tylko, czy bezpiecznie dojedzie.

- Można będzie posłać za nimi cały regiment, wreszcie pogadamy. W porę mi to, w porę! A i pocieszna rzecz, jeżeli Podlasie za pieniądze tego regalisty i patrioty od Rzeczypospolitej oderwę.

To rzekłszy książę pożegnał radę, bo musiał jeszcze oddać się w ręce pokojowych, których zadaniem było co dzień przed nocą kąpielami, maścią mi i różnymi sztukami, znanymi tylko za granicą, nadzwyczajną jego urodę konserwować. Trwało to zwykle godzinę, a czasem i dwie; książę zaś i bez tego był już znużon drogą i późną godziną.

Nazajutrz rano Paterson zatrzymał miecznika i Oleńkę oznajmieniem, iż książę pragnie się z nimi widzieć. Trzeba było wyjazd odłożyć, ale nie zaniepokoili się tym zbytnio, bo Paterson powiedział, o co chodzi.

W godzinę później nadszedł książę. Mimo iż pan Tomasz i Oleńka przyrzekli sobie najświęciej, iż przyjmą go po dawnemu, i mimo wszelkich wysileń, nie mogli tego dokazać.

Jej twarz zmieniła się, a miecznikowa nabiegła krwią na widok młodego księcia, i przez chwilę stali oboje zmieszani, wzburzeni, próżno usiłując do zwykłej powrócić spokojności.

Książę, przeciwnie, swobodny był zupełnie, tylko trochę pomizerniał w oczach i twarz miał mniej ubarwioną niż zwykle, ale właśnie ta jego bladość cudnie odbijała od perłowej rannej szaty, przerabianej srebrem; spostrzegł jednak natychmiast, iż przyjmują go jakoś inaczej i mniej radzi widzą aniżeli zwyczajnie. Ale pomyślał zaraz, że pewnie tych dwoje regalistów dowiedziało się o jego stosunkach ze Szwedami, i stąd ten chłód w przyjęciu.

Postanowił więc sypnąć im natychmiast piaskiem w oczy, i po zwykłych komplimentach powitalnych tak zaczął:

- Panie miecznikU dobrodzieju, słyszałeś już zapewne waszmość, jakie nieszczęście mnie spotyka...

- Wasza książęca mość chce mówić o śmierci księcia wojewody? - odparł miecznik.

Nie tylko o śmierci. Cios to okrutny, wszelako już zdałem się na wolę Boga, który jak tuszę, wszystkie krzywdy bratu memu hojnie wynagrodził, ale na mnie nowy ciężar zesłał, bo muszę wojnę domową prowadzić, a dla każdego obywatela, miłującego ojczyznę, gorzka to dola...

Miecznik nie odrzekł nic, tylko spojrzał nieco bokiem na Oleńkę.

Książę zaś mówił dalej:

- Moją pracą, moim trudem, a Bóg jeden wie, jakim kosztem doprowadziłem już pokój do skutku. Prawie o podpisanie traktatów tylko chodziło. Mieli Szwedzi wyjść z Polski, żadnej nagrody nie żądając, prócz przyzwolenia królewskiego i stanów, aby po śmierci Jana Kazimierza Carolus na tron polski był obrany. Wojownik tak wielki i potężny zbawieniem byłby dla Rzeczypospolitej. Co więcej, zaraz teraz miał zostawić posiłki na wojnę ukrainną i na moskiewską. Jeszcze byśmy granice rozszerzyli; ale panu Sapieże to nie na rękę, bo nie mógłby gnębić Radziwiłłów. Wszyscy się już na owe traktaty zgodzili, on jeden się zbrojną ręką przeciwi; za nic mu ojczyzna, byle prywaty mógł dochodzić. Aż przyszło do tego, że trzeba oręża przeciw niemu użyć, którą funkcję właśnie mnie, za tajemną zgodą Jana Kazimierza i Carolusa, powierzono. Ot, co jest! Nie wybiegałem się nigdy od żadnej służby, więc i tej podjąć się muszę, choć niejeden będzie mnie krzywo sądził i pomyśli, że bratobójczą wojnę z samej tylko zemsty wszczynam.

Na to miecznik:

- Kto waszą książęcą mość poznał tak dobrze jako my, tego pozory nie uwiodą i zawsze prawdziwe intencje waszej książęcej mości zrozumieć potrafi.

Tu pan miecznik, zachwycony własną chytrością i polityką, mrugnął tak wyraźnie na Oleńkę, że ta aż przelękła się, by tych znaków nie ujrzał książę. Ten jednak spostrzegł.

"Nie wierzą mi" - pomyślał.

I chociaż gniewu na twarzy nie okazał, przecież ubodło go to w duszy. Był on zupełnie szczerze przekonany, że obrazą jest nie wierzyć Radziwiłłowi, nawet wówczas gdy mu się spodoba zmyślać.

- Paterson mówił mi - rzekł po chwili - że wasza mość chcesz gotowiznę swą na skrypt mi oddać. Chętnie w tym waści dogodzę, gdyż przyznaję, że gotowy grosz i mnie teraz na rękę. Gdy spokój nastanie, uczynisz, co zechcesz, albo kwotę odbierzesz, alboli też dam waszmości parę wsi w zastaw, tak aby to z korzyścią dla cię było.

Tu zwrócił się książę do Oleńki:

- Przebacz waćpanna, że przy tak doskonałej istocie nie o supirach ani idyllach mówimy. Niesłuszna to rozmowa, jeno czasy takie, iż uwielbieniu i admiracji przystojnej folgi dać nie można.

Oleńka spuściła oczy i chwyciwszy końcami palców za suknię, uczyniła dyg przynależny nie chcąc nic odpowiadać.

Tymczasem miecznik ułożył sobie w głowie projekt niesłychanie niedołężny, ale który sam za nadzwyczaj przebiegły poczytał.

"I z dziewczyną ucieknę, i pieniędzy nie pożyczę" - pomyślał.

Za czym odchrząknąwszy i pogładziwszy kilkakroć czuba, tak rzekł:

- Miło mi będzie waszej książęcej mości wygodzić. Nie mówiło się też Patersonowi o wszystkim, bo i z czerwonymi złotymi półgarncówka się znajdzie, zakopana osobno, aby w razie przygody całej gotowizny nie utracić. Prócz tego są i innych Billewiczów solówki, ale te podczas mojej nieobecności pod dyrekcją tej oto panny zakopywano i ona jedna potrafi wykalkulować miejsce, bo człowiek, który je nosił, umarł. Pozwólże nam, wasza książęca mość, jechać obojgu, to przywieziem wszystko.

Bogusław spojrzał na niego bystro.

- Jak to? Paterson powiadał, żeś już waszmość czeladź wysłał, a skoro wyjechała, to musi wiedzieć, gdzie pieniądze.

- Ale o innych nikt nie wie, tylko ona.

- Przecie muszą być zakopane w jakimś wyraźnym miejscu, które wskazać słowy albo delineare na papierze łatwo.

- Słowa wiatr - odrzekł miecznik - a na delineacjach czeladź się nie zna. Pojedziemy oboje, ot, co!

- Dla Boga, toż waść musi znać dobrze swoje sady, więc jedź sam. Po co panna Aleksandra ma jechać?

- Sam nie pojadę! - odrzekł rezolutnie pan miecznik.

Bogusław po raz drugi spojrzał nań badawczo, po czym siadł wygodniej i trzciną, którą trzymał w ręku, począł uderzać się po butach.

- Koniecznie? - rzekł. - A dobrze! Ale w takim razie dam wam dwa regimenty jazdy, które was odwiozą i przywiozą.

Nie potrzeba nam żadnych regimentów. Sami pojedziem i wrócim. To nasze strony, nic nam tam nie grozi.

- Jako gospodarz czuły na dobro swych gości nie mogę pozwolić, ażeby panna Aleksandra jechała bez siły zbrojnej, wybieraj więc waść: albo sam, albo oboje z eskortą.

Pan miecznik spostrzegł, że wpadł we własne sidła, i do takiego go to gniewu przywiodło, że zapomniawszy o wszelkich ostrożnościach, zakrzyknął:

- To wasza książęca mość wybieraj: albo pojedziem oboje bez regimentów, albo pieniędzy nie dam!

Panna Aleksandra spojrzała na niego błagalnie, lecz on już poczerwieniał i sapać począł. Był to jednak człowiek z natury ostrożny, nawet nieśmiały, lubiący zgodnie wszystkie sprawy załatwiać, ale za to gdy raz przebrano z nim miarę, gdy sobie zbytnio przeciw komu na wąs namotał lub gdy o billewiczowski honor chodziło, wówczas z desperacką jakąś odwagą rzucał się do oczu, choćby najpotężniejszemu nieprzyjacielowi.

Więc i teraz porwał się ręką za lewy bok i trzasnąwszy szablą począł krzyczeć na całe gardło:

- Cóż to tu, jasyr? Oprymować chcą wolnego obywatela? Kardynalne prawa deptać?

Bogusław, oparty plecami o poręcz krzesła, patrzył na niego uważnie, bez widomych oznak gniewu, jeno wzrok jego stawał się z każdą chwilą zimniejszy, a szpicrutą coraz szybciej uderzał się po butach. Gdyby pan miecznik znał go lepiej, wiedziałby, że ściąga na swą głowę groźne niebezpieczeństwo.

Stosunki z Bogusławem były po prostu straszne, dlatego że nigdy nie było wiadomo, kiedy nad dwornym kawalerem i przywykłym do panowania nad sobą dyplomatą weźmie górę dziki i niepohamowany magnat depcący z okrucieństwem despoty wschodniego wszelki opór. Świetne wychowanie, ogłada zdobyta na najpierwszych dworach europejskich, rozwaga, której nabrał w stosunkach ludzkich, i wykwintność były jakby cudne a potężne kwiaty, pod którymi tail się tygrys.

Lecz miecznik nie wiedział o tym i w zaślepieniu gniewnym krzyczał dalej:

- Wasza książęca mość nie udawaj dłużej, bo cię znają!... i bacz, że ni król szwedzki, ni elektor, którym obum przeciw ojczyźnie służysz, ni twoje księstwo przed trybunałem cię nie osłoni, a szable szlacheckie nauczą moresu... młodziku!...

Na to Bogusław wstał, w jednej chwili skruszył trzcinę w żelaznych rękach i cisnąwszy drzazgi pod nogi miecznika, rzekł strasznym, przyciszonym głosem:

- Ot, mi wasze prawa! Ot, wasze trybunały! Ot, wasze przywileje!
- Gwałt okropny! - krzyknął miecznik.
- Milcz, szlachetko! - krzyknął książę - bo cię w proch zetrę!
I szedł ku niemu, by porwać zdumiałego szlachcica za pierś i rzucić nim o ścianę.
Wtem Billewiczówna stanęła między nimi.
- Co wasza książęca mość chcesz uczynić? - rzekła.
Książę zatrzymał się.
Ona zaś stała z rozdętymi nozdrzami, z płonącą twarzą i ogniem w oczach, jak gniewna Minerwa. Pierś jej wzdymała się pod stanikiem, na kształt fali morskiej, i tak była cudna w tym gniewie, że Bogusław zapatrzył się w nią, wszystkie żądze wypełzły mu na twarz, jakoby węże w pieczarach duszy zamieszkałe.
Po chwili gniew jego przeszedł, przytomność wróciła, czas jakiś patrzył jeszcze w Oleńkę, na koniec twarz mu złagodniała, skłonił głowę na piersi i rzekł:
- Przebacz, anielska panno!... Duszę mam pełną zgryzot a bólu, więc i sobą nie władnę.
To rzekłszy wyszedł z komnaty.
Wówczas Oleńka załamała ręce, a miecznik oprzytomniawszy chwycił się za czuprynę i zakrzyknął:
- Jam to popsował wszystko, jam przyczyną twej zguby!
Książę nie pokazał się przez cały dzień. Obiadował nawet u siebie, samowtór z panem Sakowiczem. Wzburzony do dna duszy, nie mógł myśleć tak jasno jak zwykle. Trawiła go jakaś gorączka. Była to zapowiedź ciężkiej febry, która miała go niebawem uchwycić z taką siłą, że w czasie jej napadów drętwiał zupełnie, tak iż musiano go rozcierać. Ale on przypisywał w tej chwili stan swój nadzwyczajnej sile miłości i rozumował, że albo musi ją zaspokoić, albo umrze.
Tymczasem, opowiedziawszy Sakowiczowi całą rozmowę z miecznikiem, tak mówił:
- Ręce i nogi mnie palą, mrowie chodzi po krzyżach, w gębie czuję gorycz i ogień. A! do wszystkich rogatych diabłów, co to jest?... Nigdy mi się to nie trafiało!...
- Boś wasza książęca mość skrupułami nadziany jak pieczony kapłon kaszą... Książę kurzejec, książę kurzejec! Cha! cha!
- Głupiś!
- Dobrze!
- Nie konceptów mi twoich trzeba!
- Weź, mości książę, lutnię i pójdź pod okna dziewki, może ci pokaże... pięść... miecznik. Tfu! do licha, takiż to z Bogusława Radziwiłła rezolut?
- Dureń-eś!
- Dobrze! Widzę, że wasza książęca mość zaczynasz ze sobą rozmawiać i prawdę sobie w oczy gadać. Śmiało, śmiało! Proszę na godność nie uważać!

- Bo widzisz, Sakowicz, że mój Kastor poufali się ze mną, to i tak często go w ziobro nogą kopnę, a ciebie cięższa mogłaby spotkać przygoda.

Sakowicz zerwał się na równe nogi niby zaperzony, jak niedawno miecznik rosieński, a że miał nadzwyczajny dar udawania, więc począł krzyczeć głosem tak do miecznikowego podobnym, że nie widząc, kto mówi, można by się omylić.

- Cóż to, jasyr? oprymować chcą wolnego obywatela, kardynalne prawa deptać?

Daj spokój, daj spokój ! - mówił gorączkowo książę - bo tam ona tego starego bałwana własną osobą zastawiła, a tu nie masz, kto by cię bronił.

- Kiedy go zastawiła, to trzeba było ją w zastaw brać!

- Nie może inaczej być, tylko tu są jakoweś czary. Albo musiała mi coś zadać, albo konstelacje są takowe, że po prostu od zmysłów odchodzę... Żebyś ty ją widział, jak tego parszywego stryjca broniła... Aleś ty kiep! W głowie mi się mąci! Patrz! jako mi ręce gorzeją! Taką miłować, taką przygarnąć, z taką...

- Potomstwo mieć! - dodał Sakowicz.

- A tak! a tak! jakbyś wiedział, i musi to być, bo inaczej rozerwą mnie te płomienie, jak granat. Dla Boga, co się ze mną dzieje... Ożenię się czy co, u wszystkich ziemskich i piekielnych diabłów?

Sakowicz spoważniał.

- O tym wasza książęca mość nie powinieneś myśleć.

- Właśnie że myślę, właśnie że jak zechcę, to tak uczynię, choćby regiment Sakowiczów powtarzał mi przez cały dzień: "O tym wasza książęca mość nie powinieneś myśleć!"

- Ej, to widzę nie żarty!

- Chorym jest, oczarowany, nie może inaczej być!

- Czemu wasza książęca mość nie idzie w ostateczności za moją radą?

- Chyba pójdę! Niech zaraza porwie wszystkie sny, wszystkich Billewiczów, całą Litwę wraz z trybunałami i Janem Kazimierzem w dodatku. Nie wskóram inaczej... Widzę, że nie wskóram! Dość tego! Co? Wielka rzecz! wielka sprawa! I ja, kiep, ważyłem się dotąd na dwie strony! Bałem się snów, Billewiczów, procesów, chasy szlacheckiej, fortuny Jana Kazimierza!... Powiedz mi, żem kiep! Słyszysz? rozkazujęć powiedzieć mi, żem kiep!

- A ja nie usłucham, boś teraz właśnie Radziwiłł, a nie kalwiński wikary. Ale chory musisz być, wasza książęca mość, naprawdę, bom cię w takiej alteracji nigdy nie widział.

- Prawda! aha! W najcięższych terminach jenom ręką machali pogwizdywał, a teraz czuję, jakoby mi kto ostrogi w boki wpierał.

- Dziwna to jest, bo jeśli ta dziewka umyślnie waszej książęcej mości co zadała, to nie dlatego, żeby potem miała uciekać, a przecież z tego, coś mi wasza książęca mość mówił, pokazuje się, że oni oboje chcieli się po cichu wynieść.

- Powiadał mi Ryff, że to wpływ Saturna, na którym wyziewy palące w tym właśnie miesiącu się podnoszą.
- Mości książę, wolej Jowisza weź sobie za patrona, bo temu bez ślubów się szczęściło. Wszystko będzie dobrze, tylko o ślubie wasza książęca mość nie wspominaj, chyba o malowanym.

Nagle pan starosta oszmiański uderzył się w czoło.

- Czekaj no, wasza książęca mość... Słyszałem o podobnym wypadku w Prusiech...
- Szepceli ci diabeł coś do ucha, powiadaj?

Lecz pan Sakowicz długo nic nie odpowiadał, wreszcie twarz mu się rozjaśniła i rzekł:

- Podziękuj, mości książę, swojej fortunie, że ci Sakowicza za przyjaciela dała.
- Co nowego? co nowego?
- Ej, nic! będę drużbą waszej książęcej mości -tu Sakowicz skłonił się zaszczyt to dla takiego chudopachołka niemały...
- Nie błaznuj, mów prędko!
- Jest w Tylży niejaki Plaska, czy tam jak, który swego czasu był księdzem w Nieworanach, ale rewokowawszy, luterstwo przyjął, ożenił się i pod protekcję elektora się schronił, a teraz wędzoną rybą ze Żmudzią handluje. Swego czasu starał się nawet biskup Parczewski, aby go na powrót na Żmudź dostać, gdzie by mu pewnie stosik pod nogi podłożono, ale elektor nie chciał współwiercy wydać.
- Co mnie to obchodzi? Nie marudź!
- Co waszą książęcą mość to obchodzi? Owóż powinno obchodzić, bo on was zszyje jako wierzch z podszewką, rozumiesz, wasza książęca mość? A że kiepski majster i do cechu nie należy, łatwo będzie po nim rozpruć, rozumiesz, mości książę? Tego szycia cechowi za ważne nie uznają, a przecie nie będzie ni gwałtów, ni hałasów. Majstrowi będzie można potem łeb ukręcić, wasza książęca mość zaś sam będziesz narzekał, że było podejście, rozumiesz? Zaś przedtem: crescite et multiplicamini... Pierwszy daję moje błogosławieństwo.
- Rozumiem i nie rozumiem - rzekł książę. - Diabła tam! Pojmuję doskonale. Sakowicz! musiałeś już jak strzyga z zębami na świat się urodzić. Kat cię czeka, nie może inaczej być... O, panie starosto!... Ale póki żyję, włos ci z głowy nie spadnie, a kontentacja przystojna nie minie... Ja tedy...
- Wasza książęca mość oświadczysz się solennie o rękę panny Billewiczówny jej samej i miecznikowi. Jeśli ci odmówią, jeśli się nie uda, to każ ze mnie skórę ściągnąć, rzemienie do sandałów z niej zrobić i iść na pokutną pielgrzymkę do... do Rzymu. Radziwiłłowi można się najeżyć, gdy zechce pokochać, ale gdy zechce się żenić, tedy żadnego szlachcica nie będzie potrzebował pod włos głaskać. Musisz tylko wasza książęca mość powiedzieć miecznikowi i pannie, że ze względu na elektora i króla

szwedzkiego, którzy cię z księżniczką biponcką swatają, małżeństwo musi pozostać sekretne, dopóki pokój nie będzie zawarty. Zresztą intercyzy piszcie, jakie chcecie. Wszystko to oba kościoły muszą uznać za nieważne... A co?

Bogusław milczał przez chwilę, tylko na obliczu pojawiły mu się pod farbą gorączkowe plamy czerwone. Po chwili rzekł:

- Czasu nie ma, za trzy dni muszę, muszę na Sapiehę wyruszyć.

- To właśnie! Gdyby czasu było więcej, niepodobna by było pozorów usprawiedliwić. Jakże? Tylko brakiem czasu wytłumaczysz wasza książęca mość, że pierwszy lepszy ksiądz przyjeżdża, jako w nagłych razach bywa, i na pytel ślub daje. Oni toż samo pomyślą: "Prędko, bo musi być prędko!" Rycerska to dziewka, więc wasza książęca mość i na wyprawę zabrać ją ze sobą możesz... Królu miły, jeślić Sapieha pobije, to i tak w połowie wiktorem będziesz.

- Dobrze, dobrze! - rzekł książę.

Lecz w tej chwili uchwycił go pierwszy paroksyzm, tak iż szczęki mu się zacięły i słowa więcej przemówić nie mógł. Zesztywniał cały, a potem poczęło nim rzucać i drgał jako ryba wyjęta z wody. Wszelako, nim przestraszony Sakowicz zdołał sprowadzić medyka, paroksyzm przeszedł.

ROZDZIAŁ 17

Po rozmowie z Sakowiczem książę Bogusław udał się nazajutrz po południu wprost do miecznika rosieńskiego.

- Panie mieczniku dobrodzieju! - rzekł na wstępie - zawiniłem ciężko ostatnim razem, bom się uniósł we własnym domu. Mea culpa... i tym większa, żem ten afront uczynił człowiekowi z rodu od wieków zaprzyjaźnionego z Radziwiłłami. Ale przychodzę błagać o przebaczenie. Niech szczere przyznanie waszmości panu za satysfakcję, mnie za pokutę wystarczy. Waszmość znasz od dawna Radziwiłłów, wiesz, żeśmy do przeprosin nieskorzy; wszelako, żem to wiekowi i powadze uchybił, pierwszy nie bacząc, ktom jest, przychodzę z powinną głową. A już też, stary przyjacielu naszego domu, dłoni mi, wierzę, nie umkniesz!

To rzekłszy wyciągnął rękę, a miecznik, w którego duszy pierwszy impet już przeszedł, nie śmiał mu swej odmówić, choć podał ją ociągając się, i rzekł:

- Wasza książęca mość, wróć nam wolność, a to będzie najlepsza kontentacja.

- Jesteście wolni i możecie jechać, choćby dziś.

- Dziękuję waszej książęcej mości - odrzekł zdziwiony miecznik.

- Jedną tylko stawię kondycję, której, daj Bóg, żebyś nie odrzucił.

- Jakąż to? - spytał z obawą miecznik.

- Ażebyś chciał wysłuchać cierpliwie tego, coć powiem.

- Jeżeli tak, tedy będę słuchał, chociażby do wieczora.

- Nie dawaj mi zaraz responsu, jeno się namyśl godzinę albo i dwie.
- Bóg widzi, że byłem wolność odzyskał, pragnę zgody.
- Wolność waćpan dobrodziej odzyszczesz, nie wiem tylko, czy korzystać z niej zechcesz i czy ci pilno będzie opuścić moje progi. Rad bym, żebyś mój dom i całe Taurogi za swoje uważał, ale teraz słuchaj. Czy wiesz waszmość, mój drobrodzieju, dlaczegom się sprzeciwiał wyjazdowi panny Billewiczówny? Oto dlatego, żem odgadł, iż uciec po prostu chcecie, a ja takem się w synowicy waszmościnej rozkochał, iż byle ją widzieć, Hellespont bym co dzień przepływać gotów jako ów Leander dla Hery...
  Miecznik poczerwieniał na nowo w jednej chwili.
-- Mnie to wasza książęca mość śmiesz mówić?...
- Właśnie waszmości, mój szczególniejszy dobrodzieju.
- Mości książę! Szukaj fortuny u dworek, a szlacheckiej dziewki nie tykaj, boć zasię! Możesz ją więzić, możesz do sklepu zamknąć, ale ci jej pohańbić nie wolno!
- Pohańbić nie wolno - odrzekł książę - ale wolno pokłonić się staremu Billewiczowi i rzec mu: Słuchajcie, ojcze! dajcie mi swoją synowicę za żonę, bo mi żyć bez niej nijak.
  Miecznik tak zdumiał, że słowa przemówić nie mógł, przez czas jakiś tylko wąsami ruszał, a oczy wyszły mu na wierzch; potem jął je sobie pięściami przecierać i spoglądać to na księcia, to wokoło po komnacie, wreszcie rzekł:
- We śnieli czy na jawie?
- Nie śpisz, dobrodzieju, nie śpisz, a żebyś się jeszcze lepiej przekonał, toć powtórzę cum omnibus titulis: Ja, Bogusław książę Radziwiłł, koniuszy Wielkiego Księstwa Litewskiego, proszę ciebie, Tomasza Billewicza, miecznika rosieńskiego, o rękę synowicy twej, panny łowczanki Aleksandry.
- Jakże to? Dla Boga! czyś wasza książęca mość rozważył?
- Ja rozważyłem, teraz ty rozważ, dobrodzieju, czyli kawaler godzien panny...
- Bo ze zdziwienia dech mi zaparło...
- Poznaj, czylim miał jakowe niecnotliwe intencje...
- I wasza książęca mość nie zważałbyś na stan nasz chudopacholski?
- Tacyż to Billewicze tani, także to klejnot wasz szlachecki i starożytność rodu cenisz? Zali to Billewicz mówi?
- Mości książę, wiem, że początków rodu naszego w Rzymie starożytnym szukać należy, ale...
- Ale - przerwał książę - hetmanów ni kanclerzy nie macie. Nic to! elektorami wszakże jesteście, jako mój wuj brandenburski. Skoro w naszej Rzeczypospolitej szlachcic królem obran być może, to nie masz za wysokich progów na jego nogi. Ja, mój mieczniku, a da Bóg, mój stryjaszku, rodzę się z księżniczki brandenburskiej, ojciec mój z Ostrogskiej, ale dziad, wielkiej pamięci Krzysztof Pierwszy, ten, którego Piorunem zwali, hetman

wielki, kanclerz i wojewoda wileński, żonaty był primo voto z Sobkówną; a dlatego mitra mu z głowy nie spadła, bo Sobkówna była szlachcianka, tak zacnie urodzona jak i inne. Za to gdy nieboszczyk rodzic z elektorówną się żenił, to wydziwiano, że na godność nie pamięta, chociaż z panującym domem się łączył. Taka u was diabla szlachecka pycha. No, dobrodzieju, przyznaj, że nie myślisz, żeby Sobek od Billewicza był lepszy? No?...

Tak mówiąc począł książę klepać z wielką poufałością pana miecznika po łopatce, a szlachcic zmiękł jak wosk i odrzekł:

- Bóg waszej książęcej mości zapłać za zacne intencje... Ciężar spada z serca! Ej, mości książę, żeby jeszcze nie różnica wiary!...

- Ksiądz katolicki będzie ślub dawał, innego ja sam nie chcę.

- Całe życie będziem za to wdzięczni, bo tu chodzi o błogosławieństwo boże, którego pewnie by Pan Jezus umknął, gdyby jaki paskudnik...

Tu ugryzł się w język pan miecznik, bo zmiarkował, że nieprzyjemną dla księcia rzecz chciał powiedzieć, lecz Bogusław ani zauważył, owszem, uśmiechnął się łaskawie i dodał:

- I co do potomstwa nie będę się upierał, bo nie masz takiej rzeczy, której bym dla tej waszej śliczności nie uczynił...

Miecznika twarz rozjaśniła się, jakby na nią promienie słońca padły.

- Już też Bóg tej błaźnicy nie poskąpił urody... Prawda jest!

Bogusław znów poklepał go po ramieniu i pochyliwszy się szlachcicowi do ucha, począł szeptać:

- A że pierwszy będzie chłopak, to ja ręczę, i malowanie, nie chłopak!

- Chi! chi!..

- Bo nie może inny być z Billewiczówny.

- Z Billewiczówny za Radziwiłłem - dodał miecznik rozkoszując się połączeniem tych nazwisk. - Chi! chi! Ot, będzie huczek na całej Żmudzi... A co panowie Sicińscy, nasi nieprzyjaciele, powiedzą, gdy Billewicze tak wyrosną? Wszakże to oni nawet starego pułkownika nie zostawili w spokoju, choć to był mąż rzymskiego pokroju, od całej Rzeczypospolitej uwielbiany.

- Wyścigamy ich ze Żmudzi, mości mieczniku!

- Boże wielki, Boże miłosierny, niezbadane są wyroki Twoje, ale jeżeli w wyrokach Twoich leży, aby panowie Sicińscy popękali z inwidii... Bądź wola Twoja!

- Amen! - dorzucił Bogusław.

- Mości książę! nie bierzże za złe, iż się w godność nie obwijam, jako przystoi temu, którego o dziewkę proszą, i że zbyt jawnie radość okazuję... Lecz owo żyliśmy w strapieniu, nie wiedząc, co nas czeka, i wszystko najgorzej sobie tłumacząc. Przyszło do tego, żeśmy i waszą książęcą mość źle sądzili, aż naraz pokazuje się, że strachy i posądzenia były niesłuszne i że pierwszemu uwielbieniu folgę dać można. To, mówię waszej książęcej mości, jakoby kto brzemię z ramion zdjął...

- Zali i panna Aleksandra tak mnie sądziła?

- Ona? Choćbym Cyceronem był, jeszcze bym jej poprzedniej admiracji dla waszej książęcej mości godnie opisać nie umiał... Tak myślę, że cnota w niej jeno i przyrodzona jakowaś nieśmiałość afektom stała na przeszkodzie. Ale gdy się dowie o szczerych waszej książęcej mości intencjach, tedy jestem pewien, że sercu zaraz cugli popuści, a ono bryknąć na pastwisko miłości z największym impetem nie omieszka.

- Cyceron by tego ozdobniej nie umiał wyrazić! - odrzekł Bogusław.

- Bo przy szczęściu i wymowa się znajdzie. Lecz skoro wasza książęca mość tak wdzięcznie wszystkiego, co prawię, słuchać raczysz, tedy już do ostatka będę szczery.

- Bądź szczery, panie mieczniku...

- Bo choć to dziewka młoda, ale hic mulier i przy męskim zgoła umyśle, dziw, jak charakterna. Tam, gdzie niejeden by doświadczony człek się zawahał, ona ani się namyśli. Co złe, to na lewo, co dobre, na prawo... a sama też na prawo. Słodkie to niby, a jak raz sobie drogę obierze, chociażby armaty, na nic! bo już nie zboczy. W dziada i we mnie się wdała, ojciec był żołnierz zawołany, ale człek miękki... matka zasię, Wojniłłowiczówna de domo, cioteczna siostra Kulwiecówny, także była charakterna.

- Rad to słyszę, mości mieczniku!

- Owóż nie uwierzysz, mości książę, jakie to licho na Szwedów, ba! Na wszystkich nieprzyjaciół Rzeczypospolitej zawzięte. Gdyby kogoś o zdradę, choćby najmniejszą, posądzała, już by abominację nieprzezwyciężoną do niego czuła, choćby to anioł był, nie człowiek... Wasza książęca mość! wybacz staremu, który ojcem twoim mógłby z wieku, jeśli nie z godności być: porzuć Szweda... Toż to gorszy Tatara ojczyzny ciemięzca! Rusz przeciw takim synom swoje wojska, a nie tylko ja, ale i ona pociągnie z tobą w pole! Wybaczaj, wasza książęca mość, wybaczaj!... Ot! powiedziałem, com myślał!

Bogusław przemógł się po chwili milczenia i tak mówić począł:

- Panie mieczniku dobrodzieju! Godziło się wam wczoraj jeszcze przypuszczać, ale dziś już się nie godzi, że wam chcę jeno piaskiem w oczy rzucić, mówiąc, iż po stronie króla i ojczyzny stoję. Owóż pod przysięgą, jako krewnemu, powtarzam, że com o pokoju i o jego kondycjach rzekł, to była szczera prawda. Wolałbym i ja ruszyć w pole, bo mnie do tego natura ciągnie, ale żem widział, iż nie w tym ratunek, z czystej miłości musiałem się innego sposobu chwycić... I to mogę rzec, iżem niesłychanej rzeczy dokazał, bo żeby po straconej wojnie taki pokój zawrzeć, aby zwycięska potęga szła jeszcze na służbę zwyciężonej, tego by się sam najchytrzejszy z ludzi Mazarin nie powstydził... Nie panna Aleksandra jedna, ale i ja na równi z nią odium do nieprzyjaciół czuję. Co jednak czynić? jako tę ojczyznę ratować? nec Hercules contra plures! Więc pomyślałem sobie tak: "Miast zginąć, co byłoby i łatwiej, i pocieszniej, trzeba ją ratować." A iżem się w sprawach tego rodzaju u wielkich statystów ćwiczył, żem to elektora krewny i u Szwedów, za przyczyną brata Janusza, dobrze widziany, wnet począłem rokowania, a jaki był ich cursus i dla Rzeczypospolitej pożytek, to już waszmość wiesz: koniec wojny, uwolnienie spod opresji katolickiej waszej wiary, kościołów, duchowieństwa, stanu szlacheckiego, pospólstwa, pomoc szwedzka na wojnę moskiewską i kozacką, a bogdaj rozszerzenie granic... Za to zaś wszystko to jedno ustępstwo, że Carolus po Kazimierzu królem ma zostać. Kto więcej w tych czasach dla ojczyzny uczynił, niech mi stanie do oczu!

- Prawda jest... ślepy by zobaczył... jeno stanowi szlacheckiemu okrutnie markotno będzie, że wolna elekcja ustanie.

- A co ważniejsze, elekcja czy ojczyzna?

- Wszystko jedno, mości książę, boć to kardynalny fundament Rzeczypospolitej... A cóż jest ojczyzna, jeżeli nie zbiór praw, przywilejów i wolności, stanowi szlacheckiemu przysługujących?... Pana i pod obcym panowaniem znaleźć można.

Gniew i nuda przeleciały błyskawicą po obliczu Bogusława.

- Carolus - rzekł - podpisze pacta conventa, jako i poprzednicy podpisywali, a po jego śmierci obierzem sobie, kogo zechcem... choćby tego Radziwiłła, który się z Billewiczówny narodzi.

Miecznik stał przez chwilę jakoby olśniony tą myślą, na koniec podniósł rękę w górę i zakrzyknął z wielkim zapałem:

- Consentior!..

- Tak i ja myślę, że się waść zgadzasz, choćby potem tron dziedziczny w naszej rodzinie miał zostać - rzekł ze złośliwym uśmiechem książę. - Tacyście wszyscy!... Ale to rzecz późniejsza. Tymczasem trzeba, żeby układy do skutku doszły... Rozumiesz waszmość, panie stryjcu? - Trzeba, jako żywo trzeba! - powtórzył z głębokim przekonaniem miecznik.

- Dojść zaś mogą dlatego, że wdzięcznym jestem jego szwedzkiemu majestatowi pośrednikiem, a wiesz, waszmość, z jakowych przyczyn?... Oto, Carolus ma jedną siostrę za de la Gardie, a drugą, księżniczkę biponcką, jeszcze panną, i tę chce za mnie wydać, aby się z domem naszym skoligacić i gotową partię mieć na Litwie. Stąd jego dla mnie powolność, do której go i wuj elektor nakłania.

- Jakże to? - spytał zaniepokojony miecznik.

- Tak, mości mieczniku, że za waszego gołąbka oddałbym wszystkie księżniczki biponckie, razem z księstwem nie tylko Dwóch, ale i wszystkich na świecie Mostów. Jeno mi drażnić szwedzkiej bestii nie wypada, za czym udaję powolne dla ich rokowań ucho; ale niech jeno traktat podpiszą, zobaczymy!

- Ba! to gotowi nie podpisać, gdy się dowiedzą, żeś się wasza książęca mość ożenił?

- Mości mieczniku - rzekł z powagą książę - posądziłeś mnie o nieszczerość dla ojczyzny... Ja zaś, jako prawy obywatel, pytam cię teraz: mamli prawo dla swej prywaty dobro Rzeczypospolitej poświęcić?

Pan Tomasz słuchał.

- Więc co będzie?

- Pomyśl sam waszmość: co ma być?

- Dla Boga, widzę już, że ślub musi być odłożony, a przysłowie mówi: "Co się odwlecze, to i uciecze."

- Ja serca nie zmienię, bom na całe życie pokochał, a i to trzeba waszmości wiedzieć, że wiernością samą cierpliwą Penelopę mógłbym zawstydzić.

Miecznik przeląkł się jeszcze bardziej, bo właśnie całkiem przeciwne o wierności książęcej miał mniemanie, które i reputacja powszechna potwierdzała, książę zaś jakby na dobitkę dodał:

- Ale masz wasza mość słuszność, że jutra swego nikt nie pewien: mogę zachorzeć, ba! nawet zbiera mi się na jakowąś obłożnicę, bom wczoraj tak zdrętwiał, że mnie ledwie Sakowicz odratował; mogę umrzeć, zginąć na wyprawie przeciwko Sapieże, a co będzie mitręgi, molestowań, zmartwień, tego by na wołowej skórze nie spisał.

- Na rany boskie, radź mości książę!

- Co ja poradzę? - odrzekł ze smutkiem książę - chociaż sam bym rad, ażeby klamka jak najprędzej zapadła.

- Otóż, żeby zapadła... Wziąć ślub, a potem co będzie, to będzie...

Bogusław zerwał się na równe nogi.

- Na świętą Ewangelię! Waszmość ze swoim rozumem kanclerzem litewskim powinien byś zostać. Przez trzy dni inny by tego nie wymyślił, co waszmości od razu do głowy przyszło! Tak jest! tak! wziąść ślub i cicho siedzieć. To głowa! Ja i tak za dwa dni na Sapiehę ruszam, bo mus! Przez ten czas przejście tajemne do komnatki panieńskiej się urządzi, a potem w drogę! To głowa statysty! Dwóch albo trzech konfidentów do tajemnicy przypuścim i za świadków weźmiem, aby ślub odbył się formaliter. Intercyzę spiszem, wiano ubezpieczym, do którego zapis dołączę, i do czasu - sza! Miecznik dobrodzieju! dziękuję z serca, dziękuję! Pójdź w moje objęcia, stryjcu, bo tobie najlepszą radę zawdzięczam. Nie ja będę protestował! Pójdź w moje objęcia, a potem do mojej śliczności... Będę odpowiedzi jej czekał, jako na węglach! Tymczasem zaś Sakowicza po księdza wyprawię! Bądź zdrów, ojczyku, a da Bóg, wkrótce i dziadku Radziwiłła!

To rzekłszy książę wypuścił zdumionego szlachcica z objęcia i wypadł z komnaty.

- Dla Boga! - rzekł do siebie ochłonąwszy miecznik. - Dałem taką rozumną radę, że i Salomon by się nie powstydził, a wolałbym, żeby się bez niej obyło. Tajemnica tajemnicą... Wszakże, łam głowę, tłucz łbem o ścianę, nie może inaczej być... Hm! nie może inaczej być! Ślepy dojrzy! Bogdaj tych Szwedów mróz ścisnął i wydusił w ostatku!... Żeby nie owe rokowania, to ślub odbyłby się z ceremoniami, jeszcze by cała Żmudź się na weselisko zjechała. A tu do własnej żony mąż musi w wojłokach chodzić, żeby hałasu nie narobić. Tfu, do licha! Nie tak prędko jeszcze Sicińscy popękają, choć Bogu chwała, że ich to nie minie...

To rzekłszy poszedł do Oleńki.

Książę tymczasem naradzał się w dalszym ciągu z Sakowiczem.

- Tańcował szlachcic na dwóch łapach jak niedźwiedź - mówił Sakowiczowi - ale też mnie wymęczył! Uf! uścisnąłem go za to, aż mu żebra zatrzeszczały, i trząsłem nim tak, iż myślałem, że mu buty razem z wiechciami z nóg zlecą... A com mu powiedział: "stryjcu", to aż w oczach pęczniał, jakby się całą faską bigosu udławił. Tfu! tfu! poczekaj! Uczynię cię stryjcem, ale takich stryjców mam na kopy po całym świecie... Sakowicz! widzę już, jako ona mnie w swojej komnatce czeka i przyjmuje, oczki zamknąwszy i rączęta skrzyżowawszy... Czekaj i ty! wycałuję ja ci te oczki... Sakowicz! weźmiesz dożywociem Prudy za Oszmianą!... Kiedy Plaska może tu stanąć? - Przed wieczorem! Dziękuję waszej książęcej mości za Prudy...

- Nic to! Przed wieczorem? to znaczy lada chwila... żeby to można dziś jeszcze, choćby o północy, ów ślub wziąć... Masz gotową intercyzę?

- Mam. Hojny byłem w imieniu waszej książęcej mości. Birże pannie oprawą zapisałem... Będzie miecznik wył jak pies, gdy mu się to potem odbierze.

- Posiedzi w lochu, to się uspokoi.

- Nie trzeba i tego. Jak ślub pokaże się nieważny, to i wszystko nieważne. A nie mówiłem waszej książęcej mości, że się zgodzą?

- Nie czynił najmniejszych trudności... Ciekawym, co ona powie... Jakoś go nie widać!

- Padli sobie w ramiona i z rozczulenia płaczą, a błogosławią waszą książęcą mość, a nad dobrocią i urodą się unoszą.

- Nie wiem, czyli nad urodą, bo jakoś mizernie wyglądam. Ciąglem niezdrów i boję się, żeby ona wczorajsza zdrętwiałość znów nie przyszła.

- Ej, byleś wasza książęca mość ciepła zażywał...

Książę już stał przed zwierciadłem.

- Oczy mam podsiniałe i kiep Fouret brwi mi dziś krzywo uczernił. Patrz, czy nie krzywo? Każę mu palce wkręcić w kurek od muszkietu, a małpę zrobię moim kamerdynerem. Co to jest, że miecznika nie ma?... Chciałbym już do panny! Przecie pocałować się przed ślubem pozwoli... pocałować... posmakować!... Jak prędko się dziś ściemnia... Na Plaskę, jeśliby się wzdragał, trzeba obcążki do ognia wsadzić...

- Plaska nie będzie się wzdragał, to szelma spod ciemnej gwiazdy!

- I ślub da po szelmowsku.

- Szelma szelmę po szelmowsku ożeni.

Książę wpadł w dobry humor.

- Gdzie rajfur drużbą, nie może być innego ślubu.

Na chwilę umilkli i poczęli się śmiać obaj, ale rzechotanie ich dziwnie złowrogo rozlegało się po ciemnej izbie. Noc zapadała coraz głębsza.

Książę począł chodzić po pokoju, stukając głośno czekanikiem, którym podpierał się silnie, bo od ostatniego odrętwienia nogi mu jeszcze niezbyt służyły.

Wtem pachołkowie wnieśli kandelabry ze świecami i wyszli, lecz pęd powietrza pochylił płomienie świec tak, iż długo nie mogły się palić prosto, topiąc tymczasem obficie wosk.

- Patrz, jak się świece palą - rzekł książę. - Cóż stąd wróżysz?
- Że jedna cnota stopi się dziś jak wosk.
- Dziw, jak długo trwa to chybotanie.
- Może dusza starego Billewicza przelatuje nad płomieniami.
- Głupiś! - rzekł porywczo książę Bogusław - ogromnieś głupi! A wybrał też sobie porę do mówienia o duchach!

Nastała chwila milczenia.

- W Anglii powiadają - ozwał się książę - że jak duch jakowy jest w izbie, to każda świeca będzie ci się palić błękitno, a te, patrz! płoną żółto, jak zwykle.
- Furda!... - rzekł Sakowicz. - W Moskwie są ludzie...
- Cicho no!... - przerwał Bogusław. - Miecznik nadchodzi... Nie! To wiatr porusza okiennicą. Diabli nadali tę ciotkę dziewczyny... Kulwiec-Hippocentaurówna! Słyszał kto o czymś podobnym? Ale też i wygląda na Chimerę.
- Chcesz wasza książęca mość, to się z nią ożenię. Nie będzie zawadzać. Plaska nas zlutuje na poczekaniu.
- Dobrze. Dam jej jaworową łopatę na prezent ślubny, a tobie latarnię, żebyś jej miał czym świecić.
- Ale będę twoim wujaszkiem... Bogusiu...
- Pamiętaj na Kastora! - odparł książę.
- Nie gładź Kastora, mój Polluksie, pod włos, bo może ugryźć!

Dalszą rozmowę przerwało wejście miecznika i panny Kulwiecówny. Książę postąpił ku nim żywo, podpierając się czekanikiem. Sakowicz wstał.

- A co? można do Oleńki? - spytał książę.

Lecz miecznik tylko ręce rozłożył, a głowę spuścił na piersi.

- Mości książę! Synowica moja powiada, że jej testament pułkownika Billewicza zakazuje losem swym rozporządzać, a gdyby nawet nie zakazywał, tedyby za waszą książęcą mość, nie mając do niej serca, nie wyszła.
- Sakowicz! słyszysz? - ozwał się strasznym głosem Bogusław.
- O tym testamencie i ja wiedziałem - mówił miecznik - alem w pierwszej chwili nie uważał go za niezwalczone impedimentum.
- Drwię sobie z waszych szlacheckich testamentów! - rzekł książę. - Plwam na wasze szlacheckie testamenta! rozumiesz!...
- Ale my nie drwim! - odparł zaperzony pan Tomasz - a wedle testamentu wolno dziewce albo do klasztoru, albo za Kmicica.
- Za kogo, szerepetko? za Kmicica?... Pokażę ja wam Kmiciców!... nauczę was!..
- Kogo to, mości książę, szerepetką nazywasz! Billewicza?

I miecznik za bok się pochwycił w furii największej, lecz Bogusław w jednej chwili trzasnął go obuchem w piersi, aż w szlachcicu jękło i zwalił się na ziemię, sam zaś kopnąwszy leżącego nogą, aby drogę do drzwi otworzyć, wypadł bez kapelusza z komnaty.

- Jezus! Maria! Józef! - wołała panna Kulwiecówna.

Lecz Sakowicz chwycił ją za ramię i przyłożywszy jej kindżał do piersi mówił:

- Cicho, klejnociku, cicho, turkaweczko najmilsza, bo ci twoje słodkie gardło poderżnę jako kulawej kurze. Siedź tu spokojnie i nie chodź na górę, bo tam się wesele twej siostrzenicy odprawia.

Lecz w pannie Kulwiecównie płynęła również krew rycerska więc ledwie usłyszała słowa Sakowicza, natychmiast przestrach jej zmienił się w rozpacz i uniesienie.

- Łotrze! zbóju! poganinie! - krzyknęła - zarżnij mnie, bo będę krzyczeć na całą Rzeczpospolitę. Brat zabit, krewna pohańbiona, nie chcę i ja żyć! Bij, zbóju, zarżnij! Ludzie schodźcie się! patrzajcie!...

Dalsze słowa stłumił Sakowicz położywszy jej na ustach swą dłoń potężną.

- Cicho, krzywa kądziołko! cicho, zwiędła ruto! - rzekł do niej. - Jać nie będę zarzynał, po co mam diabłu dawać to, co i tak jego, ale żebyś nie mogła jako paw krzyczeć, zanim się uspokoisz, to ci twą wdzięczną buzię własną twoją chustką obwiążę, a sam lutnię wezmę i "wzdychanego" ci zagram. Nie może być inaczej, jeno musisz mnie polubić.

Tak mówiąc pan starosta oszmiański z wprawą prawdziwego rzezimieszka okręcił głowę panny Kulwiecówny chustką, pasem skrępował jej w mgnieniu oka ręce, nogi i rzucił ją na sofę.

Następnie siadł przy niej i wyciągnąwszy się wygodnie spytał tak spokojnie, jak gdyby zwykłą rozpoczynał rozmowę.

- Jakże waćpanna myślisz? Ja mniemam, że i Boguś równie sobie łatwo poradzi?

Wtem zerwał się na równe nogi, bo drzwi otworzyły się szybko i ukazała się w nich panna Aleksandra.

Twarz miała białą jak kreda, włos nieco rozrzucony, brew namarszczoną i zgrozę w oczach.

Ujrzawszy leżącego miecznika przyklękła nad nim i poczęła ręką dotykać jego głowy i piersi.

Miecznik odetchnął głęboko, otworzył oczy, podniósł się na wpół i jął rozglądać się po komnacie, jakby zbudzony ze snu, następnie wsparłszy się ręką o ziemię popróbował wstać, co mu się po chwili przy pomocy panienki udało, więc doszedł chwiejnym krokiem do krzesła i rzucił się w nie.

Oleńka teraz dopiero dostrzegła pannę Kulwiecówne leżącą na sofie.

- Czyś ją waść zamordował? - spytała Sakowicza.

- Uchowaj Boże! - odrzekł starosta oszmiański.

- Rozkazuję rozwiązać!

Tyle było mocy w jej głosie, że Sakowicz nie odrzekł ani słowa, jak gdyby rozkaz wyszedł od samej księżnej Radziwiłłowej, i począł rozwiązywać zemdloną pannę Kulwiecównę.

- A teraz - rzekła panna - idź do twego pana, któren tam leży na górze.

- Co się stało? - krzyknął oprzytomniawszy Sakowicz. - Waćpanna odpowiesz za niego!

- Nie przed tobą, sługo! Precz!

Sakowicz skoczył jak opętany.

ROZDZIAŁ 18

Sakowicz nie odstępował księcia przez dwa dni, bo drugi paroksyzm cięższy był od pierwszego; szczęki Radziwiłła tak się zwarły, że trzeba je było nożem otwierać, aby do ust wlać lekarstwo trzeźwiące. Zaraz potem odzyskał przytomność, jednakże trząsł się, dygotał, podskakiwał na łożu, wyprężał się jak zwierz śmiertelnie postrzelony. Gdy i to minęło, przyszło osłabienie ogromne; przez całą noc patrzył w sufit, nic nie mówiąc. Nazajutrz, po wzięciu odurzających leków, zapadł w sen twardy i ciężki, a koło południa rozbudził się znowu, zlany potem obfitym.

- Jak się wasza książęca mość czuje? - pytał Sakowicz.

- Lepiej mi. Czy nie przyszły jakowe listy?

- Są od elektora i Szteinboka, leżą tu na stole, ale czytanie na później trzeba odłożyć, bo wasza książęca mość sił jeszcze nie masz.

- Dawaj zaraz... słyszysz?

Starosta oszmiański wziął listy i podał, a Bogusław przeczytał je po dwakroć, po czym pomyślał chwilę i rzekł:

- Jutro ruszamy na Podlasie.

- Jutro będziesz, mości książę, w łożu, jako i dzisiaj.

- Będę na koniu jako i ty!... Milcz, nie przeciw się!...

Starosta umilkł i przez chwilę trwała cisza, którą przerywał tylko poważny i powolny tyk-tak gdańskiego zegara.

- Rada była głupia i pomysł głupi - rzekł nagle książę - i ja także głupi, żem cię usłuchał...

- Wiedziałem, że jak się nie uda, to wina na mnie spadnie - odrzekł Sakowicz.

- Boś podrwił głową.

- Rada była roztropna, ale jeśli tam jest jaki diabeł na usługach, który o wszystkim ostrzega, ja za to nie odpowiadam.

Książę podniósł się na łóżku.

- Myślisz?... - rzekł patrząc bystro na Sakowicza.

- A wasza książęca mość nie zna papistów?

- Znam, znam! I mnie często do głowy przychodziło, że to mogą być czary. Od wczoraj pewien jestem. Utrafiłeś w moją myśl, dlategom cię spytał, zali naprawdę tak mniemasz? Ale które z nich może w komitywę z siłą nieczystą wchodzić?... Przecie nie ona, bo cnotliwa... i nie miecznik, bo za głupi?...

- A choćby ona ciotka...

- Może to być...

- Dla pewności na krzyż ją wczoraj wiązałem, a przed tym przyłożyłem jej nóż do gardzieli i imaginuj sobie wasza książęca mość, patrzę dziś, a ostrze jakoby w ogniu stopione.

- Pokaż!

- Cisnąłem nóż do wody, choć w rękojeści turkus był zacny. Wolałem tego już więcej nie tykać.

- To ci powiem, co mi się wczoraj przygodziło... Wpadłem do niej jak oszalały. Com mówił, nie pamiętam... ale to wiem, że dziewka krzyknęła: "W ogień pierwej się rzucę!" Wiesz, jako tam komin ogromny. I wraz skoczyła! Ja za nią. Porwałem ją wpół. Już się szatki na niej zatliły. Musiałem gasić i trzymać zarazem. Wtem dur mnie schwycił, szczęki mi się ścięły... Rzekłbyś, że mnie kto za żyły w szyi szarpnął... Za czym wydało mi się, że owe iskry, wedle nas latające, zmieniły się w pszczoły i brzęczą jako pszczoły... Ot, jak mnie tu widzisz, prawda!

- I co później?

- Nic już nie pamiętam, jeno taki strach, jak gdybym w niezmierną studnię zlatywał, w jakąś głębię bezdenną. Co za strach!... powiadam ci, co za strach! Teraz jeszcze włosy wstają mi na głowie... I nie sam strach, ale... Jakby powiedzieć... i czczość, i nuda niezmierna, i umęczenie niepojęte... Szczęściem, moce niebieskie były ze mną, inaczej już bym dziś z tobą nie rozmawiał.

- Wasza książęca mość miałeś paroksyzm... Sama choroba często różne jasełeczka przed oczy stawia, ale dla pewności można by kazać nieco lodu na rzece odrąbać i tę babę spławić.

- Jechał ją sęk! I tak jutro ruszamy, a potem przyjdzie wiosna, inne będą zaraz gwiazdy i noce krótkie, wszelką nieczystą siłę debilitujące.

- Skoro mamy jutro ruszać, to już lepiej wasza książęca mość tej dziewki zaniechaj

- Choćbym nie chciał, muszę... Wcale żądze dziś ode mnie odpadły.

- Puść ich, niech sobie idą do diabła!

- Nie może być!

- Czemu?

- Bo mi się szlachcic do okrutnych pieniędzy przyznał, które są w Billewiczach zakopane. Puszczę ich, to odkopią i pójdą w lasy. Wolę ich tu potrzymać, a pieniądze w rekwizycję wziąć... Teraz wojna, to wolno! Zresztą, sam się ofiarował. Każemy sady w Billewiczach skopać piędź przy piędzi; musimy znaleźć Miecznik zaś, siedząc tu, przynajmniej hałasu i krzyku na całą Litwę nie naczyni, że go zrabowano. Złości mnie biorą, gdy pomyślę, ilem tu pieniędzy na próżno stracił na owe uciechy i turnieje, a wszystko to na nic! na nic!...

- Mnie już dawno i na tę dziewkę złości brały. A mówię waszej książęcej mości, fe gdy wczoraj przyszła i rzekła mi, niby ostatniemu ciurze: "Ruszaj, sługo, na górę, bo tam pan twój leży" - tylko com jej głowy nie ukręcił jako szpakowi, ile żem myślał; że to ona sama pchnęła waszą książęcą mość nożem, czyli ustrzeliła z krócicy.

- Ty wiesz; iż nie lubię; żeby kto u mnie rządził jak szara gęś... I dobrze, żeś tego nie uczynił, bo kazałbym cię owymi żelazkami szczypać; które na Plaskę były przygotowane... Wara ci od niej...

- Plaskę jużem wyprawił z powrotem. Okrutnie był zdziwiony nie wiedząc, po co go przywieźli i po co każą precz. Chciał coś za fatygę, że to, powiada, "w handlu mam straty", alem mu rzekł: w nagrodę skórę całą wywozisz!... Zali to naprawdę jutro mamy ruszać na Podlasie?

- Jako Bóg w niebie. A wojska powyprawiane wedle moich rozkazów?

- Rajtarie wyszły już do Kiejdan, skąd mają do Kowna ruszyć i tam czekać... Nasze polskie chorągwie są jeszcze tu, nie zdało mi się naprzód ich wyprawiać. Ludzie niby pewni, a przecie mogliby się z konfederatami zwąchać. Głowbicz pojedzie z nami; semenowie pod Wrotyńskim także, Karlström ze Szwedy idzie w przedniej straży... Po drodze ma rozkaz rebelizantów, a zwłaszcza chłopstwo wycinać.

- Dobrze.

- Kyritz z piechotą ma ciągnąć z wolna, ażeby w ciężkim terminie było się o kogo oprzeć. Jeśli mamy iść naprzód jako piorun i cały rachunek nasz na szybkości polega, to nie wiem, jeżeli pruskie i szwedzkie rajtarie będą nam przydatne. Szkoda, że nie staje polskich chorągwi, bo mówiąc między nami, nie masz nad naszą jazdę...

- A artyleria wyszła?

- Wyszła.

- Jakże? i Paterson?

- Nie! Paterson jest, pilnuje Ketlinga, który własną szpadą zranił się dość szkodliwie. On go bardzo miłuje. Gdybym Ketlinga nie znał, iż odważny oficer, myślałbym, że się umyślnie zakłuł, aby na wyprawę nie iść.

- Trzeba tu będzie ze sto ludzi zostawić, toż w Rosieniach, toż w Kiejdanach. Szwedzkie prezydia szczupłe, a de la Gardie i tak co dzień od Loewenhaupta ludzi żąda. Jak jeszcze i my wyjdziemy, rebelia zapomni o szawelskiej klęsce i znów głowę podniesie.

- Rosną oni i tak. Znów słyszałem, iż Szwedów w Telszach wycięto.

- Szlachta? chłopi?

- Chłopi pod przywództwem księdza, ale są i partie szlacheckie, szczególnie wedle Laudy.

- Laudańscy pod Wołodyjowskim wyszli.

- Siła wyrostków i starców zostało. Ci za broń chwytają, bo to wojennicy z rodu.

- Bez pieniędzy nic rebelia nie wskóra.

- A my się w Billewiczach zasilim. Trzeba być geniuszem jak wasza książęca mość, żeby tak we wszystkim znaleźć poradę.

Bogusław gorzko się uśmiechnął.

- Lepiej w tym kraju cenią tego, kto się królowej jejmości i szlachcie akomodować umie. Geniusz ni cnota nie popłaca. Szczęście, żem to i książęciem Rzeszy, a za nogę mnie przecie do sosny nie przywiążą. Byle mnie intraty z dóbr tu położonych regularnie dochodziły, nie dbam o całą rzeczpospolitą

- Żeby tylko konfiskować nie chciano?

- Pierwej my skonfiskujemy Podlasie, jeśli nie całą Litwę. Tymczasem zawołaj mi Patersona.

Sakowicz wyszedł i po chwili wrócił z Patersonem. Rozpoczęła się przy łożu książęcym narada, skutkiem której nazajutrz do dnia miano ruszać i nagłymi pochodami ciągnąć na Podlasie. Książę Bogusław wieczorem czuł się już o tyle lepiej, że ucztował razem z oficerami i żartami do późna się bawił, słuchając z przyjemnością rżenia koni i szczęku oręża gotujących się do pochodu chorągwi.

Chwilami oddychał głęboko i przeciągał się w krześle.

- Widzę, że ta wyprawa zdrowie mi wróci - mówił do oficerów - bom też wśród tych wszystkich układów i zabaw znacznie pole zależał. Ale w Bogu nadzieja, że poczują rękę moją konfederaci i nasz eks-kardynał w koronie.

Na to zaś Paterson ośmielił się odpowiedzieć:

- Szczęście to, że Dalila nie obcięła włosów Samsonowi.

Bogusław popatrzył na niego przez chwilę dziwnym wzrokiem, od którego Szkot już mieszać się począł, ale po chwili oblicze książęce rozjaśniło się strasznym uśmiechem.

- Jeśli filarem jest Sapieha - odrzekł - to nim tak potrząsnę, że cała Rzeczpospolita na łeb mu runie.

Rozmowa była prowadzona po niemiecku, więc wszyscy cudzoziemscy oficerowie-jurgieltnicy zrozumieli ją doskonale i odpowiedzieli chórem.

- Amen!

Nazajutrz pochód z księciem na czele wyruszył do dnia. Szlachta pruska, którą świetny dwór przywabiał, poczęła zaraz wynosić się do domów.

Za nimi ruszyli do Tylży ci, którzy w Taurogach szukali przed groźbami wojny schronienia, a którym Tylża wydała się teraz bezpieczniejszą. Zostali tylko miecznik, panna Kulwiecówna i Oleńka nie licząc Ketlinga i starego oficera Brauna, który nad szczupłym prezydium miał komendę.

Miecznik po owym uderzeniu obuszkiem leżał dni kilkanaście, krew od czasu do czasu ustami oddając, że jednak żadna kość nie była złamana, począł z wolna przychodzić do siebie i o ucieczce zamyślać.

Tymczasem nadjechał ciwun z Billewicz z listem od samego Bogusława. Miecznik nie chciał z początku pisma czytać, lecz wkrótce namyślił się inaczej, idąc w tym za radą panienki, która była zdania, że lepiej znać wszystkie zamiary nieprzyjaciela.

"Mnie wielce miłościwy panie Billewicz! Concordia res parvaecrescunt, discordia maximae dilabunter! Fata to sprawiły, iżeśmy się nie rozstali tak zgodnie, jakby sobie moje afekta dla WPana i jego wdzięcznej synowicy życzyć mogły, w czym, dalibóg, nie moja wina, gdyż to WPan wiesz najlepiej, iżeście mnie za moje szczere intencje niewdzięcznością nakarmili. Co się zaś w gniewie czyni, tego wedle amicycji w rachubę brać nie trzeba, tuszę przeto, że popędliwe mu uczynki zechcesz WPan krzywdą, której od was doznałem, zgoła wyekskuzować. Ja wam też z serca odpuszczam, jako mi chrześcijańska miłość nakazuje, i do zgody powrócić pragnę. Żeby zaś WPanu dać rękojmię, że urazy w sercu nie zostało, nie osądziłem za rzecz godną odmawiać WPanu tej przysługi, której ode mnie żądałeś, i pieniądze WMPanowe przyjmuję"

Tu miecznik przestał czytać, uderzył kułakiem w stół i zakrzyknął:

- Pierwej mnie na marach zobaczy niż szeląg z mojej szkatuły!...

- Czytaj ojciec dalej - rzekła Oleńka.

Miecznik podniósł znów pismo do oczu.

"..Której gotowizny dobywaniem nie chcąc WPana trudzić i zdrowia jego w dzisiejszych burzliwych czasach na szwank wystawiać, kazałem sam ją wydobyć i obliczyć..."

W tym miejscu zabrakło panu miecznikowi głosu i list wypadł mu z rąk na podłogę; przez chwilę zdawało się, że mowa została szlachcicowi odjętą, bo palcami tylko chwycił się za czuprynę i targał ją z całej siły:

- Bij, kto w Boga wierzy! - zakrzyknął wreszcie.

Na to Oleńka:

- Jedna krzywda więcej, kara boska bliżej, bo miara wkrótce się dopełni...

ROZDZIAŁ 19

Rozpacz miecznika była tak wielka, że panna musiała go pocieszać i zapewniać, że tych pieniędzy za przepadłe uważać nie trzeba, bo przecie sam list ów za skrypt starczy, a Radziwiłła, pana tylu dóbr na Litwie i Rusi, jest na czym poszukiwać.

Natomiast, że trudno było przewidzieć, co ich oboje spotkać jeszcze może, zwłaszcza gdyby Bogusław powrócił zwycięsko do Taurogów, poczęli tym gorliwiej myśleć o ucieczce.

Oleńka radziła ją wszelako odłożyć, dopóki by Hassling-Ketling nie wyzdrowiał, bo Braun był to posępny i nieużyty żołdak, pilnujący ślepo rozkazów, i niepodobna było go przejednać.

Co do Ketlinga, wiedziała doskonale panienka, że dlatego się zranił, aby przy niej pozostać, zatem wierzyła głęboko, że wszystko dla niej uczynić gotów. Sumienie niepokoiło ją wprawdzie bez ustanku pytaniami, czy ma prawo dla własnego ocalenia poświęcać cudzy los, a może i życie, lecz groźby, które nad nią wisiały w Taurogach, były tak straszne, że stokroć przewyższały niebezpieczeństwa, na jakie Ketling z powodu opuszczenia służby mógł być narażony. Bo przecie Ketling, jako wyborny oficer, wszędy mógł znaleźć służbę, i to szlachetniejszą, a z nią razem i potężnych protektorów, jako król, jako pan Sapieha lub pan Czarniecki. I będzie przy tym służył dobrej sprawie, i znajdzie pole wywdzięczenia się temu krajowi, który go, wygnańca, przygarnął. Śmierć grozi mu tylko w takim razie, gdyby wpadł w ręce Bogusława, ale przecie Bogusław nie włada jeszcze w całej Rzeczypospolitej.

Panna przestała się wahać i gdy zdrowie młodego oficera polepszyło się już tak znacznie, że mógł służbę odbywać, wezwała go do siebie.

Ketling stanął przed nią blady, wynędzniały, bez kropli krwi w twarzy, ale pełen zawsze czci, uwielbienia i pokory.

Na jego widok łzy zakręciły się w oczach Oleńce, bo przecie była to jedyna życzliwa dusza w Taurogach, a taka przy tym biedna i cierpiąca, że gdy Oleńka na powitanie spytała go o zdrowie, młody oficer odrzekł:

- Niestety, pani, wraca, a tak by mi było dobrze umrzeć...

- Waćpanu trzeba porzucić tę służbę - odrzekła patrząc nań ze współczuciem dziewczyna - bo tak zacnemu sercu trzeba pewności, że zacnej sprawie, zacnemu panu służy.

- Niestety! - powtórzył oficer.

- Kiedy kończy się służba waćpana?

- Za pół roku dopiero.

Oleńka pomilczała chwilę, po czym podniosła na niego swe cudne oczy, które w tej chwili przestały być surowe, i rzekła:

- Słuchaj mnie, panie kawalerze. Będę mówiła jako do brata, jako do serdecznego konfidenta: waćpan możesz i powinieneś się uwolnić.

To rzekłszy wyznała mu wszystko: i zamiar ucieczki, i to, że na jego pomoc rachuje. Poczęła mu przedstawiać, że służbę wszędy może znaleźć, a piękną, jako jego dusza jest piękną, a zaszczytną, jak honor rycerski wymagać może; wreszcie takimi skończyła słowy:

- Ja waćpanu do śmierci będę wdzięczną. Pod bożą opiekę chcę się schronić i Bogu w zakonie ślubować, ale gdziekolwiek będziesz, daleko czy blisko, na wojnie, w pokoju, będę się za waćpana modliła, będę prosiła Boga, by bratu mojemu i dobroczyńcy dał spokój i szczęście, gdy ja prócz wdzięczności i modlitwy nic mu więcej dać nie mogę...

Tu głos jej zadrżał, a oficer słuchał jej słów blednejąc jak chusta, na koniec klęknął, obie dłonie przyłożył do czoła i głosem do jęku podobnym odrzekł:

- Nie mogę, pani! nie mogę!..

- Waćpan mi odmawiasz? - spytała ze zdumieniem Billewiczówna.

A on zamiast odpowiedzieć modlić się począł.

- Boże wielki i miłosierny! - mówił. - Od dziecinnych lat nigdy fałsz nie postał na wargach moich, nigdy nie splamił mnie krzywy uczynek. Wyrostkiem będąc broniłem tą słabą ręką króla mojego i ojczyzny, za cóż, Panie, karzesz mnie tak ciężko i zsyłasz mękę, do której, sam widzisz, sił mi brakuje!

Tu zwrócił się do Oleńki:

- Pani, ty nie wiesz, co to jest rozkaz dla żołnierza, że w posłuchu nie tylko jego obowiązek, ale jego cześć i honor. Mnie, pani, wiąże przysięga, i więcej niż przysięga, bo słowo rycerskie, że służby przed terminem nie porzucę i co do niej należy, ślepo spełnię. Jam żołnierz i szlachcic i tak mi dopomóż Bóg, jako nigdy w życiu nie pójdę śladem takich jurgieltników, którzy honor i służbę zdradzają. A nawet na rozkaz, nawet na prośbę twoją, pani, słowa nie złamię, choć w męce to mówię i bólu. Gdybym, mając rozkaz nie puszczać nikogo z Taurogów, stał na straży przy bramie i gdybyś wówczas ty sama, pani, przejść ją wbrew rozkazowi chciała, tedy przeszłabyś, ale po moim trupie. Tyś mnie, pani, nie znała i zawiodłaś się na mnie. Ale zlituj się, zrozumiej, że ja ci do ucieczki pomagać nie mogę i słuchać nawet o niej nie powinienem, gdyż rozkaz jest wyraźny, gdyż odebrał go Braun i nas pięciu pozostałych tu oficerów. Boże, Boże! gdybym był przewidział taki rozkaz, wolej bym poszedł na tę wyprawę... Ja panią nie przekonam, nie uwierzysz mi, a jednak Bóg widzi, Bóg niech tak mnie sądzi po śmierci, jako prawda, że życie dałbym ci bez wahania... honoru nie mogę, nie mogę!

To rzekłszy Ketling załamał ręce i umilkł wyczerpany zupełnie, jeno począł oddychać szybko.

Oleńka nie ochłonęła jeszcze ze zdumienia. Nie miała czasu ni zastanowić się, ni ocenić, jak należy, tej duszy wyjątkowej w swej szlachetności; czuła tylko, że usuwa się jej z rąk ostatnia deska ratunku, zawodzi ją jedyny sposób wydostania się z nienawistnej niewoli.

Lecz próbowała jeszcze opierać się.

- Panie - rzekła po chwili. - Jestem wnuczką i córką żołnierza; dziad i ojciec mój również honor nad życie cenili, ale właśnie dlatego nie do wszystkich posług daliby się byli ślepo używać...

Ketling wydobył drżącą ręką pismo z kalety, podał je Oleńce i rzekł:

- Sądź, pani, czy rozkaz służby nie tyczy?

Oleńka rzuciła okiem na papier i przeczytała, co następuje:

"Ponieważ doszło do naszej wiadomości, że urodzony Billewicz, miecznik rosieński, zamierza opuścić skrycie rezydencję naszą w zamiarach nam nieprzyjaznych: mianowicie, aby znajomych, koligatów, krewnych i klientów swoich ad rebelionem przeciw jego szwedzkiemu majestatowi i nam excitare, przeto polecamy oficerom, na praesidium w Taurogach zostającym, urodzonego Billewicza wraz z synowicą jako zakładników i jeńców wojennych strzec i ucieczki ich nie dopuścić, pod utratą honoru i sub poena sądu wojennego..." etc.

- Rozkaz przyszedł z pierwszego postoju, po wyjeździe księcia - rzekł Ketling - dlatego jest na piśmie.

- Niech się dzieje wola boża! - rzekła po chwili milczenia Oleńka.- Stało się.

Ketling czuł, że wypada mu już odejść, i nie ruszał się z miejsca. Blade jego wargi poruszały się od czasu do czasu, jak gdyby chciał coś mówić i nie mógł głosu wydobyć.

Dławiło go pragnienie, by paść jej do nóg i żebrać przebaczenia, lecz z drugiej strony czuł, że ona dosyć ma własnego nieszczęścia, i znajdował jakąś dziką rozkosz w tym, że i on cierpi i że będzie cierpiał bez skargi.

Na koniec skłonił się i wyszedł w milczeniu, ale zaraz w korytarzu pozrywał bandaże, które miał na świeżej ranie, i padł zemdlony, a gdy po upływie godziny straż pałacowa znalazła go leżącego blisko schodów i odniosła do cekhauzu, rozchorował się ciężko i przez dwa tygodnie nie mógł opuścić łoża.

Oleńka po odejściu Ketlinga pozostała czas jakiś jakby odurzona. Spodziewała się prędzej śmierci aniżeli jego odmowy, dlatego w pierwszej chwili, pomimo całego hartu duszy, zbrakło jej sił, energii, uczuła się słabą jak zwykła niewiasta, a chociaż nieświadomie powtarzała: "Dziej się wola boża!" - przecie żal zawodu wziął górę nad rezygnacją i łzy obfite a gorzkie puściły się jej z oczu.

W tej chwili nadszedł miecznik, a spojrzawszy na synowicę odgadł zaraz, że mu niepomyślną wieść ma zwiastować, więc spytał żywo:

- Dla Boga! co tam znowu?
- Ketling odmawia - odrzekła dziewczyna.
- Wszystko tu łotry, szelmy i arcypsy! Jak to? i ten nie chce pomóc?
- Nie tylko nie chce on pomóc - odrzekła skarżąc się jak małe dziecko - ale powiada jeszcze, że przeszkodzi, choćby też i polec mu przyszło.
- Czemu? na rany Pańskie! czemu?
- Bo taka już nasza dola! Ketling nie zdrajca, ale taka już nasza dola, bośmy najnieszczęśliwsi ze wszystkich ludzi!
- Bodaj tych wszystkich heretyków pioruny zatrzasły! - krzyknął miecznik.
- Na cnotę nastają, łupią, kradną, więżą... Bodaj wszystko już przepadło! Nie żyć uczciwym ludziom w takich czasach!

Tu począł chodzić spiesznym krokiem po komnacie i pięściami wygrażać, na koniec ozwał się zgrzytnąwszy zębami:

- Wolałem wojewodę wileńskiego, wolę tysiąc razy nawet Kmicica niż tych uperfumowanych szelmów bez czci i sumienia!

A gdy Oleńka nie odrzekła nic, tylko jeszcze mocniej płakać zaczęła, pan miecznik złagodniał i po chwili tak mówić począł:

- Nie płacz. Kmicic mi do głowy przyszedł jeno dlatego, że ten by nas przynajmniej wyrwać z tej babilońskiej niewoli potrafił. Dałby ci on wszystkim Braunom, Ketlingom, Patersonom i samemu Bogusławowi! Ale zresztą wszyscy zdrajcy jednacy! Nie płacz! Płakaniem nic nie wskórasz, a tu radzić trzeba. Nie chce Ketling pomagać... żeby go skrzywiło!... to się bez niego obejdziem... Męski niby animusz w tobie, a w ciężkim terminie jeno szlochać umiesz... Co powiada Ketling?

- Powiada, że książę kazał nas jako jeńców wojennych strzec, bojąc się, żebyś stryjko partii nie zebrał i do konfederatów nie poszedł.

Pan miecznik wziął się w boki:

- A! a! boi się, szelma!... I ma słuszność, bo tak uczynię, jako Bóg w niebie!
- Mając zaś rozkaz, który służby tyczy, Ketling pod czcią musi go spełnić.

- Dobrze!... Obejdziem się bez heretyckiej pomocy!

Oleńka otarła łzy.

- I stryjko myślisz, że będzie można?

- Myślę, że trzeba, a jak trzeba, to i można, choćbyśmy mieli po powrozach spuszczać się z tych okien.

A panienka zaraz na to:

- Moja wina, żem płakała... Radźmy jak najprędzej!

Łzy jej całkiem oschły i brwi ściągnęły się znowu od myślenia, z dawną stanowczością i energią.

Jakoż pokazało się, że miecznik nie umie rady znaleźć i że imaginacja panny o wiele w sposoby obfitsza. Lecz ciężko i jej szło, bo to było jasne, że ich tam muszą strzec pilnie.

Postanowili tedy nie prędzej próbować, aż pierwsze wieści od Bogusława przyjdą do Taurogów. W tym całą złożyli nadzieję, spodziewając się kary boskiej na zdrajcę ojczyzny i bezczestnego człeka. Mógł on przecie polec, mógł obłożnie zachorzeć, mógł być pobity przez Sapiehę, a wówczas niezawodnie powstałby w całych Taurogach popłoch i nie tak by już bacznie bram strzeżono.

- Znam ja pana Sapiehę - mówił, pokrzepiając siebie i Oleńkę, miecznik - wojennik to powolny, ale akuratny, i dziw, jak zawzięty. Exemplum jego dla majestatu i ojczyzny wierność. Zastawił się, wyprzedał, a taki potęgę zebrał, przy której Bogusławowa jedno nic. Tamto poważny senator, to fircyk, tamto prawy katolik, to heretyk, tamto sama roztropność, to paliwoda! Przy kim może być wiktoria i błogosławieństwo boże? Ustąpi ta radziwiłłowska noc przed sapieżyńskim dniem, ustąpi! Chybaby kary i sprawiedliwości na tym świecie nie było!... Czekajmy jeno wieści i módlmy się za powodzenie pana Sapieżyńskiego oręża.

Poczęli tedy wyczekiwać, ale przeszedł miesiąc, długi, ciężki dla strapionych serc, nim pierwszy goniec przybył, a i to wysłany nie do Taurogów, ale do Szteinboka, do Prus Królewskich.

Ketling, który od czasu ostatniej rozmowy nie śmiał stanąć przed oczyma Oleńki, przysłał jej zaraz kartkę z następującą wiadomością:

"Książę Bogusław zniósł pana Krzysztofa Sapiehę koło Brańska; kilka chorągwi jazdy i piechoty w pień wyciętych. Idzie na Tykocin, pod którym stoi Horotkiewicz."

Dla Oleńki był to po prostu grom. Wielkość wodza i dzielność rycerska znaczyły dla jej dziewczęcego umysłu jedno i to samo, że zaś widziała Bogusława w Taurogach pokonywającego z łatwością najdzielniejszych rycerzy, przeto, zwłaszcza po owej wiadomości, wyobraziła go sobie jako złą, ale niezwyciężoną siłę, której nikt nie sprosta.

Nadzieja, aby Bogusław mógł być pokonany, zgasła w niej zupełnie. Próżno miecznik uspokajał ją i pocieszał tym, że młody książę nie zmierzył się jeszcze ze starym panem Sapiehą, próżno jej zaręczał, że sama godność hetmańska, którą król świeżo pana Sapiehę przyozdobił, musi dać temu ostatniemu stanowczą nad Bogusławem przewagę, nie wierzyła, nie śmiała wierzyć.

- Kto jego zwycięży? kto mu sprosta?... - odpowiadała ustawicznie.

Dalsze wieści zdawały się potwierdzać jej obawy.

W kilka dni później Ketling znów nadesłał kartkę z doniesieniem o rozbiciu Horotkiewicza i wzięciu Tykocina. "Całe Podlasie (pisał) jest już w ręku księcia, który nie czekając na pana Sapiehę, sam wielkimi pochodami ciągnie na niego."

"I pan Sapieha zniesion będzie!" - pomyślała dziewczyna.

Tymczasem nadleciała niby jaskółka, zwiastunka wiosny, wieść z innych stron. Na te przymorskie brzegi Rzeczypospolitej przyleciała ona późno, ale za to ubrana we wszystkie tęczowe blaski cudownej legendy z pierwszych wieków chrześcijaństwa, gdy jeszcze święci chodzili po świecie, świadcząc prawdzie i sprawiedliwości.

- Częstochowa! Częstochowa! - powtarzały wszystkie usta.

Z serc lód odtajał i zakwitnęły jako kwiaty w przygrzanej wiosennym słońcem ziemi. "Częstochowa się obroniła, widziano Ją samą, Królowę Polską, okrywającą mury płaszczem niebieskim; granaty zabójcze przypadały pod Jej święte stopy, łasząc się jako psy domowe; Szwedom schły ręce, muszkiety przyrastały do twarzy, aż odstąpili ze wstydem i strachem."

Ludzie sobie obcy, gdy usłyszeli tę wieść, padali sobie w objęcia, płacząc z radości. Inni narzekali, że przyszła tak późno.

- A my tu w płaczu - mówili - a my w bólu, my w męce tyle czasu żyli, gdy nam już weselić się było trzeba!...

Za czym poczęło huczeć w całej Rzeczypospolitej i roztaczały się te groźne grzmoty od Pontu Euksynu do Bałtyku, aż fale obu mórz drżały; to lud wierny, lud zbożny powstawał jak burza w obronie swej Królowej. We wszystkie serca wstąpiła otucha, wszystkie źrenice zapałały ogniem; to, co się wydawało przedtem strasznym i niezwalczonym, zmalało w oczach.

- Kto go pokona? - mówił do dziewczyny pan miecznik - kto mu sprosta? Teraz wiesz kto? Panna Najświętsza!

Oboje z Oleńką krzyżem po całych dniach leżeli dziękując Bogu za miłosierdzie nad Rzecząpospolitą; zarazem przestali wątpić i o własnym ocaleniu.

O Bogusławie zaś ucichło przez długi czas zupełnie, jakby on sam wraz z całą swą siłą w wodę wpadł. Oficerowie pozostali w Taurogach poczęli się niepokoić i przyszłość swą niepewną oglądać. Woleliby wieść o klęsce niż tę głuchą ciszę. Ale żadna wieść nie mogła nadejść, bo właśnie to wówczas straszliwy Babinicz wysforował się z Tatary przed księcia i wszystkich gońców przejmował.

ROZDZIAŁ 20

Pewnego jednak dnia przybyła do Taurogów z konwojem kilkudziesięciu żołnierzy panna Anna Borzobohata-Krasieńska.

Braun przyjął ją bardzo uprzejmie, bo musiał, gdyż mu tak nakazywał list Sakowicza, przez samego Bogusława podpisany, a polecający wszelkie dla respektowej panienki księżnej Gryzeldy Wiśniowieckiej mieć względy. Panienka też była pełna fantazji; od pierwszej chwili przyjazdu poczęła w Braunie świdrować oczkam i, aż posępny Niemiec rozruszał się, jakoby go kto ogniem przypiekł; poczęła także komenderować innymi oficerami, słowem, rozporządzać się w Taurogach jak we własnym domu. Tego samego dnia wieczorem poznała się z Oleńką, która patrzyła wprawdzie na nią z nieufnością, lecz przyjmowała ją grzecznie, w nadziei, iż nowin od niej zaczerpnie.

Jakoż Anusia miała ich pod dostatkiem. Rozmowa poczęła się od Częstochowy, bo tych wieści najchciwsi byli taurogscy jeńcy. Miecznik szczególnie pilnie osłaniał uszy rękoma, by żadnego słowa nie uronić, przerywając tylko od czasu do czasu opowiadanie Anusi okrzykami:

- Chwała na wysokości Panu!

- Dziwno mi to - rzekła wreszcie przyjezdna panienka - że waćpaństwa dopiero niedawno wiadomość o tych cudach Najświętszej Panienki doszła, bo to już dawna historia, i ja byłam jeszcze wtedy w Zamościu, i pan Babinicz jeszcze po mnie nie przyjechał - hej! na ileż to tygodni było przedtem... Potem już zaczęli Szwedów wszędy bić, i w Wielkopolsce, i u nas, a najgorzej pan Czarniecki, przed którego imieniem samym uciekają.

- A! pan Czarniecki! - krzyknął zacierając ręce miecznik - ten im da pieprzu! Słyszałem jeszcze o nim z Ukrainy jako o wielkim żołnierzu.

Anusia tylko rączkami strzepnęła sukienkę i tak sobie, jakby o najmniejszą rzecz szło, zawołała z niechcenia:

- Oho! już po Szwedach!

Stary zaś pan Tomasz nie mógł wytrzymać, więc porwawszy ją za rączkę, całkiem pogrążył onę malutką w swych ogromnych wąsach i począł całować zawzięcie, wreszcie zakrzyknął:

- A, moje śliczności! Patoka płynie z ust waćpanny, jak mi Bóg miły!... Nie może inaczej być, jeno anioł przyjechał do Taurogów!

Anusia zaraz poczęła kręcić palcami kończyki warkoczyków obwiązane różowymi wstążeczkami i strzygąc spod czoła oczyma odrzekła:

- Ej, daleko mnie do aniołów! Ale już i hetmani koronni poczęli Szwedów bić, i wszystkie wojsko kwarciane z nimi, i wszystkie rycerstwo, i uczynili konfederację w Tyszowcach, i król do niej przystąpił, i wydali uniwersały, i nawet chłopstwo Szwedów bije... i Najświętsza Panienka błogosławi...

Tak zaś mówiła, jakoby ptak szczebiotał, ale od tego szczebiotania w mieczniku serce zmiękło zupełnie, więc choć niektóre z tych nowin były już mu wiadome, ryknął wreszcie z radości jak żubr; po twarzy Oleńki poczęły także płynąć łzy ciche a duże.

Widząc to Anusia, a mając od natury serce dobre, skoczyła zaraz ku niej, a objąwszy ją rękoma za szyję poczęła mówić szybko:

- Nie płacz, waćpanna... mnie waćpanny żal i nie mogę na to patrzeć... Czego płaczesz?...

Tyle było szczerości w jej głosie, że nieufność Oleńki znikła zaraz, ale za to rozpłakała się biedna dziewczyna jeszcze serdeczniej.

- Waćpanna taka śliczna... - pocieszała ją Anusia - czego płaczesz?

- Od radości - odrzekła na to Oleńka - ale i ze strapienia, bo my tu w ciężkiej niewoli jesteśmy, dnia niepewni ani godziny...

- Jakże to? U księcia Bogusława?

- U tego zdrajcy! u tego heretyka! - huknął pan miecznik.

Na to Anusia:

- To samo i mnie się przygodziło, a dlatego nie płaczę Nie neguję waćpanu dobrodziejowi, że książę zdrajca i heretyk, ale dworny kawaler i płeć naszą respektujący.

- Bodaj go tak samo w piekle respektowali! - odparł miecznik. - Panna go jeszcze nie znasz, bo na waćpannę tak nie nastawał jako na tę dziewczynę. Arcy to szelma jest, a ów Sakowicz drugi! Dałby Bóg; żeby pan hetman Sapieha obu pogrążył!

- Że pogrąży, to pogrąży... Książę Bogusław chory okrutnie i potęgę ma niewielką. Prawda, że nagle nastąpił i kilka chorągwi zniósł, i Tykocin zagarnął, i mnie, ale nie jemu mierzyć się z pana Sapieżyńską siłą. Możecie mi waćpaństwo wierzyć, bom obie potęgi widziała... Przy panu Sapieże najwięksi kawalerowie się znajdują, którzy sobie z księciem Bogusławem wnet poradzą.

- A widzisz! nie mówiłem ci? - rzekł miecznik zwracając się do Oleńki.

- Księcia Bogusława znam z dawna - mówiła dalej Anusia - bo to obojga księstwa Wiśniowieckich i państwa Zamoyskich powinowaty; przyjeżdżał on raz do nas do Łubniów, wtedy kiedy sam książę Jeremi na Tatarów w Dzikie Pola chodził. Dlatego i teraz mnie szanować kazał, bo pamiętał, iżem tam domową była i księżnej pani najbliższą. Ot, taka, taka jeszcze byłam malutka! nie to co dziś!... Mój Boże, kto by się to wtedy spodział, że z niego zdrajca będzie. Ale nie frasujcie się i tak, mili państwo, bo albo on już nie wróci, albo też my się jako stąd wydostaniemy.

- Już my tego próbowali - odrzekła Oleńka.

- I nie udało się wam?

- Jak się miało udać? - rzekł miecznik. - Spuściliśmy się ze sekretu przed jednym oficyjerem, o którym rozumieliśmy, że nam sprzyja, a pokazało się, że on gotów przeszkodzić, nie pomóc. Najstarszy nad nimi jest tu Braun, tego zaś i sam diabeł nie przejedna.

Anusia spuściła oczki.

- Może by mnie się udało. Trzeba tylko, żeby pan Sapieha tu przyszedł, aby było się do kogo schronić.

- Daj go Boże jak najprędzej - odpowiedział pan Tomasz - bo też i między jego ludźmi siła mamy krewnych, znajomych i przyjaciół... Ba! tamże przecie są i dawni towarzysze spod wielkiego Jeremiego, panowie Wołodyjowski, Skrzetuski i Zagłoba.

- Znam ich - odrzekła ze zdziwieniem Anusia - ale ich u pana Sapiehy nie masz. Ej, żeby to byli ! a zwłaszcza pan Wołodyjowski (bo pan Skrzetuski żonaty), to by mnie tu nie było, gdyż pan Wołodyjowski nie dałby się ogarnąć jako pan Kotczyc.

- Wielki to kawaler! - zawołał miecznik.

- Chluba całego wojska! - dodała Oleńka.

- Dla Boga! czy tylko nie polegli, żeś ich waćpanna nie widziała?

- Ej, nie! - odrzekła Anusia - przecieby głośno było o śmierci takich rycerzy, a nie mówiono mi nic... Waćpaństwo ich nie znacie... Nie dadzą się oni nigdy... chyba kula może ich zabić, bo żaden człowiek im nie poradzi, ani panu Skrzetuskiemu, ani panu Zagłobie, ani panu Michałowi. Chociaż pan Michał mały, ale pamiętam, co książę Jeremi o nim powiadał, że gdyby los całej Rzeczypospolitej zawisł od bitwy jednego z jednym, to by pana Michała do niej wybrał. Onże Bohuna usiekł... O, nie! pan Michał zawsze sobie da rady.

Miecznik kontent, że ma z kim gawędzić, począł chodzić szerokimi krokami po komnacie zapytując:

- Proszę, proszę! To waćpanna znasz tak dobrze pana Wołodyjowskiego?

- Bośmy tyle lat razem byli...

- Proszę!... To pewno się i bez afektów nie obeszło?

- Ja temu nie winna - rzekła Anusia przybierając skromną postawę - ale do tej pory pewnie i pan Michał się ożenił.

- A właśnie że się nie ożenił.

- Choćby się i ożenił... toż mi wszystko jedno!...

- Daj wam Boże, abyście się zeszli... Ale to mnie martwi, co mi waćpanna mówisz, że ich u pana hetmana nie masz, bo z takimi żołnierzami wiktorie łatwiejsze.

- Jest tam ktoś, co za nich wszystkich stanie.

- Któż to taki?

- Pan Babinicz z Witebskiego... Waćpaństwo o nim nie słyszeli?

- Nic, co mi i dziwno.

Anusia poczęła opowiadać historię swego wyjazdu z Zamościa i wszystko, co się jej w drodze przygodziło. Pan Babinicz zaś wyrósł w jej opowiadaniu na tak wielkiego bohatera, że miecznik w głowę zachodził, kto by to był taki.

- Toż ja znam całą Litwę - mówił. - Są tu wprawdzie domy podobnie się nazywające, jak: Babonaubków, Babiłłów, Babinowskich, Babińskich i Babskich, ale o Babiniczach nie słyszałem... i mniemam, że to musi być nazwisko przybrane, bo tak wielu czyni z tych, którzy są w partiach, ażeby zaś nieprzyjaciel nie mścił się na substancji i rodzinach. Hm! Babinicz!...

Ognisty to jakiś kawaler, skoro i pana Zamoyskiego umiał tak splantować.
- Oj! jak ognisty! ach! - zawołała Anusia.
Miecznik wpadł w dobry humor.
- Także to? - spytał stając przed Anusią i biorąc się w boki.
- Bo waćpan dobrodziej może sobie zaraz Bóg wie co suponujesz?
- Boże uchowaj, nic nie suponuję!
- A pan Babinicz, ledwośmy z Zamościa wyjechali, zaraz mi powiedział, że jego serce kto inny w dzierżawie trzyma... i chociaż mu tenuty nie płaci, przecie dzierżawcy zmieniać nie myśli...
- I waćpanna temu wierzysz?
- Już ci, że wierzę - odparła z wielką żywością Anusia - musi on być po uszy zakochany, skoro przez tyle czasu... skoro... skoro...
- Oj! jakoś nieskoro! - odrzekł śmiejąc się pan miecznik.
- A ja mówię, że skoro - odrzekła tupiąc nóżką - bo skoro o nim usłyszymy...
- Daj to Bóg!
- I powiem waćpanu, dlaczego... Oto, ile razy pan Babinicz o księciu Bogusławie wspomniał, to aż mu twarz bielała, a zębami tak skrzypiał jak drzwiami.
- To już będzie nasz przyjaciel!... - odrzekł pan miecznik.
- Pewnie!... I do niego uciekniemy, byle się pokazał!
- Bylem się stąd wyrwał, będę miał własną partię, i waćpanna zobaczysz, że mi także wojna nie pierwszyzna i że ta stara ręka jeszcze się na coś przyda.
- To idź waćpan pod komendę pana Babinicza.
- Waćpanna masz większą ochotę iść pod tę komendę...
Długo jeszcze przekomarzali się w ten sposób i coraz weselej, tak że i Oleńka, zapomniawszy o swych zgryzotach, rozweseliła się znacznie, a Anusia poczęła w końcu parskać na miecznika jak kotka. Że zaś była wypoczęta, bo na ostatnim noclegu w niedalekich Rosieniach wyspała się dobrze, odeszła więc dopiero późną nocą.
- Złoto, nie dziewka! - rzekł po jej odejściu pan miecznik.
- Szczere jakoweś serce... i myślę, że prędko przyjdziemy do konfidencji - odpowiedziała mu Oleńka.
- A postawiłaś jej oto z początku kozła na czole.
- Bom mniemała, że to ktoś nasłany. Czy ja wiem wreszcie? Wszystkiego się tu boję!
- Ona nasłana?... chyba przez dobre duchy!... A wykrętne to licho jak łasica... Żebym tak był młodszy, nie wiem, do czego by przyszło, choć i tak człek jeszcze jary...
Oleńka rozweseliła się zupełnie i wsparłszy rączki na kolanach, przekręciła na bok główkę, naśladując Anusię i patrząc z ukosa na miecznika:
- Tak to, stryjaszku?! Stryjnę mi chcecie z tej mąki wypiec?

- No, cicho! no! - odrzekł miecznik.

Ale uśmiechnął się i począł całą garścią wąsa w górę podkręcać.

Po chwili zaś dodał:

- Przecie i takową sensatkę, jak ty, rozruszała. Pewien jestem, że się okrutna amicycja między wami pocznie.

Jakoż nie mylił się pan Tomasz; bo w niedługim czasie zawiązała się przyjaźń między dziewczętami bardzo żywa i rosła coraz bardziej, może dlatego właśnie, że obie stanowiły zupełne względem siebie przeciwieństwo. Jedna miała powagę w duszy, głębokość uczuć, niezłomną wolę i rozum; druga, przy dobrym sercu i czystości myśli, była dzierlatką. Jedna ze swej cichej twarzy, jasnych warkoczów, z niewysłowionego spokoju i uroku wysmukłej postawy do starożytnej Psyche była podobną; druga, istna czarnuszka, przypominała raczej ochłę, która nocami na wertepy ludzi wyprowadza i z frasunku ich się śmieje. Oficerów pozostałych w Taurogach, którzy na obie co dzień patrzyli, brała ochota całować Billewiczówny nogi, Anusi usta.

Ketling mający duszę szkockiego górala, zatem melancholii pełną, czcił i ubóstwiał Oleńkę, a od pierwszego wejrzenia począł nie znosić Anusi, która zresztą wypłacała mu się wzajemnością wetując poniesione straty na Braunie i wszystkich pozostałych, nie wyłączając samego pana miecznika rosieńskiego.

Oleńka w krótkim czasie uzyskała wielką przewagę nad swą przyjaciółką, która z całą szczerością serca mawiała do pana Tomasza:

- Ona w dwóch słowach więcej powie, niż ja przez cały dzień wytrajkoczę.

Z jednej wszelako przywary nie mogła poważna panna wyleczyć swojej pustej przyjaciółki, mianowicie z zalotności. Bo niech jeno Anusia usłyszy brzęk ostróg na korytarzu, wnet udaje, że czegoś zapomniała, że chce obaczyć, czyli nowiny o panu Sapieże nie przybyły, wypada na korytarz, leci wichrem i wpadłszy na oficera wykrzykuje:

- Ach! jak mnie pan przestraszył!

Po czym wszczyna się rozmowa przeplatana kręceniem fartuszka, spoglądaniem spod czoła i rozmaitymi innymi minkami, za pomocą których najtwardsze serce męskie snadnie pogrążone być może.

I tym bardziej brała jej za złe Oleńka owo bałamuctwo, że Anusia po kilku dniach znajomości przyznała się jej do cichego afektu dla pana Babinicza. Nieraz ze sobą o tym rozmawiały.

- Inni jako dziady żebrali - mówiła zatem Anusia - a ten smok wolał na swoich Tatarów niż na mnie spoglądać, a zaś nie mówił inaczej, jak rozkazując: "Waćpanna wysiądź! waćpanna jedz! waćpanna pij!" Żeby przy tym był grubian, ale nie był; żeby nie był troskliwy, ale był! W Krasnymstawie zaraz powiedziałam sobie: "Nie patrzysz na mnie - czekaj!.." A to już w Łęcznej mnie samą tak rozebrało, że strach. Tu powiem ci, żem mu w te siwe oczy jeno patrzała, a gdy się roześmiał, to już i mnie radość brała, jakobym owo niewolnicą jaką była...

Oleńka zwiesiła głowę, bo i jej siwe oczy przyszły na pamięć. I tamten by tak samo mówił, i tamten komendę wiecznie miał na ustach, dzielność w obliczu, jeno sumienia nie miał ni bojaźni bożej.

A Anusia, idąc za własną myślą, mówiła dalej:

- Kiedy z buzdyganem na koniu po polach latał, to myślałam, że orzeł albo hetman jaki. Tatarowie się go gorzej ognia bali. Gdzie przyjechał, posłuch musiał być, a jak się bitwa zdarzyła, to ognie na niego z ochoty na krew biły. Siła ja godnych kawalerów w Łubniach widziałam, ale takiego, żeby mnie strach przed nim brał, nigdym nie widziała.

- Jeżeli ci go Pan Bóg przeznaczył, to go dostaniesz, ażeby zaś ciebie nie lubił, temu się wierzyć nie chce...

- Lubić to on mnie lubił... troszeczkę... ale inną więcej. Sam mi nieraz mówił: "Szczęście to Waćpanny, że ni zapomnieć, ni odkochać się nie mogę, bo inaczej lepiej by wilkowi kozę powierzyć aniżeli mnie taką dziewczynę."

- Cóżeś mu na to?

- Mówiłam mu tak: "Skądże waćpan wiesz, żebym mu była wzajemną?" A on odpowiadał: "Ja bym nie pytał!" I rób tu, co chcesz, z takim!... Głupia tamta, która go nie pokochała, i samą zatwardziałość musi mieć w sercu. Pytałam go, jak jej imię, nie chciał powiedzieć. "Lepiej - mówił - tego nie tykać, bo to bolączka, a druga (powiada) bolączka to Radziwiłły... zdrajcy!" I zaraz tak straszną twarz czynił, że byłabym wolała do mysiej jamy się schować. Po prostu bałam się go!... Ale co tam! nie dla mnie on, nie dla mnie!

- Proś o niego świętego Mikołaja; wiem od ciotki, że najlepszy to w takich terminach protektor. Bacz jeno, byś go nie obraziła, innych bałamucąc.

- Już nigdy nie będę, jeno tyle! odrobinę!

Tu Anusia pokazywała na palcu, ile sobie pozwoli, i małą sobie wyznaczała porcję, co najwięcej na pół paznokcia, by świętego Mikołaja nie obrazić.

- Ja nie przez pustą swawolę to czynię - tłumaczyła się panu miecznikowi, który także począł jej bałamuctwo do serca brać - ale muszę, bo jeżeli nam ci oficyjerowie nie pomogą, to się nigdy stąd nie wydostaniem.

- Ba! Braun nigdy nie dopuści.

- Braun pogrążon! - odrzekła cienkim głosikiem i spuszczając oczy.

- A Fitz-Gregory?

- Pogrążon! - odrzekła jeszcze cieniej.

- A Ottenhagen?

- Pogrążon!

- Avon Irhen?

- Pogrążon!

- Niechże waćpannę las ogarnie!... To widzę z jednym Ketlingiem tylko nie umiałaś sobie dać rady...

- Nie cierpię go! Ale kto inny da sobie z nim rady. Zresztą, obejdzie się bez jego pozwolenia.

- I waćpanna myślisz, że jak zechcemy uciekać, to oni nie przeszkodzą?

- Pójdą z nami!... - odrzekła wyciągając główkę i mrużąc oczy Anusia.
- Dla Boga! to czemu tu siedzimy? Dziś bym chciał być daleko!

Ale z narady, która zaraz nastąpiła, wypadło, że należy czekać, póki się losy Bogustawowe nie rozstrzygną i póki pan podskarbi albo pan Sapieha nie zbliżą się w okolicę Żmudzi. Inaczej groziła sroga zguba nawet od swoich. Towarzystwo cudzoziemskich oficerów nie tylko nie stanowiłoby obrony, ale powiększało jeszcze niebezpieczeństwo, lud bowiem prosty tak strasznie był na cudzoziemców zawzięty, że każdego, kto polskich szat nie nosił, mordował bez miłosierdzia. Polscy bowiem dygnitarze noszący obce suknie, nie mówiąc o dyplomatach austriackich i francuskich, nie mogli podróżować inaczej, chyba pod osłoną potężnych oddziałów wojskowych.
- Waćpaństwo mi wierzcie, bom ja przejechała cały kraj - mówiła Anusia - w pierwszej lepszej wsi, w pierwszym lepszym lesie grasanci wymordują nas, nim spytają, ktośmy tacy. Nie można inaczej uciekać, jeno do wojsk.
- Ba, będę miał własną partię.
- Nim ją waćpan zbierzesz, nim do znajomej wsi dojedziesz, szyję stracisz.
- Wieści o księciu Bogusławie powinny wkrótce nadejść.
- Panu Braunowi kazałam, by zaraz mi wszystko donosił.

Braun jednak przez długi czas nic jej nie donosił.

Ketling natomiast począł odwiedzać Oleńkę, bo pierwsza, spotkawszy go pewnego dnia, wyciągnęła doń rękę. Młody oficer źle wróżył z tej głuchej ciszy. Wedle niego, książę, ze względu na elektora i Szwedów, nie zamilczałby o najmniejszym powodzeniu i raczej by je przesadzał, aniżeli milczeniem znaczenie rzeczywistych przewag osłabiał.
- Nie przypuszczam, żeby miał być już zniesiony ze szczętem - mówił młody oficer - ale pewnie znajduje się w ciężkim położeniu, z którego wyjście znaleźć trudno.
- Wszystkie wieści przychodzą tu tak późno - odrzekła Oleńka - a najlepszy dowód na Częstochowie, o której cudownej obronie dowiedzieliśmy się szczegółów dopiero od panny Borzobohatej.
- Ja, pani, wiedziałem już o tym dawniej, ale nie rozumiejąc, jako cudzoziemiec, waloru, który dla Polaków ma to miejsce, nawet nie wspominałem pani o tym. Bo że się w tak wielkiej wojnie jakowyś zameczek na czas obroni i kilka szturmów odeprze, to się zawsze zdarza i zwykle nie przywiązuje się do tego wagi.
- A przecie byłaby to dla mnie najmilsza nowina!
- Widzę istotnie, że źle uczyniłem, bo z tego, co jak teraz słyszę, po owej obronie zaszło, miarkuję, że to rzecz ważna, która na całą wojnę wpłynąć może. Wszelako, wracając do podlaskiej księcia ekspedycji, to inna sprawa. Częstochowa daleko, Podlasie bliżej. A gdy księciu powodziło się początkowo, pamiętasz, pani, jak prędko przychodziły nowiny... Wierzaj mi, pani: jestem młodym człowiekiem, ale od czternastego roku życia żołnierzem, i doświadczenie mi mówi, że owa cisza źle wróży.
- Raczej dobrze - odrzekła panna.

Na to Ketling:

- Niech będzie dobrze!... Za pół roku kończy się moja służba!... Za pół roku rozwiązuje się moja przysięga!...

W kilka dni po tej rozmowie nowiny nareszcie nadeszły.

Przywiózł je pan Bies herbu Kornia, zwany na dworze Bogusławowym Cornutusem. Był to szlachcic polski, ale scudzoziemczały zupełnie, bo od pacholęcych niemal lat w wojskach zagranicznych służąc, prawie po polsku zapomniał, a przynajmniej mówił jak Niemiec. Duszę miał także scudzoziemczałą, dlatego wielce do osoby księcia był przywiązany. Jechał on z ważną misją do Królewca, w Taurogach zaś zatrzymał się tylko dla wypoczynku.

Braun z Ketlingiem przyprowadzili go zaraz do Oleńki i Anusi, które obecnie mieszkały już i sypiały razem.

Braun stanął frontem przed Anusią, po czym zwrócił się do pana Biesa i rzekł:

- To jest krewna pana Zamoyskiego, starosty kałuskiego, zatem i księcia pana, dla której kazał wszelkie mieć atencje, a która życzy sobie nowiny z ust naocznego świadka posłyszeć.

Pan Bies z kolei wyprostował się jak po służbie i czekał pytania.

Anusia nie zaprzeczała pokrewieństwa z Bogusławem, bo bawiły ją hołdy wojskowych, więc skinęła ręką na pana Biesa, by usiadł, co gdy uczynił, spytała:

- Gdzie książę obecnie się znajduje?

- Książę cofa się ku Sokółce, daj Boże szczęśliwie! - odrzekł oficer.

- Mów waćpan szczerą prawdę, jak mu idzie?

- Powiem szczerą prawdę - odrzekł oficer - i nic nie zataję, mniemając, że jej dostojność znajdziesz w duszy swej fundament do wysłuchania nowin mniej pomyślnych.

- Znajdę! - odrzekła Anusia stukając pod suknią korkiem o korek z ukontentowania, że ją zwą jej dostojnością i że nowiny są "mniej pomyślne".

- Z początku wszystko nam szło dobrze - mówił pan Bies. - Starliśmy po drodze kilka kup rebelizantów, rozbiliśmy pana Krzysztofa Sapiehę i wycięliśmy dwie chorągwie jazdy oraz regiment piechoty dobrej; nikogo nie żywiąc... Za czym znieśliśmy pana Horotkiewicza, iż sam ledwie uszedł, a inni powiadają, że zabit... Za czym zajęliśmy ruiny tykocińskie...

- To już wszystko wiemy, powiadaj prędko waćpan niepomyślne nowiny! - przerwała nagle Anusia.

- Racz tylko pani wysłuchać ich spokojnie. Doszliśmy aż do Drohiczyna i tam naraz odwinęła się karta... Mieliśmy wieść, że pan Sapieha jeszcze daleko; tymczasem dwa nasze podjazdy jakoby w ziemię wpadły. Nie wrócił ni świadek klęski. Wtem pokazało się, że jakieś wojska idą w przodku przed nami. Wielka stąd powstała konfuzja. Książę pan począł myśleć, że wszystkie poprzednie relacje były fałszywe i że pan Sapieha nie tylko nastąpił, ale i drogę przeciął. Poczęliśmy się tedy cofać, bo w ten sposób można było przydybać nieprzyjaciela i do walnej bitwy, której koniecznie chciał książę, go zmusić... Ale nieprzyjaciel nie dawał pola, jeno ciągle napadał i napadał. Poszły znów podjazdy i wróciły poszarpane. Odtąd poczęło nam wszystko w ręku topnieć, nie mieliśmy spokoju we dnie ni w nocy. Drogi nam psuto, groble przecinano, przejmowano wiwendę. Poczęły chodzić słuchy, że sam pan Czarniecki nas gnębi; żołnierz nie jadł, nie spał, duch upadł; w samym obozie ginęli ludzie, jakoby ich ziemia pożerała. W Białymstoku nieprzyjaciel zachwycił znów cały podjazd, kredensy i karoce książęce, i działa. Nigdy nic podobnego nie widziałem. Nie widziano też tego w poprzednich wojnach. Książę wpadł w alterację. Chciał jednej walnej bitwy, a musiał staczać co dzień po dziesięć mniejszych... i przegrywać. Ład rozprzęgał się. A cóż dopiero wyrazić zdoła naszą konfuzję i strach, gdyśmy się dowiedzieli, że sam pan Sapieha jeszcze nie nastąpił i że to tylko potężny podjazd przedostał się przed nas i tyle niewypowiedzianych klęsk nam zadał... W podjeździe tym były wojska tatarskie...

Dalsze słowa oficera przerwał pisk Anusi, która rzuciwszy się nagle Oleńce na szyję zakrzyknęła:

- Pan Babinicz!

Oficer zdumiał, usłyszawszy nazwisko, ale sądził, że to przestrach i nienawiść wyrwały dostojnej pannie z piersi ten okrzyk, więc dopiero po chwili tak mówić począł:

- Komu Bóg dał wielkość, dał mu i siłę do zniesienia ciężkich terminów, więc racz się, pani, uspokoić! Tak istotnie zowie się ten piekielnik, który los całej wyprawy podkopał i nieobliczonych jeszcze szkód stał się przyczyną. Nazwisko jego, które jej dostojność z taką zdumiewającą bystrością odgadłaś, powtarzają teraz wszystkie usta z przerażeniem i wściekłością w naszym obozie...

- Tego pana Babinicza widziałam w Zamościu - odrzekła prędko Anusia - i gdybym była odgadła...

Tu umilkła, i nikt nie dowiedział się, co by w takim razie zaszło...

Oficer po chwili milczenia tak znowu mówić począł:

- Nastały odwilże i ciepła, wbrew, można rzec, przyrodzonemu natury porządkowi, bo mieliśmy wiadomość, iż na południu Rzeczypospolitej zima trzyma się jeszcze tęga, a my zasię brodziliśmy w roztopach wiosennych, które naszą ciężką jazdę do ziemi przykuły. On zaś, mając ludzi lekkich, tym bardziej dojeżdżał. Co krok roniliśmy wozy i działa, tak że w końcu komunikiem iść przyszło. Mieszkaniec okoliczny w ślepej zaciekłości swej jawnie sprzyjał napastnikom... Będzie, co Bóg zdarzy, ale w desperackim stanie zostawiłem cały obóz i samego księcia pana, którego w dodatku febra złośliwa nie opuszcza i po całych dniach sił pozbawia. Bitwa jeneralna wszakże nastąpi wkrótce, ale jak się to obróci, Bóg wie... i pokieruje... Cudów należy się spodziewać.

- Gdzieś waćpan zostawił księcia?

- Na dzień drogi od Sokółki; książę ma zamiar okopać się w Suchowoli lub tamtejszym Janowie i bitwę przyjąć. Pan Sapieha jest o dwa dni drogi. Gdym wyjeżdżał, mieliśmy trochę wolniejszego oddechu, bo od schwytanego języka dowiedzieliśmy się, że sam Babinicz odjechał do głównego obozu, bez niego zaś Tatarowie nie śmieją tak następować, kontentując się szarpaniem podjazdów. Książę, który jest wódz niezrównany, wszystkie nadzieje na walnej bitwie gruntuje, ale to gdy zdrów, a gdy go febra chwyci, musi inaczej myśleć, czego najlepszy dowód w tym, iż mnie wysłał do Prus.

- Po co tam waćpan jedziesz?

- Albo książę bitwę wygra, albo przegra. Jeżeli przegra, całe Prusy elektorskie pozostaną bez obrony i snadnie może się zdarzyć, że pan Sapieha przejdzie granicę, aby elektora do decyzji skłonić... Owóż (mówię to, gdy tajemnicy nie ma żadnej) jadę ostrzec, by jakowąś obronę tamtym prowincjom obmyślono, bo nieproszeni goście mogą w zbyt licznej kompanii nadciągnąć. Elektora to sprawa i Szwedów, z którymi książę pan jest w przymierzu i od których również ma prawo ratunku wyglądać.

Oficer skończył.

Anusia zarzuciła go jeszcze mnóstwem pytań, z trudnością utrzymując należytą powagę, za to gdy wyszedł, dała sobie folgę zupełną, poczęła rękoma po jubce uderzać, na korkach się jak fryga okręcać, Oleńkę po oczach całować, pana miecznika za wyloty ciągnąć i wołać:

- A co? a co mówiłam? Kto zgnębił księcia Bogusława? może pan Sapieha?... figę pan Sapieha! Kto Szwedów tak samo gnębi? kto zdrajców wypleni? kto największy kawaler, największy rycerz? Pan Andrzej! Pan Andrzej!

- Jaki pan Andrzej?... - spytała nagle, blednąc, Oleńka.

- To ci nie mówiłam, że jemu Andrzej na imię? Sam mi to powiadał. Pan Babinicz! Pan Babinicz! Niech żyje pan Babinicz!... Już i pan Wołodyjowski lepiej by nie potrafił!... Co tobie, Oleńko?

Billewiczówna otrząsnęła się, jakby pragnąc zrzucić z siebie brzemię ciężkich myśli.

- Nic! Myślałam, że to imię sami zdrajcy noszą. Bo był ktoś, który króla podejmował się żywego lub umarłego Szwedom albo księciu Bogusławowi sprzedać, i na imię miał także... Andrzej.

- Niech go Bóg potępi! - huknął miecznik. - Co tam zdrajców po nocy wspominać. Radujmy się lepiej, gdy jest czego!

- Niech tylko tu pan Babinicz nadciągnie! - dodała Anusia. - Otóż tak! Będę, umyślnie będę jeszcze bardziej Brauna bałamuciła, by całe prezydium pobuntował i z ludźmi, z końmi i z nami razem do pana Babinicza przeszedł.

- Uczyń to waćpanna! uczyń! - zawołał rozochocony miecznik.

- A później figa tym wszystkim Niemcom... Może też on o tej niegodnej zapomni i mnie po... ko...

Tu znowu pisnęła cieniuteczko, zakryła oczy rękoma, nagle gniewna myśl musiała jej przyjść do głowy, bo uderzyła pięstką w pięstkę i rzekła:

- Jak nie, to za pana Wołodyjowskiego pójdę!

ROZDZIAŁ 21

We dwa tygodnie później zawrzało w całych Taurogach. Pewnego wieczora nadciągnęły bezładne kupy wojsk Bogusławowych, po trzydzieści lub czterdzieści koni, nędzne, obdarte, do mar podobniejsze niż do ludzi, i przyniosły wieść o klęsce Bogusławowej pod Janowem. Stracono w niej wszystko: armię, armaty, konie, tabor. Sześć tysięcy najświetniejszego luda wyszło z księciem na tę wyprawę, wróciło zaś ledwo czterystu rajtarów, których sam książę wyprowadził z pogromu.

Z Polaków nie wróciła, prócz Sakowicza, jedna żywa dusza, wszyscy bowiem, którzy nie polegli w boju, których nie poznosił na podjazdach straszny Babinicz, przeszli do pana Sapiehy. Wielu także cudzoziemskich oficerów wolało dobrowolnie stanąć przy rydwanie zwycięzcy. Słowem, nigdy jeszcze żaden z Radziwiłłów nie powracał z wojennej wyprawy bardziej sterany, zniszczony i pobity.

A jak poprzednio dworackie pochlebstwo nie znało miary w wynoszeniu Bogusława jako wodza, tak teraz wszystkie usta brzmiały nieustającą skargą przeciw niedołężnemu prowadzeniu wojny; w resztkach żołnierzy trwało nieustające wzburzenie, które w ostatnich dniach odwrotu sprowadziło zupełny bezład i doszło do tego stopnia, że książę osądził za rzecz roztropniejszą pozostać nieco w tyle.

Obaj z Sakowiczem zatrzymali się w Rosieniach. Hassling, dowiedziawszy się o tym od żołnierzy, poszedł natychmiast z nowiną do Oleńki.

- Główna rzecz - rzekła mu wysłuchawszy relacji - czy pan Sapieha i ów Babinicz ścigają księcia i czy zamierzają wojnę przonieść w te strony?

- Z zeznań żołnierzy nic nie można wydobyć - odpowiedział oficer - bo przestrach przesadza wszelkie niebezpieczeństwa, są więc tacy, którzy mówią, że pan Babinicz tuż. Z tego jednak, iż książę z Sakowiczem pozostali, wnoszę, iż pościg nie może być szybki.

- Ale wszakże musi nastąpić? Wszakże trudno inaczej mniemać? Któż by po zwycięstwie nie ścigał pobitego nieprzyjaciela?

- To się pokaże. O czym innym chciałem z panią pomówić. Książę wskutek choroby i niepowodzeń musi być rozdrażniony, zatem jako desperat do gwałtownych uczynków skłonny... Nie rozłączaj się, pani, teraz z ciotką i panną Borzobohatą; nie zgadzaj się na to, by pana miecznika do Tylży wyprawiano, jako ostatnim razem przed wyprawą się stało.

Oleńka nie odrzekła nic; miecznika oczywiście nigdy do Tylży niewyprawiano, tylko, gdy po uderzeniu go obuszkiem przez księcia chorzał dni kilka, Sakowicz, by ukryć przed ludźmi książęcy uczynek, umyślnie rozpuścił wieść, że stary do Tylży wyjechał. Oleńka wolała o tym przed Ketlingiem zamilczeć, bo dumnej dziewczynie wstyd było wyznawać, że ktoś jednego z Billewiczów, jak psa, poterał.

- Dziękuję waćpanu za ostrzeżenie - rzekła po chwili milczenia.
- Uważałem za swój obowiązek...

Lecz jej serce wezbrało znów goryczą. Przecież przed niedawnym czasem od Ketlinga zależało, by to nowe niebezpieczeństwo nie zawisło nad jej głową, przecież gdyby się był zgodził na ucieczkę, byłaby już daleko, raz na zawsze od Bogusława wolna.

- Panie kawalerze - rzekła - szczęście prawdziwe dla mnie, że to ostrzeżenie nie tyczy pańskiego honoru ani że książę nie wydał rozkazu, ażebyś pan mnie nie ostrzegał.

Ketling zrozumiał przymówkę i odrzekł mową, której się Oleńka po nim nie spodziewała:

- Co się służby mojej żołnierskiej tyczy i czego strzec mi honor nakazuje, to spełnię albo życiem przypłacę. Innego wyboru nie mam i mieć nie chcę. Poza służbą wolno mi niegodziwościom zapobiegać. Więc jako prywatny człowiek zostawiam pani tę krócicę i mówię: broń się, bo niebezpieczeństwo bliskie, w razie potrzeby - zabij! Wówczas moja przysięga będzie rozwiązana i z ratunkiem ci pospieszę.

To rzekłszy skłonił się i zwrócił ku drzwiom, lecz Oleńka zatrzymała go.

- Panie kawalerze, uwolnij się od tej służby, broń dobrej sprawy, broń skrzywdzonych, boś tego godzien, boś zacny, bo szkoda cię dla zdrajcy...

Na to Ketling:

- Byłbym się dawno uwolnił i do dymisji podał, gdyby nie to, żem mniemał, iż pozostając tu, tobie, pani, mogę być pożytecznym. Dziś za późno. Gdyby książę wracał zwycięzcą, nie wahałbym się chwili... gdy wraca zwyciężony, gdy być może, iż nieprzyjaciel za nim następuje, byłoby tchórzostwem żądać dymisji, póki sam kończący się termin mnie nie uwolni... Napatrzysz się, pani, do woli, jak ludzie małego serca tłumem opuszczają pobitego, ale mnie między nimi nie obaczysz... Żegnam panią. Krócica ta nawet pancerz z łatwością przebije...

Ketling wyszedł, pozostawiwszy broń na stole, którą Oleńka schowała natychmiast. Na szczęście, przewidywania młodego oficera i jej własne obawy okazały się płonnymi.

Książę nadjechał wieczorem wraz z Sakowiczem i Patersonem, ale tak pognębiony i chory, że ledwie na nogach mógł się utrzymać. Do tego sam dobrze nie wiedział, czyli pan Sapieha nie następuje lub czy nie ekspediował na pościg Babinicza z lekkimi chorągwiami.

Bogusław obalił był wprawdzie tego ostatniego w ataku wraz z koniem, ale nie śmiał się spodziewać, iż go zabił, gdyż zdawało mu się, że koncerz obsunął mu się w cięciu po Babiniczowej misiurce. Wreszcie raz on już przecie strzelił mu w samą twarz z pistoletu i na nic się to nie przydało.

Bolało księcia serce na myśl, co taki Babinicz uczyni z jego włościami, gdy się raz do nich ze swymi Tatary dostanie. A bronić ich nie miał czym! I nie tylko włości, ale nawet własnej osoby. Między jego jurgieltnikami nie było takich wielu jak Ketling i należało się spodziewać, że na pierwszą wieść o zbliżaniu się wojsk Sapieżyńskich opuszczą go wszyscy co do jednego.

Książę też nie zamierzał zabawić w Taurogach dłużej nad dni dwa lub trzy, musiał bowiem spieszyć do Prus Królewskich, do elektora i Szteinboka, którzy go mogli zaopatrzyć w nowe siły i użyć bądź do zdobywania miast pruskich, bądź wysłać w pomoc samemu królowi zamierzającemu wyprawę w głąb Rzeczypospolitej.

W Taurogach wypadło zostawić tylko kogoś z oficerów, który by ład w rozbite reszki wojsk wprowadził, opędzał się partiom chłopskim i szlacheckim, osłaniał dobra obu Radziwiłłów i porozumiewał się z Loewenhauptem, głównodowodzącym siłami szwedzkimi na Żmudzi.

W tym celu, po przybyciu do Taurogów i po przespanej nocy, książę wezwał na naradę Sakowicza, kóremu jednemu mógł ufać i zupełnie serce otworzyć.

Dziwne było owo pierwsze "dzień dobry" w Taurogach, jakie sobie powiedzieli dwaj przyjaciele po nieszczęsnej wyprawie. Czas jakiś patrzyli na siebie bez słowa. Przemówił pierwszy książę:

- Ano! diabli wzięli!

- Wzięli! - powtórzył Sakowicz.

- Musiało tak być przy takiej aurze. Gdybym miał więcej lekkich chorągwi lub gdyby licho nie przyniosło tego Babinicza... Do dwóch razy sztuka! Przezwał się wisielec. Nie powiadajże o tym nikomu, żeby mu jeszcze sławy nie przysparzać.

- Ja nie powiem... Ale czy oficerowie nie będą trąbili, nie zaręczam, boś przecie książę prezentował go u swoich butów, jako chorążego orszańskiego.

- Oficerowie Niemcy nie rozumieją się na polskich nazwiskach. Im wszystko jedno: Kmicic czy Babinicz. A! na rogi Lucypera, żebym go dostał! A miałem go... i jeszcze, szelma, ludzi mi pobuntował, Głowbiczowski oddział odprowadził!... Musi to być jakiś bastard po naszej krwi, nie może inaczej być!... Miałem go, miałem... i uszedł!... Więcej mnie to gryzie aniżeli ta cała stracona wyprawa.

- Miałeś go, książę, ale za cenę mojej głowy.

- Jasiu! powiem ci szczerze: niechby cię tam byli ze skóry obdarli, bylem z Kmicicowej bęben mógł zrobić!

- Dziękuję ci, Bogusiu. Mniej po twojej przyjaźni nie mogłem się spodziewać.

Książę rozśmiał się.

- A skwierczałbyś na sapieżyńskim ruszcie... Wszystkie by twoje szelmostwa z ciebie wytopili. Ma foi! chciałbym to widzieć!

- Ja zaś chciałbym cię widzieć w ręku Kmicica, twojego miłego krewniaka. Twarz masz inną, ale z postawy jesteście do siebie podobni i nogi macie jednej miary, i do jednej dziewki wzdychacie, tylko że ona nie doświadczywszy zgaduje, że tamten zdrowszy i że żołnierz lepszy.

- Takim dwom jak ty dałby rady, ale ja przejechałem mu po brzuchu... A gdybym był miał dwie minut czasu, mógłbym ci teraz parol dać, że mój kuzynek nie żyje. Zawsześ był głupowaty i dlategom cię polubił, ale w ostatnich czasach zjełczał ci dowcip do reszty.

- Zawsześ miał dowcip w piętach i dlatego takeś przed Sapiehą zmiatał, ażem cię znielubił i sam gotówem pójść do Sapiehy.

- Na powróz!

- Na ten, którym Radziwiłła zwiążą.

- Dosyć!

- Sługam waszej książęcej mości!

- Trzeba by kilku z tych rajtarów rozstrzelać, którzy najwięcej krzyczą, i ład wprowadzić.

- Kazałem dziś rano sześciu powiesić. Już i ostygli, a tańcują na sznurach zawzięcie, bo wiatr okrutny.

- Dobrześ zrobił. Słuchaj no! Czy chcesz zostać na załodze w Taurogach, bo muszę tutaj kogoś zostawić?

- I chcę, i proszę o tę funkcję. Nikt się tu lepiej nie sprawi. Żołnierz boi się mnie więcej niż innych, bo wie, że żartów ze mną nie ma. Z uwagi na Loewenhaupta lepiej, że zostanie ktoś poważniejszy od Patersona.

- Dasz że sobie z rebelizantami rady?

- Upewniam waszą książęcą mość, że sosny żmudzkie będą rodziły łońskiego roku cięższe od szyszek owoce. Z chłopstwa ze dwa regimenty piechoty uczynię i po mojemu wyćwiczę. Na włości będę miał oko, a jeśli rebelizanci którą napadną, wnet rzucę podejrzenie na jakiego bogatszego szlachcica i wycisnę go jak ser w worku. Na początek potrzeba by mi tyle tylko pieniędzy, żeby lafę zaspokoić i piechoty przybrać.

- Co będę mógł, zostawię.

- Z posażnych?

- Jak to?

- To się.. znaczy z billewiczowskich, które w posagu z góry sam sobie wypłaciłeś. - Żebyś mógł jako politycznie skręcić łeb temu miecznikowi, dobrze by było, bo to się lekko mówi, a szlachcic skrypt ma.

- Postaram się. Jeno w tym rzecz, czy skryptu gdzie nie wysłał, albo czy go dziewka w koszulę nie zaszyła. Wasza książęca mość nie życzyłbyś sobie sprawdzić?...

- Przyjdzie do tego, ale teraz muszę jechać i przy tym sił mnie ta przeklęta febris całkiem zbawiła.

- Zazdrość mi, wasza książęca mość, że w Taurogach zostaję.

- Jakąś masz dziwną ochotę. Tylko... Czybyś ty czasem?... Hakami kazałbym cię rozerwać... Czemu to tak tej funkcji się napierasz?

- Bo się chcę żenić.

- Z kim? - spytał książę siadając na łóżku.

- Z panną Borzobohatą-Krasieńską.
- To jest dobra myśl, to jest przednia myśl! - rzekł po chwili milczenia Bogusław. - Słyszałem o jakimś zapisie...
- Tak jest, po panu Longinie Podbipięcie. Wasza książęca mość wiesz, jaki to możny ród, a onego Longina majętności w kilku powiatach leżą. Wprawdzie jedne z nich jakieś tam dziewiąte wody po kisielu zagarnęły, w drugich moskiewskie wojska stoją. Będzie procesów, bitek i zwad, i zajazdów bez liku, ale ja dam sobie rady i jednego wyczółka nikomu nie ustąpię. Przy tym dziewka okrutnie mi się nadała, bo gładka i wabna. Jużem to zauważył zaraz po tym, kiedyśmy ją to zabrali, że udawała strach, a okiem ku mnie strzygła. Niech jeno tu jako komendant zostanę, z samego próżniactwa zaczną się amory...
- Jedno ci zapowiadam. Żenić się nie będę ci zabraniać, wszelako, słuchaj no dobrze, żadnych ekscesów, rozumiesz?! Bo to dziewka od Wiśniowieckich, samej księżnej Gryzeldy zaufana, a ja księżnej nie chcę obrazić przez estymę ani pana starosty kałuskiego także.
- Nie trzeba ostrzegać - odpowiedział Sakowicz - bo skoro się chcę żenić regularnie, to i starać się muszę regularnie.
- Chciałbym, żeby cię odpaliła.
- Znam kogoś, kogo odpalili, chociaż jest księciem, ale tak myślę, że mnie się to nie przygodzi. Dziwnie mi ono strzyżenie oczyma dodaje otuchy.
- Nie przymawiajże temu, kogo odpalono, aby cię rogaczem nie uczynił. Wyrobię ci w dodatku do herbu rogi albo przydomek do nazwiska przybierzesz: Sakowicz Rogaty! Ona z domu Borzobohata, a on bardzo rogaty. Dobrana z was będzie para. Owszem, żeń się, Jasiu, żeń, a daj znać o weselu, będę drużbą.
 Srogi gniew wystąpił na straszne i bez tego lica Sakowicza. Oczy przez chwilę zaszły mu jak dymem, ale wkrótce się opamiętał i w żart obracając słowa książęce odrzekł:
- Niebożę! na schody o własnej mocy ci niesporo, a grozisz... Masz tu swoją Billewiczównę, dalej, chuchraku! dalej! Będziesz ty jeszcze Babiniczowe dzieci piastował!
- Bodajżeś język złamał, taki synu! To z choroby się naigrawasz, która o włos mnie nie pogrążyła? Bodaj i ciebie tak oczarowano!
- Co tam czary! Czasem, gdy spojrzę, jak wszystko idzie naturalnym rzeczy porządkiem, to myślę, że czary głupstwo.
- Sameś głupi! Cicho bądź, nie wywołuj licha! Brzydniesz mi coraz więcej.
- Bodaj bym nie był ostatnim Polakiem, który waszej książęcej mości wierny pozostał, bo za moją wierność samą niewdzięcznością mnie karmią. Wrócę oto w domowe pielesze i będę siedział spokojnie, końca wojny wyglądając.
- Och, daj spokój! Wiesz, że cię miłuję.
- Ciężko mi to zmiarkować. Diabeł mi ten afekt dla waszej książęcej mości wszczepił. Jeśli w czym są czary, to w tym.

Sakowicz prawdę mówił, bo rzeczywiście Bogusława kochał; książę wiedział o tym i dlatego płacił mu, jeśli nie głębszym przywiązaniem, to wdzięcznością, jaką ludzie próżni żywią zawsze dla tych, którzy ich uwielbiają.

Dlatego chętnie zgodził się na jego zamiary względem Anusi Borzobohatej i sam osobiście dopomóc mu postanowił.

W tym celu koło południa, gdy się czuł najzdrowszy, kazał się ubrać i poszedł do Anusi.

- Przyszedłem po dawnej znajomości dowiedzieć się o zdrowiu waćpanny - rzekł - i spytać się, czyli się waćpannie pobyt w Taurogach podobał?

- Kto jest w niewoli, temu się wszystko musi podobać - odrzekła wzdychając Anusia.

Książę rozśmiał się.

- Waćpanna nie jesteś w niewoli. Zagarnięto cię razem z sapieżyńskimi żołnierzami, to prawda, i kazałem waćpannę tu odesłać, ale tylko dla bezpieczeństwa. Włos tu ci z głowy nie spadnie. Wiedz o tym waćpanna, że ja mało kogo tak szanuję, jak księżnę Gryzeldę, której serca bliską jesteś. I Wiśniowieccy, i Zamoyscy moi koligaci. Waćpanna tu znajdziesz wszelką wolność i wszelką opiekę, ja zaś przychodzę jako życzliwy przyjaciel i mówię tak: chcesz, to jedź, dam ci eskortę, choć samemu mi żołnierzy szczupło, ale radzę zostać. Waćpannę, ilem słyszał, wysłano dla odzyskania majętności zapisanych. Wiedzże, iż teraz nie czas o tym myśleć i że nawet w spokojnych czasach protekcja pana Sapieżyńska na nic, bo on jeno w Witebskiem może wskórać, tu nic. Zresztą sam się tą sprawą nie zajmie, jeno przez komisarzy... Waćpannie trzeba by człowieka życzliwego, a obrotnego, który by strach i estymę u ludzi miał. Taki, gdyby się zajął, pewnie nie dałby sobie słomy zamiast ziarna w garść wetknąć.

- Gdzie ja sierota znajdę takiego opiekuna?! - zawołała Anusia.

- Właśnie, że w Taurogach.

- Wasza książęca mość raczyłby sam...

Tu Anusia złożyła rączki i spojrzała tak ślicznie w Bogusławowe oczy, że gdyby książę nie był tak umęczon i sterany, pewnie by zaraz mniej szczerze począł o Sakowiczowskiej sprawie myśleć, lecz że mu amory nie były w głowie, więc odrzekł prędko:

- Gdybym jeno mógł, nikomu bym tak wdzięcznej funkcji nie powierzał; ale ja wyjeżdżam, bo muszę. Na moim miejscu zostaje komendantem w Taurogach pan starosta oszmiański, Sakowicz, kawaler wielki, żołnierz sławny i człek tak obrotny, jak drugiego na całej Litwie nie masz. Owóż, powtarzam, ostań się waćpanna w Taurogach, bo jechać nie masz gdzie, gdy wszędzie pełno grasantów i łotrzykowie a rebelizanci wszystkie drogi infestują. Sakowicz ci tu da opiekę, Sakowicz cię obroni, Sakowicz rozpatrzy się, co można dla wywindykowania tych majętności uczynić, a gdy się tylko do tego raz weźmie, zaręczam, że nikt w świecie prędzej do pomyślnego końca nie doprowadzi. Mój to przyjaciel, więc go znam, i tyle tylko o nim waćpannie powiem, że gdybym ja sam majętności waćpanny zagarnął, a potem dowiedział się, że Sakowicz przeciwko mnie występuje, to bym się wolał ich zrzec dobrowolnie, bo z nim niebezpieczna się spierać.

- Byleby tylko pan Sakowicz zechciał sierocie przyjść w pomoc...

- Nie bądź mu jeno krzywa, a dla waćpanny wszystko on uczyni, bo mu twoje śliczności głęboko w serce zapadły. Już on tam chodzi i wzdycha...

- Gdzie ja bym tam komu mogła wpaść w serce.

"Szelma dziewczyna!" - pomyślał książę.

Głośno zaś dodał:

- Niechże Sakowicz wytłumaczy, jak się to stało, a waćpanna nie bądź mu tylko krzywa, bo to człek zacny i ze znamienitego rodu, więc takim nie życzę pogardzać.

ROZDZIAŁ 22

Nazajutrz rano książę odebrał wezwanie od elektora, aby co prędzej pospieszył do Królewca dla objęcia komendy nad świeżo zaciągniętymi wojskami, które miały iść pod Malborg lub pod Gdańsk. List zawierał także wiadomości o śmiałej wyprawie Karola Gustawa w dół Rzeczypospolitej, aż do krajów ruskich. Elektor przewidywał zły koniec tej wyprawy, ale właśnie dlatego pragnął stanąć na czele sił jak największych, aby w razie potrzeby jednej lub drugiej stronie stać się niezbędnym, drogo się sprzedać i losy wojny przeważyć. Z tych powodów zalecał młodemu księciu wszelki możliwy pośpiech, tak dalece zaś chodziło mu o uniknięcie mitręgi, że za pierwszym gońcem wysłał i drugiego, który przybył we dwanaście godzin później.

Książę więc nie miał ani chwili do stracenia i nie dość czasu do odpoczynku, febra bowiem wróciła znowu z dawną siłą. Jednak trzeba było jechać. Za czym, zdawszy władzę Sakowiczowi, rzekł mu:

- Być może, iż przyjdzie miecznika i dziewczynę przewieźć do Królewca. Tam łatwiej przyjdzie się po cichu z nieprzyjaznym człekiem uporać; dziewkę zaś, bylem był zdrów, wezmę ze sobą do obozu, bo dość mi tych ceremonij.

- Dobrze, to się i komput wojsk może powiększyć - odparł na pożegnanie Sakowicz.

W godzinę później nie było już księcia w Taurogach. Został Sakowicz jako pan samowładny, uznający nad sobą jedną tylko władzę: władzę Anusi Borzobohatej. I proch przed jej stopami zaczął zdmuchiwać, jak niegdyś sam książę przed stopami Oleńki. Hamując dziką swą naturę, był dwornym, uprzedzającym chęci, zgadującym myśli, a zarazem trzymał się z dala, z całym szacunkiem, z jakim powinien być światowy kawaler dla panny, o której rękę i serce się stara.

Jej zaś, trzeba wyznać, spodobało się owo królowanie w Taurogach; miło jej było pomyśleć, że gdy wieczór nadchodzi, w dolnych salach, na korytarzach, w cekhauzie, w sadzie, jeszcze zimowym szronem okrytym, rozlegają się wzdychania starszych i młodszych oficerów, że nawet astrolog wzdycha patrząc w gwiazdy ze swej samotnej wieży, że nawet stary miecznik westchnieniami przerywa wieczorny różaniec.

Najlepszą będąc dziewczyną, była przecie rada, że nie ku Oleńce idą owe afekta strzeliste, ale ku niej; była rada i ze względu na Babinicza, bo czuła swoją moc i przychodziło jej do głowy, że jeśli nigdy nikt się jej nie oparł, to musiała i na jego sercu trwałe oczyma wypalić znaki.

"O tamtej zapomni, nie może inaczej być, bo niewdzięcznością go tam karmią, a gdy się to stanie, wie, gdzie mnie szukać, i poszuka... rozbójnik jeden!"

Zaraz potem odgrażała mu się w duszy:

"Czekaj! odpłacę ja ci, nim pocieszę."

Sakowicza tymczasem, niezbyt nawet lubiąc, mile widziała. Prawda, że usprawiedliwił się w jej oczach z zarzutu zdrady w ten sam sposób, w jaki miecznikowi wytłumaczył się Bogusław. Zatem mówił, że ze Szwedem już był pokój zawarty, już Rzeczpospolita odetchnąć i zakwitnąć miała. gdy pan Sapieha dla swojej prywaty wszystko popsował.

Anusia, niezbyt się na tych sprawach znając, puszczała te słowa mimo uszu. Lecz natomiast uderzyło ją coś innego w opowiadaniach pana starosty oszmiańskiego.

- Billewicze - mówił - krzyczą wniebogłosy na swą krzywdę i niewolę, a przecież nic im się tu nie stało i nie stanie. Nie puszczał ich książę z Taurogów, prawda, ale to dla ich dobra, bo o trzy staje za bramą zginąć już od grasantów lub leśnych osaczników mogli. Nie puszczał ich i dlatego, że pannę Billewiczównę pokochał, i to prawda! Któż wszelako go nie usprawiedliwi? kto, czułe serce mając i wzdychaniami obarczone piersi, inaczej by postąpił? Gdyby miał mniej zacne intencje, pewnie by jako pan tak potężny mógł wodzów sobie popuścić, lecz on chciał się żenić, chciał wynieść tę oporną pannę do swego książęcego stanu, szczęśliwościami ją obsypać, koronę radziwiłłowską na jej głowę włożyć, i za to inwektywy nań ci niewdzięczni ludzie rzucają, sławy mu i zacności ujmując...

Anusia niezbyt wierząc spytała zaraz tego samego dnia Oleńki, czy prawda, że książę chciał się z nią żenić? Oleńka zaprzeczyć nie mogła, a że były już ze sobą poufałe, więc przytoczyła swoje racje. Wydały się one Anusi słuszne i dostateczne, ale przecie pomyślała sobie, że Billewiczom nie było znów tak ciężko w Taurogach ani książę z Sakowiczem nie byli takimi zbrodniarzami, za jakich ich pan miecznik rosieński ogłosił.

Toteż gdy nadeszły wieści, że pan Sapieha z Babiniczem nie tylko nie zbliżają się ku Taurogom, ale pociągnęli wielkimi pochodami na króla szwedzkiego aż hen, ku Lwowu, Anusia wpadła naprzód w złość, a potem jęła rozumować, że gdy ich nie ma, to na nic uciekać z Taurogów, bo można życie stracić lub w najlepszym razie spokojny pobyt zmienić w pełną niebezpieczeństw niewolę.

Przyszło z tego powodu do sporów między nią a Oleńką i miecznikiem; lecz i oni nawet przyznać musieli, że odejście pana Sapiehy wielce ucieczkę utrudnia, jeżeli całkiem niepodobną jej nie uczyni, tym bardziej że w kraju wrzało coraz bardziej i nikt z mieszkańców jutra pewien być nie mógł. Zresztą, chociażby i nie przyznawali racyj Anusinych, ucieczka bez jej pomocy, wobec czujności Sakowicza i innych oficerów, była niemożliwą. Ketling jeden był im oddany, ale do żadnego układu przeciwnego służbie wciągnąć się nie dawał, przy tym często bywał nieobecny, bo go Sakowicz jako doświadczonego żołnierza i zdolnego oficera rad używał przeciwko zbrojnym kupom konfederatów i grasantów, za czym często z Taurogów wysyłał.

A Anusi coraz było w nich lepiej.

Sakowicz oświadczył jej się w miesiąc po wyjeździe księcia, ale zwodnica dała mu chytrą odpowiedź, że go nie zna, że różnie o nim mówią, że nie miała czasu jeszcze go polubić, że bez pozwolenia księżnej Gryzeldy wychodzić za mąż nie może, a na koniec, że chce go na rok próby wystawić. Starosta zżuł gniew, kazał dać tego dnia jednemu rajtarowi za błahe przewinienie trzy tysiące rózg, po których pochowano biednego żołdaka, lecz musiał się na Anusine kondycje zgodzić. Ona zaś zapowiedziała pankowi, że jeżeli będzie służył jeszcze wierniej, pilniej i pokorniej, to za rok i tak dostanie tylko tyle, ile będzie jej łaska.

W ten sposób igrała z niedźwiedziem, lecz tak już zdążyła go opanować, że stłumił nawet mruczenie, odrzekł jej tylko:

- Z wyjątkiem zdrady księcia, wszystkiego waćpanna ode mnie wymagaj, choćby tego, bym na kolanach chodził...

Gdyby Anusia wiedziała, jak straszne Sakowiczowego zniecierpliwienia skutki spadają na całą okolicę, może by go tak nie drażniła. Żołnierze i mieszczanie w Taurogach drżeli przed nim, bo karał ciężko całkiem bez winy, nad wszelką miarę. Jeńcy konali w łańcuchach z głodu lub przypiekani żelazem.

Nieraz zdawało się, że dziki starosta chce ochłodzić wzburzoną i spiekłą żarem miłości duszę w krwi ludzkiej, bo zrywał się nagle i sam chodził na wyprawy. A zwycięstwo chodziło najczęściej jego śladem. Wycinał w pień kupy rebelizantów; wziętym do niewoli chłopom kazał dla przykładu ucinać prawe ręce i puszczał do domów wolno.

Groza jego imienia opasała też jakby murem Taurogi, znaczniejsze nawet oddziały patriotów nie ośmielały się zapuszczać dalej jak pod Rosienie.

Cisza stała się wszędzie, a on z powsinogów niemieckich, z miejscowego chłopstwa formował za pieniądze wyciśnięte z okolicznych mieszczan i szlachty coraz nowe pułki i rósł w siły, ażeby ich swemu księciu w razie ciężkiej potrzeby dostarczyć.

Wierniejszego i straszniejszego sługi nie mógł Bogusław znaleźć.

W Anusię za to patrzył Sakowicz coraz tkliwiej swymi strasznymi bladoniebieskimi oczyma i na lutni jej grywał.

Płynęło tedy życie w Taurogach dla Anusi wesoło i zabawnie, dla Oleńki ciężko i jednostajnie. Z jednej szły promienie wesołości jako owo światełko, które nocami bije od świętojańskiego robaczka; drugiej twarz stawała się coraz bledszą, poważniejszą, surowszą, czarne brwi ściągały się coraz mocniej na białym czole, tak że w końcu przezwano ją zakonnicą i miała w sobie coś z mniszki. Poczęła się oswajać z tą myślą, że nią zostanie, że ją sam Bóg, przez ból, przez zawody, za kratę do spokoju prowadzi.

Nie ta to już była dziewczyna ze ślicznymi rumieńcami na twarzy i szczęściem w oczach, nie ta Oleńka, która niegdyś jadąc w saniach z narzeczonym, panem Andrzejem Kmicicem, krzyczała: "Hej! hej!", na bory i lasy!

Wiosna czyniła się na świecie. Rozpętane z lodu wody Bałtyku począł kołysać wiatr duży a ciepły, potem drzewa zakwitły, strzeliły kwiaty z surowych liściastych obsłon, potem słońce zaczęło bywać znojne, a biedna dziewczyna próżno wyglądała końca taurożańskiej niewoli, bo i Anusia nie chciała uciekać, i w kraju coraz straszniej było.

Miecz i ogień srożył się tak, jakby nigdy zmiłowanie boże nastąpić nie miało. Owszem, kto nie chwycił szabli lub dzidy zimą, ten schwytał ją wiosną; śnieg śladów nie zdradzał, gdy bór dawał lepsze schronienie i ciepło wojnę czyniło łatwiejszą.

Wieści jako jaskółki nadlatywały do Taurogów, czasem groźne, czasem pocieszające. I jedne, i drugie święciła czysta dziewczyna modlitwą, a oblewała łzami smutku lub radości.

Więc naprzód mówiono o okropnym całego narodu powstaniu. Ile było drzew w borach Rzeczypospolitej, ile kłosów kołysało się na jej łanach, ile gwiazd świeciło po nocach między Tatrami a Bałtykiem, tyle wstało przeciw Szwedom wojowników: którzy szlachtą będąc, do miecza a wojny z woli bożej i przyrodzonego rzeczy porządku się rodzili; którzy skiby pługiem krając, obsiewali ziarnem tę krainę; którzy handlem i rzemiosły po miastach się parali; którzy żyli w puszczach z pszczelnej pracy, z wypalania smoły, z topora lub strzelby; którzy nad rzekami siedząc, rybactwem się trudnili; którzy na stepach koczowali ze stadami - wszyscy chwycili za broń, aby najezdnika z kraju wyżenąć.

Już Szwed tonął w tej liczbie jako w rzece wezbranej.

Ku podziwowi całego świata, bezsilna jeszcze niedawno Rzeczpospolita znalazła więcej szabel w swojej obronie, niż mógł ich mieć cesarz niemiecki lub król francuski.

Potem przyszły wieści o Karolu Gustawie, jako szedł coraz w głąb Rzeczypospolitej z nogami we krwi, z głową w dymach i płomieniach, bluźniąc. Spodziewano się lada chwila usłyszeć wieść o jego śmierci i zagubie wszystkich wojsk szwedzkich.

Imię Czarnieckiego rozlegało się coraz potężniej od ściany do ściany, przejmując strachem nieprzyjaciół, wlewając otuchę w serca polskie.

- Zbił pod Kozienicami! - mówiono jednego dnia - zbił pod Jarosławiem! -

powtarzano w kilka tygodni później - zbił pod Sandomierzem! - powtarzało dalekie echo. Dziwiono się temu tylko, skąd się jeszcze bierze tyle Szwedów po takich pogromach.

Na koniec przyleciały nowe stada jaskółek, a z nimi fama o uwięzieniu króla i całej armii szwedzkiej w widłach rzecznych. Zdawało się, że koniec tuż, tuż. Sam Sakowicz w Taurogach przestał chodzić na wyprawy, jeno listy po nocach pisywał i w różne strony rozsyłał.

Miecznik był jakoby obłąkany. Co dzień wieczór wpadał z Wieściami do Oleńki. Czasem gryzł ręce, gdy sobie wspomniał, że trzeba siedzieć w Taurogach. Tęskniła w pole stara żołnierska dusza. W końcu zaczął się zamykać w swojej stancji i nad czymś po całych godzinach rozmyślać. Raz chwycił niespodzianie Oleńkę w ramiona, zaryczał wielkim płaczem i rzekł jej:

- Miłaś ty, dziewczyno, córuchno jedyna, ale ojczyzna milsza.

I nazajutrz dzień znikł, jakoby w ziemię się zapadł.

Oleńka znalazła tylko list, a w nim słowa następujące:

"Bóg cię błogosław, dziecko kochane. Rozumiałem ja ci dobrze, że ciebie, a nie mnie strzegą i że samemu mi łatwiej wymknąć się przyjdzie. Niechże mnie Bóg sądzi, jeślim ja to, niebogo sieroto, z zatwardziałości serca i braku ojcowskiego afektu dla ciebie uczynił. Ale męka była od pacjencji większa i nie mogłem, na rany Chrystusa Pana przysięgam, nie mogłem już dłużej wysiedzieć. Bo jakem pomyślał, że się tam najszczersza krew polska rzeką pro patria et libertate leje, a mojej ni kropli w tej rzece nie masz, tedy mi się wydało, że mnie anieli niebiescy za to potępią... Nie rodzić mi się było na świętej Żmudzi naszej, gdzie żywie amor patriae i męstwo, nie rodzić mi się było ni szlachcicem, ni Billewiczem, to bym przy tobie został i ciebie strzegł. Ale ty, mężem będąc, uczyniłabyś to samo, więc i mnie odpuścisz, iżem cię, jako Daniela, samą w jaskini lwów porzucił. Którego że Bóg w miłosierdziu swoim konserwował, tak też mniemam, że i nad tobą będzie lepsza od mojej, Najświętszej Panny, Królowej naszej protekcja."

Oleńka łzami oblała pismo, ale pokochała stryjca za ten postępek jeszcze lepiej, bo jej serce dumą wezbrało. Tymczasem uczynił się w Taurogach hałas niemały. Sam Sakowicz wpadł do dziewczyny z furią wielką i nie zdejmując czapki z głowy spytał:

- Gdzie stryj waćpanny?

- Gdzie wszyscy, prócz zdrajców, są!... W polu!

- Waćpanna wiedziałaś o tym!... - krzyknął starosta.

A ona, zamiast się stropić, postąpiła kilka kroków ku niemu i mierząc go oczyma z niewypowiedzianą pogardą odrzekła:

- Wiedziałam - i cóż?

- Waćpanna... ej! gdyby nie książę!... Waćpanna przed księciem odpowiesz!...

- Ni przed księciem, ni przed jego pachołkiem. A teraz proszę!...

I palcem wskazała mu drzwi.

Sakowicz zgrzytnął zębami i wyszedł.

Tego samego dnia zagrzmiało w całych Taurogach o zwycięstwie wareckim i taka trwoga padła na wszystkich stronników szwedzkich, że sam Sakowicz nie śmiał karać księży, którzy publicznie odśpiewali w okolicznych kościołach Te Deum.

Wielki też ciężar spadł mu z serca, gdy w kilka tygodni później przyszło spod Malborga pismo Bogusławowe z doniesieniem, iż król wymknął się z rzecznego saku. Lecz inne nowiny były wielce niepocieszne. Książę żądał posiłków i nie kazał zostawiać w Taurogach więcej wojsk, niżby tego konieczna obrona wymagała. Gotowe rajtarie wyszły na drugi dzień, a z nimi Ketling, Oettingen, Fitz-Gregory, słowem, wszyscy znamienitsi oprócz Brauna, który był koniecznie Sakowiczowi potrzebny.

Taurogi opustoszały jeszcze bardziej niż po wyjeździe księcia.

Anusia Borzobohata poczęła się nudzić i tym bardziej Sakowiczowi dokuczać. On zaś myślał, czyby się do Prus nie przenieść, bo ośmielone odejściem wojsk partie jęły znowu przesuwać się za Rosienie i zbliżać do Taurogów. Sami Billewicze zebrali do pięciuset koni z obywatelstwa, drobnej szlachty i chłopów. Porazili oni znacznie pułkownika Bützowa, który przeciw nim wyciągnął, i przepłukiwali bez miłosierdzia wszystkie wsie radziwiłłowskie.

Ludność garnęła się do nich chętnie, bo żaden ród, sami nawet Chlebowiczowie, nie cieszyli się taką między pospólstwem czcią i powagą. Sakowiczowi żal było zostawiać Taurogi na łaskę nieprzyjaciół, wiedział także, że w Prusach trudno m u będzie o pieniądze, o posiłki, że tu rządzi, jak chce, tam władza jego zmaleć musi, jednakże tracił coraz bardziej nadzieję, czy się potrafi utrzymać.

Pobity Bützow schronił się pod jego opiekę, a wieści, które przywiózł o potędze i wzroście rebelii, skłoniły ostatecznie Sakowicza na stronę pruską.

Jako zaś człowiek stanowczy i lubiący prędko doprowadzić do skutku to, co zamierzył, w dziesięć dni ukończył przygotowania, wydał rozkazy i miał ruszyć.

Nagle trafił na niespodziewany opór i to ze strony, z której najmniej go się spodziewał, bo ze strony Anusi Borzobohatej.

Anusia nie myślała do Prus jechać. W Taurogach było jej dobrze. Postępy konfederackich partyj nie przestraszały jej bynajmniej, i gdyby Billewicze uderzyli na same Taurogi, jeszcze by była rada. Rozumowała sobie przy tym, że na obczyźnie, między Niemcami, zostawałaby zupełnie na łasce Sakowicza, że łatwiej by tam mogło przyjść do jakowychś zobowiązań, do których nie miała ochoty, więc postanowiła upierać się przy pozostaniu. Oleńka, której wyznała swoje przyczyny, nie tylko potwierdziła ich słuszność, ale najmocniej, ze łzami w oczach, poczęła ją błagać, aby oparła się wyjazdowi.

- Tu zbawienie może jeszcze przyjść, nie dziś, to jutro - mówiła - tam zginiemy obie.

Anusia zaś jej na to:

- A widzisz! A małoś to mnie nałajała za to, że i pana starostę chciałam pogrążyć, choć ja o niczym nie wiedziałam, jak księżnę Gryzeldę kocham, tylko to jakoś tak samo z siebie przyszło. A teraz zważałli by on na mój opór, gdyby nie był pogrążon? A co?

- Prawda, Anusiu, prawda! - odrzekła Oleńka.

- Nie turbujże się, kwiatuszku najśliczniejszy! Nogą się z Taurogów nie ruszymy, jeszcze Sakowiczowi dokuczę w dodatku okrutnie.

- Dajże Boże, byś co wskórała.

- Ja bym nie miała wskórać?... Wskóram, raz dlatego, że mu chodzi o mnie, a po wtóre, jak mniemam, o moje majętności. Pogniewać mu się ze mną łatwo, a nawet szablą mnie zranić, ale w takim razie wszystko by przepadło.

I pokazało się, że ma słuszność. Sakowicz przyszedł do niej wesół i pewien siebie, ona zaś przywitała go z minką wielce pogardliwą.

- Podobno - spytała - waćpan ze strachu przed panami Billewiczami do Prus chcesz uciekać?

- Nie przed panami Billewiczami - odrzekł marszcząc brwi - i nie ze strachu, jeno się tam przenoszę z roztropności, abym więcej przeciw tym zbójom mógł ze świeżymi siłami dokazać.

- To szczęśliwej drogi.

- Jak to? Zali myślisz, że bez ciebie pojadę, moja nadziejo najmilejsza?

- Kogo tchórz oblatuje, niech w ucieczce ma nadzieję, nie we mnie. Zbytnioś waćpan poufały, ja zaś, gdybym potrzebowała konfiilenta, pewnie byś nie waćpan nim został.

Sakowicz pobladł z gniewu. Dałby on jej, gdyby nie była Anusią Borzobohatą! Lecz bacząc, przed kim stoi, pomiarkował się, straszną swą twarz ocukrzył uśmiechem i odrzekł, niby żartując:

- Ej, nie będę pytał! Wsadzę do kolaski i powiozę!

- Tak? - spytała dziewczyna. - Tom, widzę, wbrew intencjom księcia w niewoli tu trzymana? Wiedzże waćpan o tym, że jeśli to uczynisz, słowa więcej w życiu do waćpana nie przemówię, tak niech mi Pan Bóg dopomoże, bo ja w Łubniach chowana i dla tchórzów największą mam pogardę. Bodajem nie była wpadła w takie ręce!... Bodaj mnie pan Babinicz do sądnego dnia na Litwę wiózł, bo ten się nie bał nikogo!

- Dla Boga! - krzyknął Sakowicz. - Powiedzże mi przynajmniej, czemu do Prus nie chcesz jechać?

Lecz Anusia poczęła udawać płacz i desperację.

- Wzięli mnie jako Tatarzyni w niewolę, choć ja księżnej Gryzeldy wychowanka i nikt do mnie nie miał prawa. Wzięli i więżą, za morza gwałtem wywożą, na wygnanie mnie skazują, rychło patrzeć, jak kleszczami będą szarpali!... O Boże! o Boże!

- Bójże się waćpanna tego Boga, którego wzywasz! - zawołał pan starosta.

- Kto cię kleszczami będzie szarpał?

- Ratujcie mnie, wszyscy święci! - powtarzała łkając Anusia.

Sakowicz sam nie wiedział, co ma czynić; dusiła go wściekłość, gniew; chwilami myślał, że zwariuje albo że Anusia zwariowała. Na koniec rzucił się jej do nóg i przyrzekł, że w Taurogach zostanie. Wówczas ona zaczęła go prosić, iżby odjechał, jeśli się boi, czym go do ostatniej doprowadziła rozpaczy, tak że się zerwał i wychodząc rzekł:

- Dobrze! Zostajem w Taurogach, a czy się boję panów Billewiczów, to się wkrótce pokaże.

I tego samego dnia, zebrawszy resztki pobitych wojsk, Bützowa i swoje własne, poszedł, ale nie do Prus, tylko za Rosienie, przeciw panom Billewiczom, którzy w lasach girlakolskich stali obozem. Nie spodziewali się oni żadnego napadu, bo już wieść o zamierzonym wyjściu wojsk z Taurogów powtarzano od kilku dni w okolicy, więc starosta, napadłszy nie ubezpieczonych, rozniósł ich na szablach i kopytach. Sam miecznik, pod którego dowództwem stał oddział, ocalał z pogromu, ale dwóch Billewiczów z innej linii poległo; z nimi trzecia część żołnierzy; pozostali rozpierzchli się na cztery świata strony. Kilkudziesięciu jeńców przyprowadził starosta do Taurogów i stracić wszystkich rozkazał, zanim Anusia mogła wystąpić w ich obronie.

O opuszczeniu Taurogów nie było już mowy i nie potrzebował pan starosta tego czynić, bo po tym nowym zwycięstwie partie nie śmiały przechodzić na tę stronę Dubisy.

Sakowicz spanoszał i chełpił się niezmiernie, że byle mu Loewenhaupt przysłał tysiąc dobrych koni, on w całej Żmudzi rebelię zetrze. Ale Loewenhaupta nie było już w tych stronach; Anusia zaś źle przyjęła starościńską chełpliwńść.

- To z panem miecznikiem - rzekła - łatwo się udało... Ale niechby tam był ten, przed którym obaście z księciem precz umykali, pewnie byłbyś waćpan i beze mnie do Prus za morze wyjechał.

Starostę ubodły te słowa do żywego.

- Naprzód, nie imaginuj sobie waćpanna, żeby Prusy były za morzem, bo za morzem jest Szwecja, a po wtóre: przed kim żeśmy to tak z księciem umykali?

- Przed panem Babiniczem! - odrzekła dygając z wielką ceremonią.

- Bodajem go kiedyś na długość szabli spotkał!

- Pewnie byś waćpan na głębokość szabli leżał w ziemi... Ale nie wywołuj wilka z lasu!

Sakowicz rzeczywiście nieszczerze tego wilka wywoływał, lubo był człowiekiem niezrównanej odwagi, jednakże przed Babiniczem czuł on jakiś strach, prawie zabobonny, tak okropne zostały mu po nim z ostatniej wojny wspomnienia. Nie wiedział przy tym, jak prędko już to groźne nazwisko usłyszy.

Nim jednak rozebrzmiało po całej Żmudzi, przyszła w czas jakiś inna, dla jednych najradośniejsza z radosnych, dla Sakowicza zaś straszliwa wieść, którą w dwóch słowach powtarzały wszystkie usta w całej Rzeczypospolitej:

- Warszawa wzięta!

Zdawało się, że ziemia rozstępuje się pod nogami zdrajców lub że całe niebo szwedzkie wali się na ich głowy wraz ze wszystkimi bóstwami, które na nim świeciły dotychczas jako słońca. Uszy nie chciały wierzyć, że kanclerz Oxenstierna w niewoli, Ersken w niewoli, Loewenhaupt w niewoli, Wrangel w niewoli, Wittenberg, sam wielki Wittenberg, który całą tę Rzeczpospolitę krwią oblał, który połowę jej jeszcze przed nadejściem Karolowym podbił, w niewoli! że król Jan Kazimierz triumfuje, a po zwycięstwie sąd będzie czynił nad grzesznymi.

A wieść biegła jakby na skrzydłach, huczała jak grzmot nad całą Rzecząpospolitą, szła przez wsie, bo chłop powtarzał ją chłopu; szła przez pola, bo łan zbożowy nią szumiał; szła przez lasy, bo sosna powtarzała ją sośnie, orły krakały o niej w powietrzu - i tym bardziej, kto żyw, chwytał za broń.

W mig zapomniano koło Taurogów o girlakolskiej klęsce. Straszny niedawno Sakowicz zmalał we wszystkich, ba, nawet we własnych swoich oczach; partie poczęły na nowo wpadać na oddziały szwedzkie; Billewicze, ochłonąwszy po ostatnim pogromie, przeszli znów Dubisę na czele swych chłopów i resztek szlachty laudańskiej.

Sakowicz sam nie wiedział, co począć, gdzie się obrócić, skąd wyglądać ratunku. Od dawna nie miał wieści od księcia Bogusława i próżno łamał sobie głowę, gdzie on, przy jakich wojskach może się znajdować? I chwilami niepokój ogarniał go śmiertelny, czy książę nie dostał się także do niewoli? Z przerażeniem przypominał sobie, iż książę mówił mu, że tabor skieruje ku Warszawie i że jeżeli uczynią go komendantem nad załogą w stolicy, to woli tam być, gdyż łatwiej się stamtąd na wszystkie strony oglądać.

Nie brakło też ludzi, którzy twierdzili na pewno, że książę musiał wpaść w ręce Jana Kazimierza.

- Gdyby księcia nie było w Warszawie - mówiono - po cóż by miłościwy pan nasz z amnestii, którą wszystkim Polakom przy załodze zostającym z góry udzielił, jego jednego wyjmował? Musi on już być w mocy królewskiej, a że wiadomo, iż głowa księcia Janusza na pień była przeznaczona, przeto i Bogusławowa pewno spadnie.

Skutkiem rozmyślań doszedł Sakowicz do tego samego przekonania i borykał się, z rozpaczą, bo raz, że księcia kochał, a po wtóre, wiedział, że w razie śmierci tego potężnego protektora łatwiej najdzikszy zwierz zdoła uchronić głowę w tej Rzeczypospolitej niż on, który był prawą ręką zdrajcy.

Zdawało mu się, że pozostaje jedno tylko: nie zważać już na Anusin opór i uciec do Prus, tam szukać chleba, służby.

- Lecz co będzie - pytał się nieraz sam siebie starosta - gdy i elektor ulęknie się gniewu polskiego majestatu i wszystkich zbiegów wyda? Nie było wyjścia, a schronienie chyba za morzem, w Szwecji samej. Na szczęście po tygodniu tych niepewności i męki, przybył od księcia Bogusława goniec z długim listem własnoręcznym: "Warszawa odjęta Szwedom - pisał książę. - Tabor mój i rzeczy przepadły. Recedere już za późno, bo taka na mnie tam zawziętość, żem był od amnestii wyłączon. Ludzi moich u samych bram Warszawy poszarpał Babinicz. Ketling w niewoli. Król szwedzki, elektor i ja, razem ze Szteinbokiem i wszystkimi siłami, idziemy pod stolicę, gdzie walna bitwa niebawem nastąpi. Carolus klnie się, że ją wygra, chociaż biegłość Kazimierzowa w prowadzeniu wojny konfunduje go niepomału. Kto by się spodziewał, że w eks-jezuicie tak wielki strategos siedzi? Ale jam to poznał jeszcze pod Beresteczkiem, bo tam wszystko się działo jego i Wiśniowieckiego głową. Mamy nadzieję w tym, że pospolite ruszenie, którego przy Kazimierzu było na kilkadziesiąt tysięcy, rozlezie się do domów albo że pierwszy zapał ostygnie i bić się tak dobrze nie będzie. Daj Bóg popłoch jakowy między tą chasą, wówczas Carolus walną może klęskę zadać, choć co po niej będzie, nie wiadomo, i sami jenerałowie powiadają sobie po cichu, że ta rebelia to hydra, której coraz nowe głowy rosną. Mówi się: "Naprzód odebrać znów Warszawę". Gdym to z ust Karola usłyszał, pytałem, co potem. Nie rzekł nic. A tu siły nasze kruszeją, ich zaś rosną. Nowej wojny zaczynać nie ma z czym. I animusz już nie ten, i nikt się z naszych nie chwyci tak Szwedów, jak na początku. Wuj elektor milczy, jak zwykle, ale to widzę dobrze, że jeśli bitwę przegramy, pocznie Szwedów nazajutrz bić, aby się w łaski Kazimierzowe wkupić. Ciężko uderzać w pokorę, ale musimy! Daj tylko Bóg, żeby mnie przyjęto i żebym cały wyszedł substancji wszystkiej nie straciwszy. W Bogu tylko ufność, ale bojaźni trudno się uchronić i trzeba złe przewidywać. Dlatego, co można z majętności za gotowy grosz zastawić albo i przedać, to uczyń, choćby z konfederatami po cichu w praktyki wejść. Sam z całym tatiorem jedź do Birż, jako że stamtąd do Kurlandii bliżej. Radziłbym ci do Prus, ale tam wkrótce przed ogniem i mieczem nie będzie bezpieczno, bo zaraz po wzięciu Warszawy ordynowano Babinicza, aby przez Prusy na Litwę szedł rebelię ekscytować, a po drodze palił i ścinał. A wiesz, że on to potrafi. Chcieliśmy go złowić u Bugu i sam Szteinbok wysłał nań znaczny podjazd, z którego ni zwiastun klęski nie wrócił. Nie bierz tego na się, abyś miał się z Babiniczem mierzyć, bo nie zdążasz, jeno do Birż pospieszaj. Febris opuściła mnie zupełnie, ile że tu wszędy wysokie i suche równie, nie takie paludes jako na Żmudzi. Bogu cię polecam etc."

O ile pan starosta uradował się, iż książę żyw i zdrowy, o tyle zatroskały go wielce nowiny. Jeżeli bowiem książę przewidywał, że nawet wygrana walna bitwa nie zdoła zbyt poprawić zachwianej fortuny szwedzkiej, to czego należało się spodziewać w przyszłości? Być może, iż książę zdoła się uchronić od zagłady pod płaszczem chytrego elektora, a on, pan Sakowicz, pod książęcym, lecz co czynić tymczasem? Iść do Prus?

Pan Sakowicz nie potrzebował rad książęcych, aby nie wchodzić w drogę Babiniczowi. Brakło mu do tego zarówno sił, jak chęci. Pozostawały Birże, ale i to zbyt późno! Na drodze do nich leży partia billewiczowska, leży kopa innych, szlacheckich, chłopskich i księżych, i Bóg wie nie jakich, które na samą wieść połączą się i rozniosą go jak wicher suche liście; a choćby się nie połączyły, choćby uprzedzić je szybkim a śmiałym pochodem, trzeba po drodze w każdej wsi, na każdym bagnie, w każdym polu i lesie staczać nową bitwę. Jakież by siły mieć należało, by choć w trzydzieści koni dojść do Birż? Więc zostać w Taurogach? I to źle, bo tymczasem przyjdzie na czele potężnego tatarskiego zastępu straszny Babinicz; wszystkie partie zlecą się do niego i zaleją Taurogi jak powódź, i zemstę taką wywrze, o jakiej ludzie dotąd nie słyszeli.

Pierwszy raz w życiu poczuł zuchwały do niedawna starosta, że brak mu rady w głowie, mocy w przedsięwzięciu, wyboru w niebezpieczeństwie.

I na drugi dzień zwołał na radę Bützowa, Brauna i kilku znaczniejszych oficerów.

Postanowiono zostać w Taurogach i czekać na nowiny spod Warszawy.

Lecz Braun z tej narady udał się wprost na inną, mianowicie do Anusi Borzobohatej.

Długo, długo naradzali się ze sobą, na koniec Braun wyszedł z twarzą wielce poruszoną. Anusia zaś wpadła jak burza do Oleńki.

- Oleńka! przyszedł czas! - krzyknęła zaraz w progu. - Musimy uciekać! Kiedy? - spytała dzielna dziewczyna blednąc nieco, lecz wstając zaraz, na znak natychmiastowej gotowości.

- Jutro, jutro! Braun ma komendę, a Sakowicz będzie spał w mieście, bo go pan Dzieszuk na ucztę zaprosi. Pan Dzieszuk dawno namówion i do wina czegoś mu namiesza. Braun powiada, że sam pójdzie i pięćdziesiąt koni wyprowadzi. Oj, Oleńka! Oleńka, jaka ja szczęśliwa! jaka ja szczęśliwa!

Tu Anusia rzuciła się na szyję Billewiczówny i poczęła ją ściskać z takim wybuchem radości, że aż ta zdziwiona spytała:

- Co ci jest, Anusiu? Wszakże mogłaś dawno Brauna do tego skłonić?

- Mogłam skłonić? Tak, mogłam! To ja ci jeszcze nic nie mówiłam? O Boże! Boże! Nic nie wiesz? Pan Babinicz tu idzie! Sakowicz ze strachu mrze i wszyscy oni!... Pan Babinicz idzie! pali! ścina! Podjazd jeden zniósł ze szczętem, samego Szteinboka poraził i idzie wielkimi pochodami, jakby się spieszył! A do kogoż on się tu może spieszyć? Powiedz, czy ja nie głupia?

Tu łzy błysnęły w Anusinych źrenicach, Oleńka zaś złożyła ręce jak do modlitwy i wzniósłszy oczy rzekła:

- Do kogokolwiek się spieszy, niech Bóg prostuje drogi jego, niech go błogosławi i chroni.

ROZDZIAŁ 23

Pan Kmicic, chcąc się przedostać od Warszawy ku Prusom Książęcym i Litwie, rzeczywiście niełatwe miał zaraz w początkach zadanie, bo nie dalej jak w Serocku stała wielka potęga szwedzka. Karol Gustaw kazał jej swego czasu umyślnie tam stanąć, aby przeszkadzała oblężeniu Warszawy, lecz ponieważ Warszawa była już wzięta, przeto armia ta nie miała tymczasem nic lepszego do roboty, jak nie puszczać oddziałów, które Jan Kazimierz chciałby na Litwę lub do Prus posłać. Stał na jej czele Duglas, biegły wojownik, wyćwiczony jak żaden ze szwedzkich jenerałów w dorywczej wojnie, i dwóch zdrajców polskich, Radziejowski i Radziwiłł. Było z nimi dwa tysiące wybornej piechoty, a drugie tyle jazdy i artylerii. Wodzowie zasłyszawszy o ekspedycji Kmicica, gdy i tak trzeba im było zbliżyć się ku Litwie dla ratowania na nowo obleganego przez Mazurów i Podlasian Tykocina, rozciągnęli szeroko na pana Andrzeja sieci w trójkącie nad Bugiem, między Serockiem z jednej, Złotoryją z drugiej strony i Ostrołęką na szczycie.

Kmicic zaś musiał przez ów trójkąt przechodzić, bo spieszył się, a tamtędy była mu droga najbliższa. Wcześnie też pomiarkował się, że jest w sieci, ale że przywykł do tego sposobu wojowania, więc się nie zrażał. Liczył na to, że sieć ta zbyt jest rozciągnięta, i dlatego oka w niej tak szerokie, iż się w razie potrzeby przedostać przez nie zdoła. Co więcej: jakkolwiek polowano na niego pilnie, on nie tylko kluczył, nie tylko się wymykał, ale i sam polował. Naprzód przeszedł Bug za Serockiem, dotarł brzegiem rzeki do Wyszkowa, w Brańszczyku zniósł ze szczętem trzysta koni wysłanych na podjazd, tak, iż, jak książę pisał, ni zwiastun klęski nie został. Sam Duglas nacisnął go w Długosiodle, lecz on rozbiwszy jazdę przedostał się poza nią i zamiast umykać co duchu, szedł im na oczach aż do Narwi, którą wpław przebył. Duglas został nad jej brzegiem czekając na promy, ale nim je sprowadzono, Kmicic głuchą nocą wrócił się znów przez rzekę i uderzywszy na przednie straże szwedzkie, wzniecił popłoch i zamieszanie w całej Duglasowej dywizji.

Zdumiał się tym postępkiem stary jenerał, lecz nazajutrz zdumienie jego jeszcze było większe, gdy dowiedział się, íż Kmicic obszedł armie i wróciwszy na miejsce, z którego ruszono go jak zwierza, zagarnął w Brańszczyku podążające za wojskiem wozy szwedzkie wraz z łupami i kasą, wyciąwszy przy tym pięćdziesiąt piechoty konwoju.

Upływały czasem całe dnie, że Szwedzi widzieli jego Tatarów gołym okiem na krańcu widnokręgu, a dosięgnąć ich nie mogli. Za to pan Andrzej co chwila coś urywał. Żołnierz szwedzki nużył się, a polskie chorągwie, które trzymały się jeszcze przy Radziejowskim, lubo z dysydentów złożone, służyły nieszczerze. Natomiast ludność wysługiwała się z zapałem głośnemu partyzantowi. Wiedział o każdym ruchu, o najmniejszym podjeździe, o każdym wozie, który wyruszał naprzód lub pozostawał w tyle. Częstokroć zdawało się, że igra ze Szwedami, ale były to igraszki tygrysie. Jeńców nie żywił, kazał ich wieszać Tatarom, gdyż tak samo zresztą czynili w całej Rzeczypospolitej Szwedzi. Chwilami, rzekłbyś, napadała go wściekłość niepohamowana, bo ze ślepym zuchwalstwem rzucał się na przeważne siły.

- Wariat dowodzi tym oddziałem - mówił o nim Duglas.

- Albo wściekły pies! - odpowiedział Radziejowski.

Bogusław był zdania, że jedno i drugie, ale podszyte znamienitym żołnierzem. Z chlubą też opowiadał jenerałom, że tego kawalera po dwakroć własną ręką zwalił na ziemię.

Jakoż na niego najzacieklej następował pan Babinicz. Szukał go widocznie; sam ścigany, ścigał.

Duglas odgadł, że musi być w tym jakaś prywatna nienawiść.

Książę nie zapierał, chociaż objaśnień żadnych nie dawał. Płacił też Babiniczowi równą monetą, bo idąc za przykładem Chowańskiego wyznaczył cenę na jego głowę, a gdy to nie pomogło, zamyślił skorzystać z jego ku sobie nienawiści i właśnie przez nią w potrzask go wprowadzić.

- Wstyd nam już porać się tak długo z tym rozbójnikiem - rzekł do Duglasa i Radziejowskiego - kręci się on koło nas jak wilk koło owczarni i spomiędzy palców wymyka. Pójdę mu tedy z niewielkim oddziałem na przynętę, a gdy na mnie uderzy, póty go na sobie zatrzymam, dopóki wasze dostojności nie nadciągniecie; wówczas nie wypuścim raka z kobieli.

Duglas, któremu gonitwa dawno się już uprzykrzyła, mały tylko stawiał opór twierdząc, że nie może i nie powinien życia tak wielkiego dostojnika i krewnego królów dla schwytania jednego grasanta azardować. Lecz gdy książę nalegał, zgodził się.

Ułożono, że książę pójdzie z oddziałem pięciuset jeźdźców, ale każdemu rajtarowi wsadzi za plecy piechura z muszkietem. Fortel ten miał posłużyć do wprowadzenia w błąd Babinicza.

- Nie wytrzyma on, gdy usłyszy o pięciuset tylko rajtarach, i uderzy niezawodnie - mówił książę - tymczasem, gdy mu piechota w oczy plunie, rozproszą się jego Tatarzy jak piasek... i sam polegnie lub żywcem go dostaniem...

Plan ów przeprowadzono szybko i z wielką dokładnością. Naprzód puszczano przez dwa dni wieści, iż podjazd z pięciuset koni ma być pod Bogusławem wysłany. Jenerałowie liczyli na pewno, że miejscowa ludność uwiadomi o tym Babinicza. Jakoż tak się stało.

Książę ruszył głęboką i ciemną nocą ku Wąsowu i Jelonce, przeszedł w Czerewinie rzekę i zostawiwszy jazdę w gołym polu, zasadził piechotę w pobliskich zagajnikach, aby niespodzianie wychylić się mogła. Tymczasem Duglas miał się posuwać brzegiem Narwi udając, że idzie ku Ostrołęce. Radziejowski zaś zachodzić miał z lżejszymi chorągwiami jazdy od Księżopola.

Wszyscy trzej wodzowie nie wiedzieli dobrze, gdzie w tej chwili jest

Babinicz, bo od chłopów niepodobna się było dowiedzieć, rajtarowie zaś nie umieli chwytać Tatarów. Przypuszczał jednak Duglas, że główna siła Babiniczowa stoi w Śniadowie, i chciał ją otoczyć tak, aby jeśli Babinicz ruszy na księcia Bogusława, zajść mu od granicy litewskiej i przeciąć odwrót.

Wszystko zdało się sprzyjać szwedzkim zamiarom. Kmicic istotnie był w Śniadowie i zaledwie doszła go wiadomość o Bogusławowym podjeździe, zapadł natychmiast w lasy, aby niespodzianie wynurzyć się z nich pod Czerewinem.

Duglas, zawróciwszy od Narwi, trafił po kilku dniach na ślady tatarskiego pochodu i szedł tym samym szlakiem, zatem już z tyłu za Babiniczem. Upał mordował straszliwie konie i ludzi poprzybieranych w żelazne blachy, lecz jenerał szedł naprzód, nie zważając na te przeszkody, pewien już zupełnie, że zajdzie Babiniczową watahę niespodzianie i w chwili bitwy.

Na koniec po dwóch dniach pochodu dotarł tak blisko Czerewina, że dymy chałup widać było. Wówczas stanął i poobsadzawszy wszystkie przejścia, najmniejsze ścieżki, czekał.

Niektórzy oficerowie chcieli iść na ochotnika i zaraz uderzać, lecz on wstrzymał ich mówiąc:

- Babinicz, po uderzeniu na księcia, gdy pozna, że nie z samą jazdą, ale i z piechotą ma do czynienia, cofać się musi... A może wracać tylko dawnym szlakiem, wówczas zaś wpadnie nam jakby w otwarte ramiona.

Jakoż pozostawało tylko nadstawiać ucha, rychłoli odezwą się wycia tatarskie i pierwsze strzały muszkietów.

Tymczasem upłynął jeden dzień i w lasach czerewińskich cicho było, jak gdyby nigdy nie postała w nich noga żołnierska.

Duglas począł się niecierpliwić i pod noc wysłał maleńki podjazd ku polom, przykazawszy mu największą ostrożność.

Podjazd wrócił głęboką nocą, nic nie widziawszy i niczego nie sprawdziwszy. Świtaniem ruszył sam Duglas z całą siłą naprzód.

Po kilku godzinach drogi dotarł do miejsca, na którym pełno było śladów żołnierskiego postoju. Znaleziono resztki sucharów, potłuczone szkło, kawałki ubioru i pas z ładunkami, jakich używali piechurowie szwedzcy; niewątpliwie więc stała w tym miejscu Bogusławowa piechota, lecz nigdzie nie było jej widać. Dalej, na mokrej łące, przednia straż Duglasowa spostrzegła mnóstwo wycisków ciężkich rajtarskich koni, na brzegu zaś ślady tatarskich bachmatów; jeszcze dalej leżało padło jednego konia, z którego wilcy świeżo wyciągnęli wnętrzności. O staję stamtąd znaleziono strzałę tatarską bez grotu, ale z całkowitą brzechwą i bełtem. Widocznie Bogusław cofał się, a Babinicz szedł za nim.

Duglas zrozumiał, że musiało zajść coś niezwykłego.

Lecz co? Na to nie było odpowiedzi. Duglas zamyślił się. Nagle zadumę przerwał mu oficer z przedniej straży.

- Wasza dostojność! - rzekł. - Przez zarośla widać o staję kilku ludzi w kupie. Nie ruszają się, jakby wartownicy. Wstrzymałem straż, by waszej dostojności o tym donieść.

- Jezdni czy piesi? - spytał Duglas.

- Piesi, jest ich czterech czy pięciu w kupie, dobrze policzyć nie można, bo gałęzie zasłaniają. Ale migają się żółto, jakby nasi muszkietnicy.

Duglas ścisnął kolanami konia, szybko popędził do pierwszej straży i ruszył z nią naprzód. Przez rzednące zarośla w dalszym głębokim lesie widać było grupę żołnierzy zupełnie nieruchomą, stojącą pod drzewem.

- Nasi, nasi! - rzekł Duglas. - Książę musi być w pobliżu.

- Dziw! - ozwał się po chwili oficer - stoją na warcie i żaden się nie ozwie, choć hałaśliwie idziemy.

Wtem zarośla skończyły się i odsłonił się las niepodszyty. Wówczas nadjeżdżający ujrzeli czterech ludzi stojących w kupie, tuż jeden obok drugiego, jakby patrzyli czegoś w ziemię. Od głowy podnosiło się każdemu czarne pasmo prosto ku górze.

- Wasza dostojność! - rzekł nagle oficer - ci ludzie wiszą!

- Tak jest! - odpowiedział Duglas.

I przyśpieszywszy kroku stanęli za chwilę tuż koło trupów. Czterech piechurów wisiało na pętlach razem, jak kupa drozdów, z nogami ledwie na cal wyniesionymi nad ziemię, bo na niskiej gałęzi.

Duglas popatrzył na nich dość obojętnie, po czym rzekł jakby do samego siebie:

- To wiemy, że i książę, i Babinicz tędy przechodzili.

I zamyślił się znowu, bo sam dobrze nie wiedział, czyli ma iść dalej tym leśnym szlakiem, czy się przebrać na wielki gościniec ostrołęcki.

Tymczasem w pół godziny później odkryto znów dwa trupy. Widocznie byli to maruderowie lub chorzy, których babiniczowscy Tatarzy schwytali postępując za księciem.

Lecz czemu książę się cofał?

Duglas znał go zbyt dobrze, co jest zarówno jego odwagę, jak doświadczenie wojenne, ażeby chociaż na chwilę przypuścił, że książę nie miał dostatecznych przyczyn. Musiało tam coś zajść koniecznie.

Na drugi dzień dopiero sprawa się wyjaśniła. Mianowicie przyjechał z podjazdem w trzydzieści koni pan Bies Kornia od księcia Bogusława z doniesieniem, iż król Jan Kazimierz wyprawił za Bug przeciw Duglasowi pana hetmana polnego Gosiewskiego w sześć tysięcy litewskich i tatarskich koni.

- Dowiedzieliśmy się o tym - mówił pan Bies - zanim Babinicz nadciągnął, bo szedł bardzo ostrożnie i często przypadał, zatem marudnie. Pan Gosiewski jest w czterech lub pięciu milach. Książę, powziąwszy wiadomość, cofać się spiesznie musiał, aby się z panem Radziejowskim połączyć, który łatwo mógł być zniesion. Ale szybko idąc połączyliśmy się szczęśliwie. Zaraz też książę podjazdy ordynował po kilkanaście koni we wszystkie strony z doniesieniem do waszej dostojności. Siła ich wpadnie w

tatarskie albo chłopskie ręce, ale w takiej wojnie nie może inaczej być.
- Gdzie są książę i pan Radziejowski?
- W dwóch milach stąd, u brzegu.
- Książę całąli siłę wyprowadził?
- Piechotę zostawić m usiał, która się przebiera co najgęstszym i lasami, by się od Tatarów uchronić.
- Taka jazda, jak tatarska, by i największymi gąszczami iść umie. Nie spodziewam się już ujrzeć tej piechoty. Ale niczyjej w tym winy nie ma i książę postąpił jako wódz doświadczony.
- Książę rzucił jeden znaczniejszy podjazd ku Ostrołęce, aby pana podskarbiego litewskiego w błąd. wprowadzić. Ruszą oni tam nie mieszkając, w tej myśli, że całe nasze wojsko na Ostrołękę poszło.
- To dobrze! - rzekł ucieszony Duglas. - Damy panu podskarbiemu rady.
I nie tracąc chwili nakazał pochód, aby się z księciem Bogusławem i Radziejowskim połączyć. Nastąpiło to tego samego dnia ku wielkiej uciesze, zwłaszcza pana Radziejowskiego, który niewoli gorzej od samej śmierci się obawiał, wiedział bowiem, że jako zdrajca i sprawca wszystkich nieszczęść Rzeczypospolitej srodze odpowiadać by musiał.

Teraz wszelako, po połączeniu się z Duglasem, armia szwedzka wynosiła przeszło cztery tysiące ludzi, zatem mogła stawić skuteczny opór siłom pana hetmana polnego. Miał on wprawdzie sześć tysięcy jazdy, lecz Tatarzy prócz Babiniczowych, bardzo wyćwiczonych, użyci być we wstępnym boju nie mogli, a i sam pan Gosiewski, lubo wojownik biegły i uczony, nie umiał śladem Czarnieckiego natchnąć ludzi takim zapałem, przeciw któremu nic ostać się nie zdołało.

Duglas jednak w głowę zachodził, w jakim celu Jan Kazimierz mógł wysłać hetmana polnego za Bug. Król szwedzki wraz z elektorem szedł na Warszawę, walna bitwa musiała więc tam prędzej, później nastąpić. A lubo Kazimierz stał już na czele potęgi liczebnie od Szwedów i Brandenburczyków większej, jednakże sześć tysięcy bitnego ludu stanowiło zbyt wielki zasiłek, aby się król polski miał go dobrowolnie pozbawiać.

Prawda, że i pan Gosiewski wyrwał Babinicza z toni, ale przecie na ratunek Babinicza nie potrzebował król całej dywizji wysyłać. Był zatem w tej wyprawie jakiś cel ukryty, którego jenerał szwedzki, mimo całej przenikliwości odgadnąć nie umiał.

W liście króla szwedzkiego, nadesłanym w tydzień później, znać było wielki niepokój i jakoby przerażenie z powodu tej ekspedycji, ale kilka słów wyjaśniało jej przyczyny. Wedle zdania Karola Gustawa pan hetman nie po to był posłany, by na Duglasową armię uderzać, ni by iść na Litwę, tamtejsze powstanie wspomagać, bo tam i tak Szwedzi już nastarczyć nie mogli, ale po to, żeby Prusom Książęcym, mianowicie wschodniej ich części, całkowicie wojsk pozbawionej, zagrozić.

"Obliczono na to - pisał król - by elektora w wierności dla malborskiego traktatu i dla nas zachwiać, co łatwo może się stać, gdyż on z Chrystusem przeciw diabłu i z diabłem przeciw Chrystusowi jednocześnie wejść w sojusz gotowy, aby od obydwu skorzystać."

List kończył się poleceniem, aby Duglas starał się wszelkimi siłami pana hetmana do Prus nie dopuścić, który jeśli w ciągu kilku tygodni wkroczyć tam nie zdoła, niechybnie pod Warszawę wracać musi.

Duglas uznał, że zadanie, jakie nań włożono, wcale sił jego nie przechodzi. Jeszcze niedawno stawiał on z pewnym powodzeniem czoło samemu Czarnieckiemu, dlatego Gosiewski nie był mu straszny. Nie spodziewał się wprawdzie znieść jego dywizji, ale był pewien, że potrafi ją osadzić i wszelkie jej ruchy zahamować.

Jakoż od tej chwili poczęły się bardzo sztuczne podchody obu armii, które unikając wzajemnie walnej bitwy, starały się obejść jedna drugą. Obaj wodzowie godnie współzawodniczyli ze sobą, jednakże doświadczony Duglas o tyle był górą, że wyżej jak do Ostrołęki pana hetmana polnego nie puścił.

Zaś ocalony od Bogusławowego podejścia pan Babinicz wcale się także z połączeniem z litewską dywizją nie spieszył, albowiem z wielką gorliwością zajął się ową piechotą, którą Bogusław w spiesznym swym pochodzie ku Radziejowskiemu musiał po drodze zostawić. Tatarzy jego, prowadzeni przez miejscowych leśników, szli za nią dzień i noc, łuszcząc co chwila nieostrożnych lub tych, którzy pozostawali w tyle. Brak żywności zmusił na koniec Szwedów do podzielenia się na małe oddziały, które łatwiej o spyżę starać się mogły, ale tego tylko czekał pan Babinicz.

Podzieliwszy swą watahę na trzy komendy, pod dowództwem własnym, Akbah-Ułana i Soroki, w kilka dni wygniótł większą część owych piechurów. Była to jakby nieustająca obława na ludzi po gąszczach leśnych, łozach i trzcinach, pełna hałasu, wrzasków, nawoływań, strzałów i śmierci.

Szeroko rozsławiła ona imię Babinicza między Mazurami. Watahy zebrały się i połączyły z panem Gosiewskim dopiero pod samą Ostrołęką, kiedy pan hetman polny, którego wyprawa była tylko demonstracją, odebrał już rozkaz królewski ciągnienia z powrotem pod Warszawę. Krótko tylko mógł pan Babinicz cieszyć się znajomymi, mianowicie panem Zagłobą i Wołodyjowskim, którzy na czele laudańskiej chorągwi towarzyszyli hetmanowi. Witali się jednak bardzo serdecznie, bo już była wielka przyjaźń i zażyłość pomiędzy nimi. Obu młodym pułkownikom markotno było wielce, że nie mogli tym razem nic wskórać przeciw Bogusławowi, ale pan Zagłoba pocieszał ich dolewając im gęsto do szklenic i tak mówiąc:

- Nic to! Już moja głowa od maja pracuje nad fortelami, a nigdy jeszcze na darmo jej nie łamałem. Mam kilka gotowych, bardzo przednich, jeno do aplikowania już czasu nie ma, chyba pod Warszawą, dokąd wszyscy ruszymy.

- Ja muszę do Prus! - odparł Babinicz - i pod Warszawą nie będę.

- Zali się do Prus dostać zdołasz? - spytał Wołodyjowski.

- Jak Bóg na niebie, tak się przemknę, i to święcie wam przyrzekam, że bigosu narobię niepośledniego, bo już ci powiem moim Tatarom: "Hulaj dusza!" Radzi by oni i tu nożami po gardłach ludziom przeciągać, alem im zapowiedział, że za każdy gwałt powróz! Za to w Prusiech i własnej ochocie pofolguję. Zaś bym nie miał się przemknąć! Wyście nie mogli, ale to inna rzecz, bo łatwiej większej sile drogę zagrodzić niźli takiej wataże, jako jest moja, z którą ukryć się łatwo. Nieraz ja już w trzcinach siedział, a Duglasowi przechodzili tuż, tuż, ani o tym wiedząc. Duglas też pójdzie pewnie za wami i mnie tu pole wolne odsłoni.

- Aleś go też, słyszę, zmachał! - rzekł z zadowoleniem Wołodyjowski.

- Ha, szelma! - dodał pan Zagłoba. - Co dzień musiał koszulę brać, tak się pocił. Jużeś waćpan i Chowańskiego sprawniej nie podchodził, i to ci muszę przyznać, że sam bym lepiej nie potrafił, gdybym się na waćpanowym miejscu znajdował, chociaż jeszcze pan Koniecpolski powiadał, że do podjazdowej wojny nie masz nad Zagłobę.

- Widzi mi się - rzekł do Kmicica Wołodyjowski - iż jeśli Duglas wróci, to Radziwiłła tu zostawi, by na cię następował.

- Daj to Bóg! Tę samą mam nadzieję - odparł żywo Kmicic. Jakbym ja zaczął jego szukać, a on mnie także, to byśmy się przecie znaleźli Trzeci raz już przeze mnie nie przejedzie, a jeśli przejedzie, to się chyba więcej nie podniosę. Twoje arkana pamiętam dobrze i wszystkie sztychy łubniańskie mam jako pacierz w pamięci. Co dzień ich też z Soroką próbuję, ażeby sobie rękę wkładać.

- Co tam fortele! - zawołał Wołodyjowski - szabla grunt!

Dotknęła nieco ta maksyma pana Zagłobę, który też zaraz odrzekł:

- Każdy wiatrak myśli, że grunt skrzydłami machać, a wiesz, Michałku, czemu? Bo ma plewy pod dachem, alias w głowie. Sztuka wojenna także na fortelach polega, inaczej Roch mógłby być hetmanem wielkim, a ty polnym.

- A co pan Kowalski porabia? - spytał Kmicic.

- Pan Kowalski? Już żelazny hełm na głowie nosi i słusznie, bo kapusta z sagana najlepsza. Obłowił się okrutnie w Warszawie, zdobył się na poczet zacny i poszedł do husarzów, do kniazia Połubińskiego, a wszystko dlatego, żeby móc kopią się do Carolusa złożyć. Przychodzi do nas co dzień pod namiot i ślipiami łypie, czyli szyja od gąsiora ze słomy nie wygląda. Nie mogę tego chłopca od pijaństwa odzwyczaić. Na nic dobry przykład! Alem mu prorokował, że mu na złe wyjdzie to chorągwi laudańskiej opuszczenie. Szelma! niewdzięcznik! za tyle dobrodziejstw, którem mu wyświadczył, opuścił mnie, taki syn, dla kopii!

- Waćpan żeś jego chował?

- Mój mosanie! nie czyńże mnie niedźwiednikiem. Panu Sapieże, któren mnie o to pytał, powiedziałem, że jednego z Rochem mieli praeceptora, ale nie mnie, bo ja za młodych lat byłem bednarzem, i klepki umiałem dobrze wstawiać.

- Naprzód, tego byś waćpan panu Sapieże nie śmiał powiedziećodpowiedział Wołodyjowski - a po wtóre, niby mruczysz na Kowalskiego, a miłujesz go jako źrenicę oka.

- Wolę go od ciebie, panie Michale, gdyż chrabąszczów nigdy znosić nie mogłem ani kochliwych mydłków, którzy na widok pierwszej lepszej niewiasty koziołki zaczynają zaraz przewracać jako niemieckie muce.

- Albo jako te małpy u Kazanowskich, z którymi waćpan wojował!

- Śmiejcie się, śmiejcie, będziecie drugi raz sami Warszawę zdobywali!

- Toś to niby waćpan ją zdobył?

- A kto Krakowską Bramę expugnavit? Kto niewolę dla jenerałów obmyślił? Siedzą teraz na chlebie i wodzie w Zamościu, a co Wittenberg spojrzy na Wrangla, to powiada: "Zagłoba nas tu wsadził!" - i oba w płacz. Żeby pan Sapieha nie był chory i żeby tu był obecny, powiedziałby wam, kto szwedzkiego kleszcza z warszawskiej skóry najpierwszy wyciągnął.

- Dla Boga! - rzekł Kmicic - uczyńcie że to dla mnie i przyślijcie mi wiadomość o onej bitwie, na którą się pod Warszawą zbiera. Dnie i noce będę na palcach liczył i spokoju nie zaznam, póki się czego pewnego nie dowiem.

Zagłoba przyłożył palec do czoła.

- Posłuchajcie mojej polityki - rzekł - bo co powiem, to się tak pewno spełni... jako i to jest pewne, że ta szklenica stoi przede mną... Czy nie stoi? co?

- Stoi, stoi! Mów waść!

- Tę bitwę walną albo przegramy, albo wygramy...

- To każdy wie! - wtrącił Wołodyjowski.

- Milczałbyś, panie Michale, i uczył się. Suponując, że tę bitwę przegramy, wiesz, co dalej będzie?... Widzisz! nie wiesz, bo już swymi szydełkami pod nosem, jak zając, ruszasz... Otóż ja mówię wam, że nic nie będzie...

Kmicic, który był bardzo żywy, zerwał się, stuknął szklanką o stół i zawołał:

- Marudzisz waść!

- Mówię, że nic nie będzie! - odparł Zagłoba. - Młodziście, to tego nie rozumiecie, że jako teraz rzeczy stoją, nasz król, nasza miła ojczyzna, nasze wojska mogą pięćdziesiąt bitew jedna po drugiej przegrać... i po staremu wojna pójdzie dalej, szlachta będzie się zbierała, z nią i wszystkie podlejsze stany... I nie uda się raz, to uda się drugi, dopóki moc nieprzyjacielska nie stopnieje. Ale jak Szwedzi jedną batalię większą przegrają, to ich diabli bez ratunku wezmą, a elektora z nimi w dodatku.

Tu ożywił się Zagłoba, wychylił szklankę, palnął nią o stół i mówił dalej:

- Słuchajcie, bo tego z lada gęby nie usłyszycie, bo nie każdy umie patrzyć generalnie. Niejeden myśli: co tu nas jeszcze czeka? ile bitew, ile klęsk, o które, wojując z Carolusem, nietrudno... ile łez? ile krwi wylanej? Ile ciężkich paroksyzmów?... I niejeden wątpi, i niejeden przeciw miłosierdziu bożemu i Matce Najświętszej bluźni... A ja wam powiadam tak: Wiecie, co nieprzyjaciół onych wandalskich czeka? - zguba; wiecie, co nas czeka? -

zwycięstwo! Pobiją nas jeszcze sto razy... dobrze... ale my pobijemy sto pierwszy, i będzie koniec.

Rzekłszy to pan Zagłoba przymknął na chwilę oczy, lecz zaraz je otworzył, spojrzał błyszczącymi źrenicami przed siebie i nagle zakrzyknął całą siłą piersi:

- Zwycięstwo! zwycięstwo!

Kmicic aż zaczerwienił się z radości.

- Dalibóg, ma rację! dalibóg, słusznie mówi! Nie może inaczej być! Musi taki przyjść koniec!

- Już to trzeba waści przyznać, że ci tu nie brakuje - rzekł Wołodyjowski palnąwszy się w głowę. - Rzeczpospolitę można zająć, ale dosiedzieć w niej nie lża... i tak w końcu trzeba się będzie wynieść.

- Ha! co? nie brakuje! - rzekł uradowany z pochwały Zagłoba. - Kiedy tak, to wam jeszcze będę prorokował. Bóg przy sprawiedliwych! Waćpan (tu zwrócił się do Kmicica) zdrajcę Radziwiłła pokonasz, do Taurogów pójdziesz, dziewczynę odbierzesz, za żonę ją pojmiesz, potomstwo wychowasz... Niech pypcia na języku dostanę, jeżeli tak nie będzie, jakom rzekł... Dla Boga! tylko nie uduś!

Słusznie zastrzegł się pan Zagłoba, bo pan Kmicic porwał go w swoje ramiona, podniósł w górę i tak ściskać począł, że aż oczy staremu wyszły na wierzch, ledwie zaś stanął na własnych nogach, ledwie odsapnął, już pan Wołodyjowski rozochocony wielce chwycił go za rękę.

- Moja kolej! Mów waćpan, co mnie czeka?

- Boże ci błogosław, panie Michale!... Wywiedzie ci twoja misterna dzierlatka całe stadko... nie bój się. Uf!

- Vivat! - krzyknął Wołodyjowski.

- Ale pierwej ze Szwedami koniec uczynim! - dodał Zagłoba.

- Uczynim! uczynim! - zawołali trzaskając szablami młodzi pułkownicy.

- Vivat! zwycięstwo!

ROZDZIAŁ 24

W tydzień później przedostał się pan Kmicic w granice Prus elektorskich pod Rajgrodem. Przyszło mu to dość łatwo, gdyż przed samym odejściem pana hetmana polnego zapadł w lasy tak skrycie, iż Duglas był pewien, że i jego wataha pociągnęła razem z całą dywizją tatarsko-litewską pod Warszawę, i małe tylko załogi po zameczkach do obrony tych stron zostawił.

Duglas odszedł także w ślad za Gosiewskim, z nim i Radziejowski, i Radziwiłł.

Kmicic dowiedział się o tym jeszcze przed przejściem granicy i zgryzł się srodze, że nie będzie się mógł oko w oko ze swym śmiertelnym wrogiem spotkać i że kara może Bogusława dojść z innych rąk, mianowicie z rąk pana Wołodyjowskiego, który także przeciw niemu ślubował.

Za czym, nie mogąc wywrzeć zemsty za krzywdy Rzeczypospolitej i swoje na osobie zdrajcy, wywarł ją w straszliwy sposób na posiadłościach elektorskich.

Tej samej nocy jeszcze, w której Tatarzy minęli słup graniczny, niebo zaczerwieniło się łunami, rozległy się wrzaski i płacz ludzi deptanych stopą wojny. Kto polską mową o litość umiał prosić, ten z rozkazu wodza był oszczędzany, ale natomiast niemieckie osady, kolonie, wsie i miasteczka zmieniały się w rzekę ognia, a przerażony mieszkaniec szedł pod nóż.

I nie tak prędko oliwa rozlewa się po morzu, gdy ją żeglarze dla uspokojenia fal wyleją, jak rozlał się ów czambuł Tatarów i wolentarzy po spokojnych i ubezpieczonych dotąd stronach. Zdawało się, iż każdy Tatar umiał się dwoić i troić, być naraz w kilku miejscach, palić, ścinać. Nie oszczędzano nawet łanów zbożowych, nawet drzew w sadach.

Tyle przecież czasu trzymał pan Kmicic na smyczy swych Tatarów, że wreszcie, gdy ich puścił na kształt stada drapieżnych ptaków, prawie zapamiętali się wśród rzezi i zniszczenia. Jeden przesadzał się nad drugiego, a że jasyru brać nie mogli, więc pławili się od rana do wieczora we krwi ludzkiej.

Sam pan Kmicic, mając w sercu niemało dzikości, dał jej folgę zupełną i choć własnych rąk we krwi bezbronnych nie walał, przecie patrzył z zadowoleniem na płynącą. Na duszy zasię był spokojny i sumienie nic mu nie wyrzucało, bo była to krew niepolska i w dodatku heretycka, więc nawet sądził, że miłą rzecz Bogu, a zwłaszcza świętym Pańskim czyni.

Przecie elektor, lennik, zatem sługa Rzeczypospolitej z dobrodziejstw jej żyjący, pierwszy podniósł świętokradzką rękę na swą królową i panią, więc należała mu się kara, więc pan Kmicic był tylko narzędziem gniewu bożego.

Dlatego co wieczora spokojnie odmawiał różaniec przy blasku płonących osad niemieckich, a gdy krzyki mordowanych zmyliły mu rachunek, tedy zaczynał od początku, aby duszy grzechem niedbalstwa w służbie bożej nie obciążyć.

Nie same jednak okrutne uczucia w sercu hodował, bo oprócz pobożności ożywiały je różne wzruszenia związane pamięcią z dawnymi laty. Często więc przychodziły mu na myśl owe czasy, w których Chowańskiego z tak wielką sławą podchodził, i dawni kompanionowie stawali mu jakby żywi przed oczyma: Kokosiński, olbrzymi Kulwiec-Hippocentaurus, raby Ranicki z senatorską krwią w żyłach, Uhlik, na czekaniku grywający, Rekuć, na którym krew ludzka nie ciężyła, i Zend, ptactwo i wszelkiego zwierza biegle naśladujący.

- Wszyscy oni, prócz może jednego Rekucia, w piekle skwierczą, a ot! użyliby teraz, ot, by się we krwi ubabrali, grzechu na duszę nie ściągając i z pożytkiem dla Rzeczypospolitej!:..

Tu wzdychał pan Andrzej na myśl, jak zgubną rzeczą jest swawola, skoro w zaraniu młodości drogę do pięknych uczynków na wieki wieków zamyka. Lecz najwięcej wzdychał do Oleńki. Im bardziej zapuszczał się w granice pruskie, tym srożej paliły go rany serca, jakby owe pożary, które rozniecał i dawną miłość zarazem podsycały. Co dzień też prawie mówił w swym sercu do dziewczyny:

"Gołąbku najmilszy, możeś tam już o mnie zapomniał, a jeżeli wspomnisz, to jeno niechęć ci serce zaleje, ja zaś, daleki czy bliski, w nocy i we dnie, w pracy dla ojczyzny i trudzie, o tobie ciągle myślę i dusza leci ku tobie przez bory i wody, jak zmęczony ptak, aby zaś u nóg twoich się położyć. Rzeczypospolitej i tobie jednej oddałbym wszystką krew moją, ale gorze mi, jeśli w sercu na wieki banitem mnie ogłosisz!"

Tak rozmyślając szedł coraz wyżej ku północy pasem granicznym, palił i ścinał, nikogo nie żywił. Tęsknota dławiła go okrutna. Chciałby jutro być w Taurogach, a tymczasem droga była jeszcze tak daleka i tak trudna, bo wreszcie poczęto bić we wszystkie dzwony w całej prowincji pruskiej.

Kto żyw, chwytał za broń, by dać opór strasznym niszczycielom; sprowadzano prezydia nawet z bardzo odległych miast, formowano pułki nawet z pachołków miejskich, i wkrótce wszędy mogło stanąć ze dwudziestu chłopa przeciw jednemu Tatarowi.

Kmicic rzucał się na owe komendy jak piorun, gromił, rozpraszał, wieszał, wywijał się, krył i znów wypływał na fali ognia, ale jednak nie mógł już iść tak szybko jako wprzódy. Nieraz trzeba było tatarskim sposobem zapadać i taić się całymi tygodniami w gąszczu lub trzcinach nad brzegami jezior. Ludność wsypywała się coraz gęściej, jakby na wilka, a on kąsał też jak wilk, co jednym uderzeniem kłów śmierć zadaje, i nie tylko się bronił, ale zaczepnej wojny nie zaniechał.

Miłując pracę rzetelną, czasem, mimo pościgu, tak długo nie ruszał się z jakiejś okolicy, póki jej mieczem i ogniem na kilka mil nie zniszczył. Nazwisko jego dostało się, nie wiadomo jakim sposobem, do ust ludzkich i grzmiało, okryte zgrozą i przerażeniem, aż do brzegów Bałtyku.

Mógł wprawdzie pan Babinicz wejść na powrót w granice Rzeczypospolitej i mimo komend szwedzkich spieszniej ruszyć do Taurogów, ale nie chciał tego uczynić, bo pragnął nie sobie tylko, lecz Rzeczypospolitej służyć.

Tymczasem przyszły wieści, które miejscowym mieszkańcom dodały ducha do obrony i zemsty, a srogą żałością przejęły serce pana Babinicza. Gruchnęło o wielkiej bitwie pod Warszawą, którą król polski miał przegrać.

"Karol Gustaw i elektor pobili wszystkie wojska Kazimierzowe" - powtarzano sobie w Prusach z radością. "Warszawa znów wzięta! największa to w całej wojnie wiktoria i teraz będzie już koniec Rzeczypospolitej!"

Wszyscy ludzie, których zagarniali i kładli na węgle dla zeznań Tatarzy, powtarzali to samo; były i przesadne wieści, jako zwykle w czasach wojennych a niepewnych. Wedle tych wieści wojska były doszczętnie zniesione, hetmani polegli, a Jan Kazimierz dostał się do niewoli.

Więc wszystko się skończyło? więc owa powstająca i zwycięska Rzeczpospolita była tylko czczym mamidłem? Tyle potęgi, tyle wojsk, tylu wielkich ludzi i znamienitych wojowników: hetmani, król, pan Czarniecki ze swoją niezwyciężoną dywizją, pan marszałek koronny, inni panowie ze swymi pocztami, wszystko przepadło, wszystko jak dym się rozwiało? I nie masz już innych obrońców tego nieszczęsnego kraju, prócz luźnych partyj powstańczych, które zapewne na wieść o klęsce jak tuman się rozwieją?!

Pan Kmicic włosy z czupryny darł i ręce łamał, chwytał wilgotną ziemię garściami i do płonącej głowy przyciskał.

- Polegnę i ja! - mówił sobie - ale wprzód ziemia ta krwią spłynie!

I począł wojować jak desperat; nie ukrywał się już więcej, nie zapadał po lasach i trzcinach, śmierci szukał, rzucał się jak szalony na siły trzykroć większe i roznosił je w puch na szablach i kopytach. W Tatarach jego zamarły wszystkie resztki uczuć ludzkich i zmienili się w stado dzikich zwierząt. Drapieżny, ale niezbyt przydatny do walki w otwartym polu lud, nie utraciwszy nic ze swej zdolności do zasadzek i podstępów, przez ciągłą wprawę, przez ciągłe walki wyćwiczył się tak, że najpierwszej w świecie jeździe mógł pierś w pierś dotrzymać pola i roznosić czworoboki nawet szwedzkiej dalekarlijskiej gwardii. W zapasach ze zbrojną chasą pruską stu tych Tatarów rozbijało z łatwością dwieście i trzysta tęgich, zbrojnych w muszkiety i włócznie pachołków.

Kmicic oduczył ich obciążania się łupem, brali tylko pieniądze, a mianowicie złoto, które zaszywali w kulbaki. Toteż, gdy który poległ, pozostali bili się z wściekłością o jego konia i siodło. Bogacąc się w ten sposób, nie stracili nic ze swej nadludzkiej prawie lotności. Poznawszy, że pod żadnym w świecie wodzem nie mieliby żniw tak obfitych, przywiązali się do Babinicza jako psy gończe do myśliwca i z prawdziwie mahometańską uczciwością składali po bitwach w ręce Soroki i Kiemliczów lwią część łupów "bagadyrowi" przynależną.

- Ałła! - mawiał Akbah-Ułan - mało ich Bakczysaraj zobaczy, ale ci, którzy wrócą, murzami wszyscy zostaną.

Babinicz, który z dawna umiał się z wojny żywić, zebrał bogactwa potężne; natomiast śmierci, której więcej od złota szukał, nie znalazł.

Upłynął znów miesiąc na harcach i trudach wiarę ludzką przechodzących. Bachmatom, lubo jęczmieniem i pruską pszenicą pasionym, trzeba było koniecznie dać choć parę dni wypoczynku, zatem młody pułkownik, chcąc także wieści zasięgnąć i szczerby w ludziach nowymi wolentarzami zastąpić, cofnął się koło Dospady w granice Rzeczypospolitej.

Wieści wkrótce przyszły i to tak radosne, że Kmicic mało rozumu nie stracił. Okazywało się prawdą, że równie dzielny, jak niefortunny Jan Kazimierz przegrał wielką trzydniową bitwę pod Warszawą, ale z jakiejże przyczyny? Oto pospolite ruszenie w ogromnej części rozeszło się przedtem do domów, a pozostała część nie biła się już z takim animuszem jak przy wzięciu Warszawy i trzeciego dnia bitwy wszczęła popłoch.

Natomiast przez dwa pierwsze dni ważyło się zwycięstwo na stronę polską. Wojska regularne już nie w dorywczej podjazdowej wojnie, ale w wielkiej bitwie z najbardziej wyćwiczonym w Europie żołnierzem okazały taką umiejętność i wytrwałość, że samych jenerałów szwedzkich i brandenburskich ogarnęło zdumienie.

Król Jan Kazimierz nieśmiertelną sławę pozyskał. Mówiono, że okazał się być równym Karolowi Gustawowi wodzem i że gdyby wszystkie jego rozporządzenia spełnione zostały, nieprzyjaciel straciłby walną bitwę i wojna byłaby ukończona.

Kmicic miał już też wiadomości z ust naocznych świadków, natknął się bowiem na szlachtę, która służąc w pospolitakach, brała w bitwie udział. Jeden z nich opowiadał mu o świetnym uderzeniu husarii, w czasie którego sam Carolus, który mimo zaklęć jenerałów cofać się nie chciał, omal nie zginął. Wszyscy też potwierdzili, że nieprawda, jakoby wojska były zniesione lub żeby hetmani polegli. Owszem, cała potęga, prócz pospolitego ruszenia, pozostała nie naruszona i cofnęła się w dobrym ładzie w dół kraju. Na moście warszawskim, który się załamał, uroniono tylko armaty, ale "ducha przewieziono przez Wisłę". Wojsko klęło się na wszystko, że pod takim wodzem jak Jan Kazimierz pobije w następnym spotkaniu Karola Gustawa, elektora i kogo będzie trzeba, bo ta bitwa to była tylko próba, lub niepomyślna, ale dobrej otuchy na przyszłość pełna.

Kmicic zachodził w głowę, skąd pierwsze wieści mogły być tak straszne. Wytłumaczono mu, że Karol Gustaw umyślnie porozsyłał przesadzone nowiny, w rzeczy zaś nie bardzo wiedział, co czynić. Oficerowie szwedzcy, których pan Andrzej w tydzień później ułowił, potwierdzili to zdanie.

Dowiedział się też od nich, że zwłaszcza elektor żył w wielkim przerażeniu i o własnej skórze coraz bardziej poczynał myśleć, że z wojsk jego siła pod Warszawą legło, na pozostałe rzuciły się choroby tak straszne, iż gorzej bitew je niszczą. Tymczasem zaś Wielkopolanie, pragnąc za Ujście i wszystkie krzywdy zapłacić, najechali samą marchię brandenburską, paląc, ścinając, wodę a ziemię zostawując. Wedle oficerów bliską była godzina, w której elektor porzuci Szwedów, a z mocniejszym się połączy.

"Trzeba mu tedy przypiekać - pomyślał Kmicic - żeby prędzej to uczynił."

I mając konie już wypoczęte a szczerby zapełnione, znów przekroczył Dospadę i jak duch zniszczenia na osady niemieckie się rzucił.

Różne partie poszły za jego przykładem. Zastał obronę już słabszą, więc tym bardziej dokazywał. Nowiny przychodziły coraz radośniejsze, tak radosne, że wierzyć w nie było trudno.

Oto naprzód poczęto prawić, że Karol Gustaw, który po bitwie warszawskiej aż do Radomia się posunął, cofa się teraz na złamanie szyi ku Prusom Królewskim. Co się stało? czemu się cofa? - na to nie było czas jakiś odpowiedzi, aż wreszcie gruchnęło znów po Rzeczypospolitej nazwisko pana Czarnieckiego. Zbił pod Lipcem, zbił pod Strzemesznem, pod samą Rawą wyciął w pień tylną straż umykającego Karola, za czym dowiedziawszy się, iż dwa tysiące rajtarii wraca z Krakowa, napadł na nią wstępnym bojem i ani zwiastuna klęski żywcem nie puścił. Pułkownik Forgell, brat jenerała, czterech innych pułkowników, trzech majorów, trzynastu rotmistrzów i dwudziestu trzech poruczników poszło w łyka. Inni podawali liczbę podwójną, niektórzy twierdzili już w uniesieniu, że pod Warszawą nie klęskę, ale zwycięstwo odniósł Jan Kazimierz, i że jego pochód w dół kraju był tylko fortelem dla pogrążenia nieprzyjaciela.

Sam pan Kmicic tak począł myśleć, bo od pacholęcych lat przecież żołnierzem będąc, rozumiał się na wojnie, a nigdy nie słyszało takim zwycięstwie, po którym by się zwycięzcom gorzej dziać miało. A Szwedom widocznie było gorzej i właśnie od bitwy warszawskiej.

Panu Andrzejowi przypomniały się wówczas słowa Zagłoby, gdy przy ostatnim widzeniu się mówił, że wiktorie nie naprawią już szwedzkiej sprawy, zaś jedna walna przegrana może ich zgubić.

"Kanclerska to głowa! - pomyślał Kmicic - która jakoby w księdze przyszłości umie czytać."

Tu przypomniały mu się i dalsze proroctwa pana Zagłoby, jako on, Kmicic alias Babinicz, do Taurogów dojdzie, Oleńkę swoją odnajdzie, przebłaga, zaślubi i potomstwo z niej na chwałę kraju wyprowadzi. Gdy sobie to wspomniał, ogień wstąpił mu w żyły; już i chwili tracić nie chciał, jeno Prusaków i rzezi na czas zaniechać i do Taurogów lecieć.

Wtem w wilię wyjazdu przybył do niego szlachcic laudański spod chorągwi pana Wołodyjowskiego z listem od małego rycerza.

"Idziemy z panem hetmanem polnym litewskim i księciem krajczym za Bogusławem i Waldekiem - pisał pan Michał. - Połączże się z nami, bo pole do słusznej zemsty się znajdzie, a i prusactwu za opresję Rzeczypospolitej spłacić się przygodzi."

Pan Andrzej własnym oczom wierzyć nie chciał i czas jakiś posądzał szlachcica, iż chyba przez jakiego komendanta pruskiego czy szwedzkiego umyślnie był nasłany, aby go wraz z czambułem w zasadzkę wprowadzić. Miałżeby pan Gosiewski istotnie drugi raz do Prus ciągnąć? Niepodobna było nie wierzyć. Ręka była pana Wołodyjowskiego, herb pana Wołodyjowskiego, a i szlachcica sobie pan Andrzej przypomniał. Więc indagować go począł, gdzie pan Gosiewski się znajduje i dokąd dojść zamierza?

Szlachcic dość był głupkowaty. Nie jemu wiedzieć, dokąd pan hetman chce iść; wie tylko, że pan hetman z tą samą dywizją litewsko-tatarską o dwa dni drogi, a przy nim jest i chorągiew laudańska. Pożyczył jej sobie na czas pan Czarniecki, ale już z dawna odesłał, a teraz idą, gdzie pan hetman polny prowadzi.

- Mówią - kończył szlachcic - że do Prus pójdziem, i żołnierz cieszy się okrutnie... Ale zresztą nasza rzecz słuchać i bić.

Kmicic wysłuchawszy relacji nie namyślał się długo, zawrócił czambuł i poszedł wielkim pochodem ku panu hetmanowi, a po dwóch dniach, już późną nocą, padł w ramiona panu Wołodyjowskiemu, który wyściskawszy go, zaraz zakrzyknął:

- Graf Waldek i książę Bogusław są w Prostkach, szańce sypią, by się warownym obozem ubezpieczyć. Pójdziem na nich.

- Dziś? - rzekł Kmicic.

- Jutro do dnia, to jest za dwie lub za trzy godziny.

Tu padli sobie znów w objęcia.

- Tak mi coś mówi, że go Bóg wyda w ręce nasze! - zawołał wzruszony Kmicic.

- I ja tak myślę.

- Ślubowałem sobie do śmierci ten dzień pościć, w którym go spotkam.

- Protekcja boża nie zawadzi - odrzekł pan Michał. - Nie będę też czuł inwidii, jeśli tobie ten los przypadnie, bo twoja krzywda większa.

- Michale! zacniejszego od ciebie kawalera nie widziałem!

- A niechże ci się, Jędrek, przypatrzę. Sczerniałeś od wiatru do reszty; aleś się spisał. Z wielką estymą patrzyła cała dywizja na twoją robotę. Nic, jeno zgliszcza i cadavera. Żołnierz z ciebie zawołany. I samemu panu Zagłobie, gdyby tutaj był, ciężko by przyszło coś lepszego o sobie wymyślić.

- Dla Boga! a gdzie pan Zagłoba?

- Przy panu Sapieże został, bo spuchł całkiem z płaczu i z desperacji po Rochu Kowalskim...

- To pan Kowalski zginął?

Wołodyjowski zacisnął wargi.

- Wiesz, kto go zabił?

- Skąd mam wiedzieć?... Powiadaj!

- Książę Bogusław.

Kmicic zakręcił się na miejscu, jakby sztychem pchnięty, i począł z sykiem wciągać w siebie powietrze, na koniec zgrzytnął strasznie zębami i rzuciwszy się na ławę, wsparł w milczeniu głowę na dłoniach.

Pan Wołodyjowski klasnął w ręce i kazał czeladnikowi napitku przynieść, po czym siadł około Kmicica, nalał kusztyki i począł mówić:

- Roch Kowalski tak kawalerską śmiercią zginął, że nie daj Boże żadnemu z nas gorzej. Dość ci powiedzieć, że mu sam Carolus po otrzymaniu pola pogrzeb wyprawił i cały regiment gwardii ognia nad jego trumną dawał.

- Żeby nie z tych rąk, żeby nie z tych piekielnych rąk! - zawołał Kmicic.

- Owszem, z rąk Bogusławowych, wiem to od usarzy, którzy własnymi oczyma na ów żałosny termin patrzyli.

- Toś tam nie był?

- W bitwie miejsca się nie wybiera, jeno się stoi, gdzie każą. Gdybym ja tam był, to albo tu bym teraz nie był, albo Bogusław nie sypałby wałów w Prostkach.

- Mów, jak wszystko się odbyło. Zawziętości tylko przybędzie.

Pan Wołodyjowski napił się, obtarł żółte wąsiki i począł:

- Pewnie ci nie brakło relacji o warszawskiej bitwie, bo wszyscy o niej mówią, więc też i ja nie będę się nad nią zbyt długo rozwodził. Nasz pan miłościwy... dajże mu Boże zdrowie i długie lata, bo pod innym królem zginęłaby ta ojczyzna wśród klęsk... okazał się wodzem znamienitym. Gdyby był taki posłuch jak wódz, gdybyśmy byli go godni, kroniki zapisałyby nową polską wiktorię pod Warszawą, grunwaldzkiej i beresteckiej równą. Krótko mówiąc, pierwszego dnia biliśmy Szwedów Drugiego poczęła fortuna to na tę, to na tamtą stronę wagi nachylać, ale przecie byliśmy górą. Wtedy to poszła do ataku litewska husaria, w której i Roch służył pod kniaziem Połubińskim, żołnierzem wielkim. Widziałem ich, gdy szli, jako ciebie widzę, bo stałem z laudańskimi na wyżynie pod szańcami. Było ich tysiąc dwieście ludzi i koni, jakich świat nie widział. Szli na półstaja wedle nas i mówię ci, ziemia drżała pod nimi. Widzieliśmy piechotę brandenburską, na gwałt zatykającą piki w ziemię, aby pierwszemu impetowi się oprzeć. Inni walili z muszkietów, aż dymy zasłoniły ich zupełnie Spojrzymy: husaria już rozpuściła konie. Boże, co za impet! Wpadli w dym... znikli! U mnie żołnierze poczną krzyczeć: "Złamią! złamią!" Przez chwilę nie widać nic. Aż zagrzmiało coś i dźwięk się uczynił, jakby w tysiącu kuźni kowale młotami bili. Spojrzymy: Jezus Maria! Elektorscy mostem już leżą jako żyto, przez które burza przejdzie, a oni już hen za nimi! jeno proporce migocą! Idą na Szwedów! Uderzyli na rajtarię - rajtaria mostem! uderzyli na drugi regiment - mostem! Tu huk, armaty grzmią... widzimy ich, gdy wiatr dym zwieje. Łamią piechotę szwedzką... Wszystko pierzcha, wszystko się wali, rozstępuje, idą jak gdyby ulicą... bez mała przez całą armię już przeszli!... Zderzą się z pułkiem konnej gwardii, wśród którego Carolus stoi... i gwardię jakoby wicher rozegnał!...

Tu przerwał Wołodyjowski opowiadanie, bo Kmicic pięściami oczy zatkał i krzyczeć począł:

- Matko Boża! raz widzieć i polec!
- Takiego ataku nie zobaczą już oczy moje - ciągnął dalej mały rycerz. - Nam też skoczyć kazano... Więcej nie widziałem, ale coć powiem, tom słyszał z ust szwedzkiego oficera, który przy boku Karolowym wówczas był i własnymi oczyma na termin patrzył. Gdy już husaria wszystko złamała po drodze, ten Forgell, który później pod Rawą wpadł w nasze ręce, rzucił się do rąk Karolowych: "Królu, ratuj Szwecję! ratuj siebie! - krzyknął- ustępuj, ustępuj! nic ich nie wstrzyma!" A Carolus na to: "Na nic przed nimi ustępować, trzeba opór dać lub zginąć!" Przypadają inni jenerałowie, błagają, proszą, nie chce. Ruszył naprzód... zderzyli się i złamano Szwedów prędzej niżbyś do dziesięciu zrachował. Kto legł, tego stratowano; inni rozsypali się jak groch. Nuż ich ciąć. Król odbił się samowtór; najechał go Kowalski i poznał, bo go już dwa razy widział. Kiedy nie natrze!... Rajtar zastawił króla... Ale owo, powiadali ci, którzy widzieli, że piorun prędzej nie zabija, jako Roch rozwalił go na dwoje. Wówczas sam król rzucił się na niego...

Wołodyjowski przerwał znów opowiadanie i odetchnął głęboko, lecz Kmicic zaraz zawołał:

- Kończ już, bo dusza ze mnie wyjdzie!

- Starli się tedy w środku pola, iże piersi końskie uderzyły o piersi. Zakotłowało się! "Spojrzę - powiada nam oficer - aż król wraz z koniem już na ziemi!" Wydostał się, ruszył cyngla krócicy, chybił. Roch go za łeb, bo mu kapelusz spadł. Już miecz wznosił, już Szwedzi mdleli z przerażenia, bo nie czas było iść na ratunek, gdy Bogusław jakoby spod ziemi wyrósł i w samo ucho Kowalskiemu wystrzelił, że mu głowę wraz z hełmem rozniosło.

- Dla Boga! Nie miałże czasu miecza spuścić?! - krzyknął pan Andrzej targając się za czuprynę.

- Bóg nie dał mu tej łaski - odrzekł pan Michał. - Zgadliśmy też z Zagłobą, co się stało. Oto służyło chłopisko u Radziwiłłów od pacholęcych lat, za panów ich swoich uważało, i na widok Radziwiłła musiało się skonfundować. Może mu nigdy ta myśl w głowie nie postała, żeby na Radziwiłła można rękę podnieść. Bywa tak, bywa! Ha! życiem to przypłacił. Dziwny człek jest pan Zagłoba, bo on mu wcale wujem ni krewnym nie był, a przecie inny by po synu tak nie desperował... Prawdę zaś rzekłszy, nie było czego, bo tak sławnej śmierci zazdrościć by Kowalskiemu można. Toż szlachcic i żołnierz na to się rodzi, by nie dziś, to jutro gardło dać, a o Kowalskim dzieje pisać będą i potomność jego imię wysławi.

Umilkł pan Wołodyjowski, po chwili zaś przeżegnał się i rzekł:

- Wieczny odpoczynek racz mu dać, Panie, a światłość wiekuista niech mu świeci...

- Na wieki wieków! - zakończył Kmicic.

Czas jakiś szeptali modlitwy, może o podobną śmierć dla siebie prosząc, byle nie z rąk Bogusławowych, wreszcie pan Michał rzekł:

- Ksiądz Piekarski zaręczał nam, że on wprost do raju poszedł.

- Pewnie, że tak, to mu i modlitwy nasze niepotrzebne.

- Modlitwy zawsze potrzebne, bo na rejestr innych będą wpisane, a może na nasz własny.

Kmicic westchnął.

- W miłosierdziu bożym nadzieja - rzekł - tuszę też, że za to, com tu w Prusach dokazywał, choć z parę lat czyśćca będzie mi odpuszczonych.

- Wszystko się tam karbuje. Co tu człowiek szablą wyrąbie, to tam sekretarze niebiescy zapisują.

- Służyłem i ja u Radziwiłła - rzekł Kmicic - ale się widokiem Bogusława nie skonfunduję. Boże, Boże! toć Prostki niedaleko! Pomnij, Panie, że on i Twój nieprzyjaciel, bo heretyk, któren nieraz prawdziwej Twej wierze bluźnił!

- I ojczyzny nieprzyjaciel! - dodał Wołodyjowski. - Miejmy nadzieję, że jego termin się zbliża. Pan Zagłoba to samo po owym ataku husarii prorokował, a mówił w żalu, we łzach, jakoby natchniony. I przeklinał Bogusława tak, że aż słuchającym włosy w czuprynach stawały. Książę Kazimierz Michał, który z nami przeciw nim ciągnie, widział też we śnie dwie złote trąby, które Radziwiłłowie w tarczy noszą, pogryzione przez niedźwiedzia i zaraz na drugi dzień powiadał: "Albo mnie, albo którego z innych Radziwiłłów nieszczęście spotka."

- Przez niedźwiedzia? - spytał blednąc Kmicic.

- Tak jest.

Twarz pana Andrzeja rozjaśniła się, jak gdyby na nią blask zórz porannych upadł, oczy wzniósł do góry, ręce ku niebu wyciągnął i uroczystym głosem zawołał:

- Jaż w herbie mam niedźwiedzia. Chwała Ci, Panie, na wysokościach! Chwała Ci, Matko Najświętsza!... Panie, Panie! nie jestem godzien tej łaski!

Usłyszawszy to Wołodyjowski wielce także się wzruszył, bo poznał zaraz, że w tym jest omen niebieski.

- Jędrek! - zawołał - ściśnijże dla pewności przed bitwą nóżki Chrystusowi, a ja o Sakowicza Go poproszę.

- Prostki! Prostki! - powtarzał jakby w gorączce Kmicic. - Kiedy ruszamy?

- Do dnia, a niedługo już świtać pocznie.

Kmicic zbliżył się do wybitego okienka chałupy, spojrzał w niebo i zawołał:

- Bledną już gwiazdy, bledną. Ave Maria...

Wtem rozległo się dalekie pianie koguta, a jednocześnie zabrzmiało ciche trąbienie przez munsztuk. W kilka pacierzy później ruch począł się w całej wsi. Słychać było szczęk żelaza, parskanie koni. Ciemne masy jazdy zbierały się na gościńcu.

Powietrze poczęło się nasycać światłem; blady blask jął srebrzyć groty włóczni, migotać na gołych szablach, wydobywać z cienia wąsate, groźne twarze, hełmy, kołpaki, kapuzy, tatarskie baranie czapki, tołuby, sajdaki. Wreszcie pochód z panem Kmicicem w przedniej straży ruszył ku Prostkom ; wojska rozciągnęły się długim wężem po drodze i szły żywo.

Konie poczęły parskać okrutnie w pierwszych szeregach, za nimi inne na dobrą dla żołnierzy wróżbę.

Białe tumany zakrywały jeszcze łąki i pola.

Naokół była cisza, jeno derkacze grały w zroszonych trawach.

ROZDZIAŁ 25

Dnia 6 września doszły wojska polskie do Wąsoszy i stanęły na odpoczynek, aby przed bitwą konie i ludzie mogli sił nabrać. Postanowił pan podskarbi cztery albo pięć dni się tam zatrzymać, ale wypadki pomieszały jego rachubę.

Pana Babinicza, jako znającego już dobrze pogranicze, wyprawiono na podjazd, dawszy mu dwie lekkie litewskie chorągwie i świeży czambulik ordy, bo jego właśni Tatarzy zbyt byli pomęczeni.

Pan podskarbi wielce mu przed drogą zalecał, by się o języka starał i z próżnymi rękoma nie wracał. Babinicz zaś uśmiechnął się tylko, myśląc sobie, iż nie potrzeba mu żadnej zachęty i że jeńców przywiedzie, choćby ich za okopami w Prostkach miał szukać.

Jakoż wrócił we dwie doby, przywiódłszy kilkunastu Prusaków i Szwedów, a pomiędzy nimi znacznego oficera von Rössela, kapitana z pruskiego regimentu Bogusława.

Przyjęto podjazd w obozie z wielkim aplauzem. Kapitana nie potrzeba było brać na pytki, bo już to Babinicz w drodze, przyłożywszy mu sztych do gardła, uczynił. Z zeznań jego okazywało się, że nie same pruskie pułki grafa Waldeka stoją w Prostkach, ale i sześć regimentów szwedzkich pod komendą jenerał-majora Izraela, z tych cztery jazdy pod Petersem, Frytiotsonem, Taubenem, Ammersteinem i dwa piechoty pod braćmi Engel. Z pułków pruskich, bardzo okrytych, prócz własnego grafa Waldeka, był księcia Wismaru, Bruncla, Konnaberga, jenerała Walrata oraz cztery chorągwie z komendy Bogusławowej: dwie szlachty pruskiej i dwie jego własne.

Naczelną komendę miął rzekomo graf Waldek, lecz w rzeczywistości słuchał we wszystkim księcia Bogusława, którego wpływom ulegał także i szwedzki jenerał Izrael.

Najważniejszą wszelako wiadomością, jakiej von Rössel udzielił, była ta, że z Ełku spieszy na pomoc pod Prostki dwa tysiące wyborowej pomorskiej piechoty, graf Waldek zaś bojąc się, aby oddziały owe nie zostały zagarnięte przez ordę, pragnie wyjść z warownego obozu i dopiero po połączeniu się z nimi, drugi raz się okopać. Bogusław był, wedle Rössela, aż dotąd dość przeciwny opuszczeniu Prostek i dopiero w ostatnich dniach skłaniać się do tego zaczął.

Usłyszawszy to pan Gosiewski wielce się uradował, bo już był pewien, że go zwycięstwo nie minie. Nieprzyjaciel długo potrafiłby bronić się w okopie, lecz ani szwedzka, ani pruska jazda nie mogła dotrzymać litewskiej w otwartym polu.

Książę Bogusław rozumiał to widocznie tak samo dobrze jak pan podskarbi i dlatego właśnie nie bardzo pochwalał Waldekowe plany. Lecz zbyt był próżnym, aby nie ustąpił przed zarzutem nawet zbytniej ostrożności. Wreszcie nie odznaczał się cierpliwością. Można było niemal na pewno rachować, że sprzykrzy sobie leżenie w wałach i w otwartej bitwie sławy i zwycięstwa poszuka. Pan podskarbi powinien był tylko spieszyć się, aby nastąpić na nieprzyjaciela właśnie w chwili, gdy będzie okopy opuszczał.

Tak też myślał i on sam, i inni pułkownicy, jako Hassun-bej, który ordą dowodził, pan Wojniłłowicz z królewskiego znaku, pan Korsak, pułkownik petyhorski, pan Wołodyjowski, pan Kotwicz i pan Babinicz. Wszyscy zgodzili się na jedno, że trzeba dalszego odpoczynku zaniechać i na noc, to jest za kilka godzin, ruszać; tymczasem pan Korsak wysłał natychmiast swego chorążego, Biegańskiego, aby szedł pod Prostki i nadciągającemu wojsku każdej godziny znać dawał, co się w obozie dzieje. Wołodyjowski zaś i Babinicz wzięli do swej kwatery Rössela, aby o Bogusławie czegoś więcej od niego się dowiedzieć.

Kapitan z początku przerażony był wielce, bo jeszcze sztych Kmicicowy czuł na gardle, ale wkrótce wino rozwiązało mu język. Że zaś kiedyś, służąc w Rzeczypospolitej w cudzoziemskim autoramencie, wyuczył się po polsku, przeto mógł i na pytania małego rycerza, nie umiejącego po niemiecku, odpowiadać.

- Dawno waść służysz u księcia Bogusława? - pytał mały rycerz.
- Ja u księcia w jego nadwornym wojsku nie służę - odrzekł Rössel - jeno w elektorskim pułku, który pod jego komendę został oddany.
- To i pana Sakowicza waść nie znasz?
- Pana Sakowicza widywałem w Królewcu.
- Jestli on przy księciu?
- Nie masz go. W Taurogach został.

Mały rycerz westchnął i wąsikami ruszył.

- Nie mam szczęścia, jako zwykle! - rzekł.
- Nie frasuj się, Michale - rzekł Babinicz - odnajdziesz go, a nie, to ja odnajdę.

Po czym zwrócił się do Rössela:

- Waść jesteś stary żołnierz, widziałeś oba wojska, a naszą jazdę znasz od dawna; jakże myślisz, po czyjej stronie będzie wiktoria?
- Jeżeli wam pole dadzą za okopem, to po waszej, ale okopu bez piechoty i armat nie zdobędziecie, zwłaszcza że tam się wszystko księcia Radziwiłła głową dzieje.
- Za takiegoż to wielkiego masz go waść wodza?
- Nie tylko ja, ale ogólne to jest mniemanie w obu wojskach. Powiadają też, że pod Warszawą serenissimus rex Sueciaewe wszystkim szedł za jego radą i dlatego wielką bitwę wygrał. Książę, jako Polak, lepiej zna wasz sposób wojowania i prędzej radę wymyślić umie. Sam widziałem, jak król szwedzki po trzecim dniu bitwy przed frontem wojsk księcia ściskał i całował. Prawda, że mu życie był winien, bo gdyby nie strzał książęcy... no! strach myśleć!... Rycerz to jest przy tym niezrównany, z którym się nikt na żadną broń mierzyć nie może.
- Ej! - rzekł pan Wołodyjowski - może by się taki znalazł...

To rzekłszy, wąsikami groźnie ruszył. Rössel popatrzył na niego i nagle poczerwieniał. Przez chwilę zdawało się, że albo krew go zaleje, albo śmiechem wybuchnie; lecz wreszcie wspomniał, iż jest w niewoli, więc opamiętał się zaraz.

Kmicic zaś popatrzył na niego pilnie swoimi stalowymi oczyma i rzekł zaciskając nieco wargi:

- Jutro się pokaże...
- A zdrów teraz Bogusław? - pytał pan Wołodyjowski - bo go to febra długo trzęsła i osłabić go musiała...

- Zdrów od dawna jak ryba i lekarstw żadnych nie bierze. Chciał mu medyk z początku dawać różne prezerwatywy, ale właśnie po pierwszej zdarzył się zaraz paroksyzm. Wprawdzie nie powtórzył się więcej. Książę Bogusław kazał też rzucać medykiem w prześcieradłach i to mu pomogło, bo medyk sam febry ze strachu dostał.

- Rzucać w prześcieradłach? - spytał pan Wołodyjowski.

- Sam widziałem - odrzekł Rössel. - Złożono dwa prześcieradła do kupy, w środku położono medyka, za czym czterech silnych trabantów wzięło prześcieradła za rogi i kiedy to nie poczną rzucać nieborakiem, to, mówię waszym miłościom, mało na dziesięć łokci w górę podlatywał, a oni ledwie go złapią i znów w górę. Jenerał Izrael, graf Waldek i książę za boki trzymali się od śmiechu. Nas też oficerów wielu patrzyło na owo widowisko, póki medyk nie omdlał. Księciu potem jakby ręką odjął.

Jakkolwiek Wołodyjowski i Babinicz nienawidzili Bogusława, nie mogli jednak wstrzymać się także od śmiechu, słysząc o tej krotofili. Pan Babinicz zaś uderzył się rękoma po kolanach i zawołał: - Ha! szelma, jak sobie poradził!

- Trzeba panu Zagłobie o tym lekarstwie powiedzieć - rzekł mały rycerz.

- Na febrę to pomogło - rzecze Rössel - ale co po tym, kiedy książę nie dość zapędy krwi hamuje i dlatego nie dożyje późnego wieku.

- I ja tak myślę - mruknął przez zęby Babinicz. - Tacy jak on długo nie żyją.

- Zali i w obozie jeszcze sobie folguje? - spytał pan Wołodyjowski.

- Jakże nie? - odrzekł Rössel. - Śmiał się nieraz graf Waldek mówiąc, że jego książęca mość fraucymer ze sobą wozi... Ja zaś sam dwie gładkie panny widziałem, o których mówili mi dworzanie, że do prasowania kryz służą... Ale Boga tam!

Babinicz usłyszawszy to zaczerwienił się i zbladł, nagle zerwał się na równe nogi i porwawszy Rössela za ramię, począł nim potrząsać gwałtownie.

- Polki to są czyli Niemkinie? Powiadaj!

- Nie Polki - odparł przestraszony Rössel - jedna jest szlachcianka pruska, a druga Szwedka, która przedtem u żony jenerała Izraela służyła.

Babinicz spojrzał na Wołodyjowskiego i odetchnął głęboko; mały rycerz odetchnął także i przestał wąsikami ruszać.

- Pozwólcie mi, wasze miłoście, pójść spocząć - rzekł Rössel - okrutniem utrudzon, bo dwie mile mnie Tatarzyn na arkanie prowadził.

Kmicic zaklasnął na Sorokę i powierzył mu jeńca, po czym zwrócił się szybkim krokiem do pana Wołodyjowskiego.

- Dość już tego! - rzekł - wolę zginąć, wolę sto razy zginąć aniżeli żyć w tych ustawicznych trwogach i niepewności. Ot i teraz, gdy Rössel wspomniał o onych dziewkach, myślałem, że mnie kto obuchem w skroń zajechał.

Na to pan Wołodyjowski trzasnął rapierem.

- Czas skończyć! - rzekł.

Wtem zatrąbiono przy hetmańskiej kwaterze i wnet po wszystkich litewskich chorągwiach odezwały się trąbki, a w czambułach piszczałki. Wojsko poczęło się zbierać i w godzinę później było w pochodzie.

Zanim uszli milę, nadbiegł posłaniec od chorążego Biegańskiego, z chorągwi pana Korsakowej, z wiadomością do hetmana, iż schwytano kilku rajtarów z większej kupy, która z tej strony rzeki zabierała wszystkie wozy i konie chłopskie. Badani na miejscu, wyznali, że tabor i całe wojsko ma opuścić Prostki nazajutrz o ósmej rano i że rozkazy są już wydane.

- Chwalmy Boga i popędzajmy konie - rzekł na to pan podskarbi. - Do wieczora nie będzie już tych wojsk!

Posłano tedy ordę na łeb na szyję, aby jak najprędzej starała się dostać między wojska Waldekowe a ową piechotę pruską śpieszącą na pomoc. Za nią litewskie chorągwie poszły rysią, że zaś najwięcej było lekkich, więc szły tak wartko, iż tuż, tuż za ordą nadążały.

Kmicic poszedł w pierwszej ordzińskiej straży i parł swoją watahę, aż z koni dymiło. Po drodze kładł się na kulbace, czołem bił o kark koński i modlił się ze wszystkich sił duszy:

- Nie za moją krzywdę daj mi się, Chryste, pomścić, ale za insulty ojczyźnie wyrządzone! Jam grzesznik, jam łaski Twojej niegodzien, ale zmiłuj się nade mną, pozwól mi tę krew heretycką rozlać, a na chwałę Twoją będę suszył i będę się biczował każdego tygodnia w ten dzień po wiek życia mego!

Potem Najświętszej Pannie Częstochowskiej, której krwią własną służył, i patronowi swojemu jeszcze się polecał, a tak protekcję ich sobie zapewniwszy uczuł zaraz, że ogromna nadzieja wstępuje mu do duszy, że moc nadzwyczajna przejmuje jego członki, moc taka, przed którą w proch musi upaść wszystko. Zdawało mu się, że z ramion wyrastają mu skrzydła; radość ogarnęła go jak wicher i leciał na czele Tatarów, aż iskry sypały się spod kopyt jego konia. Tysiące dzikich wojowników, pochylonych na karki końskie, pędziło za nim.

Fala spiczastych czapek chwiała się w takt końskiego pędu, łuki kołysały się na plecach, przed nimi biegł tętent bachmatów, z tyłu dolatywał głuchy szum nadążających litewskich chorągwi, podobny do szumu wezbranej rzeki.

I lecieli tak wśród nocy pysznej, gwiaździstej, pokrywającej drogi i pola, na kształt olbrzymiego stada drapieżnych ptaków, które krew zwietrzyły w oddaleniu.

Mijali pola bujne, dąbrowy, łąki, aż wreszcie sierp miesiąca pobladł i pochylił się ku zachodowi. Wówczas zwolnili koniom i stanęli na popas ostatni. Byli już nie dalej jak pół mili niemieckiej od Prostek.

Tatarzy poczęli karmić konie z rąk jęczmieniem, aby nowych sił nabrały przed bitwą. Kmicic zaś, przesiadłszy się na zapaśnego dzianeta, pojechał dalej, aby na obóz nieprzyjaciela okiem rzucić.

Po pół godziny drogi trafił w łozie nad rzeczką na ów podjeździk

petyhorski, który pan Korsak wysłał na zwiady.
- A co? - spytał chorążego pan Kmicic. - Co słychać?
- Nie śpią już i huczą jak pszczoły w ulu - odparł chorąży. - Byliby się już ruszyli, ale nie mieli dość wozów.
- Zali można gdzie z pobliża obóz widzieć?
- Można z onego wyniesienia, które krzami pokryte. Obóz hen, tam leży w dole rzeki. Chce wasza miłość popatrzyć?
- Prowadź waść!
Chorąży ruszył koniem i wyjechali na wzniesienie. Już też zorze były na niebie i powietrze przesycało się złotym światłem, ale wedle rzeki, na drugim niskim brzegu, leżała jeszcze mgła surowa. Oni, ukryci w krzach, patrzyli w ową mgłę rzednącą coraz bardziej.

Na koniec o dwie staje odsłonił się w dolinie kwadratowy okop ziemny; wzrok Kmicica wpił się weń z chciwością, lecz w pierwszej chwili dojrzał tylko mgliste zarysy namiotów, wozów stojących w środku wzdłuż wałów. Płomienia ognisk nie było już widać, tylko dymy podnosiły się wysokimi smugami ku niebu na znak pogody. Lecz w miarę jak mgła roztapiała się coraz bardziej, mógł pan Babinicz z pomocą perspektywy odróżnić pozatykane na wałach chorągwie: błękitne szwedzkie i żółte pruskie, następnie masy żołnierzy, działa i konie.

Naokoło była cisza, przerywana tylko szelestem krzów poruszanych przez powiew i wesołym porannym czyrykaniem szarego ptactwa. Ale z obozu dochodził przytłumiony szum.

Widocznie nikt tam już nie spał, widocznie gotowano się do pochodu, bo w środku okopu panował ruch niezwyczajny. Całe pułki przenosiły się z miejsca na miejsce, niektóre wychodziły przed wały; około wozów panowała sroga krętanina. Staczano również armaty z wałów.
- Nie może inaczej być, tylko się do pochodu gotują - rzekł Kmicic.
- Wszyscy jeńcy to zeznawali. Chcą się ze swoją piechotą połączyć. Nie spodziewają się też, aby pan hetman mógł na nich nastąpić prędzej jak wieczorem, a choćby miał i nastąpić, wolą bitwę w otwartym polu przyjąć niż onę piechotę pod nóż wydać.
- Ze dwie godzin upłynie, nim wyruszą, a za dwie godzin pan podskarbi tu będzie.
- Chwalić Boga! - odrzekł chorąży.
- Poślijże waść jeszcze ludzi, by tam nie popasali za długo.
- Wedle rozkazu.
- A nie wysyłali jakich podjazdów na tę stronę rzeki?
- Na tę stronę ani jeden nie wyszedł. Wysłali, ale ku swojej piechocie, która od Ełku nadciąga.
- Dobrze! - rzekł Kmicic.
I zjechał z pagórka, a przykazawszy podjazdowi taić się dalej w trzcinach, sam ruszył, ile tchu w koniu, z powrotem do chorągwi.
Pan Gosiewski właśnie na koń siadał, gdy Babinicz nadjechał. Prędko

opowiedział mu młody rycerz, co widział i jaka jest pozycja okolicy; hetman wysłuchał relacji z wielkim zadowoleniem i nie mieszkając chorągwie ruszył.

Ale tym razem poszła naprzód Babiniczowa wataha, za nią litewskie: więc Wojniłłowicza, laudańska, własna pana hetmanowa, trzy księcia Michała Radziwiłła, Korsakowa i inne. Orda pozostała za nimi, bo o to usilnie Hassun-bej prosił obawiając się, czy lud jego pierwsze natarcie ciężkiej jazdy wytrzyma. Miał także i inne wyrachowanie.

Oto chciał, aby podczas gdy Litwa uderzy na czoło wojsk, on z Tatary mógł ogarnąć tabor, w którym łupu najobfitszego się spodziewał. Pan hetman zezwolił, słusznie mniemając, że ordyńcy miękko by może uderzali na komunik, ale wpadną jak wściekli na tabor i popłoch wzniecić mogą, zwłaszcza że konie pruskie mniej były straszliwego ich wycia zwyczajne.

We dwie godziny, jak przepowiedział Kmicic, stanęli przy owym wzniesieniu, z którego podjazd zaglądał w okopy, a które teraz pochód wszystkich wojsk zasłaniało. Chorąży, na widok zbliżających się wojsk, skoczył jak piorun z wiadomością, że nieprzyjaciel, pościągawszy straże z tamtej strony rzeki, już wyruszył i że właśnie koniec ogona taboru wychodzi z okopu.

Usłyszawszy to pan Gosiewski wyciągnął buławę z tulei przy kulbace i rzekł:

- To już zawrócić nie mogą, bo wozy drogę zasłaniają. W imię Ojca i Syna, i Ducha Świętego! Nie ma już po co dłużej się ukrywać!

I skinął na buńczucznego, a ów buńczuk podniósł w górę i począł nim machać na wszystkie strony. Na ten znak wszystkie buńczuki poczęły się kołysać, huknęły trąby i krzywuły, zawrzasły tatarskie piszczałki, zadźwięczały litaury, sześć tysięcy szabel rozbłysło w powietrzu i sześć tysięcy gardzieli krzyknęło:

- Jezus, Maria!

- Ałła-hu-Ałła!

Za czym chorągiew za chorągwią wynurzała się rysią zza wzniesienia. W Waldekowym obozie nie spodziewano się tak prędko gości, bo ruch powstał gorączkowy. Bębny poczęły huczeć nieustającym grzmotem; pułki zwracały się frontem ku rzece.

Gołym już okiem można było dostrzec przelatujących między regimentami jenerałów i pułkowników. We środku zajeżdżano co duchu z armatami, by je odprzodkować ku rzece.

Po chwili oba wojska nie były już więcej od siebie jak o tysiąc kroków. Dzieliło je tylko błonie rozległe, środkiem którego płynęła rzeczka.

Chwila jeszcze i pierwsza smuga białego dymu wykwitła od strony pruskiej ku Polakom.

Bitwa była rozpoczęta. Pan hetman sam skoczył ku Kmicicowej wataże.

- Następuj, mości Babinicz! następuj w imię boże! ot, na tę ścianę!

I buławą wskazał błyszczący pułk rajtarii.

- Za mną! - skomenderował pan Andrzej.

I ścisnąwszy konia ostrogami, ruszył w skok z miejsca ku rzece. Nim jedno strzelenie z łuku przebiegli, konie już wzięły pęd największy i biegły ze stulonymi uszami, wyciągnięte jako charty. Jeźdźcy pochyleni na karkach, wyjąc, smagali jeszcze rumaki, które już ziemi zdawały się nie tykać; tymże impetem wpadli w rzekę, która ich nie wstrzymała, bo trafili na obszerny bród, zupełnie płytki i piaszczysty; dopadli drugiego brzegu i skoczyli ławą dalej.

Widząc to pułk pancernej rajtarii ruszył ku nim, z początku stępą, potem rysią i nie szedł prędzej, tylko gdy wataha zbliżyła się już na dwadzieścia kroków, rozległa się komenda: Feuer! - i tysiące ramion, zbrojnych w pistolety, wyciągnęło się ku nadbiegającym.

Wstęga dymu przeleciała z jednego końca szeregu w drugi, potem dwie ławy jeźdźców i koni uderzyły o siebie z łoskotem. Konie wspięły się w pierwszym uderzeniu; nad głowami walczących zamigotały przez całą długość linii szable, jakby wąż błyskawiczny przeleciał z końca w koniec. Złowrogi dźwięk żelaza o hełmy i pancerze dosłyszano aż na drugiej stronie rzeki. Zdało się, że to w kuźnicach młoty biją w stalowe blachy.

Linia wygięła się w jednej chwili w półksiężyc, bo gdy środek rajtarii ustąpił, zepchnięty pierwszym natarciem, skrzydła, na które mniejszy impet przyszedł, stały ciągle na miejscu. Lecz i w środku pancerni żołnierze nie pozwolili się rozerwać i rozpoczęła się rzeźba straszliwa. Z jednej strony lud olbrzymi, przybrany w blachy, opierał się całą potęgą ciężaru koni, z drugiej szara ćma tatarska parła go siłą nabytego rozpędu, siekąc i tnąc z taka niepojętą szybkością, jaką tylko nadzwyczajna lekkość i ciągła wprawa dać może. Jak gdy ćma drwali rzuci się na las sosen gonnych, słychać tylko huk siekier i raz wraz wyniosłe drzewo jakieś spada w dół z trzaskiem straszliwym, tak co chwila któryś z rajtarów pochylał błyszczącą głowę i zwalał się pod konia. Szable Kmicicowych migotały im w oczach, oślepiały ich, furkały koło twarzy, oczu, rąk. Daremnie potężny żołnierz wzniesie do góry ciężki miecz; nim go opuści, już czuje zimne ostrze przerlikające w ciało, więc miecz wysuwa mu się z ręki, a sam pada krwawym obliczem na kark koński. I jako stado ós napadnie w ogrodach człowieka, który chciał owoce otrząsać, próżno ten trzepie rękoma, wywija się, uchyla, one umieją przeniknąć do twarzy, szyi i każda wbija weń ostrze kłujące, tak ów zaciekły, a w tylu bojach wyćwiczony lud Kmicicowy rzucał się oślep, ciął, kąsał, kłuł, szerzył strach i śmierć coraz natarczywiej, o tyle właśnie przewyższając swych przeciwników, o ile biegły mistrz w rzemiośle przewyższa choćby silniejszego od się chłopa, któremu praktyki brakuje.

Więc poczęła rajtaria coraz gęstszym padać trupem, i środek, w którym walczył sam Kmicic, rzedniał tak bardzo, iż lada chwila mógł się już przerwać. Krzyk oficerów, zwołujących w nadwątlone miejsce żołnierzy, ginął w zgiełku i dzikich wrzaskach, szereg nie zaciskał się dość szybko, a

Kmicic parł coraz potężniej. Sam zbrojny w stalową kolczugę, którą od pana Sapiehy dostał w darze, walczył jak prosty żołnierz, mając za sobą młodych Kiemliczów i Sorokę. Ci na zdrowie pana baczenie mieli dawać, i coraz to któryś odwrócił się w prawo lub lewo, zadając cios okropny, a on rzucał się na swym cisawym koniu w gęstwę największą, i wszystkie tajemnice pana Wołodyjowskiego posiadłszy, a siłę mając olbrzymią, gasił żywoty ludzkie jak świece. Czasem całą szablą uderzy, czasem ledwie końcem dosięgnie, czasem ledwie kółeczko niewielkie a jako piorun szybkie zatoczy i rajtar leci głową w dół pod konia, jakby go grom zmiótł z kulbaki. Inni cofają się przed strasznym mężem.

Wreszcie ciął pan Andrzej przez skroń chorążego, a ten zapiał tylko jak zarzynany kur i chorągiew z ręki wypuścił; w tej chwili środek się przerwał, a pomieszane skrzydła uczyniły dwie kupy bezładne i cofające się szybko ku dalszym liniom wojsk pruskich.

Kmicic spojrzał przez rozerwany środek w głąb pola i nagle ujrzał regiment czerwonych dragonów, lecący jak wicher w pomoc rozerwanej rajtarii.

"Nic to! - pomyślał - za chwilę Wołodyjowski tym brodem przyjdzie mi w pomoc..."

Tymczasem rozległ się huk armat tak gwałtowny, że ziemia zatrzęsła się w posadach; muszkiety poczęły grzechotać od okopu aż hen do najbardziej wysuniętych szeregów nieprzyjacielskich. Całe pole pokryło się dymem i w tymże dymie wolentarze Kmicicowi wraz z Tatarami sczepili się z dragonią.

Ale od strony rzeki nikt nie przybywał na pomoc.

Pokazało się, że nieprzyjaciel umyślnie puścił Kmicicową watahę przez bród, następnie począł go zasypywać tak straszliwie z dział i muszkietów, że żywa noga przejść nie mogła.

Pierwsi poszli ku niemu ludzie pana Korsaka i powrócili w nieładzie; druga, Wojniłłowiczowska, doszła do pół brodu i cofnęła się, wprawdzie z wolna, bo był to królewski pułk, jeden z najdzielniejszych w całym wojsku, ale ze stratą dwudziestu towarzystwa, znakomitej szlachty, i dziewięćdziesięciu pocztowych.

Woda w szczerku; który stanowił jedyne tylko przejście przez rzekę, pluskała tak pod uderzeniami kul, jak pod ciężkim ulewnym deszczem. Armatnie przelatywały na drugą stronę, rozrzucając tumany piasku.

Sam pan podskarbi nadjechał skokiem i popatrzywszy uznał, że niepodobna, aby jeden żywy człek mógł przedostać się na brzeg przeciwny.

A jednak mogło to stanowić o losach bitwy. Toteż czoło hetmana zachmurzyło się srodze. Przez chwilę patrzył przez perspektywę na całą linię wojsk nieprzyjacielskich i krzyknął na ordynansa:

- Ruszaj do Hassun-beja - niechaj orda, jako może, przeprawi się przez głęboki brzeg i na tabor niech uderzy. Co w wozach znajdą, to ich! Armat tam nie masz, jedno z rzeką będą mieli robotę.

Oficer skoczył, ile tchu w koniu; hetman zaś posunął się dalej, gdzie pod wierzbiną na łące stała chorągiew laudańska, i zatrzymał się tuż przed nią. Wołodyjowski stał na jej czele, posępny, ale milczący, jeno w oczy hetmańskie patrzył, a wąsikami ruszał.

- Co myślisz waść? - spytał hetman - przeprawią się Tatarzy?

- Tatarzy przeprawią się, ale Kmicic zginie! - rzekł Wołodyjowski.

- Na Boga! - krzyknął nagle hetman - ten Kmicic, żeby jeno miał głowę na karku, mógłby bitwę wygrać, nie zginąć!

Wołodyjowski nie odrzekł nic, jednakowoż pomyślał w duszy:

"Nie trzeba było puszczać albo żadnej chorągwi za rzekę, albo pięć..."

Przez chwilę hetman znów patrzył przez perspektywę na daleki zamęt, który za rzeką sprawował pan Kmicic; wtem mały rycerz, nie mogąc dłużej ustać, przysunął się i trzymając szablę ostrzem do góry, rzekł:

- Wasza dostojność! gdyby rozkaz, to ja bym jeszcze tego brodu spróbował.

- Stać! - odrzekł dość ostro pan podskarbi. - Dość, że tamci zginą.

- Giną już! - rzekł Wołodyjowski.

Rzeczywiście zgiełk stał się wyraźniejszy i potężniał coraz bardziej. Widocznie Kmicic cofał się na powrót ku rzece.

- Na Boga! tegom chciał! - krzyknął nagle pan hetman i skoczył jak piorun ku Wojniłłowiczowskiej chorągwi.

Pan Kmicic zaś cofał się rzeczywiście. Po uderzeniu na czerwonych dragonów ludzie jego cięli się z nimi, ostatka sił dobywając; lecz tchu już brakło im w piersiach, zmachane ręce mdlały, trup padał coraz gęściej i tylko nadzieja, że odsiecz zza rzeki przyjdzie lada chwila, podtrzymywała w nich jeszcze ducha.

Tymczasem upłynęło pół godziny i okrzyk "bij!" nie dawał się słyszeć; natomiast czerwonym dragonom skoczył na odsiecz Bogusławowy pułk ciężkiej jazdy.

"Śmierć idzie!" - pomyślał Kmicic widząc ich zajeżdżających z boku.

Lecz był to żołnierz, który do ostatniej chwili nie wątpił nigdy nie tylko o swoim życiu, ale i o wygranej. Długa i hazardowna praktyka dała mu także wielką znajomość wojny: więc nie tak szybko wieczorna błyskawica zapala się i gaśnie, jak Kmicicowi mignęła w głowie myśl następująca:

"Widocznie przez bród do nieprzyjaciela przedostać się nie mogą, a skoro nie mogą, to im go podprowadzę..."

Więc, że pułk Bogusławowy nie był już dalej jak o sto kroków, a idąc całym pędem, lada chwila mógł uderzyć i roznieść jego Tatarów, pan Andrzej podniósł piszczałkę do ust i świsnął tak przeraźliwie, że aż najbliższe konie dragońskie osadziły się na zadach.

Świst powtórzyły natychmiast inne piszczałki starszyzny tatarskiej i nie tak prędko wicher zakręca piaskiem, jak prędko cały czambuł zwrócił konie do ucieczki.

Niedobitki rajtarii, czerwona dragonia i pułk Bogusławowy kopnęły się za nimi z kopyta.

Krzyki oficerskie: "Naprzód!" i "Gott mit uns!", zagrzmiały jak burza i stał się cudny widok. Na rozległej grodzi pędził bezładny i pomięszany czambuł wprost do zasypywanego kulami brodu i rwał, jakby go skrzydła niosły. Każdy ordyniec przyległ był do konia, rozpłaszczył się, pochował w grzywie i karku, tak iż gdyby nie chmura strzał lecących ku rajtarii, rzekłbyś, iż same konie bez jeźdźców biegną; za nimi z hukiem, krzykiem i tętentem biegł lud olbrzymi, migocąc wzniesionymi w prawicach mieczami.

Bród był coraz bliżej: biegli staję, pół jeszcze i widocznie konie tatarskie dobywały już ostatnich sił, bo odległość między nimi a rajtarią poczęła się zmniejszać szybko.

W kilka minut potem pierwsze rajtarskie szeregi poczęły już siec mieczami zmykających na ostatku Tatarów, bród był tuż, tuż. Zdawało się, że w kilku skokach konie go dosięgną.

Nagle stało się coś dziwnego.

Oto, gdy czambuł dobiegł brodu, przeraźliwy świst piszczałek rozległ się znowu na skrzydłach czambułu i cała wataha zamiast wpaść w rzekę, aby na drugim jej brzegu szukać ocalenia, rozdzieliła się na dwie kupy i z szybkością stada jaskółek skoczyła w prawo i w lewo, wzdłuż jej biegu.

Lecz jadące na ich karkach ciężkie pułki, których konie wzięły już największy rozpęd, wpadły tąż samą siłą w bród i dopiero w wodzie już jeźdźcy poczęli hamować rozhukane rumaki.

Artyleria, która dotąd zasypywała szczerk deszczem żelaza, umilkła nagle, aby swoich nie razić.

Lecz tej właśnie chwili czekał jak zbawienia hetman Gosiewski.

I jeszcze rajtarie nie dotknęły prawie wody, gdy straszna królewska chorągiew Wojniłłowicza ruszyła ku nim jak huragan, za nią laudańska, za nią Korsakowa, za nimi dwie hetmańskie, za nimi wolentarska, za nią pancerna księcia krajczego Michała Radziwiłła.

Krzyk straszny: "Bij, zabij!", zagrzmiał w powietrzu i nim pruskie pułki zdołały ściągnąć konie, zatrzymać się, zastawić mieczami, już Wojniłłowiczowska rozniosła je, jak trąba powietrzna roznosi liście, zgniotła czerwonych dragonów, wsparła pułk Bogusławowy, rozbiła go na dwoje i poniosła się w pole ku głównej armii pruskiej.

Rzeka zrumieniła się krwią w jednej chwili, armaty poczęły grać na nowo, lecz zbyt późno, bo już ośm chorągwi litewskiej jazdy mknęło z hukiem i szumem po błoniu i cała bitwa przeniosła się na drugą stronę rzeki.

Sam pan podskarbi leciał przy jednej ze swych chorągwi z promiennym szczęściem w twarzy, a z ogniem w oczach, bo raz wyprowadziwszy jazdę za rzekę, już był pewien zwycięstwa.

Chorągwie, siekąc i bodąc na wyścigi, gnały przed sobą resztki dragonii i rajtarów, które kładły się mostem, ile że ciężkie konie nie mogły dość spiesznie umykać i tylko zasłaniały goniących przed pociskami.

Tymczasem Waldek, Bogusław Radziwiłł i Izrael pchnęli wszystką swą jazdę, by natarcie powstrzymać, sami zaś szykowali na gwałt piechotę. Pułk za pułkiem wybiegał od taboru i osadzał się na gródzi. Wbijano ciężkie dzidy tylnymi końcami w górę, pochylając je płotem ku nieprzyjacielowi.

W drugim szeregu muszkietnicy wyciągnęli rury muszkietów. Między czworobokami pułków ustawiano na łeb na szyję armaty. Ani Bogusław, ani Waldek, ani Izrael nie łudzili się, aby ich jazda mogła długo wręcz wytrzymać polskiej, i cała nadzieja ich była w armatach i w piechocie. Tymczasem przed piechotą już konne pułki uderzyły o siebie pierś w pierś. Ale stało się to, co przewidzieli pruscy wodzowie.

Oto natarcie litewskiej jazdy było tak straszne, że masy kawalerii nie mogły ani na chwilę ich powstrzymać i że pierwsza husarska chorągiew rozszczepiła ich niby klin drzewo i szła, nie krusząc kopii, wśród gęstwy, jak statek gnany gwałtownym wichrem idzie wśród fal. Już, już coraz bliżej widać było proporce; po chwili łby husarskich koni wynurzyły się z tłumów pruskich.

- Baczność! - krzyknęli oficerowie stojący w czworoboku piechoty.

Na to hasło knechtowie pruscy osadzili się silniej na nogach i wytężyli ręce trzymając dzidy. A wszystkim serca waliły w piersiach gwałtownie, bo straszliwa husaria wynurzyła się już zupełnie i gnała wprost na nich.

- Ognia! - rozległa się znów komenda.

Muszkiety zagrzechotały w drugim i trzecim szeregu czworoboku. Dym owionął ludzi. Chwila jeszcze: huk nadlatującej chorągwi coraz bliżej. Już, już dobiegają!... Nagle, wśród dymu, pierwszy szereg piechurów spostrzega tuż nad sobą, prawie nad głowami, tysiące końskich kopyt, rozwartych chrapów, rozpalonych oczu; słychać trzask łamanych dzid; krzyk okropny rozdziera powietrze; polskie głosy wrzeszczą: "Bij!" - niemieckie zaś "Gott erbarme Dich meiner!"

Pułk rozbity, zgnieciony, ale między innymi poczynają grać armaty. Już i inne chorągwie dobiegają; każda za chwilę uderzy się o las dzid, ale być może, że nie każda go przełamie, bo żadna nie ma w sobie tak strasznej jak Wojniłłowiczowa siły. Krzyk wzmaga się na całym pobojowisku. Nie widać nic. Lecz z masy walczącej znów poczynają bezładnie wymykać się kupy żółtych piechurów z jakiegoś innego pułku, który widocznie także został rozbity.

Jeźdźcy w szarej barwie gnają za nimi, sieką i tratują z okrzykiem:

- Lauda! Lauda!

To pan Wołodyjowski uporał się z drugim czworobokiem.

Wszelako inne "tkwią" jeszcze; jeszcze zwycięstwo może przechylić się na stronę pruską, zwłaszcza że przy taborze stoją dwa nie naruszone regimenta, które ponieważ tabor zostawiono w spokoju, w każdej chwili mogą być przywołane.

Waldek stracił już wprawdzie głowę, Izraela nie masz, bo z jazdą go wysłano, ale Bogusław czuwa, rządzi wszystkim, prowadzi całą bitwę i widząc coraz straszniejsze niebezpieczeństwo wysyła pana Biesa po owe regimenta.

Pan Bies wypuszcza konia i w pół godziny wraca bez kołpaka, z przerażeniem i rozpaczą w twarzy

- Orda w taborze! - krzyczy dobiegłszy do Bogusława.

Jakoż w tej chwili na prawym skrzydle rozlegają się nieludzkie wycia i zbliżają się w każdej chwili.

Nagle ukazują się gromady jeźdźców szwedzkich pędzące w okropnym popłochu, za nimi umykają, bez broni już i bez kapeluszy, piechurowie, za nimi w zamieszaniu, w bezładzie pędzą wozy, ciągnięte przez zhukane i przerażone konie. Wszystko to leci oślep od taboru na własną piechotę. Za chwilę wpadną, zamieszają ją, rozbiją, zwłaszcza że od czoła gna na nią jazda litewska.

- Hassun-bej przedostał się do taboru! - woła w uniesieniu pan Gosiewski i puszcza ostatnie swe dwie chorągwie, jak dwa sokoły z berła.

I w tej samej chwili, gdy chorągwie owe uderzają na piechotę z czoła, jej własne wozy wpadają na nią z boku. Ostatnie czworoboki pękają jak pod uderzeniem młota. Z całej świetnej armii szwedzko-pruskiej czyni się jedna olbrzymia kupa, w której jazda miesza się z piechotą. Ludzie tratują się wzajemnie, przewracają, duszą, zrzucają odzież, ciskają broń. Jazda prze ich, tnie, gniecie, miażdży. To już nie bitwa przegrana, to klęska, jedna z najokropniejszych w całej wojnie.

Lecz Bogusław widząc, że wszystko stracone, postanawia przynajmniej siebie i nieco jazdy ocalić z pogromu.

Nadludzkim wysileniem zbiera koło siebie kilkuset jeźdźców i wymyka się w dal lewym skrzydłem, w kierunku biegu rzeki.

Już wydostał się z głównego wiru, gdy oto drugi Radziwiłł, książę Michał Kazimierz, uderza nań z boku ze swą nadworną husarią i jednym uderzeniem rozprasza cały oddział.

Rozprószeni, uciekają pojedynczo lub małymi kupkami. Jedynie szybkością koni mogą być ocaleni.

Jakoż husaria ich nie goni, bo uderza na główną kupę piechurów, których wycinają wszystkie inne chorągwie - więc tamci mkną jak rozprószone stado sarn po błoniu.

Bogusław na karym Kmicicowym rumaku umyka jak wicher, próżno usiłując krzykiem skupić przy sobie choć kilkunastu ludzi. Nikt go nie słucha; każdy umyka na własną rękę, kontent, że wysunął się z pogromu i że nie ma już nieprzyjaciela przed sobą.

Lecz próżna radość. Nie ubiegli jeszcze tysiąca kroków, gdy wycie rozległo się nagle przed nimi i szara ćma tatarska wysunęła się od rzeki, przy której czaiła się aż dotąd.

Był to pan Kmicic ze swoją watahą. Wysunąwszy się z pola po przyprowadzeniu nieprzyjaciela do brodu, wrócił teraz, aby uciekającym przeciąć odwrót.

Tatarzy, widząc rozprószonych jeźdźców, w jednej chwili rozprószyli się i sami, aby ich łowić swobodniej, i rozpoczął się pościg morderczy. Po dwóch, po trzech Tatarów przebiegało jednemu rajtarowi, a ów bronił się rzadko, częściej chwytał rapier za ostrze i rękojeścią wyciągał go ku ordyńcom wzywając miłosierdzia. Lecz ordyńcy wiedząc, że nie odprowadzą tych jeńców do domu, brali żywcem tylko starszyznę, która mogła się wykupić; pospolity żołnierz dostawał nożem po gardle i konał nie mogąc nawet "Gott!" wykrzyknąć. Tych, którzy uciekali do ostatka, kłuto nożami w karki i plecy; tych, pod którymi nie rozpierały się konie, łowiono arkanami.

Kmicic rzucał się czas jakiś po pobojowisku, strącając jeźdźców i szukał oczyma Bogusława; na koniec ujrzał go i poznał natychmiast po koniu, po błękitnej wstędze i kapeluszu z czarnymi, strusimi piórami.

Chmurka białego dymu otaczała księcia, bo właśnie przed chwilą napadło go dwóch nohajców, lecz on jednego powalił wystrzałem z pistoletu, drugiego przebódł na wylot rapierem, za czym ujrzawszy większą watahę pędzącą z jednej, a Kmicica z drugiej strony, ścisnął konia ostrogami i pomknął jak jeleń ścigany przez psy gończe.

Przeszło pięćdziesięciu ludzi rzuciło się kupą za nim, lecz nie wszystkie konie biegły jednakowo, więc wkrótce kupa rozciągnęła się w długiego węża, którego głowę stanowił Bogusław, szyję Kmicic.

Książę pochylił się w kulbace; kary koń zdawał się ziemi nie tykać nogami, jeno czernił się na zielonej trawie jak śmigająca nad ziemią jaskółka; cisawy wyciągał szyję na kształt żurawia, uszy stulił i zdawał się z własnej skóry chcieć wyskoczyć. Mijali samotne krzaki wierzbowe, kępy, gaiki olszynowe; Tatarzy zostali w tyle na staję, na dwie, na trzy, a oni biegli i biegli. Kmicic wyrzucił pistolety z olster, aby koniowi ulżyć, sam zaś ze wzrokiem wbitym w Bogusława, z zaciśniętymi zębami, leżąc prawie na szyi rumaka, bódł ostrogami spienione jego boki, aż wkrótce piana spadająca na ziemię stała się różową.

Lecz odległość pomiędzy nim a księciem nie tylko nie zmniejszyła się na jeden cal, ale poczęła się powiększać. "Gorze! - pomyślał pan Andrzej - tego konia żaden bachmat w świecie nie zgoni!"

I gdy po kilku skokach odległość powiększyła się jeszcze bardziej, wyprostował się w kulbace, szablę puścił na temblak i złożywszy ręce koło ust, począł krzyczeć głosem spiżowym:

- Umykaj, zdrajco, przed Kmicicem! Nie dziś, to jutro cię dostanę!

Nagle, ledwie słowa te przebrzmiały w powietrzu, książę, który je usłyszał, obejrzał się szybko, a widząc, że pan Kmicic sam go tylko goni, zamiast umykać dalej, zatoczył koło i z rapierem w ręku rzucił się ku niemu.

Pan Andrzej wydał okropny krzyk radości i nie wstrzymując pędu wzniósł szablę do cięcia.

- Trup! trup! - zawołał książę.

I chcąc tym pewniej uderzyć, począł konia hamować.

Kmicic dobiegłszy osadził też swego, aż kopyta zaryły się w ziemi, i związał rapier z szablą.

Zwarli się tedy tak, że dwa konie uczyniły niemal jedną całość. Rozległ się straszny dźwięk żelaza, szybki jak myśl; żadne oczy nie mogłyby ułowić błyskawicznych ruchów rapiera i szabli ni odróżnić księcia od Kmicica. Czasem zaczernił się Bogusławowy kapelusz, czasem błysnęła Kmicicowa misiurka. Konie szły młyńcem obok siebie. Miecze dźwięczały coraz okropniej.

Bogusław po kilku uderzeniach przestał lekceważyć przeciwnika. Wszystkie straszliwe pchnięcia, których wyuczył się od mistrzów francuskich, były odbite. Już pot spływał mu obficie z czoła mięszając się na twarzy z barwiczką i bielidłem, już czuł znużenie w prawicy... Począł go chwytać podziw, potem niecierpliwość, potem złość, więc postanowił skończyć i pchnął okropnie, aż kapelusz spadł mu z głowy.

Kmicic odbił z taką siłą, że rapier księcia aż do boku końskiego odleciał i nim Bogusław zdołał zastawić się na nowo, ciął go samym końcem szabli w czoło.

- Christ! - krzyknął po niemiecku książę.

I zwalił się w trawę. Padł wznak.

Pan Andrzej stał przez chwilę jakby oszołomiony, lecz oprzytomniał prędko; szablę puścił na temblak, przeżegnał się, po czym zeskoczył z konia i chwyciwszy na nowo rękojeść, zbliżył się do księcia.

Straszny był, bo blady z umęczenia jak chusta, wargi miał zaciśnięte i nieubłaganą nienawiść w twarzy.

Oto śmiertelny, a tak potężny wróg leżał teraz u jego nóg we krwi, żywy jeszcze i przytomny, ale zwyciężon, i niecudzą bronią ani też z cudzą pomocą.

Bogusław patrzył na niego szeroko otwartymi oczyma, pilnie bacząc na każdy ruch zwycięzcy, a gdy Kmicic stanął tuż nad nim, zawołał prędko:

- Nie zabijaj mnie! Okup!

Kmicic, zamiast odpowiedzieć, stanął mu nogą na piersiach i przycisnął z całej siły, po czym sztych szabli oparł mu na gardle, aż skóra ugięła się pod ostrzem; potrzebował tylko ręką ruszyć, tylko pocisnąć mocniej, lecz nie zabijał od razu; chciał się jeszcze nasycić widokiem i śmierć uczynić nieprzyjacielowi cięższą. Oczy wbił w jego oczy i stał nad nim, jak stoi lew nad obalonym bawołem.

Wtem książę, któremu coraz więcej krwi wypływało z czoła, tak iż cały wierzch głowy nurzał się jakoby w kałuży, ozwał się raz jeszcze, ale już bardzo przyduszonym głosem, bo stopa pana Andrzeja ciągle gniotła mu piersi:

- Dziewka... słuchaj...

Ledwie pan Andrzej usłyszał te słowa, zdjął nogę z piersi książęcych i

szablę podniósł.
- Mów! - rzekł.
Lecz książę Bogusław czas jakiś oddychał tylko głęboko, wreszcie mocniejszym już głosem odpowiedział:
- Dziewka zginie, jeśli mnie zabijesz... Rozkazy wydane!
- Coś z nią uczynił? - spytał Kmicic.
- Zaniechaj mnie, to ci ją oddam, przysięgam... na Ewangelię...
Na to pan Andrzej uderzył się pięścią w czoło, przez chwilę znać było, że walczył ze sobą i ze swymi myślami, po czym rzekł:
- Słuchaj, zdrajco! Ja bym stu takich wyrodków za jeden jej włos oddał!.. Ale ja tobie nie wierzę, krzywoprzysięzco!
- Na Ewangelię! - powtórzył książę. - Dam ci glejt i rozkaz na piśmie.
- Niechże tak będzie, daruję cię zdrowiem, ale cię z rąk nie puszczę. Dasz mi na piśmie... Tymczasem Tatarom cię oddam, u których w niewoli będziesz.
- Zgoda - rzekł książę.
- Pamiętaj! - odrzekł pan Andrzej. - Nie uchroniło cię przed moją ręką twoje księstwo twoje wojska, twoje szermierstwo... I wiedz, że ilekroć mi wejdziesz w drogę albo nie dotrzymaszli słowa, nic cię nie uchroni, choćby cię cesarzem niemieckim kreowano... Poznajże mnie! Raz cię już miałem w ręku, teraz mi pod nogami leżysz!
- Przytomność mnie opuszcza - rzekł książę. - Panie Kmicic, woda musi tu być blisko... Daj mi pić i ranę zalej.
- Zdychaj, parrycydo! - rzekł Kmicic.
Lecz książę, bezpieczen już o życie, odzyskał, lubo ranny, całą pewność siebie i ozwał się:
- Głupiś, panie Kmicic! Jeśli umrę i ona...
Tu wargi mu zbielały.
Kmicic zaś skoczył szukać, czy w okolicy nie ma jakiego rowu lub też kałuży.
Książę omdlał, ale na krótką chwilę, i obudził się na szczęście swoje, gdyż tymczasem nadbiegł pierwszy Tatarzyn, Selim, syn Gazy-agi, chorąży z Kmicicowej watahy, a widząc broczącego we krwi nieprzyjaciela, postanowił przyszpilić go grotem od chorągwi do ziem i. Książę w tej chwili strasznej znalazł jeszcze tyle sił, że za grot ręką pochwycił, który słabo przytwierdzon oderwał się od drzewca.
Odgłos tej krótkiej walki ściągnął na powrót pana Andrzeja.
- Stój, psi synu! - zakrzyknął nadbiegając z daleka.
Tatar na dźwięk znanego głosu przyległ ze strachu do konia. Kmicic kazał mu ruszyć po wodę, sam zaś został przy księciu, bo z dala widać było nadjeżdżających w skok Kiemliczów, Sorokę i cały czambuł, który wyłowiwszy wszystkich rajtarów puścił się na poszukiwanie wodza.
Ujrzawszy pana Andrzeja, wierni nohajcy wyrzucili z gromkim okrzykiem czapki w górę.

Akbah-Ułan zeskoczył z konia i począł mu się kłaniać dotykając ręką czoła, ust i piersi. Inni, cmokając po tatarsku ustami, patrzyli z drapieżnością w oczach na leżącego rycerza, a z podziwem na jego zwycięzcę; niektórzy ruszyli łapać dwa konie, cisawego i karego, które biegały opodal z rozwianym i grzywami.

- Akbahu-Ułanie - rzekł Kmicic - to jest wódz wojsk, które pobiliśmy dziś rano: książę Bogusław Radziwiłł. Daruję wam go, a wy go trzymajcie, bo za żywego czy za umarłego zapłacą wam sowicie. Teraz opatrzyć go, wziąść na arkan i zaprowadzić do obozu!

- Ałła! ałła! Dziękujemy, wodzu! Dziękujemy, zwycięzco! -zawołali jednym głosem ordyńcy.

I znów rozległo się cmokanie tysiąca warg.

Kmicic kazał sobie podać konia, siadł i puścił się z częścią Tatarów ku polu bitwy.

Z dala już ujrzał chorążych, stojących ze znakam i, ale przy chorągwiach było zaledwie po kilkunastu towarzystwa, reszta zagnała się za nieprzyjacielem. Gromady czeladzi kręciły się po pobojowisku, obdzierając trupy i czubiąc się tu i owdzie z Tatarami, którzy czynili to samo. Szczególniej ci ostatni wyglądali po prostu strasznie, z nożami w ręku i ubroczonymi po łokcie rękoma. Rzekłbyś: stado kruków spadło z chmur na pobojowisko. Dzikie ich śmiechy i wrzaski rozlegały się po całym polu.

Niektórzy, trzymając dymiące jeszcze noże w wargach, ciągnęli obu rękoma za nogi poległych, inni rzucali w siebie z żartów odciętymi głowami, inni ładowali sakwy, inni jak na bazarze podnosili w górę pokrwawione szaty, zachwalając ich doskonałość, lub oglądali broń zdobytą.

Kmicic przejechał naprzód przez pole, na którym pierwszy spotkał się z rajtarią. Trupy ludzkie i końskie, pocięte mieczami, leżały tu w rozproszeniu; lecz tam, gdzie chorągwie cięły piechotę, wznosiły się ich całe stosy, a kałuże zakrzepłej już krwi świegotały pod kopytami końskimi na kształt błota.

Trudno było tamtędy przejechać wśród szczątków połamanych dzid, muszkietów, trupów, poprzewracanych wozów taborowych i uwijających się kup tatarstwa.

Pan Gosiewski stał dalej jeszcze na okopie warownego obozu, a przy nim książę krajczy Radziwiłł, Wojniłłowicz, Wołodyjowski, Korsak i kilkudziesięciu ludzi. Z wysokości tej ogarniali oczyma pole aż hen, do najdalszych krańców, i mogli cały rozmiar swego zwycięstwa a nieprzyjacielskiej klęski ocenić.

Kmicic, ujrzawszy panów, przyspieszył kroku, a pan Gosiewski, jako że był nie tylko wojennik szczęśliwy, ale i człowiek zacny, bez cienia zazdrości w sercu, ledwie go ujrzał, zakrzyknął:

- Oto przybywa victor prawdziwy! Za jego to przyczyną ta potrzeba wygrana, ja pierwszy publicznie to oświadczam. Mości panowie! Dziękujcie panu Babiniczowi, bo gdyby nie on, nie dostalibyśmy się przez rzekę!

- Vivat Babinicz! - krzyknęło kilkadziesiąt głosów - vivat! vivat!

- Gdzieś ty się, żołnierzu, wojny uczył - spytał z uniesieniem hetman- żeś tak od razu zrozumiał, co czynić należy?

Kmicic nie odpowiadał, bo nadto był utrudzon, tylko się kłaniał na wszystkie strony i ręką po zabrukanej od potu i prochowego dymu twarzy wodził. Oczy świeciły mu blaskiem nadzwyczajnym, a tymczasem wiwaty brzmiały ciągle. Oddział za oddziałem nadciągał z pola na spienionych koniach i co który nadciągnął, łączył się z całej piersi z głosami na cześć Babinicza. Czapki wylatywały w górę, kto bandolety miał nie wystrzelone, ten ognia dawał.

Nagle pan Andrzej stanął w kulbace i podniósłszy obie ręce do góry, huknął jak grzmot:

- Vivat Jan Kazimierz! pan nasz i ojciec miłościwy!

Tu powstał taki krzyk, jakby nowa bitwa się zaczęła. Zapał niewypowiedziany ogarnął wszystkich.

Książę Michał odpasał szablę z pochwą diamentami sadzoną i oddał ją Kmicicowi, hetman delię własną kosztowną zarzucił mu na ramiona, a on znów wzniósł ręce do góry.

- Vivat nasz hetman, wódz zwycięski!

- Crescat! floreat! - odpowiedziano chórem.

Za czym poczęto chorągwie zdobyte zwozić i zatykać w wale pod nogami wodzów. Ani jednej nie uniósł nieprzyjaciel: były pruskie komputowe, pruskie pospolitego ruszenia, szlacheckie, były szwedzkie, Bogusławowe, cała ich tęcza powiała u wału.

- Jedna to z największych wiktorii w tej wojnie! - zawołał hetman. - Izrael i Waldek w niewoli, pułkownicy polegli lub w niewoli, wojsko w pień wycięte...

Tu zwrócił się do Kmicica:

- Panie Babinicz, waść w tamtej stronie z Bogusławem musiałeś się spotkać... Co się z nim dzieje?

Tu i pan Wołodyjowski począł pilnie patrzeć w oczy Kmicica, ów zaś odrzekł spiesznie:

- Księcia Bogusława Bóg pokarał tą oto ręką!

To rzekłszy wyciągnął prawicę, lecz w tej chwili mały rycerz rzucił mu się w objęcia.

- Jędrek! - krzyknął- nie zajrzę ci! Niech cię Bóg błogosławi!

- Tyś to mi rękę formował! - odrzekł z wylaniem pan Andrzej.

Lecz dalszy wylew braterskich uczuć powstrzymał książę krajczy.

- Zali brat mój zabit? - spytał żywo.

- Nie zabit - odparł Kmicic - bom mu życie darował, ale ranny i pojman. A owo, tam ot, prowadzą go moi nohajcy!

Na te słowa zdumienie odmalowało się w twarzy pana Wołodyjowskiego, a oczy rycerstwa zwróciły się ku równinie, na której ukazał się oddział kilkudziesięciu Tatarów i zbliżał się wolno; na koniec minąwszy kupy połamanych wozów przysunął się o kilkadziesiąt kroków do okopu.

Wówczas ujrzano, że jadący w przodzie Tatar prowadzi jeńca; poznali wszyscy Bogusława, lecz w jakiejże losów odmianie!...

On, jeden z najpotężniejszych panów w Rzeczypospolitej, on, który wczoraj jeszcze o państwie udzielnym marzył, on, książę Rzeszy Niemieckiej, szedł teraz z arkanem na szyi, pieszo, przy koniu tatarskim, bez kapelusza, z krwawą głową, obwiązaną w brudną szmatę. Taka jednak zawziętość była przeciw temu magnatowi w sercach rycerstwa, że straszne to upokorzenie nie wzbudziło niczyjej litości, owszem, wszystkie niemal usta zawrzasły w jednej chwili:

- Śmierć zdrajcy! na szablach go rozniesć! śmierć! śmierć!

A książę Michał oczy ręką zatkał, bo przecie to Radziwiłła prowadzono w takim upodleniu. Nagle poczerwieniał i krzyknął:

- Mości panowie! to mój brat, to moja krew, a jam ni zdrowia, ni mienia nie żałował dla ojczyzny! Wróg mój, kto na tego nieszczęśnika rękę podniesie.

Rycerze umilkli zaraz.

Księcia Michała kochano powszechnie za męstwo, hojność i serce wylane dla ojczyzny. Wszakże, gdy cała Litwa wpadła w moc hiperborejską, on jeden bronił się w Nieświeżu, za wojen szwedzkich wzgardził namowami Janusza i jeden z pierwszych przystał do konfederacji tyszowieckiej, więc też głos jego znalazł i teraz posłuch. Wreszcie, może nikt nie chciał narazić się tak potężnemu panu, dość, że szable schowały się zaraz do pochew, a nawet kilku oficerów, klientów radziwiłłowskich, zawołało:

- Odjąć go Tatarom! Niech go Rzeczpospolita sądzi, ale nie dajmy poniewierać krwi zacnej poganom!

- Odjąć go Tatarom! - powtórzył Książę - znajdziemy zakładnika, a okup on sam zapłaci! Panie Wojniłłowicz, rusz no swoich ludzi i niech siłą go wezmą, jeśli inaczej nie będzie można!

- Ja się jako zakładnik Tatarom ofiaruję! - zawołał pan Gnoiński.

Tymczasem Wołodyjowski przysunął się do Kmicica i rzekł:

- Jędrek! coś ty najlepszego uczynił! toż on cało wyjdzie z tych terminów! Na to Kmicic skoczył jak ranny żbik.

- Za pozwoleniem, mości książę! - krzyknął. - To mój jeniec! Jam go zdrowiem darował, ale pod kondycjami, które mi na swoją heretycką Ewangelię zaprzysiągł, i niech trupem padnę, jeśli wyjdzie z rąk, w które go oddałem, nim mi wszystkiego dotrzyma!

To rzekłszy zdarł konia, zastawił drogę i już, już wrodzona popędliwość poczęła go unosić, bo twarz mu się skurczyła, rozdął nozdrza i oczyma błyskawice jął rzucać.

A tymczasem pan Wojniłłowicz nacisnął go koniem.

- Na bok, panie Babinicz! - zakrzyknął.

- Na bok, panie Wojniłłowicz! - wrzasnął pan Andrzej i uderzył rękojeścią szabli Wojniłłowiczowskiego konia z tak straszną siłą, że rumak zachwiał się na nogach, jakby uderzony kulą, i nozdrzami zarył w ziemię.

Stał się tedy huk srogi między rycerstwem, aż pan Gosiewski wysunął się naprzód i rzekł:

- Milczeć waszmościom ! Mości książę, z mocy mojej władzy hetmańskiej oświadczam, że pan Babinicz ma prawo do jeńca i że kto chce go z rąk tatarskich wydobyć, musi dać jego zwycięzcy porękę!

Książę Michał opanował wzburzenie, uspokoił się i rzekł zwracając mowę do pana Andrzeja:

- Mów waść, czego chcesz?
- By mi kondycji dotrzymał, zanim z niewoli wyjdzie.
- To ci dotrzyma wyszedłszy.
- Nie może być! Nie wierzę!
- Tedy ja za niego przysięgam na Matkę Najświętszą, którą wyznaję, i na parol rycerski, że wszystko ci będzie dotrzymane. W przeciwnym razie możesz mnie na honorze i majętności poszukiwać.
- Dość mi! - rzekł Kmicic. - Niech pan Gnoiński na zakładnika jedzie, bo inaczej Tatarzy opór stawią. Ja poprzestaję na słowie.
- Dziękuję ci, panie kawalerze! - odrzekł książę krajczy. - Nie bój się także, aby wolność zaraz odzyskał, bo go panu hetmanowi z prawa oddam i jeńcem aż do królewskiego wyroku pozostanie.
- Tak będzie! - rzekł hetman.

I rozkazawszy Wojniłłowiczowi siąść na świeżego konia, bo tamten ledwie już drgał, wysłał go wraz z panem Gnoińskim po księcia.

Lecz sprawa nie poszła jeszcze łatwo. Jeńca trzeba było siłą brać, bo sam Hassun-bej stawił groźny opór i dopiero widok pana Gnoińskiego i umówiony okup stu tysięcy talarów zdołał go uspokoić.

Za czym wieczorem książę Bogusław znajdował się już w namiotach pana Gosiewskiego. Opatrzono go tam starannie, dwóch medyków nie opuszczało go ani chwili i obaj ręczyli za jego zdrowie, gdyż rana, jako zadana samym końcem szabli, nie była zbyt ciężką.

Pan Wołodyjowski nie mógł przebaczyć Kmicicowi, że księciu życie darował, i z żalu unikał go cały dzień, dopiero wieczorem sam pan Andrzej przyszedł do jego namiotu.

- Bój się ran boskich ! -wykrzyknął na jego widok mały rycerz. - Prędzej bym się po każdym tego spodziewał aniżeli po tobie, że żywcem tego zdrajcę wypuści !...
- Słuchaj mnie, Michale, zanim potępisz - odrzekł ponuro Kmicic. - Miałem go już pod nogą i sztych trzymałem mu przy gardzieli, a wówczas wiesz, co mi ten zdrajca rzekł?... Oto, że są rozkazy wydane, aby Oleńkę na gardle w Taurogach karano, jeśli on zginie... com miał, nieszczęsny, czynić? Kupiłem jej życie za jego życie... Com miał czynić?... na krzyż Chrystusów... Com miał czynić?

Tu zaczął targać się za czuprynę pan Andrzej i nogami z uniesienia tupał, a pan Wołodyjowski zamyślił się przez chwilę, po czym rzekł:

- Pojmuję twoją desperację... ale zawsze... tyś, widzisz, zdrajcę ojczyzny wypuścił, który ciężkie paroksyzmy na Rzeczpospolitą w przyszłości sprowadzić może... Nie ma co, Jędrek! Zasłużyłeś się dzisiaj okrutnie, aleś w końcu dobro publiczne dla prywaty poświęcił.

- A ty, ty sam, co byś uczynił, gdyby ci powiedziano, że nóż na gardle panny Anny Borzobohatej trzymają?...

Wołodyjowski począł okrutnie wąsikami ruszać.

- Jać się za przykład nie podawam. Hm! co bym uczynił?... Ale Skrzetuski, który ma duszę rzymską, ten by go nie żywił, a przecie jestem pewien, że Bóg nie pozwoliłby, aby krew niewinna dlatego została rozlana.

- Niechże ja pokutuję. Ukarz mnie, Boże, nie wedle winy mej ciężkiej, jeno wedle Twojego miłosierdzia... bo żeby wyrok na tego gołębia podpisać...

Tu Kmicic oczy zatkał.

- Ratujcież mnie, anieli! Nigdy! nigdy!

- Stało się! - rzekł Wołodyjowski.

Na to pan Andrzej wydobył z zanadrza papiery.

- Patrz, Michale! oto, com zyskał. To rozkaz do Sakowicza, to do wszystkich oficerów radziwiłłowskich i do komendantów szwedzkich... Kazali mu podpisać, choć ledwo ręką ruszał... Książę krajczy sam pilnował... Oto jej wolność, jej bezpieczeństwo! Dla Boga, krzyżem będę przez rok co dzień leżał, kańczugami ciąć się każę, kościół nowy będę erygował, ale jej życia nie poświęcę! Nie mam rzymskiej duszy... dobrze! Nie jestem Katonem jako pan Skrzetuski... dobrze! Ale nie poświęcę! nie, do stu piorunów! i niechaj mnie w ostatku w piekle na rożen...

Kmicic nie dokończył, bo pan Wołodyjowki skoczył i zatkał mu usta ręką, krzyknąwszy przeraźliwym głosem:

- Nie bluźnij! bo na nią pomstę bożą ściągniesz! Bij się w piersi! żywo, żywo!

I Kmicic począł się walić w piersi: Mea culpa! mea culpa! mea maxima culpa! Naresznie ryknął wielkim płaczem biedne żołnierzysko, bo już sam nie wiedział, co ma czynić.

Wołodyjowski pozwolił mu się wypłakać do woli, wreszcie, gdy się uspokoił, spytał go:

- A co teraz przedsięweźmiesz?

- Pójdę z watahą, gdzie mnie posłano, aż hen! pod Birże! Niech jeno ludzie i konie odetchną. Po drodze, co będę mógł heretyckiej krwi na chwałę bożą rozlać, to jeszcze rozleję.

I będziesz miał zasługę. Nie trać fantazji, Jędrek. Bóg miłosierny!

- Pójdę prosto, jako sierpem rzucił. Całe Prusy teraz stoją otworem, chyba gdzieniegdzie małe prezydia nadybię.

Pan Michał westchnął:

- Ej, poszedłbym z tobą z taką ochotą jakby do raju! Ale komendy trzymać się muszę. Szczęśliwyś ty, że wolentarzami dowodzisz... Jędrek, słuchaj, bracie!... a jak je obie odnajdziesz, to... opiekujże się i tamtą, aby zaś jej źle nie było... Bóg wie, może mi ona pisana...

To rzekłszy mały rycerz rzucił się w objęcia pana Kmicica.

ROZDZIAŁ 26

Oleńka i Anusia, wydostawszy się pod opieką Brauna z Taurogów, dotarły szczęśliwie do partii pana miecznika, który stał podówczas pod Olszą, zatem od Taurogów niezbyt daleko.

Stary szlachcic, gdy je obie w dobrym zdrowiu zobaczył, naprzód oczom własnym wierzyć nie chciał, potem zapłakał z radości, a następnie wpadł w taki wojowniczy zapał, iż nie było już dla niego niebezpieczeństw. Niechby nie tylko Bogusław, ale sam król szwedzki z całą potęgą nastąpił, pan miecznik gotów był bronić swoich dziewczyn przed wszelkim nieprzyjacielem.

- Pierwej polegnę - mówił - niż włos wam z głowy spadnie. Nie ten ja już człowiek, któregoście znały w Taurogach, i tak myślę, że długo opamiętają Szwedzi Girlakole, Jaswojnię, i te cięgi, które im pod samymi Rosieniami zadałem. Prawda, że zdrajca Sakowicz napadł nas niespodzianie i rozprószył, ale oto znów kilkaset szabel ma się na usługi.

Pan miecznik nie bardzo przesadzał, bo rzeczywiście trudno w nim było poznać upadłego na duchu taurożańskiego jeńca. Inną wcale miał fantazję; energia jego odżyła; w polu, na koniu, znalazł się w swoim żywiole, a będąc żołnierzem dobrym, rzeczywiście kilkakrotnie już Szwedów mocno poszarpał. Że zaś wielką miał powagę w okolicy, więc też kupiła się do niego chętnie szlachta i lud prosty, a i z dalszych powiatów raz wraz któryś z Billewiczów przyprowadzał po kilkanaście lub nawet kilkadziesiąt koni.

Partia miecznikowa składała się z trzystu piechoty chłopskiej i około pięciuset jeźdźców. W piechocie rzadko kto miał rusznicę, większość zbrojna była w kosy i widły; jazda stanowiła zbieraninę zamożniejszej szlachty, która z czeladzią w lasy ruszyła, i uboższej z zaścianków. Uzbrojenie jej lepsze było niż piechoty, ale bardzo rozmaite. Tyki chmielowe służyły wielu za kopie; inni nosili broń rodzinną bogatą, ale częstokroć zeszłowieczną; konie rozmaitej krwi i dobroci nie nadawały się do jednego szeregu.

Mógł miecznik z takim wojskiem zastępować drogę patrolom szwedzkim, mógł wycinać większe nawet oddziały jazdy, mógł oczyszczać lasy i wsie z grasantów, których liczne watahy, złożone ze zbiegów szwedzkich, pruskich i miejscowych łotrzyków, trudniły się rozbojem, ale nie mógł na żadne miasto uderzyć.

Owóż Szwedzi zmądrzeli już. Zaraz po wybuchu powstania wycięto na całej Żmudzi i Litwie tych, którzy w kwaterach rozproszeni po wsiach stali; teraz więc ci, którzy ocaleli, trzymali się naprędce obwarowanych miast, z których wychylali się tylko na bliższe ekspedycje. Stało się zatem, że pola, lasy, wioski i pomniejsze miasteczka były w ręku polskim, a za to wszystkie większe grody dzierżyli Szwedzi i rugować ich nie było sposobu. Miecznikowa partia była jedną z najlepszych; inne mniej jeszcze mogły wskórać. Na granicy Inflant powstańcy uzuchwalili się wprawdzie tak dalece, że po dwakroć Birże oblegli, które za drugim razem zmuszone były poddać się, ale chwilowa ta przewaga wypłynęła stąd, że de la Gardie pościągał na obronę Rygi przeciw carskiej potędze wszystkie wojska z pogranicznych Inflantom powiatów.

Świetne jego i rzadkie w dziejach zwycięstwa kazały się jednak spodziewać, że tamta wojna wkrótce zostanie ukończoną, a potem na Żmudź nadciągną nowe i upojone triumfami wojska szwedzkie. Wszelako tymczasem dość było w lasach bezpiecznie i liczne partie powstańcze, same niewiele zdolne przedsięwziąć, mogły być wszelako pewne, że ich nieprzyjaciel po zapadłych puszczach szukać nie będzie.

Dlatego pan miecznik porzucił myśl schronienia się do Puszczy Białowieskiej, bo droga do niej była bardzo daleka, a po drodze siła miast znacznych, opatrzonych w liczne prezydia.

- Pan Bóg dał suchą jesień - mówił do swoich dziewcząt - za czym i łatwiej żyć, sub Jove. Każę wam namiocik foremny sporządzić, babę do usług wam dam, i zostaniecie w obozie. Nie masz w tych czasiech bezpieczniejszego schronienia jak w lasach. Billewicze moje do cna spalone; na dwory grasanci nachodzą, a często i podjazdy szwedzkie. Gdzie wam bezpieczniej głowy przytulić jako przy mnie, który kilkaset szabel mam do rozporządzenia? Przyjdą zaś później słoty, to wam się jaką chacinę w głębokich ostępach wynajdzie.

Myśl ta podobała się bardzo pannie Borzobohatej, bo w partii było kilku młodych Billewiczów, grzecznych kawalerów, a wreszcie mówiono bez ustanku, że pan Babinicz w te strony ciągnie.

Spodziewała się tedy Anusia, że nadciągnąwszy, w mig Szwedów wyżenie, a potem... potem będzie, co Bóg da. Oleńka sądziła również, że najbezpieczniej przy partii, chciała się tylko od Taurogów oddalić, pościgu Sakowicza się obawiając.

- Pójdźmy ku Wodoktom - rzekła - tam będziem między swymi. Choćby też były spalone, są Mitruny i wszystkie zaścianki okoliczne. Niepodobna, by cały kraj tamtejszy w pustynię miał być zmieniony. Lauda w razie niebezpieczeństwa będzie nas bronić.

- Ba, wszyscy laudańscy z Wołodyjowskim wyszli - zaoponował młody Jur Billewicz.

- Zostali starzy i wyrostki, wreszcie nawet niewiasty tamtejsze bronić się w razie potrzeby umieją. Puszcze tam także większe niż tu; Domaszewicze Myśliwi albo Gościewicze Dymni do Rogowskiej nas zawiodą, w której żaden nieprzyjaciel nas nie odnajdzie.

- A ja, taborek i was ubezpieczywszy, będę na Szwedów wypadał i znosił tych, którzy się na brzegi puszczańskie odważą - rzekł pan miecznik. - To jest przednia myśl! Nic tu po nas, tam większe usługi oddać można.

Kto wie, czy miecznik nie dlatego chwycił się tak skwapliwie rady panny Aleksandry, że w duszy także nieco się Sakowicza obawiał, który do rozpaczy przywiedzion mógł być straszny.

Rada jednak była sama w sobie mądrą, dlatego wszystkim od razu przypadła do smaku, więc miecznik tego samego jeszcze dnia wysłał pod dowództwem Jura Billewicza piechotę, ażeby się przedzierała lasami w kierunku Krakinowa; sam zaś z jazdą ruszył w dwa dni później, zasięgnąwszy wprzód dokładnych wieści, czy z Kiejdan lub z Rosień, między którymi musiał przechodzić, nie wyszły jakie znaczniejsze szwedzkie wojska.

Szli z wolna i ostrożnie. Panny jechały na chłopskich wózkach, a czasami na podjezdkach, o które miecznik się wystarał.

Anusia, dostawszy w darze od Jura lekką szabelkę, przewiesiła ją mężnie przez siebie na jedwabnych rapciach i w kołpaczku nałożonym z fantazją na głowę oganiała, niby jaki rotmistrz, chorągiew. Bawił ją pochód i szable błyszczące w słońcu, i rozkładane nocą ogniska. Zachwycali się nią wielce młodzi oficerowie i żołnierze, a ona strzygła oczyma na wszystkie strony, rozpuszczała w pochodzie warkocze po to, by je po trzy razy na dzień zaplatać nad brzegami jasnych strumieni, które zastępowały jej zwierciadło. Mówiła często, że chce widzieć bitwę, aby dać przykład męstwa, ale w rzeczy samej wcale nie pragnęła bitwy; chciała tylko pogrążyć serca wszystkich młodych wojowników, jakoż i pogrążyła ich liczbę niepomierną. Oleńka także jakoby na nowo odżyła po opuszczeniu Taurogów. Tam zabijała ją niepewność losu i ciągła obawa, teraz czuła się bezpieczniejszą w głębinach leśnych. Zdrowe powietrze wracało jej siły. Widok żołnierstwa, broni, ruch i gwar obozowy działały jak balsam na zmęczoną jej duszę. I jej również sprawiał przyjemność pochód wojsk, a możliwe niebezpieczeństwa nie przestraszały bynajmniej, bo przecie rycerska krew płynęła w jej żyłach. Mniej okazując się żołnierzom, nie pozwalając sobie buszować na podjezdku przed szeregami, mniej też ściągała na się oczu. Ale natomiast otaczał ją szacunek powszechny.

Uśmiechały się wąsate twarze żołnierskie na widok Anusi, a odkrywały się głowy, gdy Oleńka zbliżała się do ognisk. Szacunek ów zmienił się później w uwielbienie. Nie było też bez tego, by jakie serce nie zabiło dla niej w młodej piersi, jeno że oczy nie śmiały na nią patrzeć tak wprost, jak na ową czarnuszkę-Ukrainkę.

Szli lasami, zaroślami, często wysyłając przed sobą zwiady, i aż dopiero siódmego dnia przybyli późną już nocą do Lubicza, który leżał na skraju laudańskiej okolicy, stanowiąc jakoby wrota do niej. Konie tak były dnia tego zmęczone, że mimo przedstawień Oleńki niepodobna było ruszyć dalej, więc miecznik zakazał dziewczynie wydziwiać i roztasował partię na nocleg. Sam z pannami stanął we dworze, bo i czas był mglisty, a chłodny bardzo. Dziwnym trafem dwór nie był spalony. Nieprzyjaciel oszczędził go prawdopodobnie z poleceń księcia Janusza Radziwiłła, dlatego że był

Kmicicowy, a chociaż później książę dowiedział się o odstępstwie pana Andrzeja, zapomniał lub nie miał czasu wydać nowych rozkazów. Powstańcy uważali całą majętność za billewiczowską własność, grasanci nie śmieli rabować pod bokiem Laudy. Więc nie zmieniło się w nim nic. Oleńka wchodziła ze strasznym uczuciem bólu i goryczy pod ten dach. Znała tu każdy kąt, lecz niemal z każdym łączyło się jakoweś wspomnienie Kmicicowego występku. Oto przed nią sala jadalna, ubrana w konterfekty Billewiczów i w czaszki leśnego zwierza. Potrzaskane kulami czaszki są jeszcze na gwoździach, pochlastane szablami portrety spoglądają surowo ze ścian, jakoby chciały mówić: "Patrz, dziewczyno, patrz, nasza wnuczko, to on świętokradzką ręką pociął wizerunki naszych ziemskich postaci, dawno spoczywających już w grobach !"

Oleńka czuła, że oczu nie zmruży w tym domu splamionym. Zdało jej się, że w ciemnych kątach komnat snują się jeszcze widma strasznych kompanionów, buchające ogniem z nozdrzy. I jakże prędko przechodził ten człowiek, tak przez nią kochany, od swawoli do występku, od występku do coraz większych zbrodni, od porąbania wizerunków do rozpusty, do spalenia Upity i Wołmontowicz, do porwania jej samej z Wodoktów, dalej do służby radziwiłłowskiej, do zdrady, ukoronowanej obietnicą podniesienia ręki na króla, na ojca całej Rzeczypospolitej...

Noc biegła, a sen nie chwytał się powiek nieszczęsnej Oleńki. Wszystkie rany duszy odnowiły się w niej i poczęły piec boleśnie. Wstyd na nowo palił jej policzki; oczy nie roniły w tej chwili łez, ale serce ogarniała taka żałość niezmierna, że nie mogąca się w tym biednym sercu pomieścić...

Żałość za czym? Za tym, co by być mogło, gdyby on był inny, gdyby przy swych narowach, dzikości i swawoli choć serce przynajmniej miał uczciwe, gdyby wreszcie miał choć miarę w zbrodni, gdyby istniała jakaś granica, przez którą by przejść nie był zdolen. Przecie jej serce przebaczyłoby tak wiele...

Spostrzegła mękę towarzyszki Anusia i dorozumiała się powodu, bo jej poprzednio już całą historię stary miecznik wyśpiewał, więc mając serce dobre, podeszła ku pannie Billewiczównie i zarzuciwszy jej ręce na szyję, rzekła:

- Oleńka! ty w tym domu od boleści się wijesz...

Oleńka z początku nie chciała nic mówić, jeno poczęła się trząść całym ciałem jako osinowy liść, a w końcu płacz straszny, rozpaczliwy wyrwał się z jej piersi. Chwyciwszy konwulsyjnie rękę Anusi, głowę swą jasną wsparła na jej ramieniu i łkanie targało nią jak wicher krzewem.

Anusia długo czekać musiała, zanim przeszło, wreszcie gdy Oleńka uspokoiła się nieco, ozwała się po cichu:

- Oleńka, módlmy się za niego...

A tamta obu rękoma zakryła oczy.

- Nie... mogę!... - rzekła z wysileniem.

I po chwili zagarniając gorączkowo w tył włosy, które opadły jej na

skronie, poczęła mówić zdyszanym głosem:
- Widzisz... nie mogę... Ty szczęśliwa!... Twój Babinicz zacny, sławny... przed
Bogiem... i ojczyzną... Ty szczęśliwa! Mnie się nie wolno nawet modlić:.. Tu
wszędy krew ludzka... zgliszcza! Żeby choć ojczyzny nie zdradził! żeby się
króla sprzedać nie podjął!... Ja poprzednio już wszystko przebaczyłam... w
Kiejdanach... bom myślała... bo miłowałam go... z całego serca!... Ale teraz
nie mogę... O Boże miłosierny! nie mogę!... Chciałabym sama nie żyć... i żeby
on już nie żył!
  Na to Anusia:
- Za każdą duszę modlić się wolno, bo Bóg miłosierniejszy od ludzi i
przyczyny wie, których ludzie często nie wiedzą.
  To rzekłszy klękła do modlitwy, a Oleńka rzuciła się krzyżem na ziemię i
przeleżała tak aż do rana.
  Nazajutrz gruchnęła wieść po okolicy, że pan miecznik Billewicz jest na
Laudzie. Na tę wieść, kto żyw był, wychodził witać. Więc z lasów
okolicznych wychodzili starcy zgrzybiali i niewiasty z dziećmi małymi.
Dwa lata nie siał już nikt ni orał w zaściankach. Same zaścianki były
częścią spalone i puste. Ludność żyła w lasach. Mężowie w sile wieku
poszli z panem Wołodyjowskim lub do różnych partii, tylko wyrostkowie
strzegli i bronili resztek dobytku, i bronili dobrze, ale pod osłoną puszcz.
  Witano tedy miecznika, jak zbawcę, wielkim płaczem radości, bo tym
prostym ludziom zdało się, że kiedy miecznik przyszedł i panna wraca do
dawnego gniazda, to już musi być wojnie i klęskom koniec. Jakoż zaraz
poczęli wracać do zaścianków i zganiać półdziki dobytek z najgłębszych
ostępów.
  Szwedzi siedzieli wprawdzie niedaleko, obwarowani szańcami w
Poniewieżu, ale wobec miecznikowej siły i innych okolicznych partii, które
można było przywołać w razie potrzeby, mniej już na nich zważano.
  Pan Tomasz zamierzał nawet uderzyć na Poniewież, aby całkiem powiat
oczyścić; czekał tylko, by jeszcze więcej luda zebrało się pod jego
chorągiew, a zwłaszcza by jego piechocie dostarczono strzelb, których
znaczną liczbę mieli ukrytą w lasach Domaszewicze Myśliwi; tymczasem
oglądał się po okolicy, przejeżdżając od wioski do wioski.
  Ale smutna to była lustracja. W Wodoktach dwór był spalony i połowa wsi;
Mitruny również; Wołmontowicze Butrymów, które swego czasu spalił
Kmicic, odbudowały się po pożarze i dziwnym trafem ocalały; za to
Drożejkany i Mozgi Domaszewiczów były spalone do cna; Pacunele do
połowy, Morozy całkiem, Goszczuny najsroższego losu doznały, bo i
ludność była do połowy w pień wycięta, a wszyscy mężczyźni, od starców
do kilkunastoletnich chłopaków, mieli z rozkazu pułkownika Rosy
poucinane ręce.
  Tak wojna deptała strasznie te okolice, takie były skutki zdrady księcia
Janusza Radziwiłła.
  Lecz nim miecznik skończył lustrację i postawił swoje chorągwie piechoty,

przyszły znów wieści radosne zarazem i straszne, które tysiącznym echem rozbrzmiały od chaty do chaty.

Jurek Billewicz poszedłszy w kilkadziesiąt koni z podjazdem pod Poniewież i zachwyciwszy kilku Szwedów pierwszy dowiedział się o bitwie pod Prostkami. Następnie co nowina, to przychodziło więcej szczegółów, tak cudownych, że na baśń zakrawały.

- Pan Gosiewski - powtarzano - zbił grafa Waldeka, Izraela i księcia Bogusława. Wojsko zniesione ze szczętem, wodzowie w niewoli! Całe Prusy jednym ogniem płoną!

W kilka tygodni później jeszcze jedno groźne nazwisko poczęły powtarzać usta ludzkie: nazwisko Babinicza.

- Babinicz głównie do wiktorii pod Prostkami się przyczynił - mówiono na całej Żmudzi. - Babinicz księcia Bogusława własną ręką usiekł i pojmał.

A dalej:

- Babinicz pali Prusy elektorskie, idzie jako śmierć ku Żmudzi, ścina, ziemię a niebo zostawuje.

W końcu zaś:

- Babinicz Taurogi spalił. Sakowicz uciekł przed nim i po lasach się kryje...

Ostatni wypadek zaszedł zbyt blisko, by długo pozostać mógł wątpliwym. Jakoż wieść sprawdziła się w zupełności.

Anusia Borzobohata przez cały czas, gdy te wieści dochodziły, żyła jakby w odurzeniu, śmiała się i płakała na przemian, tupała nogami, gdy kto nie wierzył, i powtarzała wszystkim, czy kto chciał, czy nie chciał słuchać:

- Ja pana Babinicza znam! On mnie z Zamościa do pana Sapiehy przywiózł. Największy to w świecie wojownik. Nie wiem, czyli pan Czarniecki mu dorówna. On to - pod panem Sapiehą służąc - całkiem księcia Bogusława w czasie pierwszej wyprawy pognębił... On, jestem pewna, że nie kto inny, pod Prostkami go usiekł. Da on panu Sakowiczowi i takim dziesięciu jak Sakowicz!... A Szwedów w miesiąc z całej Żmudzi wymiecie! Jakoż zaręczenia jej poczęły się prędko sprawdzać. Nie było już najmniejszej wątpliwości, że groźny wojownik, zwany Babiniczem, posunął się od Taurogów w głąb ku północy kraju.

Pod Kołtyniami zbił pułkownika Baldona i oddział jego zniósł ze szczętem; pod Worniami wyciął piechotę szwedzką, która cofała się przed nim do Telsz; pod Telszami stoczył większą zwycięską bitwę z dwoma pułkownikami, Normanem i Hudenskiöldem, w której Hudenskiöld poległ, a Norman z niedobitkami nie oparł się aż w Zagórach, na samej granicy żmudzkiej.

Z Telsz ruszył Babinicz ku Kurszanom, pędząc przed sobą mniejsze oddziały szwedzkie, które na gwałt chroniły się przed nim pod skrzydła znaczniejszych załóg.

Od Taurogów i Połągi do Birż i Wiłkomierza brzmiało imię zwycięzcy. Rozpowiadano o okrucieństwach, których się nad Szwedami dopuszczał; mówiono, że wojska jego, złożone początkowo z niewielkiego czambułu

Tatarów i chorągiewki wolentarzy, rosną z dnia na dzień, bo kto żyw, biegnie do niego, wszystkie partie łączą się z nim, a on ujmuje je w kluby żelazne i prowadzi na nieprzyjaciela.

Umysły tak dalece były jego zwycięstwami zajęte, że wieść o klęsce, jaką pan Gosiewski poniósł od Szteinboka pod Filipowem, przeszła prawie bez echa. Babinicz był bliższym, i Babiniczem więcej się zajmowano.

Anusia co dzień błagała miecznika, ażeby szedł łączyć się ze wsławionym wojownikiem. Popierała ją i Oleńka, naglili wszyscy oficerowie i szlachta, którą sama ciekawość podniecała.

Ale nie była to rzecz łatwa. Naprzód, Babinicz był w innej stronie; po wtóre, często zapadał tak, że po całych tygodniach nie było o nim słychać, i wypływał znów razem z wieścią o nowym zwycięstwie; po trzecie, wszystkie oddziały i załogi szwedzkie z miast i miasteczek, chroniąc się przed nim, zagrodziły wielkimi kupami drogę, na koniec za Rosieniami pojawił się znaczny oddział Sakowicza, o którym przyniesiono wiadomość, że niszczy wszystko przed sobą straszliwie i mękami ludzi morząc o partię billewiczowską ich bada.

Miecznik nie tylko nie mógł ruszyć ku Babiniczowi, ale obawiał się, czy mu w okolicach Laudy nie stanie się wkrótce za ciasno.

Więc sam nie wiedząc, co począć, zwierzył się Jurkowi Billewiczowi, że ma zamiar w lasy rogowskie na wschód się cofać. Jurek wygadał się zaraz z nowiną przed Anusią, ta zaś poszła wprost do miecznika.

- Stryjku najmilszy - rzekła do niego (bo tak nazywała go zawsze, gdy chciała coś na nim wydębić) - słyszałam, iż uciekać mamy. Zali to nie wstyd tak znamienitemu żołnierzowi pierzchać na samą wieść o nieprzyjacielu?

- Waćpanna musisz we wszystko swoje trzy grosze wścibić - odrzekł skłopotany miecznik. - To nie waćpanny rzecz.

- Dobrze, to się sobie cofajcie, a ja tu zostanę.

- Żeby cię Sakowicz złowił? obaczysz!

- Sakowicz mnie nie złowi, bo mnie pan Babinicz obroni.

- Właśnie też będzie wiedział, gdzie waćpanna jesteś! Powiedziałem raz, że się nie zdołamy do niego przedrzeć.

- Ale on może przyjść do nas. Ja jego znajoma; żebym tylko mogła wysłać do niego list, jestem pewna, żeby tu przyszedł, wprzód Sakowicza pobiwszy. On mnie trochę lubił, to by i nie odmówił ratunku.

- A kto się podejmie list zanieść?

- Przez pierwszego lepszego chłopa można posłać...

- A nie zawadzi, nie zawadzi, w żadnym razie nie zawadzi. Oleńka ma bystry rozum, ale i waćpannie go nie brakuje. Choćbyśmy się mieli tymczasem przed przeważną siłą w lasy uchylić, zawsze będzie dobrze, żeby Babinicz przyszedł w te strony, bo tym sposobem prędzej się z nim połączym. Próbuj waćpanna. Posłańcy się znajdą i ludzie pewni...

Uradowana Anusia tak dobrze zaczęła próbować, że tego samego dnia znalazła sobie aż dwóch posłańców, i to nie chłopów, bo jednego Jurka

Billewicza, drugiego Brauna. Obaj mieli wziąść po liście jednobrzmiącym, aby w każdym razie, jeśli nie ten, to ów mógł go wręczyć Babiniczowi. Z samym listem miała Anusia więcej kłopotu, lecz wreszcie napisała go w następujących słowach:

"W ostatniej toni piszę do Waćpana, jeśli mnie pamiętasz (choć wątpię, bo co byś tam miał Waćpan pamiętać!), abyś mi na ratunek przybył. Lecz tylko po życzliwości Waćpana, którą mi w drodze z Zamościa okazywałeś, śmiem się tego spodziewać, że mnie w nieszczęściu nie zaniechasz. Jestem w partii pana Billewicza, miecznika rosieńskiego, który mi przytułek dał, bom jego krewną, pannę Billewiczównę, z niewoli taurożańskiej wyprowadziła. I jego, i nas obie oblega zewsząd nieprzyjaciel, a mianowicie Szwedzi i niejaki pan Sakowicz, przed którego grzeszną natarczywością musiałam uciekać i w obozie szukać schronienia. Wiem, żeś mnie Waćpan nie lubił, choć Bóg widzi, nic ci nie uczyniłam złego, a życzyłam i życzę zawsze z całego serca. Ale i nie lubiąc ocal biedną sierotę ze srogich rąk nieprzyjacielskich. Bóg zasię wynagrodzi ci to stokrotnie i ja będę się modlić za Waćpana, którego dziś jeno dobrym opiekunem, potem zaś zbawcą moim będę nazywała do śmierci..."

Gdy wysłańcy opuszczali już obóz, Anusia bacząc. na jakie niebezpieczeństwa
się narażają, zlękła się o nich i koniecznie zatrzymać ich pragnęła. Nawet ze łzami w oczach poczęła prosić miecznika, żeby im jechać nie pozwolił, bo listy i chłopi mogą zanieść, chłopom zaś i przedostać się będzie łatwiej.

Lecz Braun i Jurko Billewicz uparli się tak, że żadne przedstawienia nie pomogły. Jeden i drugi chcieli się w gotowości do usług przesadzić, żaden zaś nie przewidywał, co go czeka.

Albowiem w tydzień później Braun wpadł w ręce Sakowicza, który kazał go ze skóry obedrzeć, biedny zaś Jurko został zastrzelony za Poniewieżem, w ucieczce przed podjazdem szwedzkim.

Oba listy wpadły w ręce nieprzyjaciół.

ROZDZIAŁ 27

Sakowicz po schwytaniu Brauna i obdarciu go ze skóry porozumiał się natychmiast z obersztem Hamiltonem, Anglikiem w służbie szwedzkiej i komendantem w Poniewieżu, celem wspólnego uderzenia na partię miecznika Billewicza.

Babinicz właśnie był gdzieś zapadł w lasy i od kilkunastu dni żaden słuch o nim nie doszedł. Zresztą Sakowicz nie byłby już zważał na jego bliskość. Miał on wprawdzie, mimo całej swej odwagi, jakąś instynktową obawę przed Babiniczem, ale teraz gotów był sam zginąć, byle zemsty dokonać. Od czasu ucieczki Anusinej wściekłość nie przestawała ani na chwilę targać jego duszy. Zmylone rachuby i zraniona miłość własna w szał go wprawiały, a przy tym cierpiało w nim i serce. Z początku pragnął on pojąć

Anusię za żonę tylko dla majętności zapisanych jej przez pierwszego narzeczonego, pana Podbipiętę, lecz później zakochał się w niej ślepo i na zabój, jak tylko taki człowiek mógł się zakochać. I doszło do tego, że on, który oprócz Bogusława nikogo się nie bał na świecie, on, przed którego wzrokiem samym ludzie bledli, patrzył jak pies w oczy tej dziewczyny, ulegał jej, znosił jej wydziwiania, spełniał wszystkie chęci, starał się myśli zgadywać.

Ona używała i nadużywała swego wpływu łudząc go słowy, spojrzeniem, wysługiwała się nim jak niewolnikiem, w końcu zdradziła.

Sakowicz należał do tego rodzaju ludzi, którzy za jedyne dobro i cnotę poczytują to, co dla nich dobre, za złe i winę to, co im szkodę przynosi. Więc w oczach jego Anusia popełniła najstraszliwszą zbrodnię i nie było dla niej dość wielkiej kary. Gdyby to kogo innego spotkało, pan starosta śmiałby się i drwił, lecz gdy dotknęło jego osobę, ryczał jak ranny zwierz i myślał tylko o pomście. Chciał dostać w ręce winowajczynię umarłą albo żywą. Wolałby żywą, bo mógłby naprzód kawalerską zemstę wywrzeć, lecz choćby dziewczyna miała i polec w czasie napadu, mniejsza mu było z tym, byle się komu innemu nie dostała.

Chcąc działać na pewno, posłał do miecznika przekupionego człowieka z listem niby od Babinicza, w którym oznajmiał w imieniu tego ostatniego, że w Wołmontowiczach w ciągu tygodnia stanie.

Miecznik uwierzył łatwo, ufając zaś w niezwyciężoną siłę Babinicza i tajemnicy z tego nie czynił, za czym nie tylko sam zakwaterował się na dobre w Wołmontowiczach, ale poruszył przez rozgłoszenie nowiny całą prawie ludność laudańską. Resztki jej zbiegły się z lasów, raz dlatego, że to już był koniec jesieni i chłody wielkie nastały, a po wtóre, przez samą ciekawość widzenia wsławionego wojownika.

A tymczasem od strony Poniewieża ciągnęli ku Wołmontowiczom hamiltonowscy Szwedzi, od strony Kiejdan przekradał się po wilczemu Sakowicz. Ten ostatni jednak ani się domyślał, że za nim, również po wilczemu, ciągnie na krok ktoś trzeci, który lubo żadnych wezwań nie otrzymał, miał właśnie we zwyczaju zjawiać się tam, gdzie się go najmniej spodziewano.

Kmicic nie wiedział zupełnie, że Oleńka znajduje się w billlewiczowskiej partii. W Taurogach, które splądrował ogniem i mieczem, zasięgnął języka o tym, że uszła wraz z panną Borzobohatą, lecz przypuszczał, że uszły do Puszczy Białowieskiej, gdzie chroniła się także pani Skrzetuska i wiele innych szlachcianek. Mógł to przypuszczać tym bardziej, iż wiedział, że stary miecznik od dawna miał zamiar odwiezienia do tych nieprzebytych borów synowicy.

Zmartwiło to pana Andrzeja niepomiernie, że jej w Taurogach nie znalazł, ale z drugiej strony pocieszał się, że umknęła z rąk Sakowicza i że aż do końca wojny znajdzie bezpieczne przytulenie.

Nie mogąc do puszczy zaraz po nią iść, postanowił nieprzyjaciela na

Żmudzi dopóty podchodzić i niszczyć, dopóki całkiem go nie zgnębi. I szczęście szło jego śladem. Od półtora miesiąca zwycięstwo następowało po zwycięstwie, lud zbrojny sypał się do niego tak obficie, że wkrótce czambulik stanowił ledwie czwartą część jego siły. Wreszcie wyżenął nieprzyjaciół całej zachodniej Żmudzi, a zasłyszawszy o Sakowiczu i mając z nim dawne rachunki do załatwienia, puścił się w swe dawne strony i szedł za nim.

W ten sposób dotarli obaj w pobliże Wołmontowicz.

Miecznik, który poprzednio stał niedaleko, rezydował tam już od tygodnia i nawet w głowie nie postała mu myśl, jak strasznych wkrótce będzie miał gości.

Aż pewnego wieczora wyrostkowie Butrymi, pasący za Wołmontowiczami konie, dali znać, że jakieś wojsko wyszło z lasów i zbliża się od południowej strony. Miecznik zbyt był jednak starym i doświaczonym żołnierzem, aby nie przedsięwziąć żadnych ostrożności. Piechotę swoją, częścią już opatrzoną przez Domaszewiczów w strzelbę, umieścił w niedawno odbudowanych domach, częścią obsadził kołowrót, sam zaś z jazdą stanął nieco z tyłu poza płotami, na obszernym pastewniku dotykającym jedną stroną rzeczki. Miecznik uczynił to głównie dlatego, żeby uzyskać pochwały Babinicza, który na dobrych rozporządzeniach znać się musiał; ale pozycja jego istotnie była silna.

Zaścianek, od czasu jak go Kmicic z zemsty za wymordowanie kompanionów spalił, odbudowywał się z wolna; że zaś później wojna szwedzka robotę przerwała, było więc nagromadzonych w głównej ulicy mnóstwo bali, bierwion, desek. Całe ich kupy wznosiły się przy kołowrocie, i piechota, choćby mniej wyćwiczona, mogła się spoza nich długo bronić.

W każdym razie zabezpieczała ona jazdę od pierwszego natarcia. Miecznik tak dalece pragnął popisać się ze swoją znajomością żołnierki przed Babiniczem, że nawet podjeździk wysłał na zwiady.

Jakież było jego zdumienie, a w pierwszej chwili i przerażenie, gdy z dala, zza borku, doszedł go odgłos strzałów, następnie podjazd ukazał się na drodze, ale idący w skok i z chmurą nieprzyjaciół na karku.

Miecznik skoczył natychmiast do piechoty, aby ostatnie rozkazy wydać, a tymczasem z borku poczęły się wysypywać gęstsze zastępy nieprzyjaciół i szły jak szarańcza ku Wołmontowiczom, świecąc w zachodzącym słońcu bronią.

Borek był blisko, więc podjechawszy nieco jazda owa puściła zaraz w skok konie, pragnąc jednym zamachem przedostać się przez kołowrót, lecz nagły ogień piechoty osadził ją na miejscu. Pierwsze szeregi cofnęły się nawet dość bezładnie i tylko kilkunastu dotarło piersiami końskimi do zasieków. Miecznik też ochłonął tymczasem i skoczywszy do jazdy kazał wszystkim, którzy mieli pistolety lub strzelby, iść na posiłek piechocie.

Nieprzyjaciel był widocznie również zaopatrzony w muszkiety, bo zaraz po pierwszym natarciu rozpoczął ogień bardzo gwałtowny, chociaż nieregularny.

Więc z obu stron poczęło grzmieć to szybciej, to powolniej; kule świszcząc dolatywały aż do jazdy, stukały po domach, płocie, kupach belek; dym rozciągał się nad Wołmontowiczami, zapach prochu napełniał ulicę.

Anusia zatem miała to, czego chciała, to jest bitwę.

Obie panny zaraz w pierwszej chwili dosiadły z rozkazu miecznika podjezdków, aby w danym razie, gdyby siły nieprzyjacielskie okazały się zbyt wielkie, mogły uchodzić razem z partią. Pomieszczono je więc w tylnych szeregach jazdy.

Lecz Anusi, mimo że szabelkę miała przy boku i kołpaczek rysi na głowie, dusza zaraz z początku uciekła na ramię. Ona, która tak dobrze umiała sobie radzić w pokoju z oficerami, nie znalazła ani szczypty energii, gdy przyszło stanąć jej oko w oko synom Bellony w polu. Świst i stukanie kul przerażało ją; zamęt, bieganie ordynansów, huk muszkietów i jęki rannych odejmowały jej przytomność, a zapach prochu przytłumiał oddech w piersiach. Uczyniło się jej mdło i słabo, twarz zbladła jak chusta, i poczęła wić się a piszczeć jak dziecko; aż jeden z towarzyszów, młody pan Olesza z Kiemnar, musiał uchwycić ją w ramiona. Trzymał zaś mocno, mocniej aniżeli trzeba było, i gotów był trzymać tak do końca świata.

. Lecz żołnierze śmiać się naokoło poczęli.

- Rycerz w spódnicy! - ozwały się głosy. - A kury sadzić, a pierze drzeć! Inni zaś wołali:

- Panie Olesza! przypadła ci tarcza do ramienia, ale cię przez nią tym łatwiej Kupido strzałą przeszyje!...

I dobry humor ogarnął żołnierzy.

Inni woleli wszelako patrzeć na Oleńkę, która zachowywała się całkiem inaczej. Z początku, gdy kilka kul przeleciało opodal, przybladła i ona, nie mogąc się wstrzymać od uchylania głowy i zamykania oczu; lecz następnie krew rycerska grać w niej poczęła, więc spłonąwszy na twarzy jak róża, podniosła głowę i patrzyła nieulękłym okiem przed siebie. Rozdęte jej nozdrza wciągały jakby z lubością zapach prochu. Że zaś dym czynił się wedle kołowrotu coraz większy i widok bardzo przysłaniał, więc odważna panna widząc, że oficerowie wyjeżdżają naprzód, aby dokładniej przebieg bitwy śledzić, poruszyła się wraz z nimi, nie myśląc nawet o tym, co czyni.

A w gęstwie jazdy podniósł się szmer pochwalny:

- O, to krew! to żona dla żołnierza, to słuszny wolentarzyk!

- Vivat Billewiczówna!

- Popiszmy się, mości panowie, bo przed takimi oczyma warto!

- I amazonki lepiej przeciw muszkietom nie stawały! - krzyknął któryś z młodych towarzyszów zapominając w zapale, że amazonki żyły przed wynalezieniem prochu.

- Czas by już skończyć. Piechota grzecznie się sprawiła i hostes mocno nadwerężeni.

Rzeczywiście, nieprzyjaciel nie mógł nic wskórać jazdą. Co chwila rozpuszczał konie, podpadał do kołowrotu, ale po salwie cofał się bezładnie. I jako fala, rozlawszy się po płaskim brzegu, zostawia po sobie muszle, kamyki, martwą rybę, tak po każdym ataku zostawało kilkanaście ciał końskich i ludzkich na drodze przed kołowrotem.

Wreszcie ataki ustały. Podjeżdżali tylko ochotnicy paląc w stronę wsi z pistoletów i muszkietów dość gęsto, aby uwagę Billewiczowskich zająć.

Natomiast pan miecznik, wylazłszy po węglach pod okap dworku, dojrzał ruch w tylnych szeregach nieprzyjacielskich ku polom i chruśniakom, ciągnącym się z lewej strony Wołmontowicz.

- Stąd będą tentowali! - zakrzyknął i natychmiast posłał część jazdy między chałupy, żeby z sadów dała nieprzyjacielowi odpór.

W pół godziny nowa bitwa, ale także na palną broń, zawiązała się z lewego skrzydła partii.

Sady ogrodzone utrudniały jeszcze atak wręcz, ale utrudniały zarówno dla stron obu. Przy tym nieprzyjaciel rozrzuciwszy się na długiej linii mniej był narażony na strzały.

Bitwa z wolna stawała się coraz zażartszą i coraz pracowitszą, nie przestano bowiem atakować i kołowrotu.

Miecznik począł się niepokoić.

Z prawej strony miał za sobą błonia wolne jeszcze, kończące się rzeczką niezbyt szeroką, lecz głęboką i bagnistą, przez którą przeprawa, zwłaszcza w pośpiechu, mogła być trudną. W jednym miejscu tylko była wydeptana droga do płaskiego brzegu, przez który przepędzano bydło do boru.

Pan Tomasz coraz częściej jakoś jął się oglądać w tamtą stronę.

Naraz, między przejrzystą, bo pozbawioną już liści wierzbinową gęstwą, ujrzał przy zorzy wieczornej połyskującą broń i czarniawą chmurę żołnierstwa.

"Babinicz nadchodzi!" - pomyślał.

Lecz w tej chwili przypadł do niego pan Chrząstowski, który szwadronem jazdy dowodził.

- Od rzeki szwedzką piechotę widać! - krzyknął w przerażeniu.

- Zdrada jakowaś! - zawołał pan Tomasz. - Na rany Chrystusa! skoczże waść ze swoim szwadronem na tę piechotę; inaczej w bok nam przyjdzie!

- Siła wielka! - odrzekł pan Chrząstowski.

- Wesprzyjcie ją choć na godzinę, my zaś będziem się w tył ku lasom salwować.

Pan Chrząstowski skoczył i wkrótce ruszył błoniem na czele dwustu ludzi, co widząc nieprzyjacielska piechota poczęła się szybko formować w gąszczach na przyjęcie nieprzyjaciela; po chwili szwadron rozpuścił konie, a zaś z wierzbinowych krzów zagrzmiała muszkietowa palba.

Miecznik zwątpił już nie tylko o zwycięstwie, ale nawet o ocaleniu własnej piechoty.

Mógł jeszcze wycofać się w tył z częścią jazdy, z pannami i szukać schronienia w lesie, lecz taki odwrót równał się wielkiej klęsce, bo prowadził za sobą wydanie pod miecz większej części partii i resztek ludności laudańskiej, która zgromadziła się w Wołmontowiczach dla widzenia Babinicza. Same Wołmontowicze zostałyby naturalnie w takim razie z ziemią zrównane.

Pozostawała jeszcze jedynie nadzieja, że pan Chrząstowski przełamie ową piechotę.

Tymczasem ściemniło się na niebie, ale w zaścianku blask czynił się coraz większy, bo zapaliły się wióry, drzazgi i heblowiny leżące kupą przy pierwszym domu od kołowrotu. Od nich zajął się sam dom i krwawa łuna zaświeciła nad wioską.

Przy jej blasku ujrzał pan miecznik jazdę Chrząstowskiego, wracającą w popłochu i nieładzie, za nią zaś piechota szwedzka wysypywała się z gąszczów, idąc pędem do ataku.

Wówczas zrozumiał, że trzeba cofać się jedyną wolną drogą.

Już więc dopadł do resztek jazdy, już machnął szablą i krzyknął: "W tył, mości panowie! a w ordynku! w ordynku!" - gdy nagle i z tyłu ozwały się strzały, pomieszane z okrzykiem żołnierstwa.

Poznał tedy miecznik, że jest otoczony, że wpadł jakoby w pułapkę, z której nie ma ni wyjścia, ni ratunku.

Pozostawało mu tylko zginąć z chwałą, więc wyskoczył przed szereg jazdy i zawołał:

- Padniemy jeden na drugim! Nie pożałujemy krwi za wiarę i ojczyznę!

Tymczasem ogień jego piechoty, broniącej kołowrotu i lewej strony zaścianka, zesłabł, a coraz potężniejszy krzyk nieprzyjaciela zwiastował jego bliski triumf.

Lecz co znaczą te chrapliwe głosy krzywuł w szeregach Sakowiczowskiej watahy i warczenie bębnów w szeregach szwedzkich?

Wrzaski słychać coraz przeraźliwsze, jakieś dziwne, zamieszane, jakby nie triumf, ale przerażenie w nich brzmiało.

Ogień przy kołowrocie ustaje naraz, jakby kto nożem przeciął. Kupy jazdy Sakowiczowskiej lecą na złamanie karku od lewej strony ku głównej drodze. Z prawej strony piechota staje i zamiast naprzód, poczyna się cofać ku zaroślom

Co to jest?... Na rany Chrystusa! Co to jest? - krzyczy miecznik.

Wtem odpowiedź przychodzi ze strony owego borku, z którego wyszedł Sakowicz, a teraz sypią się z niego ludzie, konie, chorągwie, buńczuki, szable i idą - nie! raczej pędzą jak wicher i nie jak wicher, ale jak trąba powietrzna. W krwawych blaskach pożaru widać ich jak na dłoni. Idzie ich tysiące! Ziemia zdaje się uciekać spod ich nóg, a ci lecą ławą zbitą, rzekłbyś: jakiś potwór wychylił się z dąbrowy i sadzi przez pola ku wiosce, by ją pochłonąć. Leci przed nimi gnane pędem powietrze, leci strach i zatracenie... Już, już są! już dopadają! Zwieją Sakowicza jak wicher!

- Boże! Boże wielki! - krzyczy jak w obłąkaniu miecznik - to nasi! To chyba Babinicz!

- Babinicz! - wrzeszczą za nim wszystkie gardziele.

- Babinicz! - rozlegają się przerażone głosy w Sakowiczowskim oddziele.

I cała nieprzyjacielska wataha wykręca w prawo chcąc umykać ku swojej piechocie.

Płot łamie się z trzaskiem przeraźliwym pod parciem piersi końskich; pastewnik zapełnia się uciekającymi, lecz tamci już siedzą na ich karkach, tną, sieką, bodą, tną bez wytchnienia, tną bez miłosierdzia. Słychać krzyk, jęki, świst szabel. Jedni i drudzy wpadają na piechotę, przewracają ją, łamią, roznoszą. Rzekłbyś: tysiące chłopów stanęło do młocki i cepami bije. Wreszcie cała masa zwala się ku rzece, ginie w zaroślach, przetacza się na drugi brzeg. Jeszcze ich widać, gonią ciągle i tną a tną! Oddalają się. Zabłyśli raz jeszcze szablami i znikli wreszcie w krzach, w przestrzeni, w ciemności.

Piechota miecznikowa poczęła ściągać się od kołowrotu i z domów, których już bronić nie potrzeba; jazda stoi czas jakiś w takim zdumieniu, że milczenie głuche panuje w szeregach, i dopiero gdy płonący dom zawala się z trzaskiem, głos jakiś odzywa się nagle:

- W imię Ojca i Syna, i Ducha Świętego! Burza to przeleciała!

- Noga żywa z tego pościgu nie wyjdzie! - dodaje drugi głos.

- Mości panowie! - woła nagle miecznik - a my nie skoczym na tych, którzy nam z tyłu zachodzili? W odwrocie oni teraz, ale ich dogonim!

- Bij! zabij! - odpowiadają chórem głosy.

I cała jazda zawróciwszy się wypuszcza konie za ostatnim oddziałem nieprzyjaciół. W Wołmontowiczach zostają tylko starcy, niewiasty, dzieci i panienka z towarzyszką.

Dom ugaszono w mgnieniu oka, po czym radość niepojęta pochwytuje wszystkie serca. Kobiety z płaczem i szlochaniem wznoszą ręce ku niebu i zwracając się ku stronie, w którą popędził Babinicz, wołają:

- Boże ci błogosław, wojenniku niezwyciężony! Zbawco, któryś nas, nasze dzieci i domy od zagłady ocalił!

Zgrzybiali Butrymowie powtarzają chórem:

- Boże ci błogosław! Boże cię prowadź! Bez ciebie byłoby już po Wołmontowiczach!

Ach! gdyby w tym tłumie wiedziano, że wieś od ognia i ludność od miecza ocaliła właśnie ta sama ręka, która przed dwoma laty do tej samej wioski wniosła ogień i miecz!...

Po ugaszeniu pożaru, kto żyw, począł zbierać rannych, groźni zaś wyrostkowie przebiegając z kłonicami pobojowisko dobijali Szwedów i Sakowiczowskich grasantów.

Oleńka wnet wzięła komendę nad opatrunkiem. Przytomna zawsze, pełna energii i siły, nie ustała w pracy póty, póki każdy ranny nie spoczął w chacie z przewiązanymi ranami.

Po czym cała ludność poszła za jej przykładem pod krzyż, odmawiać litanię za poległych; przez całą noc nikt oka nie zmrużył w

Wołmontowiczach, wszyscy czekali na powrót miecznika i Babinicza krzątając się przy tym, aby zwycięzcom należyte zgotować przyjęcie. Szły pod nóż hodowane w lasach woły i barany; ogniska huczały aż do rana.

Anusia jedna w niczym nie mogła brać udziału, bo naprzód odjął jej siły strach, a potem radość tak wielka, że do szału podobna. Oleńka musiała mieć i o niej staranie, a ona śmiała się i płakała na przemian, to znów rzucała się w ramiona towarzyszce, powtarzając bez ładu i porządku:

- A co? Kto nas ocalił, i miecznika, i partię, i całe Wołmontowicze? Przed kim Sakowicz uciekł? Kto go pogrążył i Szwedów razem z nim?... Pan Babinicz! A co? Wiedziałam, że przyjdzie. Przeciem do niego pisała. A on, nie zapomniał! wiedziałam, wiedziałam, że przyjdzie. Ja to go sprowadziłam! Oleńko! Oleńko! ja szczęśliwa! Nie mówiłam że ci? Jego nikt nie zwycięży! Jemu pan Czarniecki nie dorówna... O Boże! Boże! Prawda, że on tu wróci? Dziś jeszcze? Bo żeby nie miał wrócić, to by nie przychodził, prawda?.. Słyszysz Oleńka, jakieś konie rżą w oddali...

Ale w oddali nic nie rżało. Nad ranem dopiero rozległ się tętent, okrzyk, śpiewy i wrócił pan miecznik. Jazda na spienionych od pogoni koniach zapełniła cały zaścianek. Śpiewom, krzykom, opowiadaniom nie było końca.

Miecznik, umazany krwią, zdyszany, ale radosny, opowiadał do wschodu słońca, jako zniósł oddział rajtarii nieprzyjacielskiej, jako dwie mile na nich jechał i prawie do nogi wytępił.

On, również jak całe wojsko i wszyscy laudańscy byli przekonani, że Babinicz wróci lada chwila.

Lecz przyszło południe, potem słońce odbyło drugą połowę drogi i poczęło się zniżać, a Babinicz nie wracał.

Anusia atoli pod wieczór dostała wypieków na twarzy.

"Zaliby mu tylko o Szwedów, nie o mnie chodziło? - myślała sobie w duszy. - Przecie list odebrał, skoro tu przyszedł..."

Biedna, nie wiedziała, że dusze Brauna i Jurka Billewicza były dawno już na tamtym świecie i że Babinicz żadnego listu nie odebrał.

Bo gdyby był odebrał, błyskawicą wróciłby do Wołmontowicz, tylko... nie dla ciebie, Anusiu!

Upłynął znowu dzień; miecznik nie tracił jeszcze nadziei i nie ruszał się z zaścianka.

Anusia zacięła się w milczeniu.

- Spostponował mnie strasznie! Ale dobrze mi tak za moją płochość, za moje grzechy! - mówiła do siebie.

Na trzeci dzień pan Tomasz wysłał kilkunastu ludzi na zwiady.

Ci wrócili czwartego dnia z doniesieniem, że pan Babinicz wziął Poniewież, a ze Szwedów nikogo nie żywił. Po czym poszedł nie wiadomo dokąd, bo słuch o nim przepadł.

- Już go nie znajdziem, póki znowu nie wypłynie! - rzekł na to miecznik.

Anusia zmieniła się w pokrzywę; kto z młodszej szlachty i oficerów dotknął się jej, wnet się sparzył.

Piątego zasię dnia rzekła do Oleńki:

- Pan Wołodyjowski taki sam dobry żołnierz, ale mniejszy grubian.

- A może - odrzekła na to w zamyśleniu Oleńka - może pan Babinicz wierności dla tamtej dochowuje, o której ci w drodze z Zamościa wspominał.

Na to Anusia:

- Dobrze! Wszystko mi jedno...

Ale nie powiedziała prawdy, bo jej wcale nie było jeszcze wszystko jedno.

ROZDZIAŁ 28

Sakowicz tak doszczętnie został zniesiony, iż zaledwie samopięt zdołał się schronić do lasów w pobliżu Poniewieża. Następnie tułał się po nich w przebraniu chłopskim przez całe miesiące, nie śmiejąc wychylić się na świat jasny.

Babinicz zaś rzucił się na Poniewież, piechotę szwedzką tamże na załodze stojącą wyciął i gonił za Hamiltonem, który nie mogąc ku Inflantom uchodzić z powodu znacznych sił polskich zebranych w Szawlach i dalej pod Birżami, zawrócił w bok ku wschodowi w nadziei, że do Wiłkomierza zdoła się przedrzeć. Zwątpił on już o ocaleniu swego regimentu, nie chciał tylko wpaść w ręce Babinicza, bo wieść głosiła powszechnie, że ów srogi wojownik, aby się kłopotem nie obarczać, jeńców do nogi każe wycinać.

Umykał więc nieszczęsny Anglik, jak jeleń ścigany przez stado wilków, a Babinicz gonił go tym zawzięciej; dlatego to do Wołmontowicz nie wrócił i nawet nie pytał, jaką partię udało mu się ocalić.

Już też pierwsze szrony poczęły rankami okrywać ziemię, więc ucieczka stawała się tym trudniejsza, bo ślady kopyt zostawały na gruncie leśnym.

Paszy nie było w polach, konie cierpiały głód srogi.

Rajtarowie nie śmieli zatrzymywać się na dłużej po wsiach z obawy, że uparty nieprzyjaciel może ich lada chwila doścignąć.

W końcu nędza ich przeszła wszelką granicę; żywili się tylko liśćmi, korą i własnymi końmi, które upadały ze znużenia.

Po tygodniu sami poczęli prosić swego pułkownika, by odwrócił się czołem ku Babiniczowi i dał mu pole, bo wolą ginąć od miecza niż od głodowej śmierci.

Hamilton usłuchał i stanął do bitwy w Androniszkach. Siły szwedzkie o tyle były mniejsze, że Anglik nie mógł nawet i marzyć o zwycięstwie, zwłaszcza nad takim przeciwnikiem. Ale i sam był już umęczon bardzo i chciał zginąć. Jednakże bitwa, poczęta w Androniszkach, skończyła się w pobliżu Troupiów, pod którymi ostatni Szwedzi polegli.

Hamilton zginął bohaterską śmiercią, broniąc się pod krzyżem przydrożnym przeciw kilkunastu ordyńcom, którzy początkowo chcieli go brać żywcem, ale rozjątrzeni uporem, roznieśli wreszcie na szablach.

Lecz i Babiniczowe chorągwie były tak pomęczone, że nie miały sił ni chęci iść nawet do pobliskich Troupiów, jeno jak gdzie która w czasie bitwy stała, tam zaraz poczęła się roztasowywać na nocleg, rozpalając ognie wśród trupów nieprzyjacielskich.

Po posiłku zasnęli wszyscy kamiennym snem.

Sami zaś Tatarzy odłożyli do jutra obszukiwanie trupów.

Kmicic, któremu głównie o konie chodziło, nie sprzeciwiał się temu wypoczynkowi.

Nazajutrz jednak wstał dość rano, aby straty własne po zażartej potyczce obliczyć i łup sprawiedliwie rozdzielić. Zaraz po posiłku stanął na wzniesieniu pod tym samym krzyżem, pod którym zginął Hamilton, a starszyzna polska i tatarska podchodziła ku niemu z kolei, mając zakarbowany na laskach ubytek ludzi, i czyniła relacje. On słuchał, jako gospodarz wiejski słucha latem włodarzy, i radował się w sercu żniwem obfitym.

Wtem zbliżył się ku niemu Akbah-Ułan, podobniejszy do straszydła niż do człowieka, bo mu w wołmontowickiej bitwie nos rozbito głownią od szabli, skłonił się, dał Kmicicowi zakrwawione papiery i rzekł:

- Effendi, pisma jakoweś znaleziono przy wodzu szwedzkim, które wedle rozkazu oddaję.

Rzeczywiście Kmicic raz na zawsze wydał rozkazy, aby wszystkie papiery, znalezione przy trupach, odnoszono mu zaraz po bitwie, częstokroć bowiem mógł wymiarkować z nich zamiary nieprzyjaciół i stosownie postąpić.

Lecz w tej chwili nie było mu tak pilno, więc kiwnąwszy głową Akbahowi schował papiery w zanadrze. Akbaha zaś odesłał do czambułu poleciwszy mu, ażeby zaraz ruszał do Troupiów, w których na dłuższy odpoczynek pozostać mieli.

Przeciągały tedy chorągwie przed nim jedna po drugiej. W przodku szedł czambulik, który obecnie niespełna pięćset głów tylko liczył, reszta wykruszyła się w ciągłych bitwach, ale każdy Tatar tyle miał zaszytych w kulbace, tołubie i czapce szwedzkich riksdalerów, pruskich talarów i dukatów, że go można było brać na wagę srebra. Był to przy tym lud wcale do zwykłych czambułowych Tatarów niepodobny, bo co było słabsze, to z trudów zmarniało, zostały tylko chłopy na schwał, pleczyste, żelaznej wytrzymałości i jadowite na kształt szerszeni. Ciągła praktyka tak ich wyćwiczyła, że w ręcznym spotkaniu mogliby dotrzymać nawet polskiej komputowej jeździe, na rajtarów zaś lub dragonów pruskich, o ile liczba była równą, chodzili jak wilcy na owce. W bitwie bronili szczególniej ze straszną zajadłością ciał swych towarzyszów, aby się potem skarbami ich podzielić. Teraz przechodzili przed panem Kmicicem z wielką fantazją, brząkając w litaury, świszcząc na końskich piszczelach i potrząsając buńczukiem, a szli tak sfornie, że i regularny żołnierz nie szedłby lepiej. Za nimi ciągnęła dragonia, przez pana Andrzeja z mozołem wielkim z ochotników wszelkiego rodzaju utworzona, zbrojna w rapiery i muszkiety. Dowodził nią dawny wachmistrz Soroka, teraz do godności oficerskiej, a nawet kapitańskiej podniesion. Pułk ów, przybrany jednostajnie w mundury zdobyczne, zdarte z dragonów pruskich, składał się przeważnie z ludzi niskiego stanu, ale właśnie pan Kmicic lubił ten rodzaj ludzi, bo słuchał ślepo i wszelkie trudy bez szemrania znosił.

W dwóch następnie idących chorągwiach wolentarskich służyła sama szlachta, mniejsza i większa. Były to duchy burzliwe i niespokojne, które pod innym wodzem zmieniłyby się w kupę drapieżników, ale w tych żelaznych rękach stały się podobne do regularnych chorągwi i same rade zwały się "petyhorskimi". Ci, mniej na ogień od dragonów wytrzymali, byli za to w pierwszej furii straszniejsi, biegłością zaś w ręcznym spotkaniu przewyższali całe wojsko, bo każdy sztukę fechtów posiadał.

Za nimi na koniec przeciągnęło około tysiąca świeżych wolentariuszów, ludu dobrego, ale nad którym siła trzeba było jeszcze pracować, by się stali do sprawnego wojska podobni.

Każda z tych chorągwi, przechodząc koło figury, podnosiła okrzyk salutując przy tym pana Andrzeja szablami. On zaś radował się coraz więcej. Siła to przecie znaczna i nielicha! Wiele już z nią dokazał, wiele krwi nieprzyjacielskiej wytoczył, a Bóg wie, czego jeszcze dokonać potrafi.

Dawne jego winy wielkie, ale i świeże zasługi niemałe. Oto powstał z upadku, z grzechu i poszedł pokutować nie w kruchcie, ale w polu, nie w popiele, ale we krwi. Bronił Najświętszej Panny, ojczyzny, króla, i teraz czuje, że mu na duszy lżej, weselej. Ba! nawet dumą wzbiera serce junackie, bo nie każdy tak by sobie dał rady jako on!

Tyle przecie jest szlachty ognistej, tylu kawalerów w tej Rzeczypospolitej, a czemu to żaden na czele takiej potęgi nie stoi, ani nawet Wołodyjowski, ani Skrzetuski? Kto przy tym Częstochowę osłaniał, króla w wąwozach bronił? Kto Bogusława usiekł? Kto pierwszy wniósł miecz i ogień do Prus Elektorskich?! A owo i teraz na Żmudzi prawie już nie masz nieprzyjaciół.

Tu pan Andrzej uczuł to, co czuje sokół, gdy rozciągnąwszy skrzydła wzbija się wyżej i wyżej! Przeciągające chorągwie witały go gromkim okrzykiem, a on głowę podniósł i pytał sam siebie: "Dokąd też dolecę?" - I twarz mu spłonęła, bo w tej chwili wydało mu się, że hetmana w sobie nosi. Lecz ta buława, jeżeli go dojdzie, to dojdzie z pola, z ran, z zasługi, z chwały. Nie zamigoce mu już nią przed oczyma żaden zdrajca, jak w swoim czasie migotał Radziwiłł, jeno wdzięczna ojczyzna włoży mu ją w dłoń z woli królewskiej. A jemu, nie troskać się o to, kiedy to przyjdzie, jeno bić i bić- bić jutro, jak pobił wczoraj!

Tu rozbujała wyobraźnia kawalerska powróciła do rzeczywistości. Dokąd ma ruszyć z Troupiów, w jakim nowym miejscu o Szwedów zahaczyć?

Wtem przypomniały mu się listy oddane przez Akbah-Ułana, a znalezione przy trupie Hamiltona; sięgnął więc ręką w zanadrze, wydobył, spojrzał i zaraz zdumienie odbiło się na jego twarzy.

Na liście bowiem stał wyraźnie napis, niewieścią skreślony ręką:
"Do JMP Babinicza, pułkownika wojsk tatarskich i wolentarskich."
- Do mnie?... - rzekł pan Andrzej.

Pieczęć była złamana, więc prędko otworzył list, uderzył wierzchem dłoni po papierze i począł czytać.

Ale jeszcze nie skończył, gdy mu ręce zadrgały, zmienił się na twarzy i zakrzyknął:

- Pochwalone imię Pańskie! Boże miłosierny! oto i nagroda dochodzi mnie z rąk Twoich!

Tu chwycił podnóże krzyża w obie ręce i płową czupryną począł bić w cokół. Inaczej dziękować Bogu w tej chwili nie umiał, na więcej słów modlitwy się nie zdobył, bo radość objęła go do wichru podobna i aż hen, pod niebo uniosła.

Oto list był od Anusi Borzobohatej. Szwedzi znaleźli go przy Jurku Billewiczu, a teraz przez drugiego trupa doszedł rąk Kmicicowych. W głowie pana Andrzeja tysiączne myśli przelatywały z szybkością strzał tatarskich.

Więc Oleńka była nie; w puszczy, ale w partii billewiczowskiej? I on właśnie ocalił ją, a z nią razem te Wołmontowicze, które niegdyś za kompanionów z dymem puścił! Widocznie ręka boska kierowała jego krokami tak, aby za jednym zamachem wynagrodził za wszystkie krzywdy i Oleńce, i Laudzie. Oto zmazane jego winy! Możeli ona teraz mu nie przebaczyć albo ta szara brać laudańska? Mogąli go nie błogosławić? I co powie umiłowana dziewczyna, która go za zdrajcę uważa, gdy się dowie, że ów Babinicz, który Radziwiłła obalił, który po pas nurzał się we krwi niemieckiej i szwedzkiej, który na Żmudzi nieprzyjaciela wygniótł, wyniszczył, do Prus i Inflant przepędził, to on, to Kmicic, ale już nie zabijaka, nie banit, nie zdrajca, jeno obrońca wiary, króla, ojczyzny!

A przecie zaraz po przestąpieniu granicy żmudzkiej byłby pan Andrzej na cztery strony świata rozgłosił, kim jest ów przesławny Babinicz, i jeśli tego nie uczynił, to jeno dlatego, że się obawiał, iż na sam dźwięk prawdziwego jego nazwiska wszyscy się od niego odwrócą, wszyscy go będą podejrzewać, odmówią pomocy i ufności. Dopieroż ledwie dwa lata upłynęły, jak obłąkany przez Radziwiłła wycinał te chorągwie, które razem z Radziwiłłem przeciw królowi i ojczyźnie powstać nie chciały. Przed dwoma ledwie laty był prawą ręką wielkiego zdrajcy!

Lecz teraz zmieniło się wszystko! Teraz, po tylu zwycięstwach, w takiej chwale, ma prawo przyjść do dziewczyny i powiedzieć jej: "Jam Kmicic, ale twój zbawca!" Ma prawo krzyknąć całej Żmudzi: "Jam Kmicic, ale twój zbawca!"

A zatem Wołmontowicze przecie niedaleko! Tydzień ścigał Babinicz Hamiltona, lecz Kmicic prędzej jak w tydzień będzie u nóg Oleńki.

Tu powstał pan Andrzej, blady ze wzruszenia, z płonącymi oczyma, z promienną twarzą, i krzyknął na pachołka:

- Konia mi prędzej! żywo! żywo!

Pacholik podprowadził karego dzianeta i sam zeskoczył strzemię podawać, lecz stanąwszy na ziemi rzekł:

- Wasza miłość! obcy ludzie jacyś ku nam od Troupiów z panem Soroką jadą i suną rysią.

- Mniejsza mi z nimi! - odrzekł pan Andrzej.

Tymczasem obaj jeźdźcy zbliżyli się na kilkanaście kroków, następnie jeden z nich w towarzystwie Soroki wysunął się w skok naprzód, przybiegł i uchyliwszy rysiego kołpaka odkrył rudą jak ogień czuprynę.

- Widzę, że przed panem Babiniczem stoję! - rzekł. - Rad jestem, żem waści odszukał.

- Z kim mam honor? - rzekł niecierpliwie pan Kmicic.

- Jestem Wierszułł, niegdyś rotmistrz tatarski chorągwi księcia Jaremy Wiśniowieckiego; przybywam w rodzinne strony, by tu na nową wojnę zaciągi czynić, a oprócz tego przywiozłem list dla waszmości od pana hetmana wielkiego Sapiehy.

- Na nową wojnę? - spytał Kmicic marszcząc brwi. - Co waść prawisz?

- Ten list lepiej ode mnie waćpana objaśni - rzekł Wierszułł, podając pismo hetmańskie.

Kmicic rozerwał gorączkowo pieczęć. List Sapiehy brzmiał, jak następuje: "Mnie wielce uprzejmy panie Babinicz! Nowy potop na ojczyznę! Liga Szweda z Rakoczym stanęła i podział Rzeczypospolitej ułożony. Osiemdziesiąt tysięcy Węgrzynów, Siedmiogrodzian, Wołoszy i Kozaków przekroczy lada godzina południową granicę. A gdy w takiej ostatniej toni trzeba nam wszystkie siły wytężyć, aby choć imię sławne po naszym narodzie na przyszłe wieki zostało, posyłam WMści ten ordynans, wedle którego masz WMść, nie tracąc chwili czasu, wprost na południe konie obrócić i wielkimi drogami ku nam dążyć. Zastaniesz nas w Brześciu, skąd, nie mieszkając, dalej cię wyślem. Tymczasem periculum in mora! Książę Bogusław eliberował się z niewoli, ale pan Gosiewski ma mieć na Prusy i Żmudź oko. Raz jeszcze zalecając WMści pośpiech dufam, że miłość do ginącej ojczyzny najlepszą ci będzie ostrogą."

Kmicic skończywszy czytać wypuścił list na ziemię i począł przeciągać rękoma po zwilgotniałej twarzy, na koniec spojrzał błędnie na Wierszułła i spytał cichym, zduszonym głosem:

- Dlaczegóż to pan Gosiewski ma na Żmudzi zostawać, a ja ruszać na południe?

Wierszułł wzruszył ramionami.

- Spytaj się waszmość pana hetmana w Brześciu o racje! Jać nic nie powiem.

Nagle straszny gniew schwycił pana Andrzeja za gardło, oczy mu zabłysły, twarz zsiniała i krzyknął przeraźliwym głosem:

A ja stąd nie pójdę! Rozumiesz waść?!

- Tak? - odrzekł Wierszułł. - Moja rzecz była ordynans oddać, a reszta waści sprawa! Czołem, czołem! Chciałem się na parę godzin do kompanii zaprosić, ale po tym, com usłyszał, wolę poszukać innej.

To rzekłszy odwrócił konia i odjechał.

Pan Andrzej siadł znów pod figurą i począł bezmyślnie rozglądać się po niebie, jakby pogodę chciał wymiarkować. Pacholik usunął się z końmi opodal i cisza uczyniła się naokół.

Ranek był pogodny, blady, pół jesienny i pół już zimowy. Wiatr nie wiał, ale z brzóz rosnących pod męką Pańską spływały bez szelestu resztki pożółkłych i skręconych od chłodu liści. Nieprzeliczone stada wron i kawek leciały nad lasami, niektóre zapadały z wielkim krakaniem tuż obok figury, na polu bowiem i na drodze leżało jeszcze pełno nie pogrzebionych trupów szwedzkich. Pan Andrzej patrzył na owe czarne ptastwo, mrugając oczyma, rzekłbyś: chce je przeliczyć. Potem przymknął powieki i długo siedział bez ruchu. Na koniec wzdrygnął się, zmarszczył brwi, przytomność wróciła mu na twarz i tak począł do się mówić:

- Nie może inaczej być! Pójdę za dwa tygodnie, ale nie teraz. Niech się dzieje, co chce! Nie jam Rakoczego sprowadził. Nie mogę! Co nadto, to nadto!... Małom to się natłukł, nakołatał, nocy bezsennych na kulbace spędził, krwi swojej i cudzej narozlewał? Takaż za to nagroda?!... Żebym to choć tamtego listu nie odebrał, poszedłbym; ale oba przyszły w jednej godzinie, jakoby na większy ból, na większy żal dla mnie... Niechże świat się zapada, nie pójdę! Nie zginie przez dwa tygodnie ojczyzna, a zresztą widocznie gniew boży jest nad nią, i nie w mocy ludzkiej na to wskórać. Boże, Boże! Hiperboreje, Szwedzi, Prusacy, Węgrzyni, Siedmiogrodzianie, Wołosza, Kozacy, wszystko naraz! Kto się temu oprze? O Panie, co Ci zawiniła ta nieszczęsna ojczyzna, ten król pobożny, żeś odwrócił od nich oblicze i ni miłosierdzia, ni ratunku nie dajesz, i plagi coraz nowe zsyłasz? Małoż jeszcze krwi? mało łez? Toż tu ludzie już się weselić zapomnieli, toć tu wichry nie wieją, jeno jęczą... Toć tu dżdże nie padają, jeno płaczą, a ty smagasz i smagasz! Miłosierdzia, Panie! ratunku, Ojcze!... Grzeszyliśmy, ale przecie już przyszła poprawa!... Oto odstąpiliśmy naszych fortun, siedliśmy na koń i bijem a bijem! Poniechaliśmy swawoli, zrzekliśmy się prywaty... Więc czemu nie odpuścisz? Czemu nie pocieszysz?

Tu nagle sumienie porwało go za włosy i zatrzęsło nim, aż krzyknął, bo zarazem zdało mu się, że słyszy jakiś głos nieznany, z całego sklepienia niebios płynący, który mówi:

- Zaniechaliście prywat? A tyż, nieszczęśniku, co w tej chwili czynisz? Zasługi swoje podnosisz, a gdy przyszła pierwsza chwila próby, jako zhukany koń dęba stajesz i krzyczysz: "Nie pójdę!" Ginie matka, nowe miecze pierś jej przeszywaja. a ty się od niej odwracasz, nie chcesz jej wesprzeć ramieniem, za własnym szczęściem gonisz i krzyczysz: "Nie pójdę!" Ona ręce krwawe wyciąga, już, już pada, już mdleje, już kona i ostatnim głosem woła: "Dzieci! ratujcie!" A ty jej odpowiadasz: "Nie pójdę!" Biada wam! biada takiemu narodowi, biada tej Rzeczypospolitej! Tu panu

Kmicicowi strach podniósł włosy na głowie i całe jego ciało dygotać poczęło, jakby je paroksyzm febry chwycił... I naraz rymnął twarzą do ziemi, i nie wołać, ale krzyczeć jął w przerażeniu:

- Jezu, nie karz! Jezu, zmiłuj się! Bądź wola Twoja! Już pójdę, pójdę!

Potem czas jakiś leżał w milczeniu i szlochał, a gdy podniósł się wreszcie, twarz miał rezygnacji pełną i spokojniejszą i tak dalej się modlił:

- Ty się, Panie, nie dziwuj, że mi żal, bom był w wilię szczęśliwości mojej. Ale niech już tak będzie, jak Ty rozporządzisz! Teraz już rozumiem, żeś mnie chciał doświadczyć, i dlategoś mnie jakoby na rozstajnych drogach postawił. Bądź jeszcze raz wola Twoja. Ani się obejrzę za siebie! Tobie, Panie, fiaruję ten mój żal okrutny, te moje tęskności, to moje ciężkie zmartwienie. Niechże mi wszystko będzie policzone za to, żem księcia Bogusława oszczędził, nad czym płakała ojczyzna. Widzisz teraz, Panie, że to była ostatnia moja prywata. Już więcej nie będę. Ojcze miłościwy! Ano jeszcze tę ziemię kochaną ucałuję, ano jeszcze nóżki Twoje krwawe ścisnę... i idę, Chryste! idę!...

I poszedł.

A w rejestrze niebieskim, w którym zapisują złe i dobre uczynki ludzkie, przemazano mu w tej chwili wszystkie winy, bo to był człowiek zupełnie poprawiony.

ROZDZIAŁ 29

Żadna księga nie wypisała, ile jeszcze bitew stoczyły wojska, szlachta i lud Rzeczypospolitej z nieprzyjaciółmi. Walczono po lasach, polach, po wsiach, miasteczkach i miastach; walczono w Prusach Królewskich i Książęcych, na Mazowszu, w Wielkopolsce, w Małopolsce, na Rusi, na Litwie i Żmudzi, walczono bez wytchnienia we dnie i w nocy.

Każda grudka ziemi nasyciła się krwią. Nazwiska rycerzy, prześwietne czyny, wielkie poświęcenia zginęły w pamięci, bo nie zapisał ich kronikarz i nie wyśpiewała lutnia. Ale pod potęgą tych usiłowań ugięła się wreszcie moc nieprzyjacielska.

I jako gdy wspaniały lew, który przed chwilą, przeszyty pociskami, leżał jak martwy, podniesie się nagle, a wstrząsnąwszy królewską grzywą, ryknie potężnie, wnet myśliwców przejmuje strach blady i nogi ich zwracają się ku ucieczce, tak owa Rzeczpospolita powstawała coraz groźniejsza, jowiszowego gniewu pełna, światu całemu stawić czoło gotowa; w kości zaś napastników zstąpiła niemoc i strach. Nie o zdobyczy już myśleli, ale o tym jeno, by ze lwiej paszczęki głowy całe do domowych pieleszy unieść.

Nie pomogły nowe ligi, nowe zastępy Węgrów, Siedmiogrodzian, Kozaków i Wołoszy. Przeszła wprawdzie jeszcze raz burza między Krakowem, Warszawą i Brześciem, lecz się o piersi polskie rozbiła i wkrótce marnym rozwiała się tumanem.

Król szwedzki, pierwszy zwątpiwszy o sprawie, na duńską wojnę odjechał; zdradziecki elektor, korny przed silnym, zuchwały przed słabszym, czołem do nóg Rzeczypospolitej uderzył i Szwedów bić począł; zbójeckie zastępy "rzeźników" Rakoczego zmykały co sił ku swym siedmiogrodzkim komyszom, które pan Lubomirski ogniem i mieczem spustoszył.

Lecz łatwiej im było wtargnąć w granice Rzeczypospolitej niż wyjść z nich bez kary. Więc gdy dopadnięto ich u przeprawy, grafowie siedmiogrodzcy klęcząc przed panem Potockim, Lubomirskim i Czarnieckim w prochu żebrali o litość.

Oddamy broń, oddamy miliony! - wołali - jeno pozwólcie nam odejść!

I przyjąwszy okup hetmani zlitowali się nad tym wojskiem nędzników; lecz orda rozniosła ich na kopytach końskich u samych już progów domowych. Spokój począł z wolna wracać na polskie równiny. Król jeszcze pruskie fortece odbierał, pan Czarniecki miał do Danii zanieść miecz polski, bo Rzeczpospolita nie chciała już poprzestać na samym wypędzeniu nieprzyjaciół.

Odbudowywały się ze zgliszczów wsie i miasta; ludność wracała z lasów, pługi pojawiły się na roli.

Jesienią 1657 roku, zaraz po wojnie węgierskiej, cicho już było w większej części ziem i powiatów, cicho zwłaszcza na Żmudzi.

Ci z laudańskich, którzy swego czasu poszli z panem Wołodyjowskim, byli jeszcze gdzieś hen! w polu, ale już oczekiwano ich powrotu.

Tymczasem w Morozach, Wołmontowiczach, Drożejkanach, Mozgach, w Goszczunach i Pacunelach niewiasty, podloty obu płci i starcy orali, siali oziminy, odbudowywali wspólnymi siłami chaty w tych okolicach, przez które pożar przeszedł, aby wojownicy po powrocie znaleźli przynajmniej dach nad głową i głodem nie potrzebowali przymierać.

Oleńka siedziała od niejakiego czasu w Wodoktach z Anusią Borzobohatą i miecznikiem. Pan Tomasz do swoich Billewicz się nie spieszył, raz dlatego, że były spalone, a po wtóre, że mu milej było przy dziewczynach niż samemu. Tymczasem przy pomocy Oleńki zagospodarowywał Wodokty.

Panna zaś chciała jak najlepiej zagospodarować Wodokty, te bowiem miały wraz z Mitrunami stanowić jej wiano klasztorne, inaczej mówiąc, przejść na własność zakonu benedyktynek, u których w sam dzień przyszłego Nowego Roku zamierzała biedna Oleńka rozpocząć nowicjat.

Rozważywszy bowiem wszystko, co ją spotkało, i owe losów odmiany, i zawody, i boleści, przyszła do przekonania, że taka, a nie inna musi być wola boża. Zdawało się jej, że jakaś ręka wszechmocna popycha ją do celi, że jakiś głos mówi jej:

"Tam ono najlepsze uspokojenie i koniec wszystkich trosk światowych!"

Więc postanowiła pójść za tym głosem; czując jednak w głębi sumienia, że jeszcze jej dusza nie zdołała oderwać się zupełnie od ziemi, pragnęła pierwej przygotować ją gorącą pobożnością, dobrymi uczynkami i pracą. Często też w tych usiłowaniach przeszkadzały jej echa ze świata.

Oto, na przykład, poczęli ludzie przebąkiwać, że ów przesławny Babinicz był to Kmicic. Jedni zaprzeczali gorąco, drudzy powtarzali wieść uporczywie.

Oleńka nie uwierzyła. Nadto przytomne były w jej pamięci wszystkie uczynki Kmicica i jego u Radziwiłłów służby, aby chociaż na chwilę przypuszczać mogła, że on jest pogromcą Bogusława i tak wiernym sługą królewskim, takim gorącym patriotą. Jednak jej spokój został zmącony, a żal i ból podniosły się na nowo w jej piersi.

Można było temu zaradzić przyspieszonym wejściem do klasztoru, lecz klasztory były rozproszone; mniszki, które nie zginęły od żołdackiej swawoli w czasie wojny, poczynały dopiero się zbierać.

Nędza też panowała w kraju powszechna, i kto się chciał w mury konwentów chronić, musiał nie tylko z własnym chlebem przychodzić, ale i cały konwent nim żywić.

Oleńka chciała przyjść właśnie z chlebem do klasztoru, zostać nie tylko siostrzyczką, ale i karmicielką mniszek.

Miecznik wiedząc, że na chwałę bożą ma iść jego praca, pracował gorliwie. Objeżdżali więc razem pola i folwarki pilnując prac jesiennych, które z przyszłą wiosną miały plon przynieść. Czasem towarzyszyła im Anusia Borzobohata, która nie mogąc przenieść afrontu, jaki jej Babinicz uczynił, groziła, że także do klasztoru wstąpi i że czeka tylko, aby pan Wołodyjowski odprowadził laudańskich, bo się chce z dawnym przyjacielem pożegnać. Częściej jednak miecznik z samą tylko Oleńką puszczał się na objazdy, bo Anusię nudziło gospodarstwo.

Pewnego razú wyjechali oboje na podjezdkach do Mitrunów, w których odbudowywano pogorzałe czasu wojny stodoły i obory.

Po drodze mieli też wstąpić do kościoła, bo to była właśnie rocznica wołmontowickiej bitwy, w której z ostatniej toni zostali przez nadejście Babinicza uratowani. Cały dzień zeszedł im na rozlicznych zajęciach, tak że dopiero pod wieczór mogli wyruszyć z Mitrunów.

W tamtą stronę jechali drogą kościelną, ale wracać wypadało im koniecznie na Lubicz i Wołmontowicze. Panna, ledwie ujrzała pierwsze dymy lubickie, zaraz odwróciwszy oczy poczęła szybko odmawiać pacierze, aby bolesne myśli odegnać, miecznik zaś jechał w milczeniu i tylko rozglądał się dokoła.

Wreszcie, gdy już minęli kołowrot, rzekł:

- Senatorska to gleba! Lubicz za dwoje Mitrunów stanie.

Oleńka dalej odmawiała pacierze.

Lecz w mieczniku przebudził się widocznie dawny zawołany gospodarz, a może i szlachcic do pieniactwa po trosze skłonny, bo po chwili rzekł znowu jakby sam do siebie:

- A przecie po prawdzie to nasze... Stara billewiczowska substancja, nasz pot, nasz trud. Tamten nieszczęśnik musiał dawno zginąć, skoro się nie zgłosił, a choćby się i zgłosił, prawo za nami.

Tu zwrócił się do Oleńki:

- Co myślisz, proszę?

Na to panna:

- Przeklęte to miejsce. Niech się z nim, co chce, dzieje.

- Ale bo, widzisz, prawo za nami. Miejsce przeklęte było w złych rękach, a stanie się błogosławione w dobrych. Prawo za nami!

- Nigdy! Nie chcę o niczym wiedzieć. Dziaduś bez restrykcji zapisał, niechże jego krewni biorą.

To rzekłszy popędziła podjezdka; miecznik dał także swojemu ostrogi i nie zwolnili aż w czystym polu. Tymczasem zapadła noc, ale widno było zupełnie, bo ogromny czerwony miesiąc wynurzył się zza wołmontowickiego lasu i rozświecił całą okolicę złotym blaskiem.

- Ano! dał Bóg piękną noc - ozwał się miecznik patrząc w kolisko księżyca.

- Jak to się Wołmontowicze świecą z daleka! - rzekła Oleńka.

- Bo drzewo jeszcze na domach nie sczerniało.

Dalszą rozmowę przerwało im skrzypienie wozu, którego zrazu dojrzeć nie mogli, bo droga w tym miejscu szła falisto, wkrótce jednak ujrzeli parę koni, za nią następną parę przy dyszlu, a w końcu drabiniasty półtorak otoczony przez kilku jeźdźców.

- Co to za ludzie mogą być? - rzekł miecznik.

I zatrzymał konia; Oleńka stanęła przy nim.

Tamci przez ten czas zbliżali się coraz więcej, na koniec przyjechali tuż.

- Stój! - zawołał miecznik. - A kogo to tam wieziecie?

Jeden z jeźdźców zwrócił się ku nim:

- Pana Kmicica wieziem, który pod Magierowem od Węgrzynów postrzelon.

- Słowo stało się ciałem! - zakrzyknął miecznik.

Oleńce świat cały zakręcił się nagle w oczach; serce w niej zamarło, piersiom zabrakło oddechu. Głosy jakieś wołały jej w duszy: "Jezusie, Mario! To on!" Po czym całkiem opuściła ją świadomość, gdzie jest, co się z nią dzieje.

Ale nie spadła z konia na ziemię, bo ręką chwyciła konwulsyjnie za drabinę wozu. I z chwilą gdy przyszła do przytomności, oczy je; padły na nieruchomy kształt ludzki leżący na wozie. Tak, to był on, pan Andrzej Kmicic, chorąży orszański. I leżał na wznak na wozie; głowę miał obwiniętą w chusty, ale przy czerwonym blasku miesiąca widać było doskonale jego twarz białą i spokojną, jakby z marmuru wykutą lub zlodowaciałą pod tchnieniem śmierci. Oczy miał głęboko zapadłe i zamknięte, życie nie zdradzało się w nim najmniejszym ruchem.

- Z Bogiem!... - rzekł zdejmując czapkę pan miecznik.

- Stój! - zawołała Oleńka.

I poczęła pytać cichym, ale prędkim, jakoby gorączkowym głosem:

- Żyw jeszcze czy zmarły?

- Żyw, ale śmierć nad nim.

Tu miecznik spojrzawszy na twarz Kmicica ozwał się znowu:

- Nie dowieziecie go do Lubicza.

- Kazał się koniecznie tam wieźć, bo tam chce umrzeć.

- Z Bogiem! Spieszcie się!

- Czołem bijemy!

I wóz ruszył dalej, a Oleńka z miecznikiem skoczyli co tchu w koniach w przeciwną stronę. Przelecieli przez Wołmontowicze jak dwa widziadła nocne i dopadli do Wodoktów nie mówiąc do siebie ni słowa przez drogę; dopiero zsiadając z konia Oleńka zwróciła się do stryja:

- Księdza mu trzeba posłać! - rzekła zdyszanym głosem - niech w tej chwili ktoś do Upity rusza!

Miecznik zajął się żywo spełnieniem polecenia, ona zaś wpadła do swojej izby i rzuciła się na kolana przed obrazem Najświętszej Panny.

W parę godzin potem, późną już nocą, dzwonek ozwał się przed bramą Wodoktów. To ksiądz przejeżdżał z Panem Jezusem do Lubicza.

Panna Aleksandra klęczała ciągle. Usta jej powtarzały litanię, którą się przy konających odmawia. A gdy ją odmówiła, po trzykroć poczęła bić głową o podłogę i powtarzać ustawicznie:

- Panie, policz mu, że z ręki nieprzyjaciół ginie... Panie, policz mu, że z ręki nieprzyjaciół ginie... Odpuść mu! zmiłuj się nad nim!..

Na tym zeszła jej cała noc. Ksiądz bawił w Lubiczu aż do rana, a wracając, sam wstąpił do Wodoktów. Ona wybiegła na jego spotkanie.

- Czy już? - spytała.

I nie mogła mówić więcej, bo jej oddechu zbrakło.

- Żyw jeszcze - odrzekł ksiądz.

Przez następnych dni kilkanaście co dzień posłańcy latali z Wodoktów do Lubicza i każdy wracał z odpowiedzią, że pan chorąży "żyw jeszcze", na koniec jeden przywiózł wiadomość, którą od cyrulika, sprowadzonego z Kiejdan, usłyszał, że nie tylko żyw, ale i zdrowy będzie, bo postrzały goją się szczęśliwie i siły rycerzowi wracają.

Panna Aleksandra posłała hojne ofiary na mszę dziękczynną do Upity, ale od owego dnia przestali chodzić posłańcy, i dziwna rzecz! w sercu dziewczyny, razem z uspokojeniem, począł się budzić dawny żal do pana Andrzeja. Winy jego przychodziły jej znowu co chwila do myśli, tak ciężkie, że nie do odpuszczenia. Śmierć jedynie mogła je pokryć niepamięcią... Gdy wracał do zdrowia, ciążyły znów nad nim... A jednak wszystko, co było można przytoczyć na jego obronę, powtarzała sobie co dzień biedna Oleńka.

Tyle się zaś nagryzła przez te dni, tyle jednak rozterki było w jej duszy, że aż na zdrowiu poczęła szwankować.

Zaniepokoiło to wielce pana Tomasza, więc pewnego wieczora, gdy zostali sami, spytał ją:

- Oleńka, powiedz no mi szczerze, co ty myślisz o chorążym orszańskim?

- Bogu wiadomo, że nie chcę o nim myśleć! - odrzekła.

- Bo to widzisz... pochudłaś... Hm!... Być może, że ty jeszcze... Jać nie nalegam na nic, jeno rad bym wiedzieć, co się tam w tobie dzieje... Zali nie mniemasz, że wola nieboszczyka dziada twego powinna się spełnić?

- Nigdy! - odrzekła Oleńka. - Dziaduś zostawił mi też furtę otwartą... a ja do niej na Nowy Rok zapukam. W tym spełni się jego wola.

- Nie wierzyłem i ja temu zgoła - odparł miecznik - co tu niektórzy przebąkiwali, że Babinicz a Kmicic to jedno, ale przecie pod Magierowem przy ojczyźnie a przeciw nieprzyjaciołom się już oponował i krew rozlał. Późna to poprawa, aleć zawsze poprawa!

- A przecie i książę Bogusław już teraz królowi i Rzeczypospolitej służy - odpowiedziała z żalem panna. - Niechże im Bóg obudwom przebaczy, a zwłaszcza temu, który krew rozlał... Ludzie wszelako zawsze będą mieli prawo powiedzieć, że oto w chwili największego nieszczęścia, w chwili klęsk i upadku na tę ojczyznę nastawali, a nawrócili się do niej dopiero wtedy, gdy nieprzyjaciołom powinęła się już noga i gdy korzyść własna nakazywała ze zwycięzcą trzymać. Ot, w czym ich wina! Teraz już nie ma zdrajców, bo nie ma zysku ze zdrady! Ale jaka w tym zasługa?... Zali nie nowy to dowód, że tacy ludzie gotowi zawsze mocniejszemu służyć? Bóg by dał, Bóg by dał! żeby inaczej było, ale takich win Magierów nie opłaci...

- Prawda jest! Nie mogę negować! - odrzekł miecznik. - Ciężka prawda, ale zawsze prawda! Wszyscy dawniejsi zdrajcy w czambuł do króla przeszli.

- Nad chorążym orszańskim - mówiła dalej panna - ciąży jeszcze straszniejszy niż na księciu Bogusławie zarzut, bo pan Kmicic ofiarował się przecie na króla rękę podnieść, czego się sam książę przeląkł. Zali przypadkowy postrzał może to zmazać?... Tę rękę pozwoliłabym sobie uciąć, gdyby tego nie było... ale to było, jest i nie odstanie się więcej! Bóg widocznie zostawił mu życie właśnie dlatego, żeby mógł pokutować... Mój stryju! Mój stryju! toż byśmy się oszukiwali sami, gdybyśmy chcieli w siebie wmówić, że on jest czysty. I co stąd za zysk? Zali sumienie da się oszukać? Niechże się dzieje wola boska. Co się rozerwało, to nie zwiąże się więcej, i nie powinno! Szczęśliwam, że pan chorąży żywie... przyznaję, bo znać, że Bóg nie odwrócił jeszcze całkiem od niego łaski swojej... Ale dość mi na tym! Szczęśliwa będę, gdy usłyszę, że zmazał winy, ale niczego więcej nie chcę, nie pragnę! choćby tam dusza we mnie jeszcze pocierpieć miała... Niechaj go Bóg wspomaga...

Tu Oleńka dłużej nie mogła mówić, bo płacz ją porwał wielki i żałosny, ale był to płacz ostatni. Wypowiedziała wszystko, co nosiła w sercu, i od tej pory spokój znów począł jej wracać.

ROZDZIAŁ 30

Rogata dusza junacka nie chciała istotnie wychodzić z cielesnej powłoki i nie wyszła. W miesiąc po powrocie do Lubicza rany pana Andrzeja poczęły się goić, wcześniej zaś jeszcze odzyskał przytomność i rozejrzawszy się po izbie zgadł zaraz, iż już jest w Lubiczu.

Następnie począł wołać wiernego Soroki.

- Soroka! - rzekł - miłosierdzie boże jest nade mną! Czuję, iż nie umrę!

- Wedle rozkazu! - odpowiedział stary żołnierz rozgniatając łzę kułakiem.

A Kmicic mówił dalej, jakby sam do siebie:

- Skończona pokuta... widzę to jaśnie. Miłosierdzie boże jest nade mną!

Potem milczał przez chwilę, jeno mu się wargi poruszały modlitwą.

- Soroka! - rzekł znów po chwili.

- Do usług waszej miłości!

- A kto tam jest w Wodoktach?

- Jest panna i pan miecznik rosieński.

- Pochwalone imię Pańskie! Przychodziłli tu kto pytać się o mnie?

- Przysyłali z Wodoktów, pókiśmy nie powiedzieli, że wasza miłość zdrów będzie.

- A potem przestali przysyłać?

- Potem przestali.

Na to Kmicic:

- Nic jeszcze nie wiedzą, ale się ode mnie samego dowiedzą. Nie mówiłżeś nikomu, żem tutaj jako Babinicz wojował?

- Nie było rozkazu - odrzekł żołnierz.

- A laudańscy z panem Wołodyjowskim nie wrócili jeszcze?

- Nie masz ich jeszcze, ale lada dzień zjadą.

Na tym skończyła się pierwszego dnia rozmowa. We dwa tygodnie później pan Kmicic wstawał już i chodził na kulach, a następnej niedzieli uparł się jechać do kościoła.

- Pojedziem do Upity - rzekł do Soroki - bo od Boga trzeba poczynać, a po mszy do Wodoktów.

Soroka nie śmiał się sprzeciwiać, więc kazał jeno wymościć sianem skarbniczek, a pan Andrzej wystroił się odświętnie i pojechali.

Przyjechali w czas, gdy mało jeszcze ludzi było w kościele. Pan Andrzej, wsparty na ramieniu Soroki, podszedł pod sam wielki ołtarz i klęknął w kolatorskiej ławce; nikt też go nie poznał, tak zmienił się wielce; twarz miał bardzo chudą, wynędzniałą, a przy tym nosił długą brodę, która mu czasu wojny i choroby wyrosła. Kto i spojrzał na niego, pomyślał, że jakiś przejezdny personat na mszę wstąpił; kręciło się bowiem wszędzie pełno przejezdnej szlachty, która z pola do swych majętności wracała.

Lecz kościół z wolna napełniał się ludem i okoliczną szlachtą; za czym poczęli zjeżdżać i posesjonaci z dalekich nawet stron, bo w wielu miejscach kościoły były popalone i mszy trzeba było aż w Upicie szukać.

Kmicic, zatopiony w modlitwie, nie widział nikogo; z pobożnego zamyślenia zbudziło go dopiero skrzypienie ławki pod nogami wchodzących do niej osób.

Wówczas podniósł głowę, spojrzał i spostrzegł tuż nad sobą słodką a smutną twarz Oleńki.

Ona także dostrzegła go i poznała w tej chwili, bo cofnęła się nagle, jakby przerażona; naprzód płomień, a potem bladość śmiertelna wystąpiła na jej twarz, lecz najwyższym wysileniem woli przemogła wrażenie i klękła tuż koło niego; trzecie miejsce zajął pan miecznik.

I Kmicic, i ona pochylili głowy i wsparłszy twarz na dłoniach klęczeli obok siebie w milczeniu, a serca biły im tak, że je słyszeli oboje doskonale.

Wreszcie pan Andrzej przemówił pierwszy:

- Niech będzie pochwalony Jezus Chrystus!

- Na wieki wieków... - odrzekła półgłosem Oleńka. I więcej nie mówili do siebie. Tymczasem ksiądz wyszedł z kazaniem; słuchał go Kmicic, ale mimo usiłowań i nie słyszał, i nie rozumiał. Oto ona, ta upragniona, do której od lat całych już tęsknił, która nigdy nie schodziła mu z myśli i z serca, była teraz tuż pod jego bokiem. I czuł ją koło siebie, i nie śmiał zwracać ku niej oczu, bo był w kościele, lecz przymknąwszy powieki, łowił uchem jej oddech.

- Oleńka, Oleńka przy mnie! - mówił sobie - oto Bóg nam się w kościele po rozłące spotkać kazał...

Więc myśli jego i serce powtarzały bez ustanku to imię:

- Oleńka, Oleńka, Oleńka!

I chwilami płacz radości chwytał go za gardło, to znów porywało go takie uniesienie dziękczynnej modlitwy, że aż świadomość tracił, co się z nim dzieje.

Ona klęczała ciągle z twarzą ukrytą w dłoniach.

Ksiądz skończył kazanie i zszedł z ambony.

Nagle przed kościołem rozległ się szczęk broni i tętent kopyt końskich. Ktoś krzyknął przed progiem kościoła: "Lauda wraca!" - i wnet w samej świątyni zerwały się szmery, potem gwar, potem coraz głośniejsze wołanie:

- Lauda! Lauda!

Tłumy poczęły się kołysać, wszystkie głowy zwróciły się naraz ku drzwiom. A wtem zaroiło się we drzwiach i hufiec zbrojny pojawił się w kościele. Na czele szli z brzękiem ostróg pan Wołodyjowski i pan Zagłoba. Tłumy rozstępowały się przed nimi, a oni przeszli przez cały kościół, klękli przed ołtarzem, pomodlili się krótką chwilę, po czym obaj weszli do zakrystii.

Laudańscy zatrzymali się wpół nawy, nie witając się dla powagi miejsca z nikim.

Ach, co za widok! Groźne twarze, ogorzałe od wichrów, wychudłe z trudów bojowych, pocięte szablami Szwedów, Niemców, Węgrów, Wołochów. Cała historia wojny i chwała pobożnej Laudy mieczem na nich wypisana. Oto ponure Butrymy, oto Stakjany, Domaszewicze, Gościewicze, wszystkich po trochu. Lecz ledwie czwarta część wróciła z tych, którzy ongi pod Wołodyjowskim z Laudy ruszyli.

Wiele niewiast na próżno szuka mężów, wielu starców na próżno wypatruje synów, więc płacz wzmaga się, bo i ci, którzy znajdują swoich, płaczą z radości. Cały kościół rozlega się szlochaniem; od czasu do czasu głos jakiś imię kochane wykrzyknie i zmilknie, a oni stoją w chwale, wsparci na mieczach, lecz i im po srogich bliznach łzy spływają na wąsiska. Wtem dzwonek targnięty przy drzwiach zakrystii uciszył płacze i gwary. Wszyscy klękli, wyszedł ksiądz ze mszą, a za nim w komżach pan Wołodyjowski i pan Zagłoba, i ofiara się rozpoczęła.

Lecz ksiądz także był wzruszony i gdy pierwszy raz zwrócił się do ludu mówiąc: Dominus vobiscum! - głos mu drgał; gdy zaś przyszło do Ewangelii i wszystkie szable naraz wysunęły się z pochew na znak, że Lauda zawsze gotowa wiary bronić, a w kościele stało się aż jasno od stali, to ledwie mógł odśpiewać Ewangelię. Odśpiewano potem wśród powszechnego uniesienia suplikacje, wreszcie msza się skończyła, lecz ksiądz, pochowawszy Sakrament w cyborium, odwrócił się już po Ostatniej Ewangelii ku tłumom, na znak, że pragnie coś powiedzieć.

Więc uczyniło się cicho; ksiądz zaś w serdecznych słowach powitał naprzód wracających żołnierzy, wreszcie oznajmił, że list królewski zostanie odczytany, przez pułkownika chorągwi laudańskiej przywieziony.

Więc uczyniło się jeszcze ciszej i po chwili po całym kościele rozległ się głos od ołtarza:

"My, Jan Kazimierz, król polski, wielki książę litewski, mazowiecki, pruski etc., etc., etc. W imię Ojca i Syna, i Ducha Świętego, amen.

Jako złych ludzi szpetne przeciw majestatowi i ojczyźnie występki, zanim przed sądem niebieskim staną, już w tym życiu doczesnym mają otrzymać karę, tak równie słusznym jest, ażeby cnota nie zostawała bez nagrody, która cnocie samej blasku chwały, a potomnym zachęty do naśladowania cnych przykładów dodawać winna.

Przeto wiadomo czynimy całemu stanowi rycerskiemu, mianowicie zaś ludziom wojskowym i świeckim, urzędy mającym cuiusvis dignitatis et praeeminentiae, oraz wszystkiemu obywatelstwu Wielkiego Księstwa Litewskiego i naszego starostwa żmudzkiego, że jakiekolwiek gravamina ciążyłyby na urodzonym a nam wielce miłym panu Andrzeju Kmicicu, chorążym orszańskim, te coram jego następnych zasług i chwały zniknąć z pamięci ludzkiej mają, w niczym czci i sławy pomienionemu chorążemu orszańskiemu nie ujmując."

Tu ksiądz przestał czytać i spojrzał ku ławce, w której pan Andrzej siedział, on zaś powstał na chwilę i wnet usiadł znowu, głowę swą wynędzniałą wsparł o stallę i przymknął powieki jakoby w omdleniu.

A wszystkie oczy zwróciły się ku niemu, wszystkie usta poczęły szeptać:
- Pan Kmicic! Kmicic! Kmicic!... tam, obok Billewiczów!

Lecz ksiądz skinął ręką i począł czytać dalej wśród głuchego milczenia:

"Który chorąży orszański, lubo w początkach nieszczęsnej owej szwedzkiej inkursji po stronie księcia wojewody się opowiedział, przecie uczynił to nie z żadnej prywaty, ale z najszczerszej ku ojczyźnie intencji, perswazją tegoż księcia do błędu przywiedzion, jakoby taka jeno, a nie inna droga salutis Reipublicae zostawała, jaką sam książę kroczył!

A przybywszy do księcia Bogusława, który za przedawczyka go mając, wszystkie nieżyczliwe praktyki przeciw ojczyźnie jaśnie przed nim odkrył, nie tylko pomieniony chorąży orszański na osobę naszą ręki podnosić nie obiecywał, ale samego księcia zbrojną ręką porwał, aby się za nas i za utrapioną ojczyznę pomścić..."

- Boże, bądź miłościw mnie grzesznej! - zawołał niewieści głos tuż około pana Andrzeja, a w kościele zerwał się znowu gwar zdumienia.

Ksiądz czytał dalej:

"Przez tegoż księcia postrzelon, ledwie do zdrowia przyszedłszy, do Częstochowy się udał i tam piersią własną najświętszy przybytek osłaniał, przykład wytrwania i męstwa wszystkim dając; tamże z niebezpieczeństwem zdrowia i życia największe działo burzące prochami rozsadził, przy którym hazardzie pojman, na śmierć przez okrutnych nieprzyjaciół był skazany, a przedtem żywym ogniem palony."

Tu już płacz niewieści rozległ się tu i owdzie po kościele. Oleńka trzęsła się cała, jak w paroksyzmie febry.

"Ale i z tych srogich terminów mocą Królowej Anielskiej wyratowan, do nas na Śląsk się udał i w powrocie naszym do miłej ojczyzny, gdy zdradliwy nieprzyjaciel zasadzkę nam nagotował, pomieniony chorąży orszański samoczwart tylko na całą potęgę nieprzyjacielską się rzucił, osobę naszą ratując. Tam posieczon i rapierami skłuty, do pół boków we krwi własnej rycerskiej się pławiąc, z pobojowiska jako bez duszy był podniesion..."

Oleńka obie ręce przyłożyła do skroni i podniósłszy głowę, poczęła łowić w spieczone usta powietrze. Z piersi jej wychodził jęk:

- Boże! Boże! Boże!

I znów zabrzmiał głos księdza, także coraz bardziej wzruszony:

"A gdy staraniem naszym do zdrowia przyszedł i wtedy nie spoczął, ale dalsze wojny odprawował, z chwałą niezmierną stawając w każdej potrzebie, za wzór rycerstwu przez hetmanów obojga narodów podawany, aż do szczęśliwego zdobycia Warszawy, po którym do Prus pod przybranym nazwiskiem Babinicza był wyprawiony..."

Gdy to imię zabrzmiało w kościele, gwar ludzki zmienił się jakoby w szmer fali. Więc Babinicz to on?! Więc ów pogromca Szwedów, zbawca Wołmontowicz, zwycięzca w tylu bitwach to Kmicic?!... Szum wzmagał się coraz bardziej, tłumy poczęły cisnąć się ku ołtarzowi, aby go widzieć lepiej.

- Boże, błogosław mu! Boże, błogosław! - ozwały się setki głosów.

Ksiądz zwrócił się ku ławce i przeżegnał pana Andrzeja, który wsparty ciągle o stallę, do umarłego niż żywego był podobniejszy, bo dusza wyszła zeń ze szczęścia i uleciała ku niebiosom.

Po czym kapłan dalej czytał:

"Tamże nieprzyjacielski kraj ogniem i mieczem spustoszył, do wiktorii pod Prostkami głównie się przyczynił, księcia Bogusława własną ręką obalił i pojmał; następnie do starostwa naszego żmudzkiego powołany, jak niezmierne usługi oddał, ile miast i wsiów od nieprzyjacielskiej ręki uchronił, o tym tamtejsi incolae najlepiej wiedzieć powinni."

- Wiemy! wiemy! wiemy! - grzmiało w całym kościele.

- Uciszcie się - rzekł ksiądz podnosząc pismo królewskie ku górze.

"Przeto my (czytał dalej) rozważywszy wszystkie jego zasługi względem naszego majestatu i ojczyzny tak niezmierne, że i syn większych ojcu i matce oddać by nie mógł, postanowiliśmy je w tym liście naszym promulgować, ażeby tak wielkiego kawalera, wiary, majestatu i Rzeczypospolitej obrońcę nieżyczliwość ludzka dłużej już nie ścigała, lecz aby przynależną cnotliwym chwałą i powszechną miłością okryty chodził. Nim zaś sejm następny, chęci te nasze potwierdzając, wszelką zmazę z niego zdejmie, i nim starostwem upickim, które vacat, nagrodzić go będziem mogli, prosim uprzejmie nam miłych obywatelów starostwa naszego żmudzkiego, aby te słowa nasze w sercach i umysłach zatrzymali, które nam sama iustitia, fundamentum regnorum, przesłać, ku ich pamięci, nakazała."

Tu skończył ksiądz i zwróciwszy się do ołtarza, modlić się począł; pan Andrzej zaś uczuł nagle, że jakaś dłoń miękka chwyta jego rękę, spojrzał: była to Oleńka, i nim miał czas pomiarkować się, cofnąć dłoń, panna podniosła ją i przycisnęła do ust wobec wszystkich, w obliczu ołtarza i tłumów.

- Oleńka! - krzyknął zdumiony Kmicic.

Lecz ona wstała i zakrywszy twarz zasłoną, rzekła do miecznika:

- Stryju! chodźmy, chodźmy stąd prędko!

I wyszli przez drzwi zakrystii.

Pan Andrzej próbował wstać, wyjść za nią, lecz nie mógł...

Siły opuściły go zupełnie.

Natomiast w kwadrans później znalazł się przed kościołem, trzymany pod ręce przez pana Wołodyjowskiego i pana Zagłobę.

Tłumy obywatelstwa, drobnej szlachty i pospolitego ludu cisnęły się dokoła; niewiasty - zaledwie która zdołała się oderwać od piersi wracającego z wojny męża - już wiedzione ciekawością, płci swojej właściwą, biegły popatrzyć na tego strasznego ongi Kmicica, dziś zbawcę Laudy i przyszłego starostę. Koło zaciskało się coraz więcej, aż laudańscy musieli w końcu otoczyć i bronić od natłoku rycerza.

- Panie Andrzeju! - wołał pan Zagłoba - ot, przywieźliśmy ci gościńca. Sam się takiego nie spodziewałeś! Do Wodoktów teraz, do Wodoktów, na zrękowiny i wesele!...

Dalsze słowa pana Zagłoby zginęły w gromkim okrzyku, który naraz pod przywództwem Józwy Beznogiego podnieśli wszyscy laudańscy:

- Niech żyje pan Kmicic!

- Niech żyje! - powtórzyły tłumy. - Nasz starosta upicki niech żyje! niech żyje!

- Do Wodoktów! Wszyscy! - huknął pan Zagłoba.

- Do Wodoktów! do Wodoktów! - wrzasnęło tysiąc ust. - W swaty do
Wodoktów, z panem Kmicicem, z naszym zbawcą! Do panienki! do
Wodoktów!

I ruch uczynił się ogromny. Lauda siadła na koń; z tłumów, kto żyw,
dopadał wozów, bryczek, wasągów, podjezdków. Piesi na przełaj poczęli
biec przez lasy i pola. Okrzyk: "Do Wodoktów!", brzmiał w całym
miasteczku. Drogi zaroiły się różnobarwnymi kupami ludzi.

Pan Kmicic jechał w skarbniczku między Wołodyjowskim i Zagłobą i raz
wraz któregoś brał w ramiona. Mówić jeszcze nie mógł, bo zbyt był
wzruszony, zresztą pędzili tak, jakby Tatarzy na Upitę napadli. Wszystkie
bryki i wozy pędziły tak samo koło nich.

Byli już dobrze za miastem, gdy nagle pan Wołodyjowski pochylił się do
ucha Kmicica.

- Jędrek - spytał się - a nie wiesz, gdzie tamta?
- W Wodoktach! - odpowiedział rycerz.

Wówczas, czy wiatr począł tak poruszać wąsikami pana Michała, czy
wzruszenie, nie wiadomo, dość, że przez całą drogę nie przestawały
wysuwać się naprzód, jakby dwa szydła lub dwie macki chrabąszcza.

Pan Zagłoba śpiewał z radości tak okrutnym basem, że aż się konie
płoszyły:

Dwoje nas było, Kasieńko, dwoje na świecie,
Ale mi się coś wydaje, że jedzie trzecie.

Anusia nie była tej niedzieli w kościele, bo przy słabej pannie
Kulwiecównie z kolei zostać musiała, przy której się z Oleńką dzień po dniu
zmieniały. Cały ranek zajęta była doglądaniem i opatrunkiem chorej, tak że
późno dopiero mogła się zabrać do pacierzy.

Zaledwie jednak wymówiła ostatnie: "Amen", gdy zaturkotało przed
bramą i Oleńka wpadła jak wicher do pokoju.

- Jezus, Maria! Co się stało? - krzyknęła spojrzawszy na nią panna
Borzobohata.

- Anusiu! wiesz, kto jest pan Babinicz?... To pan Kmicic!

Anusia zerwała się na równe nogi.

- Kto ci powiedział?
- Czytano list królewski... pan Wołodyjowski przywiózł... laudańscy...
- To pan Wołodyjowski wrócił?... - krzyknęła Anusia.

I nagle rzuciła się w ramiona Oleńki.

Oleńka przyjęła ten wybuch czułości jako dowód Anusinego afektu dla
siebie, bo zresztą była zgorączkowana, prawie nieprzytomna. Na twarzy
miała ogniste wypieki, a pierś jej falowała, jak gdyby z wielkiego
zmęczenia.

Więc poczęła opowiadać bez ładu i przerywanym głosem wszystko, co w
kościele słyszała, biegając przy tym jak szalona po komnacie i powtarzając

co chwila: "To ja go niewarta!" - czyniąc sobie zarzuty okrutne, że go najgorzej ze wszystkich skrzywdziła, że nawet modlić się za niego nie chciała wówczas, gdy on we krwi własnej za Najświętszą Pannę, za ojczyznę i za króla się pławił.

Próżno Anusia, biegając za nią po izbie, próbowała ją pocieszać. Ona powtarzała wciąż jedno, że go niewarta, że nie śmiałaby mu w oczy spojrzeć; to znów poczynała mówić o czynach Babinicza, o porwaniu Bogusławą, o jego zemście, o ocaleniu króla, o Prostkach i Wołmontowiczach, i Częstochowie; to wreszcie o swoich winach i o swej zawziętości, za którą musi odpokutować w klasztorze.

Dalsze jej wyrzekania przerwał pan Tomasz, który wpadłszy jak bomba do komnaty zakrzyknął:

- Na Boga! cała Upita do nas wali! Już są we wsi, a Babinicz pewnie z nimi!

Jakoż za chwilę daleki okrzyk zwiastował zbliżanie się tłumów. Miecznik porwał Oleńkę i wyprowadził na ganek; Anusia wypadła za nimi.

Wtem tłumy ludzi i koni zaczerniły się w dali i jak okiem sięgnąć cała droga była jeszcze nimi zapchana. Dobiegli w końcu do dziedzińca. Piesi przedostawali się szturmem przez fosę i płoty; wozy tłoczyły się w bramie, a wszystko to krzyczało, wyrzucało czapki w górę. Wreszcie ukazał się huf zbrojny laudańskich, otaczających skarbniczek, w którym siedziało trzech mężów: pan Kmicic, pan Wołodyjowski i pan Zagłoba.

Skarbniczek zatrzymał się nieco opodal, bo już tyle ludu natłoczyło się przed gankiem, że nie można było tuż dojechać. Zagłoba z Wołodyjowskim wyskoczyli pierwsi i pomógłszy Kmicicowi zsiąść, zaraz chwycili go pod ramiona.

- Rozstąpcie się! - krzyknął Zagłoba.

- Rozstąpić się! - powtórzyli laudańscy.

Ludzie usunęli się zaraz, tak że środkiem tłumu utworzyła się pusta droga, po której wiedli Kmicica aż do ganku dwaj rycerze. On słaniał się i blady był bardzo, ale szedł z głową podniesioną, zarazem zmieszany i szczęśliwy.

Oleńka oparła się o odrzwia i ręce opuściła bezwładnie po sukni; lecz gdy był już blisko, gdy spojrzała w twarz tego mizeraka, który po tylu latach rozłąki zbliżał się oto jak Łazarz, bez kropli krwi w twarzy, wówczas szlochanie rozdarło na nowo jej piersi. On ze słabości; ze szczęścia i zmieszania nie wiedział sam, co ma mówić, więc wstępując na ganek, powtarzał tylko przerywanym głosem:

- A co, Oleńka, a co?

Ona zaś obsunęła mu się nagle do kolan.

- Jędruś! ran twoich niegodnam całować!

Ale w tej chwili wyczerpane siły wróciły rycerzowi, więc porwał ją z ziemi jak piórko i do piersi przycisnął.

Okrzyk jeden ogromny, od którego zadrżały ściany domów i ostatki liści z drzew opadły, zgłuszył wszystkie uszy. Laudańscy poczęli palić z samopałów, czapki wylatywały w górę, naokół widziałeś tylko uniesione

radością twarze, rozpalone oczy i otwarte usta wrzeszczące:
- Vivat Kmicic! vivat Billewiczówna! Vivat młoda para!
- Vivant dwie pary! - huczał Zagłoba:
Ale głos jego ginął w burzy ogólnej.
Wodokty zmieniły się jakoby w obóz. Przez cały dzień rżnięto z rozkazu
miecznika barany i woły, wykopywano z ziemi beczki miodu i piwa.
Wieczorem zasiedli wszyscy do uczty, starsi i znamienitsi w komnatach,
młodsi w czeladnej, prostactwo również weseliło się przy ogniskach na
podwórzu.
Przy głównym stole krążyły kielichy na cześć dwóch par szczęśliwych, gdy
zaś ochota doszła do najwyższego stopnia, pan Zagłoba wzniósł jeszcze
toast następujący:
- Do cię zwracam się, cny panie Andrzeju, i do cię, stary druhu, panie
Michale! Nie dość było piersi nadstawiać, krew rozlewać, nieprzyjaciół
wycinać! Nie skończony trud wasz, bo gdy siła ludzi czasu tej okrutnej
wojny poległo, musicie teraz nowych obywatelów, nowych obrońców tej
miłej Rzeczypospolitej przysporzyć, do czego, tuszę, nie zbraknie wam
męstwa ni ochoty! Mości panowie! na cześć onych przyszłych pokoleń!
Niechże im Bóg błogosławi i pozwoli ustrzec tej spuścizny, którą im
odrestaurowaną naszym trudem, naszym potem i naszą krwią zostawujem.
Niech, gdy ciężkie czasy nadejdą, wspomną na nas i nie desperują nigdy,
bacząc na to, że nie masz takowych terminów, z których by się viribus
unitis przy boskich auxiliach podnieść nie można.

*

Pan Andrzej niedługo po ślubie na nową wojnę ruszył, która od
wschodniej ściany wybuchła. Lecz piorunujące zwycięstwo Czarnieckiego i
Sapiehy nad Chowańskim i Dołgorukim, a hetmanów koronnych nad
Szeremetem ukończyły ją wkrótce. Wówczas wrócił Kmicic świeżą chwałą
okryty i na stałe w Wodoktach osiadł. Chorąstwo orszańskie wziął po nim
stryjeczny jego, Jakub, który później do nieszczęsnej konfederacji
wojskowej należał, pan Andrzej zaś, duszą i sercem stojąc przy królu,
starostwem upickim nagrodzon, żył długo w przykładnej zgodzie i miłości
z Laudą, powszechnym szacunkiem otoczony. Niechętni (bo któż ich nie
ma) mówili wprawdzie, że żony we wszystkim zbytnio słucha, ale on się
tego nie wstydził, owszem, sam przyznawał, że w każdej ważniejszej
sprawie zawsze rady jej zasięga.

KONIEC

Also Available from JiaHu Books

Potop. Tomy 1-3
Chłopy
Ziemia obiecana
Rok 1794. Tomy 1-3
Faraon
Bunt
Ludzie bezdomni
Wampir
Quo vadis?
Pan Taduesz
Na wzgórzu róż
Kariera Nikodema Dyzmy
Utwory wybrane – Maria Konopnicka
Zemsta
Osudy dobrého vojáka Švejka za světové války
Válka s molky
R.U.R.
Hordubal
Krakatit
Továrna na absolutno
Povětroň
Obyčejný život
Babička
Hiša Marije Pomočnice
Judita
Dundo Maroje
Suze sina razmetnoga
Az arany ember
Szigeti veszedelem

www.ingramcontent.com/pod-product-compliance
Lightning Source LLC
Chambersburg PA
CBHW031301170626
46807CB00001B/262